嘉慶期三

張寅彭 編纂　姚蓉 點校

上海古籍出版社

第三册目次

澹仙詩話

澮仙詩話提要

《澮仙詩話》四卷，據嘉慶間金陵杜新孚見南山居刊巾箱本校點。撰者熊璉，女，字商珍，號澮仙，又號茄雪山人，江蘇如皋人。有《澮仙詩鈔》。按卷首有嘉慶十一年丙寅熊瑚序，云此書乃姐弟間談詩所録而成。作者以閨閣中人録閨閣外詩，持論正而不泥，雖以如皋及周邊郡邑、周邊人士爲主，如冒氏水繪園别業近況及當世人冒春榮、冒國柱等，例有述及，然視域亦能及於海内詩壇，而差具規模。論詩大抵近性靈遠格調，如引陸念爾語「詩主性靈，以人工累之，猶太虚著浮雲」，作者以爲妙論，而沈歸愚則恐其開廢學之漸而流於薄。又如「詩有骨幹自有色澤，有性情即有聲調」、「詩有情無景，如村翁談家常；有景無情，如繡女描花樣」云云，是皆袁枚口吻。所録之詩與所發之話，亦多清雅有致，「練句每存千載想，看花不放一春過」，（何蕉衫句）「半牀詩卷叠，三徑落花多」，（王松嵐句）「荒徑支笻仔細看，一花一草愛求安。良醫良相心同苦，當局方知下手難。」「換却花籬補石欄，改園更比改詩難。果能字字吟來穩，小律千秋亦耐看。」（汪春田《補園二首》）誠爲乾嘉盛世人作詩、度日力求精緻之寫照。卷中又頗録詞作，亦多雋秀可喜。澮仙詩名遠播於閨閣之外，時賢至有「誰知國士千秋計，翻托閨中續史才」之譽（卷三吴壽民詩），洵非虚語。此本封面内頁有「續刻嗣出」字樣，今未見，似終未能刊出。

序

本朝詩話自帶經堂後，有歸愚、隨園繼之。女兄澹仙雅好吟咏，時與予言詩。每有緒論，退輒筆之於簡，久而成帙。何敢參諸名家，出以問世？第借觀者紛至，不能遍應，同人慫恿，遂付剞劂。閨中見聞孤陋，大雅諒焉。嘉慶丙寅夏五同懷弟熊瑚謹識。

澹仙詩話卷一

如皋熊璉澹仙

詩本性靈，如松間之風，石上之泉，觸之成聲，自成天籟。古人用筆，各有佳處，豈可别執一見，棄此尚彼？或云法宋元，或云宗三唐，究竟摹倣不來，空失本來面目。

從來至情至性，即是好詩，蕪湖施杲亭《客中感懷》云：「荒涼江店一燈孤，抖擻征衫感故吾。爲有高堂臨别淚，幾回欲典又踟躕。」一往孝思，依依孺慕，讀之動人寸草春暉之感。

予讀查初白太史詩，愛其每句有幾層意，如「短笛聲淒霜後竹，孤桐絃冷爨餘薪」、「詩貪記憶關心讀，話到蒼涼掣淚聽」、「閱世人來棋散後，出山雲澹雨晴初」、「貧思飽暖原奇福，老戀桑榆亦至情」，結句如「莫怪下車還久立，老來光景怕臨岐」、「蘆花楓葉殘秋路，不聽琵琶亦黯然」，言有盡而意無窮，有味外味。

秀水徐荔村麟趾《賣琴》詩云：「忍把焦桐抱入城，背人猶弄兩三聲。子期未死音先絶，中散餘年手漸生。緑綺等閒成别怨，朱門曾否識離情。歸來剩有床頭劍，風雨中宵不住鳴。」語咽音淒，如子規叫月。

南城吴退庵孝廉煊，深沉有遠識，嘗主石渚講席，過皋邑，因讀其詩。尚氣骨，多性靈語，不專以雕飾爲工。善畫山水，澹遠處類雲林筆意。著《菜香書屋詩集》。《聽漁館避暑》云：「三年消夏到魚灣，每向清齋數往還。樹碧兩行臨曲水，天青一角見高山。自饒風韻花能舞，不礙吟情鳥亦閒。今日紅塵初夢醒，神仙原只住人間。」《途中喜晴》云：「兩日風兼雨，兹晨眼始開。江天吹白散，蘆荻畫秋來。林外出村舍，橋邊香酒醅。輕舟隨處泊，鷗鷺不驚猜。」《過如皋尋冒巢民水繪故址》云：「傷心一片荆蓁碧，不見水明見沙白。秋風詩客散園林，海上蕭條賸空迹。我從壇社想風騷，陳邵名繼漁洋高。黄金易盡客不盡，先生至今稱人豪。低徊遲近百年久，瓦礫中間重回首。雉皋不減舊繁華，箏笛滿城事趨走。抱琴流涕知音難，惟餘巾幗今張壇。自注：謂閨秀熊澹仙。悲凉一曲匆匆起，鴉散江天月在水。」《覃懷道上》云：「霜風颯颯暮雲收，萬里關河感浪遊。天外雁聲秦塞冷，馬前山色太行秋。來從紅樹穿村舍，遥向青帘認酒樓。路入覃懷問遺迹，斜陽衰草弔湖州。」《自題畫》云：「生涯一片舊青山，家在重雲叠巘間。貪看秣陵春色好，西風吹過大江灣。」

《牡丹亭》，情詞也。《離魂》、《遊魂》二折，水月空靈，鏡花摇曳，是湯臨川現身説法。讀之可以參禪悟道。

詩中最忌一語説盡，了無餘味。竊謂酒宜半醉，月宜半圓，花宜半放。半者，有餘不盡之謂。淋漓快暢，自是健筆，譬之長江、大河，一瀉千里，其中仍要停頓。收束處尤宜綿邈，如臨去秋波。

相傳純陽祖師降吕四場，留詩云：「岳陽城外水悠悠，鐵笛横吹天上秋。江北江南人不識，白雲黄鶴過揚州。」

閩人劉南廬名芳《白秋海棠》詩：「斷腸花發斷人腸，水態雲容澹染香。夢入空階星錯落，魂飄古砌月蒼茫。春心未老顏如玉，秋思横生鬢有霜。一點淚珠消不得，年年皓首倚東牆。」曲高和寡，千秋絶調。

雁阿山樵《咏梅》詩「屋角出牆初見處，村頭臨水是誰家」、「若教帶雪和香賞，難得無風有月時」二聯，輕描澹染，的是畫梅高手。又長洲僧訥園《元墓梅花》云「晴雲度影迷三徑，暗水流香冷一溪」，極有別緻。

咏古須爲古人占身分，若韓信淮陰受侮，漂母與之飯，自是高義。咏古者每謂漂母預料封侯，知其必報，是古今第一勢利人。記外祖高雲廬公松《過淮陰》詩云：「英雄自有酬恩日，俠母原無望報心。偶向窮途留一飯，千秋高誼蓋淮陰。」

曹子建七步高才，爲丕所忌。《煮豆》吟、《釋愁》文，情見乎詞。《洛神》一賦，意在思君。否則「西方美人」何以指文王，《離騷》何有《湘夫人》、《雲中君》耶？後人妄生疑議，傳爲艷語，豈非風雅罪人？幼見雲廬老人《題洛神賦》云：「別有傷心處，凌波着意描。行吟同屈子，幽怨比《離騷》。本爲同根忌，寧辭衆口嘲。思君望咫尺，渺渺訴蘅皋。」後讀張樹彤宫贊《陳思王墓》詩：「《白馬》詩篇悲逐客，驚鴻詞賦比《湘君》。」則更典雅矣。

簡齋袁太史妹名機，字素文，適邑中高氏。婉順盡禮，鄉里賢之。其詩神韵飄逸，《閑情》云：「欲捲湘簾問歲華，不知春在幾人家。一雙燕子殷勤甚，銜到窗前盡落花。」《咏燈》云：「挑盡蘭膏惜寸陰，煎熬終不昧初心。孤檠柄曲吹痕澹，細雨殘更面壁深。有焰尚能争皎月，無花只可伴孤吟。平生一點分明意，每爲終風恨不禁。」《聞雁》云：「秋高霜氣重，孤雁最先鳴。響遏碧雲冷，燈含永夜清。自從憐隻影，幾度作離聲。飛到湘簾下，寒衣尚未成。」

錢翥寰解元標林爲詩奥僻，意見高遠。注《詩解》論義山詩「玉璽不緣歸日角，錦帆應是到天涯」、「此日六軍同駐馬，當時七夕笑牽牛」，「天涯」、「日角」、「駐馬」、「牽牛」，字面雖工，用意牽强，後人不可效法。此説正是。

黄瘦石振《咏史》數十章，具有學識，妙議風發，非僅韵語擅長。兹録四首，以見大概。云：「祖宗創業難，子孫失之易。千古同一慨，事固無定異。我欲起九原，一問梁武帝。自取自棄之，畢竟何心肺。以天子之尊，行匹夫之事。何不在微時，秉教沙門寺。爲臣而欺罔，爲君而遊戲。」「逼反安禄山，明己之先見。絶無一良策，督令哥舒戰。潼關遂失守，月冷長生殿。除却顔真卿，河北無郡縣。誤國誤至此，君恩猶眷戀。可憐矢節臣，城圍食草根。救兵望不至，殺妾饗三軍。日久天下定，忠佞判然分。方悔太平時，冷落此輩人。」「石崇雖豪富，愛客能文章。不比卓王孫，僕僕勢利場。縣令客則貴，酒舍人則棄。骨肉猶如此，陌路豈介意。所以潘黄門，白首重交誼。」「山鷄愛毛羽，溺水而不悟。當魱惜鱗甲，入網而不顧。文種戀一官，石崇眷一婦。恬然不之覺，危已若朝露。誰謂物性愚，世人皆雲霧。」

范藿田駒詩極警拔，惜稿俱散佚，偶見其《咏古鏡》云「美人不世出，涼月幾回圓」，誠爲名句。藿田，乾隆己酉拔貢，即於是歲卒，年僅三十餘。

上元何蕉衫瑞芝詩，敏捷而有風致，《春遊》云：「鳴禽聲上下，如入選歌場。柳染春衫碧，花粘客屐香。尖風翻酒旆，芳草斷詩腸。不覺歸來晚，遥山掛夕陽。」《新秋應鄭明府聘之淮陰石頭城下》云：「王粲又依劉，重爲橐筆遊。斷鴻投遠渚，斜日送行舟。賦愧黄初手，風悽白下秋。淮南招隱地，叢桂幾株幽。」《舟中坐雨》云：「離愁萬斛壓輕舠，回首鄉關望已遥。今夜愈知眠不得，斷魂蓬背雨瀟瀟。」《題董雲樵窺園》云：「平泉四面好雲山，隔斷塵蹤静掩關。身在畫中人不見，萬花圍住屋三間。」

吴梅原先生廷燮《金陵歸興》詩中聯云：「愁消白下鵝兒酒，人在青山燕子磯。」令人愛其天然，忘其工穩，自是興到之作。

江樵所大鋭詩格清健，古體尤高。年五十餘，病篤，家人禱嶽廟未回，樵所方沉睡間，忽曰：「汝等爲吾祈生耶？冥司簿書乏人，上帝已命吾掌之矣。」至期，索衣冠端坐逝。始信石曼卿芙蓉城主、李昌谷赴玉樓召之不幻也。其《題劉德園背面小照》詩：「海陀山人奇絶倫，蓬蒿深入完天真。浮雲富貴意何有，掀髯一笑小乾坤。古岸傲曠識者少，椶鞋藤杖相隨老。幾年山中挈長鑱，斸盡黄精與芝草。興來投策跨蹇行，奚肩古錦輕公卿。蘊奇在腹潛在野，咳唾往往驚山靈。老眼耻因人青白，側身掉頭笠覆額。五陵衣馬輕且肥，香塵踏遍長安陌。蒼山白水秋色深，水清山澮山人心。山人迴頭聽一語，我欲從之問今古。」《九華峰》云：「九華峰削古芙蓉，路隔盤峰尚幾重。山雨欲來風四起，白雲堆裏一聲鐘。」《客夜語僕》云：「自落天涯外，憐渠鬢欲霜。東西隨所寄，顛倒笑空囊。生事都無著，秋風又已涼。今宵趁明月，同夢到江鄉。」

丁殊齋其錫《悼子》詩云：「寂寂講堂生茂草，飄飄秋雨濕遺編。」傷心時得此佳句，所謂文生於情也。

先外祖高雲廬老人爲人淳厚，有古君子風。少讀書，絶意功名。嘗南遊衡湘，過洞庭，登回雁峰，遍歷諸名勝。暮年歸隱南村，四壁蕭然，恬如也。終日苦吟，清音出竹林籬落間。生平著作，散失四方，斷簡零編，僅存手澤。《題風木圖》云：「列鼎重茵未足奇，茫茫返哺悵無期。人生第一天倫樂，珍重承歡菽水時。」《蠟梅花》云：「群芳凋謝盡，獨向冷時看。鐵骨凌霜勁，冰心欲畫難。空庭人不到，一樹蠟爲丸。怕洩春消息，緘香守歲寒。」

《塹谿遺稿》，南昌黄卜民一鑑著。楊虚谷邑侯受廷謂其代有潛德，詩蒼勁古秀，不趨時好，序而梓之。《咏古琴》云：「焦桐剛三尺，鞠通隱其端。斷紋如蛇腹，得此良獨難。豈無太古調，今人奚不彈。」《古劍》云：「知是何代物，一旦出塵土。上有戰血腥，夜夜嘯風雨。壯心不能灰，對之欲起舞。」又《客感》云：「夢弟吟春草，思親望白雲。」即在皋時作也。

不必崇臺廣厦，不必萬紫千紅，一泉一石，一花一木，水檻籬門，茅齋竹几，位置清幽，天然絶俗。詩之所謂别致者，當作如斯觀。

揚州羅兩峰聘善畫山水、梅竹。夫人白蓮女史亦能詩畫，早世。兩峰不再娶，嘗自云：「前生乃花之寺得道僧也。」故性好禪，有慧解，壽八十餘。生平喜談鬼，眼有碧光，能於白日見之。所畫《百鬼圖》，猙獰變幻，悚人毛髮。片石先生《聽兩峰説鬼》詩云：「廣陵羅兩峰，説鬼窮幽寂。玉麈東西揮，虬髯森如戟。秋燈不肯青，秋樹無聊碧。疏雨上空堂，門外天如墨。恍忽被惡風，吹墮羅剎國。有鬼雜沓來，延緣周四壁。譬之梁上鼠，夜出晝伏匿。譬之山中狐，面柔心殘賊。我豈不聰明，左右被回惑。六尺好匡床，毾㲪眠不得。兩峰去而歸，危哉江片石。」片石名干，一字黄竹。

學詩天分高者，從易而至難，從難而至易，化矣。天分薄而工夫深者，從難而至易，從易而至難，亦化矣。若纚知大略，輒云容易，豈知此中之甘苦哉。

吴漁門倦客經元《雨晴遣懷》云：「昨宵昏月下牆陰，喜見朝暾竹户侵。得氣名花俱作態，當風羈客亦開襟。山高未没前賢蹟，河潤還酬仙吏吟。俯仰獨憐春欲暮，何人爲訪錦江深。」

秋渚漁人姓于名泗，東臺人。雖僻處海濱，吟箋尺牘，遠近相酬答。詩格清雅，時出新意。賦《女仙詞》贈予云：「一領雲衣畫水田，采芝常到翠微巔。山靈認得芙蓉髻，已住蓬壺五百年。」「招邀月姊共星妃，同看琪花款潤扉。夜久不知瑶佩冷，滿身風露抱琴歸。」「機杼生成自一家，也隨天女織龍紗。因風飛墮銀河水，散作人間五色花。」

泰州明經顧湘靈瀛授經於臯，詩極典雅。《贈蘭君》詩云：「壓欄花氣醒餘酲，起瀉荷珠曉露清。小燕斜釵簪未穩，間關葉底聽初鶯。」「琉璃八尺簟生漪，日轉高槐晝漏遲。幽閣放簾風不動，玉棋清響落多時。」「妙解描鸞弄筆姿，纚明楷法愛臨池。依稀點畫停毫處，費記微之《雜憶》詩。」「桐花庭院清於水，絲管華堂沸若雲。道是國香隨處好，空山金屋總離群。」香奩詞得如此藴藉，固佳。

法時帆祭酒母韓太夫人以節孝著，爲詩多不留稿。嘗見《雁字》三十首，中有「一畫直從天地老，六書何待古今分」、「發書有淚傳青塞，罷織誰家倚翠樓」、「天上圖書無尺寸，世間筆札別仙凡」、「寒暑未停文苑筆，雲霞好入太平謡」諸句，又五言如「家貧秋覺早，樹缺月宜多」、「燈昏書味永，雪冷粥香遲」，七言如「習字最宜新雨後，看花多及晚風前」、「豆館雨晴蝴蝶鬧，藕塘風過鷺鷥閒」，俱莽蒼清勁。出《帶緑草堂遺編》。

丹徒鮑海門皋《旅宿》云：「橋西信宿夜寒生，玉枕如霜只自驚。窗月可憐成曉色，竹風無奈是秋聲。愁中人遠簫吹閣，夢裏天高雁過城。明日揚州重作客，柳枝雖好不關情。」

通州徐卧雲攀龍《送王菊田北上》云：「小鬟纖手撥冰絃，唱到《陽關》淚泫然。牛耳騷壇人八九，馬蹄征客路三千。空教別後憐今夕，縱有前期已暮年。樽酒易闌紅燭短，一聲哀雁下遥天。」《寒食》云：「啼鵑聲裏淚雙零，隔歲東風草又青。萬事人間一杯酒，古來只有鬼常醒。」語極豪邁，又極悽惋，哀絃獨奏，一往情深。後客死蜀中，著作散失殆盡，僅存《竹香堂賸稿》。

蘇雨山兆鶚家極貧，賣卜奉母。母死，益困頓。《出門》一律：「出門心欲碎，堂上別衰年。熱淚含雙眼，輕裝壓半肩。潮聲風乍湧，帆影月初懸。回首望鄉里，蒼茫空暮烟。」

黄賸山履正自稱東海衰農，時行吟市上，抑塞而没。有云「人間萬事成秋草，我輩前身是落花」，又「十月林梢無剩葉，五更牆角有哀蟲」，其蕭瑟如此。

張隻鶴克岐《寄懷張虞紹》云：「鴻鱗百里費招邀，樗櫟依然守寂寥。祖道一從花塢散，離情卅載海天遥。已知往事成蕉夢，可記前村是板橋。他日相逢疑未識，各添衰鬢兩蕭蕭。」

武進王玉映采薇，孫淵如觀察室，有慧才。其《長離閣遺詩·曲渚》云：「曲渚斜生白，疏星澹欲昏。四更桃葉影，一縷杜鵑魂。斷雨還零砌，虛簾自打門。蕭蕭庭竹短，都作淚花痕。」又《水宿》云：「碧影沉湖月，紅心上塚花。」《山夕》云：「月滿無人地，鐘殘有雁天。」《憶别》云：「小樹雨寒蜂去静，亂花風壓燕銜高。」語意幽冷如李長吉，故竟早世。或亦玉樓中人歟？

凡詩有情無景，如村翁談家常；有景無情，如繡女描花樣。景不雅則無致，情不深亦無味。寫景須點綴幽峭，使人起興；寫情必纏綿激切，令人下淚。情中有景，不俗；景中有情，乃活。

泰興何秋山處士龍光工詩，近體尤精。如《出塞》云：「萬里望遥天，孤身對月圓。」《喜晤》云：「相逢同一笑，執手轉疑猜。」《雪後登金山》云：「御風登彼岸，濯魄到冰壺。」《重過狼山》云：「庵有新幽徑，僧非舊白頭。」《秋齋》云：「月能通夜寂，人耐一秋孤。」《東友》云：「白頭增舊感，黄葉落新愁。」殊覺澹永有味。其先麗泉明府南金《歸自天台》云「輕風柳絮鈎簾入，細雨酴醾剪燭斜」，與宋人「桃花柳絮春開甕，細雨斜風客到門」同一句法。但彼乃閒居景況，此則乍歸情態，其秀逸處則又過之。又《泛湖》云：「敗藻牽游艇，疏梅映酒旗。」何等風致。

湘中死節女子帶問詩：「生小叮嚀畫閣時，讀書曾拜母兄師。濤聲夜夜悲何極，猶記挑燈讀《楚詞》。」又「寄語雙親休眷念，入江猶是女兒身。」金陵宋蕙湘《題衛源邸舍》云：「廣陌黄塵暗鬢鴉，北風吹面落鉛華。可憐夜月《箜篌引》，幾度關山作暮笳。」廣陵張氏《西溝道中淚筆》云：「扶上玉鞍愁不穩，淚珠多似馬蹄沙。」純是血淚，較吟風咏月更易動人。

癸亥仲秋，童子拾得無根蘭數莖，植之砌下，月餘竟活，生葉發箭。小雪後得花兩朵，香益馥郁，經旬不謝。可比幽人處士，時窮不變，僻壤荒檐，孤芳自賞。主人無以爲酬，口占一絶：「不信無根活，花開久益香。素心抱冰雪，幽谷有春光。」

徐湘浦運副觀政癖愛林泉，官寧紹十年，清風兩袖，歸築菜圃於霽峰别業之側，遍植梅菊，花時吟咏其間。江葯船爲譜《柴桑樂》傳奇，家伶迭奏，自執紅牙以按。有「待月常憐三五夜，看花不問短長更」句，其興會如此。又《題墨影軒壁》云：「風掃亂花堆古石，雲收斜月貯荒陂。」極清寂之況。

讀好詩如佳肴鮮果、醇酒清茗，愈啜愈香，耐人咀味。所謂「傾餘竹葉香方見，嚼碎梅花味始知」。石學仙貞，礬山女，沙武功配。工畫，賸墨零牋，人競寶之。著有《冰蓮繡閣詩鈔》。《春日憶杭州》云：「西湖千頃碧於藍，堤上春晴草木酣。九里松濤烟漠漠，六橋花雨柳毵毵。水邊絃管歌紅粉，天半樓臺擁翠嵐。到處追吟題不盡，泥人風景勝江南。」「迴欄一抹柳絲柔，今日縈懷詩思幽。轉眼春華應會惜，經心塵務迴生愁。蝶隨落蕊穿香徑，鶯竊含桃過畫樓。回首昨遊皆勝概，最難忘處是杭州。」風景依稀，不堪回首。其姪媳黄心石碪亦能詩。

里女陳氏，生長寒微，素行賢淑，夫家貧不能娶，百計借貸，始克成禮。于歸後，女脱簪珥以償。未幾，夫翁以他事致訟，累女焦思成疾，不一載卒。予聞而哀之，賦《百字令》詞：「佳人淪落，訝詩書未習，天然絶俗。生小蓬門知禮數，鄉里争傳賢淑。不厭荆釵，能甘疏水，想見如冰玉。含悽歛怨，雙眉那肯輕蹙。　可憐一載因緣，百端磨折，轉眼天年促。斷送青春愁病裏，説甚洞房花燭。薄命如斯，幽閨誰念，我爲傷心哭。霜摧雨打，芳蘭竟萎空谷。」

仲松嵐解元鶴慶，其先故皋人，遷泰州。以詞賦名家，成進士，官縣令。《登北固山》云：「崇岡常繞北城限，踏遍雲根坐碧苔。吴楚帆檣隨樹没，金焦山色上衣來。六朝舊恨人何處，二月新晴花自開。憑眺東風漫搔首，倚窗且進紫霞罍。」乾隆甲午，黄南村大鶴輯《秋柳詩》，松嵐方掌吾邑書院，見予「半江殘雨夕陽村」之句，嘆賞不置。其長女御琴振宜亦和云：「誰將春信催三起，耐盡秋風又一年。」次女嫻懿振宣云：「任他亂緒縈秋雨，誰理殘絲入線箱。」媳趙晟霞書雲云：「蘇小丰姿空旖旎，謝家簾閣尚依稀。」「霜中獨有芳心在，風裏誰知舞力綿。」時予在髫齡，今三十餘年，人往風微，知己之感，不勝悵然。

林鐵簫李，邑之掘港人，少時得古簫一枝，因以爲號焉。遊京師，名動公卿間。暮年浪迹不歸，客死秣陵僧寺。隨園老人爲葬於瑶坊門外，題石碣云：「清故詩人林某之墓。」簫歸其友湘浦運副，見《藏簫閣記》。所著《客遊草》有《和廖古壇黄葉詩》：「却爲臨風羞短髮，應教寄恨著繁霜。」「昏燈夜雨詩俱瘦，潑墨平林畫亦清。」又《題壁》云：「出山流水遠，歸鳥夕陽斜。」

香奩、竹枝，皆非正體，然亦不可少。凡一集中如奇山異水、喬林古樹，豈無碧草紅橋點綴其間？但專事柔靡，一味浮薄，恐壞詩品。

史笠亭太史鳴皋《象山縣西圃三友堂重構落成》詩：「誰謂此傳舍，沉吟尚在今。仍鋤荒徑草，最愛緑窗陰。香雪春常滿，流雲歲更深。五年如夢過，種竹笋成林。」《宿横塘山寺》云：「松竹峰環面小樓，白雲如水翠空流。山中何限瀟湘影，一夕横塘烟雨秋。」

賁黄理琮《元旦醝署試筆》云：「重門底事得相干，人近紅爐雪不寒。樓上有閒吟謝朓，山中無地卧袁安。宜年斗酒聊成醉，破凍梅花漸好看。商略騎驢出城郭，廣陵應比灞陵寬。」

鄭芸書副車韶性渾樸，口不言人過，好急戚友之難。家有狎鷗山莊，與諸詞客觴詠終日，爲蒲上領袖。所著《養櫟山房詩鈔・寒寺》云：「茅庵寂歷結嚴霜，選佛場空蔓草荒。絶壑凍雲栖古塔，枯僧破衲補斜陽。青松嶺畔孤烟冷，紅葉林邊半壁藏。最是漫山風雨夜，一聲鐘梵出微茫。」

秦衛廷維屏《過秩斯弟西溪草堂》詩：「人去荒園户每扃，重來蹤迹感飄零。山窗聲斷書函亂，草閣烟消藥竈停。花向秋風容易落，夢如春酒不難醒。含情豈獨離群雁，我已衰頽兩鬢星。」「秋風」、「春酒」一聯，是感嘆中悟語，人當極熱時，要看得冷澹。

方外藥根名汎湛，客白門。《同秦碉泉石橋夜話》云：「一壺村酒醉瞢騰，古寺荒凉短榻憑。滿地秋聲聞落葉，半窗蟲語共孤燈。年來別恨今消得，此後相思日倍增。風起塔鈴鳴不歇，雲山清夢隔千層。」

宗牧初本誠《移菊》云：「檢點東籬信，枝枝總放花。移香來小閣，分愛與鄰家。一月幽懷愜，三更素影斜。秋來詩酒興，端讓此君賒。」又《落梅》云：「飄零纔一夕，離別又經年。」

曹劍函湯鼐，松江金山人，著《筆耕雜識》、《齊物類鈔》、《醉鄉記略》諸書，洵稱奥衍。詩尤清萃，其《喜李子開過訪》云：「已分吞聲別，驚回客裏身。頻年魂入夢，今日汝猶人。自注：前曾聞客死。細認衰顏面，重知歷苦辛。登堂悲喜並，倉卒話難申。」《狄逸湖以賑荒死哭之》云：「桑梓遭荒歉，經營劇費神。如何能濟物，竟爾不謀身。搔首天難問，還魂事豈真。連宵風雨暗，寂寂正殘春。」

通州李漁衫懿曾工古文，尤擅儷體。爲詩清麗灑脱，刻有《紫琅山館詩鈔》。內《西涯晚步》云：「旗亭石凍寒不嘗，尋蹊散矚日曛黄，風高葉盡坡陁長。天外青山不到手，老鴉啄冰上枯柳，獨立蒼茫悄無友。星月乍吐蝙蝠飛，曳屐入市步將歸，更尋故人撾夜扉。」《過梁武帝墓》云：「太息梁皇墓，荒原久寂寥。鳥聲疑荷荷，松籟自蕭蕭。白馬悲前史，青山送暮樵。故城烟水外，凝望亦魂消。」

予幼侍外祖讀書，每得句，即口授予。一夕，燈下閒吟曰：「夢逐流光换，愁催白髮生。」予應云：「回頭多少事，感慨正三更。」時九歲，外祖憮然曰：「斯兒出口悽惋，恐當福薄。」

《國朝詩別裁》選野人古近體略備，又《賣書祀母》云：「母没悲今日，兒貧過昔時。人間無樂歲，地下共長飢。白水當花薦，黄粱對雨炊。莫言書寡效，今已慰哀思。」《過漂母祠》云：「薄省淮陰市，淒涼漂母祠。畫衣紛蘚迹，繡幔網蟲絲。進食調飢處，哀人受侮時。高情臺下水，千載碧漪漪。」歸愚尚書謂其孤懷高寄，近人中有此否？

詩用古人姓名字，一兩句尚可。曾有人一首中至七八見，見者笑云：「客已請齊，但欠酒席矣。」

胡舍人裘錞《秋草》詩：「青袍詞客已蒼蒼，又是關河落日黄。惟有歸心飛燕子，久無香夢入池塘。嘶殘吴苑蕭蕭馬，牧到蘇卿隊隊羊。莽莽天涯何處是，争教庾信不悲傷。」舍人字西埪，山陰人。

徐弁江孝廉錫爵，通州籍，幼知聲律，矢口成詠。弱冠攻舉業，暇即爲詩，力追上乘，厨烟日斷，而豪吟之聲出户外。嘗著《詩訣》云：「意欲其鍊，調欲其超，色欲其響，而尤以氣爲主。氣欲其雄，欲其鬱，但此非工部不能。」弁江詩宗杜，信如其言。曾梓《弁江詩鈔》數卷，没後失傳。

吴拙庵鼎新詩最脱，《初至武林作》：「怪道從來詩酒客，年年魂夢在西湖。十方福地無山水，千古情人有白蘇。」

武進錢竹初維喬詩才豪宕，邑侯聘掌雉水書院。其《露筋祠》詩：「蟲飛么魔，乃别蘭艾。孤芳不焚，焉有餘馥。雷耶隆隆，寇在四野。嫂則弗疚，妾何爲者。烈女不生蚊賊之，烈女不死蚊德之。萬口嘬嘬血肉乾，妾身不完兮身乃完。千秋兒兮河之干，靈帷颺兮清風扇。」視漁洋「門外野風開白蓮」句，自是雅音。如此實發，尤足闡揚幽芳。

予詩初無師承，後得梅原、片石兩先生而請業焉。梅原先生十歲能文章，通詩賦。及長，聲華馳遠近，屢困場屋。試北闈，同考奇其文。薦不售，抑鬱致疾，歸遂卒。僅梓《楓香閣集》數卷行世，餘俱散佚。予有句云：「驚人彩筆同花燦，絶世清才借酒狂。萬斛遺珠收不得，零編斷簡問蒼茫。」片石先生性孤介，尚氣節，爲詩音調激越，比之曉角哀笳。好苦吟，一字不肯率易。刊有《片石詩鈔》八卷。袁簡齋太史序：「抉端倪於造化，字字心精；發至性爲文章，言言血淚。」

許楊雲《山月》詩：「不知誰抱鏡，掛在白雲岑。萬壑照成雪，梅花寒一林。美人此遥夜，千里結愁心。解帶松風下，霜華流素琴。」清靈澄徹，讀罷恍在空青冷翠中也。

丹徒許介山廼揚家於溧陽之秦橋，著《秦橋詩鈔》。詩尚氣魄，不屑屑字句間。有《古意》諸作，極深厚。兹録其一：「門前白楊樹，栖宿雙慈烏。一巢哺三子，飛飛集平蕪。有子能奮飛，母氏已卒屠。朝啄野田粒，暮啄秋風菰。歸以飼所生，斯意人獨無。而我七尺軀，感此心躊躇。鐘鼎不可致，菽水徒區區。少壯不能養，老大將何如。」

一勺不飲，而有醉意；一偈不參，而有禪意。一石不曉，而有畫意；一字不識，而有詩意。此特取其意耳，是得風雅三昧。

石春鴒萬資工古樂府，又好爲金元詞曲，有《小青》、《李廣》、《畢卓》、《丁令威》傳奇。梅原先生題其後云：「判將熱血灑天涯，筆架珊瑚夜有花。流盡英雄兒女淚，紅牙板與鐵琵琶。」「蝸角蠅頭逐幾時，參軍吏部並吾師。醉鄉便是蓬瀛路，指向人間醒客知。」

讀李君虞《野田行》「昔人未爲泉下客，行到此中曾斷腸」，直爲普天下人當頭棒喝。

王百朋《丁卯中秋》云：「去歲中秋節，燈前病劇身。黄昏正風雨，白髮共酸辛。此日全微命，高堂失老親。不如垂死處，尚見倚閭人。」楊笠乘《不如歸去》云：「不如歸去，省我墳墓。十年萬里白頭親，腸斷縫衣無寄處。歸來五鼎列墓前，有淚不達重泉路。」湯建三《得家書》云：「一燈遊子夢，雙淚老親書。」何蕉衫《寄内》云：「珍重淚痕凝結處，爲予保護北堂萱。」與唐殷參軍「君此卜行日，高堂應夢歸。莫將和氏淚，滴着老萊衣」、孟東野「慈母手中線」，一樣沉痛。

讀書作文，總由父師驅使，惟吟咏出於興會，未可强致。能詩人必好詩，好則有夙契，學之易入。閨秀盧希郝，字秋崖，江夏人。都閫永泰女，姜蒼麓會照室。《咏蚊》云：「病苦炎蒸候，稜稜瘦骨支。當年淮水上，驚説露筋祠。」《誨子》云：「筆墨爲耕耒，吾家術業專。清無滋物議，貧不受人憐。有品斯爲貴，多財豈曰賢。高曾留矩矱，世澤重相傳。」立言珍重，亦復藴藉。

商氏女畹蘭，字湘九，邑之豐利人。七歲，賦《送別》小詞：「樹肯繫蘭舟，人要登舟去。」越二載殤。如此早慧，未竟其才，曇花一現，可嘆可惜。

揚州汪青蓮宏詩清深瘦健，極有骨幹。如「物以秋得實，天以秋得空」，眼前語，道得如此雋刻。

吴定生文祥爲詩沉著，無一浮語。著《廣陵遊草》、《東亭唱和集》，其圓熟處純以氣行。有《春日泛舟懷孫訒齋》云：「同來修禊人何處，依舊春波泛短篷。聚散因緣雲變幻，浮沉踪迹雁西東。折殘堤柳烟難緑，落盡蹊桃雨不紅。盼斷西溪芳草路，前歡回首夢魂中。」又《春盡日偶成》云：「風風雨雨誤韶華，新緑成陰滿院遮。一霎三春如逝水，去年今日正離家。莫愁遲暮吟香芷，偶爾飄零感落花。百尺高樓一尊酒，無邊烟草望天涯。」

吴蕙軒嘉謨《喜黄郁堂明府來自關中小集題贈》云：「故人天外至，曾歷萬重山。行李沾嵐翠，征衣帶雨斑。喜傾涼夜酒，驚改舊時顔。豪傑風塵老，驅馳亦等閒。」煞有杜意。

黄艮男理嘗作七絶數百首，爲《金鹵志餘》三卷。江葯船叙云：「雅韵宜人，最得風詩之旨。」惜未梓行。所傳者《宫閨詞》及《耕南詩鈔》。《銅雀臺》云：「《大風歌》歇漢高臺，銅雀居然霸業開。兵没春陵誰北指，地連漳水自西來。英雄老去分香日，兄弟名歸作賦才。珍重建安留片瓦，不同疑塚付蒿萊。」

予癖愛幽花，奈數椽外無隙地，柴桑風景，每繫情畫裏。適沙竹嶼金、范曉園丹樹、吴月亭懋珍、錢達川書江同人集錢南灣雙峰書屋賦《訪菊》詩，分韵寄予，一時興到，率成三十律。兹録其四：「轉盼西風緊，閒情問薜蘿。一年花事晚，何處得秋多。隔水憐疏影，沿籬踏緑莎。望如雲錦燦，畫裏發清哦。」「指點松陰路，雙扉向曉開。迎風香已透，冒雨客頻來。不厭茅簷陋，寧嫌瓦盎栽。天然無俗韵，一過一徘徊。」「别樣饒幽致，貧家草不鋤。壞垣斜日照，枯竹美人扶。小築無多地，凌寒只幾株。此間誰抱膝，風味想清孤。」「木落天愈迥，林疏路更幽。等閒孤夢冷，容易十分秋。步恐驚黄蝶，花應笑白頭。行吟弔彭澤，魏晉邈風流。」

宗蕙亭佩鸞早年力學，鄉薦不售。嘗遊燕、趙、吴、越間，著《岫雲集》。其《清江浦中秋分韵》云：「淮南芳桂落疏窗，良夜人停柳外艭。酒不能攻愁有陣，曲爲自度唱無腔。月明幾處秋思共，露白何年雁影雙。自注：弟客燕山。驚斷玉簫風裏咽，三更歸夢遶空江。」《咏白荷花》云：「君子從來存本色，美人原不愛濃妝。」

江陵張公松隱孝廉天然，予外祖母之父，宰長沙，卒於任，無子。聞有《嘯雲軒文集》、《燕京遊草》，俱未行世。予幼時，於外祖母敝笥中得《曉行圖》遺照一幅，自題云：「和風澹蕩鳥關關，愛煞疏籬緑水環。馬上一鞭清露滴，萬花香裏過春山。」

魏野堂邑簿耼年，潞河人，駐掘港，著《吟嘯齋集》。五言如「官閒疑是隱，親健不妨貧」、「樹密鳥聲雜，山深人語稀」，七言如「有情風月供詩料，無限雲山入畫箋」、「有客抱琴停午至，呼童沽酒趁花開」，俱有烟霞氣。

沈素芬大棨，吴蒼崖婿，時有冰清玉潤之稱。其《哭婦翁》詩：「愁雲慘澹泰山頹，渺渺驚魂痛不回。地下修文添健筆，人間問字失奇才。西州路近猶頻過，東閣塵封忍再開。從此音容常隔絶，深宵可向夢中來。」

鄭雷山有敦《登老竹嶺》云：「龍門落瀑響層雲，古戍雄關此地分。秋壑濤聲千樹合，梵宫人語半天聞。諮詢桑梓愁長路，指點村墟下夕曛。何事遺文竟磨滅，至今空説岳家軍。」相傳岳忠武駐軍此嶺，題「竹嶺雄關」四字，今不存矣。

楊虚谷邑侯爲歷城名進士，宰皋時，兩作鄉試同考，得士最盛。公餘輒手一卷不釋，文以高潔勝，書法顔魯公，而瘦勁過之。予曾見其自書《有感》詩：「風雨破空來，榜人色驚顧。豈敢貪行程，未是泊舟處。」

石澧原蘭《春日雜興》云：「一鈎斜月上迴欄，小閣深深燭影殘。絶是暗香三百樹，伴人清夢五更寒。」「水村風景正蕭蕭，約鬭旗亭酒一瓢。笑指緑楊深處是，澹烟疏雨過斜橋。」其弟湘蘅荃和云：「紅橋一帶草離離，緑水當門睡起遲。最是江南好風味，菜花天氣賣螺螄。」「燕子雙飛遶碧紗，粉牆高處是誰家。日長人困珠簾捲，風送秋千影半斜。」澧原兄弟素稱孝友，湘蘅早卒。

通州印樸居文《送友》云：「澹烟衰草滿關河，零落秋光奈老何。明月又圓人又去，良宵翻是異鄉多。」

季滄洲浩《秋館》詩：「冷落比禪扃，迢遥接野汀。門開秋水白，簾捲暮山青。作伴燈摇壁，澆愁酒滿瓶。風穿林葉響，爲我説飄零。」陳可齋錫《春夜香寂軒坐月》云：「寂寞子雲居，溶溶月上初。行吟三徑白，坐對一窗虚。竹葉清無滓，梅花澹有餘。羨他梁上燕，夢已入華胥。」

居予石瑾亦字雨十，吟詩時必面壁枯坐，殊有獨得之趣。筆亦清惋，著《拾芷吟草》、《魚灣詩彙》。其《自跋落花詩》云：「斷紅愁鎖讀書堂，鶗鴂聲中易夕陽。一片空花傷錦繡，三生血淚作文章。笑如可買金增色，春到將離土亦香。蘸破情瀾揮冷筆，年年風雨送韶光。」《輓陳可齋》云：「文人何事不艱難，身後身前徹骨寒。地下有誰憐范叔，人間惟我識方干。只餘辭賦能傳世，始信窮愁到蓋棺。此日空堂揮涕淚，西風吹答雁聲酸。」又《寄懷汪春亭》云：「卧高滄海日，吟老秣陵秋。」雨十弟瑛，號我石，曾刲臂療親，亦工詩。

登臨詩要寫得出。許生洲孫荃《登望川亭》云：「更登高處眺清秋，水樹千重一望收。直可攀蘿凌碧漢，何勞出世訪丹丘。山銜斜日雲飛動，天澹長空雁去留。怪得衣裳塵土净，泠然已過萬峰頭。」此詩置之盛唐人集中，幾無以辨。

周晴湖南負才不偶，少客京師，既遊豫粤，去家二十餘載。所著詩草甚多，惟見《和黄艮男贈别》云：「直以家爲客，良朋亟款扉。行將千里别，攜得一鞭歸。異地鄉心繫，空江雨氣微。同欣親尚健，愧我負斑衣。」去歲，蔣礪堂方伯延之滇署，馳書索題《採菊圖》，予寄《滿庭芳》一闋云：「名士耽幽，寒香正放，陶家有句堪吟。乘閒摘秀，宛向畫中尋。暫駐軟紅車馬，依然是、獨步疏林。何曾厭，柴桑冷滄，清興在籬陰。故園回首望，迢迢遠驛，疊疊遥岑。想庭闈夢遶，菽水情深。廿載間關客路，流光速、鬢易霜侵。西風裏，黄花盈把，一片感秋心。」

鄧孝威正字應召試後，隱居著書，選刻《天下名家詩觀》百餘卷，爲一代騷雅。朱以陶絲贈詩云：「到闕名應高李白，還山風直並嚴陵。花林載酒扶春杖，草閣編詩坐夜燈。」

吉水李醒齋振裕《謁文山先生祠》云：「宋家陵谷等塵埃，相國殘碑歷劫灰。舉世幾人祠下拜，寒山片石夕陽開。孤忠自可存今古，遺廟何妨付草萊。漫説春秋猶饗祀，一林風雨閉荒臺。」孤忠不藉饗祀，的是高論。

通州李但山玉鋐進士《赴福建臬司任》詩：「繡衣一著容先瘦，信案將成筆又停。坐月無聲憐鬼哭，擁衾有夢見天青。」仁哉言乎，吾愿爲民牧者銘諸座右。

從來以詩鳴者，非僅聲韵擅長，清風高格，代不乏人。如淵明之節，太白之狂，浣花翁言言忠孝，香山、東坡居官多惠政，此輩當爲千載騷壇增色。

通州胡殿元印渚長齡，爲詩莊華中亦復清雅。《咏野菜》云：「梳罷緑畦千甲坼，賣隨紅杏一肩挑。」《即景》云：「江聲寒草閣，雨氣濕烟岑。」

儀徵明府顔鑑塘希源，廣東人，博雅士也。嘗刻《百美圖》，月態花魂，珊珊紙上。各賦一絶，屬和者數十家。周陸舫題云：「跨鶴揚州宦迹牽，玉簫聲裏住年年。錦囊不載閒風月，獨譜霓裳下九天。」

陳定庵繹祖耄年失明，猶好詩，時吟咏自遣。《賦秋海棠》云：「背人誰與訴秋心，幽咽寒蛩小院

《遺興》云：「隔水已知春隱約，依梅同伴月黃昏。」《新柳》云：「深。最是瀟瀟殘雨後，千行紅淚滴牆陰。」云：「孤懷隨雁遠，萬感逐秋來。」

管竹溪贇詩筆高超。《題莫愁湖》云：「美人南國擅風流，占得湖名號莫愁。金粉消沉悲六代，紅顏僥倖鑄千秋。山光遠照修眉地，水氣涼侵勝弈樓。兒女英雄都不朽，青衫淪落只搔頭。」一氣揮成，結更悲壯，此題出色之作。聞竹溪卒年四十餘，無子。江立亭是其佳婿。

管天池湖博學好古，著《四書辨疑》。詩不多，而穩稱。有《咏柳花》云：「傷春那忍獨登樓，一望河橋滿目愁。映日亂隨芳蝶下，因風遥逐野雲遊。曲江三月飄殘雪，彭澤新年感白頭。游子不來鶯斷絶，夕陽亭畔水東流。」天池孫煦，號春臺，有文名。

予有感悼詞十數首，集曰《長恨編》，類皆爲閨中薄命者，未能全存。兹載其《金縷曲・題詞》云：「薄命千般苦，極堪哀、死死生生，情癡何補。多少幽貞人未識，蘭蕙香消荒圃。埋不了、茫茫黄土。花落鵑啼悽欲絶，剪輕綃、那是招魂處。静裏把，芳名數。　同聲一哭三生誤。恁無端、磨折聰明，無分今古。憐色憐才憑弔裏，望斷天風海霧。未全入、江郎《恨賦》。我爲紅顏頻吐氣，拂霜毫、填盡凄涼譜。閨閤怨，從誰訴。」

汪木園之琦生平多善行，恒爲鄉里所推重。著《紅杏山房詩集》。其《經前明許工部墓》詩云：「殘碑應再拜，過客認荒丘。節並蒼松勁，名因報國留。忠貞輕一死，簡册耀千秋。日落風聲起，蕭蕭野渡頭。」工部名孚，字恒舉，明靖難時殉節。

王筠圃淳十一齡赴縣試，文詞秀異，其詩《賦得早春遊望中》云：「雪消花外路，人上酒家樓。」時傳誦之。又《水窗》詩云：「紅塵飛不到，畫裏是誰家。風過翻簾影，波清漾月華。幽宜雙燕遶，僻愛綠蘿遮。小立香飄近，扶欄看藕花。」

先姑鄧孺人，年十九歸英華公。公早世，遺一子遵，又得廢疾。孺人守節三十餘年，備嘗辛苦，載縣志。姜淡餘先生題其《行述》云：「百千磨節比霜清，機窗冷透；三十載心同荻苦，血淚揮乾。」

管蒙山泉爲曹星湖先生門下士。曹有《東皋勸農詞》數十首，見賞於隨園老人，蒙山和之。兹録其中二絶云：「十日南風麥秀黄，預留淺水浸新秧。菜花開遍如秋菊，人過畦邊滿袖香。」「枝頭布穀唤紛紛，胼胝難辭四體勤。霡霂五更沾細雨，一鞭黄犢一犁雲。」

蘇可堂應祁《秋日偶成》云：「事過皆陳夢，情深易白頭。西風如許急，幾個解悲秋。」予業師冒莘田希尹先生攻舉子業，未暇留心聲韻。偶得句，頗近唐音。如《曉望》云：「棲鴉出蒙密，殘月落蒼茫。」《秋月》云：「露洗三霄潔，風披一鏡高。」

俞心田畊業岐黄，屢著奇效。與詩人吴石林友善，因習爲詩。間作小令，亦圓熟。其《西山訪隱・浪淘沙》詞云：「名利老英雄，車馬西東。幽棲誰在畫圖中。山色四圍苔徑曲，夏木陰濃。隱隱撥絲桐，門掩清風。小橋流水夕陽紅。籬裏花開籬外望，一片玲瓏。」

崇川副車周綺村長泰著《春柳湖莊詩集》，風調疏秀。其《同人游平山》云：「游去不知倦，好風相對閒。夕陽多在水，秋影下平山。吟草呼童負，烟蓬帶月還。重城歸路晚，燈火竹林間。」《登棲霞山》

云：「石醒三生夢，松聽六代聲。」《留别揚州友人》云：「秋山下紅葉，淮海又孤舟。」

管笏山正文室陳素貞懷《冬日對菊》云：「瓦盎秋猶在，還疑淚染丹。孤芳能耐久，晚節不知寒。影愛同梅瘦，英留帶雪餐。荒園殊寂寞，廿載此中看。」

黄旅庵室沈氏，年二十五撫孤守志，謹事舅姑，中外以節孝稱。江葯船作詩美之云：「黄鵠不復雙，孤雛繞懷抱。黄泉誓往從，古媛弗難效。奈此黄口何，呷纓甫啼笑。堂上慰晨昏，黄髮舅姑耄。黄花思鄂韡，伯氏吟苦調。顧言勉阿咸，孺子漸可教。黄卷佐勤修，紡績篝燈照。黄蘗苦可茹，黄虀酸可芼。黄甲榜兒名，黄封旌母號。一生冰雪清，黄壤千秋耀。」

黄耀文，旅庵子，性敏慧，母沈夫人親誨之讀。予撰《一剪梅》詞題其《課子圖》云：「機窗課讀一燈明，口授遺經，淚滴遺經。碧梧深院正三更，風倍凄清，月倍凄清。　蕭蕭落葉打疏欞，窗外秋聲，窗裏書聲。綸音他日下彤廷，子也成名，母也成名。」

文人韵士，遊覽生情，發爲詩，愈奇愈秀，固得江山之助，要亦具有性靈。否則歷遍名區，何能脱俗，泛泛題詠，亦罕見出色句。伴梅山人云：「卧遊人在畫圖間，草閣簾垂竟日閑。豈必登臨助詩興，自家胸次有溪山。」

詩無佳句，一派蕪濫，閲之生厭。不若談論灑脱，落落數語，聽而知非俗士。飲香軒居士云：「薄酒輸佳茗，清言即好詩。」

汪鳳巢《卧秋圖》畫意幽澹，如蕭騷滿紙。采芝山人題云：「高枕何妨，權避却、紛紛塵累。病維摩、都緣詩癖，非關酒醉。籬逕花稀苔半掩，藥爐烟裊門常閉。稱幽棲、四壁總蕭然，清如水。　嘗不了，窮秋味；揮不盡，悲秋淚。任遷延秋榻，新涼侵臂。落葉敲窗秋夢醒，西風滿院秋聲碎。卧秋人、聽徹十分秋，何曾睡。」調《滿江紅》。

曹星湖先生治皋時，勸農得士，廳前來白烏一，形類烏，瑩潔如玉，飛翔自得，越數月始去。是年極豐，扁曰「瑞烏堂」，繪圖賦詩，和者多人。予有句云：「喬林祇合珠爲樹，鸜鵒休矜雪作衣。」

徐公詠堂宗永宦遊多年，經諸名勝，官聲、詩句，爲時傳誦。《遊金山》云：「白雲縹緲一聲鐘，仙境驚看欲盪胸。疑是蓬壺傳畫樣，故教江海插奇峰。樓浮北固層嵐映，樹密西津積翠濃。俯瞰洪濤山脚湧，此身高坐玉芙蓉。」《登雁門山》云：「振衣直上翠微間，不憚嵯峨步履艱。拔地千尋瞻大漠，參天絕壁護雄關。藤纏古樹龍蛇影，雲擁荒巖虎豹斑。只惜秋深雁頻過，難將書寄故鄉還。」

詠堂歸田後，壬戌歲荒，出粟賑饑，同人作詩美之。公《六十自述》云：「生平一事差堪慰，曾爲饑民散俸錢。」

澹仙詩話卷二

如皋熊璉澹仙

冒芥原明經國柱《題片石先生集》云：「濕盡青衫淚暗流，斷無一語不悲秋。飄零莫問香山社，剩有人間兩白頭。」「贈我新詩首首傳，客窗猶記一床連。那堪細數平生事，泮水重遊六十年。」「蘆簾紙閣伴燈寒，不似鰥魚泣夜闌。我並兒孫無可當，示人詩草一編難。自注：集有「一編詩草當兒孫」句。」「君家海上我城中，百里關河夢不同。每一相思重把卷，閉門歌哭向秋風。」

武進閨秀吴永和文璧《咏虞姬》云：「大王真英雄，姬亦奇女子。惜哉太史公，不紀美人死。」可見千古奇行，豈無湮没，傳不傳亦由幸不幸耳。永和此詩，可以代史。

詩之佳處澹而遠，遠則有致。芙蓉秋水，遠景也；澹墨平林，遠境也；山鐘夜度，遠聲也。風情縹緲，正令人玩味無窮。

金匱顧蘭厓翃，秦玉齋學博外孫。性敏慧，未弱冠時，詩已驚長老。有《送冒笠漁之西安》詩：「舉世誰青眼，論交重白頭。吾徒寧碌碌，人事嘆悠悠。足迹三千里，風塵十一州。江天涼雨夜，送爾下扁舟。」《春日訪隱》云：「不識春山路，空林滿落花。偶隨樵徑轉，閑過野人家。有樹皆依水，無田不種瓜。垂髫多雅緻，對客解烹茶。」又「片雲寒獨鶴，秋水澹孤僧」、「蒼苔滿徑客稀過，涼雨到門僧未知」，筆境無一點塵氛。

感慨處每有好詩，故詩以窮而益工。但失意人，牢騷抑鬱，自所不免。即得意人，原不應無病呻吟，然其登臨憑弔，憶往傷離，非同木石，那得無情？試讀王右軍《蘭亭序》、歐陽子《秋聲賦》，宋玉云「悲哉，秋之爲氣也」、江文通「蔓草平原」之恨，一枝彩筆，千載魂消。予亦有句云：「具有高懷能弔古，斷無名士不悲秋。」

繡州孝女李氏，志在事親，終身不嫁。浙江李杲堂鄴嗣詠之云：「遠我父母，事人父母。誰無父母，誰有父母。一解。少慕事親，十年不字。長慕事親，終身不字。二解。謂我女子，謂我男子。宛然孝子，宛然處子。三解。有父母倫，無夫婦倫。嬰兒子後，惟此一人。四解。春雨梨花，年年寒食。麥飯一盂，父母之側。五解。」此詩表貞孝處格意一新，一結更淒惋，所謂節短音長。

江葯船明經大鍵《銀山門唤渡》詩：「鶴林招隱虛遊屐，專訪南泠欲渡江。驛館臨津横夕照，城樓隔水對高幢。偶來過客心千古，難遍名山目一雙。漁丈人從蘆影出，岸邊招我上吴艭。」《題馬瑶草山水》云：「漶水虞山都有集，貴陽畫亦擅專精。藝林尚欲争千古，不信諸公不愛名。」「大有烟雲入懷抱，那無經濟問乾坤。即看幾筆殘山水，楊柳疏疏似白門。」此二絶可稱史筆。

汪璞莊副使之珩家古豐，築文園，延諸詞客，輯《東皋詩存》，闡八百年幽光。去世後，江樵所客園中，夜夢璞莊言笑如平時，出詩稿一册囑選。醒時多不記憶，惟後有斷句云：「等閑一片東流水，隔斷茅堂二十春。」檢璞莊全集俱無。得毋生之所好，死亦不昧？所謂秋墳夜唱，語意瀟疏，璞莊其仙乎？

陽春烟景，朱門得之最早。當其鳥啼花笑，賞心行樂，雖四季皆有風光，一旦紅紫飄零，未免掃興。至華門陋巷，不過一味淒清，轉覺習慣。太倉沈受宏台臣《送春》詩：「一花一草何曾見，却道今朝是送春。」讀之慨然。予亦有詞云：「原不識春來，也憑春去。」

豐利雷鹽政司易繼室裴孺人，産於揚，年十八歸雷。越十載，雷遘危疾，孺人藥必親嘗。逝之日，哀慟欲絶，旋驅婢出，投環尸傍，兩目猶睨視焉。後同歸葬四川。海門盛菊廬景烈爲詩紀之：「仙梟飛落楚江濱，巾幗驚傳節義人。嘗藥回天心孝子，捐軀同日膽忠臣。隍池爲促兵威慘，割鼻還輸血性真。雙櫬扶魂歸玉壘，好埋香骨付鴻鈞。」

金壇潘南村高《秦淮曉渡》云：「潮長波平岸，烏啼月滿街。一聲孤櫂響，殘夢落清淮。」此金陵詩社題，作者多長篇累幅。南村出二十字，衆皆驚服，甚有袖詩不出者。可見佳處不在多，衆能服善，自是名流。

前人道過語，雖極新奇，後人再四翻用，便成熟套。須要深一層意方妙。至於翻駁，亦要近理，不必矯情强辨。

薛耀亭瑢詩多曠達，《雜感》云：「古人讀書高，今人讀書俗。開卷爲功名，矢志在金玉。猝然獲高科，榮身擁厚禄。少年務聲色，錦屏春簇簇。錙銖等泥沙，取之多不足。天涯望故園，宦海年華促。皓首羈一官，驅馳閃風燭。何如林下翁，十畝占清福。」「歲月有推遷，境運有轉移。往往市井兒，得意忘寒微。財非横不發，成家已可知。棄舊交顯紳，厚幣邀榮施。營求無不遂，所計延宗祠。貧家得子易，遶膝恒啼飢。富家得子難，肉食錦繡衣。艱難了不諳，姑息縱驕恣。所以創業人，子孫常流離。

持久有良策，積德以保之。刻薄絶後福，田園是禍基。同室生争端，漁色相沉迷。外侮與内患，百變消遺貲。白頭握籌算，至死勞神思。茫茫空手歸，身後誰支持。」二首熟悉世故，爲碌碌名利者唤醒黄粱一夢。

乙丑春，苦雨經旬，蒼苔不掃，黄古民畯攜友過訪，贈句云：「苦境能支通月雨，柴門不斷索詩人。」

黄越艇國豫《題樵月山人秋林觀瀑圖》云：「雲從山頭起，泉向山頭落。雲影與泉聲，晶瑩更寥廓。心源一綫開，萬派互聯絡。如是見本來，無礙亦無著。披圖飛瀑響，何時踐幽約。空靈儻有悟，源頭庶不錯。」語語悟境，未知禪和子能參及此否？

錢塘沈星巘《淮陰侯》詩云：「鼎足纔堪角兩雄，當年應悔滅重瞳。分羹父子恩猶薄，推食君臣誼豈終。獨有千金酬漂母，曾無一語感滕公。名成自古身當退，没齒休論戰伐功。」長洲劉東郊《過峴山》云：「當塗典午事紛紜，西蜀山川付暮雲。我到峴山無淚灑，秋風曾拜卧龍墳。」二詩未經人道，有此正論，方能咏古。

江渚民棻《空庭》詩云：「寒月韜光雲叠叠，冷露無聲風獵獵。驚起栖烏我亦驚，空庭颯颯飛黄葉。」《題于秋渚悼梅圖》云：「感舊情懷寄墨烟，珊珊移影到窗前。肯辜寒友三生夢，得受高人再世憐。索笑難忘幽冷境，招魂應在雪霜天。南枝不斷春消息，月地雲階悟夙緣。」《咏月》云：「天風凍結銀河水，老兔潛藏月魄死。霜威瑟縮氣蕭森，一碧寒光幾萬里。白榆丹桂樹長生，搗藥不聞杵瑽琤。

瑶臺嵬峩白玉京，中有蛾眉扃雲屏。《霓裳羽衣》奏誰聽，鸞簫鳳管抛新聲，青天碧海難爲情。神仙空占清虚府，輸與嬌憨痴兒女。氈帷樺燭競筝琶，獸炭紅爐歡笑語。烏啼霜落不解寒，那識三更風露苦。」見《爨薪集》。

陸念爾云：「詩主性靈，以人工累之，猶太虚著浮雲。」此論極妙。歸愚謂開廢學之漸，恐其流於薄。予謂有性靈者，可以加人工；有人工，愈以養性靈。譬如碧空澄徹，霽日晴雲，明霞朗月，點綴更佳。

揚州李晴山進士道南母胡太夫人少有苦節，課讀外惟事鍼黹，鍼斷即置之篋中。胡没，晴山檢篋，得斷鍼積寸許，海内賢士聞之，爲作《斷鍼吟》，不下千餘首。劉文正公統勳句：「錦繡文章鍼引出，玉金品格鐵磨成。」時傳其闗合之妙。

同里范月峰章鄰《途中即景》云：「秋山紅樹滿斜陽，白鳥銜魚上石梁。灝渺黄河天際捲，千帆飛入水雲鄉。」

汪春田爲霖，璞莊副使子，爲部郎，時隨上圍，以善射得賜花翎。屢官廣西觀察，聞多賢聲。歸田後，年未四十也。重葺文園，作《補園》詩：「荒徑支笻仔細看，一花一石愛求安。良醫良相心同苦，當局方知下手難。」「换却花籬補石欄，改園更比改詩難。果能字字吟來穩，小律千秋亦耐看。」

東臺丁文同名僎，能文章，工書畫。與里中汪謙子一夜賦梅花七律一百首，爲當時傳誦。有《碧山草堂遺集》。其《寄吴野築》云：「樹壓空軒静，雲歸古院深。扣門皆落葉，横榻剩孤琴。愁影燈前酒，寒聲雨後碪。應知今夜思，同是故人心。」又如「乞茗僧還楊柳寺，讀書人在楝花村」、「棋聲夜半和松籟，詩句秋深泛酒壚」、「青山容放鶴，紅葉送征人」，筆力俱清健。

曹邑侯龍樹，江西星子人，好吟咏，刊有《星湖詩鈔》。《題徐湘浦種蘭圖》云：「伊人湘浦客，九畹襲芳華。選得王維石，培成謝傅花。臨風開善室，帶月下仙車。我欲幽香佩，羅含正到家。」《詠漁父》云：「賣却今朝魚，買得明朝米。收網曬船頭，陶然睡去矣。蘆花淺水邊，不在風波裏。」《平涼道中看崆峒山》云：「一峰看過一峰續，纔過雲屏又繡谷。帶得新詩馬上吟，崖傍驚起梅花鹿。」

吴梅村五世单傳，至玄孫完夫，流落揚州，傭書糊口。黄秋平文暘、汪損之大宏，皆揚之好義者，爲之娶婦。秋平分館穀以周之十數年。生子一、女一。辛酉五月，完夫病殁。不一載，子又殤。秋平作詩哭之：「長歌何處覓吟魂，寂寞婁東舊宅門。不死當年悲國士，夭亡今日痛諸孫。千秋剩我稱私淑，十載爲公撫後昆。重讀遺編三太息，文章世澤兩聲吞。」

眼前景、口頭語，妙手揮來，都成好句。所以化腐爲奇，點石成金。一經俗筆，便道不出，愈覺拉拉雜雜，令人生厭矣。

同里閨秀顧鶴園志，羅他山昆室，其《外歸》詩云：「瀟瀟秋雨潑柴扉，遥見輕帆柳外歸。貧病連年兒女累，風霜滿面鬢毛稀。須知清淚盈眸落，多爲離魂入夢微。黄葉可炊瓶已罄，相逢悲喜兩依依。」想見清苦景況。

詩家和韵，用之贈答則可；至古人不朽之作，如陽春白雪，賞音尚難，豈能續和？且古人一時興到，未必自定千秋，珠輝玉照，竟至空前絶後，後人妄爲叠和，鄰女效顰，又何必歟！

七夕詩熟套可厭。宗杏原孔思《同人集露香草堂七夕》云：「一天風露晚凉生，當户簾開月遞明。盼到今宵疑是夢，生無長别不多情。空留嗚咽傳千載，縱有歡娱易五更。知爾平生辛苦慣，年年機上錦難成。」寄托處頗有新意。

夏夜露坐，涼風颯然，秧歌乍起，側耳遠聽，悠揚有趣。亦知無調無腔，不過齊東土語，但閒中即景，一種清機俱成天籟。因口占和之云：「林外野人歌，宵深月正多。臨風遥不辨，縹緲勝清哦。」

高雨船謨隱東村，顔所居曰「聊寄草堂」。著《杜詩説》，有《浮湘集》。兹録其《題斜陽館》云：「圖畫新晴後，園林夕照間。花爲池上錦，雲作案前山。緑净生凉早，紅鮮過雨斑。倚窗吟不盡，新月又柴灣。」《緑雪山房雜憶詩·石徑》云：「石徑自逶迤，花陰玉露滋。尋芳須屐齒，拾翠任蛾眉。苔碧塵踪少，霜清鶴步遲。不堪重到處，衰草日離披。」《迴廊》云：「幽閣潛通處，迴廊曲曲思。茶烟時澹蕩，花影復參差。覓句千回遶，鈎簾半壁垂。幾經風雨後，粉蝕舊題詩。」《咏美人風箏》云：「泠然似欲御風行，雲路何曾得遠征。有命恨同殘葉薄，不寒衣勝五銖輕。丰標迥與游塵隔，愁緒難忘一線縈。可惜韶光容易老，此身誰識是浮生。」

吴梅原先生《留耕堂送友》詩云：「風雪滿天地，君今何所之。故山太貧薄，久客亦支離。講院三更夢，家書七字詩。吴陵原一水，已覺峭帆遲。」《喜晤林鐵簫》云：「燭淚如人淚，霜華益鬢華。艱難十年客，浩蕩一還家。苦海真無岸，勞生亦有涯。團圓話深夜，濁酒向鄰賒。」《題沈金牧閨中清課圖》

云：「蕉雨梧風滿院幽，茗香書味共勾留。人生清福能多少，第一閨中解唱酬。」

通州朱硯農雨田《舟中述懷》云：「七里寒流一短橈，露天蓬鬢坐蕭蕭。孤鴻横月影添冷，老樹挾風聲倍驕。故宅到來惟信宿，曉塘歸去定連朝。那知是主翻爲客，又辨抽帆過石橋。」《即事》云：「蘋花秋水闊，柳樹碧陰寒。小艇時時繫，輕風一竹竿。」

黄岫衣雲號瘦人，客皋時，值姬人病歿桃村，不獲歸，遂收桃花瓣一笥，瘞於赤岸以哭之。丁熙莊爲立石，表曰「桃花塚」。于秋渚詩：「别淚染殘紅，一花淚一滴。狼藉滿壙中，年年春草碧。何處斷魂飄，劉郎尋不得。」

揚州黄澹人進士洙掌吾邑雉水書院三載，培植多士，士林德之。爲文洋洋灑灑，下筆千言，韵語其餘事也。《舟次宣州》云：「碧鱗鱗水蹙清流，漁網樵蘇共客舟。大好江山真似畫，暮春烟景不須秋。有懷太白皆因謝，無此詩才莫浪遊。極目高飛鷘梟鳥，去雲欲爲敬亭留。」《皖署齋中咏盆中白荷花》云：「玉井峰頭出世姿，盈盈静對夏涼時。綠衣暫染經風解，素質能肥帶雨滋。潔浄覆承冰署稱，光輝披映鶴翎宜。栽培小盎娱清福，那羡移根太液池。」「未嫌荏弱附瑶林，一種清妍仔細尋。碧藕茄莖扶玉骨，苦含的薏守冰心。地無塵鞅緇難化，天有炎曦赤不侵。却怪好名猶號白，何當知白問知音。」《題竹溪圖》云：「千個琅玕一角山，覭髳烟雨小橋灣。抱琴莫向前頭去，志在清溪流水間。」

范秋田光奎《斜陽館賞牡丹感舊》詩云：「銷得黄金耐得貧，牡丹開處想精神。生前恨血填香海，死後芳華戀故人。鴛侶有情争繡佛，鳳毛無恙苦留賓。我來正值三春暮，點點楊花欲化蘋。」

神童吴秋浦荻年十五,《病中口占》云:「洞口桃花春晝閒,偶隨流水到人間。塵心洗盡滄波冷,化作白雲歸故山。」「茫茫宇宙一空花,來路無踪去路賒。東望蓬瀛何處是,好乘明月踏青霞。」又汪士俊籲亦早卒,《絶命詞》六首,今録其二云:「孀居堂上苦難支,常恐深恩報答遲。今日翻爲慈母累,白頭風雨哭亡兒。」「論文把酒舊同群,離散無端似斷雲。歲歲春風寒食節,誰披荒草看孤墳。」

興化陸種園震,鄭板橋之師,工填詞,有《答胡修來》絶句:「故人短札問狂夫,擬買蓑衣作釣徒。肯到清秋來看我,大都船在鯽魚湖。」

仁和何春巢廣文承燕,獻葵邑侯子,梓有《春巢詩》、《詩餘》,語多天然,不事雕飾。《次曹星湖集霽峰園韵》云:「先生筆底有清風,惜别詩成錦繡胸。雉水重來憑一葉,越山歸去隔千峰。花如有約遲遲放,人最消魂草草逢。薄宦生涯嗟梗泛,漫勞執手問行踪。」又《雨後牡丹》云:「未晴天似含清淚,欲去春猶戀好花。」《懷友》云:「醇醲樽前覺,青山别後思。」

黄秋平配張夫人净因,能詩畫,紙閣蘆簾,倡隨筆硯間,傳爲佳耦。今年皆古稀。秋平著《掃垢山房詩鈔》,有《贈净因》云:「詩聖鍼神雙妙具,美人名士一身兼。也知料理堪花月,未免平章到米鹽。」秋平《和陳漁秋艷體詩題詞》云:「心情漸與佛勾留,閒對春光亦似秋。怪爾又紅千古淚,教人早白十年頭。香浮蝴蝶生前夢,影破鴛鴦水上漚。月是愁根花是恨,不堪哀艷入清謳。」

李郁齋義周,晴山進士姪,《立春前二日咏案頭白秋菊》云:「歷遍風霜吐萼遲,春來忽見影離披。幾時修到寒梅伴,獨有前生皓月知。破臘猶能存傲性,呵冰恰好寫幽姿。樽前多少雕瓊句,一片清光漾玉卮。」《勢交行》云：「古人交心不交面，今人面爲黄金變。生平我無富貴交，此中炎涼亦嘗見。今日乘車昔戴笠，車前不見下車揖。昔日狐貉今緼袍，門前冷落客蕭蕭。多少長安輕薄兒，片言杯酒訂相知。酒闌握别各歸去，忘却當筵投合時。」炎涼轉眼，大抵如斯。

先母高孺人性聰慧，幼侍外祖，與論古今事，口授《詩》《書》章句，輒知大義，過耳不忘。嘗隨外祖歷吴楚、閩粤，登山臨水，極遊覽之勝。歸先君子後，家故儒素，操作勤苦，追感往昔，時輒涕零。記外祖詩：「凄清伯道白頭孤，有女追隨愛讀書。抱膝哦餘煩口授，寒燈影裏伴咿唔。」《冰庵集・許由瓢》云：「瓢掛樹，一葉輕。風吹濩落夜有聲，不若棄之夢亦清。天下非大瓢非細，身外之物總爲累。」

詩能寒瘦，自是高格。但寒要清，不可失之陋；瘦要勁，不可近於弱。鄭芸書副車《咏寒燈》云：「扃門夜柝聽無聊，如豆光微伴寂寥。茅屋霜濃書罷讀，布衾寒裏手慵挑。吟回破壁餘孤影，照徹愁心耐永宵。自笑短檠甘久棄，雪霜牆角幾昏朝。」《題建蘭》云：「空谷品殊階下草，西堂賞愜夢中人。」《哭顧蘭暉》云：「生前每爲空囊諱，死後方知徹骨貧。」《課子》云：「經秋鬚鬢摧偏易，到骨文章識本難。」子四，俱能詩，茗仙其長也，名鑛。《慎夏》云：「修養端由澹泊成，驅炎計合問茶鐺。北窗卧怕梧風慣，驟雨來嫌葛帔輕。露坐休因望月久，冰競早爲嚼瓜生。中人暑覺塵勞易，襟抱先教百慮清。」

徐荔村《歲暮寄内》云：「短景荒荒歲又闌，西風心與鼻俱酸。依人自笑馮驩老，作客誰憐范叔寒。寫到家書千點淚，算來歸計十分難。此身只當從軍死，累爾青鸞鏡影單。」時方客皋，陶學博國果夫人顧得此詩，讀之淚下，謂學博曰：「邑有斯人，可令其流落不歸耶？盍爲謀焉？」於是同學醵金以贈，夫人首典簪珥，事傳遠近。

江葯船云：「顧瞻廬學博昔作《黄澹峰先生傳》，謂有集四卷梓。《東皋詩存》未載，今於其家見之。蓋捜輯所遺，珠沉劍晦，良不少矣。」其《對雪》云：「一夜千山白，乾坤作畫看。色分書幌曉，春入酒杯乾。孤鶴影初失，老梅香更寒。柴門無轍蹟，高卧愧袁安。」《坐雨》云：「涼風東北來，三日雨不息。深林烟火遲，荒徑人蹤失。閉門一牀書，先生方抱膝。」

冒甚原上舍春榮《謁方正學墓》云：「當年遜國事全荒，賴有孤忠峙表坊。十族捐生酬少帝，九原含淚見先王。丹心獨向青霄映，俠骨長留汗簡香。曠代依然高塚在，夜深耿耿落星芒。」《夫差廟》云：「一戰夫椒拓霸圖，東南誰不畏強吴。父仇未報美人至，敵國猶存謀士誅。廢苑春來花自發，空庭月落鳥相呼。靈旗畫鼓村農社，曾比當年歌舞無？」

詩以神韵勝者，許子遜《傷春》云：「夢回遥夜驚明燭，人對殘春戀落暉。」汪周士《獨夜》云：「徑仄秋花迎客座，夜深涼月戀人衣。」吴漪堂《答兄》云：「夢來乘夜月，詩好代家書。」劉南廬《山中》云：「十年見雁無鄉信，萬里看山有淚痕。」雲廬老人《殘菊》云：「夜月照孤三徑鶴，西風吹老一籬秋。」《泛雨》云：「短棹烟中轉，遥山畫裏迎。」

牽牛花迎涼乍放，竹陰籬落間揉藍一片，望如翡翠屏風。清秋曉起，別開一詩境也。因賦《如夢令》一闋：「斜月疏星相映，天上離魂初醒。淺翠幾枝幽，誰領五更清境。人静，人静，籬落蕭蕭風影。」

李嘯村葂《之白下别梅花》云：「將花時節僕夫催，曉出柴關首重回。月上已知無鶴伴，雪深更覺少人來。膽瓶貯水空斟酌，紙帳留香費剪裁。料得此行歸計早，抵家猶見十分開。」暗香疏影，如斯珍惜，真逋仙之流歟？

城南四五里，臨河而居者不數家。耕稼之餘，隙地悉種花樹，障以槿籬。開時紅紫爛熳，望如錦繡，既可遣懷，兼可治生。惜乎賣花翁非雅人也。予因倣板橋作《道情》二闋：「老農夫，手荷鋤。朝耕田，夜辟纑，呼兒熟讀柴桑譜。夕陽隴上驅歸犢，修竹林中掩敝廬。揮鞭唱出桃花路，好春光、郊原緑遍，聽聲聲、鳥唤提壺。」「老園翁，樂歲華。接梅枝，理菊芽，平明抱瓮茅簷下。滿庭春色飛蝴蝶，一路香風唤賣花。柳陰歸去斜陽掛，過長橋、吾廬不遠，手指着、矮矮籬笆。」

仲茘亭耀政《夜飲次李玉峰韵》云：「事過如春夢，愁多感歲華。對君雙鬢改，照我一燈斜。青草悲荒塚，自注：是日奠胡西垞墓。朱門説舊家。銜杯忘夜永，明月滿天涯。」《秋晚過僧舍》云：「夕陽古寺臨秋水，葦岸沙汀宿雁多。欲訪支公鞋掛處，一聲清磬出烟蘿。」

梅孝子嶺居拱極門外，母病，侍湯藥不少懈。既没，入殮時，憑棺一慟而絶。嘉慶丙辰秋七月事。徐湘浦運副徵詩文表之，郭曲山懷云：「一慟肝腸斷，牽衣到九原。《蓼莪》何待廢，孺慕此生完。」

通州曾保淳，字魯之，築蘭雪山房，花竹幽蒨，置書萬餘卷，坐擁其中。《讀杜》云：「杜老飄零日，憂懷苦未寧。風塵抛弟妹，魂夢戀朝廷。千古草堂在，半生烽火經。遺編誦遥夜，釭艶綴寒星。」蒼涼沉鬱，詩與題稱。又《瓶中白桃花》云：「誰從人面想冰姿，仿佛天台月上時。碧影横窗簾半捲，春風吹瘦兩三枝。」《探梅》云：「前村雪霽春光淺，冷肆人回月影高。」

釋白拈廣濟，海門人，住雨香庵。《山居答雲鴻》云：「聞君在山結茅屋，不種芝芋便種菽。披雲摘月就巖頭，萬壑千峰青滿目。昨日西林歸去來，《楚詞》帶雨挑燈讀。」措詞風雅，絶無方外之習。

邑中沙氏婦，夫遠出十年不歸，音書間隔。婦撫二女，紡織度日。值歲荒，絶薪水，閉户苦守，親鄰無知者。遂率二女赴水死。夫於是日歸，且載厚裝焉。聞者高其節而哀其遇，吴萼林翠峰弔以詩：「命同枯葉經霜薄，心比寒泉徹底清。」

儀徵吴思堂叔元《秋夜和瘦石》云：「入世悠悠苦太勞，魚龍滄海静波濤。空明萬里惟秋月，酩酊三杯只濁醪。有恨江淹吟《别賦》，多愁宋玉續《離騷》。欣君獨得新知樂，邂逅清時識俊髦。」

詩用虚籠最妙。徐元嘆《落花》云：「野水斷村路，孤烟生竹籬。」周陸舫云：「虚窗雨醒將殘夢，别院風留不斷香。」深得題神。張桐君《殘梅》詩云「美人半銷歇，明月與闌珊」，亦饒風致。

冒印山明經邦彦云：「感知己於寰中，同聲相應；得賞音於身後，千載如生。」可見文人終不湮没。

仲松嵐《題冒山民照》云：「紅塵誤我幾千里，白屋埋君三十年。愁有文章窮有骨，海濱一見一回憐。」「知交相許在知心，不是浮言説斷金。記得酒闌人未散，月明如水立花陰。」

吴蘇橋楓一字秋汀居士，歙人，工篆刻。《曹礪庵書高人只爲種花忙見贈賦謝》云：「不捨春光去，山中歲月長。永荒三徑業，自笑一鋤忙。抱甕侵朝露，狂歌送夕陽。多公來物色，滿座筆花香。」《題江立亭倚樓圖》云：「絶無車馬到柴門，柳色如烟隱半村。未免愁懷消不得，夕陽空戀旅人魂。」

鮑步江《登焦巖》詩云：「日向懷中落，江從掌上流。何人騎白鶴，今夕到滄洲。酒化千峰雨，簫吹大海秋。醉呼焦處士，汗漫與偕遊。」清空一氣，興到筆隨，三四與吴七雲「黄花應笑客，白髮未還家」、保天吉「有弟阻鄉國，無書到薜蘿」相同。流水對法，唐人每每有之。

繆亮士偉臣《雨花臺聽歌》云：「南城山下幾人家，緑水橋邊一徑斜。最是春晴歌舞勝，梅花香裏聽琵琶。」《送楊非馭返鑾江》詩云：「久戀烟波泛五湖，忽從秋水憶蓴鱸。囊中錦繡新詩句，篋裏峰巒舊畫圖。海氣東來黄葉冷，江風西去片帆孤。山亭擬待留賓主，剩有殘花醉玉壺。」

丹徒王柳村豫《登最高峰和李漁衫》詩：「天風倒捲白雲來，鎮日松聲下界迴。萬里波濤江樹盡，六朝城闕曉烟開。高人栖托原遺世，名士飄零始悔才。遥羡汝家滄海上，扁舟咫尺近蓬萊。」

看詩宜寬，校詩宜嚴。寬則循循善誘，助人興會；嚴則珠圓玉潔，令無指摘。然獎忠褒孝，題關風化，抑或孤寒無遇，殘編僅存，不得不姑留餘地，非傳其詩，特表其事與名也。

閨秀張玉妍淑蘭《春日即事》云：「倦繡抛金線，耽吟步翠苔。」《咏玉蘭花》云：「謝庭春冷猶疑雪，瓊樹枝高不染塵。」其妹文媖淑蕙早寡，撫孤守志。《咏寒鷄》云：「知時偏有信，立雪五更啼。」《春暮》云：「草香蝴蝶醉，花落杜鵑愁。」

史欣之發榮，笠亭太史季子，天資清絶，弱冠早夭。其《柳枝詞》云：「吴宫漢苑任周遮，秋色蒼涼集暮鴉。莫問雷塘舊風景，荒烟人弔玉鈎斜。」《黄葉》云：「一夜霜乾秋霽後，半山人過夕陽時。」皆十二三歲時作。聞有南、北《宫詞》各百首，《棣韡堂集》，俱未傳。

金赤城標霞《與友人論詩》云：「詩格清真是作家，那争冠冕與繁華。要知越女堪憐處，不在吴宫在浣紗。」

揚州薛芸人本《閒居雜咏·籬門》云：「僻愛塵囂遠，蕭然晝亦關。白雲環水曲，紅雨點苔斑。掃石安孤鶴，攀花出小鬟。何人調緑綺，隱隱畫圖間。」《蔬圃》云：「數畝生涯在，喬林衆鳥投。開軒望野景，抱甕擇清流。客至春堪剪，花時澹亦幽。藤蘿牽一片，緑遍土墻頭。」

羅兩峰《村居·望江南》詞云：「村居好，别樣小繁華。瓦甕慣陳年下酒，砂壺時泡雨前茶。留客課桑麻。」「村居好，仿佛五湖居。曲澗亂飛尋鬬鴨，小塘驚起戲花魚。有水種芙蕖。」

凡物不平則鳴，士有感則發。發於詩者，歡可以當笙歌，戚可以代慟哭。如鳥鳴春，其聲温婉；如蟲鳴秋，其音凄楚。

通州陳星房士璋文不起草，尤工儷體。《咏懷和昌谷韵》云：「彈琴秋樹林，寒月落古井。濕雲頹不流，天碧月無影。長吟怨晨風，短歌棄斷梗。曲終蜿旋摇，猿嘯蒼峰頂。」惜年二十卒。馮晏海雲鵬有《哀陳星房》詩：「一現曇花玉化烟，蒲桃百幅錦空妍。聰明豈是書生福，折到榮華更損年。」「昌谷知心又寂寥，自注：生愛昌谷詩，每效其體。亭前鬼語聽蕭蕭。青天碧海無窮恨，唤起靈均賦《大招》。」

石屺懷運開少作古風一首頗佳：「鴛鴦同水宿，燕子並梁棲。只有慈烏冷，空巢夜夜啼。」

莆田黄莘田任詩境清灑，汰盡塵俗。《雨後坐月》云：「雨洗山逾潔，氣寒光轉幽。露螢不自夜，風氣已先秋。烹茗籟遥起，拂琴泉暗流。清宵形對影，身世兩虚舟。」

江陰翁朗夫照《蓑衣》云：「記得寒江外，曾披上釣舟。烟波雙鬢老，風雨一江秋。戴笠偏相稱，垂竿亦自幽。子陵如愛此，應不著羊裘。」

無題詩不盡香奩艷製，或別有寄托。義山云：「春蠶到死絲方盡，蠟炬成灰淚始乾。」道出一生工夫學問。後人再四摹倣，絶無此奇句。

卜耐庵芳華《咏橘》云：「爛熳東籬菊妬黄，垂垂一夜著新霜。朝來翠袖迎風摘，染得吴姬玉手香。」《題友人壁》云：「四壁清如水，爐烟一縷斜。杜門人過少，微雨落松花。」

史澧蘭健《題王藝林雲印譜》云：「萬卷增輝煌，胸中著千古。劃處一鍼懸，文心細如許。峰巒肖玲瓏，龍鳳勢飛舞。十載琢磨功，兀坐寂無語。瑶屑時霏霏，清音落風雨。」

嚴擷芸芸《咏蘆花》云：「兩鬢誰同老，流光轉盼驚。西風千頃白，霽月一江明。冷映漁竿裊，遥憐雁夢清。水窗最蕭瑟，夜夜助秋聲。」

汪可堂懷信《暮春書懷》云：「寒儒生計托青氈，終歲何堪守硯田。三逕春歸花似雪，蕭齋人静日如年。簾閒風月憐枯坐，榻上琴書伴午眠。幸得眼前塵累少，蒼蒼還算有情天。」末二句是達士語。

袁晴嵐士華《春雨》云：「霏微三逕曉烟沉，應有飛紅滿樹林。化蝶夢隨疏漏斷，惜花愁到五更深。飄殘去國征人淚，滴碎傷春怨女心。多少輕寒簾幕悄，空庭如水襲羅襟。」又《晚霽》云：「返照穿疏樹，歸雲入亂山。」

閨秀顧月清金望，北墅侍御女，通州諸生劉士玢室。早孀，以節孝聞。《九場志》載其《咏古》詩云：「二妃泣湘水，湘竹爲之斑。嗟彼望夫石，千載立空山。孤貞渝珉玉，高節驚愚頑。若無松柏心，胡取桃李顔。哀哉崩城操，使我常淚潸。」

邱嘯竹篁《咏楓葉》云：「望中檝檝又蒼蒼，多在寒山石逕旁。樹底恍疑含宿雨，枝頭常似帶斜陽。質殊衰柳先零露，色與黄花共傲霜。贏得吴江詩思健，一時萬古占秋光。」又《和汪鳳巢送春》云：「年年春去苦咨嗟，騷客傷離兩鬢華。何用臨風嘆漂泊，夭桃原是眼前花。」

顧湘船孝廉金棻，北墅侍御長子。所居三里樓，擅園林池館之勝，與蒲上諸名流共觴咏。其《春日遊南關》云：「鯈魚出從容，樂意誰能會。烟水極蒼茫，蕭蕭蒲城外。我來挈吟朋，狂歌入烟靄。蒹柳緑半村，芳草青一帶。遐想凌波仙，動摇雲中旆。安能生羽翰，從茲軼塵壒。」又《新秋招同人小飲》云：「荒館不嫌寂，一林蟲語幽。況逢新雨霽，已是嫩涼秋。往事蕉邊鹿，閒情水上鷗。開礴團近局，好向醉鄉遊。」

管碧薌鼎《得故人書口占》云：「鄉園落落眼誰青，引疾歸來歲幾經。每對樵風懷遠道，那堪荒海數晨星。碧梧易動先秋感，疏柳難禁冷露零。盼到雙魚遥慰我，夢魂長繫竹西亭。」

冒春園椿《平山堂探梅》云：「無徑不從花裏入，有山都向雪中看。」黄曉峰巖《楊花》云：「團來一片風爲主，飄散天涯水作鄉。」汪可堂《古寺》云：「破殿塵飛多遶佛，荒階樹老欲參天。」宗蕙亭《生朝感懷》云：「半世空驚花過眼，十年再度雪盈頭。」黄詩林傑《雜感》云：「經過富貴知春夢，盼到兒孫感暮年。」或刻畫，或寄托，各有佳處。

石晚晴萬實閉户避俗，爲詩有意境。其《西涼關即景》云：「晴岫通天四面環，身如老衲伴雲閒。悲風冷節花無信，積雪孤城燕不還。絶少春帘飄緑野，但聞畫角響青山。蒼茫日暮稀人迹，一片斜陽悴旅顔。」《贈友》云：「才稱絶世偏遭妬，名到驚人未許逃。」《書感》云：「淺水池塘鷗欲去，落花庭院蝶難留。」《敖陽道中》云：「聲傳野樹難名鳥，香滿空山不見花。」《曉發咸陽》云：「瘦馬踏乾黄葉路，寒鐘敲碎白雲峰。」

春日遊萬花谷，賞心悦目，無美不備，猶之詩篇羅列，色色生新。但好句不可多得，何能同此佳境？姜澹餘展《鋤園》詩云：「未妨存細草，原不礙名花。」

東臺姜五橋上桂《金陵春望》云：「萬疊雲山一望賒，夕陽村店酒旗斜。樓前翠暖摇珠箔，湖上香温出繡車。六代風情牽柳帶，半江烟雨送桃花。殘金剩粉無人問，空向臨春説翠華。」

江都朱老匏晃偃蹇不遇，貧病死。詩瘦削處時露鮮麗，如《白秋海棠》云：「十分好月秋消瘦，無價明珠淚長成。」《送石上人》云：「夢遊寡鶴孤烟外，詩在寒蛩冷寺中。」《春柳》云：「曉夜露凝遊子淚，抑揚春困女兒腰。」《春泛》云：「柳綿纏燕嘴，花雨漲魚腮。」

遂安方渭仁象瑛《過姚廣孝墓》詩：「佛法兵機未可論，深謀已負孝陵恩。金川不復知君父，鐵券原非計子孫。趺坐功臣陪太廟，侯封釋子壯宗門。西山亦有南歸衲，孤塚誰哀萬里魂。」廣孝不可無此一闢，堂堂正論，嚴於斧鉞。

讀書人未遇時束手空談，雖無功亦無大過。一旦出仕臨民，非僅恃斷才，尤宜重心術。袁簡齋《沭陽雜興》云：「訟豈得情寧結早，判妨多誤每刑輕。」有古循吏風。

江寧岳務齋樹德，水軒詩人子，嘗遊簡齋太史之門。著《小有山房詩鈔》，有「篋惟遊草妻孥笑，囊少黄金里巷輕」、「吟客性情多愛月，異鄉風味怕逢秋」，語意清真。

蒼松翠柏，愈高古愈見秀鬱；秋笳曉角，愈凄惋愈覺清亮。故詩有骨幹，自有色澤；有性情，即有聲調。

黄霜橋《寄懷沭陽吴南畇甸華》云：「浪迹勞空訪，音書隔歲通。停樽懷舊雨，望雁立西風。客路經愁裏，江鄉憶畫中。迢迢惟一水，又值蓼花紅。」

國初石匏庵瑛、子巢雲湘，俱以詩文名世，刻有專集。其後人竹船萬淦《集大觀樓送吴樾臯司馬北上彌上人留飲同人分韵》詩：「送客京華去，因登古寺樓。帆隨春樹遠，水帶夕陽流。未聽花前磬，焉知世外幽。山厨出清釀，暢飲合消愁。」

黄佩芸端與弟旅庵寧讀書子舍，友于甚篤。旅庵素愛菊，殁後，佩芸繪《憶菊圖》哀之。桐城張蠡秋曾虔題云：「望雲無好懷，姜被經秋冷。不見種花人，疏燈耿寒影。」同里吴蘭谷之芬賦《滿庭芳》詞云：「竹瘦篩風，桐疏漏月，閒窗如許凄凉。縈懷何事，枯坐黯神傷。豈是前身宋玉，多悲氣、怕近重陽。心酸惻，闌干兩淚，灑遍菊花黄。當初聯袂日，連枝並茂，跗萼同芳。愛竹籬瓦盎，妝點秋光。不道霜催雨折，人去後、三徑都荒。難相覓，謝庭佳話，春草夢池塘。」

吴篔谷琪愛蓄書畫，工詩詞。《過雨香庵懷沈碧岏》云：「落落行囊劍與琴，飄然應是入山深。緑天空映籠紗句，蕭寺誰來抱膝吟。四載風光魚雁杳，三更影夢海雲沉。未明生死長離别，曾共維摩淚染襟。庵僧自拙與碧岏結詩社。」

馮楝堂鋆精於醫，詩亦輕便。其《月夜聞簫》云：「數聲吹徹碧雲端，露滴空庭月正寒。花外樓高清夜永，不知誰倚玉欄干。」《殘花》云：「落地香猶在，因風舞更妍。」《棋聲》云：「燈前逢敵手，局外索知音。」

陸放翁詩云：「山重水複疑無路，柳暗花明又一村。」寫景活現。予謂文章出落佳處，當以此聯移贈。

葛芸洲逵愛山水，嘗遊吴中，著《篆緑閣吟草》。《咏春燈》云：「銀缸掩映篆烟銷，澹蕩春風拂絳綃。報喜有花紅昨夜，畫眉餘燼剩今宵。芸窗伴我三更讀，綺閣窺人百樣嬌。最是無情深院裏，一簾梅影半飄摇。」《憶雪》云：「同雲不上蔚藍天，謝賦吟成望眼穿。空有詩情寄驢背，夕陽流水灞橋邊。」

何秋潭瑩早世，詩意清惋。《臘後管松溪招集分韵》云：「不惜金錢治一餐，吾曹貧裏逞豪難。傷心事在眉終鎖，前度人亡骨已寒。謂片石先生。緑醑有情浥臘味，素娥無語照詩壇。壯懷肯自頹風雅，開到梅花仔細看。」《十友社坐雨》云：「弈局半殘猶戀劫，吟魂未定恐催租。」

少年人爲詩一二首，便知大概。近見管春臺門人王雪齋麐書《題乘槎圖》云：「日出海天晴，畫裏烟雲遶。一棹借長風，直上蓬萊島。」其發越如此。

管實齋篤年未弱冠，文思敏捷。《咏杏花》云：「越顯文章麗，何殊錦繡工。上林春第一，紅雨拂花驄。」寄托處頗自不群。

去馬塘東七里，有旌表節孝坊，爲張處士敏修妻立，里人即以名其地。冒劍城玉錕《過七里坊》詩：「遥天清似洗，倚棹看蒼茫。一碧長河水，千秋七里坊。魚鹽成小市，雲樹入仙鄉。今夜篷窗宿，風生枕簟凉。」

孫茨山維垣聘陳茂齋女德貞，未婚，孫卒，女矢志守節，依奉孀母。予贈詩云：「早歲鸞分未嫁時，孤貞但記《柏舟》詩。修篁灑遍凄清淚，白首功成萬古知。」「流芳即是報劬勞，誓守空閨氣亦豪。一片冰心堅似鐵，寒梅窗外月輪高。」

江寧明經李榕莊大紳，兀傲不群，雅重何蕉衫。詩皆點定，多幽峭瘦刻句。如《題靈澤夫人廟》云：「千秋再灑湘妃淚，萬里難歸蜀道魂。」《過友人山居》云：「遶座梅花香到骨，隔江山色淡於詩。」《題董雲樵窺園》云：「花間三徑曲，樹杪一亭虚。」「鄰借登山屐，魚遊洗硯池。」「是村皆畫意，無樹不秋聲。」「困空猶飼鼠，地隙便栽梅。」

鄭湘芷湘《贈秋水山人》云：「讀書豈必皆觀國，學佛何須定出家。」見解極高。

湯雨生貽汾，武進人，廕襲雲騎尉，前補揚州三江守戎。爲人灑落有氣概，博學多才，於韵語尤癖好。詩俱散失，偶見其《與滄華僧換花》云：「換花殊好事，著眼却求新。僧挈籃來砌，僮攜鋤去鄰。經營半畝業，斟酌一籬春。各有林泉癖，三江兹二人。」又《偶成》云：「庭前草偃風無影，枕上松喧月有聲。」

江寧董雲樵岫南少負過人才，文不屬草。中年棄舉子業，築室青溪之曲，編籬種花樹，名曰「窺園」。爲詩有寄托，其《詠鷗》云：「與鷺共忘機，晴江澣雪衣。閒迎孤客舫，戲逐釣魚磯。片片翻輕浪，雙雙舞夕暉。青雲原可致，自不愛高飛。」又《遣興》云：「村酒半壺三度買，鄉書一日幾回看。」《留友人飲》云：「秋盞碧同酌，夜燈紅獨攜。」句亦雋。

管鳴石聲《題攜琴圖》云：「烟雲滿深山，攜琴獨來往。此處一揮絃，定有神仙賞。」淡淡數語，寫得空闊。

王雪齋《呈左邑侯樹堂》詩云：「察隱秋毫辨，琴堂玉鏡光。絃歌遍城郭，吏治出文章。鶴放層霄闊，花深夾道香。欣承時雨化，小草近門墻。」

王雪齋《白雁》詩云：「矯矯凌空萬里秋，尋常鵷鷺豈能儔。潔同湘水塵難染，隱入蘆花夢更幽。月底孤飛翻玉翅，風前有字仿銀鈎。是誰一見增惆悵，蘇武天涯已白頭。」又《二十述懷》云：「一編静守恐拋荒，添線工夫日漸長。所幸扶鳩恒健步，誰憐獨雁不成行。風前每悵雲程遠，夢裏頻思月桂香。聞道三公輸菽水，依依把酒奉高堂。」

蔡雨田潤世業堪輿，兼善青囊。性嗜吟咏，嘗與洪介石、汪半江輩共相唱和。有《喜介石歸自雉城》云：「幾番辛苦滯他鄉，殘歲歸來詩滿囊。落落壯心渾若夢，絲絲愁鬢易成霜。居同懸磬貧能達，性比疏梅冷更香。我有離思難盡訴，聊將杯酒潤枯腸。」

徐濂渚蓉博覽群書，論古有識，不多作韵語，偶爾吟咏，亦有唐人風。適見其《吴陶鄉招賞菊花聽徐又林鼓琴》詩云：「故人老圃洗繁華，斗酒能謀不用賒。有客偕來慚孺子，無絃莫謾説陶家。蕭疏淡影偏宜月，飄泊紅顔怎及花。時又林鼓《昭君怨》。如此秋光須愛惜，一枝取插帽簷斜。」

汪蒲洲起漣《園居》詩云：「懶性耽林下，蘿陰啓竹扉。水如明鏡遶，山作翠屏圍。睡起樵歌近，春深野菜肥。滿階踏花影，擕酒月中歸。」蒲洲爲人愛清高，隱居種菊，縱情詩酒間，仿佛柴桑風致。

袁春谷培工書畫，尤精山水，時仿米襄陽筆意。其《題畫絶句》云：「遠山澹若雲，遠水白於雪。盪舟歸去來，空灘釣明月。」

方蕙《見玉蘭花有感》云：「杜門人忽渺天涯，庭院深沉淡不華。自覺傷心衣似雪，誰云寫恨筆爲花。亭亭手種留先澤，皎皎冰清絶點瑕。天肯栽培春自茂，重陰長望護山家。」

繆澹書榜《訪孫劍樵不遇》詩云：「客槎泛東海，秋風懷素心。美人不可即，徒勞空谷音。花開青嶂合，鶴遠白雲深。久坐誰同語，閒調壁上琴。」

喻野樵林客都中，母沙麗珠寄詩云：「檻外西風急，驚心歲又殘。思兒千里夢，夜夜到長安。」

王心泉臣生而敏慧，七歲賦《雪》云：「風前壓竹枝，月下肥梅影。」惜未永其年。

通州保杏橋希賢《遊棲霞山》云：「附葛凌千仞，遥空放眼看。烟波塵外遶，天地此中寬。石磴蒼苔秀，松陰白晝寒。一聲清磬響，疑在碧雲端。」又《題積翠山房》云：「掃逕餘苔緑，烹茶選葉紅。」

保杏橋愛日園題詠甚衆，閨秀洪月村素詩尤清逸。杏橋贈句云：「從今五色生花筆，不屬江淹屬孟光。」

繆澹書《題妻梅子鶴圖》、《老馬篇》俱佳，未及備載。其《九秋吟》極幽雋，兹録二首。《秋琴》云：「撫絃寄孤興，惆悵流光换。十指生清寒，彈落平沙雁。」《秋笛》云：「枯柳易飄摇，一曲秋千頃。誰向月中吹，吹得紅樓冷。」

曹佩鸞若琳《水繪園懷古》詩云：「一代風騷遠，亭臺已久荒。疏林落殘葉，清磬擊斜陽。水氣侵簾冷，秋聲滿院涼。路人話遺事，回首弔蒼茫。」佩鸞，克齋子，早失恃，孝事繼母。能詩，惜未多見。卒年三十四。

曩聞菊花盛於亳州，近皋邑名色儘多，適見緑菊一株，秀而文，光如碧玉。予口占紀之云：「誰傳佳種費搜尋，隱在陶家竹徑深。五柳門前脱春色，孤松石上伴秋心。臨風翠袖寒同倚，待月疏籬酒慢斟。紫艷黄華減丰致，碧窗如水試清吟。」

客有《村女乘牛圖》，内題辭一首，殊大雅，詩云：「衣裳淺淡鬢烟籠，牛背春光燕舞風。青史千秋怨傾國，苧羅多事入吴宫。」

薛峻如晉，國初孝廉，與弟副車湛齊名。《過閒園》云：「幽窗一碧竹千竿，風過蕭蕭白晝寒。信道子猷無别好，瀟湘宛在畫中看。」

薛竹坡鷗，孝廉後世，居東村。《寄弟耀亭》云：「江上西風急，相將買棹回。柴門留夜月，瓦盎足新醅。作客終何事，躬畊豈不才。東籬舒老眼，剩有菊花開。」

甘泉楊如川子雲《過靈澤夫人廟》云：「萬頃江流湧，蟂蟣聳大荒。旛幢懸皎日，劍戟凜秋霜。死並鬚眉烈，名留史册芳。當年全大節，閫閾重綱常。」詩頗稱題。

楊如川《弔駱右丞墓》云：「荒土一坏名不朽，青山千載月同孤。」《登赭山》云：「猿啼澗樹驚鷗夢，鶴避茶烟引客遊。」

閨秀黄韞玉，心白先生女孫，若元女，父祖皆名孝廉。承家學，能吟詠。未嫁而寡，青年守節。間爲詩，清逾冰雪，天性使然也。如《白荷》云：「水國塵難著，冰心暑不知。」《題畫》云：「天高孤塔迥，月上萬松寒。」《孤鶴》云：「絶巘乘風過，遥天帶月歸。」《秋燈》云：「清挑深夜雨，冷照讀書心。」予亦贈句云：「嫦娥海上冰輪潔，謝女窗前白雪香。」

盛暑無聊，炎蒸蝸舍，得《雜詠》數絶，山歌牧唱，亦消遣法。《品畫》云：「輕綃慢捲午窗閒，萬斛涼生几席間。看取蕭疏稱妙墨，子昂風竹米家山。」《話雨》云：「握塵評花齒亦芬，瀟瀟窗外洗炎氛。閒中儘有千秋感，魏晉清言久不聞。」《彈琴》云：「尋常一曲渺難工，流水高山此興同。香裊疏簾涼滿院，七條絃上引松風。」《讀史》云：「熱場回首雪霜寒，觸緒茫茫感百端。醒却浮生多少夢，千秋成敗片時看。」

徐珠浦《春草》云：「有時濟世堪爲藥，任爾成叢不礙花。」《釀秋》云：「多病人憐山漸瘦，夕陽花似酒微醺。」《遊天平山》云：「雲生對面疑無路，鳥到忘機不避人。」皆新警。

澹仙詩話卷三

如皋熊璉澹仙

古今好詩，有目共賞，或曲高和寡，或異曲同工。昔杜陵不喜陶，歐公不喜杜，漁洋與秋谷齊名，互相齟齬，然佳處終不可掩。查太史詩：「五千言領知希意，不要人人盡賞音。」

丹徒愛蘭女史王瓊，上舍柳村妹。聞著作甚富，惜未之見。曾以所輯《名媛同音集》寄示，類皆清超澹遠，不落脂粉艷習，殆閨閣中復古士也。其姪女廼德《江上》詩云：「乘興步芳渚，悠然詩思閒。儂家住江上，只愛看青山。」何等幽曠。又「茶香刪舊句，雨過看新秧。」廼德字子一，著《竹浄軒集》。

吴石林廛癖好林泉，家貧，未能遠探名勝，每每寄情圖畫。撰有《是園記》，點綴蕭疏，得陶淵明《桃源》、庾子山《小園》風味。江片石先生題云：「萬想何難幻作真，區區丘壑豈堪論。那知心亦爲形役，憐爾飢時畫餅人。」「寫盡蒼茫半壁天，烟雲萬叠上蠻箋。子孫翻得長相守，賣向人間不值錢。」黄艮男題云：「一片蒼茫紙上秋，爲亭爲沼境何幽。故人風雨空相訪，只許先生作卧遊。」「往日繁華蹟易墟，後人憑弔每躊躇。洛陽不少《名園記》，直恐當年亦子虚。」石林《題黄楚橋學圯續東皋詩存》四絶云：「不教黄土蓋文章，探勝如披二酉藏。賴有鮫人臨海住，却從水底識珠光。」「看花騎馬玉京遊，冷坐青氈誤白頭。君自有爐同大造，不論榮悴鑄千秋。」「好名心事没猶存，片紙留傳總是恩。此夕柴灣村舍裏，殘燈風雨爲招魂。」「文瀾重叠浩無垠，風雅中人好問津。萬頃汪洋千尺水，看來叔度並汪倫。自注：謂汪璞莊副使輯《東皋詩存》五十餘卷，已入内府。」

大忠大孝，自足表揚青史。至於荒隅隱德，無人得知，善善者形諸咏嘆，流芳海内，即是筆頭功績。雲廬老人有句「世有文章傳姓氏，功憑翰墨表幽貞」，即此意也。

山陰胡上歷驥《題五人墓》云：「細雨芊芊碧草春，義雄魂魄尚精神。當時政令歸權宦，一代松楸有庶人。未解閉門誠好勇，須知直道在斯民。衰翁來坐斜陽裏，嘖嘖猶傳舊事新。」此題當以此首爲最，讀之覺五人千載有生氣。

儀徵吴蒼崖孝廉鵬孫爲人負意氣，嘗建義學於掘浦，延名儒，使貧不能讀者就塾焉。詩格清真，著有《蒼崖集》。其《題漁父圖》云：「荻蘆叢裏即爲家，兒女長年笑語譁。一任風波飄泊慣，人間不信有天涯。」「今古滄桑總不聞，罾罛逐隊弄斜曛。忘機誰信同鷗鷺，機事機心付水雲。」

李嘯村《學圃》詩云：「豆藤瓜蔓散難收，栽竹爲棚待有秋。垂實也供鄰舍飽，任風牽引過牆頭。」想其胸襟何等灑落。

《睢園吟稿》，邑明經李松友筠著。《題張蓴思琴囊》云：「何人識曲工，雲錦襲絲桐。音本傳絃外，神應解個中。東瀛環澒洞，西華削巃嵸。萬境都囊括，區區抱古風。」聞松友有古道，詩亦淳樸，當如其人。

國初名媛吴蕊仙琪，長洲人，工詩善畫，管公子勳室。管死爲尼，號輝宗，以節聞。嘗駐如之洗鉢池。其《村居秋夜》云：「戢影蓬蒿厭得名，閒吟長伴草蟲聲。平湖月上魚無夢，深樹雲來鳥不驚。世慮漸消秋氣爽，山花欲放旅魂清。從今我欲乘風去，好和緱山子晉笙。」又《送别》云：「萬里從軍急，孤身倚劍遊。」蕭澹處又極豪放。又吴江周羽步瓊與蕊仙爲文墨交，因避難過如。有《溪上偶成》云：「小橋明月燕雙飛，獨倚孤松坐翠微。露潤石床苔徑冷，一溪花影抱琴歸。」丰韵珊珊，餘皆慷慨激越，中有俠氣。惜其窮途漂泊，命因才累。人生失意，無分今古，能不掩卷三嘆。

陳香國號桂仙，通州諸生陳善之妹，適金沙場貢生葉宗洛。《示子》詩云：「意外須留意，群中想出群。貧家無長物，黄卷湧青雲。」《憶親》云：「莫怪詩篇廢《蓼莪》，篇中字少淚痕多。女兒貧病男兒老，到死其如罔極何。」至性語，一字一淚。

星子曹嘉年，星湖邑侯姪，聘同里查氏，未娶而嘉年卒。查年十九，誓歸守志，凛若冰霜，四十餘年如一日。星湖詩集載詩五首，述其苦節。予見其人蒼顏白首，贈句云：「冰壺冷貯玉無塵，緑鬢今爲白髮人。抔土自諧同穴願，百年終是女兒身。孤松静伴空閨老，苦竹頻添血淚新。四十星霜如一日，花開花落不知春。」

向讀《文致》，卷後書二絶，《咏燕》云：「翠遶紅圍玉剪裁，進身高處慣徘徊。朱門不改春如舊，歲歲天涯逐隊來。」《咏朱門》云：「當路輝煌駟馬馳，争趨人恐曳裾遲。其間冷暖風光異，只有穿簾燕子知。」未省誰作，寓諷處尚覺婉曲。

徐德泉珠，湘浦司馬次子，性沖澹，詩情幽逸，如雁唳清秋。古體雄健，曾見其《讀侯貞友潤州遊草至焦山詩題句》：「文章擅變幻，造化具大奇。陰陽無軌范，山川有殊姿。長江西來一萬里，發源岷蜀東注此。奔流直下有歸束，金焦兩峰相對峙。海門扼鎖氣不洩，萬古中流作柱砥。金山如朱門，焦巖如隱士。蒼巖翠壁睨欲無，青螺一點浮春水。山靈奇氣自鍾秀，侯生藴蓄天所授。憑軒句挾海濤飛，拾級語侵山骨瘦。焦先不可作，江月頽山坳。眼前佳士獨醉倒，狂歌唤起春江潮。王郎鬱塞虎痴絶，侯生首向蒼冥搔。情於此放，詩於此豪。幻想欲跨雲中橋，横空萬丈連金焦。侯生安得爾我共招邀，看君落筆青天高。」

咏物詩寄托爲佳，次則略點正面，餘用借映，如畫家白描。若專事刻畫，雖極精工，便似著色牡丹，非不悦目，求之神味，則索然矣。

揚州邵蓉江文鴻早孤，奉母郁夫人教讀書。工詩，尤精四六。有寄璉絶句：「遊子歸裝潤畫圖，圖開一字一明珠。白頭喜附千秋業，自注：爲家母題《松鶴圖》詞，已附大集付梓。不問囊中負米無。」「江海潮分相見難，高堂傳語問平安。從來造物生才少，生有才人白眼看。」「海天東望暮雲遮，節序匆匆感物華。料得空齋還茹雪，錚錚寒骨傲梅花。」「詩懷客況竟何如，惟有東遊興未除。何日《漢書》重借讀，謝庭春暖絮飛初。」

薛晴浦珠未冠時即有詩名，應楊虚谷邑侯試，面出「盆菊」題，限三江韵。晴浦援筆立成，有「孤高未許雙」之句，遂置第一。著《聽花軒藏稿》。其《即景》云：「提壺何處憩遊踪，路入仙源翠幾重。峭壁泉流春雨屐，隔花廟打夕陽鐘。投林鳥熟如相識，補衲僧閒喜乍逢。留我山窗分半榻，階荒隱有白雲封。」《遊仙詞》云：「海上三山别有天，冰桃萬歲藕千年。群仙宴罷歸瑶島，鐵笛峰頭枕月眠。」《荒塚》云：「東郭多荒塚，累累碧草生。乾坤真逆旅，埋骨並埋名。」又《蘆花》云：「旅雁飛鳴秋色裏，漁舟掩映月明中。」《桃花》云：「三春好雨憐芳樹，一夜東風怨落花。」

秦淮竹枝詞無非描寫風情，惟周雪客詩云：「三絃撥動《梁州》調，故老聽來盡白頭。」曹偉謨詩云：「輕輕斷送南朝事，一曲《春燈》《燕子箋》。」説得悲涼感慨，大雅遺音。

汪春田《雨中抵京口》云：「天際帆檣萬馬來，岷江東下妙高臺。海門蜃氣争潮立，瓜步鐘聲挾雨回。四面烟雲雙醉眼，千秋壇坫幾詩才。詰朝爲訪南山寺，欲倩名花頃刻開。」《春日同顧曉嵐遊秣陵舟中》云：「春風又上木蘭橈，五兩帆輕趁夜潮。宦味早從鷄肋悟，閒愁須借酒兵消。揭來高會狂猶昔，此去江南路尚遥。打叠空囊貯遊稿，秣陵山色正相邀。」又如「春風似客多情住，詩句如花稱意看」、「枕上青山高似舊，鏡中華髮短於前」，語語奇警，無一平筆。

蘇長公赤壁之遊去今七百二十年。嘉慶壬戌七月，于秋渚邀同人集怡怡草堂，陳瓜果祀之。西崑山人繪圖，宫節溪題云：「今古幾壬戌，風流無後先。草堂非赤壁，此老即坡仙。水月秋千里，江山賦兩篇。簫聲兼鶴夢，欲弔總悠然。」邵蓉江《滿江紅》詞：「七百餘年，忽想到、當時赤壁。却好是、江山如畫，又逢壬戌。風月不隨天地老，韶華誰爲蜉蝣惜。大江東、人物最風流，空陳迹。果正熟，瓜初摘；總是主，誰爲客。但憑今弔古，莫非豪逸。蓬海樽開名士酒，眉山賦寫將軍筆。罄杯盤、共醉草堂中，東方白。」

姜命車文載《道中》詩：「白蒲溪繞西亭壩，中板橋頭是我家。如此江村歸未得，門前空老白蘋花。」情景如畫。

先母言外祖雲廬公次妹名蘭，生而穎異，通五經，工楷書，爲人持重，寡言笑。年十九，隨叔祖漣漪公之衡陽任署。適中元日晝寢，夢一老嫗，謂曰：「迓太夫人回故第。」促之登輿，隨風飄飄然至一宅院，匾曰「賀氏第」。迴廊複道，恍若舊遊。惟荒涼空曠，類久無人居者。檻外老梧一株，風過處蕭蕭颯颯。堂中設筵席，燃香燭，遂首坐老嫗旁。侍階下蒼頭祝曰：「主人遠宦在外，今屆太夫人二十週期，老奴具酒饌冥資，望歸而受享。」祝畢，焚楮帛，金銀傾出。老嫗急取納諸袖，餘者散在地。復令登輿，送之歸，遂寤。告家人，且曰：「各品吾俱未食，惟食西瓜。」少許，胸中覺作惡，即吐出瓜瓤，猶未化。是年秋旱，署内久絶此物。逾數載卒，外祖悼之云：「魂遠可能歸故土，夢殘曾記話前因。」蓋紀其事也。

偶得沙燦之瑮《夕陽》一首云：「好景黄昏近，浮生感歲華。鴉驚殘晝夢，錦燦碧天霞。小閣簾高捲，疏籬影半斜。尤宜新雨後，隔水望桃花。」結得鬆秀。聞有《縝園詩鈔》，惜未之見。

張竹軒太守朝樂官廣信，途中寄兄松園方伯朝縉詩：「粤江閩嶠路營營，覓得籃輿便客行。草不微凋知候暖，天無纖翳見秋清。春塘夢好關心切，繭紙書頻遠雁横。暫别已經過半載，離群能不感人生。」妻鄭氏藴芳，爲同里才媛，沙學仙姨姪女，亦能詩，卒年二十餘。曾出《荷窗索句圖》囑題，並書近作見贈，字畫秀媚。時予尚幼，今惟記其《冬曉》一絶：「纖纖斜月影妝臺，翡翠衾寒曉夢回。唤起侍兒窗外看，梅花今夜可曾開。」

石芸亭渠詩意清雋，有《荷香館》絶句：「何時妝抹出西湖，即此風流想大蘇。一帶長堤花兩岸，半疑明鏡半冰壺。」「廿年六度石城過，白舫青簾記聽歌。看到藕花忘不得，莫愁湖畔晚涼多。」「未修浄福總前因，蓬户蕭蕭夜復晨。若得清陰餘半畝，花開我亦畫中人。」「閒憑水檻任遥瞻，爲愛荷香不下簾。自對溪山安筆硯，金莖曉露滴涼蟾。」又《竹影》云：「一幅瀟湘譜，憑誰妙手裁。月明風不起，畫上紙窗來。」《春望》云：「宿雨晴偏好，斜陽澹亦佳。」《春殘》云：「花似美人無覓處，春如好友欲歸時。」

杜工部夢李青蓮詩云：「水深波浪闊，無使蛟龍得。」又寄懷云：「應共冤魂語，投詩贈汨羅。」後青蓮没於采石磯。庚申春，片石先生《過水明樓感懷》云：「殘夢凄涼無可續，美人零落此生孤。」是冬下世，此所謂詩讖也。

片石先生《秋雨嘆》云：「一盞不明燈，幾點將殘雨。床上病人吟，窗外寒蟲語。」《答杏原》云：「白社人難再，黄爐酒正中。乾坤容後死，江海占奇窮。世味枯僧澹，春愁怨女工。與卿無可説，一哭寄東風。」《讀史》云：「褒忠曾賜手書旗，不殺難消敵國疑。一代奇冤三字畢，九原遺恨兩宫知。河山故郡無歸日，風雨荒陵有哭時。記得殘更湖上月，杜鵑啼血向南枝。」字字悽惋。

《金鹵志餘詠》，邵邑簿遐齡一首云：「萬里滄江起暮濤，飄零遷客此分曹。孤吟不共笳聲斷，一夜秋霜上鬢毛。」蓋邵以烏程名孝廉令湖南某縣，後遷皋邑主簿者。有和杜《秋興》詩，膾炙人口。

先母少時依外祖居南村草堂，門臨野圃，四望無際。薄暮倚窗閒坐，值籬落間秋花初放，遥見衣淡羅衣女子，湘裙長袖，從林際而上，衣帶猶絆竹梢，縹緲久之，隨風而没，因繪爲圖。外祖題云：「珊珊仙子是耶非，仿佛因風上翠微。借問玉京渺何處，幽花叢裏带香歸。」

冒芥原明經性友愛，撫孤姪文焕如子，竭力教育，白首不倦。姪婦陳孝事孀姑，伯翁病篤，晨昏湯藥，廢寢食者累月。一時士人作《孝婦行》美之。予亦有句：「孀姑有媳稱賢孝，竭力兼能事伯翁。視寢燈挑殘夜雨，添薪藥煮曉窗風。掖扶已自忘饑凍，辛苦何曾怨困窮。白首撫孤恩義篤，天教報答在閨中。」

商開亭榴《江上九日》詩：「寂寞江村裏，其如此日何。酒懷客中減，秋思晚來多。小雨成絲下，寒鴉列陣過。去年登眺處，山色冷摩訶。」薛朗亭鏡《送趙古村學博》詩：「解組今歸去，扁舟破曉烟。尊中盈緑酒，座上冷青氈。夜雪三千士，春風十二年。離情何所似，雲黯麥秋天。」

歙縣畢韜文著，奇女子也，沈歸愚尚書《國朝詩别裁集》紀其殺賊報父仇事甚偉。後嫁崑山王聖開，有《村居》詩：「席門閒傍水之涯，夫婿安貧不作家。明日斷炊何暇問，且携鴉嘴種梅花。」想見安貧樂道，又似孟德耀。古來閨閣中，得此幾人哉！

予少時夢至一處，黄花爛熳，冷香襲人。賞玩久之，口占云：「誰家玉洞藏秋色，滿院黄花雪後開。明夜有人應閉户，月中何處叩關來。」一夕又夢雪中折碧桃花一枝，吟云：「一枝春色傲餘寒，折得桃花雪裏看。試語六銖休漫舞，閉門人正倚欄干。」又夢咏竹聲得下二句，醒足成之云：「茅堂夢醒一燈紅，萬頃寒生葉葉風。仿佛碧空環珮響，湘妃幽咽月明中。」

李悦堂閶《阻風燕子磯》詩：「江上思歸客，偏教阻石尤。亂雲終日暝，涼雨一天秋。傑閣潮聲壯，危磯燕影浮。來朝風浪静，鼓楫下揚州。」

彈蕉館在漏春巷南宗杏原讀書處，緑天秋色，涼陰滿院。主人素風雅，每月白宵深，或按洞簫，或揮緑綺數操，聞者疑以爲仙。片石先生《題越艇抱琴訪友圖》云：「先生此去去何之，信是鍾期訪未遲。我有傷心人獨遠，只應孤唱鮑家詩。」弔杏原也。

杏原《贈乞者沈娘·花心動》詞：「流落塵埃，算而今、幾是土花人面。小立中門，脈脈低眉，慚愧窮途相見。蕭娘那慣離家遠，翻不若、天涯歸燕。酸辛處，憑誰憐惜，語悽聲咽。　客子衣裳片片。儘費盡、個儂忙中鍼線。謾説聰明，便道尋常，也會細裁輕剪。紅顔漂泊青衫冷，總一律、秋風團扇。莫輕把、豪家一錢看賤。」

雍正六年，羅源李孝子盛山割肝救母，特恩旌表。與吾邑朱孝子龍雲事絶相類，惟朱得不死。其姪曾孫岑灣明經大剛撰《孝行紀實》四卷，浙江陳遂軒太初贈句：「謾道披肝拙，倉皇出性真。一身非屬我，萬死願留親。」同里許山濤嗣隆云：「至公原吏議，不爽是天心。豈有無肝活，終憐瀝血誠。」顧北墅雲云：「母得子生，子以母死。子可不死，天生孝子。」

郭秋晴健少負俠名。予見其《鏡中菊》詩：「骨傲原宜作隱淪，文章秋水發天真。十分冷淡從冰鑑，一片空明寫瘦神。處士魂遊圓月夜，美人奩啓肅霜辰。看他老入清華地，到底丰姿不染塵。」

范月三捷《弔古塚》云：「野棠幽淚濕荒墳，杜宇殘紅共苦辛。見説壺中猶惜别，焉知地下不傷春。牛羊滿目無青草，風雨銷魂有路人。寒食年年應夜哭，粥香餳白不沾唇。」

吴玉田廷瑞，漁門倦叟仲子，品格端凝，詩亦整秀。《赴金陵省試舟中口占》云：「槐花黄逐老頭巾，秋到秦淮客問津。明月一帆江上棹，青山兩岸畫中人。壓殘金線空餘嬾，夢到雲霄恐未真。却喜同舟偕顧況，自注：謂蘭暉。蓬窗聯咏不嫌頻。」《維揚雨泊寄里中社友》云：「河橋疏柳拂篷窗，邗水西風繫客艭。山色和烟沉遠浦，潮聲挾雨吼滄江。夢回鷲嶺心猶壯，話到文壇氣欲降。何似故園秋水外，碧溪穩卧白鷗雙。」子世傑，字香湖。《咏月下梅》云：「偷春花放總蕭疏，乘月誰過處士廬。如此昏黄好良夜，美人林下步徐徐。」《咏盆中水仙》云：「依稀清夢隔江皋，香繞烏皮伴寂寥。最是一燈風雪夜，湘妃耐冷曳冰綃。」

顧蘭暉金垣性倜儻不羈，鄭芸書云：「社中得玉田則韵，得蘭暉則豪。」其《白門感秋》云：「風光如此竟蹉跎，日向秦淮放浪過。萬種羈愁當夜集，一年鄉夢入秋多。菊花時節驚霜早，萍梗生涯奈老何。回憶前遊還一笑，釣磯不合脱漁簑。」「鷲峰花發讓人攀，風雨空驚好夢還。舊壘燕移新壘去，出山雲羡在山閒。耽吟强作忙中課，覽鏡愁非昔日顔。欲借一枝栖未穩，霜天小鳥正關關。」《喜姚湘舲歸自湖南》云：「萬里游成方算壯，三湘吟遍不虚歸。」

鄭芸書季子銑，字晃涘。《蘋花》云：「閒花無主楚人愁，波面開同碧藻浮。香自《二南》遺細草，風來八月已涼秋。采搴不入蓮塘夢，榮落寧驚釣渚鷗。莫笑弱枝難挺立，也應懷白托清流。」又《蘆花被》云：「伊人枕畔秋深覆，冷月洲前夢醒看。」《筆花》云：「香疑滿把書垂露，落不驚風擲有聲。」

顧蘭厓姊茝亭寄《葬花圖》索句，自咏五律一首：「築土封珠匣，臨風浥淚痕。夕陽紅欲斷，芳草緑成村。已醒春前夢，難招畫裏魂。餘情消不得，杜宇咽黄昏。」予題云：「蘭閨畫裏感流年，淚灑東風幾悵然。指點落紅悟身世，前生合是蕊宫仙。」「子規啼處最傷神，黄土香埋又一春。多少玉樓歌舞地，賞花難得惜花人。」

洪稚存太史亮吉《贈顧陔吟》有「十年闊服稱名士，一卷新詩繼野人」之句。陔吟名峥，邑中老諸生，有詩名。其《冒渭舲宅晤鄭晴餘》云：「軟塵踏遍壯心違，爲念慈親襆被歸。作客乍添新白髮，入門先檢舊斑衣。琴書事業都成夢，王謝林亭半已非。何幸海隅萍水聚，停舟同扣故人扉。」又句「幽花隱籬落，好月戀柴扉」、「荒階秋信早，一夜紡紗鳴。」

于秋渚母顧夫人，慎齋配，性至孝，嘗刲股療姑疾。彭芸楣學使以「孝范閨型」四字式其間，一時詩人題贈如雲。錢上舍葆云：「刲股焚香祝，奉姑枕上餐。能教天意轉，更比孝親難。忍痛身無恙，褰帷病已安。一誠關至性，便是九還丹。」

錢葆字德懷，號南灣，《寄沙卧雲村居》云：「門掩籬陰環緑樹，簾開花裏望青山。」《春雨》云：「濕草三更輕似露，催花幾點聽無聲。」洵屬雅人深致。

顧曉瀾廣文金壽官清河時，曾於胡學使席上一夕成雪詩十六首。《雪塞》云：「積雪霏微上戰袍，將軍鐵騎下寒皋。千重玉壘圍龍帳，一夜冰花縮馬毛。白羽光摇邊徼冷，暮笳聲咽戍樓高。好憑風力催宵霽，吹落輕瓊解佩刀。」又《同人竹香齋修禊看海棠初放》云：「蠻天萬里别前廳，紅雨廊前潑緑醲。半放枝如年最少，未消暈是睡初醒。花應笑客頭全白，人到憐才眼倍青。欲記平原歸禊帖，鼠鬚繭紙草《蘭亭》。」

劉耐夫樞年五十始學爲詩，時有警句。《次石芸亭感懷》云：「相看同老大，白髮費躊躕。失計惟書卷，消愁仗酒壚。花辰三月盡，客夢五更孤。欲下窮途淚，臨風聽鷓鴣。」又《秋露》云：「冷覺蟬聲咽，清惟鶴夢知。」

泰州團椒墩維墉，鶴篸之姪。《真州》絶句：「白沙亭下柳毵毵，伍相祠前水似藍。不是有樓登不得，傷春人怕望江南。」《白門》絶句：「夜夜秦淮夜夜簫，鱸魚時節長秋潮。曾經丁字簾前坐，細雨青燈話六朝。」

于茗坡沼字敬式，一曰静石，嘗築怡怡草堂，與弟秋渚讀書其中。性疏懶，爲詩不存稿。身後秋渚綴拾殘編，得三十餘首。《種梅》云：「纔移一枝冷，已覺小庭幽。」《贈趙桐門道士》云：「蔬布閒身足，烟霞古殿秋。」《湖上》云：「野烟青嶂合，驟雨白波增。」《過準提庵》云：「土厚多生笋，垣頽待補泥。」《感懷》云：「已輕貧賤語，空費短長吟。」

鄰女吴氏，年近五十未嫁。兄娶婦數日即遠出，家極貧，姑嫂相依，風雪寒窗，一燈清照。予贈《西江月》一闋：「良夜香熏鴛帳，傷春人倚畫欄。輸他空谷有幽蘭。不共群花爛熳。一任霜侵蓬鬢，何妨澹却春山。機窗共守一燈寒。雪後冰輪同看。」

嚴春煦紹仁，擷芸子，幼好學，嘗作《七夕》詩：「河漢迢迢月露鮮，鵲橋消息又經年。仙家合了相思債，不用魂消各一天。」是冬完姻，竟先期卒。母朱夫人，年踰二十而寡，奉翁姑以孝謹稱。春煦死，哀慟幾絶，索予輓詩。記存二絶：「繅車聲斷待魂歸，書屋風凄燭影微。天上清虚原不苦，也應回首望慈幃。」「父子相攜赴玉樓，空閨節孝足千秋。還須拭却千行淚，好慰堂前兩白頭。」旋以姪紹武爲夫人嗣。

紹武字硯農，《祝母壽》云：「堂上晨昏扶二老，燈前風雪課孤兒。」自是實境。

汪陶村焯，歙人，好遠遊，足迹半天下。所著《尊酒集》及《梅花三十首》，漢上彭念堂梓之。子古迂廷璧客掘浦，與吴竹亭友善。論詩有根柢，出遺稿數卷，俱澹遠無俗韵。其《朝陽庵避暑》云：「遊履侵苔濕，禪扉逐水斜。古藤纏怪樹，老屋卧殘霞。幽極不知暑，香多莫辨花。沙彌能好客，掃石爲烹茶。」又《夜泊》云：「江濤連石湧，岸火雜星懸。」《至皈峰寺》云：「竹色到衣碧，鳥聲出谷清。」《梅花》云：「南枝北枝風料峭，欲落不落雨廉纖。」「一杖晴光香世界，半肩詩句冷生涯。」

吴竹亭壽民，蒼崖孝廉子，能承家學，倡率風雅，詩亦清真。《咏秋雁》云：「碧天耿耿雁來初，殘夜哀聲落敝廬。風雨忽驚千里夢，江湖誰寄一封書。月明小院冰絲急，潮咽空塘葦葉疏。有客欲歸歸未得，故園兄弟久離居。」又《秋燈》云：「空堂人坐雨，敗壁夜鳴蟲。」《燕子磯夜泊》云：「山影隨潮長，星光得月稀。」《慰沈素芬》云：「一肩當此任，萬感集中年。」

水繪園爲巢民徵君别業，久經荒廢，今仍歸冒氏。楚橋憶其兄瘦石同璞莊、片石諸前輩常禊飲於斯，繪圖索題。金匱顧蘭厓云：「嫩紅遶檻湘中閣，淺緑沿堤洗鉢池。剩水殘山有餘恨，東風無賴是楊枝。」予云：「避喧詞客慣尋幽，結伴憑欄俯碧流。指點當年花月地，鐘聲敲徹水明樓。」「倩誰澹筆寫荒涼，落落亭臺水一方。别有滄桑無限恨，依稀舊館望斜陽。」斜陽館在縣北柴灣，瘦石築，林泉花石，極一時之勝，近亦荒蕪。

禪和子逢人説法，葫蘆套語，聽覺生厭。何如騷人韵士，登山臨水，弔古懷今，天機流露，一一發之於詩，筆頭指點，不異暮鼓晨鐘。世之參禪者，亦宜學詩。南昌萬荷溪岡云：「春去春來，無非悟境；花開花落，即是禪機。」

黄古民爲瘦石子，坦率有父風。《咏守貽堂春蘭》云：「芝蘭一草耳，而愛生幽谷。何以寄風塵，主人原不俗。每當早春開，瓦盆數莖玉。一杯甘露茶，占盡人間福。庭外有老梅，花滿枝頭布。梅固稱孤高，蘭花更幽素。客來三五人，清言有佳趣。月出香如水，徘徊不能去。」《秋田步月見訪》云：「南風吹已息，蓬户夜深開。有客欲歸去，問君胡晏來。爲言閒步月，趁此一探梅。不過經旬别，芬芳滿碧苔。」

羅他山，一號老薑，工畫梅。《梅間偶成》云：「拂拂東風一院清，著書人老閉柴荆。夜寒欲抱梅花卧，又恐窗前負月明。」

洪介石允恭倣宋曾端伯植花中十友於庭，名曰「十友吟社」。性耽酒，簞瓢屢空，晏如也。詩宗王孟，如「僻巷春偏滿，柴門月亦新」、「士當窮餓無求少，吏在風塵不俗難」、「弱如楊柳空青眼，冷到蘆花易白頭」、「蟋蟀凄涼清夢斷，芙蓉零落美人遥」，句出《焚餘草》。魏埜堂邑簿賞之，選《嬪山詩鈔》

載入。

曹劍函七言佳句如《春柳》云：「笛飛樓外將殘月，春到江南第幾橋。」《秋蝶》云：「西風夢斷迷芳草，冷露魂消怨落花。」《愁雨》云：「情關枝上花初放，目斷檐前燕未歸。」又「别浦帆歸千樹碧，隔籬人語一燈紅」、「月明最愛將圓夜，花放先愁到足時。」

王百朋《咏李太白》云：「目無高力士，心識郭汾陽。」青蓮高品卓識，十字傳出，可見才人用筆，不在浪費紙墨。

儀徵項飛白鴻基作詩不輕示人，亦不存稿。兄貢夫均善寫梅竹，與羅兩峰同出冬心之門。聞著《武林遊草》、《古香齋詩鈔》，無從購讀。惟丁熙莊寄予《西山》一首：「西山自幽閟，躡足有烟霞。春水分流細，松陰夾道斜。老農留麥飯，小犬吠桃花。暮色登丘隴，飄蓬感歲華。」

仲松嵐有門人吴步尹伊訓，《豆腐》詩：「燈明野店人初起，香到寒家日已西。」松嵐每誇其俗題能雅，枯題能切。史笠亭曰：「佳則佳矣，次句作麥飯亦可。『香到』二字易爲『飯熟』，乃始精到。」坐客無不稱善。

江立亭懋德從片石先生遊，時有小阮之目。自題《倚樓圖》云：「無邊風景一窗收，敢説元龍百尺樓。野水芙蓉空泣露，西風蟋蟀也悲秋。古來名士皆陳迹，天下名山祇夢遊。我不别離偏有恨，斷烟零雨望孤舟。」又「涉世已知才是累，再生惟願我無情」，語俱英邁。

汪古迂善琴，嘗月夜登高，揮絃作變徵聲。《囊琴》詩「一樣飄零隨短劍，廿年心事語秋蘭」，又《懷人》詩「芳草牽情老，桐花落夢殘」，人遂呼爲「汪桐花」。

胡西垞《煮茶聲》詩：「謖謖有風生肘後，騷騷催夢出柯南。」的是煮茶聲，移他題不得。

王仔園《遺懷》云：「一年酒興清明後，三月春情夜雨中。」張隻鶴《留别》云：「花正有情留客夢，鵑偏多事感他鄉。」張桐君《聽漁館清集》云：「能事燈花紅昨夜，相思春水緑三年。」風骨珊珊，非雕琢家所能到。

通州汪春亭化鵬《咏燈花》云：「影摇虚壁夢初回，一點花從静夜開。做盡春光終是草，煎殘烈火不成灰。青生孤館愁同結，紅到三更喜亂猜。嬌讓杏花香讓桂，翩躚那有蝶飛來。」五六一聯，筆墨飛舞。

梅原先生遺稿載其先按察公衷白《短述》詩，有「鬢爲蒼生憂作雪，心隨江水折成巴」之句，乃知淵源有自。

吴定生《湖上看芍藥》云：「廣陵芍藥天下稀，三十四種艷且奇。王郎修譜品題遍，春風歲歲榮芳姿。我來官閣梅初落，兩月無花懷抱惡。賣餳天氣雨初晴，挈伴尋春辭北郭。北郭清溪一帶流，烟花三月木蘭舟。波平展鏡邀仙侣，柳軟飄絲惹勝遊。名園繡幕家家設，襯出宫衣真麗絶。尺五樓高舊有名，三賢祠好人争説。千枝萬枝凝東風，十處瑶階九叠紅。花香欲妬衣香艷，鬢影還同花影濃。看花人愛花開好，名花却恐人來少。人來人去蝶紛紛，苔粘羅襪露沾裙。香車是處停芳草，寶馬從教看璧人。亭臺處處堪留戀，曲蕊欄干都倚遍。日斜未忍即歸休，猶上平山最上頭。掉舟已是紅燈灼，一路歌聲雜絃索。湖光酒氣不分明，望裏簾櫳人隱約。呼童折取花枝歸，莫遣春光負此回。玉盤盂好還抛却，只愛芬芳金帶圍。」

揚州陳筠溪瑗《菊影》云：「誰染秋魂照酒卮，數叢淡墨寄相思。參差小盎燈初剪，歷落疏籬月乍移。十載官閒陶令對，半生交冷楚《騷》知。屏風幾曲清如許，雙眼模糊醉賦詩。」

江漁舍村《南村看菊》云：「冷澹香飄古塢頭，疏籬一帶隱溪流。水雲遠遶柴門静，塵壒全消竹徑幽。晚秀偏逢三日雨，纔開已足十分秋。山翁點綴殊風雅，覓句人來畫裏遊。」漁舍係黄竹村農從姪。

朱蘭亭洪燿工文章，蜚聲黌序。間爲詩，如《對月》云：「四壁寒蟲人語静，一天秋色客心孤。」《蟋蟀》云：「夢回孤館三更雨，燈暗空閨五夜風。」《秋感》云：「愁心縈夜雨，病髮墜西風。」《雨夜》云：「孤榻團歸夢，狂風判落花。」

馮石園長椿著《雪香書屋詩稿》。《晚晴》云：「一望烟雲散，秋光愛晚晴。尚留殘雨潤，愈覺夕陽明。暮景天如洗，衰年客比清。黄昏猶有待，把酒話浮生。」《春燕》云：「林亭雖遍地，王謝是誰家。」《殘菊》云：「遲暮相知少，奇窮見節真。」

冒渭舲篁讀書刻苦，暮年赴其子葵原鈺楚州署中，時偕賓從登黄鶴樓，泛鸚鵡洲，流覽湘漢間。惜所著多散失，僅見其《秋日將之廣陵留别同人》云：「數聲征雁度層霄，無限離情上畫橈。柳岸人歸斜月冷，旗亭葉落旅魂銷。新詩易觸愁千斛，孤館難消酒一瓢。任是廣陵風景好，客中獨對亦無聊。」

東臺繆牧人中善畫竹，風篠露葉，有出塵之致。著《待鶯園稿》。其《龍潭道中》句：「江連三楚白，山接九華青。」又《山行》云：「林昏千嶂晚，花落一鞭香。」

程山溪亮，閨秀張文媖子。《春日感懷》云：「一年佳日是春光，底事逢春更感傷。雨際孤花難著力，風前歸雁不成行。緼袍已敝還思典，土竈生塵久絶糧。多少閒愁何處寫，滿庭芳草易斜陽。」

黄楚橋工篆刻，著《歷朝印史》，時邑中諸名流爲之叙。有《客遊詩草》。《咏野梅》云：「東閣詩成消息遲，先傳春信到江籬。月扶清影水相照，風度暗香人未知。幽鶴伴雲尋好夢，蹇驢乘雪慰相思。一枝斜曳荒山外，點綴溪橋入畫時。」

吴雲坡耀光，通州布衣。《關外送吴霽堂回里》詩：「驪歌聽唱便消魂，握手河干與細論。作客兩年詩滿篋，送行一味酒盈樽。烟迷古塞晴疑雨，雲擁深山晝亦昏。此日南歸春正好，杏花開遍緑楊村。」

東臺于雨樵鑣工詩文，早卒。其弟荔衫鈞繪《失雁圖》哭之。通州明經李虹橋耀曾題云：「楓葉蘆花冷夕曛，瀟湘兄弟舊同群。可憐一雁遥飛去，望斷西風萬里雲。」虹橋，晴江先生孫，素負文譽，晚年失明，境遇益苦。

德清閨秀趙蘭素德珍，楊於高室，著《得月樓存稿》。《曉起》云：「一夜蟲聲入絳紗，枕痕涼浸簟紋斜。小窗露重清於水，籬落新開白丑花。」

吴定生《紙窗》詞：「土壁幽人宅，茅簷隱士家。疏櫺何必藉輕紗，最好玲瓏幾扇白雲遮。竹合栽千个，書宜叠五車。彎彎新月照來斜，横著一枝瘦影是梅花。」調寄《南柯子》。

管萼樓榔與弟鏡蓉亶、湘枝兆藹俱有聲藝苑，徐湘浦司馬目爲「管氏三鳳」。萼樓《看菊》云：「孤芳難結百花知，秋氣還須傲骨支。無數春華成曉夢，何妨荒逕顯幽姿。笑他附熱終非計，伴我凌寒正及時。回憶也曾沾雨露，於今勃發不嫌遲。」鏡蓉《秋夜讀九歌》云：「四壁蟲吟處，青燈我獨挑。美人徒夢想，秋士幾魂銷。萬古離情結，三生壯志消。殘編歌未竟，風雨頓蕭蕭。」湘枝《謝江瑶峰女史惠畫金帶圍芍藥扇》詩：「旅人無計拂塵埃，繡閣清風共月來。紈扇頓揮三伏去，瓊華又見一枝開。濡毫到處霏香國，插鬢深慚乏雋才。莫作廣陵圖譜玩，依稀仙子降瑶臺。」

沈介庵汝霖《南園看荷》詩：「竹木陰環十頃荷，身隨幽鳥入烟蘿。初經曲院香飄近，步出横橋錦燦多。爲愛芳姿臨曉日，尚扶殘睡裹輕羅。歸來頓覺心如洗，一片閒情寄緑波。」

邑學藏書視他州縣較多，欽頒外，有黄芝田興祚父子捐皮者一萬餘卷。嘉慶甲子，江寧康藩憲基田於封篆後，由三百里馬遞檄縣。詳載邑志。邑人士賦詩紀事，陳十村云：「名垂信史千秋重，德及儒林萬感真。」冒晴石兆鯨云：「斯文所在天爲顯，此志能承孝始真。」蘇鞠人雲程云：「黄卷誰分儲桂室，朱門猶有廢書人。」

季飛池鯤年五歲失恃，著《培風軒詩鈔》。《追慟》云：「廿載空縈寸草思，春暉欲報渺難追。可憐執手丁寧語，兒在模糊未解時。」《除夜偶成》云：「一夜流光换，銜杯莫厭頻。關河風雪裏，多少未歸人。」

管静庵慎安《茅屋》詩：「茅屋傍溪流，濃陰望裏稠。鐘聲隔鄰院，帆影落牆頭。過日惟經史，通家有鷺鷗。閒來安短榻，高咏復何求。」

甘露庵在北極門外，今廢。其住持僧雪傳者，名明悦，刻《南宗小集》，内《新構别業落成》詩：「避人小築喜初成，落落偷閒惜此生。畏彈曉鴉栖樹穩，脱鈎春鯉躍波輕。不關榮辱從孤癖，聊禦饑寒適野情。月照松窗香篆裊，藤床一枕夢魂清。」法裔彌遠本恒卓錫遠遊，後主御書院。《秋夜聞笛》詩：「一曲桓伊笛，何人獨倚樓。聲凄明月夜，響徹白雲幽。露滴荒階冷，烏啼古樹秋。陽關歸夢遠，聽罷不勝愁。」

朱天飲虹，吴江人。招童西爽小飲，贈云：「翩然綦履自蕭閒，倒屣相看一解顔。冀北空群來日下，江東獨秀本雲間。娱人濃緑當窗樹，留客遥看過雨山。好覓鵝溪三尺絹，從君薄醉寫荊關。」

凡有詩至百千首絶無出色處，即欲摘取一二句，竟爲難事。須知片羽堪珍，原屬吉光之裘。馮晏海著《掃紅亭吟稿》、《紅雪詞》，風華秀逸，自然絶俗。其《題麻姑采芝圖》云：「金榜瑶壇開月午，麻姑襌袖辭玄圃。憶别雲來幾百年，花開花落無人數。擕得筠籃采芝華，采采芝華踏落霞。落霞飛上仙人帔，照見仙容角髻斜。分桃劈柏問青紫，何必有心許斧子。靈風窣地捲湘裙，足底青鸞嬌欲起。問姑今去去何方，笑指瀛洲五萬里。」《咏荼蘼花》云：「四字天花落粉牆，濃陰羃處晝生涼。憑誰滿貯春紗枕，一枕清風夢裏香。」

李少白琪本楚人，近家泰州。詩工長章，排奡蒼秀。五律穩稱，如「僧意澹秋菊，客心愁夕陽」、「一鳥翻雲外，千峰落馬前」、「竹風殘夜夢，蕉雨滴秋思」，似近韋蘇州。

短篇小題，原不足以盡長才，然其中儘有絶調。予謂才氣寧可有餘，不可使盡。每見鈍根人初習韵語，全未穩稱，動輒咏史、懷古，下筆千百言，無一警策處。膽則大矣，其如力之不足何。

吴月亭懋珍工爲文，黄澮人、曹星湖兩先生深器之。詩亦清利。有《荷花雜咏》云：「日抵年長未易消，水心亭子客齊邀。熏人淺酌鵝兒酒，一陣香風過小橋。」「澮結烟霞世外交，幽人家住水雲坳。避炎鎮日門深鎖，茂叔重來帶雨敲。」

汪春溽爲霑《述懷》詩：「天然蘭臭絶當時，文采翩翩迥不羈。隴上才華思白也，山陰筆墨讓羲之。銜杯花徑紅螺漲，泛月春江緑舫遲。莫怪少年多放浪，五陵豪氣本如斯。」張净因閨秀《自題畫蘭》云：「幽花自合慎行藏，不是空山不許香。縱使黄磁能養性，青苔白石已茫茫。」

歙人吴蓮椒榕，字才甫，書畫篆刻，名噪一時。嘗登黄鶴樓，有「氣壓孤城壯，凉生六月秋」之句。詞爲詩之餘。詩不可近於詞，猶詞不可近於曲。詩近於詞則薄，詞近於曲則俚，善作者自能辨別。

陳墨春煦《秋蟬》云：「柳岸秋如許，猶聞斷續鳴。分絲妝鬢薄，引翅飾冠輕。白露餐能飽，疏枝夢益清。憐渠惟愛潔，澹泊過浮生。」《秋蝶》云：「秋蝶如秋葉，西風吹不停。亦曾矜粉黛，終未免飄零。夢裏春難覓，天涯日又暝。芳心還自惜，老圃戀餘馨。」墨春工書，兼畫蘭竹。

海月寺僧嘯溪法霱《自題松間小照》云：「静已出塵囂，懶不栽花菊。閉户撫孤松，清風響空谷。」

歙人夏湏江學儉《春日苦雨》句：「病因看月減，情到惜花深。」適讀張心齋潮《幽夢影》云：「花不可見其落，月不可見其沉。」宛是此意。

洪春園榮《冬日閒居》云：「竟日掩雙扉，幽人寒不出。偶爲探梅花，空山踏殘雪。」《訪友》云：「几净堆黄卷，門深長緑苔。」《送春》云：「鵑啼殘夜月，客散落花天。」筆意清雅。

季載溪吕璜隱居讀書，著《苴上吟草》。《咏春烟》云：「釀晴釀雨任風鋪，隱隱溪山水墨圖。別院曉花誰襯染，高樓殘夢與糢糊。緑波望斷征帆遠，芳草青迷客影孤。澹不遮空吹不散，東君費得畫工夫。」《秦淮夜泊》云：「輕摇畫槳泛清波，十二紅樓帶醉過。縹緲香風簾半捲，玉簫聲裏月明多。」《芳草》云：「香沾薇露净，緑引蕙風柔。」《秋柳》云：「孤舟泊斜月，六代弔荒烟。」「思無邪」，至聖千載正論。近時門外人專好吹毛尋疵，所以詩風日薄。

金陵龔元超《遊揚州僧寺》云：「烟蘿暗處石稜嶒，翠竹玲瓏月作燈。聽是誰家吹玉笛，畫欄清冷夜深憑。」情景之妙，寫得幽雋乃爾。

余五十生辰，遠近贈壽詩極多。其清脱者，江立亭云：「絳雪飛飛歲欲新，閒窗静寄苦吟身。一時女士成名士，千古才人是恨人。彩筆著書憂憤切，金鍼度世品評真。詞壇宿將誰無愧，合讓閨中老逸民。」管鏡蓉云：「昨過傳經處，如登李杜壇。論詩應有癖，茹雪久忘寒。芸草憑磨折，梅花自冷酸。半生清苦況，收拾入毫端。」洪介石云：「一室蕭然似水澄，鶯花户外不關心。多情只有玲瓏月，夜夜蓬窗伴苦吟。」吴竹亭云：「久從吟咏識才華，前輩交推豈漫誇。一樣文通傳彩筆，謂江黄竹夫子。深閨拈出便生花。」「本事詩成生面開，方干身後荷栽培。誰知國士千秋計，翻托閨中續史才。《詩話》內載黄竹夫子及先君子詩尤多。」

吴石林云：「記曾相訪踏秋城，茹雪齋空四壁清。謝女半生無樂境，班昭千古有才名。摛詞巧把金鍼度，操選光同玉鏡明。多少紅閨占奇福，騷壇一席未能争。」管湘枝云：「雉皋不櫛一書生，老屋孤燈讀二更。天意憐才誠獨切，恐將庸福掩清名。」「境遇何心計苦辛，時儲玉版寫天真。文章繡出新花樣，覺道金鍼別有神。」徐珠浦云：「閨中才士耐吟哦，茹雪俱成《白雪歌》。一卷新詩傳世早，三生靈秀得天多。竹持堅節凌霜易，梅有幽芬奈冷何。畢竟清名勝庸福，婺星光彩照烟蘿。」吴蘇橋云：「洞中著遍上清書，儘有鬚眉愧不如。可惜蔡經緣獨淺，等閒未易謁麻姑。時予歸歙，未獲往祝。」

徐蘭浦云：「九霄謫降女詩仙，淪落人間五十年。彩筆渾無脂粉氣，冰心早結雪霜緣。豈因境苦思同苦，偏是才全福不全。聞道瑶池開壽域，雲璈遥奏托鸞箋。」汪古迂云：「昨過藐姑山，神人未可覯。常披鴻寶書，清夜焚香讀。妙有生花筆，堪修五鳳樓。孰能争不朽，名已重千秋。」汪半江云：「造物憐才亦忌才，何曾佳境逐年來。定緣奪盡山川秀，生面都從筆底開。」沈素芬云：「仗義奇男子，通經老秀才。乾坤鍾間氣，巾幗竟兼該。名已傾前輩，傳能必後來。酴酥斟滿盞，對雪賞寒梅。」吴蘋波云：「千年鶴住清涼境，百首詩投冷淡場。」

吴蘇橋復贈詩云：「玉尺持量名士詩，沉淪姓氏有人知。鬚眉氣藉蛾眉吐，千古争傳絶妙詞。」「著述重重載五車，爐香茗椀送年華。緑窗墨瀋閒揮灑，散遍人間天女花。」「故園潤色藉鴻文，所見何能逮所聞。曾蒙和予《豐溪雜咏》詩。從此山林添勝概，女媧煉石補烟雲。」

管母羅夫人名雲，子萼樓宦廣東，鏡蓉、湘枝侍養夫人。性恬澹，愛文墨，里人咸稱之。嘗閲予詩，贈句云：「勵志生偏苦，敲詩韵益凄。一編遥展誦，如聽杜鵑啼。」雲號霞綺。

張夕帆晉《和黄艮男謝送酒》詩：「吟成《白雪》賞音難，好把三杯却曉寒。酒畔客愁無處著，從來只有醉鄉寬。」

陳拙齋鼎晚年耽幽寂，寄寓海月寺，自題其居云「藏拙齋」。時集同人吟飲，詩意蕭散。其《過曹克齋新居》云：「結構真如畫，春林緑乍齊。辭官能就隱，築屋愛臨溪。倚檻看魚躍，沿花聽鳥啼。一樽同縱飲，歸路月斜西。」《咏芙蓉花》云：「江上澄秋水，風前燦曉霞。」《秋漢》云：「一聲遥雁冷，終古月輪孤。」

董雲樵《謁方正學祠》詩云：「碧血尚凝芳草緑，丹心獨對夕陽紅。四山雲冷晴飛雨，十族魂歸夜嘯風。」讀之英氣逼人。

劉晴浦望南少年敏慧，性瀟灑，時與袁北山唱和。適見其《舟中偶成》云：「扁舟輕泛出城東，幾幅蒲帆掛曉風。畢竟物情閒勝我，白鷗穩睡緑波中。」又《早秋》云：「短榻卧虚庭，秋風塵外早。老桂當窗開，一枕幽香繞。」

李輪霞楓弼，烏程籍，著《倚秋閣詩鈔》。其《晚發毘陵》云：「落日放船行，白波渺無路。微月澹春江，遥灘失烟樹。隱隱見孤帆，漸入空濛去。」神味近孟襄陽。又《丹陽夜泊》云：「涼夜乘谿月，篷窗拂水明。港斜舟若礙，風定樹無聲。千里飄浮遠，三秋去住輕。客懷消不得，歸夢遶深更。」

朱東衡廉、王東廬淳、施青亭一鳴、顧蘋洲掌衡俱吳興名士，一日偕李輪霞集青螺庵賦梅花詩，旁一客僧量周若有吟詠意，衆即以此題限「音」字韻付之，僧援筆立就，云：「幾被霜欺與雪侵，孤根留得到而今。誰於冷處垂青眼，只合空山抱素心。茅屋風高門正掩，板橋凍折路難尋。稜稜莫謂無相識，曾有何郎爲賞音。」衆皆嘆服。

閨秀詩妙在清雅。近見管夫人羅霞綺《習静軒遺稿》，全無香奩氣習，時出警句。如《五色鷄冠花》云：「待漏銜來雲滿詔，鬪風贏得錦纏頭。」《秋燕》云：「須識飄零終客邸，那堪時候異炎涼。」《羅漢松》云：「貝葉幾疑飄法雨，濤聲時聽落天風。」《眼鏡》云：「小草何妨燈下起，好花不似霧中看。」

霞綺次媳陳蕊仙昆生，管鏡蓉室，有才藝，奉姑教，能詩。其《秋夜望月》云：「西風吹緊霧全收，玉作人間萬頃秋。出海光疑騰寶鏡，憑欄境不異瓊樓。碪敲巷陌聲聲急，笛弄關山處處愁。文戰今宵知捷否，折花應向廣寒遊。自注：是秋，夫子入北闈。」

華竹齋其棟母朱淡宜孀居奉佛，姑老病，躬侍湯藥，勤謹盡瘁。鄒懷潔女史聞而贈詩云：「半窗燈火，七載晨昏。奉姑課子，白首辛勤。《心經》一卷，蔬水香多。風清月冷，念念彌陀。」

吳考堂元吉，石林次子，生具慧才，詩由家學。野堂明府《蠙山詩鈔》選載諸作俱清超。予尤嘉其《讀杜少陵集》云：「誰爲稱詩聖，千秋此定評。生當多難日，語異不平鳴。感慨關忠愛，悲涼見性情。浣花遺蹟在，流水一溪清。」

吴考堂《春感》云：「芳草緑如許，落花紅可憐。」《詠鷄毛箒》云：「若非經羽化，安得絶塵氛。」未幾，苦讀成疾，年二十五而夭。

薛汲三大鯤，副車超宗孫，爲邑宿學。《憶弟巨年》云：「焚罷爐香月在庭，讀書聲起夜常聽。那堪征雁經秋斷，黄葉飄時淚暗零。」

李輪霞久客未歸，其室人宋蘅皋之淑《秋夕感懷》云：「銀鴨燒殘啓碧窗，閒庭風起露華涼。梧桐影裏秋如水，蟋蟀聲中夜漸長。千里關山添别夢，十年羈旅憶他鄉。低頭怕見團團月，只恐天涯也斷腸。」

冒若娟，徐珠浦室，蘭姿玉韵，閨中之秀，卒年三十一。十載前割股療母疾，病革更衣，刀痕宛在。珠浦未忍隱其孝，始以告人。《悼亡詩》中道及云：「愚孝堪憐出至誠，曾經剜肉報親恩。十年隱匿無人覺，到死難藏臂上痕。」管湘枝紀之云：「鬼語匡牀燈影緑，刀揮玉腕血流紅。」

予題黄月溪《乞食圖》云：「田園蕩盡舊交稀，舞榭歌筵一夢非。未必相逢皆白眼，憑他黄犬吠鶉衣。」借題寓意，未免近刻，但冷暖場中，能無感憤？聊爲窮酸吐氣。

澹仙詩話卷四

如臯熊璉澹仙

通州陳十三村農邦棟，字廷一，居石渚，篤學好古，老成無時俗態。爲詩筆力英拔，得盛唐風味。性幽曠，繞屋植梅花、芙蓉、梧柳之屬，築聽漁館爲聯咏處，四方名士咸下榻焉。花之晨、月之夕，村農據胡牀，浮大白，櫂歌蘆笛，時出没於烟波荻渚間，其清況如此。刊有《古香堂集》。桐城張蠡秋廣文主講席，載入《扶海拾珍》。其《秋夕書懷》云：「秋色澹如此，老懷悲奈何。林疏霜落早，水闊雁來多。擊鉢朝連夜，挑燈泣當歌。空庭有寒月，照我鬢雙皤。」《翠雲樓晚眺》云：「一雨開秋色，天圍四野青。奇峰延落景，野鳥下滄溟。海近龍常掛，山幽樹亦靈。何人吹鐵笛，枯柳怨飄零。」《白秋海棠》云：「人去當年恨尚存，是花是淚是秋魂。可憐瘦到無香色，影落空牆月一痕。」村農姪曉峰孝廉熊《寒林》詩：「蕭疏百尺傍烟巒，風景何期歲又闌。滿徑濃霜鴉噪晚，半天明月鵲驚寒。名材未向空山老，冷境如從畫裏看。却喜梅花將有信，暗催消息到江干。」

周陸舫景昌字樸文，有風度。詩以少陵爲宗，不作塗澤語。好古，多藏法書名畫。中年構逡巡園，偕諸子觴咏其中。著有《讀畫樓詩稿》。《咏秋草》云：「寸心終不死，萬里忽驚秋。有夢空黄土，如人易白頭。蟲沙迷落日，風雨冷荒丘。一片蕭疏外，天涯匹馬愁。」《菜花》云：「密叢團簇春畦滿，暖日香招亂蝶尋。不信英雄同減色，可憐饑饉總關心。往來有路孤村遠，開落無人閉户深。買盡年年桃李笑，東風隨地散黄金。」《贈江片石》云：「東南壇坫主風騷，又見江郎蘸彩毫。任爾飄零雙鶴鬢，勝人生死一鴻毛。雨聲喧瓦心偏静，秋色横空眼益高。倘許千春存姓氏，未妨窮海老征袍。」

陳逸齋詩隱於醫，貧而自好，善爲詩，往往得驚人句。《僑居石渚》云：「閉門長日儘消磨，七十臨頭感逝波。事到難成心益苦，身求不朽計先訛。可憐原憲貧非病，莫怪嗣宗哭當歌。拭盡平生知己淚，與君江上買漁蓑。」

葛野航壎字伯吹，性坦率，談論有風趣，耽吟縱飲。與陸舫、十村結文酒社，往往高歌拍案，旁若無人。其《環碧山房詩鈔・秋雨》云：「一點一悽惻，行雲墨化涼。驟憑風作勢，冷逼葉初黄。契闊江湖夢，蒼茫蟹稻香。關門憶荒徑，前度立斜陽。」又如「一身外只有霄漢，雙眼中都無市廛」，正復兀傲。

丁熙莊拜恩，東臺諸生。其《高秋吟》：「衆木脱芳塵，湛湛卓松影。瀑布隔溪飛，奇響落空境。喧寂兩無著，浮慮泠然省。」語尚淳樸，不涉浮華。梓《熙莊詩鈔》，附《學步吟》，爲室人繆毓清遺草。《咏稚竹》云：「數竿解籜未成列，漸引蕭疏清味别。夜半不知風露寒，出時已抱堅貞節。」《秋夜坐月》云：「天高雲浄敞簾櫳，竹徑蕭疏萬籟空。皓月一庭清照影，何須涼夜感秋風。」

詩境即畫境也。畫宜峭，詩亦宜峭；詩宜曲，畫亦宜曲；詩宜遠，畫亦宜遠。風神氣骨，都從興到。

故昔人畫中有詩，詩中有畫。

東坡詩：「若把西湖比西子，澹妝濃抹總相宜。」予謂爲詩亦然，或澹或濃，各極其妙，總在乎用筆耳。

片石先生純是一團清氣，發之於詩，故無思不雋，無句不秀。如「涼秋人早起，殘夜月孤明」、「穿柳船過春水渡，看花人打夕陽門」、「玉露無聲滄海遍，銀河有路碧天高。」其他名句極多，雨夕燈窗，令人百讀不厭。

《養蘭室詩草》，周滄湄沖著。滄湄爲陸舫子，詩格澹遠，絕類王孟。家有讀畫樓，閒嘗倚眺，臨風望海，飄然作塵外想。《咏東齋》云：「晴雪明林皐，寒香散茅屋。横琴時一聲，冷然在深竹。慮澹遺衆緣，境窈絕塵躅。隱隱殘月光，照我東窗獨。」《春日遊范公原》云：「乘興獨長往，行行登古原。杳然流水外，忽見桃花村。遠草碧迷路，夕陽紅映門。予情寄幽愜，漁父倘同論。」《上巳集飲》云：「何須絲竹寫生平，哀樂中年逐事更。觴咏一時名士席，風花滿目古人情。夕陽到樹紅原寄，芳草當門緑易成。俯仰蘭亭高會在，數聲山磬晚烟横。」

姜鳳橋明經掄元《喜雨》詩云：「密雨經宵草乍蘇，烟迷柳色日將晡。書生立地錐何在，也傍田家話有無。」口頭語，恰有情味。

一題連作數首，詞意重複，又無層次，雖多無益。不若以少爲貴。

瘦石《題管雲渡鋤金園册子》云：「讀書不得志，歸田去躬耕。吾每聞此語，人有不能行。窮猿無寧穴，饑禽無倦翎。勢難守白屋，枵腹作儒生。所以臨卭客，而有馬長卿。苟無栗里田，難作陶淵明。君紹先賢志，鋤金以園稱。將欲隱於斯，秉節清風清。吾嘉其不朽，吾嘆其難能。古來妻與子，累盡廉士名。」題外生議，句句至言。又如《步月》云：「微添雲亦好，總近水爲幽。」《喜晤》云：「直從楊柳緑，盼到杜鵑開。」《客窗》云：「世間佳境當窗月，天下奇觀即景詩。」又「極貧莫作臨邛客，稍貴休忘漂母祠」、「離筵愁短燭，好夢戀寒衾」，皆奇句也。

王漁洋《銅雀臺》詩：「氣盡奸雄亦可憐，却將遺令誤嬋娟。已留疑塚欺千古，何處西陵有墓田。」「欺千古」三字，罵得痛切。

宗雲溪拔，杏原子，少承家學。片石先生稱其詩瘦而有骨，兼饒丰致。但不多作，作亦不盡存稿。僅見其《漁燈》云：「閃爍渾無定，宵深宿雁驚。光摇秋水瀹，影隔荻花明。夜雨寒相照，湖村月共清。幾回挑復剔，孤艇夢難成。」《稼堂歸自邗江作》云：「遥憶孤帆送遠游，空庭葉落已經秋。歸猶似客何曾久，聚不多時且暫留。千里情懷憐舊好，三年詩酒夢揚州。消魂往事悲今日，惆悵相逢話别愁。」又《新秋》云：「花殘初過雨，葉落未經霜。」亦復清勁。

石渚閨秀李絳玉詩師陳十村，早世，有《絶命詞》云：「斷風零雨不堪聞，撒手帷空一哭分。他日荒山埋瘦骨，離雲多處築孤墳。」

片石先生《鶴城卧病・滿庭芳》詞云：「病重於山，秋寒似水，那更人在他方。滿城風雨，敗葉響空廊。不過稜稜瘦骨，摧殘死、死亦何妨。也留下，千秋廢塚，詞客弔殘陽。誰知天不許，重施雨露，起活枯楊。抵天涯遠别，一夕還鄉。依舊塵緣未斷，人間世、再受凄涼。多愁客，長貧兒女，四海一空囊。」《碧霞山秋禊・金縷曲》云：「心上愁如織。向空山、四無人處，問秋消息。花裏疏鐘敲不斷，門外殘陽滿壁。且看取、無邊海色。一片荒墳誰是主，但斷腸、芳草年年碧。還幾度，亂蟲泣。

英雄兒女同蕭瑟。只吾曹、隙駒光景，眼前須惜。天許紅塵車馬外，消受風清月白。再莫説、歸人心急。空殿無燈孤佛坐，也飄零、老作他鄉客。聊一笑，共今夕。」先生長於詩，尤工填詞，所著無多，讀者恒惜其少。故黄艮男題卷後云：「我欲花間翻舊譜，美人香草拾無多。」《三百篇》興、觀、群、怨，包括風雅，萬古詩人，總不外此四字。

徐蘭圃珮《花朝送別顧曉嵐》云：「流鶯聲裏又花朝，柳正舒眉怕折條。南浦波連芳草色，東風人上木蘭橈。一年好景春剛半，百里長河路不遥。叔度何堪三日隔，未曾別已欲相招。」《中秋對月》云：「照我依然同隔歲，對君不覺感經年。」《題管葶樓邗江遊草》云：「舊恨譜成《紅豆曲》，新詩題遍緑楊城。」《懷友》云：「一簾春雨曾聯榻，滿院秋聲獨倚樓。」《初冬閒步》云：「碧潭寒漲淺，紅樹夕陽多。」弟朗，號珠圃，分司浙江，亦能詩。《喜晤管湘枝》云：「相隔不百里，相逢動隔年。有懷難盡訴，多病每同憐。春色已如此，歡場豈偶然。好將芳草色，收拾上吟箋。」《咏巖畔梅》云：「破臘能禁千仞雪，衝寒早占一山春。」《水邊梅》云：「月影横遮波數尺，冰紋畫出稿雙鈎。」

吴鐵崖騏母鄒夫人名希珍，字懷潔，工繪事，尤精蝴蝶，間以小草幽花，極飛舞回翔之妙。得者珍之，流傳題咏。辛酉冬，攜畫過訪，並示《秋窗課子圖》，自題云：「煢煢何敢嘆鸞孤，但願兒能讀父書。珍重梧窗涼夜永，一燈風雨九秋初。」「吾母深恩報已遲，自注：吾母守節三十餘載，尚未請旌。外家宅相總憑伊。他年若遂充閭願，不負丸熊劃荻時。」鐵崖已受知學使莫公，有聲庠序。鐵崖《聞蟬》詩：「揮扇怯殘暑，開簾受晚涼。一聲來遠樹，庭院正斜陽。爽氣清堪挹，秋心客已傷。綠陰蕭屑處，無那日偏長。」

滄湄夏月病暑，恍忽見一人持黄紙召曰：「地府相邀。」隨至大殿上，坐二貴人，謂曰：「汝能制藝否？」周子對以未學。又云：「能詩乎？」周略陳大概，即曰：「可以官。」令輿馬送至署。周子力辭出，過修竹徑，正吟憩間，清風灑體而醒。逾後復病瘧，夢老僧謂曰：「汝前生吾慧侶也，以耽詩，故遭淪謫。」遂引至黄葉林中，藏招提院，匾書「無礙」，指曰：「此汝前生托足處。」與談禪旨，甚妙遠。僅記一聯云：「人從湯鑊求生計，天以閻浮作戲場。」周子自是澹然塵世，倩范浮休繪《西堂二夢圖》，並記。見者疑其妄，未幾病卒。

周蘭泉學貫《新月》詩：「玉簫聲歇燕雙棲，夕景昏黄樹色迷。人立東風倚牆角，海棠花外一鈎低。」

陳乃人邦材爲十村兄，早世，著《十尺樓詩鈔》。《枕上訣别葛映樓》云：「星星寒火耿餘光，執手相看話斷腸。四海如兹兄弟少，九原從此别離長。空階蟀蟋無今古，冷院梧桐有雪霜。他日倘尋詩酒地，怕聽殘笛痛山陽。」

曹竹人星谷《遊北固山貯綠閣見秋蝶》云：「古寺秋深野水濱，飛飛殘蝶故相親。却看盡是空中色，不信終成夢裏身。自入山來依草舍，那堪花底問離人。推尋物理都如此，贏得浮生幾度春。」妙悟語却無限低徊。

孫呂溪翔博學好古，嘗選刻《崇川詩集》、《琅五藏珍》，卒年八十餘。《登碧霞山》詩：「雨過天光遠，臨風倚佛樓。鄉心驚早雁，畫意澹清秋。客有耽吟癖，僧因出世幽。茶烟花外裊，適興暫延留。」又《咏梅》云：「冰霜堅鐵骨，身世托荒山。」蓋自況也。

同里姜蒲村培基《孟蘭招魂詞》：「楓林月落燐火青，鬼馬鬼車空中行。法王妙奏無生曲，無數煩冤低聲哭。情根未斷恩義長，幽明一隔分兩鄉。飄渺香魂來何處，盈盈小立秋江渚。魚静鐘沉響鐸鈴，颯颯靈風吹作雨。」《過雨花臺方正學祠》云：「異常忠烈懸天壤，如此銷亡世所稀。畢竟殿廷誰草詔，同時義憤幾麻衣。月兒影落山河易，燕子巢空宮闕非。一字甘心殲十族，孝陵相望淚頻揮。」又《寄黄良男》云：「青眼可偏相見晚，白頭深悔訂交遲。」

蔣文峰副車大本苦讀致疾，卒年二十七。遺時藝十餘卷。惟詩稿散失，僅見《秋燈》一絶云：「抱膝何人讀《楚詞》，幽窗掩映漏聲遲。熒熒一點光如豆，雨打梧桐獨坐時。」又《遣興》云：「看雲便著登山屐，待月先開近水窗。」《即景》云：「皓月經秋冷，幽花傍夜香。」《幽居》云：「方塘環五柳，一鶴守雙扉。」可見其寄情不俗。

宋詩别開生面，著筆過重，少風致。元詩極鮮麗，未免流於纖。明詩清雋，近唐音，其味稍薄。國朝詩清醇健朗，佳處當在宋、元之上。

陳石橋明府松字木長，官富平，著《雁蕩山人詩草》。《閩中别兄》云：「數載離家音信稀，間關執手見還疑。風塵漸老鬢非昔，兒女到前名不知。舊里半凋聞欲淚，餘生相對語多悲。饑驅明日又將别，立馬夕陽途路歧。」「涼秋風色柳條吹，爾我客中風葉飛。四海孑身雙僕倚，萬山八口一官依。宵於苦别鷄聲促，話到傷心酒力微。無恙尚能圖聚首，幾時容買舊柴扉。」

羅兩峰寫墨蘭數莖，自題云：「苦被春風牽引出，和葱和蒜賣街頭。」寓意可慨。

于秋渚《玉勾斜》詩云：「玉勾斜，玉已冷，胭脂染淚墮眢井。迷樓歌迴殿脚殘，江都好夢何時醒。錦帆一去隔天涯，關山冷月弔琵琶。年年無人哭寒食，香魂散作棠梨花。」《得友人塞上消息》詩云：「故人書到説金微，萬里風沙淚獨揮。有夢應隨天共遠，無家不與雁同歸。量乾碧海愁難洗，炊熟黄粱事已非。留得煢煢慈母在，何年頭白看烏飛。」其門人徐藕塘信《題廢宅》云：「無復舊繁華，依稀王謝家。緑餘三徑草，紅露半牆花。壞壁經秋雨，荒園噪暮鴉。路人回首望，憑弔夕陽斜。」《悼鶴》云：「雲山有夢空千古，風雨無聲下九皋。」繆秋山桂森《贈内人生日》云：「四壁蕭然滿鏡塵，孟光只合守清貧。自同廡下低頭客，慚對花前舉案人。猶幸未驚雙鬢雪，那堪虚度百年春。一杯草草聊相祝，脱典輕衫當酒緡。」

先外祖在湖廣，見有童子甫數歲，值其鄰家先忌，延僧齋薦。方焚疏，童子即曰：「吾家人邀予歸也。」遂卒，移時復醒。如斯數次，齋畢始安。後亦不壽。夫薦亡之説本屬無稽，豈僧道竟能追魂而並能追再世之魂耶？予少時聞之，紀感云：「利名誰醒浮生夢，鐘鼓空招隔世魂。」

沈灌花老人儋，大瓠子，以書法世其家。《題瘦石手硯圖》云：「我友黄大癡，最愛是疏狂。讀書具隻眼，筆落千丈强。昨披閲斯圖，意境豈尋常。手執端溪紫，摩挲增輝光。所以堅操持，世事澹若忘。側身天地間，獨立何茫茫。」

吴蒼崖孝廉與片石先生爲至友。先生没，孝廉哭以詩：「豈有黄金留賈島，終教白屋老方干。一編詩了生前事，四海人傳死後名。清夜思公惟有淚，白頭知己更無人。」足見生死交情，不徒音節悽惋。又《題赤壁圖》云：「百年天地蜉蝣寄，終古漁樵眼界寬。」又《咏門神》警句云：「雖依閥閲仍虚位，如此鬚眉亦冷官」、「綵筆既能增氣象，春風應爲拂塵埃」、「暮夜懷金先屬目，終朝投刺總違心」，自有作意。

周陸舫《新月》詩：「纖纖只恐風吹去，隱隱能毋怨夜長。對我鬢痕輕試白，爲誰眉黛淺塗黄。最憐弄影纔高樹，太易抛人過短牆。徙倚中庭襟袖冷，不知歸路轉蒼茫。」風神俊逸，飄飄欲仙。

蕪湖邵鐵君士鎧《題林黛玉葬花圖》云：「怡紅院裏飄紅雨，惜花人怨春無主。粉黛難禁少女風，香魂暗濬餘芳土。粉褪香消淚易枯，雛娃生小泣蘼蕪。筠籃翠羽肩如削，學荷藍田種玉鉏。佳人築恨封高壘，公子多情付流水。水流花落兩悠悠，掩玉埋香春亦死。吁嗟乎，馬嵬回首盡塵沙，明妃青塚夕陽斜。芙蓉女兒不如花，瀟湘妃子尚無家。」

青陽曹正道，字坦庵，濟川邑尉模子。《留别黄艮男》云：「歸路迢迢匹馬遲，消魂一曲譜《楊枝》。欲知此後相思處，滿地槐花夜雨時。」

秋舫山人，失其姓，書壁詩二首，《不寐》云：「夜永寒偏覺，迢迢送遠更。朔風何凛冽，殘月轉分明。失學羞言禄，無田莫問耕。曉來翻欲卧，曙色半窗晴。」《送春》云：「春來春又别，把酒餞斜陽。芍藥懷人遠，楊花惹恨長。相留留不住，便去去何方。自此天涯外，殘紅燕子忙。」深得唐人風味。

范月峰爲獻重曾孫，故詩有家法。早年好遊覽，著《之粤日記》、《彭城遊草》。其《蘇城懷古》云：「蘇城高峙水連空，往蹟蒼凉俯仰中。目抉東門壯萬古，命歸屬鏤憶孤忠。蘇臺有月宵猶湧，香徑無人葉自紅。正是羈懷傷往昔，寒山又送一聲鐘。」「左環巨海右湖杭，絶代名區説此方。莫怪吴王輕棄國，衹緣西子有新妝。千年興廢如彈指，半壁東南幾戰場。眼底嫣花留不住，山山終古送斜陽。」《湖上》云：「湖心亭子放生池，畫裏蘭舟緩緩移。斜日波光相掩映，分明人在軟玻璃。」

鄭嶸洲鑠，芸書子，《宜冬》詩：「歲暮光陰赴壑蛇，冰天景物倍清嘉。村舂預蓄炊霜夜，臘甕乘時醉酒家。蹇衛策當寒擁褐，剡溪舟趁雪飛花。聞香莫認尋常塢，梅在春前冷韵賒。」其弟錕《霜信》云：「茅堂冷逼促銜杯，消息先教鬢髮催。報道車堪楓岸駐，寄時人向板橋來。孤鴻夜半驚初肅，野菊籬邊傲幾回。昨夕傳聞青女降，牀頭明月費疑猜。」

菩提社爲城東古刹，自竺堂以詩名後，鮮有繼者。近聞皓月隆光性復耽此，《晚鐘》云：「一聲敲罷獨徘徊，古寺幽窗傍水開。花外吟殘人已散，江干船泊月初來。聲清碧落群囂寂，響出松陰鶴夢猜。自是毘盧發深省，浮生多少誤塵埃。」又《雨後》云：「返照一鞭溪畔影，晴雲幾叠畫中山。」《即景》云：「水遶籬門碧，花欹釣檻紅。」好無蔬笋氣。

徐珠圃《春月》云：「三徑客歸晚，半窗花影横。」何蕉衫《遺興》云：「鍊句每存千載想，看花不放一春過。」雲廬老人《遺興》云：「難消夜永沽村酒，儘耐春寒典敝袍。」《雜感》云：「人無可語須緘口，士必知音始愛才。」

詩有多年苦學未能，往往得之無意中者。邑中王坦庵路家貧廢學，偶習韵語，輒自然清老。見其《秋漁》云：「一年飄泊又西風，霜落澄江壓斷篷。網得鱸魚惟换酒，烟波閒煞白頭翁。」《春感》云：「韶華如繡艷陽天，春到貧家亦枉然。破屋正愁連日雨，荒厨已斷昨宵烟。鷗團窮海剛三載，燕返空巢又幾年。滿地蓬蒿人過少，臨風獨立聳吟肩。」又《雨泊》云：「一家栖六處，百里别三年。」《螢火》云：「風吹燈已滅，數點落窗紗。」

吴雲溪孝廉華《咏鷹》云：「亦有青雲志，如君健翮稀。摩空雙眼疾，掠地片雲飛。已歷風霜老，非欣雉兔肥。平原千里闊，獵馬好同歸。」其子世恩字芝仙，去世早，詩不多傳。《秦淮》二絶云：「臺榭參差枕碧堤，拂波六曲畫欄低。黄昏月出珠簾捲，陣陣香風透茉莉。」「綏蕩蘭橈月影斜，衣香酒霧近窗紗。簫聲忽聽來深院，不辨高樓第幾家。」鄒懷潔，即芝仙配也。

泰興夏汊村女馬氏許配葉鐵保。葉死，女年十三，奔喪不果，乃剪髮依尼庵。父母强之歸，改字李甥。女知自經，家人救甦，遂絶粒七日而殞。邑人士重其貞烈，爲請旌焉。嘉慶辛酉年事。吾里沙秀才軒《滿江紅》詞：「矢志全貞，何須借、空門終老。生肯讓、首陽餓死，泉途含笑。大節原關風與化，寸心無異忠和孝。服鬚眉、一夕足千秋，從來少。冰雪性，松筠操；身可殞，恩難報。歎幾行血淚，一篇遺草。自注：貞女略識字，有口占數語，遺以明志。夢斷庭闈成永别，芳埋村野憑誰弔。闡幽光、好仗讀書人，維名教。」

予每倚枕，恍惚中一望蒼茫空碧，絶類浮圖，經聲磬韵，時近時遠。十數年來，無復此夢，因成一絶紀之：「髪白前因遠，年深舊夢疏。碧山踏斜月，重憶五更初。」

梅原先生《題山水圖》云：「入天蒼翠總嶙峋，春樹春流絶點塵。如此青山好茅屋，夕陽時候更無人。」《伴菊圖》云：「南山山畔蔚成霞，秋色空庭得最賒。萬古乾坤雙白眼，一生膠漆獨黄花。尊前月影同人瘦，頭上霜枝鬭鬢華。不管東籬與甘谷，妻梅轉復似林家。」風格秀整，絶類晚唐人聲調。

汪鳳巢桂林，江黄竹門人，爲詩近明七子，著《掃紅閣落花詩》、《卧春軒倡和集》，俱新穎有寄托。如《新月》云：「湘簾甫上鈎，纖影透春樹。不争蛾眉歡，偏惹蛾眉妬。」《春感》云：「他時縱使多佳日，好景能來不少年。」殊覺黯然。

歙縣吴擔樗尊詔，父沖庵太守，昔官雁門，以清廉著，有「署冷留雲伴，官貧減鶴糧」之句。歸惟蕭然四壁。没後擔樗負米奉母，嘗客赤岸，著《海春吟館詩》。其《和薛芸人偶成》云：「寂寞虚庭長緑苔，蕭蕭竹影鶴徘徊。酒賒村店留朋飲，花乞鄰家趁雨栽。清夢時從塵外遶，小窗常到日中開。春光十里尋幽慣，笑扣籬門得句回。」

汪古迂《寄懷程好山》云：「秉燭題封六六鱗，簪花小字寫難勻。蝶依小草心先冷，蟬抱枯枝翼不振。南國烟雲都化夢，西樓詞賦半懷人。青山紅樹空惆悵，輸與花前笑語頻。」又《送客》云：「明月雁邊嶺，梅花雪裏山。」

嚴硯農《途中寄内》云：「掛帆倏已隔鄉關，江上新秋飽看山。遥念月中人憶遠，臨風清露濕雙鬟。」

學詩者不在行吟坐誦，教詩者不在耳提面命，可以意會，不可以言傳。《國風》云：「我思古人，實獲我心。」只此二句，有無窮妙義。

閨秀席蕙文《過十二峰》云：「哀猿啼處樹重重，雲鎖高唐舊楚宫。人在夕陽疏柳外，澹烟微雨近巴東。」沈持玉《廢園》云：「猶有白頭園叟在，夕陽影裏話當年。」畢蓮汀《鸚鵡洲懷古》云：「豈但才高驚一世，由來命薄始千秋。」金仙仙《和王碧雲秋懷》云：「抱琴憶之子，乃在碧雲端。」廖雲錦《自題畫》云：「積雪亦空花，烟雲同過目。」黄心石《董雙成》云：「一曲瑶笙吹未歇，蟠桃樹下落花多。」意調俱別。

吴思翁初號思堂，捨宅爲宗祠，遂浮家於皋。工篆隸，黄楚橋師事之。臨殁，作山水數筆。楚橋藏篋中，索宗杏原爲跋。金匱秦雪觚永年題《百字令》詞：「問天何意，把才人輕易、飄零若此。筆債詩緣都未了，便脱塵纓如屣。短碣横坡，斷雲枯木，聊當招魂地。蒼茫百感，墨痕都染清淚。還幸千載聲名，半生踪迹，有故人堪寄。生死交情留絶筆，高義如今有幾。才子青山，美人黄土，埋骨尋常耳。死何足恨，快事得一知己。」

李琴媛韵少聰慧，爲洪介石副配。誨以詩，遂能自作。有《春晝》云：「隔舍疑春富，過牆見蝶多。」《即事》云：「菜根烹至味，麥飯爨奇香。」《盆荷》云：「淤泥花不染，濃露葉難沾。」以疾卒，介石賦《斷腸詩》三十首悼之。

詩不論遇不遇，但視其佳不佳。朝陽鳴鳳，固足驚人；九皋鶴唳，豈非清響？盛菊廬云：「翰苑自然無俗品，布衣亦許占名山。」

冒甚原《春晚》云：「盡情啼百舌，索性落桃花。」《素心蘭》云：「誰從草莽開青眼，獨抱瓊瑶報美人。」娟秀可喜。

花品之高者，第一梅與蘭，次則荷、菊，非特香色清奇，尤取其韵耳。詩更宜韵。賞牡丹芍藥宜笙歌，宜紅燈，宜錦障；對梅、蘭與荷、菊，惟宜賦詩，揮毫煮茗，得佳句，方是幽花知己。

袁北山岑《送燕》詩：「流光轉眼頓心驚，愁見烏衣顧影鳴。對我翩翻如惜别，爲誰留戀宛多情。却憐秋後含悽送，猶記花前帶笑迎。未識鄉關何處是，年年風雨認歸程。」此詩句句有「送」字。聞北山客保安時，同人晚眺，限「獨」字韵。北山先成，有「人趁斜陽歸影獨」句，遂得名。

吴蒼崖《次玉田見贈》云：「風摇柳影上征裘，燭剪西窗話别愁。萬事浮沉同曉夢，百年聚散幾閒鷗。自知遠性宜丹壑，縱有雄心已白頭。君是凌雲詞賦客，悲歌莫唱古《梁州》。」

錢翥寰《庭梅》云：「手自植汝久，孤根霜黛深。湖山一片石，冰雪百年心。數點色殊好，滿枝香不禁。極蒙報我厚，倚檻獨沉吟。」

吴石林《秋墳》云：「山頭飛亂葉，山下塚累累。慘澹雲連野，凄凉鬼唱詩。陰風吹薜荔，冷月拜狐狸。欲識生前事，霜華掩斷碑。」又《殘杜鵑》云：「冷血啼將盡，春魂唤未歸。」讀之凄冷動人。

江元洲《雜興》詩：「堂前生錦葵，花開盛霞綺。誰謂貧士家，冷落如秋水。春隨紅芳盡，緑蔭盈烏几。不意閒園中，蜂蝶忙如此。兒女雜蜂蝶，笑舞花叢裏。野人有老親，策杖欣然喜。」黄艮男《元夜漫興》詩：「斑衣竹馬記垂髫，春酒高堂醉未消。白髮老親同笑語，今過八十七元宵。」家庭樂境寫得藹藹融融。

芝田老叟書廳壁云：「家世單寒，非讀書不能立業；根基淺薄，惟修德足以保身。」予謂富貴之家尤宜爲訓。

郭曲山《秋心》云：「雁信寄來千里外，梧風敲碎五更頭。」《秋夢》云：「蘿帳影寒斜月照，柳堤魂怯曉風吹。」《秋影》云：「敗荷風裏蕩，孤雁月中飛。」《秋露》云：「千荷千翠蓋，一滴一明珠。」句法新雋。

咏物最難大雅，全在不即不離。如牽牛花詩絶少，惟青浦王蘭泉云：「娟娟新月夜更遲，幾點秋花發素枝。滿院涼蛩微墜後，半庭清露欲開時。橫斜玉砌愁零落，悵望銀河感别離。爲問山陰誰覓句，西風籬落倍堪思。」又元和高桐村云：「半灣新碧野塘幽，鵲豆籬根暑乍收。幾點疏花涼月夜，五更殘夢絳河秋。風吹㠶㠶香初逗，露洗娟娟翠欲流。莫向西風怨零落，穿鍼人在小紅樓。」二作可爲咏物高手。

皋雖彈丸，尚稱富庶，年來朱門大厦半爲廢圃，殊覺可慨。予有絶句二首紀感云：「争春池館百花香，華屋今成瓦礫場。燕子不來春易老，蕭蕭枯木隱斜陽。」「零落頹垣一徑斜，路人猶説舊繁華。荼蘼架折紅欄倒，蟋蟀聲中藊豆花。」

范秋田《春暖》詩：「淑氣熏梅細細聞，伶仃瘦骨始知春。歡呼不覺如啼鳥，天氣於今欲醉人。可以琴書常作客，何愁風雨更欺貧。嬌兒昨夜緘書至，勸典綈袍亦有因。」全首景在情中，是詩家脱化處。

漁洋山人詩風調絶佳，如：「江干多是釣人居，柳陌菱塘一帶疏。好是日斜風定後，半江紅樹賣鱸魚。」真是一幅畫景。又「欲折一枝寄相憶，隔江殘笛雨蕭蕭」、「年來慣聽吴娘曲，暮雨瀟瀟水閣頭」，如洛水神人，凌波微步。

黄越艇《秋九晦日過月波軒看菊次壁上韵》云：「支離故態老難禁，步到君家澮客心。紅葉四山春夢斷，黄花一屋晚涼深。縱無斜月穿籬入，曾有幽人冒雨尋。把酒渾忘塵世事，何妨醉卧藉秋衾。」黄艮男《花朝春分》云：「紅到梅邊緑柳邊，淡雲遲日雨餘天。中年人似春將半，一度花朝一惘然。」《盆菊限韵》云：「誰分籬下菊，盆小手能扛。帶露晨離地，迎涼夜啓窗。酒香侵坐冷，燈影入秋雙。何處尋彭澤，西風載滿艭。」

才人著作，流傳海内，每有冒名，竊付梨棗，真僞莫辨。然浮生夢幻，物我皆虚，千載而下，安知此爲誰、彼爲誰耶？黄上舍鏞云：「面目雖殊同物化，文章不朽即心傳。」傳我之心，著人之名，又何妨歟！

徐德泉父祖俱有厚德，德泉尤誠篤。其《雪中對酒》云：「家無儲蓄期鄰富，邑有饑寒望歲豐。」自是仁人之言。又《述懷》云：「愛竹多求種竹地，看山遥起入山心。」清雅可知。《霽峰園看杜鵑花》結句云：「記得浙西湖上路，滿山殘照一漁艭。」饒有筆致。

薛晴浦《九日登城北大觀樓》詩云：「萬象清如水，千林漸葉稀。窗虛望更遠，風緊雁初飛。暮靄沉遥浦，秋聲落翠微。村醪隨意酌，醉插菊花歸。」

丁熙莊《題看花飲酒圖・百字令》詞：「蘿陰如幄，對幽芳滿院、醇醪在手。蒲履蕉衫塵不著，風過湖山香透。澹澹鬚眉，閒閒身世，月是先生友。霓裳遥和，何勞絲竹煩奏。多少利鎖名繮，奔波駒隙，萬事空回首。珍重浮生惟適意，難得花前杯酒。醉裏忘機，興來高咏，小坐黄昏後。蕭然清味，幾人能此消受。」

汪鳳巢《同人集聽葉軒》云：「雨餘踪迹聚浮萍，爲訪幽栖此共經。樹遠疑雲迷古岸，月明如水上空庭。時逢好會宵偏促，客抱秋心酒易醒。不負聯吟值佳日，幾人豪邁過劉伶。」

西場去城北四十餘里，有女兒墳，事與繡州孝女相似。相傳鄉農失其姓，生一女，紡織奉孀母，誓不嫁，母終殯後遂自盡。里人憐而葬之，名女兒墳。黄心石弔以詩：「烈孝本無雙，一死丘山重。荒海出奇人，萬古留孤塚。」

汪梅侶遇清，可堂子。《秋日集嘯月山房分韵》：「訪秋人到緑陰堂，坐對疏桐引興長。少小風騷爲性命，老成談笑亦文章。聯吟雅集難容傲，縱飲歡呼不厭狂。把酒何須論仙佛，醉鄉遠勝白雲鄉。」《新燕》云：「别思渺天涯，雙飛遶户斜。關山經客路，風雨過貧家。重定空梁壘，還尋舊日花。傍人原是寄，未肯逐群鴉。」

顧梅村金闓《秋蟬》云：「高梧栖不穩，葉落早驚心。猶自發清響，翛然出遠林。空山涼雨過，野店夕陽沉。我亦悲秋者，朝朝伴苦吟。」《候菊》云：「小立東籬下，秋深有所思。一樽新釀早，九月故人遲。石徑霜封後，柴門月上時。遥憐彭澤令，悵望撚吟髭。」

冒奇峰雲階《秋燕》云：「歲歲無家別，輕同落葉飛。一春原是客，八月未知歸。露冷烏衣巷，魂消白板扉。羈栖少儔侶，飄蕩欲誰依。」《秋夢》云：「百年消永夜，萬事畢秋風。」

冒氏雅度女適黄堯衢樽，八月而寡，矢志自守。予有贈句：「霜凝古塢梅香冷，月照清江雁影孤。」又題其《課讀圖》云：「晝荻心同苦，挑燈夜正長。孤兒能蚤慧，膝下有黄香。」時以姪峽爲嗣，六歲已通古文。

管碧薌《遣興》句：「路遠邯鄲再夢難。」是癡語，亦是悟語。

吴萍波彭《喜晤管湘枝》句：「喜聞鶯語傳春去，生怕風帆送客還。」聞有《風箏》詩見賞於稚存太史。

黄霞舉德翔《塾中對菊》云：「不須頻訪竹籬笆，坐對黄花興轉賒。風雨飄摇三徑遠，琴書掩映幾枝斜。香浮鴨足經霜蕊，影亂蝦鬚浸月華。寂寂蕭齋留伴我，秋光涼透碧窗紗。」《秋江曉渡》云：「朝日初升映水紅，蒲帆十幅挂秋風。江南一帶山如畫，都在烟雲隱約中。」

江都周端谷詳《白沙留別汪崑泉》云：「同是羈遲在異鄉，勞君相送轉輕航。離絃未撥先揮淚，別酒纔斟已斷腸。掣電流光驚過客，落花風信促行裝。河干明日秋初好，回首陽關各一方。」又《即事》云：「帶雨移新竹，焚香讀古書。」《幽居》云：「三間臨水築，一棹載花歸。」《曉望》云：「遠樹青遮郭，春波緑滿江。」其子寅，字敬甫，亦工詩。

又端谷《金錢花》詩：「未必貧能濟，空憐滿地黄。繁華争一瞬，著意燦斜陽。」《泛湖》云：「輕舟一葉水雲鄉，十頃荷風拂檻凉。昨夜鬧紅深處宿，醒來猶覺夢魂香。」端谷貧而好學，有古道。甘泉鍾錦堂贈句：「閉户緣逃俗，安貧只著書。」賦《緑春詞》三十首，追踪義山，人甚稱之。惜卷隘未登。

東海漁人黄月艇炳少師高雨船，性嗜詩，年八十餘，猶吟咏不輟。有《冬日雜題》十首，其《梅邊雲》云：「遶山兼遶水，如幕又如衣。只恐美人冷，常將瓊樹圍。微風期共至，澹月約同歸。未礙霜禽路，遥看畫裏飛。」又《雪窗》云：「人讀無燈夜，雞鳴未曉天。」

姜五橋家硯香書屋外植梅一株，已歷二百餘年。繆竹癡繪《松竹圖》幀其壁，題云：「淋淋水墨任横斜，畫出江南處士家。三友莫嫌猶缺一，天然窗外有梅花。」

方外詩亦有家法，如其介如石之於東溪祖鏡、東溪之於石根成岳，相承祖述。石根初號卓雲，與鄭板橋交最密。《野泊》詩：「明月下前坡，霜鐘出薜蘿。山頭紅葉好，漸好漸無多。」東溪字壽光，受具於寶華山文海和尚。《登金山》詩：「夢想金山寺，今來縱目初。胸中小吴楚，檻外走龍魚。郭璞墳何在，蘇公蹟尚餘。大江流不盡，千古總成虚。」其介《咏落花》云：「開時那得香長在，落後方知色是空。」《咏雁》云：「千里水雲渺，一聲天地秋。」《咏月》云：「雪能增皎潔，雲不礙玲瓏。」

吴葭吟正已著《葭隱集》，壽八十餘。其《康軼軒招賞牡丹》詩：「金稜玉珮擁參差，看到雕闌正午時。豈是宫袍傳彩筆，却煩天女下瑶墀。海邦雨露新添譜，京洛年華舊繫思。香艷滿庭春又暮，東風拂面酒行遲。」

繪事水墨最妙。予《題黄秉之彝蝴蝶》云：「《南華》一卷悟蒙莊，畫裏遊仙夢正長。賤却三春金粉價，霜毫飛舞墨花香。」郭曲山《題王月池遵義牡丹》云：「繁華信比烟雲澹，富貴須知翰墨香。」邵貞，狼山遊戎女，歸吴月亭，數載卒。吴作《憶梅圖》，遍索題句，予賦《滿庭芳》詞：「奉倩神傷，如花人逝，一枝春影誰描。無端凝竚，畫裏認清標。濕透雲箋是淚，蘭釭暗、剪紙空招。呼難醒，珊珊仿佛，窗外月輪高。　當時曾絶俗，寒森玉骨，澹曳冰綃。恨仙緣易斷，塵海輕抛。只當羅浮一夢，重回憶、佩冷香消。東風惡，芳魂吹散，惆悵蕊宫遥。」

游揚風雅，固是好詩；從世故人情中化出，尤多名作。所以要淹博，亦要歷鍊。陳十村《集古香堂分韵》詩：「客隨明月到中庭，歌哭中宵醉復醒。荒海逢人原冷落，蒼天留我慰飄零。老梅含韵藏空谷，羈雁銜寒下遠汀。漫對樽前憶生死，别來雙鬢幾莖青。」《歸興》云：「天涯何地著離愁，落葉蕭蕭水亂流。殘夜帆懸千里月，到門人載一囊秋。燈前瘦菊寒餘影，客裏飛霜白上頭。畢竟家園吟卧穩，湖山雖好是孤遊。」

唐人劉威詩云：「遥知楊柳是門處，似隔芙（蓉）[蕖]無路通。」予讀此深羡幽居之妙。適聞縣北百餘里外水匝田廬，出入必借小舟。夏則菱藕争化，秋惟一望蘆葦。是誰居此，塵囂遠絶。想其得句高吟時，應無催租人敗興。予因遥贈云：「短笛横風過荻浦，扁舟趁月採蘋花。」

繆紉蘭玉佩，沈中峰思洵室，年六十餘，久著賢聲。工六法，家貧撫孤，以筆墨代紡織。適寫梅花一幅寄予，並自題云：「描從紙閣燈頻剔，寄向吟窗月正明。」時值上元節。

王居田云：「世味隨雲淡，詩思到枕工。」個中語。

王秋浦少無師授，緣記誦之餘竟能詩。《咏楊花》云：「蘆花秋老比紛紛，白雪漫空冷夕曛。啼徹子規春似水，美人何處夢梨雲。」《旅夜》云：「已是愁長夜，他鄉感倍生。竹風秋滿院，蘿月冷三更。强檢殘詩卷，驚聞早雁聲。慈親應不寐，憶子盼歸程。」《咏菊》云：「今古更誰稱獨傲，園亭無爾不成秋。」《早秋》云：「荷殘鴛夢静，露冷蝶魂消。」

石芸亭《秋夜懷金陵寄友》詩：「西風雙槳木蘭舟，曾記當年汗漫遊。今夜月明山色裏，是誰高咏六朝秋。」

汪春潯詩筆風華，其《和兄春田茸補文園》云：「曾聞車馬駐江干，賓主東南畫裏看。三十年來裙屐杳，開樽重整舊詩壇。」「舊業翻新眼界寬，亭臺此日足盤桓。行人指點東山畔，棋墅於今有謝安。」又《集同人竹香齋修禊》云：「客多名士談俱雅，人在花天醉不醒。」又《夜課》云：「一庭槐月爐烟淡，半壁篝燈菊影斜。」

孫秀江錦《江上喜晤王錦昌》詩云：「扁舟無伴倍辛酸，幸有名山次第看。夢裏還家終是客，病餘酌酒不禁寒。雲含雨勢天低樹，風撼潮聲夜没灘。今日逢君慰岑寂，歸途更覺别離難。」

范哦窗臺詩本天分，筆力英拔。其淡宕處，如《登水明樓》云：「窗明無月夜，客坐一簾風。」《古重陽同人小集》云：「白雨稀遊屐，黄花淡壯心。」《秋日書懷》云：「附髀何堪村社老，傷心最是少年貧。」

《春雨》云：「扁舟水暖漁先覺，小閣燈寒酒不辭。」俱是佳句。

陳拙齋鼎《如夢令・春》詞云：「深院春光如水，人被暖風吹醉。熏得夢魂香，一枕花陰濃睡。門閉，門閉。何必軟紅富貴。」

石晚晴試燈日，同人集桐華書屋賦詩。黄艮男分得五絶四首，其四云：「佳句本天然，苦吟翻近俗。我只看梅花，滿飲樽中緑。」語極脱灑。

吴野渡雲《蓼花》詩云：「如此紅顔争奈秋，年年風露歷滄洲。一生辛苦誰相問，只共蘆花到白頭。」「胭脂散處盡啼痕，野店危橋供客程。最是西風殘照裏，一泓秋水碧無情。」

李澤田如南詩筆敏捷，連篇分韵，一揮而就，時出新警。句如《舟過白蒲》云：「蘋花緑減來時路，楓葉紅添别後情。」《除夜感懷》云：「避債慣經人冷暖，送窮争奈鬼揶揄。」《送薛晴浦北遊》云：「好山無數增行色，歸雁多情引路遥。」《旅夜》云：「寒風侵短榻，落葉響空庭。」

曹橋周氏適任生，早寡。翁姑父母相繼没，氏獨居苦守，紡織自給。鄉鄰高其節，汪爲霽爲詩紀之云：「空谷年深松比節，遥天秋冷月同孤。」

王雪齋虚心好學，文章秀發，尤工詩，佳處出於天然。其《鶴步》詩云：「珊珊仙骨羽衣輕，何事徘徊若有情。竹影横階遮不見，松花滿地踏無聲。風吹清唳心猶遠，人静深宵月正明。未免雞群傷獨立，幾回延頸望瑶京。」《咏梨花》云：「樹樹玲瓏玉，誰家獨閉門。從教春冷淡，慣占月黄昏。别館遥縈夢，離人易斷魂。匆匆寒食過，粉蝶遶江村。」《賞牡丹》云：「得句花添韵，當筵月並華。」《野菜》

云：「荒園春乍雨，一夜緑盈畦。」

李湘嵐茂林《題蘭花》云：「清如楚客纔堪佩，壓盡群花不敢香。」身分自高。湘嵐，海寧人，工墨筆蘭竹，揮灑疏秀，是能寫其意者。

閨秀洪芝崖孀居海上，課蒙度日，雖四壁蕭然，不廢吟咏。其《夢遊》一絶云：「憑虚兩袖拂天風，彷彿尋幽在畫中。玉洞春深人不到，蒼苔閒煞落花紅。」

王松嵐景沂《過友人齋題壁》詩云：「小築囂塵遠，閒常挈酒過。半牀詩卷叠，三徑落花多。眼闊空今古，窗虚隱薜蘿。春光幽絶處，嚦嚦鳥能歌。」

王月樵培桂《春日舟中寄懷姊丈汪春潯》詩云：「畫舫乘潮破曉烟，淡濃剛值雨餘天。一篙春恨桃花浪，半幅離情柳葉箋。白也遥憐雲樹外，牧之疑在酒旗邊。蒲門三月愁如水，吩咐流鶯特地傳。」

黄艮男孀姊薛氏，有婢秋耘，年三十，屢遣之嫁，不去，事主孝謹，親黨咸義之。未幾卒。八十老人沙静夫倓填《南浦月》詞弔之云：「竈下冰清，零丁不羨雙飛鳥。浮生便了，孤塚埋荒草。雪冷空閨，值得幽魂遶。堪憑弔，青衣誰料，紅粉知多少。」

石竹船《秋荷》詩云：「迢迢歌吹遠，又送畫船歸。露冷香逾勝，池虚影漸微。倚風欹翠蓋，臨水褪紅衣。對此情難遣，停杯悵夕暉。」又《曲籬》云：「如此林泉纔轉折，從教花草費搜尋。」

錢南灣賦《壓歲錢》詩云：「浮生回省易蹉跎，撒手匆匆總浪過。漫羨兒時囊橐滿，年華漸漸比錢多。」南灣天性純粹，閉户苦吟。著《雙峰閣詩草》，欲付梓，因循未果。卒年三十八，其佳處已半散失。

孫秀江《思親》句云：「促夜無全夢，遺哀有斷篇。」能追遠者，何堪此境。

孫秀江《題吴石林有是園圖》云：「匠心巧構讀書堂，縹緲烟雲水一方。如此幽棲誰易到，四時佳景在文章。」

沙卧雲館南沙十載，偶賦《江村竹枝詞》數十首，寄予索跋語。閲未竟，而訃音至，同人咸以輓章作題詞。陳拙齋填《金縷曲》，有句云：「江草江花題詠遍。了浮生、一夢如春短。」殊可慨嘆。

陳若泉士達少負文名，尤耽詩賦。没後稿俱散佚，惟見其《移居菜園》云：「移家近在水雲鄉，抱甕朝朝静裏忙。遶徑紅霏花似錦，牽蘿緑遍土爲牆。偏宜柳岸吟斜月，恰好籬門畫夕陽。頻聽鐘魚敲不斷，滿腔熱血已冰涼。」

梓人杜遵義，江寧人，嘗率子姪來皋，詩文付刻者皆出其手。間亦學爲詩，如《自題松菊圖》云：「故山雲際隱，秋色畫中看。」

江渚民好爲冷僻語，有句云：「床頭夜卧書爲枕，水面魂飄藻作衣。」後出外未返。

唐王維畫《輞川圖》，千古妙蹟。今雪齋云係二十五代玄孫，追維前哲，索善繪者爲斯圖，展卷時飄然有世外想。自題云：「位置湖山千古絶，包羅烟月四時宜。」「筆底神來疑有助，山中人在本如仙。」

姜澹餘長子熙臺，少承家學，文思英拔。中年瞽目，爲士林惋惜。其詩如《閒居》云：「春水緑平岸，野花紅過牆。」想見清雅。

王秋浦賦《荳花》云：「一架露華濃，絡緯啼將曉。試問牽蘿人，今夜秋多少。」又《題垂鈎圖》云：「適興豈求魚，自愛烟波景。一棹出蘆花，蕩漾斜陽影。」此二絕清而脆，予謂恰是天籟。

王西浦《秋窗》云：「荒簷一角掛疏籐，抱膝宵深冷似冰。坐聽蕭蕭殘葉響，穿簾風閃讀書燈。」

予詩詞約千餘首，自愧巴吟，無暇存稿。因諸公屢助剞劂資，勉付梨棗。小集外，續刻《詩話》。所存者雖十之三四，幸一生疾苦，未致湮没。爰填《滿江紅》紀之云：「静裏思量，直把個、辛酸嘗飽。放悲歌、聲聲奚似，含悽無告。鶗鴂傷情春後哭，孤鴻警夜江邊叫。較愁人、清淚幾時乾，揮多少。嗟薄命，空潦倒；慚没世，誰憑弔。悵殘編幾付，荒烟蔓草。一字褒如華衮麗，千秋青眼垂梨棗。幸平生、心血未消磨，恩難報。」

（吴忱、楊焄、王天覺點校）

詩見

詩見提要

《詩見》四卷，據嘉慶間有脩然處刊本點校。撰者胡壽芝，字七因，號内觀居士，浙江臨安人。有《東目館詩集》。其詩集刻於道光二十二年壬寅，存詩近兩千首。此書則成書較早，有嘉慶十一年自序。胡氏好談藝，用力亦勤，博取前人之説，裁斷以己見，四卷按詩旨、詩人、詩體、詩法等論列，略具系統。其説大抵未脱漁洋以來尤其乾嘉詩學之主流意見，雖云欲別出己見，「未肯劣識（自序語），實質大同小異。觀其《詩集》卷首列出「師友鑒正名録」，有趙翼、王文治、紀昀、朱珪、施朝幹、吴文溥、畢沅、孫星衍、張問陶、劉大觀等二十餘家，此雖指作詩，論詩自亦不能擺脱影響，即可知其主見有限也。如謂「退之『愁苦之音易好』，永叔『窮而後工』，皆不可信」，乃陰拾翁方綱唾餘；於明人賞邊貢，則與漁洋同；所剩惟趙翼與言高啓爲大家，「余不謂然」而已。又如謂「沈、宋以下，王摩詰不甚説佛，劉文房訴憤太多，孟襄陽亦不甚豪放，韋蘇州頗覺謹飭，岑嘉州筆路疏逸，高達夫喜詆州縣，皆不得沿舊評貌相」云云，然並未提出新解。書中頗多此種有發無果之「半截」論。雖然，胡氏自誓「不作率爾人」，其書擇取六朝以來諸家之説，多不苟，辯説各家之長短，亦間有可取者。如卷一辯諸家論陶一則，不取荆公「詞采精拔」、東坡「有奇趣」，而許楊誠齋「琱空那有痕，滅跡不須掃」爲「大得其詩境」；卷四謂皎然《詩式》「五格」以「不用事爲第一」，乃是「空門文其孤陋」，雖過苛，却與晚清陳石遺不喜鍾嶸《詩品》「不學無識」之説若合符節。其首肯山谷妙處亦較具體充分，可稍得康乾以來論析山谷之精髓。此書由其侄慶祺校勘，然文字仍有不通順處。又謂阮亭有《燃脂集》，亦誤。

詩見自序

讀書或宣心得，或抒創解，當各有所見。揚子謂：「寡見則無卓。」非必軒輊古今也。余少好談藝，感龔海峰太守勖我，始窮究詩學源流，立説專出己意，多先哲所未道。自謂掎摭疵病如劉季緒誠有之，不欲似二老堂翻駁前人爲務，而事目繁多，未加裁折。近以留落不耦，自惜心脾，輒芟薙爲四卷。往往經當代名流所許，得同儕出所灼見，訂其倪譌，吾意了矣，當更是一適。且余固穴見也，不作率爾人，庸肯以誤後生語更申後計。荀卿言：「登高者博見。」淮南亦云：「有形埒者，天下訟見之。」似未肯劣，職由此也。嘉慶丙寅七夕，胡壽芝書於都下寓齋。

東目館詩見目録

卷第一

卷第二

卷第三

卷第四

東目館詩見卷一

臨安胡壽芝七因

綜旨

「在心爲志，發言爲詩」，毛氏固謂「志有所之」也。思，然後積；積，然後流；流，然後發。微之謂「非有爲而爲，則文不妄作」，非也。孔仲達曰：「雖無爲而自發，實有益于性靈。」即《潛夫論》所稱「頌善醜之德，洩哀樂之情」，皆言出諸自然也，故能「温雅以廣文，興喻以盡意。」言其重則曰：「天地之心，君德之祖，百福之宗，萬物之户。」言其精：「靈祇待之以致饗，幽微藉之以昭告。動天地、感鬼神。」言其妙則曰：「片言可以明百意，坐馳可以役萬物。」樂天曰：「根情，苗言，華聲，實義。」夢得曰：「文之神妙，詠而爲詩。」是故風雅之文變而爲形似，比興之作變而爲飛動，禮義之情變而爲物色，詩之變盡矣。潘岳見夏侯湛所作《周詩》曰：「此非徒温雅，乃别見孝弟之性。」因自爲《家風詩》。此真善言詩者。鍾嶸曰：「摇蕩性情，形諸舞咏。」李泰伯曰：「意茫直摹軒昊頂，言微都洩鬼神私。」徐禎卿曰：「詩者，造化之秘思，精神之浮英。」三説最耐人尋味。覽其機妙，難可語罄。

尚法

樂天「鍊句不如鍊意」，謂鍊句勝，意度必局，氣格必弱也。故蔡寬夫以用工太過爲大忌。詩法不出賦、比、興。《詩品》曰：「專用比興，患在意深。但用賦體，患在意浮。」此亦未盡然。比興取𨺗達，患浮則有之。賦體取精警，患深則有之。聖俞云：「詩有内外意，内意欲盡其理，外意欲盡其象。内外含蓄，方入格。」陳本明云：「作詩當言用，勿言體，則意深。」深非幽鬱之謂，謂厚而味永也。東坡教人讀《國風》與《離騷》，言曲折盡在是。陳繹曾云：讀《三百篇》，要會其情不足、性有餘處；讀《離騷》，要見其情有餘處。亦是。餘則賀方回曰：「格見于成篇，渾然不可鐫。」曾致堯謂李虚中曰：「子詩雖工，而音韵猶啞。」滄浪所謂「下字貴響」也。吕東萊云：「論詩當識活法。」滄浪所謂「參活句」也。謝茂秦言：「詩有可解、不可解，若水月鏡花，勿泥其迹。」知作詩以學不以才。好詩流轉如彈丸是也。后山謂「子固不能詩，少游詩如詞」者，皆以才爲之也。

溯源

三言，《詩談》以爲夏侯湛始，或云始于漢《安世房中歌》。然《商頌》已有「振振鷺」矣。

四言爲詩正軌，「喜起」、《擊壤》、《卿雲》等歌最古，而後人少作者。後村曰以《三百篇》在前故，其言良是。

五言，晁補之曰：「始于蘇、李，成于鮑照。」蓋西漢時創爲一體，猶未盛也。《易》曰：「不鼓缶而歌，則大耋之嗟。」《五子歌》曰：「鬱陶乎予心。」楚詞曰：「名余曰正則。」不獨《月令》之「鳴鳩拂其羽」爲所昉也。

六言，《詩談》謂漢谷永始，而未見其詩。且「迨天之未陰雨」、「誰知烏之雌雄」、「我姑酌彼金罍」，已皆是。

七言，多云始漢武柏梁聯句。楊升菴曰：「梁簡文《春情》、陳後主《聽箏》、温子昇《擣衣》、王勣《北山》，皆七言濫觴。」亦非也。戰國時甯戚已有《扣牛歌》。

九言，沈隱侯、文與可唱和每用之。魏高貴鄉公以前更無可考。

十一言，太白「紫皇乃賜白兔所擣之藥方」，少陵「王郎酒酣拔劍斫地歌莫哀」，蘇州「一百二十鳳皇羅列含明珠」，皆長篇中偶見之，非通體也。東坡「山中故人應有招我歸來篇」亦然。

十三言，退之始，元人多有之。然元人九言、十三言詩罕有佳者。

三五七言體，太白「秋風清，秋月明」始。嚴儀卿謂隋鄭世翼始者，無據。

一字至七字，宋人所謂「一七吟」也。或言唐張南史《雪》、《月》、《花》、《草》等篇始。今按楊升菴《風》、《花》、《雪》、《月》詩，自一字至七字，以題爲韵，實昉于樂天。

一字至十字，文與可有《竹》、《石》二詩。何大復《君子有所思》倣之。三字至九字、十一字，有五句成篇者。李邯鄲作《詩格》有此，許彦周嘗稱之，惜未見。三十字詩，凡三句七言、一句九言，隋人應詔有此，不可不知，然亦不須强學。

沿流

《三百篇》後，繼其緒者《離騷》耳。西漢風氣真樸，詩尚局于文體。晉、六朝以下流爲歌行體以暢之。至唐又律體興，自相難也。至宋、元又流爲詞，詞流爲曲，詩道泯矣。

漢、魏詩以氣象勝，辭理意興無迹可求。建安格調高雅，其言直致而少對偶。沿至江左，風軌數更。及晉陶、阮，乃見佳句，自餘並有鍛鍊工夫。靈運詩已徹尾成對句。謝朓詩有全篇似唐人者，已開沈、宋之先。

齊、梁間尚綺靡，其習氣流至陳、隋，淫艷刻飾、佻巧小碎誠有之。退之謂齊、梁及陳、隋「衆作等蟬噪」，將四朝人一齊抹摋，直是滅裂，不可訓。

漢、魏質過于文，六朝華浮于實。唐人却能兼之，故空前絶後。

貞觀中標格漸高，景雲中頗通遠調，開元中風骨聲律始大備。此就初唐、盛唐言也。時會之殊不免，必以中唐、晚唐界之，正不必。

唐末並五代亦有名手，而格下氣弱不免。

宋初猶尚西崑體。自嘉祐後，歐陽文忠尊李，王文公尊杜，一時風氣振刷，詩格大變焉。

朱子與鞏仲至書言「詩三變」，不如嚴儀卿「四變」之説詳確。朱子却經澹菴先公以詩人薦者。

宋人詩尚理、少意興者，悉縛於講學也。

漢魏六朝

《古詩十九首》得真味。真味本之至情。古今所以不及。徐陵以九篇爲枚乘作，鍾嶸謂十四首是陸機所擬，並不知何據。

蘇、李非有意爲詩，《三百篇》嫡派也，而高妙到極處。

子建遒文壯節，長於豪逸，而情兼雅怨，多得之《國風》，斯入神品。或曰「斲削精潔」，非也。又曰「詞采華茂」，更是皮相，未推問意故。

公幹亦豪逸，亦朗潤。

孔璋雖欠風度，磊落處自爽人心目。

休璉雅意深篤，七子中爲最婉約。或謂「傷于媚」，苛矣。

仲宣原出少卿，慷慨中以輪囷見奇。

叔夜品高，太不作意，故嫌徑露。

嗣宗空靈處純是天趣，言近旨遠，是深於小雅者，不僅優緩盡致。

太沖有書有筆，乃高出一時。

茂先華艷，已趨用字。《詩品》謂「出于仲宣」，殊不似。傅休奕因之，遂傷鐫鑿。

安仁雖爛若舒錦，而多古意，由質勝也。士衡冗於潘，又嫌書太多，致「情繁詞隱」之譏。

平原才高詞贍洵有之，舉體華善似未及。或謂二陸端凝有度，盛唐諸家應制多取之，良然。

景純稱古興第一，謂能變永嘉平淡之體也。三謝雖未必出此，而酷喜造語，彪炳精奇，李、杜實法其雋上。

顔延年體裁綺密稱一時，而情喻淵深，人多忽之，故儷于希逸。

宋孝武過於精密，比之雕文織采，然工夫刻苦矣。

越石悽婉中時露清剛，以閱歷增其才思者。身遭厄運，善敘喪亂，不徒作齏音，故佳。

淵明出于休璉。休璉詩少，此語無從證。大都學《十九首》。情真而氣緩，子由所謂「淡且槁」，後村所謂「不文」者在是。故詩家視之，猶孔門視伯夷矣。荆公乃云「詞采精拔」，坡公乃云「有奇趣」，皆於何處見得？不敢輕聽。少游曰「陶潛、阮籍之詩長于沖澹」，龜山謂「非學力之所成，故越顔、謝、潘、陸而上」，斯語得之。誠齋曰：「琱空那有痕，滅跡不須掃。」大得其詩境。

靈運精鍊，故峻潔亦緣此。不及陶，爲少自然也。故曰淵明格高似梅，靈運韵勝似海棠。類推之，其境固迴別。山谷言「作詩須開廣」，今知勘詩亦須開廣。性喜琱鐫，故得「池塘生春草」句以爲奇。

元暉益求工，遂傷瑣密。雖時有爽氣，唐風基之矣。

惠連號才富，佳句却無多。

明遠弗資鏤琢，亦不避仄徑，善製形狀寫物之詞。許彦周謂其《行路難》可比賈誼《過秦論》，無不首肯者，故曰渾成。而有正始以來風氣當看淵明，欲詞清美當看明遠。

廣微詩僅就規範。

殷仲文、謝益壽爲義熙中華綺之冠。

休文有節有度，工於清怨。拘聲律而能充沛，氣佳哉。

彦伯《咏史》以緊健勝。

文通清婉爲主，工於摹擬，曲盡心手之妙。惜多寄人籬下，自爲太少。

仲言清巧近自然，時露苦語，豁胸次不拓。

子堅精切，唐初皆取陰、何者以此。子堅又饒莊麗，故老杜尤宗之。

孝穆實爲麗藻之祖，詩境不可無此一派。

子山綺艷中能雅健，故曰「清新」。然老杜獨賞者老成，則真「雅健」注脚也。山谷曰：「寧律不諧，不使句弱。寧字不工，不使語俗。」爲庾開府所長，亦的是「雅健」注脚。

徐、庾綺艷中有高華，有奇壯，有閒適。體製深穩而不纖，音響和平而不激，故妙。

唐諸家

詩當取材於漢、魏，而音節規度，當以唐爲宗。

「唐人高者學陶、謝，下者學徐、庾」，亦約略爾。其足尚者皆晚年一變爲奇，不終隨人作計，豪桀然也。后山論魯直學少陵而不爲，即此意。

盛唐諸人惟在意趣，故透徹玲瓏，不可凑拍。

沈、宋以下，王摩詰不甚説佛，劉文房訴憤太多，孟襄陽亦不甚豪放，韋蘇州頗覺謹飭，岑嘉州筆路疎逸，高達夫喜詆州縣，皆不得沿舊評貌相。

張爲《主客圖》，凡分類八十四人，各采其警句。時在唐末，想見各家全集尚存，故論列之，無駁异者。固知建安祇六七子，開元數兩三人，前輩歎傳名不易，何況傳集？唐以詩試士，傳人尚少，今罕業此。輒覩垂遠，難矣哉。

嚴羽卿謂唐詩八百家，方子通所藏有五百家，許彦周亦言家藏唐人詩三百家。信如所言，何不多見？

李、杜足尚者「綜覈乎古今，博大其文辭」，似矣。不知其妙在「張皇氣勢，陟頓始終」。張皇易，陟頓難。

唐人多學六朝，惟李、杜力追建安，有風調格力。故言子美宗選體，太白時作齊、梁間體段，亦然。

唐已李、杜並稱，蓋以杜年少李十餘歲，輩行宜然，非品第也。微之已言太白不能歷杜藩翰，況其堂奥？宋子京《唐書·杜甫贊》，秦少游作《進論》，皆宗微之語。太拙曰：「李白終無取。」荆公言太白才高識卑，又次第《四家詩》，以太白爲最下。又曰：「白識見汙下，十首九首説婦人、酒。」潁濱亦謂白華而不實，好事喜名，不知義理之所在。漁隱論其識度甚淺，有索客之氣。蔡百衲曰：「略不近渾厚。」觀上所評，能一語及杜否？吴澹川以余不喜太白非之，嘗以此告。

太白「大雅久不作，吾衰竟誰陳」，似所得在雅，而詩乃奇肆。子美「騷人嗟不見，漢道盛於斯」，似所得在騷，而詩乃整束。

子美高妙、豪邁、沖澹、峻潔、藻麗，無美不臻。山谷謂夔州以後不煩繩削而自合，此山谷親丁陘厄，然後知其語妙耳。以前詩不煩繩削者正不少，可一一按也。

陳善尊爲詩中六經，陳長史謂老杜筆力可方太史公。而楊大年詆爲村夫子，亦奇。

最佩東坡「學杜不成，不失爲工」之語，以子美摭《文選》華髓，格高妙，語豪逸，工而無琢削痕，此后山「老杜無工」之謂也。然欲法度備足，必先學杜。

學杜失之拙、易，皆誤會。李格非「老杜妙處在誠實」一語，此與蔡百衲「終欠風韵」之評，皆隔兩塵者。

浩然「不才明主棄，多病故人疎」，太白「我本不棄世，世人自棄我」，意庸語率，中似含怨懟。觀子美「聖朝無棄物，老病已成翁」，何等忠厚委婉。樂天倣之曰：「老自退閒非世棄，貧蒙强健是天憐。」亦款曲可喜。

有云杜律詩全學沈雲卿，可謂唐突西子。

感愴出於閱歷，則沈鬱有味。李伯紀言少陵詩平日讀之未見其味，迨親(羅)〔罹〕兵火喪亂，然後知其語妙。然則無閱歷，正不須讀杜詩。

後山謂「介甫以工，子瞻以新，魯直以奇，而老杜則奇、常、工、易、新、陳，莫不好」者，此所以爲詩聖也。

太白如「張樂於洞庭之野，無首無尾，不主故常」。推之已至此，正是好作奇語處，爲文章之病。山谷謂「太白度越六代，與漢、魏争衡」，豈爲其樂府云然耶？然樂府亦欠醇樸氣味，但鶩奇，多逞狂逸。

齊己《讀太白集》：「須知一一丈夫氣，不是綺羅兒女言。」又襲美曰：「李寬包堪輿。」兩評却當。

鍾伯敬曰：「太白詩須於雄快中察其静遠。」以「静遠」二字屬太白，不止盲人摸象矣。

東野五言能兼漢、魏、六朝體，真苦吟而成，其劌目鉥心，致退之歎爲《咸池》音者，須於句法、骨力求之。不然，退之拔鯨牙手，何取乎憔悴枯槁？

高處在古無上，平處下顧兩謝。然氣局覺不惛，此其褊小處。時覺蹇澀窮僻。而退之又謂其「榮華肖天秀，捷疾愈響報」，不解。

張爲以爲「清奇僻古主」，與退之異趨而相得。在退之爲道廣，故得人；在東野爲藝精，故動人。

「潤色退之」一語，非山谷臆揣也。一往豪放中粗疎自不少，以郊爲他山石，退之大幸。

東野學不逮退之，而才過之，故詩出其上。此亦作詩不專恃學一證。

許彥周曰：「東野可愛不可學。」亦非僅言其淒戾。余謂高妙簡古，直是難學，惟遺物而立於獨者近之。

表聖曰：「郊、島非附於寒澀，無所置才。」語極涼薄。即文潛所謂「皆以刻琢窮苦之言爲工」者，各就其境耳。

退之山立霆碎，驅駕氣勢，好押狹韻示工。蔡寬夫恨其深婉不足，最當。其古體不避粗險，却佳。

永叔言資談笑，助諧謔，敘人情物態，各盡其妙。余謂祇寫物態可耳。而冷齋謂熟味之多出自然，又言用事高出老杜上，當別有領會。

律體多有未工，則以文爲詩。無己所謂「不合以詩似文樣做」，言其性也。沈存中云：「退之詩乃押韻之文，雖健美而格不近詩。」言其體也。東坡云：「詩格之變，自退之始。」言其流也。皆是。

東坡又謂：「退之於詩，本無解處，以才高而好爾。」余謂後來學者多患絶臏，緣此。此派不可輕，亦不可法。

《南山詩》見才力。《南溪始泛》見潔峭。《元和聖德詩》雖少作，不支撑。

「皇甫湜得其奇，李翺得其正」，此言文，不專指詩。

退之以詩爲文章末事，然能知變，别闢一徑，是大本領。纖利小才，烏得不畏服？

律多有不工者，由氣不能逞，故譬之樊侯冠佩。

「淮之水舒舒，楚山直叢叢。」古體，故避對偶，足法。

襄陽得建安體，語凌鮑、謝者，繇匠心獨運，不入常徑也。故曰介李、杜間，惟孟先生不愧。

東坡言「韵高才短，如造法酒而乏材料」，豈以書卷少耶？不知正於此處不凡。

「掛席幾千里」一首高遠難到，百讀不厭，此爲絶詣。

摩詰得曠澹之妙，自在處全學陶。「中歲頗好道」一首，造意與造化相表裏，非過譽也。表聖謂與韋蘇州皆澄淡精緻，格在其中。而蔡百衲乃惜之，而稱其渾厚，不可解。

蘇州爲高古奥逸主，以古詩勝律詩，蓋亦學陶者也。而樂天以爲才麗之外，頗近興風。徐師川亦言人謂韋詩古淡，乃是不知言。按：蘇州有六朝風致，最爲流麗，真如渾金璞玉，不假雕琢，有非唐人所能者。

石林論韋、柳「發穠纖於簡古」，其説近似。以時有野態，生前不甚尊稱。自東坡極贊賞後，遂謂與柳州並配淵明矣。

子厚深得《騷》學，故能至味自高，退之、李觀自不能及。或謂深遠難識，前賢未推重，非也。大都又雄深，又簡淡，在蘇州上。擬以武庫森嚴，未免鹵莽。「外枯而中膏，似淡而實美」，人皆知之。温麗靖深處，罕有知者。雪浪齋云：「欲清深閒淡，當看韋蘇州、柳子厚、王摩詰、賈長江。」

夢得歌行、詠古皆爽脆饒別致，五律極精深，惟五古多澀稚處。薛許州云：「百首如一首，卷初如卷終。」謂其少變態。如康樂評張平子「雖復千篇猶一體」耳。潁濱晚年令人學夢得，則以爲用意深遠，多曲折處，非樂天能比。夢得主怨刺，故勝。《主客圖》列之「瓌奇美麗」，尚未覺其典則高而滋味厚也。謂樂府小章優於大篇，山谷實具隻眼。

樂天詩，牧之謂「纖艷不逞」，一云是李戡語。東坡謂「拙於紀事」，非正法眼不能道。或又嫌其藉俚俗抒寫，格制不高，則未玩其諷諭、閒適兩門耳。惟所作太多，不更風操，易令人厭。王從之謂「樂天與元氣相侔，要是大才」，未免過譽。觀長韵大篇，情致曲盡，穩愜諧協，烏得以淺易輕之？「元輕白俗」，坡公云，然亦是的評。二公體多舛雜，宜爲清苦者見嗤。然其長律藻思嬋嫣，徽徽可誦。惜未免矜博興高，以叠和見長，不得謂非制科習氣。

香山五句詩「須知菊酒登高會，從此多無二十場」，王建亦云「瀝酒願從今日後，更逢二十度花開」，語同而皆注意「二十年」，爲杜詩「古稀」注脚。

誠齋曰：「偶然一讀香山集，不但無愁病亦無。」真善取樂天者。鄭厚評樂天如柳陰春鶯，誠然。

文昌樂府風味澄夐，亦多新警處，退之極重之。

長吉樂府琢句頗露，刻苦少自然。退之指爲《騷》之苗裔，談何容易？然以其瑰詭列於鬼才，又是一路。

玉川好僻，或拗或率，並有致。

太拙諸體峭，特每詄蕩中具雋永。宜其以詩道自任，下視太白。

趙嘏少古體，其七律、七絶詞多散漫，惟五律遒緊，而以「溪雲初起」一聯傳，幸也。七律多拗體，只此一聯寥亮。

李群玉長律深穩，時出新異，七絶尤高絶。

賈長江刻意無凡語，五律尤妙。

郊爲「清奇僻苦主」，島爲「清奇雅正」入室，不同調也。坡公《祭柳子玉文》「郊寒島瘦」，不可區別矣。

徐凝新雋多擺脱處。自東坡憎其《廬山瀑布》「一條界破青山色」，謂是惡詩，人遂劣之。此詩只平直，何便至惡？樂天置張承吉取爲解首，固獨有心賞。

飛卿與玉溪並稱，其歌謡豈玉溪所能幾及？清拔處亦不似長吉劌心鏤肝。

玉溪專工近體，清峭中含感愴，用事婉約，學少陵得其藩籬者，後人近體必先從之入手。劉子儀、高青丘尤其善學者。五言長律亦以温麗芊綿勝。

洪覺範云：「詩至義山，乃文章之厄。」此愛極生妒語。牧之五言浩灝，却仍是白描。雖題咏好異於人，而識解既大，風調高華，筆如轆轤，亦無懈可擊。

熟於軍計，洞知形勢，故其議論利弊，胸開眼大，發於吟詠，焉得無寄託？數詩人治才，牧之實第一。

裴延翰曰：「變醨養瘠，有意趨賈、馬、劉、班之藩牆者。」

誠齋曰：「不是樊川珠玉句，日長淡殺箇衰翁。」亦謂其味耐尋也。

劉滄、李頻和平委婉，然清夷宕往中仍有俊逸氣格。

姚武功五律脱灑，似不作意而含蘊不盡。七律亦新脆可喜。

劉駕閒雅平澹，見天然超詣，論風致亦極飄宕。

襲美律詩無晚唐衰薾氣。《正樂府十章》雖不及樂天《新樂府》深透沉痛，而指抉利弊，何讓諷諭？時無忌諱，乃得此裨世之作。雜體擬作，亦不減韓、孟。

元、白並駕，而元多剛率。皮、陸同驅，而陸多纖刻。由白具閒曠，皮有識量也。

司空表聖品高。五律新雋閒澹，雖刻劃而無跡。七絶有遠致。觀《二十四品》，知其功力所到。

胡曾《詠史》以地名爲題，平鋪無味，不如曹唐《游仙詩》時有新意。

方干自云苦吟，祇五律整緊，七律圓婉，而並乏新異，亦獲重名。豈以宰輔張文蔚奏請官而顯耶？

韋莊流麗中感慨頓挫，語關飛動。

杜荀鶴近體直攄胸臆，有一唱三歎之妙。

唐求字字著意，稜露不凡。

韓致光身遭杌桯，激而去國，託之香歛，具有寄意。即論艷體，亦是高手。

戎昱在盛唐爲最下，冷朝陽在大曆才子中爲最下。晚唐陳陶無可觀，薛逢亦淺俗。舊評皆未宜深信。然四人各有長處，細玩乃得之。戎昱詩頗有似晚唐者。

寒山、拾得詩衝口而出，半是藏身，半是醒世，別爲一格，無從摹擬。

皎然興高詞贍，各體皆備，詩僧中豪者也。昔人評永師書有冷齋飯氣，晝詩不然，知非菜肚阿師矣。

貫休不肯平易，時極嶔崎之致，而意旨頗嫌徑露。

齊己殊艱澀。棲蟾、修睦較可，亞棲佐以書法，餘可朋以下無取。

宋諸家

唐人以詩爲詩，宋人以文爲詩。無他，唐人渾雅，宋人破澀也。唐詩主達性情，宋詩主騁議論，高下判矣。戴石屏曰：「本朝詩出于經。」此語不可解。

唐人多言情，宋人多言理。荆公以「風定花猶落」静中見動，「鳥鳴山更幽」動中見静。山谷謂「不失解經旨趣」，亦妙謔。何怪人言宋人詩腐。

「笑殺汝陰常處士，十年騎馬聽朝雞。」歐公寄常秩句也。伊川云：「夙興趨朝，非可笑事。」此但不詳出處云。然至謂少陵「穿花蛺蝶」一聯「如此閒言語道他則甚」，則《三百篇》不應寫景物，聖人言多識鳥獸草木，亦是多事。蓋宋儒尊性黜情，往往過矯如是。

五季沿晚唐之風，以温、李爲宗。宋初尚號「西崑體」，楊大年、劉子儀爲之提唱，純是工力，亦焉得輕視。

在歐公亦不能變崑體。逮荆公、坡、谷輩出，而詩格乃高古，别開生面。

自坡、谷出己意爲詩，唐人之風變矣，亦泯矣。

半山工整圓密。山谷謂學三謝而失於巧，滄浪謂步驟老杜，有工緻而無悲壯，讀之令人筆拘而格退，皆苦其對偶太求精，不能脱略也。晚年詩律尤嚴，造語用字，縝密無痕，實乃精深華妙。然後山猶謂晚年詩傷工，若絶句，高雅難可着摸，沉鑿生牙頰間。良是。

半山少含蘊，從宋次道盡假唐人集，博觀約取，始得深婉不迫之趣。

半山當得「清新」二字。

永叔以氣格爲主，僅言平易，豈能矯得崑體？何以見其矯崑體，觀其亦嘗推服楊、劉，不異少陵推服王、駱而知之。于文亦然。然或謂其能變文體，不能變詩格。

六一務平易，後人專學其緩慢，則不可。

人誚終身不見華飾如孀婦，亦平易之謂。荆公《四家詩》以永叔居太白之上，固有卓見，不得謂和氣多、英氣少，略其敏邁健美。

荆公又言今代詩人無出其右。遺山感慨壯烈，而云：「九原如可作，吾願從歐陽。」蔡百衲言其「深穩」，二字抉出希心高遠處。

聖俞句法精鍊，故永叔稱其構思極艱，然不争高遠，清切處語熟意到，得唐人平澹之妙。永叔再三推重，大似昌黎于東野。

其《續金針詩格》謂「意新句工，得前人所未道」，又言「詩以聲律爲竅，物色爲骨，意格爲體」，皆好。

永叔云：「古貨難賣。」東萊云：「魯直詩到人愛處，聖俞詩到人不愛處。」崔德符亦云：「本朝詩不可讀者梅聖俞。」真到人不愛處矣。

東坡爲詩自出己意，涪翁亦然，詩格至是一變。而坡多怨刺，后山曰其始學夢得，宜然，然亦得其遒峭，此言黄州以前也。嶺外之作如清風自外來，别是一境，不可指摘輕議。單論才氣，則不免粗疎。

坡公好議論，不在題之大小、文之長短，固是勝耳。

周子充以《寒碧軒》詩謂坡公關鍵甚密，不徒豪邁。然集中似此者無幾。

坡公有二病，貪用書、好作禪語是也。喜次人韵，亦未免自束縛，故和陶雖多，竟無佳處，此又一病也。幸乃爾，否則才大筆肆，正不知添多少好句。

山谷破棄聲律，句調崛奇，而生澀處尤獨絶，不得謂其費氣力。

造語推荊公、蘇、黄，而山谷尤甚，且善爲新樣。宜后山一見豫章，盡焚其稿而學也。

東坡云：「一代之詩當推魯直。」東萊云：「李、杜之後豫章始大出而力振之，盡兼衆體。」於是江西派多宗之。

格韵高絶，真有律吕外意。其用事壓韵既超妙，又句法、置字、律令新新不窮，而意味閒暇尤難得也。

山谷胸無一點俗塵，故能妙脱蹊徑。滄浪指爲深刻，不知其已入自然，實淺易纖弱之良劑也。

後山、苕溪皆言豫章得法於少陵。《臨漢詩話》謂魯直於少陵終無關涉，豈以過出新奇開江西派，致無杜氣息而言？秋崖云：「掀翻杜陵自作古。」誠有之。

王從之摘山谷疵處最多。論詩固不必乃爾，然亦不能解釋。

或言魯直好奇而無妙。世豈有平庸而反妙者？又言晚年詩傷奇。世固有平庸没世而不知變格者。

蘇子美以平生作詩被人比梅聖俞爲可笑，自許高矣。永叔重之，亦稱「蘇梅」，又謂二人不能優劣。

蓋陳善所稱「喜爲健句」者，超邁横絶，較聖俞深遠閒淡迥别。

曼卿詩，永叔許以「奇峭」。張芸叟狀其「迅快」，曰「如飢鷹夜歸，岩冰春坼」，真能神似。不必專求之《銅雀臺》、《留侯廟》、《籌筆驛》諸作也。

林和靖澄澹峭特，多奇句，未嘗自貴，就輒棄之。《宋史》稱所傳尚有三百餘篇。乾隆間陳桐友已搜葺，復其舊梓行。迄無古體。

蔡寬夫稱其善於對意，真知和靖者。

韓子蒼詩不多，意味高敻，子由擬之儲光羲。紫薇引入江西派，子蒼不樂，亦矯然自異者。

文潛詩境、詩格並高。東萊謂其奇逸，不足以概之。

「漱井消午醉，掃花坐晚凉。」坡公謂不是喫烟火食人道底言語，舍是無以狀其清且潔。

無咎擅古樂府，辭格俊逸。《雞肋集》中此體爲最。

唐子西新異。

少游以詞奪其詩力。過嶺後自成一家，詣益進矣。嘗有「雨砌墮餘芳，風軒納飛絮」句，李公擇以爲謝家兄弟得意句不能過。余愛「鳥語演實相，飯香悟真空」句。

后山本學杜，然亦不全似。有云「澹中藏美麗，虚處着功夫」，固自道也。一見山谷，乃舍舊謀新，豈非豪桀？故又曰：「此生精力盡于詩。」

山谷曰：「學詩如學道。」後山曰：「學詩如學仙。」有同趣矣。所作詩話，山谷亦賞其高古。

簡齋格高，方回以爲可及子美，與蔡天啓、韓持國、張子野，皆豪於歌。

誠齋從雙井出，生峭可喜。自謂盡棄諸家，别出機杼，良是。後村謂天分似太白，洵有之。李屏山曰「活潑剌底」，指七絶新脆而言。若近俚處刻意入妙，尤有令人噴飯者，而自云「瑚碎肝脾只坐詩」，豈信筆不作意者？

放翁古體學杜，後村謂學力也似少陵。又曰：「雖云南渡體，俗子未容窺。」然翁性嗜琢削，律句乃近晚唐，由于務輕圓也。誠齋跋其集，謂「雕得心肝百雜碎」，是太白誚老杜「太瘦生」意。

陳唐卿真樸中含生動之致。石湖曰：「不在少游下。」放翁亦愛其傑立於頹波之外。

石湖闊大，白石精緻，後村氣韵，各極其勝，不可句摘。

范、楊、陸、尤爲南渡四大家，而誠齋獨斂衽於石湖。

益公詩格雅淡。放翁比之太白，不可解。

後村意真詞瞾，視樂天不熟，視放翁不輭。

石屏五七律疎宕似樂天，而峭而別，讀之紙上有棱角出。高於放翁，不似其及門。真西山稱其句法不減孟襄陽，則又太過。晚年筆氣稍覺頽唐。

趙紫芝與徐照、翁卷、徐璣爲永嘉四靈，皆工五律。人謂唐人矩範復見，而紫芝尤意勝。

秋崖五律峭潔而味永。

樓攻媿有新別處。

真山民在南宋末，人方以靖節，亦不愧。詩近晚唐，然鐫刻到自然。五律有樸老渾成處，極可愛。近舫齋先生梓其集于《浦城遺書》中。

金諸家

金人學李、杜失之粗，承宋季疲薾習也。元人學温、李失之靡，遂開曲派，亦風會使然。

李屏山有清氣。

趙閑閑學韋、柳，簡亮。

劉無黨清俊高曠。

郝子玉《五丈原》「三分豈是平生事，十倍寧論蓋世才」，識高語雋，遂無繼者。餘類是。

遺山性情真摯，感慨寄託發以中正之音，不得狃邊塞氣味目之。

宋、金之季，遺山振起，門下郝伯常、劉夢吉繼之，爲元人闢境。樂府倣少陵、樂天，不用古題。

楊雲鵬曰：「兩朝文筆誰争長，一代詩人獨數君。」則揎拄大雅，豈特一代？

麻信之、段菊軒皆有可采。

元諸家

宋人學元、白爲多，元人學温、李爲多，而輕揚亦近太白。每變遞上，未可厚非。

遺山、靜修導其先，虞、揚、范、揭擴其量，鐵崖、雲林持其末。

靜修講學人而詩才卓犖，豪邁不羈，曰：「魏、晉而降，詩學日盛，曹、劉、陶、謝其至者也。隋、唐而降，詩學日變，變而得正，李、杜、韓其至者也。周、宋而降，詩學日弱，弱而後强，歐、蘇、黄其至者也。」語甚確，故爾睥睨一切。

李鶴鳴格律清雋，能兼坡、谷，亦學昌黎，多奔騰放逸。

盧疎齋制姿飄逸，宜與靜修齊名。

黄星甫七律清遠。以《枕易》詩爲越中詩社第一。

方時佐紆餘渾雅，不雕鏤，亦不束于體裁、音節。

劉太保蕭散閒澹，不似佐命元臣。

子昂清邃奇逸，頗有平易句。

戴帥初謂古詩沉涵鮑、謝，自餘諸作，猶傲睨高適、李翱間。雖未盡然，却有似處。有《罪出》詩、《怵逸民》詩，尚知自悔者。

袁清容風流最著，詩極灑脱有致，亦耽聯句。

馬伯庸古詩上追漢、魏，律亦清壯，接武盛唐。一時摹效者衆，詩格因之小變。

許左丞《圭塘小藁》辨得箇穩。

虞伯生各體無疵，自謂漢廷老吏，過矣，却不似凡人。

楊仲弘有渠範，《宗陽宫望月》一律空前絶後。

自謂用功二十餘年，始能會詩法，而得其一二。伯生每載酒詣之，問詩法焉。范德機學盧陵，瘦骨崚嶒如空山道士，歌行有縱横處。楊伯允得其骨，傅與礪得其神，亦就西江派説，故與曼碩均推爲倡導師也。

揭曼碩清婉麗密，長于古樂府、選體。七律近中唐。伯生評以美女，又曰「三日新婦」，皆寓貶也，然不大當對。

薩天錫于虞、楊外别立一幟，清而不佻，麗而不縟，是善法青蓮者，不徒恃《宫詞》得名。

宋子虚雅秀，胡天游孤峻，具有不猶人處。

張玉笥才志未伸，其樂府感時傷物，善洩悲憤。

鐵崖樂府有功，時有龍鬼蛇神眩人心目，然亦一朝健者。多爲艷體，乏規諷，品斯卑矣。

張光弼妥適，張貞居有雅調，鮮于伯機有奇氣，宋顯夫寓奇古，柯丹邱趁犀利，各有可觀，通釋人意。

明諸家

明初高、楊、張、徐、劉基、袁凱著名，而楊眉菴、袁海叟皆出自鐵崖者。

自李夢陽、何景明倡言復古，中唐以下，一切吐棄。李攀龍、王世貞輩詩規盛唐，與之相倡和以應之。始元美、于鱗矯詩弊，袁中郎倡以清貞。鍾惺又矯之，變爲幽深孤峭，同里譚元春和之，號「竟陵體」。識解多僻，通人譏焉。七子沉霾，爲詩中變相。其時談藝亦多偏執，如其講學，互欲角勝。成弘一變，嘉、隆再變，皆學初唐、盛唐。萬曆後變而爲晚唐，既又變而學温、李。蓋體雜見歧無似此者，由于乏大手主持也。思意不愜，正難下賞裁。

青丘意圓筆鬯，多俊麗處。五古全學樂天，平直少味。七律純似玉溪拗體，乃乏峭折。而樂府短長句特妙。

元美評以宏鴻凌厲，穆敬甫稱其奇拔爽朗，語皆不的。

楊孟載多纖巧，無取。

袁海叟學杜而以七絶勝，奇矣。

林子羽鋭意摹唐，而少天趣。

高彦恢歌行最擅長。

所選《唐詩品彙》亦允當。

郭定襄有魄力。

空同學杜七律，盤旋得勢，雖欠自然處，功力實深。歌行頓折，逸宕動人，未可輕覷。

邊華泉清婉華妙，弘治四傑中當爲之冠。

何大復有奇挺處，亦有沉悶處。嫌少陵作出於夫婦者少，是意在復古，持此偏見。然敢從老杜始，亦健者。特《明月篇》所陳，視杜直如稚子語，奈何！

徐迪功意緒佳，故風致勝，宜與空同、大復埒。

楊升菴清壯流麗，無所依附，然亦失于書多。

程孟陽風格老卓。牧齋譽之，邵子湘毁之，皆過甚。

陳卧子有心砥柱，感慨中仍腴潤，故妙。

鄺湛若出於《選》體。

顧寧人骨肉相稱。

杜于皇清瘦見長，亦多枯寂處。

梅村極賞其金焦詩，歸愚翁亦選入《别裁》，未見出人頭地。

高子業氣格夐潔。

陳元孝七律工穩。

元美謂子業詩如「木葉盡脱，石氣自青」，亦妙擬。

于鱗亦有勝處，以摹古作意太甚，致遭抨擊。然近體夷曠一境，不易及。

元美諸體排宕，洵是作家，豈元瑞輩所能抹倒！

謝茂秦清俊有頓跌，不獨近體動人。

徐惟和專守唐軌，雍容諧協，獨能蜕出垢氛。

牧齋才學並到絶頂，直以身世累之。《後觀棋》云：「飛角侵邊劫正闌，當場黑白正漫漫。老夫袖手支頤看，殘局分明一着難。」其意劇可憐矣。

侯朝宗學杜，有沉鬱氣味。五律多北音，一三不論，太聱牙，失律體，不止舌本間强也。

詠左寧南、史文正、王孟津，皆可補史闕。

梅村詩品在中上，特以時當喪亂，題多新異，足撩詩思耳。然善敘事，都有可資勝國故實、名人踪蹟處，一唱三歎，不嫌其體媚弱也。其集近經吴枚菴復注，乃見無一語虚發，洵梅村功臣也。

東目館詩見卷二

臨安胡壽芝七因

樂府

《文王操》，仲尼作；《雉朝飛》，牧犢子作；《思歸引》，衛女作；《流波》、《水仙》等操，伯牙作。曰「樂府肇于漢魏」，劉補闕之言非也。阮嗣宗《樂論》：「黄帝詠雲門之神，少昊歌鳳鳥之跡。」夏侯太初《辨樂論》：「伏羲有《網罟》之歌，神農有《豐年》之詠。」今存其名而音並亡，皆在前。

繼風雅者樂府也，昉于郊祭、軍賓、吉凶、苦樂之際。崔豹《古今注》：「漢代鼓角横吹始于張騫使西域，得《摩訶》、《兜勒》二曲，李延年因之。」漢武立樂府協律都尉，李延年薦相如等，造爲詩賦，略論律吕，以合八音之調，此體遂盛行。

三國、六朝樂府均有真意，勝當時文人之詩，用是得傳久遠。然漢樂府亦有不中節處，當細體認。

自唐吴兢纂采漢、魏以來樂府十卷失傳，後人昧其命題緣起，僅沿襲古題，以句讀長短爲歌詩之異，淺矣。在琴瑟者爲操、引，采諸民者爲謳、謡，備曲度者爲歌、曲、詞、調，詢之皆罔然也。子建已云「漢曲譌不可辨」，何況其下？

元微之云：「貴選詞以配樂，非由樂以定辭。」語最簡亮。蓋詩之流二十四名，除賦、頌、銘、贊、文、誄、箴之外，尚有十七名，曰詩、行、吟、題、悲、怨、歎、章、篇、操、引、謠、謳、歌、曲、詞、調，盡可編入樂府等題，不必皆播管絃也。

其次則寓意古題，刺美時事，雖亦詩人引古之義，然沿襲重複，亦覺無謂，故魏、晉、六朝尚少。惟杜甫《悲陳陶》、《哀江頭》等及樂天新樂府即事名篇，蔡寬夫所謂「自出己意立題」。斯爲豪桀。後元遺山能之。

唐子西云：「古樂府命題皆有主意。」後人用樂府爲題，直代其人措辭。太白輩或失之，《相府蓮》、《楊婆兒》併其題失之，雖太白亦不免此。祇退之《琴操》得其體。

操與詩賦同出而異名，亦絃歌之詞也。退之取興幽眇，怨而不言，故能約而爲十操。

梁代横吹曲多武人之詞，北音鏗鏘，鉦鐃並奏。《企喻歌》、《折楊柳》、《木蘭詩》等篇猶漢、魏遺範，北齊《勑勒歌》亦相似。人因謂遺山歌謠慷慨，挾幽、并之氣。

《水調》急而隋亡，《入破》繁而唐興，猶之《采葛》、《霸越》、《巴歈》興漢，爲世運所關不小。

山谷于唐樂府，以夢得小章優于大篇。而竹坡以張文昌爲第一。樂天《贈文昌》云：「尤工古樂府，近代少其倫。」姚合亦云：「古風無敵手。」後村乃以李長吉爲第一，張籍、王建皆出其下。嚴儀卿謂籍、建樂府宮詞皆傑出，不能追逐李、杜者，氣不勝耳。按：籍、建與元、白並以樂府得名。《臨漢詩話》論其「言盡意盡，更無餘味」，評亦確。

竹坡又推宋樂府張文潛爲第一，觀《輸麥行》信之。而晁無咎《雞肋集》尤此體擅長。

張横渠謂後千餘年樂府皆淺近，只是流連光景、閨門夫婦之思，罕有及民憂、思大體者。然粘煞又不是。

觀微之《樂府古題序》、襲美《正樂府十篇序》，探得源流乃爲正軌。

鐵崖云：「古樂府不易到。吾古樂府體者二百首，門下張憲能之。小樂府體者四十首，二三子不能，惟吾能之。」雖近詡，亦證其功詣。

古體

五古得文一體。傳體者，《焦仲卿妻詩》；序體者，杜《北征》；狀體者，杜《八哀》；賦體者，退之《南山》；記體者，樂天《悟真寺》；書體者，樂天《詠崔立之》；論體者，樂天《詠謝自然》；誄體者，張籍《祭退之》；議體者，盧仝《月蝕》。任華寄杜甫、李白二篇亦書體。

《文心雕龍》云：「五言流調，清麗爲宗。」沈約五言最優，長于清怨，此體未有不尚清者。

《詩品》謂「五言居文詞之要，是衆作之有滋味者」，蓋指窮情寫物最爲詳切而言，故陰鏗獨以五言爲時重。

東野五言能兼漢、魏、六朝體。

古體自老杜《述懷》、《北征》濫觴，後遂有窮極筆力者。不知魏、晉以前詩不出十韵。石林言「以意逆志，不以傾盡爲工」，極是，不緣長篇最難也。

姚鉉《唐文粹》皆選樂府歌行，真西山《文章正宗》亦及至古詩而止，可見前人重古詩。

擬古

石林云：「魏、晉間人多專工一體，如侍宴、從軍之類。後人祖習者，亦但因所長而取之。」此靈運《擬鄴中七子》與江文通《雜體》所繇作也。

鄭夾漈謂「擬古始于太白」，非也。束晳補《由庚》矣。元次山補《咸英》矣。揚子《法言》：「正考父睎尹吉甫作《商頌》，公子奚睎正考父作《魯頌》矣。」其源已遠。

子建《九愁》、《九詠》，士龍《九愍》，太白《鳴皋》，襲美《九諷》，皆倣楚詞。蓋自兩漢間人作騷體，未嘗有新語，晉、宋後皆沿此弊。

擬古與原唱意旨不必相合，以體規畫圓、准方作矩，終爲人臣僕也。陸平原寫意往往借題，最妙。厥後曲盡心手之妙者，惟江文通。然《擬李都尉》則云不類。或云《雜體三十首》便是淵明具體，叔敖復生。或云擬班婕妤神詣兼到，擬劉太尉、陶徵君、謝法曹、休上人僅得形似。何況仍是己體，强爲擬古哉？王直方謂坡公《和陶飲酒》詩只是如己所作。乘漢王之車，據仲尼之坐，在所不免。

不依古題，自詠今事，如元、白新樂府及遺山因事立名，皆自出手眼者。然仍是擬少陵《石壕吏》、

《無家别》等作。斯不尚形似，爲神品矣。

擬古仍古題，依樣葫蘆，令人蠟視，雖太白亦然。習俗沿之，以不必新意，假銅面具懾人較易耳，不值一笑。

老杜《杜鵑行》模鮑照，荆公《虎圖》倣老杜，皆顯然者，未可爲法。樂天效陶，學近而語不近，或云去之遠甚。子厚效陶，語近而氣不近。蘇州效陶，不得其枯淡。況乎東坡？則何如自立爲尚？

錢希白擬唐詩百篇，備諸家之體，題目不離本集，尤見其長。東野、聖俞、魯直，同時如退之、永叔、子瞻皆好之，而效其體。退之又效玉川及樊宗師。大都近戲作，酬酢固無礙。

律體

《風》、《雅》、《頌》亡，變而爲《離騷》、爲兩漢。自魏建安後洎六朝，精求音韵，寖淫既久，章句遂趨工整。至唐，禁忌聲病，乃尚沈、宋，律詩此來脈也。

律詩之源，亦推何遜、王筠、徐陵、江總、薛道衡，所謂視唐律寬而風度遠者。唐沈、宋研鍊清切，穩順聲勢爲工，律名昉矣。然不免拘窘，故七律難于五律也。

沈君攸「薄暮動絃歌」，又「桂檝泛中流」，未有七言律已先有五言排律也。謝偃《新曲》，崔融《從軍行》，蔡孚《打毬篇》，則初唐已有七言排律也。

薛道衡《昔昔鹽》十韻足與陰鏗《安樂宮》並傳，真排律之祖。

自沈、宋以下，王摩詰、劉長卿、孟浩然、韋應物、岑參及高達夫輩，罕不精研五律者。陳陰子堅、唐劉長卿、秦公緒並以五律名，大約皆無軟句賸字之謂。

五律，盧綸、李益、李端皆能循律而不爲律縛者。放翁所謂「律令合時方貼妥」，是也。

劉昭禹以五言如四十賢人，不雜一屠沽輩。謝茂秦亦言律詩要如孫登請客。「幸止四十字，更增一字，吾末如之何矣。」此趙紫芝語也，精苦須如是。

義山多近體。古體祇《韓碑》一首。石曼卿喜長韻律詩，善敘事。荆公《四家詩選》不取長韻律詩。

太白律止二三首，孟浩然止二首，東野并無一首。詳《對床詩話》。

子美詩一千四百餘首，排律多至百三十首，又有古韻律詩。樂天亦然。王禹偁有百五十韻五言律。

少陵遺詞必中律，又晚節漸於詩律細。劉文房自以五言爲長城。張籍云：「近體詩中偏出格。」張天覺著《律詩格》，誠重之也。李頎「五言破的人共推」，盧綸「五字每將稱玉友」，樂天「翦裁五言兼用鉞」，又「十魚目換十驪珠」，玉溪「今日惟觀屬對能」，皆言律也。

皎然工律詩。謁韋蘇州，作古體爲贄，韋不稱賞。再寫律句獻，乃曰：「何不以所工見投？」然蘇州古詩究勝律詩。若李德裕、武元衡則律詩勝古詩，五字句又勝七字句，各不能强致。宋永嘉四靈趙師秀、徐照、翁卷、徐璣能以浮聲切響、單字隻句計工拙，直造唐人精詣，五律皆工。

李益「漢家今上郡」一首，是六句五言律，所謂三韵律也。又有六句七言律，謂之小律。又少陵律詩亦有徹首尾皆對者。

律有上下句雙用韵，謂第一句及三、五、七句押一仄韵，第二句及第四、八句押一平韵。唐章碣有之，不必學。

絶句

香山以絶句編入格詩。又李漢編《昌黎集》，凡絶句皆收入律詩。皆以其爲近體也。

絶句語絶意不絶，六朝人爲最。滄浪謂「絶句難于八句」，誠然。謂「五絶難于七絶」，豈以字少難罨達耶？淺矣。

老杜七絶工對偶，殊覺無味。罨溪言杜絶句亦覺字多，以字不開故。細按亦未然。

七絶、七律第三句中用平側同第一句，所謂失粘者。此絶句、七律之變體，韋蘇州、少陵皆有之，東坡亦然。

長句兩韵指七絶，見《漢上題襟集》。

雜體

「迴文所興，道元爲始」，劉勰語也。温太真亦有迴文詩，皆在前。嚴羽謂始於蘇若蘭者，非。謝莊集道里名爲詩，而梁元帝縣名詩，范雲州名詩，只成諧笑。王融、范雲、沈約皆有《和竟陵王郡縣名詩》。丁晉公在朱崖作州郡名詩，配古人姓名。

人名以權德輿「衡石崇勢位」一首創始。皮日休「水邊韶景無窮柳，空被江淹一半黄」，荆公「老景春可惜」一首亦佳。又其時有取古人名傅以今事者，如：「人人皆戴子瞻帽，仲長統。君實新來博一冠。司馬遷。門狀送還王介甫，謝安石。潞公身上不曾寒。温彦博。」又：「長空雪霽見虹蜺，韓絳。行盡天涯遇帝畿。馮京。天子手中執玉簡，王珪。秀才不肯著麻衣。曾布。」

藥名始東漢，六朝如王融、梁簡文、元帝皆有之，而庾肩吾、沈約各有一百首。洎唐盛行，張籍：「江皋歲暮相逢地，黄葉風前半夏枝。」漫叟謂字則正用，意須假借，如「日仄柏葉斜」是也。荆公《和王微之藥名勸酒》詩最工。陳亞詩一百首，多鄙語，只「風月前湖夜，軒窗半夏凉」一聯勝。若陸魯望「烏啄蠹根回」是「烏喙」誤，「斷續玉聲哀」是「續斷」誤。

《稿砧》、《南鄉子》尚有比興餘意。自餘兩頭纖纖、盤中反覆、建除、字謎、卦名、鳥名、數名、六甲、十二屬、藏頭、歇後等體，前人雖或及之，究爲旁門小慧，襲美所云鄙而不爲者，良是。

離合體以字相析成文，厥製近古。《文心雕龍》云「離合之著，明于圖讖」是也。漢孔融作四言始，潘岳、謝惠連、王融、沈炯皆有之。權文公與張薦唱和，衍爲數十首。皆好奇之過，戲而不雅。

《五雜組》，自范雲、孔平仲、王融爲之，後人罔知樂府源流，率擬一二冠集前，正似祖孝徵效鮮卑語，令人齒冷。

沈約八病，平頭、上尾、蜂腰、鶴膝、大韵、小韵、旁紐、正紐也。唐人言律所祖。今惟蜂腰、鶴膝忌之，餘已不能盡拘。

雙聲者，通首皆出一聲。同音而不同韵。疊韵者，同出一韵。同音而又同韵。唐以來雙聲不復用，皮、陸皆用一音，如「後牖有朽柳」，「梁王長康强」，爲非。飛卿、坡公偶爲之，而山谷「翡翠釵梁碧，石榴裙褶紅」，爲佳。亦如葫蘆格、先二後四。進退格、一進一退。轆轤格，雙出雙入。纖巧爲長，何關詩道？

東坡作吃詩，又吃語詩，尤不足法。

扇對，即隔句對，始于「昔我往矣」四句。五言，六朝人都有之。七言，樂天、致光有之。大都用于起句。在腹聯者，丘遲《酬柳僕射》一首。唐以後祖之，少陵《橋陵》詩中間云「永與奥區固，川原紛眇冥」四句，坡公亦有「我坐華堂上，不改麋鹿姿」四句。唐人絶句亦用此格。

蹉對與扇對異，蓋交股對也，以錯落有致爲勝。多引唐文山「裙拖六幅湘江水」一聯爲始。荆公「春殘葉密花枝少，睡起茶多酒盞疏」，以「密」對「多」、「少」對「疏」也。高季迪「失如魚去波，得若雲遇龍」亦佳。因思「迅雷風烈」乃是鼻祖。楚詞「蕙肴烝兮蘭藉，奠桂酒兮椒漿」，張茂先「穆如灑清風，煥若春華敷」，亦是。

借對以無痕爲工。少陵用「何水部」對「晉山簡」，又「次第尋書札，呼兒檢贈詩」，皆偶然相值耳，立意下句，初不在此。晚唐人乃謂假對勝的對。至荆公以「黄耇日」對「白雞年」，陋矣。元任士林「世上冬青高誼少，山中日録好詩多」，乃佳。此不知所祖。沈雲卿弄詞「姓名雖蒙齒録，袍笏未換牙緋」果屬始創，殆不宜法。

當句對即就句對也。余謂始于庾子山「交河望合浦，玄兔想烏鳶」，繼之者徐孝穆「天雲如地陣，漢月帶胡秋」、皇甫冉「行人隨旅雁，楚樹入湘雲」。王勃「龍光射牛斗之墟」一聯，則文亦有之。

分頂法，杜詩「吹笛秋山風月清」，頸聯分頂「風」、「月」二字。「春日春盤細生菜」，頸聯互承「盤」、「菜」二字。

三句一换韵，三叠而止，所謂促句换韵也。山谷《觀李伯時畫馬》詩用之。若岑嘉州《走馬引》又元結《中興頌》。句句用韵，三句一轉，此體則祖《嶧山碑》文也。

折句體以七言作兩節。陳造「傍愁邊到無惡客，從竹間來皆好風」，后村「織千機錦非常巧，熏一銖香已覺多」，又：「璧十五城方定價，桃三千歲一開花。」「憶玉樹枝勞遠夢，熏薔薇水讀來詩。」上四字也。永叔「静愛竹時來野寺，獨尋春偶過溪橋」，秋崖「苟有梅方成野趣，不多風亦作江聲」，又：「纔登樓見一溪月，不出門行十里山。」上三字也。

俳諧體

魏、晉來著述多門，《語林》、《世説》、《笑林》、《俗説》，皆喜載調謔，此俳體由始也。子建謂北海文章多雜嘲戲。子美亦喜效俳諧體，如「家家養烏鬼」一聯即是。太白「女媧戲黄土，摶作愚下人」，時目爲調笑格，故云詼諧自賀知章，輕薄自祖詠，顛語自賀蘭廣，歇後有姚峴、孫羽叔。觀東方生以後，禰正平、顔延之皆有滑稽語。北齊陽五詞蕩而拙，世號「陽五伴侣」。唐有胡釘鉸、張打油。又尹風子號「覆窠體」。杜荀鶴格極卑下，如「要知前路事」及「不覺裏頭成大漢」等語，前輩方之太公家教。宰相鄭綮好歇後句，時號「歇後鄭五」。又鄭愚愛擬龍褒體，亦是。宋柳三變作新樂府，骫骳從俗，仁宗頗好其詞。慶曆中有豁達李老，詞多鄙俚。雖曰「嘲詼破天慳」，戴石屏曰：「時把文章供戲謔，不知此體誤人多。」正不止顧况坐是貶饒州司户也。人見沈雲卿作弄詞取媚，賜「緋艷」稱，不知已類優人。

又有取俗語方言入詩詞者，則異是。盧延遜作詩多著尋常容易語。荆公云：「俗言語已被樂天道盡。」故冷齋謂句法欲老健有英氣，當間用方俗言爲妙。杜默在三豪之列，而句有「學海波中老龍，聖人門前大蟲」。東坡謂京東學究飽食瘴死牛肉所發，真可一笑。然退之「老公真箇似童兒，没井埋盆作小池」，又「鐵佛聞皺眉，石人戰摇體」，坡公「有甚意頭求富貴，没些巴鼻使奸邪」，亦偶有焉。若徐青藤「好人不住世，惡人磨世尊」，又「有鼻有眼孔，無頭無尾巴」，莊定山「贈我兩包陳福建，還他兩匹好南京」，成何吐屬？

艷體

丘明傳《春秋》，蒙誣艷之譏，艷乃在貶列，此王魯齋欲删《國風》淫詞五十首也。按：古有《艷歌行》。梁簡文好作艷詩，江左化之，號爲「宫體」。徐陵序漢、魏、六朝之作，曰「玉臺體」，却不僅纖艷一路。張華務爲姸治，人譏「兒女情多，風雲氣少」。靈運富艷難踪。惠連工綺麗歌謡，《詩品》以爲「風人第一」。温飛卿多作側辭艷曲。元微之作婦人艷詩百首，見《與樂天書》，今集中不載。且曰：「馬上與樂天遞唱艷曲，十餘里不絶。」喻鳧謁杜紫微不遇，曰：「我詩無綺羅鉛粉，宜不售也。」段成式、温飛卿作《漢上題襟集》，多閨閣情昵事。韋莊以艷語見長。和凝有香奩艷辭，後貴，慮褻，嫁名於韓致光，曰「香奩體」。前蜀後主集艷體二百篇，號《烟花集》。自宋楊、劉、錢、晏諸公承温、李餘習，號曰「西崑體」，風格卑矣，而趙清獻、文潞公亦倣爲之。太白曰：「自從建安末，綺麗不足珍。」然唐人亦尚靡麗，在太白亦十句九句言婦人，王建、韓偓輩皆然，不能遽革也。班固《典引》云：「相如《封禪》，靡而不典。」劉孝綽《昭明集序》曰：「子雲輕靡，異詩人之則。」所論皆嚴切。觀張説謂「閻朝隱炫裝倩服，不免爲風雅罪人」，牧之曰「近有元、白喜爲淫言媟語，吾在小位，未能以法治之」，法秀謂「山谷艷歌小曲，于我法中當墮泥犁之獄」，而未可概論者，上官儀詩綺錯婉媚，號「上官體」，而以忠得罪。傅咸在臺閣剛正，乃善言兒女之情。徐摛善宫體，能挫侯景之威。虞伯施在唐稱方正，而在隋咏袁寶兒，有「學畫鴉黄半未成」句。退之「銀燭未銷」一聯，殊不類其爲人。韓偓亦學温、李，人實忠鯁。山谷言楊大年若霜鶻，而不薄西崑。且也，子固「人近朱欄送目勞」，后山「不惜捲簾通一顧」，晦翁「不須空唤莫愁來」，歐公所謂謹厚者亦復爲之也。丘瓊山《採蓮曲》：「情人道來竟不來，藕絲斷盡蓮心苦。」妖艷非常，不似作《太學衍義》人語。宋子京曰：「恃華者質少，好麗者壯違。」則究是詩病。而以之免忌有宋齊丘，致斥有徐光溥。高秀實謂：「元氏艷詩，麗而有骨；韓偓《香奩》，麗而無骨。」此以抒情用事較勝，才人固無區別。

詠史

辛延年《羽林郎》、宋子侯《董嬌嬈》，爲詠史先驅。其實此體創于班孟堅，嗣響者並是古體，唐後乃以絶句爲之。坡公《與程正甫》云：「每篇乃是一論，屈滯他作絶句。」

班固《詠史》質木無文。袁宏《詠史》文體欠遒。胡曾《詠史》只是史語上轉耳，初無見處。《梁溪漫志》云：「詠史須要在作史者不到處别生眼目。」蓋謂必以翻案見奇耳。

涪翁曰：「論史不隨世許可，取明于己者而論古人，語約而意深也。」然事理乖舛則不可。

鐵崖自言：「詠史用七言絶句體者三百篇，吾門章禾能之；用古樂府體者二百首，張憲能之；用樂府小絶句者四十首，惟吾能之。」人以其所詠爲「鐵史」。

詠物 淡描則脱，緊切則黏，此體最難。

詠物亦寓意小戲，舊稱鮑明遠善製形狀寫物之詞。沈存中言唐以詩主人物，故雖小詩莫不極工。朱灣窮理盡性，於詠物尤工。許瑶之詠物長於短句。南唐時，江南士人言體物者，以江文蔚、高越爲首，而詩皆罕見矣。可師者，姜白石《牽牛花》云：「老覺澹妝差有味，滿身清露立多時。」又《雁圖》云：「年年數盡秋風字，想見江南摇落時。」皆蕭淡欲絶，故佳。

謝宗可《詠物》百篇傳世，汪澤民以爲綺靡而不傷于華、平淡而不流于俗，廉夫輩附和之，此體盛行，然不免敝精神於淺蹇也。繼之者瞿宗吉。

遺山極賞武伯英《詠翦燭刀》云：「嘑殘瘦玉蘭心吐，蹴落春紅燕尾香。」亦只雕鐫，能自在而已。山谷云：「因時紀事，不專爲小物役思。」斯言可法。

應制體

班固言孝文時，論録奏御之文千有餘篇，炳焉與三代同風。其人其文皆列目《藝文志》中。晉二陸端凝有度，盛唐諸家應制多出此，即竹坡所謂「辭氣重厚，有館閣之體」也。

應制、應試，唐人最重，謂之「二應」體。林去華有《省題》二百首，人言他文皆工，何獨以五言六韵行世？后村曰：「雖僅此行世，亦以見去華之頓挫久而後鍛鍊工。」

唐天寶十三載，試四科舉人，問策外，更試詩賦各一通。制舉試詩賦始此。

頌揚

唐開元中，蕭嵩會百官，賦《天平地成》、《和風》、《嘉禾》等篇以繼《雅》、《頌》，使修撰孫逖序其所以然。厥後，乃有退之《元和聖德詩》、《平淮蔡》，子厚作雅，石介有《慶聖德詩》，王才臣有《淳熙内禪頌》，楊士奇亦有《太平聖德詩》，皆所謂鴻勳與麗藻相值，足以垂後者。

元次山言前代帝王盛德大業必見歌頌，其時以歌頌爲一件最緊切事，專設采詩官以搜求之。後世不經意，能文之士又不世有，即如肅宗復兩京，非《中興頌》何能功烈灼著于後世？餘亦可類推焉。

稱壽

古無祝年之文。其列之爲序，自元虞、揭諸公始也。加之婦人，自明初諸公始也。李榕村曰「魯侯燕喜，援壽母以及令妻」是也。

以詩爲壽，始見於唐惠宣太子疾瘉，明皇賦詩爲生日歡，見《能改齋漫録》。後荆公、東坡皆有《曾魯公生日詩》，韓子蒼有《獻王子明生日二十絶句》。至葉水心《答僧北澗》乃云：「名作將以垂遠，不可使千載後集中有上生日詩，此意幸入思慮。」後遂有卑此體，不入文集者。嘗謂此亦何足嚴拒，特患酬應乏佳構耳。若韓侂胄誕辰，高疎寮獻詩九章，每章用一「錫」字，辛稼軒則頌其用兵，比司馬昭假黄鉞及異姓真王故事。後人皆惜其穢名史册，在當日固群然傳誦也。秦益公生日，名人賀章尤多，因非其人，匿而不出耳。元人揭曼碩有《王開府慶八十應制》一首，薛漢有《閑閑宗師生朝》詩，又《壽承旨張疇齋》詩，段成己有《壽賈總管》詩，王磐有《壽王學士秋澗七十》詩，皆佳作。

集句

王直方謂集句始于荆公，往往對偶親于本詩。竹坡亦言惟荆公得此三昧。而《西清詩話》則云國初已有之，石曼卿《下第》詩乃大著。按：至和中，胡歸仁有集句詩，號「安定八體」，多取唐末五代人詩，山谷嘗謂此爲「百家衣」體。后山言荆公暮年喜爲集句，其集唐號「四體」者，山谷謂正堪一笑，非以其下格小乘而何？

坡云：「天邊鴻雁不可得，便令作對隨家雞。」又戲孔毅夫曰：「指呼市人如使兒。」知集句隨人作計，迄無性靈。若沈延銘集唐數十卷，吕碁爲之序，王文節集陶爲律三十四首，文信公集杜二百首，今皆罕見。至坡公裂陶爲集字詩，尤近俗，當如鐵崖所云責償錦機也。元方俊民集句，能脉絡貫穿，然仰給於人，總覺可赧。近戚大尹學標集太白詩成一集，大率膠弦補衲，余曾有詩規之。

聯句

《泊宅編》謂聯句始於《詩》「式微」，則沈存中以爲起於《柏梁》，非也。《柏梁》詩至三押「之」字，「治」字再押，「哉」字、「時」字、「材」字各不相顧，如此不足爲法。特以高會紀盛，故宋孝武《華林亭》、梁武帝《清虚殿》、唐中宗《蓬萊宫》皆效之。六朝中惟何遜集多聯句。玉溪詩「爲憑何遜多聯句，瘦盡東陽姓沈人」是也。

唐人亦不自昌黎始。李漢編其集，竟以《城南聯句》爲首，誠重之也。而《遠游聯句》，東野二十，退之十九，李習之只一。又《會合聯句》，退之、東野或連兩韵，故居多。張籍次之，張徹通篇亦只一韵。山谷云否則成四公子綦矣。今人率拘每人一聯，段柯古所謂雜聯、苦聯、以竹簡爲韵牒者，當不若是。或承上起下一聯，兩人剖吟，欲意串辭貫，如出一喙，豈無琢削相就？則山谷云東野潤色退之，非想當然語。

顔清臣《峴山石尊聯句》，多至二十九人。

蘇才翁與弟子美《紫閣寺聯句》絶佳。六一翁謂目無韓、孟，誠然。

倡和

伏武昌《登孫權故城》詩，顏延之、謝元暉皆和之，或謂此唱和之始。按：白馬與陳思贈答，偉長與公幹往復，前此已然。後以二韵答四首之美者，顧長康；善于風人答贈者，吴邁遠。楊素有與薛道衡酬唱詩。韋應物性高潔，惟顧況、皎然得與倡酬。繇此寖盛矣。初未嘗言及用韵也。退之有《荆潭倡和詩序》。李逢吉與令狐楚倡和，有《斷金集》。劉禹錫之《劉白唱和集》，與白居易也；《汝洛集》，與裴度也；《彭陽倡和集》，與令狐楚也；《吴蜀集》，與李德裕也。元、白倡和，當時號爲「元白體」。西墅酬和至千篇。皮襲美與陸龜蒙、羅隱、吴融倡和，陸著《松陵集》。宋楊、劉倡和，《西崑集》行。晏殊不自重其文，門下客及官屬解聲韵者悉與酬和，非濫也，欲詩多耳。晏末年詩過萬篇。

周復辭微之屬和，曰不能。許棠嗜詩不通人，謂永臨劉相公令和詩，可謂虐人。此東坡答王定國所謂「窮人之具，輒欲交割于公」也。

以倡和爲樂者，退之云：「有倡斯和，鏗鏘發金石，幽眇感鬼神。」吕温：「聯珠唱玉。」樂天得雋之句、驚策之篇，多因彼倡此和中得之。永叔：「韓孟于文詞，兩雄力相當。發生一爲宫，揫歛一爲商。」荆公云：「數窘乃見詩人才。」放翁云：「詩緣遇興玲瓏和。」亦何至相苦？

樂天云：「同者謂之和，異者謂之答。」此語余不能解。

唐人賡和，先後不易曰「次韵」，同在一韵曰「依韵」，用彼韵不次曰「用韵」。自唐以前，和詩無用同韵者，先後繼作而已。梁武與王筠和太子《懺悔》十韵，仍取筠韵，謂同用「改」字十韵也。詩人始創此體，實乃和韵之始。

子厚《酬裴韶州詩序》云：「韶州用韵尤爲高絶，余因拾其餘韵酬焉。凡爲韶州所用者，置不取。」此又一格也。

滄浪云：「和韵最害人。古人酬和不次韵，此風盛于元、白、皮、陸。至今鬥工，有往復八九和者。」余謂此有何味，雖坡公「尖叉」、「汁」字亦覺爲人太多。

叠韵始于韋莊《和薛先輩初秋寓二十韵》，凡三見。韓偓《無題》亦三首，其一首是倒押。

洪邁作《楚東倡和序》云：「杜詩有倡必報，率不過和意而已，不聞以韵爲工。」吕居仁云：「近世次韵無出蘇、黄，雖失古人酬倡之本，然用韵使事有不可及。」洪謂不然，吕亦非深佩。

坡云：「古未有追和前人者。」李衛公及皮、陸始追和清遠道士詩。坡公追和淵明，即山谷所稱「細和淵明詩」也。

絶唱已不得和，况仍其韵？韋詩：「何處尋行迹。」坡曰：「飛空本無迹。」判仙凡矣。

以倡和爲苦者，太白：「舉國不能和，巴人皆卷舌。」退之：「屬和才將竭，呻吟至日暾。」薛能：「倡和求才不是才。」姚合：「和人詩句固難精。」永叔《寄聖俞》：「少低筆力容我和。」誠齋：「强和先生仄仄平。」誠若是，那得言佳？

險韻尤無謂。歐公詩注：「近數和難韻，甚覺牽强。」又謂：「長篇險韻，更相酬倡，往往哄堂絶倒。」仁宗險韻詩，臣下艱於和，多具表求免者，否則亦誚徘徊太多矣。坡公云：「好詩惡韻那容和。」故嘗以「靦」字和淵明「緬」字，以「椏」字和程正輔「碰」字。王元之《感事》詩：「恨無才應副，空有表虔祈。」自注：「每有御製詩，韻難，但上表免和而已。」

薛道衡押「泥」字，忤煬帝，遭誅。荆公與老蘇在歐公坐，以押「而」字結憾。則魏元同坐與上官儀屬和配流外，猶其小焉者。

詩休咎

昔人謂「詩冷淡生活」，又曰「餘事作詩人」。語最的當。然固有因是獲益者。官爵，則劉孝綽以詩失黄門，還以詩得黄門。李日知賦安樂公主第成，帝以直亮，即拜侍郎。牛希濟試《蜀主降唐》詩，拜雍州節度副使。盧延讓「栗爆燒氊破，猫跳觸鼎翻」，超拜工部侍郎。王介甫見劉季孫「杖藜攜酒看芝山」句，檄攝州學。東坡于毛澤民亦同。徽宗見陳簡齋《墨梅》詩，召對，擢掌符璽。王嗣徽爲王岐公題山水，奏于朝，出其軍籍，補承務郎。蘇麟爲范文正屬縣巡檢，獻詩云：「近水樓臺先得月，向陽花木易爲春。」公即薦之。科名，則高蟾句有「芙蓉生在秋江上」，獻李昭明，得及第。章孝標有「連雲大厦無棲處」句，獻庾承宣，承宣重典禮闈，乃獲儁。李慶「醉輕浮世事，老重故鄉人」，王朴致此于中文炳知舉，擢爲第三人。王奇《題雁》有「書破遥天字一行」，真宗召見，賜及第。知遇，則畢諴至李中丞第，見李責左右：「何令馬入池中，浮萍皆聚，蘆荻斜倒？」諴曰：「萍聚只因今日浪，荻斜都爲夜來風。」李悦，留爲客。宋齊丘有「養花如養賢，去草如去惡」句，烈祖待以國士。王冀公以「龍帶晚烟」一聯受知章聖。任濤以詩名，觀察李隲特免其役，後成進士。解隙，則温憲以父庭筠傲毁朝士，鄭相絪抑之不録，憲題詩崇慶寺，絪見之，憫然動容，于是成名。鮑當爲河南府法曹，失意薛映尚書，上《孤雁》詩，大嗟賞，不以掾屬待之。脱困者，庾肩吾爲宋子仙購得，令作詩，釋爲建昌令，奔回。崔巨倫以葛榮欲用爲黄門侍郎，午日令賦詩，吟曰：「五月五日時，天氣已大熱。狗便呀欲死，牛復吐出舌。」以自晦獲免。王維賴「百官何日更朝天」句，免從逆之譴。晏幾道以鄭俠上書事繫獄，嗣於俠家搜得叔原與俠詩，乃釋出。結姻，則謝景初見山谷詩，曰：「得婿如是，足矣。」因妻之。王叔明少賦《宫詞》，俞友仁妻以其妹。得妓，則夢得、牧之、鄭還古、嚴皓。奪歸，則趙嘏、戎昱、崔郊。皆以詩。

亦有攖禍者。楊子幼以「田彼南山，蕪穢不治」羅文網。靈運以「池塘生春草，權德輿以爲王澤竭。園柳變鳴禽權以爲侯將變。」得罪。皆後村所謂「謗到吟詩所犯輕」也。裴澤詠石榴託諷，武成決罪，髡頭除名。薛玄卿「空梁落燕泥」，煬帝惡其出己上，因事誅之。路德延作《孩兒詩》百韵，朱友寧以爲喻己，竟以掇禍。嚴球《宿金山》詩：「淮船分蠖點，江市聚蠅聲。」爲宋齊丘所譖，烈祖以竹籠盛之，沉于江。此則深文痛詆，東坡所謂「供詩帳」也，難乎免矣。其次，梁鴻作《五噫歌》，肅宗聞而非之，易姓名，避齊魯閒。薛令之爲東宫侍講，作「苜蓿闌干」之詠，明皇續曰：「若嫌松桂冷，任逐桑榆暖。」因謝病。孟浩然誦「不才明主棄」一聯，明皇曰：「朕未嘗棄卿，何誣之甚？」放歸襄陽。楊義方《詠九頭烏》「好惜羽毛還鬼窟，莫留灾害與蒼生」，宋嗣光疑其刺己，奏讁于沉黎。東坡《送章子厚守湖州》云：「方丈仙人出淼茫，高情猶愛水雲鄉。」及爲相，坡公渡海，蓋修報也。在惠州句曰：「報道先生春睡美，道人輕打五更鐘。」執政怒之，再貶儋耳。又其次，沈遼爲人書裙帶詞，流傳禁内，裕陵不悦，向子韶希旨劾奏，削籍爲民。陳輔之與丹陽郡守作詩争衡，爲守捃摭撻之，廢棄終身。劉後村《詠落梅》，爲箋者以示柄臣，由此閒廢十載。謝政迎駕，得「天上果然花絶代」一聯，削籍遣歸。最輕者，劉夢得「玄都觀裏桃千樹」一首，復出爲刺史。樂天以《賞花》、《新井》之作左遷。諫官以李益幽州詩句，降居散秩。縣令宋郲有「擔簦親送綺羅人」句，中主處以閒曹。蔡持守安州時，登車蓋亭作十絶，爲吴處厚箋注，調新州。張芸叟守同州，取里語爲詩，廉訪捃奏之，降秩罷郡。柳三變爲《醉蓬萊》詞，傳達後宫，仁宗覺之，會改京官，以無行黜。許仲山和御制宫詞三百首，道君宣進甚急，臺章論列，以爲作詩害經旨，遂報罷，調順昌尉。此與太白《清平調》相似。天聖中，永興進山水石，置會，命賦，韓羲詩最鄙惡，落職，與外任。若李遠爲杭州，宣皇曰：「遠詩『長日惟消一局棋』，豈可臨郡哉？」左右曰：「詩人之言，非有實也。」乃俞之。孫僅《驪山詩》二首，後章云：「秦帝墓成陳勝起，明皇宫就禄山來。」時方建玉清昭應宫，惡僅者録以進，真宗閲前章云：「朱衣吏引上驪山。」遽曰：「僅小器也。此何足誇？」遂棄去。二人皆倖免者。

詩讖

詩爲妙觀逸想所寓，豈得泥于字句？然其人才盡氣茶，亦罕能自閟。聲音之道與政通，往往婦豎歌謡，羌無所指，而奇驗關於國故，故詩讖傳焉。所共指者，如范文正《詠月》：「已知千里共，猶訝一分虧。」後終於參知政事。寇萊公《送人使嶺南》云：「到海只十里，過山應萬重。」後竄海康，吏迎于境，首問去海遠近，曰：「只可十里。」坡公《金山》詩：「我家江水初發源，宦游直送江入海。」爲南遷之兆。少游和坡公詩：「更約後期游汗漫。」後公謫海南，少游謫海康，應之。關凶兆者，潘安仁「投分寄石友，白首同所歸」，後與石崇同見收。駱賓王《帝京篇》：「倏忽摶風生羽翼，須臾失浪委泥沙。」後討武后敗死。崔曙《明堂火珠》云：「曙後一星孤。」死後僅一女，名星。屠懷智詠志：「輕身都是義，徇主始爲忠。」後死難。蘇子美《春睡》詩：「身如蟬蜕一榻上，夢似楊花千里飛。」未幾果卒。滕倪《秋試留別》云：「羽翼凋零飛不得，丹霄無路接差池。」竟死于道。陳無已《賦高軒過》云：「老知書畫真有益，却悔歲月來無多。」不數月卒。元素《咏柳眉》云：「只因嫁得東君後，兩淚相看是别離。」後數日而妻亡。

自覺其讖仍不免者，章孝標「世事日隨流水去，紅花真笑白頭人」，復改「真笑」爲「還似」，及歸而逝。劉希夷云：「今年花落顔色改，明年花開復誰在。」嫌其似讖，更作曰：「年年歲歲花相似，歲歲年年人不同。」歎曰：「復似向讖矣。」未周歲，爲奸人所殺。若見之詩餘，則王平甫「情無託。鬢雲慵掠，不似君恩薄」，明年果得罪。少游「醉卧古藤花下，了不知南北」，後謫藤州，卒。賀方回「當年曾到王陵鋪，千歲遼東，回首人間萬事空」，後卒于北門王陵鋪。

似讖而不應者，樂天十八歲《病中詩》：「年少已多病，此身豈堪老？」而壽至七十五。退之「年皆過半百，來日苦無多」，亦不應。東坡《雪堂》詞：「百年强半，來日苦無多。」又別參寥詞：「願謝公雅志莫相違。西州路，不應迴首，爲我沾衣。」人皆危之，竟不成讖。

東坡《贈潘谷》云：「一朝入海尋李白。」後谷醉投井死，人謂讖殺潘谷。唐伯虎祈夢九仙，得「中呂滿庭芳」五字。至年五十三，見坡《雪堂》詞調寄如此，中有「來日苦無多」句，惡之，趣撤去。尋病卒。則讖及四百年後人，尤奇。

或言詩無精采，其氣奪也，良是。若至尊則何奪之有？梁武帝冬日詩：「冰鏡不安臺。簡文咏月亦曰：『明鏡不安臺。』」爲臺城之讖。隋煬帝《鳳艒歌》：「三月三日到江頭，正見鯉魚波上游。」鯉，李也；波，淵也。又幸江都歌：「他日迷樓成好景，宮中吐艷戀紅輝。」後唐帝入都，火焚之。唐宣宗遁跡詠瀑云：「終歸大海作波濤。」果踐大位。李後主《落花詩》：「鶯啼應有限，蝶舞已無多。」未幾，亡國。後蜀主孟昶題桃符云：「新年納餘慶。」蜀滅，吕餘慶知成都。宋道君詠金芝云：「定知金帝來爲主。」又詠晚景云：「日射晚霞金世界。」後竟蒙塵。大都無論貴賤，平生吟詠，容有一二句巧合處，不須芥蔕爲是。

著名

開元後位卑名盛者，李北海邕、王江寧昌齡、鄭廣文虔、元魯山德秀、蕭功曹穎士、獨孤常州及、崔比部元翰、梁補闕肅、韋蘇州應物。然天寶時不知蘇州，待身後始貴重。而高達夫五十始學詩，即名家。名亦有遲早，不可彊致。

唐十哲中，鄭谷、李昌符尤著。大曆十才子中，李端、韓翃、錢起、司空曙尤著。睦州詩派，唐方干、徐凝、李頻、施肩吾，宋高師魯、滕元秀皆作手。明初四傑，徐賁以畫掩詩。景泰十才子中，劉溥、沈愚並以醫術終。閩中十才子，祇林鴻、高棅名盛。

何遜與劉孝綽號「何劉」。樂天於微之號「元白」，於夢得號「劉白」。又嘗觀郎士元與錢起齊名，凡出使作牧，無二人祖餞則鄙之。故昇平公主即席，李端擅場。送王相之幽州，韓翃擅場。送劉相巡江淮，錢起擅場。

崔涯有詩名，題詩倡肆，聲價因之增減。周朴未及成篇，已播人口。李益每一篇成，樂工爭賂取，供奉天子。《征人》、《早行》等篇，天下施之圖繪。李涉遇盜，通李博士，盜曰：「久聞詩名，願得一篇足矣。」荆州街子葛清，頸以下徧刺白居易舍人詩。郭功甫自聖俞贈「采石月下聞謫仙」句，以爲太白後身，緣此得名。放翁以周必大比之太白，人因呼「小太白」。然梁棟詩無存稿，曰：「吾詩堪傳人，將有腹稿在，不在噉名。」

王龍標有「詩天子」之號。趙嘏曰「趙倚樓」。劉淵曰「劉夜坐」。夏寶松曰「夏江城」。羅鄴爲「詩中虎」。王仁裕曰「詩窖子」。韋莊爲「秦婦吟秀才」。宋祁曰「宋采侯」。應子和爲「三紅秀才」。喬子曠爲「孤穴詩人」。劉一止爲「劉曉行」。鮑當爲「鮑孤雁」。袁景文爲「袁白燕」。趙渢爲「趙蹇驢」。邵珪爲「邵半江」。即鄭鷓鴣谷、謝蝴蝶無逸、許洞庭棠、梅河豚聖俞、崔黄葉不雕、李羅隱知損之類，如人顛名，何足生羨？

入吟者，盧延讓弔孟浩然：「高據襄陽播盛名，問人人道是詩星。」張籍送朱餘慶曰：「州縣知名久，争邀與客同。」欒天云杜甫、陳子昂「才名括天地」。薛能云：「詩傳身後亦何榮。」杜荀鶴云：「天下詩名天下傳。」又：「山根三尺土，人口數聯詩。」劉威云：「舊熟詩名似故人。」戴叔倫云：「閉户不能出，詩名滿世間。」張蠙云：「詩名不易出，名出又何爲？」項斯云：「吟詩三十載，成此一名難。」林寬送許棠云：「日月所到處，姓名無不知。」李昉云：「近來詩價滿江南。」東坡云：「深藏難没是詩名。」又：「詩句明朝萬口傳。」又：「聲名忌太早。」

東目館詩見卷三

臨安胡壽芝七因

作詩

仲尼於古詩三千中取干預教化者三百篇，爲後世懲勸，知文不濫存也。然吟寫性靈、流連光景，以迄謳謡曲度嬉戲之詞，秦、漢以還亦不廢。必曰須關世道人心，則箴銘爲稱，何事韵語？專執此見，知渠儂已非詩材，勿復爲煩。

作詩非小事。微之曰子卿、少卿，皆有爲而爲。山谷曰：「詩文不造空强作，待境而生，便工。」東萊亦謂不可鑿空强作，如小兒就課程。故張燕公作詩，言有「耗磨日」。荆公言賦詠亦近口業，近亦時有之，所謂「物華撩我」也。樂天：「猶殘口業未抛詩。」東坡：「口業不停詩有債。」杜荀鶴曰：「生應無輟日，死是不吟時。」又：「乍可百年無稱意，難教一日不吟詩。」又：「非關從小學，應是數生修。」又：「不是營生拙，多緣覓句忙。」

唐人，于張籍曰：「業文三十春。」于王建曰：「白頭王建在。」于韓翃曰：「詩家行輩如君少。」荆公曰：「稱揚得詩翁。」皆以齒宿而工。

東野「倚詩爲活計」，樂天「生計抛來詩是業」，東坡「莫笑吟詩淡生活」，放翁「書生活計絶堪悲」。

可知不僅作宣心寫妙看，惟詩人知之。

古好吟者，桓玄作詩不來，輒作鼓吹。王筠則以胡蘆注水。李翶因思苦澀，則求音樂。周太朴屬思不續，墜落坑塹。孟浩然眉毛盡落。王維走入醋甕。李賀母曰：「是兒必欲嘔出心肝乃已。」裴祐袖手衣裏至穿。楊巨源年老頭數掉，人言吟詩所致。申豫作詩，繞屋而走，得佳句便拍案太呼，人謂其足下有文章。陳无已登臨得句，亟歸臥一榻，惡聞人聲，嬰兒皆抱寄鄰家。方子思引手瞋目，若與人語，或空中搏拏跳躍，人號「方捉鬼」。此謂非魔則藝不神，非溺也。

愛彥之「家事因吟失」句。而東坡更道得出，如：「平生有詩病，如痼不可痊。」又：「詩人如布穀，聒聒常自鳴。」又：「我除詩句百無功。」又：「平生坐詩窮，得句不忍吐。」皆妙。後山作《王平甫後序》云：「若此則詩能達人矣，未見其窮也。」簡齋亦云：「一日搜腸一百回。」

靈運半日吟詩百篇，頓落十二齒，疑非確語。張率十二歲爲詩，日限一篇。後薛太拙、丁公言、梅聖俞亦然。王仁裕詩多，號「詩窖」。晏元獻編詩，得萬篇。徐仲車六千餘篇。放翁六十年亦有萬篇。殆非貪即是癡耳，了無停意，豈皆佳構？石屏云：「詩不可計遲速，每一得句或經年，而成篇自佳。」

或言唐人精思數十年，然後名家。今誦諸公所詠，益信。東野云：「詩骨聳東野，詩濤湧退之。」又：「詩飢老不怨。」又：「詩人命屬花。」又：「詩癖將何攻。」樂天云：「以詩爲佛事。」又：「境牽吟詠真詩國。」又：「詩稱國手徒爾爲。」又：「詩家眷屬酒家仙。」又：「多生債負是詩篇。」賈至云：「詩顛名過草書顛。」劉禹錫云：「不作詩魔即酒顛。」王建云：「説詩門户别來情。」李中云：「舊嬰詩病捨終難。」司空圖云：「詩家通籍美。」又：「第一功名只賞詩。」盧延讓云：「問人人道是詩星。」皮日休云：「除詩無計似膏肓。」凡此注意鄭重，豈吟弄風月之謂？

競勝，如退之云：「戰詩誰與敵，浩汗横戈鋋。」又：「嗟我小生值强伴。」皇甫湜云：「詩將會南河。」樂天云：「酒軍詩敵如相遇。」又：「文鋒未鈍老猶争。」姚鵠云：「詩句峭無敵。」劉叉云：「詩膽大如天。」陸龜蒙云：「挽袖登文陴。」又：「詩膽大如斗。」高駢云：「詩成斬將奇難敵。」姚合云：「古風無敵手。」任華云：「曹劉俯仰慙大敵，沈謝逡巡稱小兒。」永叔云：「怕逢詩敵力難當。」介甫云：「千里得君詩挑戰。」坡公云：「豪篇來督戰。」又權文公曰：「劉長卿『五言長城』，秦公緒以偏師攻之。」樂天亦謂：「夢得詩豪，其鋒森然，少敢當者。」又謂：「微之意欲定霸取威，置僕於窮地。」皆善形容。

言詩無用者，孟郊：「有時吐向床，枕席不解聽。」樂天：「高聲詠一篇，恍若與神遇。恐爲世所嗤，故就無人處。」寒山：「題安胡餅上，乞狗也不喫。」永叔：「梅聖俞窮獨我知，古貨今難售。」東坡：「飢來空據床，一字不堪煮。」又：「清詩咀嚼那得飽。」林寬：「莫作江寧王少府昌齡，一生吟苦有誰知？」戴表元：「童奴哂笑妻子駡，一字不給飢寒軀。」後村：「半頭布袋挑詩卷，也道遊方賣術歸。」簡齋：「平生不得吟詩力，空使秋霜入鬢垂。」皆大市裏賣平天冠，徒爲衆兆所哈，不復得作聲。

宦咏

《南史》王筠「以一官爲一集」，餘不多見。唐韋應物刺蘇州，暇則焚香賦詠。劉禹錫司馬朗州，暇即吟詠，巫祝夷歌皆其所作。白居易在蘇州，家傳户誦皆白公詩。元稹在越時，辟竇鞏，與酬和，號「蘭亭絶唱」。令狐綯自湖州入爲翰林，旋拜相，渭南尉趙嘏獻詩云：「不知幾務時多暇，猶許詩家屬和無？」開元後，如李邕、王昌齡、鄭虔、元德秀、獨孤及、皮日休，皆位卑名盛者。南唐刁彦能在鎮有治，稱好作詩。元宗曰：「殊不知彦能乃西班學士。」後蜀歐陽彬爲嘉州刺史，曰：「青山緑水中爲二千石，作詩飲酒稱風月主人。」宋龐籍雖臨邊典藩，文案委積，日不廢三兩篇，以此爲適。錢勰知開封，蘇軾乘其據案，時遺之詩，勰立就以報。

其見諸吟贈者，韓愈：「吏人休報事，公作送春詩。」白居易贈楊巨源：「不用更教詩更好，折君官職是詩名。」又：「官職詩名俱入手，近來詩客似君稀。」又：「案牘來時惟署字，風烟入興便成章。」又：「化得邦人解吟詠。」李中：「知音不到吟還嬾，鎖印開簾又夕陽。」杜荀鶴：「天下爲官者，無君一軸詩。」又：「莫嫌月入無多俸，須喜秋來不廢吟。」鄭谷：「詩人公署如山舍。」又：「得句勝於得好官。」方干：「憂民一似清吟苦。」又：「衹用篇章爲教化。」徐凝：「詩好官高能幾人。」王延彬知泉州，云：「也解爲詩也爲政，儂家何似謝宣城。」王禹偁：「忙於公事是吟詩。」又：「老郎爲郡辜朝寄，除掃吟詩百不能。」蘇軾：「憔悴詩翁老一官。」又：「到郡詩成集。」又：「聊將詩酒樂，一掃簿書冗。」陳造：「政績隨詩價，多應日日增。」戴復古：「談詩不論官。」又贈劉無競：「能政更能詩。」若是者，均稱雅宦。然必如楊萬里所詠「詩名官職看雙好」，乃佳。否則將誦劉克莊句：「直從杜甫編排起，幾箇詩人作大官？」

苦吟

《説文》：「吟，嘆也。」《釋名》：「吟，嚴也。其聲本憂愁而嚴肅，聽之令人悽歎者。」孟郊蹇澀窮僻，真苦吟而成。裴説以苦吟難得爲工。劉昭禹爲詩刻苦，嘗曰：「句向夜中得，心從天外歸。」又曰：「苦吟覓句，若掘得玉合子，底必有蓋。但須精心求之。」周朴吟詩苦澀，搜奇抉思，日旰忘返。逢一負薪叟，忽持之曰：「得之矣。」罕不笑者。其見於自詠，則少陵：「更覺良工用心苦。」又：「知君苦思緣詩瘦。太白譏甫云：「借問别來太瘦生，總爲從前作詩苦。」」退之：「腸肚鎮煎燭。」又：「不用雕琢愁肝腎。」又：「君歌聲酸辭且苦。」皆譏東野語。東野：「苦吟神鬼愁。」賈島：「兩句三年得，一吟雙淚流。」李頻：「只將五字句，用破一生心。」裴説：「苦吟僧入定，得句將成功。」樂天：「刮骨清吟得似無。」微之：「搜天斡地覓詩情。」又：「刮骨直穿由苦門，夢腸翻出暫閒行。」薛能：「千題萬詠過三旬，忘食貪魔作瘦人。」林寬：「琢詩方到骨。」又：「髪枯窮律韵。」盧延讓：「吟安一個字，撚斷數莖鬚。險覓天應悶，狂搜海亦枯。」杜牧：「欲識爲詩苦，秋霜若在心。」王建：「鍊精詩句一頭霜。」喻鳧：「詩苦白雲知。」曹松：「冥心坐似癡，寢食亦如遺。」劉威：「都由苦思無休日，已證前賢不到心。」鄭谷：「搜景馳魂入杳冥。」方干：「纔吟五字句，又白幾莖髭。」陸龜蒙：「覓句難於下趙城。」貫休：「覓句如頑坐，嚴霜打不知。」又：「難得始爲詩。」又：「詩成鬢亦絲。」又：「吟狂鬼神走。」齊己：「覓句如探虎。」寒山：「札札用心力。」唐山人題詩瓢：「作者方知吾苦心。」東坡：「搜抉肝腎神應哭。」又：「皺眉吟詩肩聳山。」青丘：「當其苦吟時，兀兀如被酲。」以上句均有深味，非作手不辦。山谷自序亦云：「詩非苦思不可爲。余得第後，始知此。」后村跋馬和之《覓句圖》曰：「豈非極天下苦硬之人，然後能道天下秀傑之句？」旨哉言乎。

襲美曰：「百鍊爲字，千鍊成句。」而或謂：「雕劖太甚則傷其全，經營過深則失其本。」蔡寬夫有云：「天下事，有意爲之，輒不能盡妙，而文章尤然。文章之間，詩尤然。」則不僅謂鍊多氣格弱矣。周益公謂：「雕琢肝腸，乖衛生之術。」余謂李長吉、邢居實之不永年，殆以此。

詩境

清者，如後村評王君度詩：「如人絶粒，不食烟火，極天下之至清。」老杜云：「清詩近道要。」又：「清詩近玉琴。」韋蘇州云：「怪來詩思清人骨。」又：「詩似冰壺見底清。」樂天云：「刮骨清吟得似無。」夢得云：「蕩漾神機清。」李頎云：「清詩可愈疾。」楊巨源云：「練思多時冰雪清。」齊己云：「詩情合是冰。」貫休云：「清刳霜雪髓。」又：「乾坤有清氣，散入詩人脾。」東坡云：「清詩要鍛鍊，乃得鉛中銀。」山谷云：「佳句濯肺腑。」細繹其旨，皆非意淺句顯之謂。

新，亦非詭異刮龜毛也。退之稱長吉：「能探尋前事，今古未嘗經道者。」聖俞曰：「必能狀難寫之景如在目前，含不盡之意見于言外，得前人所未道，斯爲善也。」又閩士詩，不用陳語常談，投聖俞，答曰：「子詩誠工，但未能以故爲新。」此言亦高絶。老杜云：「賦詩新句穩。」又：「詩清立意新。」東野云：「淵詠文字新。」岑參云：「更得清新否？」權德輿云：「新詩寒玉韵。」劉得仁云：「刻骨搜新句。」李德裕云：「時輩毀尖新。」王建云：「自看花樣古。」方干云：「織錦雖云用舊機，抽絲起樣更新奇。」東坡云：「新詩如洗出。」又：「此去谿山琢句新。」又：「吳中山水要新詩。」誠齋云：「尖新句子入時新。」荆公稱少游：「清新鮑謝似之。」觀此可知。商璠謂摩詰：「意新理愜，故一字一句，皆出常境。」否則「詩造玄微不趁新」，周賀已言之。

秀，則靈運詩，人謂「攬盡山川秀氣」。樂天謂孟襄陽「秀氣結成象」。坡公亦有「秀語奪山緑」句。此殆繇天育，不關作致。

豪逸一路，動師太白，潁濱所稱「俊發豪華而不實」也。少游稱子美極豪逸之氣，不知公幹長於豪逸，《詩品》評其「仗氣愛奇，動多振絶」。嗣宗「嚮逸而調遠，情寄八荒之表」，明遠「務壯麗豪放」，皆前導矣。退之縱恣不避粗險，則又是一境。類此裝點而已。或云永叔《盧山高》「與山争雄」。按：公此首最得意，故稱公豪于歌。太白「搥碎黃鶴樓，剗却君山好」，太粗，則俚矣。

險怪，則昉於景純，造語精圓，明遠因之，敢趍危仄，退之力摹，頗傷清雅。表聖謂其「掀雷抉霆」，蔡百衲謂其「山立霆碎」，直是驚孱謈怯也。山谷以太白好作奇語，自是文章之病。若顧況偏於逸歌長句，皇甫湜言「若穿天心，出月脇，意外驚人語，非常人能及」，亦徒自苦。牧之序長吉「鯨呿鼇擲，牛鬼蛇神，不足爲其虛荒幻誕」，又豈詩教應有？蓋東野奇而古，退之奇而肆，長吉奇而艷，或各逞其趣。沿此習者，盧仝自號「僻王」，與馬异並尚險怪矣。逮至李洞，人但誚其僻澀，而不能貴其奇峭，尤覺無識。于是王建云：「鞭驅險句最先投。」韋莊云：「撅奇詩句望中收。」坡公亦云：「願君發豪句，嘲詠破天慳。」余謂愁餘酲後，忍俊不禁則可，專此矜長，將色厲内荏，識者名之「虛脹」。

悽怨，則安仁號稱「能敘悲怨」，而詞多古意，正自無礙。固知李都尉源出《楚辭》，是以文以悽怨爲工也。觀嗣宗詞多感慨，而厥旨淵放，歸趣難求。越石身丁厄運，善敘喪亂，多感恨之語，而自有清拔之氣。想見二公高妙。若仲言詩極清巧，論者謂每篇苦辛，饒貧寒氣，正乃無謂。郊、島以刻琢窮苦之詞爲工，似出有意爲之者，倘亦由其性近耳。劉叉謂：「酸寒孟夫子。」遺山謂：「東野窮愁死不休，高天厚地一詩囚。」齊己讀賈島詩，曰：「遺篇三百首，首首是遺冤。」后村曰：「使皆學郊、島，無不咽於陵之李，而食首陽之薇矣。」善夫楊嗣宗曰：「窮薄之士昧於識理，大都效尤蹈此。」東坡云：「詩人例窮蹇，秀句出寒餓。」此言誤人不少。退之「愁苦之音易好」，永叔「窮而後工」，皆不可信。

唐詩人達者，衹高達夫一人耳。若兩拾遺，屯剥至死。孟襄陽不及一命。東野六十終試協律。張籍五十未離一太祝。此「詩能窮人」語所由也。退之悲詩三百六十首，哭泣者三十首。樂天樂詩二千八百首，飲酒者九百首。楊誠齋有詩云：「劉駕及于濆，皆唐人。死愛作苦語。未必真許愁，說得乃爾苦。一字入人目，螫得兩睫雨。坐令無事人，吞刀割肺腑。」可謂善弔窮愁之作。學者當於韓、白自擇之。

唐人多于遷謫、征戍、行旅、别離中得好句，然壯語易，苦語亦難。無病自灸，奚事爾耶？聖俞詩復爲苦硬語，苦而能硬，乃佳。

形容者，表聖《詩品》第二十曰「形容」。齊己《風騷旨格》二十四曰「想象」，别成一詣。自來推張協巧構形似之言，鮑照善製寫物之辭。唐惟于良史最工形似。聖俞《續金針詩格》曰：「狀難寫之景，含不盡之意。」因而酷憮者有然，往往空薄不著題。許彦周曰：「寫生之句，但取形似，故辭多迂弱。」亮哉。

又有象外句，比物以意，而不指言某物。則唐詩僧無可輩擅勝。

質直者，魏文詩百許篇，皆鄙直如偶語。何遜之作亦不費氣力。盧延遜詩多著尋常容易語。故周紫芝云：「作詩正欲寫所見耳，不必過爲奇險。」唐子西亦謂：「文章正如人作家書。」后山云：「寧拙毋巧，寧朴毋華。」謝無逸指「丹青不知老將至」二語，「此老杜自然不做底語到極處者也」。然荆公詩初少含蓄，後從宋次道盡假唐人詩集，博觀約取，始得深婉不迫之趣。皎然曰：「雖欲廢巧尚直，而思致不得寘。」後山又曰：「學者不由韓、黄而爲老杜，則失之拙易。然則衝口出常言，究非是。」

嚴儀卿言：「語忌直，意忌淺，脈忌露，味忌短。」同一理，余謂質直易流於淺小。太白：「王公大人惜顔色，金章紫綬來相趍。當時笑我微賤者，却來請謁爲交歡。」退之：「恩封高平君，子孫從朝裙。開門問誰來，無非卿大夫。」東野：「春風得意馬蹄疾，一日看遍長安花。」達夫：「吾知十年後，季子多黄金。」東坡：「陛楯諸郎空雨立，故應慚愧不儒冠。」少游：「出門塵漲如黄霧，始信身從天上歸。」若此類者，陋且隘。李泰伯曰：「格如平易人都愛，意到幽深鬼不知。」乃佳。

微凡俗，非淺鄙之謂，謂立意不高，必乏氣韵。俗在骨，不可挑也。渠伊心脾非作詩料，故乃爾。之稱少陵脱棄凡近。山谷稱太白不主故常，又論庾開府曰：「寧用字不工，不使語俗。」此少陵推爲清新者在是。崔德符曰：「工則未論，大要忌俗。」即后山所云「寧僻毋俗」也。惟子厚雄深簡淡，乃能拔俗。荆公言：「太白詩近俗，人多悦故也。」又云：「世間俗言語，已被樂天道盡。」冷齋以句法欲老健有英氣，當間用方俗言爲妙。山谷喜用《史》、《漢》間全語，取其有氣骨。則皆别是一説。熟讀義山、山谷，可除淺易鄙陋之氣。

用事

子山曰：「胸中無學，猶手中無錢。」欲爲詩者，斷自博學始。昔人論王恭，能敘説，而讀書少，頗多重出。知孤撑虚掉，氣先慙懅，詩道尤甚。雖欲廢詞尚意，而典麗不得遺。蘇子美云：「詩枯實零丁，謂蕭然無辨也。」語最可味。永叔力矯西崑，荆公輒謂「歐九不讀書」，可知揚子「多聞守約，多見守卓」之難。皇甫持正曰：「誦讀未有劉長卿一句，已呼宋玉爲老兵。」亦是通病。嚴羽曰：「非多讀書、多窮理，則不能極其至。」坡老答王觀復云：「或辭氣不逮初造意時，此無他病，只是讀書未精博耳。」長袖善舞，多財善賈，不虚也。石屏亦謂：「胸中無千百卷書，如商賈乏貲本，不能致奇貨。」蓋方寸不能都豁者，須興比前事，不特倚以爲重也。

前人比之水中着鹽，飲水乃知鹽味。《西清詩話》云：「善用事者，如繫風捕影，好在無迹。」此爲上乘。故曰：「不可牽强，必至不得不用而後用，則事辭爲一，不見安排門凑之跡。」崔德符曰：「慎不可有意于用事。」蔡寬夫曰：「不爲事使者。」二語皆雋妙。若中山所謂「莫不用事，能令事如己出，乃可」。此則神乎用事矣。

陸機才思有餘，但胸中書太多，共擬割捨爲佳。顔延之喜用古事，彌見拘束。任昉用事過多，屬辭不得流便，又動輒用事，所以詩不得奇。柳子厚謂用《莊子》、《國語》太多，反累正氣。若然，楊盈川「點鬼簿」，喬子曠稱「孤穴詩人」，又奚以爲？蔡寬夫謂：「貪于用事，往往有趁韵之失。退之亦所不免。如詠西掖以『白蘋』對『紅藥』，趁『蘋』字韵而已。有事非當用，而鑪錘駈駕，若出自然者，老杜以『櫻桃』對『杕杜』是矣。」

可法者，沈隱侯用事不使人覺，若胸臆語。子山詩用《西京雜事》，旋自追改，曰：「此吴均語也，恐不足用。」少陵詩類多故實，而不似用事者。退之用事深婉，或云高出老杜上。義山字字鍛鍊，用事婉約，爲西崑所祖，而有言僻澀者，荆公晚年亦喜之。東坡善用事，既顯而易讀，雖目前爛熟事，必令叔黨、少章諸人檢視而後出。辛憲曰：「每下一俗間言語，無一字無來處。此陳無己、黄魯直作詩法也。」

皎然《詩式》中「五格」，不用事爲第一。齊己亦言下格用事。殆空門文其孤陋，宜然，儉腹後生皈依不少矣。然皎然「雖用經史，而離書生」一語却甚佳。

閱歷

宇内惟士夫尚閱歷而已。顧太平富貴，置身亨途，則祇增蔗頭味耳，何益身心性命？司馬遷東游吴會，上會稽，探禹穴，此但增所見所聞，文章已卓絶千古。何况摇蕩性靈、傾寫心腑如《楚騷》，動精神之變、發天地之秘者，蓋在陻厄艱棘一途矣。觀張説謫荆州、子美到夔州，後固曰「山川之助」，亦以苦心遭此，始有領悟。妙處殆亦不自覺。

坡公云：「謫仙竄夜郎，子美耕東屯。造物豈不惜，要令工語言。」本諸退之云「惟此兩夫子，李、杜。家居率荒凉。帝欲長吟哦，故遣起且僵」也。坡又言：「《秋興》之作，非厄窮無聊，何以發此奇思？」故云少陵到夔州，退之在潮陽，愈見光燄。

山谷謂子美到夔州後，便得句法，簡易而大巧出焉。李伯紀言：「少陵詩，必親罹喪亂者，讀之然後知其語妙。」此尤指證確當。故醉翁謫夷陵，涪皤入黔南，比興益明，用事益精，較平生超絶。皤又云：「東坡嶺外文字，讀之使人耳目聰明，如清風自外來。」故其句曰：「身窮詩乃亨。」子由言坡居儋耳，所作精鍊華妙，不見老人衰憊之氣。皆善勘出作者進詣。

少游過嶺後，嚴重高古，亦自成一家。

改詩

劉勰曰：「改章難於造篇，易字艱於代句。」戴石屏曰：「知詩容易改爲難。」知言哉。梁武製詞，沈約奉勅改定。庾自直爲煬帝改詩，許其詆訶。此道雖帝王不自築堅城，可知自雄且愎者，都緣學淺，酷非所須。

魏孝文得彭城王應詔詩，爲改一字，勰謝曰：「神筆賜刊，得存令譽。」帝曰：「雖琱琢一字，猶是玉之本體。」此見王原作本佳，能致人助美，而帝亦妙于揚善，故不嫌指纇。

唐子西言：「作詩自有穩當字，但思之未到耳。」又言：「初讀未見可羞，明日取讀，瑕疵百出。」故歐公詩成，先貼於壁，時加竄定，有終篇不留一字者。陳無己詩亦揭壁間，坐卧吟詠竄易，至月十日乃定。終不如意者，輒棄之。韓子蒼作詩，反覆塗乙，既與人，久或累月，遠或千里，復追取更定，無豪髮恨乃已。又其詩若得之甚易，及見其稿草，雖四句詩，必加塗抹，有至數十字者。樂天也，研鍊者，多法之。

改之得者，鄭谷改齊己「昨夜幾枝開」「幾」字爲「一」字。齊己改張迥「虬鬚白也無」爲「黑在無」。方干改李頻《四皓》詩「鶴毿不爲臣」「爲」字作「稱」字。宋子京改老杜「握節漢臣歸」爲「禿節」。王半山改謝貞「風定花猶舞」爲「猶落」。韓子蒼改曾吉甫「白雪堂中曾草詔」「中」字爲「深」字，吉甫以爲一字師。坡公改介甫「平地風烟飛白鳥」「飛」字爲「横」字。周紫芝改滕元發「天光直與水相連」「直」字爲「自」字。蕭楚材改張乖厓「獨恨太平無一事」「恨」字爲「幸」字，公曰：「蕭弟一字之師也。」遺山詩「水繞孤城閒不流」自注：「元是『深』字，知幾請予改作『閒』字。」虞伯生詩「山連閣道晨留輦，野散周廬夜屬櫜」，子昂改「山」爲「天」、「野」爲「星」，伯生心服焉。伯生又改薩天錫「地濕厭聞天竺雨」「聞」字爲「看」字。沈石田改都穆《節婦吟》「青燈淚眼枯」「燈」字爲「春」字。其因規自改者，皎然以王貞白「此波涵帝澤」「波」字不佳，貞白遂改「中」字，與皎然掌中所擬同。齊己謁鄭谷有「別下著僧床」句，谷曰：「請改一字，乃得相見。」數日，己以「掃」字易「下」字。或點金，或换骨，頓判仙凡。

改之失者，宋敏求改杜「白鷗没浩蕩」「没」字爲「波」字，坡公謂覺全篇神氣索然。又改張繼「暝色赴春愁」「赴」字爲「起」字，荆公謂若是「起」字，誰不能到？而荆公亦改杜「天闕象緯逼」爲「天閲」，山谷極言其是，劉貢父曰：「直是怕他。」蓋荆公好改人句，往往活者改死，靈者改笨。若夢得見思黯詩，飛筆點竄，牛深憾之，至作相纔吐，夢得愧悔，以戒子孫。此非但爲山東人不通商量也。故漫叟曰：「凡讀人詩，不可以臆度擅改字。」

襲取

詩有無心與前人同者。有誦憶前人詩，久不覺，誤用爲己語者，亦竟有襲取者。如鄭毅夫之自首免罪者，罕矣。芥隱論王僧孺、梁元帝同靈運，老杜屢同陰鏗，至有一聯，僅易一二字者。每云青出於藍，然總近襲取，不可學。王元之曰：「曾賦《村居雜興》詩，男嘉祐讀杜集，見語意有相類者，咨于予，且意予竊之也。予喜而作詩，聊以自賀。」此無意與前人同者也。

子建「明月照高樓」，德璉「樂飲不知疲」，康樂「步出西城門」，安仁「但愬杯行遲」，皆有所本，況其餘人？或謂樂天「客告暮將歸，主稱日未斜」，本之張衛「客賦醉言歸，主稱露未晞」，謂唐人重《文選》應爾。然則皎然所列三偷中，「偷語爲鈍賊」者何指？

老杜多取陰鏗，不可掩，而祖之者爲美其名曰祖述有自，非豪桀語也。昔人論左、莊、屈三人千言萬語，未嘗犯六經中一句。太白奇崛，最號不襲前人，而《鳴皋》一篇，亦首尾楚詞。故王直方以後山詩句出山谷，曰：「陳三所得豈其苗裔？」又以邠老多犯老杜，曰：「老杜復生，當共潘十厮炒。」令人一噱。

曰「奪胎」，曰「换骨」，曰「點金」，曰「偷狐白裘手」，皆剽竊之黠者。固所難禁，而亦不易著手。若然，盍自出心造？

摩詰有詩名，然好取人文章佳句，人亦無疵。《玉澗雜書》謂唐以前有此例。羅紹威喜昭諫詩，公然號曰《偷江東集》，是亦劇賊已。「柳色黄金嫩，梨花白雪香」，陰鏗句，太白用之。魯直《黔南十詠》全取樂天語。曾紆以爲點鐵成金。山谷曰：「少時熟誦，忘其爲何人。偶然戲書。」烏有如此點鐵？東坡「稻涼初吠蛤」二句是祖逖詩，「是身如浮雲」二句是少陵詩。賢者亦竟不免。後村云：「吟來體犯諸家少。」直是難事。

每笑寶月以柴廓亡，得其《行路難》以爲己有。廓子欲訟此事，厚賂，止之。此「宋之問以《洛陽篇》殺劉希夷」語所自來也。甚者，楊衡行卷爲人竊以進取。李播典蘄州，有李生以詩謁，播曰：「此吾未第時行卷也。」生曰：「于京師書肆得此。游江淮間二十餘年矣，幸見惠。」播笑與之，信是可人。又若相争者，辛宏智在國子監，賦詩云：「君爲河邊草，逢春心剩生。妾如臺上鏡，得照始分明。」同房生常定宗改「始」字爲「轉」，争爲己作。同下牒，見博士羅道琮判云：「昔五字定表，以理切稱奇。今一言競詩，取詞多爲主。詩歸宏智，『轉』還定宗。」又孟歸唐在廬山學，得《瀑布》一聯云：「練色有窮處，寒聲無已時。」鄰舍有人亦得此句，互誦之，交訟于江州，以全篇定之，歸唐勝焉。此種公案，亦俗亦雅，蓋古今架閣中空前絶後者。

南唐馮延巳《長命縷》詞，人以爲創調。所云「陳三願」者，全偷樂天《贈夢得》一首「與君發三願」也，人都不覺。少游咏灼灼：「妾願身爲梁上燕，朝朝暮暮長相見。」更其唾餘。

歐陽文忠《明妃曲》，最佳者「耳目所及尚如此，萬里安能制夷狄」，從樂天《續古詩》「閨房猶復爾，邦國當如何」化出。用在篇腹，人益難憶及已。

漁隱謂呂東萊《詠明妃》獨不蹈襲。其詞曰：「人生在相合，不論胡與秦。但取眼前好，莫言長苦辛。君看輕薄兒，何殊胡地人？」此即介甫「漢恩自淺胡自深，人生樂在相知心」，及「咫尺長門閉阿嬌，人生失意無南北」意也，何云不蹈襲？

增減句子，若李義府「鏤月爲歌扇，裁雲作舞衣」，同時張懷慶竊爲己作，增「生情」、「出性」四字，致活剥生吞之誚。《香奩集》「桃花臉薄難藏淚，柳葉眉長易覺愁」，趙德麟去其上四字，作五言用。蘇子美亦取少陵「峽束蒼江起，巖排石樹圓」增作七言用。改字用者，江爲「竹影横斜」一聯，和靖以「踈」、「暗」二字易「竹」、「桂」取以詠梅，可稱點鐵，然難免軍將得幢矣。

人言樂府「繡幕圍春風」，長吉加「羅屏」二字爲己句。此五字亦人意中語，長吉崛奇，肯乞取此？且所加二字尤庸，殆不可以偶同疑前人。

王右丞「漠漠水田」一聯，有云下五字乃李嘉祐句。嘉祐爲右丞後輩，其集亦無此二句，則李肇所稱不可信。

脱胎

樂天「柳色早黄淺，水紋新緑微」，此荆公「含風鴨緑」一聯所繇出。必爾乃稱脱胎神手。

又「紙窗明覺曉，布被暖知春」，程致道云：「紙窗先得曉，布被最知秋。」遂嫌白句平實。如此手，方許「點鐵」。誠齋亦有「夜半簞知秋」句。

自詡

「其詩孔碩，其風肆好。」尹吉甫自詡《嵩高》詩也。後人喜矜夸，昉此。江文通《雜體三十首》，自謂：「無乖商確。」謝康樂得「池塘生春草」句，曰：「此有神助。」吳邁遠得稱意語，輒擲地，曰：「曹子建何足數哉。」而湯休曰：「吾詩可爲汝詩父。」袁嘏曰：「我詩有生氣，須人捉著，一云：「須用大材迮之。」不爾便飛去。」劉夢得言其詩有神物護持。張籍與李中丞書：「使跪進所有，未必不如聽竹彈絲、敲金擊石。」陽俊之曰：「有集十卷，雖家兄不知吾是才士。」司空表聖自評「南樓山最秀」一聯曰：「假令作者復生，亦當以著題見許。」鄭綮詩：「凍瓶粘柱礎，宿火陷罏灰。童子病歸去，鹿麑寒入來。」嘗曰：「此詩屬對，可以衡秤。言輕重不偏也。」荊公歲晚詩，自比靈運。又自詠「鴨綠鵝黃」之句，曰：「此幾凌轢春物。」魯直得「交游是風月」一聯，以爲晚年得意句，每舉以教人。楊徽之「新霜染楓葉，皓月借梨花」，亦自謂句有神助。凡此亦作家習氣。即老杜以鄭虔妻病瘧，亦曰：「當誦予詩，瘧鬼自避也。」

最得意者，太白得紫雲仙季常「揮汗霧散」之譽，自云：「撫掌大笑，揚目當之。」樂天《與元九》言：「馬上各誦新艷小律，不絕聲者二十里，樊、李在旁，無所措口。」歐文忠被酒曰：「吾《廬山高》，惟太白能之；《明妃曲》後篇，太白不能爲，惟子美能之；至於前篇，子美亦不能爲，惟吾能之。」郭功甫「只有楊花慘客愁」句，曰：「豈特非予平日所能到，雖前人亦未嘗有得之，恐不祥。」李端叔云：「不知少陵如何活得幾許時。」作此等語，覺章清太出。

最可怪者，南唐僧范志高得月詩，夜半撞鐘，滿城皆驚。元趙著、吕鯤以詩鳴燕朔間，虎山得一聯一詠，輒提擲其帽子。龍山曰：「不知李、杜下時費多少帽子。」又若顧愷之與謝瞻連省，月下長詠，自謂得先賢風制，瞻每賞之。顧自忘力疲，瞻將眠，語搥脚人令代，顧幾申旦而後止。則癡同自謊。

獎詩

梁武言：「三日不讀謝朓詩，便覺口臭。」賈島投東野云：「一吟動狂機，萬疾辭頑躬。」歐公言：「每體不康，誦聖俞《河豚詩》數遍，輒佳。」此非作家不能領會到此。

若書寫，如柳惲「隴首秋雲飛」，王融書之齋壁及所執白團扇。張説亦手題王灣「海日生殘夜」一聯於政事堂，每示能文以爲楷式。李益《征人歌》、《早行篇》，好事亦畫爲圖幛。荆公嘗書夢得「茅屋午時雞」一聯於劉楚公第，又書俞紫芝「有時俗事不稱意」一聯于所持扇。

若稱薦，如張籍擇朱慶餘二十六章，置懷袖而雅贊之。令狐楚自草薦張祜表，令以詩三百篇隨狀表進。

若賞譽，如簡文稱靈運「吐言天拔」。沈約稱王筠「彈丸脱手」。張説謂沈三兄佺期之詩「直須還他第一」。賀知章謂太白《烏棲曲》「可泣鬼神」。少陵稱蘇涣：「涌思雷出，書篋几杖外，隱隱留金石聲。」鄭文寶謂楊徽之警句：「當以天池浩露滌筆於金甌雪碗，方與此詩神骨相投。」荆公謂慎伯（約）〔筠〕「天骨老硬無皮膚」。東坡見荆公「三十六陂春水」句，曰：「此老野狐精也。」誦文潛「漱井消午醉，掃花坐晚涼」句，曰：「此不是喫烟火食人道底言語。」邢和叔稱少游作：「銖兩不差，非秤上秤來，乃等子上等來者。」山谷讀少儀詩亦云：「自吾得此詩，三日卧向壁。」後村評王君度詩：「如人鍊形，跳出頂門，極天下之輕。」李屏山愛誠齋詩，曰：「活潑剌底。」袁中郎謂徐文長詩：「自出手眼，皆能搔著作者癢處。」餘不悉紀。若老杜《八哀》，非集中高作，崔德符謂「可表裏《雅》、《頌》」。荆公《金牛洞》六言詩亦常語，晁無咎附之《楚詞》，言二十四字有六籍群言之遺味。却不敢附和。

詆詩

唐李習之、皇甫持正，宋曾子固、蘇明允、尹師魯、陳同甫，均不能詩無礙，强爲之，遭人誚詆，不善用短矣。然作手亦有不免人誚斥者。顔延年謂休上人制作委巷歌謡，方當誤後生。曹唐《買劍》詩，或謂可與師巫念誦。又「年少風流好丈夫」一首，可與閭巷小人文背之詞。冷齋謂張祜《金山》詩爲學究對聯。鄭谷「睡輕可忍風敲竹」一聯，或云堪作酒家店壁，與市人書扇。故退之讀公遠詩，譏其「掎摭糞壤間」。朱沖和云：「冬瓜堰下逢張祜，牛屎堆中説我能。」正不獨楊大年目老杜爲村夫子也。陳簡齋云：「寧飲三斗醋，有耳不聽無味句。寧食三斗塵，有手不揖無詩人。」

王子直言退之《贈玉川水北山人》一篇於處士作牙人商度物價。王平甫言楊蟠《金山》詩「天末樓臺横北固」一聯爲牙人量地界。後山亦誚「到江吴地盡」一聯是分界堠子語。

舊稱孟襄陽「春眠不覺曉」一詩是一瞎子。賈長江《哭僧》云：「寫留行道影，焚却坐禪身。」時謂燒殺活和尚。孫魴：「劃多灰漸冷，坐久席成痕。」沈彬以爲田舍翁火罏頭之作。程師孟作静堂詩：「每日更忙須一到。」李元規曰：「無乃是登溷詩？」胡大監以吕文穆「挑盡寒燈夢不成」乃是一渴睡漢，又以羅隱「雲中雞犬劉安過」一聯爲見鬼詩，《牡丹》詩「若教解語應傾國」一聯爲題女幛子詩。杜荀鶴「今日偶題題似著」二句爲衛子詩。貫休「盡日覓不得，有時還自來」爲失猫詩。張文潛賦虎圖爲是猫兒詩。又聖俞《漁父》詩：「眼前不見市朝事，耳内惟聞風水聲。」人謂患肝腎風。潘邠老《題洪氏勬穀軒》云：「封狐羯末謝，竈駒玉鴻洪。」人亦謂急口令。

善謔者，魏明以詩投韓文靖，辭以目暗。明曰：「然則某自誦。」答曰：「適耳忽聵。」又文靖見詩文荒惡，令伎以艾熏其卷。又鄂守以士人投詩問當酬以幾何，山谷曰：「不必他物，取公庫四兩乾艾，灸尻骨上，問『爾後敢復凑氛耶』？」坡公笑王禹錫詩不入規矩，答曰：「是醉中作。」異日，又持大軸呈坡，坡讀之曰：「爾復醉耶？」皆足噴飯。

尤狎者，殷浩詩不甚工，以示桓温，温玩之曰：「汝慎勿犯我，犯則出爾詩以示人。」滕達道帥真定，朝士送詩者數十人，臨行啓曰：「某裏糧未辦，凡送詩者願假十千，如送到錢，其詩候到任日免上石。」又坡公言：「世間事忍笑爲易，惟讀王祈大夫詩，忍笑爲難。」

互誚者，少陵謂太白欠縝密，太白亦謂子美困琱鐫。樂天笑承吉「鴛鴦繡帶歸何處」一聯爲問頭，答曰：「明公《長恨歌》『上窮碧落下黄泉』二句非目蓮求母耶？」吴融誚蘇味道曰：「某詩不及公者，無『銀花合』。」以蘇有「火樹銀花合」句。答曰：「子詩雖無『銀花合』，還有『金銅丁』。」以吴有「今同丁令威」句。坡公見魯直詩未嘗不絶倒，山谷則謂東坡未知句法，又云：「蓋有文章妙一世，而詩名不逮古人者。」

東目館詩見卷四

臨安胡壽芝七因

別音另著「韵學」一條詳芴説。

漢末孫炎始爲反切，著《爾雅音義》，齊梁間盛行之。鄭樵言本於西域婆羅門，祇宋何承天一人諳此，殊無確據。何氏亦罕論著。

沈約創四聲，唐四庫書目已不載。即見於《隋志》者，亦僅一卷，非全韵。凡詆爲吴音及謂南人著者，皆誤約與王融、謝眺輩爲永明體，音用宫商，故酷裁八病，碎用四聲，致詩入今體，亦時會使然。然以四聲爲切韵，紐以雙聲叠韵，必以五音爲定，非天籟矣。

詞不甚工而韵入歌唱者，多有之。則是齊、梁後之重聲律者用以被金竹也。今不爾。何取其諧會？但口吻調利，不作老婢聲，足矣。苦拘聲律，奚爲？

周顒、劉繪論五音，輕重低昂，詩體已趨小道。古詩之亡在是。

隋陸法言爲《切韵》，經唐孫愐刊正爲《唐韵》，宋陳彭年再修爲《廣韵》，丁度定曰《集韵》。淳祐間，平水劉淵并爲一百七韵，刊於禮部，即今《韵略》也。何與休文事？

華嚴字母，參以天竺陀羅尼及天方、蒙古、女直等音書，復佐以遼人林益長之説，徒亂人意。名流惑之，多芟易其佳句以相就，傎矣。

近體用唐韻，古體用古韻。論古韻者有《韻補》吴才老、《四聲通轉》鄭庠、《古音轉注》楊升庵、《毛詩古音考》陳季立、《古今韻通》李天生、《音樂五書》顧寧人，逐一參考，始詳備無謬。

「拔」字入七曷者，蒲撥切；入八黠者，蒲八切，張華《鮑文泰誄》「不營不拔」是也。無作薄麥切者。荆軻揕秦王胸，王乞聽琴聲而死。琴聲曰：「八尺屏風，可超而越。轆轤之劍，可負而拔。」趙明誠將擇婦，夢誦一書曰：「言與司合，安上已脱，(芙蓉)[芝芙]草拔。」則皆作薄麥切。

北音高揚，呼仄類平。如：「獨木涼亭錫宴時，年年巡幸孟秋歸。紅妝小妓頻催酌，醉倒花前阿剌吉。燒酒也。」周憲王《宫詞》也。「妖姬二八貌如花，留宿不問東西家。醉來拍手趁人舞，口中合唱阿剌剌。」張光弼《塞上謡》也。「吉」、「剌」皆仄聲，即填詞，「吉」可上聲，「剌」可去聲，無作平用者，用則非北音而何？元人用韻頗有淆謬，而入聲尤甚。或以北方土語混入古音，或以閩越方言謬稱通用。

用韻

或言魏、晉以前詩無過十韻者，不以叙事傾盡爲工也。然賈誼、枚乘固四韻輒易，而劉歆、桓譚亦百韻不遷。陸士龍：「四言轉句，以四句爲佳。」「輒易，則聲韻微躁；不遷，則唇吻言勞。」劉勰之言最允。

古惟《採蓮曲》不用韻勝於用韻者。

王筠善押强韻，退之酷摹之。永叔謂其工用韻，韻寬則汎入旁韻，不拘常格；韻窄則不復旁出，因難見巧。聖俞所謂拗强使然。然如《此日足可惜》一篇，雜用東、冬、江、陽、庚、青，乃是用古韻也，勿誤認。

或言荆公用「韉」字詠梅二首，東坡用「暾」字詠梅三首，皆韻險而語工，非大手筆不能到。或言東坡「渡重湖」一首，律詩而用兩韻；又李承之《送唐子方》，亦兩押「山」、「難」字，似用韻可不拘。若山谷句讀「讀」字與破竹「竹」字並押，乃江西派。此直誤押耳，何派之有？

退之《雜詩》一篇二十六句，押六韻，人不敢言。東坡《岐亭》詩亦二十六句，押六韻，人乃誚無此格。

先二後四，曰「葫蘆格」。雙出雙入，曰「轆轤格」。一進一退，曰「進退格」。用之今體者，鄭谷所定。李師中《送唐介謫英州》是進退格，冷齋誤謂「落韻」。

前人用韻務求穩切。退之《和席八》通篇敘西垣事，中聯以「白蘋」對「紅藥」，趁韻也。荆公自言「徑暖」詩「疑是武陵源」「武陵源」不甚好，以韻中别無韻也。同是一弊。東坡和陶，竟改「緬」字；和程正輔，竟改「砸」字，職由此也。

五言平仄换韻者，李、杜皆少。杜《石壕吏》平仄三换，音節入化，猶謂是樂府體。至《送重表姪王砯評事使南海》一首，大氣盤折，中間陡换，使讀者不覺，神乎技矣。

元蔣易云：「叶韻，近代用之者鮮。獨李孝光《題畫師朱好古卷》『生』與『央』叶，『舟』、『瑕』、『臺』、『芽』並與『壺』叶，『東』與『翔』叶，『兵』、『沙』、『淮』、『求』並與『思』叶，『魚』、『駒』與『遊』叶，渢渢乎《選》、《騷》之遺音。」然效之者必考據《詩》、《騷》，參以才老《韻補》，斯爲善矣。否則閩人以「高」叶「歌」韻，浙人以「籃」叶「山」韻，可乎哉？元陳樵詩多出韵者，即吴才老通用之意，已爲宋景濂《洪武正韵》發其端。

同字異義，平仄不可通者，或率押，或遷就押，皆大謬事。如傅玄《高祖贊》「光據萬乘」，「乘」作平聲。潘安仁「但恐忝所荷」，又《陽城劉氏妹哀辭》「弗克負荷」，「荷」字與「和」並押。子厚「感命是荷」，亦作平聲。李嘉祐「年華初冠帶」，「冠」作仄聲。荆公「縱觀萬人同」，「觀」作仄聲。坡公「二頃收横縱」，又「林嫣自舞馮」，謂是借押，即誤押也。斷不可。

尤誤者，山谷《書徐會稽禹廟詩後》：「能，三足鼈也。今於『來』字韻中用『法士多懷能』，乃是僧是鼈矣。」李獻吉「玉峰回首碧參差」，「差」音「雌」，誤與「家」字同押。袁石公「慚愧虚名老顧厨」，「厨」音「皮」，誤與「扶」字同押。以是類推，庶幾下字乃安。李、袁皆遭人議。今「厨」、「扶」二字並入七虞，袁可免。

李承之《送唐介劾潞公被謫》詩，「山」與「寒」同押。後介以潞公薦在朝，不言。承之從介索所送詩，子方還之，曰：「我固不用落韻詩也。」《示兒編》載試「三代有道」之長賦，「三」字韻，押「殽」、「函」，皆黜落。石屏詩：「押得韵來如砥柱，動移不得見功夫。」

星宿,「宿」字《韵會》音「秀」,不可解。按:《陰符經》「移星易宿」與「龍蛇起陸」叶韵,又古語「知星宿,衣不覆」,皆作仄聲。自子山《哀江南賦》與「鬬」字叶,始作「秀」音。昌黎《南山詩》、東坡《鄆州新堂詩》亦與「秀」字押。

魯望「中原猶將將,何日重卿卿」,上句二字不分,誤。

場屋最重韵字。永叔少應隨州試,坐賦逸官韵,黜。李迪賦落韵,試進士不與。范景仁試學士院詩用「霓」字,作平聲,除館閣校勘。近己未鴻詞科,施愚山以「奸」韵降等,錢塘王嗣槐以失韵黜落。

平仄通

古韵多四聲互用,字之平側兩用者。前人既爲之,乃可藉口,略數所見,免是非相謷。平作仄者,杜老:「却似東風相仄欺得。」摩詰:「偶值乘藍輿仄。」夢得:「九枝燈檠仄夜珠圓。」退之:「得時方張王仄。」達夫:「高壁連崆峒仄。」玉溪:「簟冰仄將飄枕。」又:「高幄無人風張仄幪。」王建:「每日城南更挑仄戰。」又:「绿窗紅燈仄酒。」牧之:「更請君時却重仄來。」魯望:「我本曾無一稜仄田。」范石湖:「汙萊一稜水周圍。」「剪取瓊田一稜歸。」楊鐵厓:「司作仄,則杜詩「殊錫曾爲大司馬」,又「一爲軍司馬」。武元衡:「惟有白鬚張司馬。」枇、琵作仄,則樂天「况對東溪野枇杷」,「金屑琵琶槽」。張祜:「生摘枇杷酸。」「宫樓一曲琵琶聲。」韋莊亦曰:「四絃不似琵琶聲。」茫作仄,則杜詩「寒銷春蒼茫。」東坡：「愁度黃河蒼茫間。」道園：「蒼茫經春早。」樂天：「紅欄三百九十平橋。」宋文安：「三十平六所春宮館。」晁以道：「示我十平年感遇詩。」樂天又有：「處分仄貧家殘活計。」又：「金杯翻汙麒仄麟袍。」又：「燭淚粘盤累葡仄萄。」又於「誰教不相離」自注：「相，思必切。」「鐵檠移燈背」自注：「檠，去聲。」亦自覺創用故爾。餘若「帆」、「中」、「如」、「觀」、「施」、「迎」、「騎」、「親」、「量」等字，作仄不勝計。

仄作平者，劉越石「共此渭濱叟」，「叟」字與「璆」字叶。杜詩：「郎官列宿應平。」又：「何時救急難平。」退之：「婦怒恣料平檢。」又：「事在不可赦平。」又：「近亦能稍稍平。」又：「貴者恒能售平。」微之：「三省詎行怪平。」「洞照失明鑒平。」樂天：「當時綺季不請平錢。」又：「請平錢不早朝。」姚合：「每月請平錢共客分。」夢得：「幾人雄猛得寧平馨。」子厚：「衆生均覆燾平。」「島嶼疑搖振平。」「猛志填黃壤平。」「十年所能逞平。」孫翊：「復爾共舟舫平。」

杜詩：「旋來隨爾帶笭箵平。」許渾：「誰識伍員平忠。」魯望：「賴得伍員平騷思少。」王廣津：「見人忘却道勝平常。」東坡：「扁舟去後花絮平亂。」餘若「望」、「菲」、「蠡」、「衡」等字，作平亦多。

沈約以王筠呼「霓」字作「五的反」，撫掌欣抃。不知陳思《孔廟頌》「志凌雲霓」、張衡《東京賦》「雲旗拂霓」，已作側聲。宋范景仁試學士院，用「采霓」字，作平聲，遂以爲失韵，冤矣。「霓」字非不可讀爲平聲，如蔣烋「九折步雲霓」，汪廣洋「峭壁掛晴霓」是也。當兩漢字書未備，觀碑碣字多假借，又未講反切，其平側不得不相通，况南北清濁往往依於方言，何須恁地作鬧？

五平五仄

晏元獻謂未見古人側字全句，聖俞乃作五側體以寄。余按：應瑒「辨論釋鬱結」，繁欽「世俗有險易」，嵇康「但願養性命」，此等句不少。老杜「俯視但一氣」，「一飯跡便掃」，「百里見積雪」，皆是本之古樂府。《送客》亦不遠。元獻、聖俞初不細思耳。詞如周邦彥《浣溪紗慢》之「水竹舊院落」句。

又有五字純平者，《樂府》「黄金爲君門」，蔡邕「枯桑知天風」，酈炎「靈芝生河洲」。嵇康「彈琴聽清歌」，阮籍「臨川多悲風」，薛稷「西登咸陽樓」，老杜「移時施朱鉛」、「危階根青冥」、「溪迴松風長」是也。詞如史達祖《壽樓春》之「天桃花清晨」句。

有二句皆平者，古樂府「羅衣何飄飄，輕裾隨風旋」，又「蒼霞含東謳，清風流西歈」是也。

有一句純平、一句純側者。「東門何時開，帶甲且未釋」，少陵句也。「半壁見海日，空中聞天雞」，太白句也。本之秦嘉「憂來如循環，匪席不可卷」。

全篇者，魯望《夏日》詩四十字皆平。聖俞效而爲與婦詩通首皆側，亦不佳。高季迪《吴宫詞》、何大復《松陵苦雨》皆五平五仄，均無可取。

七言皆側，則老杜「有客有客字子美」。皆平，則玉溪「封狼生貙貙生貔」、崔象「梨花梅花參差開」而已。

重押

韻字重押，疵病也。必援前人分謗，則且有連用，如《株林》詩連用二「林」、二「南」字，《采薇》詩連用二「故」字，《雲漢》詩連用二「遺」字，《焦仲卿妻》詩連用二「由」字。惟《柏梁詩》三押「之」字、「治」字，再押「哉」字、「時」字、「材」字，則是詩非出一手。子美《八仙歌》兩押「船」字、「天」字、「前」字、「眠」字，則此歌依《周詩》分章例，可作八篇，均得免議。

杜、韓、王、白多重押字。徐子能謂大手筆，人不嫌重複。胡元任謂退之好重疊用韻，以盡己意，不恤其爲病語，皆似。孔毅甫則謂退之好押狹韻累句以示工，而不知重疊用韻之爲病也。按：《李花》、《雙鳥》、《示爽》、《猛虎》、《寄孟郊》、《贈張籍》等詩，皆有重押，竟不類。崛强人亦未嘗以注自解。總之不可爲訓。

後人每指東坡《送江公著》云「忽憶釣臺歸洗耳」，又「亦念人生行樂耳」，自注：「二『耳』字義不同，故得重用。」山谷《寄七兄先生》云「責任媿和扁」，又「持斲問輪扁」，自注：「復用此一韻，事異，似不害意。」皆本太白《贈從弟昭》云「千里瀉吴會」，又「飄然忽相會」，以「吴會」「會」字指會稽也。夢得《贈樂天》「雪裹高山頭早白」，又「于公必有高門慶」，自注云：「高山本高。于門使之高。二義殊也。」此非用韻，猶可。滄浪以坡公爲非，是已。余謂漢《曹全碑》銘兩「足」字，一手足，一滿足，前人固有之。必如坡、谷所云，若一字有三四義、三四事，將三四押耶？宋試韵最禁重押，西河《古今通韵》嘗辨之。按：秦少游《試君臣相正國之肥賦》「强」、「疆」並押，已中選，有訟之者，遂殿舉。

歇後

此體自劉越石「何其不夢周」始之。吴筠：「才勝商山四，名高竹林七。」唐彦謙：「耳聞明主提三尺，眼見愚民盗一坏。」東坡：「買牛但自捐三尺，射鼠何勞挽六鈞。」又：「已遣亂蛙成兩部。」又：「飲啄不羡山梁雌。」又：「聞君有負郭。」又：「醉哦旁若無。」又：「憂時雖早白。」又：「何須四十强。」又：「子有折脚鐺，中有五斗陳。」若荆公「粟餘三釜陳」，「粟」字在前句乃妥。坡公最多，而皆可笑。山谷只有「所過州縣不敢誰」，又「危冠匡坐如無旁」二語。若「斷送一生惟有，破除萬事無過」，后山嗜之者，以皆現成句截成，故佳也。曼卿考落，受三班借職，戲云：「無才且作三班借，請俸争如録事參。」又歇後、又借對，亦趣。

若退之「夕貶潮陽路八千」，高適「良馬有心日馳千」，吴融「投荒南去五千餘」，永叔「夷陵此去更三千」，放翁嘗謂此類非歇後，引《書》「弼成五服，至于五千」，冉求曰「方六七十，如五六十」爲證，則倚以爲重，亦可。

截用

截用地名者少，蘇頲「經營自左馮」，樂天「左馮雖穩我慵來」。然夢得有《自左馮歸洛下》詩，當時或如是稱耳。

截用人名，《楚詞》「來革順志而用國惡來名革，飛廉子也。」，此截人名始也。子建「松子久吾欺」，嗣宗「松子與世違」，太白「松子栖金華」，皆言赤松子也。東野：「見知屬徐孺，賞句類陶淵。」又：「歸田羨子平。」老杜：「劉牢出外甥。」太白：「申包惟慟哭。」錢起：「城上山宜綺季家。」元稹：「舒帷誓不搴。」薛能：「丁令歸來有鶴巢。」樂天：「抱琴榮啓樂。」又：「憑君一詠向周師。」自注：「周師範。」李林甫：「題名許謝康。」李端：「梅真正少年。」徐夤：「陶景豈全輕組綬。」東坡：「琴裏若能知賀若。」子由：「徐孺湖寬好放情。」陳無己：「安得將松似仲山。」遺山：「平生得意欽與京。」自注：「『欽』謂欽叔，『京』即京父也。」吴正己：「舉頭不敢看王十，迴首猶欣見李三。」劉秉忠：「一時曹孟謾英雄。」大都如韓擒虎，或稱韓擒耳。褚載牋亦云：「曹興之圖畫雖精。」

複姓截一，駱義烏：「孫宏閣未開。」錢起：「林間客散孫弘閣。」李乂：「代挹孫通禮。」薛能：「葛侯真竭澤。」又：「葛相終宜馬革還。」永叔：「自憐消渴馬文園。」于邵亦云：「孫弘之文章。」

人四疊者，戴滄洲云六朝法也，不知實始班固《詠史》。退之亦有：「自然須訪戴，不必待延枚。」

陳榻無辭解，袁門莫懶開。」微之亦有：「延之苦拘檢，摩詰好因緣。七字排居敬，千辭敵樂天。」用事物如王維《早朝》五用「衣冠」，駱賓王《行路難》「龍」、「龜」等字，李白《訪道士》「水聲」、「飛泉」等字，皆重複爲病。

地四疊者，高適「巫峽啼猿」、「衡陽歸雁」、「青楓江上」、「白帝城邊」是已。張喬送鄭谷詩，地名亦四疊。

改地名，如李頎《襄陽》詩「應醉習家塘」，以「塘」易「池」。牛鳳詩「六羽警瑶溪」，以「溪」易「池」。魯望「梁柏臺中珠翠稠」。皆遷就己韵也。若太白「有口不食首陽蕨」，改「薇」字以叶韵，則本之《梁書·阮孝緒傳》「周德雖衰，夷齊不厭薇蕨」語。

人名與字並用者，《漢書》：「萬事不理問伯始，天下中庸有胡公。」沈休文曰：「胡廣累世農夫，伯始致位卿相。」又游雅云：「人自棄伯度，我自敬黄頭。」皆有意語複。故謝惠連有「雖好相如達，不學長卿慢」，劉越石有「宣尼悲獲麟，西狩泣孔丘」之句。爲爾漫戲，不可學。

用字多

淵明《止酒》詩用「止」字二十。梁湘東王《春日》詩十八句，「春」字凡二十三。鮑泉和之，用「新」字凡三十，尤奇。此駱義烏好用數目字，號「算博士」，杜牧之亦然。亦猶楊盈川好以古人姓名連用，號「點鬼簿」也。南唐黄可詩多用「驢」字。王安國好用「酒樓」字。又以鄭谷《靈臺集》用「僧」字凡三十五處，魏野好使「鶴」字，故曰：「仲先筆苑多籠鶴，鄭谷詩壇愛惹僧。」若微之《野節鞭》詩疊下「鞭」字十六，子厚《種柳》詩「柳州柳刺史，種柳柳江邊」，有意無意間斯妙。

倒字

《易》：「吉凶者，失得之象。」《禮》：「用地小大，吾得坤乾焉。」《左傳》：「外内棄之。」《中庸》：「設其裳衣。」《孟子》：「蛇龍居之」，「長幼卑尊」，「子父責善」。《楚詞》：「忽忘身之賤貧。」皆二字倒用。《三百篇》中尤多。後人效之，多緣就韵。各家具有，而昌黎喜掃陳盤硬，故尤甚。坡公、山谷、放翁亦然，然皆顛倒無礙。若山谷之「樂羊終愧巴西」，王逢原詠孔融云「許下惟聞笑習脂」，少游和坡公《金山》詩「猶喜重來飯積香」，則謬不可言，流弊豈特「麟麒」、「凰鳳」、「木草」、「川山」已哉？

用語助

王仲甫介作詩，多用助語，云此格古所未有，文潛遂謂仲甫自成一家。宋人多喜爲之。不觀唐沈佺期「隴樹應秋矣，江帆故杳然」，杜審言「澄清得使者，作頌有人焉」，少陵「古人稱逝矣，吾道卜終焉」，夢得「漢廷無右者，梁苑得歸歟」，微之「薄命知然也，深交有以夫」，薛能「左遷今已矣，清絶更無之」，樂天「雁感無鳴者，猸愁亦悄然」，又「志氣吾衰也，風情子在否」，李群玉「處世心悠爾，干時思索然」，鄭谷「從來甘默矣，自此倍凄然」，貫休「陸氏稱龍終妄矣，漢家得鹿更空焉」，餘不及數。宛丘思之不熟耳。

詠勝境

要不可刊置他處乃妙，此張承吉獨推善。題目佳境也，不能翻新，何妨袖手？太白以崔顥題黄鶴樓，去而作鳳凰臺詩。袁世弼亦以張俞題黄鶴樓五排，去而作吴大帝廟詩。恁地聰明，古今蓋少。

繁知一請題巫山詩，樂天答曰：「劉夢得三年理白帝，欲作一詩不得。悉去前千餘詩，祇留沈佺期、王無競、皇甫冉、李端四首。」薛太拙亦去飛泉亭詩板百餘，祇留李端《巫山高》一首。徐凝題縉雲山黄帝上昇之所，曰：「有時風捲鼎湖浪，散作晴天雨點來。」後遂無題者。

蔡中郎題鬼谷所居山十五曲，每一曲制一弄，馬季長賞之。後惟江都尉王琪題大明寺，晏元獻賞之；葛敏修題南華竹軒，山谷賞之。

金山寺詩，唐人以張祜、孫魴爲第一，自餘皆莫出其範圍矣。然膽大如天者時有。

少陵夔巫詩多。太白池州，如秋浦、九華、青溪所賦亦不少。名人勝境固有緣在，且有地因人著者。

孫綽賦天台，未至其地。夢得亦未至金陵，所詠石頭城、烏衣巷、臺城、生公講臺、江令宅，皆懸擬也。詩却佳。

辯略

劉公幹《贈五官郎中》詩：「昔我從元后，整駕至南鄉。」王仲宣《從軍》詩：「籌策運帷帳，一由我聖君。」皆指操也。是時漢帝尚存，二子言乃爾，說者謂與荀文若比高、光同科。然操方自比周文王，何遽至此？二詩直是後人僞作也。東坡以李陵「獨有酒盈觴」爲犯惠帝諱，定其僞。

《漫叟詩話》：「子建七步詩『煮豆燃豆萁，豆在釜中泣』，一本作『萁向釜下燃，豆在釜中泣』。其工拙淺深，必有辨之者。」或以「萁向」句爲工，不知無「煮豆」字爲綱，則「萁向」起突如矣。且「煮豆」句古樸，非後人彫琢手所能。

王子安《別薛華》詩，孟浩然《贈孟郊》詩，元稹《酬杜甫見贈》詩，白樂天《聞貫休下世》詩，年代相懸，其譌易訂。

《臨漢詩話》云：「元稹作李杜優劣論，先杜而後李。退之不以爲然，詩曰：『李杜文章在，光焰萬丈長。不知群兒愚，何用故謗傷？』爲微之發也。」按：微之作工部墓誌中先杜後李，未嘗別作論。退之之意，謂疵議李、杜者爲蚍蜉，非言分優劣。且統指文章，不專言詩，烏得指爲微之發？道輔直是粗心。

蘇小小墓，錢唐、槜李皆有之。古樂府云：「何處結同心，西陵松柏下。」故注稱錢唐，不言墓也。徐鉉云：「憑郎暫駐青驄馬，此是錢唐蘇小家。」羅隱《小小墓》云：「魂兮槜李城，猶未有人耕。」故曰：「生錢唐，葬槜李。」證以徐凝詩：「嘉興郭裏逢寒食，落日家家拜掃歸。只有縣前蘇小小，無人送與紙錢灰。」則西湖焉得有墓？而樂天又云：「揚州蘇小小，人道是天斜。」玉溪《送人之蘇州》詩又云：「蘇小小墳今在否？紫蘭香徑與招魂。」不能確指，則又曰：「小小有二人，一宋一北齊。」

李益有「早知潮有信，嫁與弄潮兒」句，可謂情至語，乃負霍小玉耶？文人筆底誠不足據。然唐固有三李益，一爲揆族子，憲宗召爲秘書監，每詩一篇成，樂工争賂取供御。以禮部尚書致仕，即張爲《主客圖》推作「清奇雅正主」者。一爲太子庶子。故世稱尚書爲「文章李益」以别之。而李十郎又是一人。

微之《連昌宫詞》「百官隊仗避岐薛」，坡公帖作「岐路」，蓋以岐、薛二王開元中物故已久，不應云爾。然則「岐」當作「歧」矣。王弇州思未及此，且上文「萬人歌舞塗路中」，從坡帖，則重「路」字，即以「塗路」一作在途意，亦複。

唐以前江水通石頭，太白《横江詞》「白浪高於瓦官閣」是也，此可借徵《赤壁賦》語，與今時迥異。退之《岳陽樓》詩：「自古澄不清，環混無歸向。」洞庭固自長清，退之所見豈亦今昔不同耶？

文章地理必相切當，《顔氏家訓》及之。虞子陽詠霍將軍北伐曰「隴頭」、曰「玉門」，皆非幽、并道。

梁元帝《關山月》詩地理亦謬誤。太白詠明妃而曰「一上玉關道」，較之梁簡文《雁門太守行》而云「日逐康居大宛月支」，蕭子暉《隴頭水》而云「北注黄龍」者，其謬一轍。峨眉在嘉州，樂天《長恨歌》誤作幸蜀路。徐敬業《登琅琊城》詩上谷北邊郡而樓蘭在西域，均誤。蓋由齊、梁間分南北，地理多出想像，宜然。今人却須詳細，未可鹵莽。

陳孚《宿趙州驛》詩：「晉家曲沃舊池臺，無數行人去又來。可惜石橋三百尺，只留驢跡印青苔。」用「曲沃」事，是誤趙州爲晉之趙城矣。

貫休因吴越王欲令改其所獻「一劍霜寒十四州」句爲「四十州」，曰：「州亦難添，詩亦難改。」去而之蜀，此真小説也。是詩武肅刊於平越功臣碑陰，甚稱重，贈遺亦腆，殊無不慊處。且「十四州」爲著題武肅心傳保境，詎有拓地意？以欲改「四十州」，傳入中朝，適以賈禍，肯哉？

歐公謂夜半無鐘聲，因嗤張繼「夜半鐘聲到客船」句。《直方詩話》引温庭筠「無復松窗半夜鐘」、于鵠「遥聽緱山半夜鐘」二句折之。余按：唐人尚有皇甫冉「夜半隔山鐘」，樂天「半夜鐘聲後」，陳陶「隔水悠揚午夜鐘」，王建「未卧嘗聞半夜鐘」，許渾「月照千山半夜鐘」，李洞「月落長安半夜鐘」，劉言史「千船火絶寒宵半，獨聽鐘聲覺寺多」，永叔豈皆未見耶？《江南野史》載僧范志嵩得月詩，夜半登樓撞鐘，滿城皆驚。《江南餘載》：僧謙明中秋詠月，得「此夜一輪滿，清光何處無」句，乘興遂子夜鳴鐘。烈祖聞之，不罪也。豈唐以後禁夜半鐘耶？不爾，何須驚？而永叔又豈孟浪者？辛幼安詞亦云：「老僧夜半誤鳴鐘，驚起西窗眠不得。」

坡公《後赤壁賦》夢羽衣道士云，用《高道傳》明皇獵沙苑射鶴事。然《集異記》謂是雁飛射中之，非鶴也。故周益公詩：「花重錦官思杜老，雁飛沙苑看徐仙。」

樂天《招司業》詩：「能來同宿否，風雨對牀眠。」原是泛詠自坡公以「對牀風雨」憶子由後，人都將「聯牀風雨」專屬兄弟，他不及焉。

元遺山既金之遺老。歐陽元功于元延祐始登第，視遺山爲後進。且元功八十纔卒。或謂遺山詩云「九原如可作，吾願從歐陽」以悼之。按：其年歲並不合。詩蓋謂宋文忠公，誤指承旨也。

論略

閨怨已是託諷，若多涉譎巧，便是弄舌，情不摯矣。如梁簡文：「會是無人見，何用早紅妝。」元帝：「若非有歡悅，何事久西東。」王僧孺：「斷絃猶可續，心去最難留。」晉張華：「不曾遠別離，安知慕儔侶。」鄧鐙：「君言妾貌改，妾畏君心移。終須一相見，併得兩心知。」陳陰鏗：「獨眠雖已慣，秋來只自愁。」皆直舉胸情，而自饒風態。

老杜「焉得廣廈千萬間」，樂天「焉得大裘長萬丈」，皆窮措大發願，膾炙人口。東野詠蚊亦有「願爲天下幮，一使夜景清」，微之亦有「憶年十五學構廈，有意蓋覆天下窮」句，人罕稱及，以郊語小、稹語澀也。

老杜云：「少保薛稷有古風，得之陝郊篇。」魏道輔遂謂少陵善評詩。諦觀嗣通《秋日還京陝西十里作》，那得言佳？可見大家亦喜虛譽人，阿附者尤無心裁。

退之《示兒》詩，人譏其務功利，是已。《家語》：「子謂伯魚曰：『終而顯聞四方，流聲後裔，豈非學者之效？』」漢桓榮陳車服於庭，會諸生曰：「此稽古之力也。」然則策勵子弟亦自有道。宋人開口即道學，故有是評。

東野清峭、意新、音脆，筆最不凡，亦少疲薾語，烏得以寒概之？殆以退之雄崛相形耳，東坡所謂「要當鬬僧清，未足當韓豪」也。或誚其「出門即有礙，誰謂天地寬」句。此引下「平地生太行」語，所言行路難耳，非爲己悲愴，豈得誤會？「郊寒島瘦」語始於東坡《祭柳子玉文》。坡性粗豪，故擬以「寒號蟲」。遺山耳食，亦謂爲「詩囚」。豈非尅核太至，過亦不細。

康樂謂張華「雖復千篇，猶一體耳。」《隱居詩話》言樂天「不能更風操，雖衆篇之意只如一篇，故使人易厭。」又薛許州《還夢得詩卷》曰：「百首如一首，卷初如卷終。」皆譏其不能變態也。然則託唐音，拘聲律，氣骨薾然，安於庸熟者，殆冠冕幛子而已。

許彦周評牧之《赤壁》詩：「不言社稷生靈，只恐捉了二喬，可見措大不識好惡。」不知借二喬託興正是譏刺風趣。霸業、興衰已在言外，故妙。如彦周直說，雖曰吾意痛快，更有何味？

李清《詠石季倫》：「當時縱與綠珠去，猶有無窮歌舞人。」此真無心肝人語。而或謂解脱，然則忠臣烈士死爲多事矣。李是何物？幸生平未嘗遇此等人。

晚唐詩人較多，或言繇於氣運。余謂時事撩詠，題目佳也；滄桑之際，虞其散軼，藏弆珍也，故爾。細加衡量，表聖外當推吴子華，筆健味雋，歌行雜言突過致光，甚惜其詩不多。

「雞蟲得失無了時，注目寒江倚秋閣」，爲老杜名句。山谷亦有「坐對真成被花惱，出門一笑大江横」，意相類。一在夔府，一在荆渚，故佳，否則嫌太跅弛矣。

西崑體，楊、劉爲之提唱。永叔賞大年「峭帆横渡官橋柳，叠鼓驚飛海岸鷗。」漁隱賞子儀「雨勢宫城闊，秋聲禁樹多」。然尚是應制派。若大年「歲月天涯鄉樹老，烟波江上客帆孤」，則不似西崑，何可多得？

永叔《廬山高》一首最得意，蓋用險韵，而以長句屈曲達之，遂覺穩峭可喜。然非奇作，何謂出李、杜上？

荆公「春風已緑江南岸」，言「緑」字數改始得。余觀太白「春風已緑瀛洲草」、丘爲「東風何時至，已緑湖上山」先已言之。大都好字意，罕不經唐人搜索到。

坡公論書云：「苟能通其意，長爲不學可。」不學又烏能通其意？此正是其粗豪處。

「山谷鋪張學問以爲富，化陳腐以爲新，而渾然天成，如肺肝中流出者不足。」此《滹南詩話》也。雖似貶語，皆人所難即。「化腐爲新」一言，非具造化本領者不能。好句前人道盡，能化爲新者幾人？至《三百篇》、《十九首》、蘇、李可稱肺肝中流出。《離騷》便有作意，何況漢、唐後詩人？

王冀公「龍帶曉烟歸洞府，雁拖秋色到衡陽」，只一「拖」字佳耳。人謂有宰相氣象，因而受知章聖。殊不可解。上句掃興，下句雜出，不止「洞府」對「衡陽」未安也。祇供炭畫猪皮，何氣象之有？亦如南唐江爲題白鹿洞云：「吟登蕭寺旃檀閣，醉倚王家玳瑁筵。」極庸陋句，而元宗稱善久之。

張子野豪于歌，七律有「浮萍斷處見山影，野艇歸時聞草聲」句。東坡「船過惟有菰蒲聲」同下句意，而子野較佳。上句則絕無人能到。

曾子固《大明湖》句云：「一川風露荷花晚，六月蓬瀛夜坐涼。」又嘗云：「詩當使人一覽語盡而意有餘。」此爲最得詩旨。后山謂子固「短於韵語」，少游謂子固「文有韵者輒不工」，想皆未見此。

文洋州《秦王卷衣》篇云：「美人却扇坐，羞落庭下花。」只襲「羞花」兩字耳，坡公極稱之。歐公且言「世間自有此句，與可拾得」云云，在所不解。

后山「寧拙毋巧，寧樸毋華，寧粗毋弱，寧僻毋俗」四語高妙，爲作家進一解。然癡人前却說不得。使才者，善操縱；好辯者，工語言，此文士每恃以爲詩也。究之，胎息無源，醞釀無功，骨格氣韵不講，多吟則徑露，難成家數，焉得高自標位？

後山評子固不能詩，少游詩如詞，謂皆以才爲之也。《梁溪漫志》言：「詩當以學不以才。古人有文名一世而詩不工者，皆以才爲詩。」其言最曉鬯。而東坡又謂浩然詩「韵高而才短」。

蘇叔黨詩具有淵源，特少疎放耳，縝密則過之。如：「旅館那可暑，危臺獨覺秋。遠林藏小寺，虛市隔孤洲。」他都稱是。其集近爲趙味辛舍人校刊，一洗誤入劉龍洲之句，可云快事。

湖上詩，感慨懷古、標新領異者多矣。獨愛姜白石四絕，其末句曰：「平生最識江湖味，聽得秋聲憶故鄉。」曰：「遊人去後無簫鼓，白水青山生晚寒。」曰：「荷葉似雲香不斷，小船摇曳入西陵。」曰：「輕舟忽向窗前過，摇動青蘆三兩枝。」純用空描，味深神遠，令讀者形神俱在。

李沅南《二喬觀兵書圖》題已是想當然者，而云：「香肩並倚讀兵書，韜略原非中饋圖。千古《周南》風化本，晚涼何不讀《關雎》？」人多愛誦之。余謂特聲口委婉耳，其意固花間喝道，同一殺風景也。坡公《題周昉美人》「君不見孟光舉案與眉齊，何曾背面傷春啼」，亦然。元劉詵《題張敞畫眉圖》：「梁鴻亦有齊眉樂，不要人間黛緑施。」皆自謂意出題外，豈知先已爲題泥煞！

司空表聖有王官谷生壙一詩。元陳樵有《北山别業三十八詠》，終以《鹿皮子墓》一首，亦自謂也。黄溍有《永嘉王君自製輓歌詞》。蓋能安死生而未忘情乎死生者，因集陶釋之。今人效之何謂？

高青丘《吴趨行》通首工對，如五排而曰「行」。《關山月》、《班倢伃》亦同。五律皆編入樂府，究未協也。《宿東湖》四韵，《詠雨》五韵，《池上三詠》各四韵，《皋橋》三韵，亦皆似律詩。大抵集中古體多律意，近體則皆工。雲崧先生爲余言明人當以季迪爲大家，余不謂然。

李于鱗《黄河》云：「北風揚片席，大雪渡黄河。」費此度《朝天峽》云：「大江流漢水，孤艇接殘春。」作勢一在下句，一在上句，俱神王不可軒輊。

王弇州僅賞邊華泉「自聞秋雨聲，不種芭蕉樹」句。余謂華泉在「弘治四傑」中尤清婉華妙，如「鶴唳烟沙遠，螢流小閣通」、「古堞鳴禽暮，虚堂落木秋」、「旅跡江花笑，歸心海燕知」，七律「情入莫春多感慨，地過名士亦風流」，又不獨「花外子規」一聯也。曾見魏司李刊本最好。漁洋删存者似未當，可惜。

鄧秉貞《子陵臺》云：「不有雲臺諸將力，釣臺亦在戰争中。」又「羞見先生面，黄昏過釣臺」，意亦新雋。因思此題佳句，杜荀鶴「惟將道德爲芳餌，釣得高名直到今」，范仲淹「世祖功臣三十六，雲臺争似釣臺高」，范成大「各向此心安處住，釣臺無意壓雲臺」，楊萬里「漢室已無一坏土，釣臺今是幾春風」，貢師泰「當時盡著羊裘去，誰向雲臺畫裏看」，又「不是狂奴輕萬乘，世間誰不受牢籠」，皆旁側敲擊，以別解新題。否，亦不肯握管。歸愚宗伯以前四作爲魔道，鄙所不悟。而選張以寧一律，闊落平直，反復勝耶？

周憲王《有燉集》中，若「南浦斷雲收雨去，西風新雁帶霜來」，酷似唐音。其《誠齋樂府》亦饒有名句，而不甚傳誦，不可解。

「鴻雁一聲長塞北，鱸魚七月大江東」，陳麋公《新秋》句也。踔厲中含悲壯，而不蹈詠秋凄惻之習，自來罕見。

沈嘉則與徐文長同在梅林少保幕，嘗讌爛柯山，嘉則賦凱歌有「狹巷短兵相接處，殺人如草不聞聲」句，太覺粗鄙。少保非宗匠，宜其詫美。而竹垞《詩綜》、歸愚《別裁》皆選入，不識何故見推？惟少保死請室，嘉則持所作誄遍爲訟冤，勝文長懼禍發狂多多矣。嘉則詩有七千餘首，固應欠精警。

郭諫臣詩和婉清潤，著《鯤溟集》。愛其「静聽簷溜和愁滴，閒剔鐙花引話長」，有謝師厚「倒著衣裳迎户外」一聯風味。其司理袁州，發嚴世蕃不道，又請革龍虎山真人號，蓋正人也。

侯朝宗弔史閣部「將略武侯短，文山或可作」，語極斟酌，非耳食者。然豫王東下，風馳電掣，邗上殘局，勢豈易支？不得以此咎閣部。

評選石屏：「辨玉先辨石，論詩先論格。詩家體固多，文章有正脈。」

《詩品》以沈休文所著既多，須剪除徑雜，收其精要。石林亦謂李邕、蘇源明極多累句，嘗痛刊去，取其半，方盡善。然評詩亦最難。湯休謂吴邁遠曰：「吾詩可爲汝詩父。」以詢謝光禄，答曰：「可爲庶兄爾。」分刌又不可不細認可知。放翁云：「文章有定價，議論有至公。我不如誠齋，此評天下同。」洪駒父詩：「胡生畫山水，烟雨山更好。鴻雁書遠空，馬牛風塞草。」山谷愛第四句，潘邠老愛第二句，王立之愛第三句，徐師川愛第三、第四句，欣賞者不同。正其佳處見通篇，著不得一句閒話，而評與選不同，亦可證。

樂天云：「凡人爲文，不忍割截，妍媸益又自惑，必待有公鑒無姑息者，討論削奪之，然後繁簡當否得其中。」可見其集經元、劉、裴、李、令狐諸公琢磨始出。

張籍索朱慶餘詩，擇留二十六章，置懷袖而推贊之，不令自主，極是。洪玉父編《豫章集》，仍以魯直自編《退聽堂集》爲斷，以前好詩皆不收，是校非編，不足取。

嚴有翼曰：「看詩須著金剛眼睛，庶不眩於旁門小法。」又曰：「辨家數如辨蒼白，方可言詩。」故能看，然後能選。

王建云：「人怪考詩嚴。」其無偏徇、阿好可知。而東坡曰：「論道當嚴，取人當恕。」此又提唱之鉅柄也。唐子西「詩律傷嚴近寡恩」同意。

昔云：「建安才六七子，開元數兩三人。」所取其難如此。而謝客逢詩輒取張隮，逢文即書「不無濫收」，幸後人固自有眼在。

坡公恨《文選》編次無法，去取失當，則知陳思、謝客品藻同時諸公，未必實然矣。唐選家如殷璠之《河岳英靈》、高仲武之《中興間氣》、姚合之《極玄》等集，入元已均亡，傳者皆僞本。自餘諸選，亦各視其性，或才華，或氣格，或神韵。若《搜玉》、《篋中》、《才調》等集，俱有偏尚。郝天挺《唐詩鼓吹》亦多僞體，方當誤後生。

《英靈》、《極玄》二集皆不收杜詩。《間氣集》不收太白詩。又顧陶《唐詩類選》於元、白、劉、李、杜牧、李賀、張祜、趙嘏皆不收。子美長律善敘事，多至百韵，而荆公《四家詩選》長韵律詩不采。或云委抄書吏多所遺落。嚴儀卿謂選唐本之《英靈》、《間氣》二集，故次序亦同，後半儲光羲以下纔是荆公自取，然未慊人意。

遺山《中州集》寓史於詩，犂然具一代之文獻，最好。

方回選唐宋近體名《瀛奎律髓》，于情景、虚實之閒三致意，而尤以山谷、後山、簡齋爲歸。人又疑其務江西一派，難調衆口如是。

選詩有傳，始於殷璠，詳於遺山《中州集》。

鍾、譚《詩歸》尖澀。于鱗所選亦不盡佳構。阮亭《唐人三昧集》專講神韻，較可。聖俞《續金針詩格》，張天覺《律詩格》，洪覺範《禁臠》，三者論詩大旨相同。葛立方《韻語陽秋》、嚴有翼《藝苑雌黄》皆有意掊擊，滿紙唇舌，亦可厭。

詩僧

僧亦九流之屬，貪慳牢著，何風雅之有？夢得謂「能離欲則方寸地虚，而萬象入，入必有所泄，乃因定而得鏡，由慧而遣詞。」斯亦足尚焉。如惠休情過其才，道帛、寶月時有清句，是已。唐李龏稱三百年得詩僧五十三人，而寶月、惠標則梁、陳人，誤列其著者。法震、法照、無可、護國、清江、靈一、即退之詩「方將斂之道，且欲冠其顛」者。夢得云：「詩僧多出江右，靈一導其源，清江揚其波，法震沿之。」無本、即賈島。齊己、即胡得生，大溈慶寺佃户之子。項有瘤，人目爲「詩囊」。有《白蓮集》。貫休姓姜氏，字德隱，蘭溪人。有《西岳集》，後號「禪月」。而已。歐公謂九僧詩集已亡，九僧者希晝、能備衆體者。保暹、文兆、行肇、簡長、惟鳳、惠崇、宇昭、懷古，皆宋僧也。放翁言宋詩僧皆因諸巨公以名天下。觀與歐、石交者惠勤、六一稱爲聰明才智有學問者。祕演，與蘇、黄交者道潛、姓王，錢唐人。仲殊、契嵩。又林和靖於長吉，宋文安於維順，徐師川於祖可皆是。在唐亦稱皎然靈運十世孫，著《詩評》。文章儁麗，顔魯公、韋蘇州皆重之，與酬唱。可朋自號「醉禿」，歐陽炯以比郊、島。與盧延讓爲風雅交，靈澈與江西帥爲忘形之契，皎然又薦澈於包佶、李紓，由二公飂名，則不獨無本遇昌黎，清塞（即周賀）。遇姚合矣。又沈彬與虚中、齊己輩以詩名互相吹噓。高仲武亦謂一公刻意精妙，與士大夫更倡迭和。而文秀亦南僧也，乃居長安，以文章應制，尤奇。鄭谷寄詩云：「近來雅道相親少，惟仰吾師所得深。」大都全繇提唱如此。

人稱慧遠《遊廬山》一首無瓶鉢氣。今觀歐公見璉禪師詩曰：「此僧作肝臟饅頭也。」荆公不解。曰：「是中無一點菜氣。」東坡《贈惠通》云：「氣含蔬筍到公無。」謂〔無〕酸餡氣也。又謂道潛「五月臨平」一首：「此釋子無蔬筍氣，其體製絶似儲光羲。」祖可「漱壑夜泉響，掃窗春霧空」句，人亦言不類菜肚阿師語。余謂忘其爲僧，則句自工。

仲殊（喜食蜜，號「蜜殊」）。喜艷體長短句。坡公謂其「胸中無豪髪事，而自經枇杷樹下」。覺範（即惠洪，本高要小吏。山谷以其聰慧，教之讀書，後爲浮屠。醉時往往登屋危坐，浩歌調笑。韓駒爲作《寂音尊者塔銘》者是）。善作小詞，情思婉約，絶似少游。是二人者皆不得以僧目之。（覺範作詞，陳瑩中以書痛戒之，而覺範不止。）覺範「含風廣殿」一聯，頗似文章鉅公所作，不似衲子。曾爲張天覺關節事謫朱厓。著《冷齋詩話》。

惠詮「落日寒蟬」一首，東坡和之。惠洪「剩水殘山」一首，山谷稱之。清順「一鳥忽飛來，嘌破幽寂處」，荆公極賞之，且爲稱揚其名。

坡公見思聰和參寥「一鈎新月掛黄昏」句，言「不須念經，也做得箇和尚」。後挾琴游梁，日登貴人之門，遂還俗。

惠崇自撰句圖刻于長安，凡一百聯，皆生平得意句。文瑩有《渚宮集》，饒德操有《倚松集》，沖邈有《翠微集》，邈年近九旬，猶事吟詠。皆樂天所謂「以詩爲佛事」者，大勝妄構語録。

元僧來復、實存、圓智、善住、大（新）〔訢〕、清珙、惟則，至仁而已。中峰初不甚識字。趙承旨戲示以馮海粟《梅花絶句百詠》，中峰經宿得律詩百首，馮、趙大驚。明初徵高僧梵琦、宗泐等十人，皆能詩，惜散軼。

陳善《捫虱夜話》言：「病可、瘦權皆能詩，而患其太清。」清固佳境，況乎是僧，何嫌其太？

道流

黄冠則軒轅彌明、曹唐、葛全庚。又孫晟爲廬山道士，繪賈島像事之，道衆以爲妖，驅出。坡公言眉山道士李伯祥詩，往往有奇語，如「夜過深竹寺，醉打老僧門」，亦可愛也。馬虚中、張伯雨皆有全集。明之張宇初、席懸珍詩並可采。

唐清遠道士與沈恭子遊虎丘，有詩云「余本長殷周，遭羅歷秦漢」云云。李衛公及皮、陸皆追和之。

滕玉霄，元時爲天台道士。一日訪白雲即察罕。平章不值，戲題壁，有「後夜月明騎鶴來」之句。白雲詭爲吕嵒詩，一時傾動，厚賂玉霄使勿泄。

閨製

元黄毓粹女子能詩。塗山氏令其妾侍於塗山之陽，作《候人歌》，始爲南音。唐山夫人爲漢高姬，不載《后妃傳》，所作《房中樂》十七章，劉器之，謂格韻高嚴，規模簡古，方以《竹竿》、《載馳》，陋矣。嗣是烏孫公主、容華夫人、趙后、班姬、文君、昭君、徐淑、蔡文姬，其流派也。而班、徐又卓立。五言數家中，鮑令暉《擬古》尤勝。徐惠妃嘗擬《騷》爲《小山篇》，具有見解。李季蘭幽居倡和，陸鴻漸、顔魯公諸公得與周旋，劉文房稱「女中詩豪」。若朱淑真《斷腸集》，朱静安有集十卷，《咏梅》云：「可憐不遇知音賞，零落殘香對野人。」皆以所適非偶也。侍兒若萊公之倩桃、陸藻之美奴、張若瓊之紫霜、二娥，餘亦罕見。妓則薛洪度致韋南康，築樓致籲下，此不可枚舉。女道士則魚玄機一人而已。

李易安詩：「兩漢本繼紹，新室如贅疣。所以嵇中散，至死薄殷周。」朱紫陽云：「如此等句，豈女子所能？」張蕙□詩爾雅俊拔，類劉長卿風骨。方維則姊妹詩慷慨如丈夫。此皆不易得。

選輯女流詩，前惟陶穀《才調集》有閨秀一卷，他則未見。明初婦女得舉女秀才，如易淵碧、龍玉英輩，詩才競出。故張子象有《彤管新編》，田子藝有《詩女史》。若酈琥《彤管遺編》，鄭季卿《名媛彙》則均間及賦、頌、尺牘。至方夫人仲賢《宮閨詩史》、王玉映《明媛詩彙》、江緑蘿《閨秀詩評》、沈宛君《伊人思》，並屬内製。今選古今閨秀詩，獨阮亭《燃脂集》爲備。

（姚蓉點校）

漢鼓吹鐃歌曲句解

漢鼓吹鐃歌曲句解提要

《漢鼓吹鐃歌曲句解》一卷，據道光十四年刊本點校。撰者莊述祖（一七五〇——一八一六），字葆琛，所居顔珍藝宧，人稱珍藝先生。江蘇武進人。乾隆四十五年進士，官山東樂昌、濰縣知縣。有《尚書今古文考證》、《珍藝宧文鈔》等。此書有嘉慶十一年自序，可知寫作時間。述祖乃莊存與任，常州公羊學派替人，小學、經學著述甚富。按漢鐃歌十八曲，郭茂倩《樂府詩集》引《古今樂録》，謂「字多訛誤」，述祖則以爲除《石留》一篇，「餘皆文從字順，意見言表，轉吻玲玲，天籟自合」。遂以所得詩旨，重排沈約《宋書·樂志》所載十八曲次第，作此「句解」。後陳沆《鐃歌十八曲箋》頗駁之，然亦多取之。如《聖人出》一首，莊謂頌高祖，陳謂美宣帝中興，然如「佳人來，騑離哉何」應重句，「免甘星」應爲「勉美人」之類，皆莊發明，陳亦從之。又如《思悲翁》，雖云「未審然否」，然至箋語，實全循莊氏「高祖誅滅功臣」之説也。大抵莊解於字、句考釋甚明，雖不無强解處，要不可廢。

珍藝宧遺書序

兆洛自交若士、申受兩君，獲知莊氏之學。莊氏學者，少宗伯養恬先生啓之，猶子大令葆琛先生賡之者也。宗伯如泰山洪河，經緯大地，而龍虎出没，風雲自從。大令如窮島極徼，宙合未通，而奇險所闢，跬步皆實，蓋有積精致神之詣焉。繼又得交宗伯之孫卿珊，得盡窺所著造，伏而讀，仰而思，累月日，乃曉然有會於讀經之法與讀書之法。經爲聖言，聖人之心同天地，實有見於其心，然後可以爲言。宋諸子以常人之心即聖人之心。夫常人之心，不學不慮之良心也。聖人之心，則有學有慮之心，學與慮而後同於天地也。孟子曰：「聖而不可知之謂神。」神者，天也。由宗伯之書足以窺聖人之學、聖人之慮有如此者。書乃古人之言。子曰：「信而好古。」又曰：「多聞，擇其善者而從之。」又曰：「好古，敏以求之。」信而從，在乎擇。擇而求，貴乎敏。擇焉者，必非聖賢之志不敢存。敏焉者，必深造自得，資深而逢其源。大令則可謂擇而敏者矣。宗伯諸書，文孫卿珊已刻之，未竟而殁。大令之書，次子穉萇曾刻《夏小正》數種，未卒業，今幼子邠農盡以付梓。書幾百卷，不能竟刻，多刊序例，使讀者可尋繹。又合他文及詩爲《遺集》，并刊焉。爲莊氏學者，於此可以得其大凡矣。而若士、申受、卿珊、穉萇皆已殁，不及與校訂之役，甚可悼也。則邠農之勤勤刻是書者，誠不可緩矣。若士、申受所著《公羊》，多本宗伯。卿珊搜覽漢學，亦能紬繹先生之旨。

穉萇沉默如先生，思究《古文甲乙篇》終始補成之，而未及竟。皆傑然自立於學者，後之聞而興者，能無望乎？

道光十有七年春三月，李兆洛序。

長夏養痾却掃。每夕陽西下，幼子循博自塾中出，偶授以《卿雲》、《擊壤》古歌謡諺，不至聱牙。次及漢樂府，《戰城南》曲云：「朝行出攻，暮不夜歸。」詞旨複沓，難以强解。蓋「暮夜」字本作「莫」，俗增「日」作「暮」，而訓「莫」爲「無」，讀慕各反，用相識別。不知六書假借，無煩改字。「莫不夜歸」正當讀慕各反，言古之用師者，無不完而歸也。及檢《宋書・樂志》，「暮」皆作「莫」，益知坊本誤人不少。隨取《鐃歌十八曲》，舊所謂字多訛誤不可讀者，以古字古音細核之，即分扐其句。度其不可讀者，唯《石留》一篇，餘皆文從字順，意見言表，轉吻玲玲，天籟自合。余嘗論學者苟通古字古音，於書無不可讀。雖復真僞雜揉，編簡亂脱，以倉籀定其文，以聲均辨其句，要不遠於人情。況乃趙、代、秦、楚之謳，與夫巡狩福應之見事，王褒、張子僑之倫之辭，悉根柢四詩，萌芽八代者哉。彼直以字多訛誤置之，抑弗思之甚也。劉彦和云：「詩爲樂心，聲爲樂體。樂體在聲，瞽師務調其器；樂心在詩，君子務正其文。」又云：「陳思稱『李延年閑於增損古辭』。」然則被之管弦者，辭多增減以合其聲樂。人但知有聲，辭固不暇復論。嘗試以其辭求六義之所在，深有合於變風、變雅之遺，未始非博依之一助也。夫亦即其文以正樂之心而已。遂序所以作詩者之意，竝譔其句解，姑以爲兒童初習詩者塵飯涂羹之戲云。時嘉慶十一年八月廿五日，武進莊述祖識。

漢鼓吹鐃歌曲句解

武進莊述祖珍藝

沈約《宋書·樂志》云：「鼓吹，蓋短簫鐃歌。蔡邕曰：『軍樂也，以揚德建威，諷勸戰士也。』《周官》曰：『師有功則愷樂。』《左傳》曰：『晉文公勝楚，振旅，凱而入。』《司馬法》曰：『得意則愷樂愷哥。』雍門周説孟嘗君：『鼓吹於不測之淵。』説者云：『鼓自一物，吹自竽、籟之屬，非簫、鼓合奏，别爲一樂之名也。』然則短簫鐃歌，此時未名鼓吹矣。漢享宴食，舉樂十三曲，與魏世鼓吹長簫同。長簫短簫，《伎録》竝云：『絲竹合作，執節者歌。』」又《建初録》云：『《務成》、《黄爵》、《玄雲》、《遠期》，皆騎吹曲，非鼓吹曲。』此則列於殿庭爲鼓吹，今之從行鼓吹爲騎吹，二曲異也。又孫權觀魏武軍，作鼓吹而還，此又應是今之鼓吹。魏、晉世，又假諸將帥及牙門曲蓋鼓吹，斯則其時謂之鼓吹矣。」按劉昭注補《續漢志》引蔡邕《禮樂志》云：「漢樂四品：一曰大予樂，典郊廟上陵食舉之樂。二曰周頌雅樂，典辟雍、饗射、六宗、社稷之樂。三曰黄門鼓吹，天子所以宴樂群臣。其短簫鐃歌，軍樂也。」其《傳》曰：「黄帝使岐伯所作。」是短簫鐃歌與黄門鼓吹異矣。崔豹《古今注》云：「漢樂有黄門鼓吹，天子所以宴樂群臣。短簫鐃歌，鼓吹之一章耳，亦以賜有功諸侯。」又以短簫鐃歌即黄門鼓吹。蓋漢自東京喪亂，樂章亡缺。魏晉以後，各以所傳爲説，説不必盡合也。《漢書·禮樂志》云：「哀帝詔罷樂府官。郊祭樂及古兵法武樂，在經非鄭、衛之樂者，條奏，别屬它官。」短簫鐃歌，黄帝使岐伯所作，或即古兵法武樂，然其歌辭於志無攷。《志》又云：「凡鼓十二，員百二十八人，朝賀，置酒陳殿下，應古兵法。」然特言其鼓吹而已，又未必即鼓吹鐃哥曲也。陸機《鼓吹賦》云：「原鼓吹之攸始，蓋稟命於黄軒。」又云：「鼓砰砰而輕投，簫嘈嘈以微吟。詠悲翁之流思，怨高臺之難臨。」又云：「奏君馬，詠南城。慘巫山之遐險，歡芳樹之可榮。」陳思王植《謝鼓吹表》云：「許以簫管之樂，榮以田游之嬉。」此皆簫鼓合奏之徵也。《晉書・樂志》云：「漢時有短簫鐃歌之樂，其曲有《朱鷺》、《思悲翁》、《艾如張》、《上之回》、《雍離》、《戰城南》、《巫山高》、《將進酒》、《君馬黄》、《上陵》、《有所思》、《雉子班》、《聖人出》、《芳樹》、《上邪》、《臨高臺》、《遠如期》、《石留》、《務成》、《玄雲》、《黄爵行》、《釣竿》等曲，列於鼓吹，多序戰陳之事。及魏改其十二曲，使繆襲爲詞，述功德，其餘竝同舊名。是時吴亦使韋昭制十二曲名，以述功德，其餘亦用舊名不改。及武帝受禪，乃令傅玄制爲二十二曲，亦述以功德，伐魏。」《漢・藝文志》歌詩類有《漢興以來兵所誅滅歌詩》十四篇，當亦序戰陳、述功德之曲。按鼓吹鐃歌十七曲，其《上之回》、《上陵》、《遠如期》三曲爲宣帝時詩，有巡狩福應之事。餘十四篇非作於一時，雜有淮南、齊、楚之歌。又皆有所諫譏而作。其序戰陳之事者，唯《戰城南》一篇，而不述功德。述功德者唯《聖人出》一篇而已。它或悲君臣遭遇之難，傷禮義陵遲之失，至於思周道、緬頌聲，固不得專以建威勸士言也。故短簫鐃歌之爲軍樂，特其聲耳，其辭不必皆序戰陳之事。至魏晉以降，皆祖繆襲、韋昭，則主於述功德者也。其《石留》一篇，與《宋志》今鼓吹鐃歌曲同。沈約云：「樂人以音聲相傳，詁不可復解。」是也。按《漢志》，《河南周歌》、《周謡歌詩》皆有聲曲折，固與歌詩相輔而行者與？《上邪》四解，《晚芝》九解，《艾張》三解。沈約以《晚芝》爲漢曲《遠期》。王僧虔云：「古曰『章』，今曰『解』。」魏晉鼓吹鐃歌皆有句而無解，故不復分析。摯虞《文章流別》：「詩有三言、四言、五言、六言、七言、九言。」無二言、八言。《詩正義》有二字、八字而無九字以爲句者。聯字以爲言，則一字不制也。詩之見句少不減二，即「祈父」、「肇禋」之類。八字者，「十月蟋蟀入我牀下」、「我不敢效我友自逸」之類也。摯虞云：「詩有九言者，『泂酌彼行潦挹彼注茲』是也。」徧檢諸本皆云《泂酌》三章，章五句，則以爲二句也。顔延之云：「詩體本無九言者，將由聲度闡緩，不協金石。」仲治之言未足據也。《詩疏》爲長。《宋・樂志》又云：「晉武大始五年，尚書奏使大僕傅玄、中書監荀勖、黄門侍郎張華，各造正旦行禮，及王公上壽酒食舉歌詩。張華表曰：『按魏上壽食舉詩及漢氏所施用，其文句長短不齊，未皆合古。蓋以依詠弦節，本有因循，而識樂知音，足以制聲，度曲法用，率非凡近所能改。二代三京，襲而不變，雖詩章詞異，興廢隨時，至其韵逗曲折，皆繫於舊，有由然也。是以一皆因就，不敢有所改易。』荀勖則曰：『魏氏歌詩或二言，或三言，或四言，或五言，與古詩不類。』以問司律中郎將陳頎，頎曰：『被之金石，未必皆當。』故勖造晉歌皆四言，唯王公上壽酒一篇爲三言、五言。此則華、勖所明異旨也。」今從魏鐃歌自二字以至七字爲句，皆可循誦，以是求其韵逗曲折。茂先之旨近之矣。

《朱鷺》，思直臣也。漢承秦弊，始除誹謗妖言之辠，而臣下猶未敢直言極諫焉。舊弟一。

朱鷺，魚以烏。路訾邪？

陸璣《詩義疏》云：「鷺，水鳥也。好而潔白，故謂之白鳥。齊魯之間謂之舂鋤。遼東、樂浪、吴揚人謂之白鷺。大小如鴟，青脚，高尺七八寸，解指，尾如鷹尾，喙長三寸所，頭上有毛十數枚，長尺餘，毿毿然與衆毛異，將欲取魚時則弭之。今吴人亦養焉，好群飛行。楚威王時，有朱鷺合沓飛翔而來舞，則復有赤色者，舊鼓吹《朱鷺曲》是也。」《淮南傳》曰：「堯有敢諫之鼓。」《賈生書》亦云：「鼓所以來諫者，飾鼓以鷺，以其取魚而能吐，猶直臣聞善言，必入告其君也。」《隋書・樂志》云：「建鼓，殷所作。又棲翔鷺於其上，不知何代所加。或曰鵠也，取其聲揚而遠聞。或曰鷺，鼓精也。或曰皆非也。《詩》云：『振振鷺，鷺于飛。鼓咽咽，醉言歸。』言古之君子，悲周道之衰，頌聲之輟，飾鼓以鷺，存其風流。未知孰是。」按《毛詩・有駜傳》曰：「馬肥彊則能升高進遠，臣彊力則能安國。」《箋》云：「此喻僖公之用臣必先致其禄食。禄食足，而臣莫不盡其忠。」《傳》又以鷺興潔白之士，是詩悉與相應。漢鐃歌以爲篇首。烏，當爲歍。歍歍，吐也。訾，量也。路訾邪，言鷺吐魚不可訾量也。路邪，聲也。漢《鐸舞哥詩》曰：「治路萬邪。」

鷺何食？食茄下。

《釋艸》曰：「荷，芙蕖。其莖茄，其本蔤。」《注》：「莖下白蒻，在泥中者。」茄下芙蕖，莖下白蒻，是與藕異也。鷺鳥之潔者，而茄下又至潔，喻潔白之士，不苟食也。

不之食，不以吐，將以問諫者。

食之不以其道，鷺亦不吐所取魚，言人君當屈己求諫。

《朱鷺》，凡八句，其六句句三字，一句二字，一句五字。

《翁離》，思賢也。賢者在位，則引其類與竝進焉。舊弟五。

擁離趾中，可築室。何用葺之？用蘭蕙。

擁離，即翁離。劉熙《釋名》云：「擁，翁也。翁，撫之也。」按：擁離當是芍藥。《毛詩》曰：「勺藥，香草。」《韓詩》曰：「勺藥，離草也。言將離別，贈此草也。」崔豹《古今注》云：「牛亨問曰：『將離別，相贈以勺藥者何？』答曰：『勺藥，一名可離，故將離別以贈之。』」擁離，言將離別，撫之也。趾，止同。《說文》曰：「止，下基也。象草木出有址。故以止爲足。」擁離、蘭蕙，皆香草。以擁離爲址而築室，葺之必用蘭蕙。舊作「蕙用蘭」。

蕙蘭用，擁離趾中。

唯君子能用君子，亦唯君子能爲君子用。周、灌親而賈傅疏，公孫相而董生棄。言者無辠，聞者足戒也。舊脱「蕙蘭用」三字。

《翁離》，凡六句。其三句句三字，三句句四字。

《巫山高》，閔周也。楚頃襄王約齊、韓伐秦，而欲圖周。國人疾其不能自强而棄共主，且閔周之將亡，故作是詩。此楚歌詩，漢武帝時樂府采之。舊弟七。

巫山高，高以大。淮水深，難以逝。

《漢書·地理志》：「南郡巫縣。」應劭云：「巫山在西南，以巫郡西與秦界，故曰巫山高。」《史記》蘇秦説楚威王曰：「西有黔中巫郡。」《集解》徐廣曰：「黔中，今之西陵巫郡，南郡之西界。」張守節《正義》云：「今朗州，楚黔中郡，其故城在辰州西二十里。皆盤瓠後也。巫郡，夔州巫山縣是。」又張儀説楚王曰：「秦西有巴蜀，大船積粟，起於汶山，浮江以下，至楚三千餘里。舫船載卒，一舫載五十人，與三月之食，下水而浮，一日行三百餘里，不至十日而至扞關。扞關驚，則從竟陵以東盡城守矣，黔中、巫郡非王之有。」《集解》徐廣曰：「巴郡魚復有扞水、扞關。」《索隱》：「扞關在楚之西界。」楚自懷王背從約與秦合昏，兵敗國削，竟以客死。頃襄王立，復迎婦於秦，數爲好會，又與秦伐齊，取淮北，宋玉《高唐》、《神女賦》所爲諷也。頃襄王十八年遣使於諸侯，復爲從，欲以伐秦。秦發兵來伐楚，楚與齊、韓連和，因欲圖周。周赧王使武公説楚相昭子，輟不行。十九年，秦伐楚，楚軍敗，割地予秦。二十年，秦拔楚西陵。廿一年，遂拔郢，燒先王墓夷陵。楚東北保於陳城。廿二年，秦復拔楚巫、黔中郡。考烈王時楚益弱。廿二年，東徙都壽春，命曰「郢」。王負芻五年，秦滅楚，名爲楚郡云。以上見《楚世家》。巫、黔中，爲楚與秦界之鍵轄。故秦留懷王，要以割巫、黔中郡。秦奪巴、黔中郡，而莊蹻所定滇池地遂塞不通。蘇秦亦言大王不從，秦必起兩軍，一軍出武關，一軍下黔中，則鄢郢動矣。七國時能亡楚者，秦也。而秦亦終亡於楚。是以深慮知化之士，皆託巫山三致意云。淮水，楚所以東指泗上十二諸侯者也。《楚世家》曰：「越滅吴而不能正江、淮北。楚東侵，廣地至泗上。」《越世家》曰：「句踐以去，渡淮南，以淮上地與楚。」楚但知自淮泗東侵廣地，而不知守巴、巫以禦秦。楚所難者，秦也。然堅守要害以拒秦則易。楚所易者，泗上諸侯也，然退保東北以辟秦則難。故曰：「淮水深，難以逝。」逝，往也。言盡棄楚故地，徙壽春也。

我欲東歸，周梁不爲。我集無高曳，水何梁，湯湯回回。臨水遠望，

以下責其圖周，而閔周之將亡也。周，二周也。《詩》曰：「誰將西歸，懷之好音。」西歸無所，東歸又不能，徒臨水遠望，閔之也。梁，橋也。高曳、篙枻同，假借字。篙，刺船竹。枻，楫也。集，讀若就。梁喻諸侯，篙枻喻臣也。傷時無桓、文之伯、管、寧、狐、趙之臣。湯湯，水大貌。回回，迂難也。「周」，舊作「害」字，相近誤。

泣下霑衣。遠道之人，心思歸，謂之何。

《巫山高》，凡十四句。其八句句三字，四句句四字，二句句五字。

《聖人出》，思太平也。秦、楚之際，民無定極。漢高帝既滅項羽，即位於濟陰定陶。百姓皆欣欣然，知上有天子焉。舊弟十五。

聖人出，陰陽和。

《天官書》曰：「秦始皇之時，十五年，彗星四見，久者八十日，長或竟天。」項羽救鉅鹿，枉矢西流。漢之興，五星聚於東井。言聖人之出，上應天象。

美人出，游九河。佳人來，騑離哉何。

《禹貢・兖州》：「九河既道。」《疏》引《春秋寶乾圖》云：「移河爲界，在齊吕填閼八流以自廣。」又引鄭氏《注》云：「九河之名，徒駭、太史、馬頰、覆釜、胡蘇、簡、潔、鉤盤、鬲津。周時齊桓公塞之，

同爲一河。今河間弓高以東，至平原鬲津，往往有其遺處焉。」《疏》又以爲塞其東流八枝，并使歸於徒駭。秦、楚之際，九河久堙，高祖與項羽轉戰滎陽、成皋間。及即位，濟陰、定陶，皆在大河界内，故言出游九河，非謂九河故道也。楚詞《九哥》云：「與女遊兮九河。」屈原時九河已塞，明當時大河即云九河，不必定指禹迹矣。美人喻君，佳人喻賢臣。《毛詩傳》曰：「騑騑，行不止貌。」鄭注《曲禮》「離坐離立」云：「離，兩也。」騑離哉，言兩兩而來，行不止也。何，誰何也，群臣侍衛者。

駕六飛龍，四時和。君之臣明護不道。佳人來，騑離哉何。

《易》曰：「時乘六龍以御天。」鄭《駁異義》云：「《王度記》云『今天子駕六者』，自是漢法，與古異。」《史記・秦始皇紀》曰：「乘六馬。」《續漢書・輿服志》云：「駕六馬，秦漢之制。天子皆駕六馬也。」護，救也，言諸臣佐高祖除秦暴，平禍亂。「佳人來，騑離哉何」舊脱，依韵補。

美人哉，宜天子。甘星筮樂甫始。勉美人兮，含四海。

言高祖即帝位，百姓皆樂上有天子也。《周頌》曰：「時邁其邦，昊天其子之。」《天官書》曰：「昔之傳天數者，在齊甘公。」徐廣云：「或曰甘公名德，本是魯人。」星筮，以星事占驗吉凶也。勉，舊作「免」，亂脱在「甘星筮」上。兮，作「子」。含、函通，包也。

《聖人出》，凡十六句。其十句句三字，四句句四字，一句六字，一句七字。

《思悲翁》，傷功臣也。漢誅滅功臣，吕后謀族淮陰侯信，醢梁王越，民尤冤之，故作是詩。舊弟三。

思悲翁，唐思。思悲翁，唐思。

翁者，老人之稱。老者多思往事而悲，故曰「悲翁」。唐，猶蕩也，無所據也，言雖思而無所據也。舊無叠句。

奪我美人，侵以遇悲翁，它但我思。

侵，侵尋也。但，徒也。君臣之遇，奪之少壯時，侵尋至衰老，雖我思亦徒然耳。彭越遇高祖，婁喋血，乘勝竟破楚垓下，爲異姓王，與韓信竝，固千載一時之遇也。它，舊作「也」。

蓬首狗，逐狡兔。

蓬首，一作「蓬蕞」。《漢書·燕刺王傳》：「頭如蓬葆。」師古曰：「草叢生曰『葆』。」言攻戰將士頭久不理，如蓬草叢生。蕞，當爲「叢」字之誤也。《淮陰侯傳》曰：「狡兔死，良狗亨。」張晏云：「狡，猶猾也。」喻功臣爲高祖力戰定天下。

食茭葷，梟子五。

《續漢書·禮儀志》云：「日夏至，以朱索連葷菜，彌牟朴蠱鍾，以桃印長六寸，方三寸，五色書文如法，以施門户。代以所尚爲飾，夏金行，作葦茭；殷水德，以螺首；周木德，以桃爲更。漢兼用之，故以五月五日，朱索五色印爲門户飾，以難止惡氣。」《漢書·郊祀志注》如淳曰：「漢使東郡送梟，五月五日作梟羹，以賜百官。以其惡鳥，故食之云。」茭即葦茭，葦根也。茅葦之根謂之茭。鄭注：《玉藻》有葷、桃、茢。云「葷、桃、茢，辟凶邪也。葷，薑及辛菜也。」梟羹和用葦根及葷菜。

葷，或作「焄」。《黥布傳》曰：「夏，漢誅彭越，醢之。盛其醢，徧賜諸侯。」時功臣誅者凡五人，兩韓信、彭越、黥布、陳豨，故曰「梟子五」也。茭葷，舊作「交君」。《説文》無「焄」字，故借「君」。茭省「艸」，亦假借也。

梟子五，梟母六，拉沓高飛，莫安宿。

舊不疊「梟子五」句。拉沓，飛貌。傅毅《舞賦》云：「拉揩鵠驚。」

《思悲翁》，凡十五句。其九句句三字，三句句四字，二句句二字，一句五字。

《雉子班》，戒貪禄也。秦尚權力，君臣之禮廢。漢承其弊而不能改。仕者以爵禄相誘致，已而相謀，多罹法網。賢者皆思遯世焉。舊弟十三。

雉子班，如此之于雉梁。無以俉翁孺，雉子知。

班、斑同，文貌。一曰班如字，分也。潘岳《射雉賦》曰：「班尾揚翹，雙角特起。」之，往也。雉以求稻粱往也。俉，迎也。翁孺，老幼也。梁，舊作「粱」。于，一作「干」。俉，舊作「吾」。

得雉子，高蜚止。

弋者得雉子以爲媒。雉飛高不過一丈，而横可三丈。《異義》：「《古周禮》及《左氏》説一雉之牆長三丈，高一丈。」以度其長者用其長，以度其高者用其高也。鄭氏曰：「古之雉制，書傳各不得其詳。今以左氏説鄭伯之城方五里，積千五百步也。大都三國之一，則五百步也。五百步爲百雉，則知雉五步。五步於度長三丈，則雉三丈也。」《莊子》曰：「澤雉十步一啄，百步一飲。」《韓詩外傳》

曰：「君不見大澤中雉乎，五步一啄，終日乃飽。」是雉一飛五步，度之名「雉」本此。

黄鵠之蜚，以千里，王可思。

王，讀若《莊子·養生主》「神雖王」之「王」。之蜚，舊作「蜚之」。千里，一作重。

雄來蜚從雌，視子趨一雉。

潘岳《射雉賦》云：「伺其雄雌，飛必挾雌。」

雉子車，大駕馬滕被，生送行所中。堯羊飛從王孫行。

徐爰《射雉賦注》：「媒者，少養雉子，至長狎人，能招引野雉，名之曰『媒』。盛以箱籠。凡竹器，箱方而密，籠圓而疎。盛媒器籠形者，養鳥宜圓也。箱密者，不欲令見外也。」滕、騰通，馳也。班固《西都賦》云：「行所朝夕。」蔡邕《獨斷》云：「天子所在曰行在所。」堯羊，猶「望羊」也。劉熙《釋名》云：「望羊。羊，陽也。言陽氣在上，舉頭高似若望之然也。」按：堯羊、望羊，皆仰首貌。望羊爲叠韵，堯羊爲雙聲。劉説近鑿。生，舊作「王」。

《雉子班》，凡十五句。其七句句三字，五句句五字，一句四字，一句六字，一句七字。

《戰城南》，思良將帥也。武帝窮武擴土，征伐不休，海内虚秏，士卒死傷相繼。末年乃下詔棄輪臺，陳既往之悔，故思伊吕之將焉。舊弟六。

戰城南，死郭北。野死不葬，烏可食。

爲我謂烏，且爲客豪。野死諒不葬，腐肉安能去子逃？

代死者自謂客，當有主之者。重言不葬，深責之。

水深激激，蒲葦冥冥。梟騎戰鬬死，駑馬裴回鳴。

激激，流急也。冥冥，亦深也。梟、驍通，雄也。裴回，淹留也。

梁築室，何以南，梁何北。禾黍而穫君何食？

梁，橋也。治橋以渡水，築室以留田。田在梁北，室在梁南。《鼂錯傳》云：「錯上言：遠方之卒守塞，一歲而更，不如選常居者，家室田作。要害之處，通州之道，調立城邑，毋下千家，爲室屋，具田器。」《趙充國傳・屯田奏》云：「繕鄉亭，浚溝渠，治隍陿以西道橋七十所，令可至鮮水左右。」此皆治橋築室之事也。而穫，一作「不穫」。

願爲忠臣，安可得？

言國家竭天下資財以奉戰士。疆埸有事，死固其所。然忠臣死綏，非可責之士卒也。

思子良臣，良臣誠可思。朝行出攻，莫不夜歸。

子謂主將也。人臣願爲良臣，即君人者亦思得良臣用之。所謂良臣者，必若商周之伊、呂。然文王之仍壘，武王之會朝，不過旦夕之閒。有征無戰，全師而歸，豈至逾時之役、經年之戍哉？

《戰城南》，凡二十二句。其九句句四字，七句句三字，四句句五字，二句句七字。

《艾如張》，戒好田獵也。田獵以時，愛及微物，則四時和，王道成矣。舊弟三。

艾而張羅，夷於何。行成之，四時和。

艾、刈通。《説文》云：「乂，芟草也。或从刀作刈。」《穀梁傳》曰：「艾蘭以爲防。」《太平御覽》引作「立闌以爲防」。或麋信、徐邈諸家本與范異也。按：古文「列」如「刈」，漢時已讀「刈」。「列闌以爲防」，近之。《毛詩》：「東有甫草。」《傳》曰：「田者，大芟草以爲防。」亦以「列」爲「刈」。《疏》云：「其防之廣狹無文。既爲防限，當設周衛。」顔師古《上林賦》：「出乎四校之中」注云：「四校者，闌校之四面也。」是芟草亦列闌。艾爲芟草，闌爲闌盾。闌、蘭古通。范甯以爲香草，誤也。《穀梁傳》又曰：「過防弗逐，不從奔之道也。」《毛詩傳》亦曰：「戰不出頃，田不出防。不逐奔走，古之道也。」艾而張羅，言芟草爲防，而後設網羅，天子諸侯蒐狩之禮也。既有防限，必有驅逆之車。不逐奔走，亦天子不合圍，諸侯不掩群之義。夷，平也。夷於何，言其地之坦易也。於何，聲也。古之王者，交於萬物有道，故王道成，四時和也。

山出黄雀，亦有羅。雀以高飛，柰雀何？爲此倚䛐，誰肯蒙石？

《説文》云：「掎，偏引也。」一曰踦也。䛐，相踦䛐也。《魯語》：「掎止晏萊焉。」注：「從後曰『掎』。」《左傳》：「諸戎掎之。」注：「掎其足也。」《周禮》：「翨氏掌攻猛鳥。各以其物爲媒而掎之。」注亦云：「掎其脚。」司馬相如賦「徼䛐受詘」注，郭璞云：「䛐，疲極也。」司馬彪云：「徼䛐，遮其倦者。」掎䛐，猶徼䛐也。石，磻磻之屬。《楚策》曰：「被磻磻。」《説文》云：「磻，以石箸隿繁也。」山出黄雀，山，險野也；雀，微物也。籠山圍澤，與古異矣。雀以高飛，猶恨失之，必徼禽獸之倦極者盡取焉。物亦自愛其生，誰甘心弋獲？而必以盡物爲樂乎？掎䛐，舊作「倚欲」。蒙石，舊作「礞」，衍「室」字。

《艾如張》，凡十句。其五句句四字，五句句三字。

《將進酒》，戒飲酒無度也。賓主人相勸酬，歌詩相贈答，無沈湎之失焉。舊弟九。

將進酒，乘大白。

乘，當爲賸，送也。一曰增益也。《漢書・敘傳》「引滿舉白」注，服虔曰：「舉滿桮，有餘白瀝者，罰之也。」孟康曰：「舉白，見驗飲酒盡不也。」師古曰：「謂飲取滿觴而飲，飲訖，舉觴告白盡不也。」一曰白者，罰爵之名也。飲有不盡者，則以此爵罰之。魏文侯與大夫飲酒，今日不釂者，浮以大白。於是公乘不仁，舉白浮君者也。

辨加哉，詩審博。放故歌，心所作。

辨，徧通，言徧加爵也。審，詳觀。博，多聞也。放，效也。雖放效故歌，作者各異也。博，或作「搏」。

同飲汔，詩悉索。使遇良工觀者苦。

汔，盡也。《左傳》曰：「悉索敝賦。」悉索，亦盡也。良工觀而後知作者用心之苦，作者固良工也。飲酒如此，又何失哉。飲汔，舊作「陰氣」。遇，作「禹」。

《將進酒》，凡九句。其八句句三字，一句七字。

《臨高臺》，諫亂也。春申君黄歇相楚，考烈王無子，歇納李園女弟有身，進之王，生子以爲太子。園謀殺歇以滅口。國人知之，而作此詩。舊弟十六。

臨高臺以軒。

徐爰《射雉賦注》云：「軒，起望也。」

下有清水，清且寒。江有香草，目以蘭。

高臺臨下，有臨淵之懼焉。蘭，香草也。香草不必蘭，而目以蘭，可乎？

黄鵠高飛，離哉翻。關弓射鵠，令我主壽萬年。收中吾。

《韓詩章句》云：「翻，飛貌。」服虔《左傳注》云：「大夫稱主。」謂春申。黄鵠，喻李園。已高飛，當知其有異志也。收中，收聲也。吾，一作「吉」，非。吾，當爲「梧」。《山海經》曰：「滑魚，其音如梧。」郭璞注云：「如梧，如人相枝梧聲，音吾子之吾。」曲終作相鬭枝梧之聲，言其禍不遠也。

《臨高臺》，凡十句。其四句句四字，四句句三字，一句六字，一句五字。

《君馬黄》，諫亂也。君臣各從其欲，車馬曾不得休息焉。舊弟十。

君馬黄，臣馬蒼。二馬同逐，臣馬良。

君臣同等相謂之稱。《毛詩》：「我馬玄黄。」《傳》曰：「玄馬病則黄。」逐，逐疾竝驅之貌。馬有黄有蒼，言彼馬本黄，我馬本蒼。蒼馬病，與黄馬無以辨。然兩馬竝驅，終覺蒼馬良。傷雖病不得休息。

易之有騩，蔡有赭。易之有騩，蔡有赭。

皆良馬也。《地理志》：「趙國易陽。」應劭曰：「易水出涿郡故安。」師古曰：「在易水之陽，又汝南上蔡，故蔡國。新蔡，蔡平侯自蔡徙此。沛郡下蔡，故州來國。爲楚所滅，吴取之，遷蔡昭侯於此。」《説文》云：「騩，馬淺黑色。」赭，赤色馬也。舊無叠句。

美人歸以南，駕車馳馬，美人傷我心。

美人謂君。

佳人歸以北，駕車馳馬，佳人安終極。

《釋詁》曰：「極，至也。」佳人謂臣。

《君馬黄》，凡十四句。其五句句三字，五句句四字，四句句五字。

《芳樹》，諫時也。衰亂之世，以妾爲妻，上無以化下，而好惡拂其性，君子疾其無心焉。舊弟十一。

芳樹日月，亂如㫃風，下上無心。

芳樹，美蔭也。日月，比國君與夫人。《毛詩・日月》箋云：「日月喻國君與夫人，當同德齊意以治國。」㫃、偃同，仆也。樹遇風則仆。㫃，舊作「於」。下，作「不」。

芳樹温央，三而爲行。鵠臨蘭池，中懷我悵。

温央、鴛鴦通，聲近假借。鴛鴦，匹鳥也。三而爲行，則亂群矣。鵠，喻夫人不見禮於君，懷潔白之志而獨處也。「芳樹」二字舊亂脱在「㫃風」下。央，作「而」。「鵠」字亂脱在「三而爲行」句上。

心不可匡，目不可顧。心圭妒，圭妒人，之子愁殺人。

匡，正也。言心無主，不可得正。身不得其正，耳目視聽皆禍之招也。之子，謂怙寵者。《説文》云：「圭，草木妄生也。」妒，婦妒夫也。妾妒嫡，故曰「圭妒」。心圭妒，「心」字舊亂脱在「中懷我悵」句上，「圭」作「王」，在「樂不可禁」句下。無「妒圭」重文。

君有它心，樂不可禁。君將何以，如魚如絲。

言惟不正者是樂也。心有它有我，專已自足者爲我心，見物而遷者爲它心。它心非心也，我心亦非心也。絲，所以釣也。《詩》曰：「其釣維何，維絲伊緡。」夫婦以禮相成，如釣之得魚。以妾爲妻，無禮甚矣。「君」字舊亂脱在「芳樹日月」句下。如魚如絲，舊作「如孫如魚」。

孖乎悲矣。

孖，單也。單，獨也。《詩》曰：「之子之遠，俾我獨兮。」悲夫人之見遠外也。舊無「孖」字。

《芳樹》，凡十七句。其十四句句四字，二句句三字，一句五字。

《有所思》，諫時也。衰亂之俗，昏姻之禮廢，夫婦之道苦，男女各以其私相約誓而輕絶焉。舊弟十二。

有所思，乃在大海南。

思必有所。所，猶處也。女子當以禮自處，無禮則不知所至極矣。

何用問遺君，雙珠瑇瑁簪，用玉紹繚之。

此男謂女之辭。《異物志》云：「瑇瑁如龜，生南海中，大者如籧篨，背上有鱗。將欲用，煮之，其皮則柔，隨意所作也。」見《衆經音義》。《説文》云：「先，首笄也。俗先从竹从簪。」紹繚，猶繞繚也。繞繚，纏也，謂纓也。鄭氏《曲禮》「女子許嫁纓」注云：「女子許嫁，繫纓，有從人之端也。」又《昏禮》「主人入，親説婦纓」注云：「婦人十五許嫁，笄而禮之，因著纓，明有繫也。蓋以五采爲之，其制未聞。」按禮，女子許嫁，有笄有纓，此云「簪」，又云「紹繚之」「用玉」者，纓或有玉，其制未詳。

雖私相約，猶有禮焉。傷其所以道之者失也。

聞君有它心，拉雜摧燒之。摧燒之，當風揚其灰。從今以往，勿復相思。

此女絶男之辭。《説文》云：「拉，摧也。」拉雜，折聲也。

相思與君絶。雞鳴狗吠，兄嫂當知之。

《相和曲》云：「雞鳴高樹顛，狗吠深宫中。」《毛詩》：「無使尨也吠。」《傳》曰：「非禮相陵，則狗吠。」女自明不爽也。言兄嫂者，《地理志》云：「齊襄公令國中民家長女不得嫁，名曰『巫兒』，爲家主祠，嫁者不利其家。民至今以爲俗。」此或齊哥詩也。

妃呼豨。秋風肅肅晨風颸。東方須臾高，知之。

呼、嘑同。《説文》云：「嘑，唬也。」妃豨唬，聲也，當作「呼妃豨」。《詩義疏》云：「晨風，一名鸇，似鷂，青黄色，燕頷鈎喙，鄉風摇翅，乃因風飛急，疾擊鳩鴿、燕雀食之。」颸，舊作「颸」。《内則》「鳥皫色而沙鳴」注云：「沙，猶嘶也。」《埤蒼》云：「嘶，聲散也。」《方言》云：「廝，散也。東齊聲散曰廝。秦晉聲變曰廝。」散亦變也。《説文》云：「廝，散聲也。」「嘶」是假借字。晨風，急疾之鳥，乘秋風而聲變，譬心異者聲亦異也。東方須臾高，指天日以明之。

《有所思》，凡十八句。其十句句五字，三句句三字，三句句四字，一句七字，一句二字。

上邪，我欲與君相知，長命無絶衰。

《上邪》，諫不信也。禮義陵遲，以誓爲信，斯不信矣。舊弟十四。

《上邪》與《有所思》當爲一篇。自「何用問遺君」以下，皆叙男女相謂之言以諫俗，采詩時分爲二篇，今仍其舊。上邪，亦指天日以自明也。此男慰女之辭。命，令也，答上兩言知之。衰，本作「瘬」。《説文》云：「瘬，減也。一曰秏也。」

山無陵，江水爲竭，冬雷震震，夏雨雪。天地合，乃敢與君絶。

以下皆誓辭。《説文》云：「陵，大阜也。」山無陵則非山，言無絶理，答上「相思與君絶」。

《上邪》，凡九句。其三句句三字，二句句五字，二句句四字，一句二字，一句六字。

上之回所中，溢夏將至。行將北，以承甘泉宫。寒暑德。

《上之回》，紀巡狩也。舊弟四。

《漢書·武帝紀》云：「元封四年冬十月，行幸雍，祠五時。通回中道，遂北出蕭關。」應劭曰：「回中在安定高平，有險阻。蕭關在其北，通治至長安也。」孟康曰：「回中在北地，有山險，武帝故宫。」如淳曰：「《三輔黄圖》云：『回中宫在汧也。』」師古曰：「回中在安定，北通蕭關。」應説是也，而云「治道至長安」，非也。蓋自回中通道以出蕭關，孟、如二家皆失之矣。回中宫在汧者，或取安定回中爲名耳，非今所通道。《漢書》又云：「孝文十四年，匈奴入朝那蕭關，遂至彭陽。使奇兵入燒回中宫，候騎至雍甘泉。」師古曰：「回中地在安定，其中有宫也。」是回中本有宫，然當時辟暑不至回中。《釋詁》曰：「溢，慎也。」應璩《與從弟君苗君胄書》云：「慎夏自愛。」溢夏，即慎夏。慎夏，言辟暑也。《元和郡縣志》云：「甘泉宫，武帝以五月避暑於此，八月乃還。」《戾太子傳》「上辟暑甘泉宫」是也。《吕氏春秋・貴信篇》曰：「春之德風。夏之德暑。秋之德雨。冬之德寒。」承，迎也。言帝將往回中，先幸甘泉宫，迎四時之德也。至，謂夏至也。《文帝紀》：「上幸甘泉。」師古曰：「甘泉在雲陽，本秦林光宫。甘泉在京師西北。」是北巡守必駐蹕甘泉，所謂「行自雲陽」是也。

遊石闕，望諸國。月支臣，匈奴服。

揚雄《甘泉賦》云：「封巒、石闕施靡乎延屬。」師古曰：「封巒、石闕皆宫名。」《郊祀志》云：「方士多言古帝王有都甘泉者，其後天子又朝諸侯甘泉，甘泉作諸侯邸。」故曰諸國也。《史記・大宛列傳》曰：「大月氏在大宛西可二三千里，居嬀水北。」張騫以郎應募，使月氏，竟不能得月氏要領。後爲中郎將，通烏孫，分遣副使使大宛、康居、大月氏、大夏諸國。騫還，拜爲大行。歲餘卒。其後騫所遣使通大夏之屬者，皆頗與其人俱來，於是西北國始通於漢矣。月氏之臣當在此時，蓋元封中事也。《宣紀》云：「甘露三年春正月，行幸甘泉，郊泰畤。匈奴呼韓邪單于稽侯狦來朝。」然則匈奴之服，當在宣帝時矣。

令從百官疾驅馳，千秋萬歲樂無極。

《郊祀志》云：「宣帝始幸甘泉，郊見泰畤，數有美祥。修武帝故事，盛車服，敬齋祠之禮，頗作歌詩。」時神爵元年也。按：匈奴之服在神爵二年，至甘露三年始來朝，是《上之回》、《上陵》、《遠如期》三曲蓋作於一時者矣。

《上之回》，凡十一句。其六句句三字，二句句五字，二句句七字，一句四字。

《上陵》，紀福應也。舊弟八。

上陵何美美，下津風以寒。

《古今樂録》云：「漢章帝元和中，有宗廟食舉六曲，加《重來》、《上陵》二曲，爲《上陵》食舉。」《續漢書・禮儀志》云：「正月上丁祠南郊，禮畢，次北郊、明堂、高廟、世祖廟，謂之五供。五供畢，以次上陵。西都舊有上陵。東都之儀，太官上食，太常樂奏食舉。」按：西都雖仍秦舊有上陵之禮，然蔡邕已言昔京師在長安時，其禮不可盡得聞。又《上陵》曲之爲《上陵》食舉在元和中，未知即此《上陵》不。詩辭但紀福應之事，姑隨文解之。《周禮・行夫職》「美惡而禮者」，注云：「美，福慶也。」美美，言福慶之衆至也。韋昭《國語》注云：「津，水也。」

問客從何來，言從水中央。桂樹爲君船，青絲爲君笮，木蘭爲君櫂，黄金錯其閒。

《詩》曰：「宛在水中央。」《釋名》云：「引舟曰笮。」笮，作也。作，起也。起舟使行動也。笮、筰通。劉淵林《蜀都賦注》：「木蘭，大樹也。」《九哥》曰：「桂櫂兮蘭枻。」注：「櫂，楫也。」《廣雅》云：「錯，厠也。」

滄海之雀，赤翅鴻，白雁隨。

《宣紀》：元康三年，「以神爵數集泰山，賜諸侯王、丞相、將軍、列侯二千石金，郎從官帛，各有差。」四年，詔曰：「廼者神爵五采以萬數集長樂、未央、北宫、高寖、甘泉、泰畤殿中及上林苑。」五年，改元神爵。

山林乍開乍合，曾不知日月明。醴泉之水，光澤何蔚蔚。

《宣紀》：甘露二年，詔曰：「醴泉旁流，枯槁榮茂。」《廣雅》云：「蔚蔚，茂也。」

芝爲車，龍爲馬，覽遨遊，四海外。

蔡邕《獨斷》云：「三蓋車名耕根車，一名芝車，親耕耤田乘之。」《續漢書・輿服志》云：「耕車有三蓋，一曰芝車，置轎耒耜之箙，上親耕所乘也。」劉昭注引《新論》桓譚謂揚雄曰：「君之爲黄門郎，居殿中，數見輿輦，玉蚤、華芝及鳳皇三蓋之屬。」耕車以芝爲飾，故名芝車。玉蚤華以金爲之，而飾以玉，鳳皇亦其飾也。轎，當作「琿」。《説文》云：「琿，車笭閒皮篋。古者使奉玉以臧之。从車珏，讀與『服』同。」是古以臧玉，耕車以置耒耜，故亦名。「琿，耒耜之箙。」司馬彪自注也。龍馬，見上《郊祀志》云「宣帝時數有美祥。修武帝故事」，《王褒傳》亦云：「是時，上頗好神僊」也。

甘露初二年，芝生銅池中，仙人下來飲，延壽千萬歲。

《宣紀》：神爵元年，詔曰：「金芝九莖，産于函德殿銅池中。」服虔曰：「金芝，色像金也。」如淳曰：「銅池，承霤也。」晉灼曰：「以銅作池也。」師古曰：「『銅池承霤』是也，以銅爲之。」《黄圖》：「建章宫有函德等二十六殿。」又五鳳三年，詔曰：「朕飭躬齋戒，郊上帝，祠后土，神光竝見，燭耀齊宫，十有餘刻。甘露降，神爵集。已詔有司告祠上帝、宗廟。」至五年始改元甘露，故曰「甘露初二年」也。班固《東都賦》云：「抗仙掌以承露，擢雙立之金莖。」《三輔故事》云：「武帝作銅露盤承天露，和玉屑飲之，欲以求仙。」詩亦求仙之意也。

《上陵》，凡二十三句。其十三句句五字，六句句三字，二句句四字，二句句六字。

《遠如期》，紀呼韓邪單于來朝也。舊弟十七。

遠如期，益如壽。處天左側，大樂萬歲，與天無極。

如、而通，猶女也。《宣紀》：「神爵元年春正月，行幸甘泉，郊泰畤。」其後五鳳元年，及甘露元年、三年，黄龍元年，閒歲一修故事。「遠女期，益女壽」者，即武帝郊祀甘泉，贊饗所云「天始以寶鼎神策授皇帝，朔而又朔，終而復始」是也。《詩》曰：「文王陟降，在帝左右。」《箋》云：「文王能觀知天意，順其所爲，從而行之。」此皆郊祀頌禱之詞。

雅樂陳，佳哉紛。

言宫縣備舞也。《通典》：「魏散騎常侍王肅議云：『漢武帝東巡狩封禪還，祠太一於甘泉，祭后土於汾陰，皆盡用其樂。』言盡用者，謂盡用宫縣之樂也。」《廣雅》云：「佳，大也。《楚詞》：『紛總總其離合兮。』注：紛，盛多貌。」《宣紀》：「甘露三年春正月，行幸甘泉，郊泰畤。匈奴呼韓邪單于稽侯狦來朝。」故先言郊泰畤於甘泉也。

單于自歸，動如驚心。虞心大佳，萬人還來。

《宣紀》：甘露二年，「匈奴呼韓邪單于款五原塞，願奉國珍朝。有司議禮儀宜如諸侯王，詔以客禮待之，位在諸侯王上。」《釋言》曰：「虞，度也。」《左氏傳》曰：「鄎有虞心。」佳，善也。《詩》曰：「質爾人民，謹爾侯度，用戒不虞。」言其君臣能相戒以不虞，故大善也。還，讀曰「旋」。還來，猶言還至也。一曰虞，樂也，樂其來附也。

謁者引，鄉殿陳。

謁者，掌賓贊受事。《匈奴傳》云：「單于正月朝天子甘泉宮，漢寵以殊禮，贊謁稱臣而不名。」殿，甘泉宮前殿也。

《史記・封禪書》曰：「於是甘泉更置前殿。」

累世未嘗聞之。增壽萬年，亦誠哉。

《宣紀》有司議曰：「匈奴單于鄉風慕義，舉國同心，奉珍朝賀，自古未之有也。」《匈奴傳》云：「單于朝甘泉。禮畢，宿長平。上登長平，詔單于毋謁。其左右當户之群臣，皆得列觀。及諸蠻夷君長王侯數萬，咸迎於渭橋下，夾道陳。上登渭橋，咸稱萬歲。」《論語》曰：「誠哉是言也。」皇侃疏云：「古舊有此語，孔子稱而美信之。」

《遠如期》，凡十六句。其八句句四字，七句句三字。一句六字。

《石留》，舊弟十八。有其聲而辭失，傳詁不可復解。今不録。《務成》，弟十九。《玄雲》，弟二十。《黄爵》，弟廿一。《釣竿》，弟廿二。聲與辭俱失。傳凡《漢鼓吹鐃歌》二十二曲。沈約《宋書・樂志》十八曲。今録十七曲。

（姚蓉、王世冲點校）

樗園銷夏録

樗園銷夏録提要

《樗園銷夏録》三卷，據嘉慶間刊《靈芬館全集》本點校。撰者郭麐（一七六七—一八三一），字祥伯，號頻伽，又以一眉通白，號白眉生等。江蘇吴江人。諸生。有《靈芬館集》。按郭麐有詩名，與金學蓮、吴嵩梁並稱吴越三才子。此書前二卷考述文史，涉詩不多，類如筆記，卷下則純爲詩話矣。卷上第三則即謂「今年六月中，移寓樗園」，「寓居園中，幾一月不出門」云云。考郭氏《靈芬館雜著》卷二《樗園記》有記：「嘉慶丙寅之夏，余客游維揚，題襟曾先生館余，寓張氏之樗園。」又《靈芬館詩》三集《雲蘋續集》亦有《樗園雜詩》二十首，係在此年，詩吟夏令景物，皆合《銷夏録》所述，則本書之「今年」即此年也，在《靈芬館詩話》編成前數年。所述已及姚鼐、袁枚、錢載等前輩，其至友湘湄（袁棠）、鐵門（朱春生）、甘亭（彭兆蓀）、江菴（徐濤）等人詩亦已及之。論詩則於《滹南詩話》之議山谷有微詞，又記其師姚姬傳不滿竹垞之無取山谷，表彰姚範詩在山谷、後山之間，是皆延續漁洋中晚年力創之新趣味也。識山谷方識得宋詩，郭氏於唐宋詩另有「讀唐人詩，覺於此中甚深；讀宋人詩，覺於此外甚大」之言，（《靈芬館詩話》卷一）與其友人方薰「須另具心眼，得有玄解，乃知宋詩妙處」，「一以唐人格律繩之，卻是不會讀宋詩」之語（《山静居緒言》）同一機杼，可證宋詩彼時已確然併美於唐詩矣。

樗園銷夏録卷上

吴江郭麐祥伯

《老學菴筆記》云：「先君讀山谷《乞猫》詩，歎其妙。晁以道侍讀在坐，指『聞道貍奴將數子』一句，問曰：『此何謂也？』先君曰：『老杜云「塹止啼烏將數子」，恐是其類。』以道笑曰：『君果誤矣。《乞猫》詩「數」字當音色主反。「數子」謂猫狗之屬多非一子，故人家初生畜，必數之曰「生幾子」。「將數子」者，猶言「將生子」也。』以道必有所據。」愚謂此「將」字正如「鳳將雛」之「將」，《五行志》所謂「鳴將」者也。山谷此詩正謂貍奴已生數子，故欲賣魚穿柳以聘。若如晁言，乞之得無太早計乎？宋人論詩文，往往好爲新奇，不足依據也。又謂唐人詩中曰「無題」者，大率杯酒狎邪之語，以不可指言，故謂之「無題」。近歲吕居仁、陳去非亦有曰「無題」者，或真忘其題，或有所避，失于不深考。此説亦不盡然。無題詩玉溪最多，然固有閨房兒女之言，亦有感慨時事，諷刺朝政，或自寓身世之感者，非盡杯酒狎邪語也。

樗園中有古柏一株，淩霄蔓之至頂，翠葉絳花，垂條發穎，如纓絡然。予時時步屧其下。雲臺中丞曰：「古人最重此花，《爾疋》『苕陵』，『苕』即謂此也。凡古碑畫像，其空處及上下方皆畫此花。」余見凡藤蔓轇轕者，附木則木輒不榮。今此柏樹仍青蔥悦茂，生意具足，若相得甚歡者，可貴也。放翁言：「淩霄花未有不依木而能生者，惟富鄭公園中一株，挺然獨立，高四丈，圍三尺餘，花大於杯，旁無所附。宣和初，移植芳林殿前，畫圖進御。」余家舊有紫藤一本，高丈餘，枝幹皆勁挺，不作柔條，花時如張寶傘。自移家魏塘後，一年樹立槁矣，可爲歎息。

《老學菴筆記》云今人謂娶婦爲「索婦」，古語也。引《三國志》孫權爲子索關某女，袁術欲爲子索吕布女爲證。「索婦」可對「奪婿」。

今年六月中，移寓樗園。園中樹石清妍，水木明瑟。所居窗前有竹可一畝，疎碧照人，不露日影。曉起拂拭几席，拈弄筆墨，輒欣然終日。此間交遊寥寥，得此君相對，殊不覺其岑寂。

寓居園中，幾一月不出門，既苦觸熱，亦且無侣。平山、虹橋間荷花極盛，遊船如雲，載酒徵歌，或永夕申旦，自笑仰屋却掃，可笑人也。記去年病起，偕潘壽生眉同避暑於西湖之可莊，琴隖、青士諸君時時攜酒相過。未幾，朱鐵門春生亦來湖上。朝日未出，繫艭遊北山棲霞諸洞，至日落乃返。遇月出夜涼，呼舟來往斷橋、西泠之間。湖中多刺蔆，舟過其上，颯颯如萬荷跳雨，游魚撥剌，水螢亂飛。此樂時時在夢寐間。

東坡詩「湖光非鬼亦非仙」，説者謂西湖夜盡月黑時往往見之。然余居宿湖上最久，從未之見。惟湖南長橋、浄慈之間，時有燈火明滅蘆汀蓼潊之中，意是漁火也。嘗有《夜泛》詩云：「近如星點遠如烟，夜夜老漁撐釣船。一笑湖光詫坡老，本來非鬼亦非仙。」或者靳之曰：「子自不見，謂東坡誤認耶？」然華秋槎明府居西湖幾三十年，亦言未見所謂湖光也。

范小湖崇階以河東君小像屬題。圖止半身，披紗幅巾，清矑秀眉，靨輔承權，仿佛風流放誕之致。

余舊有河東君小影，爲吴江閨秀陸澹容所描，長不滿尺，而眉目意致與此幅無異，知必有所本也。秦敦甫太史時亦寓湖上，見之，倩友人臨一册，微不及元稿。太史又得顧眉生畫蘭扇面于吴子修，澹墨欹傾，婍媚絶世，余與壽生各題《國香慢》一詞于上。又見小青像一軸，設色古雅，款爲眉生，後亦歸太史。

東坡「芙蓉城中花冥冥」一詩，記王子高事，施元之注徵引本事極詳。近閲《玉照新志》云「子高改名蘧，易字子開。決别之時，芙蓉授神丹一粒，告曰：『無戚戚，後當偕老于澄江之上。』子開時方十八九，已而結婚向氏，十年而鰥，年四十，再娶江陰巨室之女，方二十矣。合巹之夕，視其妻則清盼冶容，修短合度，與前所遇無纖毫之異。詢以前語，則惘然莫曉。而澄江，江陰之里名也。子開由是遂爲澄江人。服其丹，年八十餘，康强無疾」云云。又云此事與《雲溪友議》玉簫事絶相類。余按：東坡詩後云「世間羅綺紛羶腥」，又云「勿與嘉穀生蝗螟，從渠一念三千齡，下作人間尹與邢」，據此詩意，子高似不欲更求妃偶，而由此一念，不得生天，當有如長生殿所約者。若明清所記不虚，則或天或人，竟諧佳耦，不待三千年作尹、邢矣。情之所有，未可遽謂理之所無也。惟仙人爲某，而明、清直謂之芙蓉。江陰一名芙蓉江，恐或有附會，且不知所謂芳卿者又如何也。紀曉嵐先生《灤陽銷夏録》載人見大蛇盤于高岡之頂，五色爛然，如堆錦繡，頂一角長尺許。或言此蛇至毒，而角能解毒，即所謂吸毒石也。癰疽初起時，以一塊着瘡頂，即如磁吸鐵，相粘不可脱，待毒氣吸出即自落。從兄懋園家有吸毒石，其質非木非石，乃知爲蛇角。余閲《雲烟過眼録》云：「骨咄犀，乃蛇角也。其性至毒，而能解毒。又曰『蠱毒犀』。《唐書》有骨都國，必其地所産，今人訛爲『骨咄』耳。」又云：「有骨咄犀刀靶，其花紋如今市中所賣糖糕，或有白點，或有如嵌糖糕點。以手摩之，作巖桂香。若無香者，僞物也。」其説正同。豈曉嵐未及記憶耶？「蠱毒」疑當作「鹽」。

《雲烟過眼録》云：「白玉剛卯，四面正方，兩邊真字各兩行，細如絲髮，奇物也。又葉森曾見先師吾真白所收剛卯一，四面皆有字，迺漢隸也，非真字。」余按：服虔注：「剛卯，以正月卯日作佩之，長三寸，廣一寸，四方，或用玉，或用金，或用桃，著革帶佩之。今有玉者，銘其一面，曰『正月剛卯』。」晉灼曰：「剛卯，長一寸，廣五分，四方，當中央從穿作孔，以綵絲葺其底，如冠纓頭蕤。刻其上面，作兩行書，文曰『剛卯既央，靈殳四方。赤青白黄，四色是當。帝令祝融，以教夔龍。庶疫剛癉，莫我敢當。』其一銘曰：『疾日嚴卯，帝令夔化。順爾固伏，化兹靈殳。既正既直，既觚既方。庶疫剛癉，莫我敢當。』」師古曰：「今往往有土中得玉剛卯者，案大小及文，服説是也。」公謹所見剛卯，不言尺寸，亦不言文，無從辨其真僞，但真書則斷非漢物。葉森所見雖漢隸，而四面皆有字，則又不合銘其一面之説，大抵皆後人仿作者。余家藏一玉，長一寸五分，廣一寸，厚五分有奇，中穿一孔，一面有篆文曰「正月剛卯，利行四方」，背作辟邪，無字，不知何代所作也。

《野客叢談》謂《離騷》「朝飲木蘭之墜露，夕餐秋菊之落英」，原蓋借此自喻。木蘭仰上而生，本無墜露而有墜露；秋菊就枝而隕，本無落英而有落英，物理之變則然。吾顛頷放浪于楚澤之間，固其宜也。愚謂此説近鑿。凡華木仰生者，豈遂無露？秋菊雖不落，然以偶上句，故遂云爾，不以辭害意。

非如後世説詩者，必攷訂一字也。至於反物爲言，《離騷》中自不乏，如「荃蕙爲茅」、「鴆鳥爲媒」之類。此但言飲芳食菲之意，非其比也。宋人類多泥于所見，好爲新奇，殊失騷人本恉。至荆公、歐公以此互相譏諷，尤爲無取。歐九即不讀書，何至不讀《離騷》，而直謂之曰飄零亦似未合。後人又强解「落」字爲始，以佐歐公之説，皆可陋也。

今年重午前，反自姚江。故人吴獨遊鷗來住旬日，遂留其過端午，同放吴門之棹。是日懸鍾馗像四幅，約各賦詩。其一爲《鍾葵省妹圖》，往歲與家弟丹叔同題其上矣；一爲《晏客圖》；一爲《賣劍圖》；一爲《畫鬼圖》。余與丹叔拈得《晏客》、《畫鬼》，獨遊拈得《賣劍》，各成七古一首。吴詩尤奇佹可喜：「我來魏唐才浹旬，瞥見安榴幾花吐。故人情深不放歸，留我齋頭作重午。家貧好事絶可憐，只有圖書尚撑拄。壁間挂幅聊應時，幅幅新裁不師古。終南進士老佷伉，鬼伯鬼雄視如鼠。蒯緱一劍雖缺齾，聊怖群魈我甚武。如何一旦輕脱腰，萬鬼揶揄掌爲撫。人生利器那可假，恐一失之争笑侮。方今聖治如天中，盡掃么麽膏鑕斧。廟廊文酒自雍容，吏治循良皆卓魯。高冠榼具定何如，説劍譚兵了無取。九幽儻有田可耕，急買烏犍趁新雨。」吴生幼業縫人，能讀書，耽吟詠。至今爲人作嫁衣裳，刀尺之間時雜筆研，鄉里皆竊笑之，不顧也。始爲近體甚工，隨園采入《詩話》。近益爲古詩，皆琅琅可誦，亦奇士也。其詩近百首，高處自寫性靈，超然遠覽，恐秉筆之士或猶多媿。

汪容甫中，文中子所謂「振奇人」也。於學無所不闚，近世所爲天文、地理、經史、攷證以及書、算、小學，皆兼通之。而爲文特深博雅健，無訓故窒塞、流俗拘墟之陋。然性不諧俗，又聞其善駡甚口，多否少可，是以不爲庸衆所容，而遇亦坎軻。故多偏宕之言，弔詭之論，擬之前修，殆張融、顔延之一流，惜余未之見也。與雲臺中丞友善，中丞嘗刻其《述學》。余到邗上，於其令嗣孟慈所見《狐父之盜頌》《舊院弔馬守真文》二首，嘆爲發憤之極作。題一律云：「詞多偏宕孔文舉，意主悲哀庾子山。蒼茫野哭行歌外，俯仰名倡劇盜間。有怪何嘗非物病，無官畢竟是天慳。何東激贊梁丘據，要使群公一汗顔。」今録其《弔馬守真文》云：「歲在單閼，居江寧城南，出入經迴光寺，其左有廢圃焉。寒流清泚，秋菘滿田，室廬皆盡，唯古柏半生，風烟掩抑，怪石數峰，支離草際，明南苑妓馬守真故居也。秦淮水逝，迹往名留，其色藝風情，故老遺文多能道者。余嘗覽其畫蹟，叢蘭修竹，文弱不勝，秀氣靈樵，紛披楮墨之外，未嘗不愛賞其才，悵吾生之不及見也。夫託身樂籍，少長風塵，人生實難，豈可責之以死？婉孌倚門之笑，綢繆鼓瑟之娱，諒非得已。在昔婕妤悼傷，文姬悲憤，矧兹薄命，抑又下焉。嗟乎！天生此才，在于女子，百年千里，猶不可期，奈何鍾美如斯，而摧辱之至于斯極哉。余單家孤子，寸田尺宅，無以治生。老弱之命，縣于十指，一從操翰，數更府主，俯仰異趣，哀樂由人。如黄祖之腹中，在本初之弦上。静言身世，與斯人其何異？祇以榮期二樂，幸而爲男，差無牀簀之辱耳。江上之歌，憐以同病，秋風鳴鳥。聞者生哀，事有傷心，不嫌非偶。乃爲詞曰：嗟佳人之信嫮兮，挺妍姿之綽約。羌既被此冶容兮，又工顰與善謔。攘皓腕以抒思兮，乍含豪以綿邈。寄幽怨于子墨兮，想蕙心之盤薄。惟女生而從人兮，固各安乎室家。何斯人之高秀兮，乃蕩墮于女閭。奉君子之光儀兮，誓偕老以没身。何坐席之未温兮，又改服而事人。顧七尺其不自由兮，倏風蕩而波淪。紛嘑笑其感人兮，孰知其不出于余心？哆樂舞之婆娑兮，固非微軀之可任。哀吾身之鄙賤兮，又何矜乎才藝也。予奪其不可馮兮，吾又安知夫天意也。人固有不偶兮，將異世同其狼籍。遇秋氣之惻愴兮，撫靈蹤而太息。諒時命其不可爲兮，獨申哀而竟夕。」

去歲七月，寓居西湖。秋潮甚壯。一夕夜半，風雨颯沓，隱隱若雷鳴。繼聞牆外闐闐，若萬馬蹴蹋。心悸不能寐，披衣起呼壽生與語。壽生亦起，吹鐙同坐，月色皎然。須臾，萬籟俱寂，蓋潮聲也。又一夕，風雨大作，撼窗户，牆壁皆動摇。醉卧方熟，驚醒以爲潮也，不復起。明日，湖水溢至階除，草橋、螺螄門外，水至城門，色皆殷紅。越日，聞衢州巖谷間，數處起蛟，壞民室廬無算，漂没人口。而西湖亦傳有蛟起于葛嶺間，一二處崖石崩壞，露沙泥如穴云。

四月中，湖州近太湖之地名大全鎮，與震澤接攘。忽風雨晦冥，湖水暴湧，漂流人民室廬，縱經十里，横經三里。雷雹雨雹，中有烈火，皆卒不得逃，一武弁死焉。余在邗上聞此信，或言有吼起于太湖中，與群龍鬥；或言是虹霓之災，吴人謂虹曰「吼」也。二説皆不可知。而濱湖之民被其害實酷矣。

江浙多有説平話者，以善嘲謔詼諧爲工。浙人多用唱本，有《芭蕉扇》、《三笑姻緣》之類，謂之南詞。皆言兒女之情，雜以市井俗諺。其平話則一朝一事或一人之始終榮枯，謂之「大書」。其擅場處不在唱之腔調、詞之工拙，惟能即景生情，滑稽無窮者最。吾郡有沈建中以此得名。茶寮設肆，後至者無地可聽。園亭銷夏，閨閣開尊，間亦召之。日止唱二回，以一段爲一回。必白金二兩，他執事者不與，其聲價如此。杭有雞毛陳六，亦與之相埒。聞揚州有善説《皮五鬍子》者，至則滿座傾倒。然皆操其土音與其地之諺語，他方之人不能通知。見廣坐嘔噱，目瞠如也，語言不達固宜有是。即如觀唐宋人小説，器具、服用、里俗、謡諺，皆與今時異。其中所言有可撫掌者，讀之莫曉其故。筆之於書尚如此，況口説者耶？徽人之語至爲難解，有同邑而異鄉井者，輒復不通。嘗有友至一所，見休歙人聚譚，在傍側聽，茫然不解。忽諸人鼓掌大笑，友退，謂人曰：「是人亦曉得笑。」此可一噱也。

今年入伏都不甚熱，間有一兩日，亦可耐。中伏後，忽一日朝起，日出如金盆，紅霞滿天。少選，酷烈殊甚。窗外竹葉皆妥，寂無少風，鬱蒸淳悶，殆不可過。俄有人投刺相見，盛衣冠而坐，僕從皆汗浹袍褶。勸其少解外衣，答言尚有他適，恐脱而復著，更益其熱。茶後辭去，回顧科頭赤足踞坐緑陰中，自覺清涼世界中人矣。猶憶昔在淮安嚴歷亭司馬寓中水亭納涼，茶瓜甚適。後一客到，盛言今兹之暑，且云不識何地可以避暑。司馬笑曰：「河臺官廳最涼。」其人不解，問何故。司馬曰：「昨日與公公服持謁候于廳中，公不言熱，以故知其極涼耳。」相與失笑。

聞前輩言，周青士嘗竚立野次，見有輕舟挂帆，其行如駛，意甚樂之，呼問何適，舟人告之。遂附載登舟，吟嘯自得。到岸趨登，傍徨不知所之，蓋實無一事也。又嘗寓居僧舍，後有大池，一人袖手往來其間，或至夜分。僧徒疑其有輕生意，陰周防之，此可一笑也。魏塘有兩魏君，兄正鎧，字冬木；弟正錡，字石如，忠烈公後也。兩君皆弟子員，教授里中，相距數十里。一日弟忽憶其兄，挐扁舟至兄館。兄聞，欣然延入。一揖後，坐定，相對不作一語。館中爲具食。食訖，遂辭還。兄送之至門，望不見舟而入，終竟無一言。觀此真覺魏晉諸賢，去人未遠。

吴子修嘗言錢籜石宗伯往時與汪孟鋗、祝維誥諸前輩晏集，惟酒兩尊，白煮豆腐兩大柈，分韵賦詩，陶然終日。歸田以後，故人門下士招飲即赴。或醵錢遊南湖，不過四五人，人不過百錢，校真率之會又簡略矣。宗伯能飲，然居家惟飲燒酒，又不以小醆而以巨杯，一杯適三飲而盡。謂子修曰：「子知燒酒佳乎？黄酒佳乎？」子修曰：「燒酒佳。」曰：「然。」又曰：「子知小飲佳乎？巨觥連引佳乎？」曰：「大口飲佳。」曰：「然。」蓋黄酒價貴，燒酒之資不足以醉公。即燒酒而淺斟細酌，亦不足以醉公也。其風趣如此。宗伯孫恬齋太史昌齡，簡雅有祖風。余與子修訪之，爲具酒饌，恬齋以倉卒無肴爲辭。余曰：「觴酒豆肉以比宗伯晏集，不太侈靡矣乎？」賓主粲然。

魏道輔《東軒筆録》徵引文獻頗多可采，文筆亦簡净。然其人非君子，故於元祐諸賢雖加頌稱，時致不滿之意，于歐陽公尤甚。賞雪之詩，假晏公語以爲作鬧，非其實也。又與荆公論詩，言歐公詩少味。荆公曰：「如『行人舉頭飛鳥驚』亦可云有味。」道輔以爲不見此句之佳，莫原荆公之意。余謂此句正所謂不識字人亦知是天生好言語矣。以爲無味，亦莫原道輔之意也。《録》中于章子厚頗多回護。一則云章善養生，性尤真率。嘗云：「若遇飢，則雖不相識處，亦須索飯。若食飽時，見父亦不拜。」此是何等語耶？悖理亂道，而道輔引以爲美談，即其人可知矣。

偶讀石林《避暑録話》云：「景修嘗以九月望夜，與詩僧可久泛西湖，至孤山已夜分。是歲早寒，月色正中，湖面渺然如鎔銀，傍山松檜參天，露下葉間，薿薿皆有光，微風動，湖水晃漾，與林葉相射。可久清癯苦吟，坐中凄然不勝寒，索衣無所有，空果囊覆其背。作詩記之曰：『霜風獵獵將寒威，林下山僧見亦稀。怪得題詩無俗語，十年肝鬲湛寒輝。』此景暑中想像，亦可一灑然。」余愛其造語之妙，能摹清絶難寫之景。余記己未上元後，偕獨遊、丹叔，一僮名汀漚，同遊洞庭。歸至友人家，留飲至二鼓，款留止宿。余意亦遂留，獨遊不可，曰「乘此月色，從此間至我舟，不過十里許，三鼓可達。連夜放舟至鄧尉，明早即置身香雪海矣。一宿乃費半日功，遲我梅花耶。」遂決計下船。時水落港淺，故來舟不能到。以小瓜皮坐四人，不能摇艣，用竹篙撑船兩頭。遇極淺處，舟子赤足下水舁船而行。沿洄紆阻，盡一更僅行三里許。始時酒潮登頰，談笑甚適。久之，漸覺寒氣逼人。近四更，霜華滿船頭如雪，月光晶瑩，上下如冰壺，冷浸毛髮。船底冰沙沙有聲，船又無篛篷，凌兢露坐，皆貍伏蝟縮。僮卧伏艙底，獨遊、丹叔皆以弊裘蒙首，不能出氣。余口占一絶云：「孤棹延緣欲五更，滿衣霜氣太寒生。明朝見得梅花面，鍊就詩人徹骨清。」二子舉首曰：「此時尚苦吟耶？身與名孰親？」相與一笑。因閲石林語，并記之。

石林謂張素正云：「善書者指實而掌虚，腕運而手不知。鵝頸有腕法，王逸少愛鵝倘在于此。」此言可笑。古人偶然寄興，即己亦不能自知。如素正言，張旭將日日走市中看擔夫争道，時時請公孫大孃舞劍器乎？

昔人言中秋陰晴，四海皆同。東坡亦信此語。有海船以陰晴騐珠之多寡者，是殆未然。乾隆戊申，余偕湘湄、篴生兄弟赴金陵。篴生以疾歸里，湘湄入闈試。余居秦淮水閣。中秋之夕，月輪皎然，四無纖雲。命酒獨酌，四更而寢。篴生在里中，云是夕風雨蕭條，竟夜不止。篴生有《寄懷金陵諸子》

詩云「五百里外青天否」，此一證也。後余主講諸暨，中秋赴邑令招飲，坐定微雨，歸院作五古四首。有云：「安知虚幌倚，不有清輝寒？」是夜竟無月。歸問閨人，則半夜後，雨止月出，倍極晶瑩。其他皆未能一一疏記。要之，三五百里内，已不同如此矣。

石林駁三尸之説，以爲學道者不求無過，而反惡物之記其過，豈有意于爲過，而欺罔上帝，可以爲神仙者乎？其説既正矣。謂柳子厚最號强項，亦作《罵尸蟲文》。鄙意不謂然。古人託物寓意，以吐其胸中所欲言，初不瞻前顧後，慮人以常理繩，其後而必擇于粹然至正也。子厚之文，正以譏切讒諂之徒，而借尸蟲以爲説。如退之《訟風伯》文之類，皆有感而言。元次山造次儒者，而惡圓之説，有剞心之言。昌黎一代大賢，而《毛穎傳》、《諱辨》，史以爲譏古人，較然不欺其志，下筆亦毅然不疑。後之爲文者，其立論指事，必使人無可訾議。而其文骫骳闒茸，奄然澌滅，亦何以是爲哉。觀此亦足以知唐賢之去宋遠絶。

獨遊嘗有《夏日即事》云：「我行東岸汗如雨，西岸人家背夕陽。丫角女兒看客過，傍垂楊樹説風涼。」《夏至日作》云：「孤花零落了餘春，畏暑真同畏俗人。澆酒門前古槐樹，從今與汝最相親。」語皆疎雋可喜。

顧青菴虬與余相知二十年。爲人和雅，善談笑，洞曉音律，分刌度曲，老樂工自以爲不及。尤善琴，按譜成曲，能得疾徐疎數于不傳之表。他人效之，輒乖隔不合。不幸年未五十以嘔血死。先是喪其妻，又喪其長子，人所極不堪之境，而視君若不甚戚戚于中，同輩以爲慰幸。乃竟夭天年，豈中有甚傷而不見于外耶？生平爲詩頗多，孏不收拾。没後，鐵門掇其叢殘之稿，及他處所見，凡百餘首，曰《青菴遺詩》。余來邗上，過同里，鐵門以其稿付余，且曰：「如有有心采輯遺亡、闡揚淹没者，可抄録數章與之。」嗚呼！故人之心故宜拳拳乃爾也。長夏無事，校勘一過，中間與僕輩詶倡之作皆在，古人所謂同晏一室，蓋謂此也，詎不信夫？爲歎息不已。青菴詩如其人，不爲巉峭刻深之辭，雍容恬雅，愔愔乎琴德也。五、七言古詩極老蒼，今未能録。録其近體一二，以志梗概。《霞田邨晚步》云：「籬落接郊塍，閑來任意行。邨厖欺過客，野老識先生。山浄斜陽澹，沙澄秋水明。疎鐘何處寺，風送一聲聲。」《送湘湄赴淮陰并寄頻伽》云：「把酒别離筵，相看各黯然。狂能爲白眼，貧到就青氊。草草歌三疊，迢迢路一千。無多行李外，書壓渡江船。」「此行空冀北，國士重淮南。交吕攀嵇始，盧前王後看。倚閭賢母慰，設醴主人諳。此意須珍重，并聞郭十三。」《東溪絶句》云：「門前春水緑于苔，白版雙扉鎮不開。消息殷勤向誰問，等他語燕出牆來。」《白蓮花》云：「蘭橈打碎碧玻璃，薄媚輕裝月下宜。自是澹人濃不得，錦帆只合載西施。」《澹臺湖竹枝詞》云：「郎住南塘妾北塘，一衣帶水長如江。妬他兩岸石師子，南不孤單北又雙。」「荷花落盡水田荒，剩得蓮房蓮子香。阿母多心太憐子，與儂夜夜睡連房。」「勸儂莫將燈草栽，勸郎莫釣斑魚來。斑魚腹小慣生氣，燈草心柔易變灰。」

樗園銷夏録卷中

吴江郭麐祥伯

今吴下謂作揖爲唱喏。《畫墁録》云：「北人揖則禮恭。今人唱喏，乃喏也，非揖也。」考九拜有肅拜，即今之揖。唱喏亦謂之聲喏，言有聲也。然則吴人之揖乃揖也，非喏也。至今越州人呼作揖爲相唤，乃唱喏之意。

宋人雜説言神廟晚年無嗣，有上言乞立程嬰、公孫杵臼廟，優加封爵，以旌忠義。後見《青箱雜記》，乃吴處厚所建言。得二人冢於絳州太平縣，詔封嬰爲成信侯，杵臼爲忠智侯。愚謂趙武畜於公宫，左氏無異辭。太史公喜採雜書，遂有屠岸賈及嬰、杵臼等事，要亦好奇之過，未可深信。至宋乃追封立廟，更近於巫祝所爲，君子不道可也。

杭州金鼓洞最晚見，前人題詩者甚少，竹垞以後稍稍稱之。見於集中，如堇浦、樊榭諸公是已。地距紫雲洞一里許，爲羽流所居。西湖諸浄室皆僧舍，道院極少。竹木清疎，山水回複，岩上架屋，下臨澗壑，頗有幽深之趣。壁間有「野鶴飛來」四字，體勢飛動，相傳爲回道人用鶴翎所書，今刻於壁甎。洞旁有泉，澄澈甘芳，冬夏不竭。羽流村俗即洞中爲竈突，烟熏蒸石，壁皆黝黑。其泉即供其漉米洗菜之用。余嘗過之，題詩有云：「可惜諸羽流，行厨置林表。突烟熏嵌岩，菜把亂荇藻。將無此溪辱，或恐山靈惱。」去年，復偕壽生、子修過之。有一道士，極殷勤禮接，且乞詩，云欲修洞志，并欲築屋他所，移易庖湢。因亟歎賞贊成之，復爲作一詩，中云：「山中道人頗好事，欲構雲屋東西枝。行厨林表昔所誚，若別位置我敢譏？」蓋謂此也。

《蒙齋筆譚》載：「陳子昂，閬州人。有陳拾遺廟，語訛爲十姨。不知何時遂更廟，貌爲婦人，裝飾甚嚴，有禱亦驗。」此事又在杜十姨之前，可爲一笑。拾遺之名，可謂受侮不少。然拾遺、補闕皆諫官，而杜、陳之名特著，又恐世之爲拾遺者，或真是婦人也。

史繩祖《學齋佔畢》辨《易・夬》之九五「莧陸夬夬」，以莧、陸爲二物，引《爾雅》爲證，謂馬、鄭、王諸家爲一物之誤。其説甚博而可據。至謂「人莧」二字前人未之有舉，則《杜詩序》有「人莧青青」之語，豈繩祖未之見耶？

東坡詩辭率意而作，自然高玅。後學務爲穿鑿，每以一句一字謂有當時本事，鄙意大不謂然。如「乳燕飛華屋」一詞，《漁隱叢話》謂爲一官伎而作，似稍有據依。要亦借題寓意，非專爲此伎而作，故能飄飄凌雲。他如「冰肌玉骨，自清涼無汗」一詞，是檃括摩訶池上之歌。東坡自叙以爲幼時見老人能言孟蜀時事而作，小説者遂謂東坡少年遇美人，喜歌《洞仙歌》，又邂逅處景色相似，故檃括叶律以贈之。又以《雁詞》「揀盡寒枝不肯栖」爲温都監女而作，皆謬悠不足信。《墨莊漫録》載東坡在杭州，一日遊西湖，坐孤山竹閣，時二客皆有服。久之，湖心有一綵舟，靚粧數人，中一人尤麗。方鼓箏，年且三十餘，風韵嫻雅，綽有態度。二客競目送之。曲未終，翩然而逝。公戲作長短句，云：「鳳皇山下雨初晴，水風清，晚霞明。一朵芙蓉，開過尚盈盈。何處飛來雙白鷺，如有意。慕娉娉。忽聞江上弄哀筝，若含情，遣誰聽。烟斂雲收，依約是湘靈。欲待曲終尋問取，人不見，數峰青。」此説尤爲無稽。按東坡此詞，含思悽宛，用意芬芳，所謂騷之苗裔，豈復即事有戲哉？其「何處飛來雙白鷺」云云，正用杜牧《晚晴賦》「儼風標之公子，如慕悦其容媚」語。自此以下，則《高唐》、《洛神》之寄託也。妄以二客有服以附會白鷺，年三十餘附會芙蓉開過，其不學牽引可笑。幸東坡吐辭豪邁，不甚言兒女之情，不然「堂上簸錢」之誣，豈獨歐陽永叔耶？

忍冬藤，今呼爲「金銀花」，一名「鷺鷥藤」，《墨莊漫録》又爲「鴛鴦草」，云治蕈毒。

《洞仙歌》之説亦見《墨莊漫録》，又謂「此説近之，據此乃詩耳。而東坡自敘乃云是《洞仙歌令》，蓋公以此敘自晦耳。《洞仙歌》腔出近世，五代及國初未之有也」云云。按：東坡自敘意謂止記此首二語，以意度之，殆《洞仙歌》詞則二句以下，坡未之記憶者。安知以下數語，後人不反因坡辭而假作以爲孟昶之辭乎？且小説所記此詩參錯不同，如此録作「簾間明月獨窺人」，他處作「繡簾一點月窺人」；此録「三更庭院悄無聲」，别本作「起來瓊户啓無聲」，皆可徵也。

《墨莊漫録》載歐陽公雜書九事，其七云：「蕭條澹泊，此難畫之意，畫者得之，覽者未必識也。故飛走遲速，意近之物易見，而閑和嚴静，趣遠之心難形。若乃高下向背，遠近重複，此畫工之藝爾，非精鑒之事也。」余謂此論畫之説，實爲元人倪、王諸家不傳之金丹，歐公已見及此，則畫院工匠所爲，不直公一笑也。移此説以論文，亦歐公自得之妙。聞之姬傳姚先生云，歐公《有美堂記》世皆膾炙，然皆賞其中「風帆浪舶，出没烟雲杳靄」一段，豈爲知文者耶？是説亦未易竟也。

馬永卿《嬾真子》云：「東坡知貢舉日，《書》題中出『而難任人，蠻夷率服』。注云：『任，佞也。難者，拒之使不得進。難任人，則忠信昭而四夷服。』新經與注意同。當時舉子謂東坡與金陵異説，以爲難於任人則得賢者，故四夷服。東坡見説，怒曰：『舉子至不識字。以「難」去爲「難」平。』盡黜之，惟作『難』去字者皆得。蓋東坡元不曾見新經，而舉子未嘗讀注故也。」此論最妙。近時舉子專務揣摹，遇主司素講小學則人人《説文》，素習漢儒則言言馬、鄭。叩其所存，枵然無有，皆一時襲取之學。班固所謂利禄之道，豈不信夫？然「難任人」之「難」謂拒而不受也，其音似宜從平，如「難色」、「難之」之類。

余前言剛卯字多少不同，頃閲《嬾真子》云：「於士人王毖君求家見一古物，似玉，長短廣狹正如中指，上有四字，非篆非隸，上二字乃『正月』，下二字不可認。君求云：『前漢剛卯字也。』」據此則服虔、師古之説爲得之矣。又云：「剛者，强也。卯者，劉也。正月佩之，尊國姓也。與陳湯所謂强漢者同義。」此説亦確。故新莽禁之，與金刀同。

《嬾真子》，宋馬永卿所著。永卿他著不甚見。此書議論頗有據依，亦醇正不偏。如謂漢太公與媪，史皆不言其名，唐史載之爲可笑；謂《詩》、《書》之序，舊同在一處，不與本篇相連，故逸篇之名可攷；謚之曰靈，兼美惡兩義；《莊子》「飾小説以干縣令」，謂莊子時已有縣令，注讀爲「懸」者非；王衍「去阿堵物」爲藏去之「去」。韓昌黎《曹成王碑》「觀察使殘虐使將國良戍界」當作「虐使」，無「殘」字，「誅其州」爲「誅其州」；《世説》「將無同」，謂「初無同」，無同安得有異。數説皆精。惟論樂天詩「顧索素琴應不暇，憶牽黄犬定難期」，謂宰相王涯好琴，舒元輿好獵，則近於鑿。此特用嵇中散、李斯事，非必各切其人也。謂古人字，一字者多，無三字者，獨本朝有劉伯貢父、劉中原父，或云二人本字貢甫、原甫，以犯高魯王諱，故去「甫」而加「伯」「仲」，時人因以三字呼之。此説非也。六一先生作《原父墓誌》云：「公諱敞，字中原父。」以此可知。愚按：古人原只一字。字所謂伯某甫者，伯是其次，甫是其美稱，某者乃其字。二劉之字，本只原甫、貢甫，加伯仲者，好古也。父與甫，古同。鐘鼎銘識皆如此，又非必避諱也。伯休甫、仲山甫之類皆是。以爲三字者失之矣。

指頭書、指頭畫，近時爲多，於古無所承。惟《嬾真子》言：「温公所居諸處，牓額皆公染指書。其法以第二指尖抵第一指頭，指頭上節微屈，染墨書之，字尺許大。」此指頭書所昉乎？近人有能筯書者，有能火畫者，又有翦金箔爲字，體勢波磔皆具，初視不能辨，奇巧蓋日出矣。

回道人事迹，宋人紀載多矣。吕初度郭上竈，後度何仙姑。然上竈世無知之者，惟何仙姑亦屢見。宋人雜説中，有一長官邀致舟中三日，爲人所彈。又人獻茶一桮，啜後垂兩手如玉，茶從十指甲出，凝於地，色猶不變。殆耿先生之流歟？

東坡云：「王晉卿致墨二十六丸，凡十餘品。余雜研之，作數十字，以觀其色之深淺。若果佳，當擣合爲一品，亦當爲佳墨。昔在黄州，鄰近四五郡皆送酒，余合置一器中，爲『雪堂義尊』。今又當爲『雪堂義墨』耶？」余讀而失笑。東坡不知酒，乃并不知墨。酒即甚佳，一種自具一色香味。墨即並佳，一種亦自具一種香與色也。雜糅和合，皆亡其天，其不能飲、不能用可必也。然則何不合閩、洛、蜀諸君子爲元祐義賢？

宋子京爲晏元獻所知，數同燕會。元獻之謫，宋適當制，有「廣營産以殖貲，多役兵而規利」之語。或言先夕與元獻燕集，極盡款洽，草制時宿醒猶在，旁人莫不齰舌，若宋公爲負恩門者。而《龍川别志》謂仁宗以殊譔章懿后志文，不著誕育仁宗之事爲憾。又以八王言名在圖讖，欲重黜之。宋爲學士，當降白麻，力争，乃降二官知潁州，制辭云云，但言其輕罪耳。諸説不同，當以子由之言爲得其實也。

秦會之「十客」，有二説不同。《老學菴筆記》：「曹冠以教其孫爲門客，王會以婦弟爲親客，郭知運以離婚爲逐客，吴益以愛婿爲嬌客，施全以剸刃爲刺客，李季以設醮奏章爲羽客，某人以治産爲莊客，丁禩以出入其家爲狎客，曹詠以獻計取林一飛還爲作子爲説客。初止有九客耳。秦既死，葬於建康，有蜀人史叔夜者，懷雞絮，號慟墓前。其家大喜，因厚遺之，遂爲弔客，足十客之數。」《雲麓漫鈔》無親客、羽客、説客、弔客，而有朱希真上客，曾該食客，某詞客，湯鵬舉惡客。又以狎客爲康伯可，謂捷於歌詩及教坊應制，秦每讌集，必使爲樂語詞曲。湯本出秦門，及薨，攻之不遺餘力。其莊客、詞客則逸其名。二説不同，蓋皆當時惡秦者，因指目其鄙，人爲月旦，故有互異，末後弔客尤足資笑噱也。

余少時喜食糖，毁齒以後又復蛀蝕，一二年中十九痛楚。後嗜酒，遂不喜食甜，而齒亦不痛。二十以後，益堅固勝昔時，大肉硬餅如刀截矣。近復小有齟齬，日以鹽揩之。《雲烟過眼録》有英宗自書一方，今記以備遺忘：「生乾，地黄，細辛，白芷，皁角各一兩，去黑皮，并子入藏瓶，均用黄泥固濟，用炭火五六斤煆。令炭盡，入白僵蠶一分，甘草二錢，並爲細末。早晚用揩，齒牙堅固，并治衄血動摇等疾。」

今人以消息卷耳謂之「取耳」，昔謂之「莞耳」。《雲烟過眼録》：「一胡僧莞耳，凡口鼻皆傾斜，隨耳所向，作快適之狀。」

古婦女畫眉，皆剔去眉毛，以石墨畫之，故有十眉之圖，京兆之嫵，孫壽之細而曲折。若如今人止能就其本質潤飾，豈復能翻新樣耶？

《雲麓漫鈔》言：「趙充國屯田乃兵家計策，罕幵、先零皆烏合，充國知不能久，欲以計挫之。及到彼，但欲爲留屯計，凡與漢庭往復論難，不過糧草多寡，幾初不露也。羌人見其設施出所料之外，不可久留，故輸款而退，趙亦奏凱而還。在邊不過自冬徂夏，元不曾收得一粒穀，想亦不曾下種。不然，五月穀將穗，那肯留以遺羌耶？學者不以時月考之，每語屯田必爲稱首，可笑。」其意以爲充國但欲持久以破羌，特假屯田爲名，示以久留之計，非真欲得穀，故云。不惟宣帝與漢庭諸公、先零、罕幵爲惑，班固亦不識其機。余謂昹以持久是固然矣，然騎兵既多，糧穀、茭稿所費不貲，安能久暴於外以待其解散？惟屯田可以不戰而屈之。使羌夷至爾時猶不服，充國固不能退也，非屯田又安所資？所謂「兵訣可朞月而望」，遠在來春者，亦以宣帝督責迫促，約略以報，故未能預定也。史言其秋充國病，上詔破羌將軍，十二月擊先零，充國乃上屯田之奏。明年五月罷兵，諒未知其下種與否。然所謂四月草生，倅馬就草，治隍陿道橋，繕郵亭、浚溝渠者，必已行之。且田皆羌人故田及公田，即留以遺羌，豈不益足以示恩信耶？充國之還，浩星賜迎，説以宜歸功二將出擊。充國曰：「兵勢，國之大事，當爲後怯。豈嫌伐一時事以欺明主?」卒以意對。然則謂班固不識其幾者,殆非也。

唐代宗謂郭汾陽曰:「不癡不聾,不作阿翁。」阿翁猶言翁姑也。今人作「阿家翁」,非是。

《顔氏家訓》謂樂府「丈人且安坐」爲尊長之稱,後人作《三婦艷》,多爲淫冶之辭,於義乖矣。柳州《祭楊憑文》稱爲「丈人」,或疑外舅之稱。然楊公故與柳公父侍御君交善,則亦父執之稱也。今館閣前輩呼後進曰「館丈」,同年曰「年丈」,恐失其意。今士人出一家父子門下者,謂「前後輩門生」,唐人謂之「上下門生」。姑之壻與姪之壻,今謂「前後輩女壻」,唐人謂之「上下同門」,亦唐人之稱爲愜。

羅兩峰聘《鬼趣圖》,一時名流長篇短詠題句幾滿牛腰之卷凡二,余到邗時止見其一。船山、蘭士諸君皆各有作,旁行斜上而書。其令嗣介人屬爲賦之,乃以三四五七言古今體八首應之。圖凡八幅,第一幅糢糊黯慘,中略有鬼形;第二幅二鬼若主僕然;第三幅一鬼與女鬼調笑,無常尾其後竊聽;第四幅矮鬼抱甕飲酒;第五幅一巨鬼如山魈狀,舉體藍色,猙獰可畏;第六幅一大頭鬼,頭幾過於其身之半;第七幅三四鬼疾行雨中;第八幅乃兩髑髏背坐,大率皆寓言也。然聞兩峰眼有碧色,實能視鬼,後忽患目眚,遂不能見物。意其冥謫,乃刻志迴向,誦經自懺。自京師歸,目乃復明,仍能於燈下細書,遂專寫佛像,不復作狡獪伎倆矣。介人爲余言如此。

去冬來邗上,聞人多稱女伶雪如之事,言已病亟,皆爲惋歎。余未及見之,越數日死矣。吾友臨川樂元淑作《雪如小傳》,其略云:雪如,名葆珠,長洲人,不知其姓。生數月爲袁嫗者養女,遂姓袁氏。娟楚婉慧,志識芳遠。年十四鬻於王甲。吴俗多鬻女爲優,雪如悲恐,飲鹵汁求死,救而甦。王乃詭言良家，延師教之讀。已而雪如識其書，院本也，始悟果將爲女伶矣，則夜投繯，又以救而免，愈益防守之。雪如既求死不得，因勉習其藝，從至廣陵。蓋欲陰相所歸，久之不遂。有南陽生者客邗上，嘗與諸名士宴集。雪如識之，坐間遂傾心焉。凡三見，以情告。於是生之友知其事者咸韙之，謀贖之以歸生。生貧，恐相負，遲迴不遽諾。雪如泣謂其友曰：「不諾則仍死耳。貧與死孰重？不畏死，豈畏貧哉？且不得其人而死，孰與貧而死？今得其人矣，而以貧故不諾，命也。不諾則必死。」生感而許之，各以佩玉爲質。質交，雪如病。病三十三日竟死，年僅十八。嗟乎！雪如不以仰藥死，自縊死，而卒以疾死，何哉？天殆早許其死，而又欲有以彰之也，故質交乃死。既死，生與諸名士歛金殯之。將銘其壙，碣其墓，且繪圖像，弔以詩文詞，裒爲一册，俾傳之於後。雪如病中，生數四往視。初尚能言，繼則但注目流涕，最後不復有淚，然猶欲有所語喉哽而罷。悲夫！雪如居廣陵數年，内抱幽苦，外以温默自晦。然眉黛悽結，背人往往淚承睫，以是多爲有心者所識。今潔其身以死，死則愈潔矣。字之曰「雪如」，允哉。余謂弱女子遭遇仳離，而必宛轉以求自申其志。不遂而死，則命也。其志固已素定矣。又聞人言凡號女伶者，雖外示難犯，多於冥冥墮行，亦其假母之術。不嫁而嫁，固畢也。有一貴官聞雪如名，召之侑酒，因誘入曲室，以向所得志者挾而求之。雪如以死拒之，痛哭而出。僮僕有竊聽者，聞有聲鏗然。比入檢視，朱提數十笏在地，而雪如去矣。此亦青泥中蓮花也。

元淑又有《烟夢詞》十二首，極哀艷之致。今録其半，云：「燕子歸時記乍逢，廢池閒館傍西風。客如春草闌珊緑，人對秋花黯淡紅。凭過樓闌都屈曲，聽來棡鐸尚丁東。如今更是傷心地，無復苔階咽斷蛩。」「綺席無詞詠墮釵，黄衫有夢脱弓鞋。團雲舞隊猶聯臂，畫壁詩人盡愴懷。玉鏡花空難寫照，紙錢風冷欠營齋。千金欲買驊騮骨，换取遺香擇地埋。」「吴語喁喁怨鷓鴣，自言生小别姑蘇。新妝忍學抛家髻，獨坐愁看奏樂圖。扉上粉書頻决絶，壺中血淚久模糊。女墳湖畔歸來晚，魂是梅花第幾株？」「身命都如六出花，宜書小字刻苕華。蘭香自幼漂湘岸，杜裏從來弔楚沙。生託鴛鴦貽珮玦，死無鸚鵡喚琵琶。人間何處堪回首，料得蕭娘不憶家。」「翩翻長袖不勝情，六尺氍毹一燕輕。平日笑啼俱掩抑，此時哀樂轉分明。愁多儘向東風訴，坐久渾忘北斗横。太息劉郎幽怨句，無由吹入小紅笙。」「莫更華筵戀酒尊，斜陽未落早黄昏。燈前刺促成良會，坐上迷離見艷魂。痛惜尚煩諸女伴，浪遊終笑舊王孫。分明歲暮風吹雨，疑有飛花夜打門。」先是雪如之亡，元淑暨諸同人欲葬於玉鈎斜側。其家不願，舁歸吴門，蓋欲以駿骨爲市也。既歸則無葬理，始悔前此之靳。于是江鄭堂、王蘭石、春渠諸君復謀於吴中好事者，爲買地于虎丘之旁。諸同人率錢爲會，以成其舉。蘭石有《題烟夢詞》，今録其四，云：「小謫青城十八春，任教人唤玉樓人。不多心緒愁難説，最小眉彎只解顰。泉水在山留本性，月華如雪夢前身。請看冉冉凌波去，羅襪何曾染一塵。」「莫認章臺折柳枝，臨風曾未識相思。乍交花下同心珮，旋斷人間續命絲。漫道竟成千古恨，也應不負一生癡。披圖欲唤真真出，隔着重泉知不知。」「玉鈎無分葬蛾眉，不是千金買骨遲。始欲葬雪如于平山，不果。待種碧桃表洪度，好留青塚傍要離。斂錢只費長門賦，殯葬之費，皆諸名士所斂。礱墓何慙幼婦辭。陽湖陸祁生爲作壙銘。他日虎丘山下路，棠梨花裏偏題詩。」「一花見佛便生天，可向瑶宫作散仙。心字定知香不滅，手文誰信月難圓，雪如有文在手，作「月」字形，波折分明。已將蘇小同心結，應騐韋臯再世緣。往事凄凉莫回首，人消如雪夢如烟。」春渠有和詩十二章，其佳句云：「牆東鄰女非窺宋，樓上仙人豈姓蕭？」「始識愁多同小小，尚嫌名艷喚東東。」「閨中易破同心鏡，江上羞彈却手琵。」「療貧恐累相如賦，示疾先離倩女魂。」「雪中鴻去空留爪，簾外飛花不駐顏。」其他題辭甚多，余亦賦《高陽臺》一闋。

明末名妓楊雲友墓在智果寺中，汪然明志其葬。余嘗往尋之，迷其處，居人亦無知者。寺亦久廢，惟前寺額僅存，有樓三間，一二老衲居焉。僕夫泉亦已堙塞。荒荆叢棘中，蟋蟀吟秋、蟪蛄弔月而已。

往歲吴江市中譁看長人。其人長約九尺以來。入市買物，傴而疾行，若惟恐人之指目也。自云家江北召伯鎮，素業操舟，初亦僅如中人。兄妹二人一夕暴長，由是無與婚娶，遂共刺煤船。二人膂力、飲啗皆倍於人，故食其力，亦遂自給。余按岳珂《桯史》載姑蘇民唐姓一兄一妹皆長丈有二尺，不復能嫁娶，與此相似。然一夕暴長，尤奇。

七夕以後，秋暑甚酷，蚊蠅稍多，懶近筆研。十四日亭午後，忽覺微凉，日色漸濇。須臾清風颯然，間以疎雨，窗外竹色如洗。更定月出，竹稍上影，摇摇滿几席。時飄殘滴，落研有聲，遂欣然命酌。絡緯、促織一時競鳴，灑灑有秋意。惜無故人同此清景，東坡所云「無緣持獻，獨享爲媿」耳。

《西溪叢語》不解段成式「諾臯」之義，以《左傳》荀偃見梗陽之巫臯，獻子許諾，爲疑即此事，可謂穿鑿。諾臯，太陰將軍，出《抱朴子》。

《西溪叢語》：「今人不善乘船，謂之苦船，北人謂之苦車。苦，音庫。」今吴下人語音如注，又謂所厭惡之人亦如注，皆苦之訛，謂患苦之也。杭人謂之暈船。

有人傳一閨秀詩云：「梁間雙燕正將雛，階下蘐花過雨濡。阿母書來羞竟讀，隔年頻問有身無？」語極藴藉。

宋高宗忘兩宫之讎，甘心賊檜之議，然從容耆耋之年，享天下之養。孝宗以恢復爲心，勵精求治，雖任柄失宜，而此心可告宗廟。至問安視饍，承歡德壽亦前古所無。而光宗以痼疾内寵，幾生疑貳，宰臣去國，大行不臨，比之唐肅殆有甚焉。天道報施，於此蓋爽，讀史至此，每爲憤懣。

以石刺病曰砭。古人鍼砭皆用石，不以鐵也。後世刺術尚傳，而用石者無聞。數年前有一女子從老嫗來，寓吴江之鄉邨，自言能以石治病。有大小絹囊十數，中皆盛石。有患瘵疾者就之求治，女以石囊擊腹、背、腰、股、足心幾處，病者覺如藴火灼熱，凡三次而愈。由是士庶神之，争走其門。里有惡少，艷女有色，將加强暴，女覺之，一夕同老嫗去。亦不知其自來，惜無有心人一叩其術之所授也。

苦筍之可食者，亦味稍近苦耳。若如放翁所云「氣苦不可於鼻，味苦不可於口」，亦豈用徇乎其名，蹙額而噉昌歜哉？然南北嗜好不同。廣東人喜食苦瓜，烹煎魚肉皆用爲和。竹垞嘗至一寺，寺僧設饌有苦瓜。竹垞不能喫，僧曰：「居士少年不耐苦。」此種江南籬落間亦有之，熟時青紅可愛，名曰「錦荔子」，然無以供食單者。頃來揚州，見擔頭鬻之，想此間亦食之也。辣椒，吴人謂之辣虎，又謂辣茄，亦止用爲醬，僅食少許耳。而北人堆槃生食，以鹽蘸之，可盡數枚。信乎！口之於味，不同嗜也。

朱雲，漢之直臣，汲、蓋之流也。跡其出處，以華陰守丞嘉上書可試守御史大夫以代貢禹，爲匡衡不容。以論《易》折五鹿充宗爲博士，舉方正，爲槐里令。時石顯用事，陳咸數毁顯，雲數上書言丞相韋玄成容身保位。咸與雲相結，而石顯與充宗爲黨，玄成阿附石與五鹿。於是有司考雲，疑風吏殺人，上問丞相以雲治行，丞相言雲暴虐無狀。咸爲雲定奏草，遂爲玄成奏下獄，減死爲城旦。《傳》中不言殺人之事，而云疑風吏。于《陳咸傳》先云：「咸言顯短，顯等恨之。時槐里令朱雲殘酷，殺不辜。雲從刺候，教令自訟。石顯伺知之，奏漏洩禁中語，下獄掠治。」作者之意，蓋見雲之殘酷皆顯與玄成輩風有司鍛鍊成之者也。而後之論者猶謂朱雲雖直，不免爲酷吏，豈非不善讀書者耶？

《漢書・武紀》元朔三年詔曰：「夫刑罰所以防姦也，内長文所以見愛也。」晉灼以爲長史之長，張晏以爲文德，師古以爲有文德者即親内而崇長之，然疑終未合語意。楊升菴謂舊本作「而肆赦」。升菴之紀述，固有未可盡信者，然此詔爲赦令而言，似因偏旁脱落而誤者亦未可知。《困學紀聞》亦已言之矣。

《元帝紀》：「建昭元年八月，有白蛾群飛蔽日，從東都門至枳道。」師古注：「蛾，若今之蠶蛾類也。」僕謂古人「蛾」「蟻」二字通用，此疑是「蟻」字。

《野客叢譚》其辨證甚多可取，而論詩文每嫌拘滯。如謂陳遵投轄是偶然事，其説良是。而謂李方叔詩「可笑陳孟公，好客常投轄」何不曉事如此，詩人之言豈可若是論耶？謂東坡「以秦之所以取取之，以周之所以守守之者，漢也」二語，云漢取天下雖不無詐力，何嘗不以仁義？漢守天下雖不無仁義，何嘗不以詐力？不若曰「雜秦、周之所以取者取之，雜秦、周之所以守者守之」。固無語病，無柰文不佳矣。又自言用韓、劉二詩語作一聯云：「籠中翦羽仰看百鳥之翔，側畔沈舟坐閱千帆之過。」劉夢得詩「沈舟側畔千帆過，病樹前頭萬木春」，今云「側畔沈舟」，成何語耶？

寧武周將軍遇吉墓前出山一事甚奇，傳之者或失其實，遂多荒誕附會。隨園《子不語》所載土人張姓私禱，及攜母避水得邀神佑，皆不得其真。蓋隨園亦聞諸道路，且惟怪之欲聞也。吾友太倉彭甘亭兆蓀言時侍其尊甫宰是邑，嘗親隨往觀，即於是夕作《周忠武公墓紀異》詩。嗣後以此事達上官，中丞農公立捐三千金，重葺將軍祠宇，并勒碑紀其靈蹟。今録其詩序以徵信。序云「乾隆五十年乙巳夏杪，霪潦浹旬，谿澗泛溢，城南周忠武公墓在半山，爲灰河水所蝕，土脉坼裂，官議築堤護之。水猛，工不克興。一夕雷電交作，水所經處忽墳起一山，長三十餘丈，高十餘丈，蟠屈墓前如堤防然，墓得無恙。萬衆詫歎，咸謂將軍靈也。作詩紀之，凡三百八十字」云云。公之英靈毅魄固應長在天壤，而天地鬼神亦必當呵護其埋血之處，理固平常，無足怪也。

槜園銷夏録卷下

吴江郭麐祥伯

迮徵君雲龍，號畊石，余外祖諸父行也。少負時名，倜儻任氣，歷遊黔滇，爲詩有奇氣，得江山之助爲多。乾隆改元，以薦應宏詞科，報罷，更益自放。使酒謾駡，凌折儕偶，如沈文慤輩見之，皆慴服下之。日其談辨，鋒利可畏。然竟以此齟齬於時，以副貢生終。歸家築室種樹，著書自娱。所居距余家不半里，曰「池上草堂」，先子猶及見之。有《施注蘇詩》一部，徵君所選閱也。間有發明，字亦古雅。家藏書甚多，今散佚殆盡。余嘗訪先生遺集，不得。僅記有句云：「晴川歷歷將軍樹，落日荒荒和尚原。」又有《錢唐觀潮》云「鴟夷怒勒半江風」，少時見先子喜誦之。

吕獻可以劾荆公被黜，臨殁，謂司馬温公曰：「天下事尚可爲，君實勉之。」温公殁，獻可子由庚作詩挽云：「地下相逢中執法，爲言今日再昇平。」其言深痛，與放翁「家祭無忘告乃翁」之句同一淒入心脾。吾友袁湘湄棠題其弟篴生詩後云：「臘祭吾將告先子，諸孤家學未全荒。」讀之覺孝弟之心油然而生。

沈剛中需尊自號北溪居士，與先子交最狎。野逸古雅，有隱者風。喜論説古今，目張口哆，唾涕雜下。自少即專意爲有韵之言。家故藏書，尤多秘册，北溪皆博習强記以資詩料。然間爲散文，輒棘澀不甚曉暢。其先人水邨先生，何義門高足也。家素豪於財，好客喜事，遂至中落。至北溪益貧，恒典及琴書矣。北溪中歲好遊，其遊跡多見於詩，有刻木以傳者，今皆不可見。嘗見其手録一册，如《過河源》云：「朝行竹篺鎮，夜過河源城。謝客裁詩處，青山開晚晴。空江明月上，樓下玉簫聲。對酒不成寐，黄沙灘浪生。」《長干曲》云：「郎從何處來，可向長干過。自妾去家鄉，庭樹幾圍大？」《廣東竹枝》云：「十月嶺頭樹樹春，深冬緑葉還如新。嶺南風土雖殊候，幾見梅花瘴殺人。」「二禺山上雲沉沉，郎情不似江水深。檳榔生就迴文錦，入骨相思似妾心。」此類甚多。同時又有王名元文者，亦號北溪，其迂拙樸古亦相似。陸朗甫中丞欲爲作《兩北溪傳》，未果。

吾友徐江蕣濤，少時頗事放盪，中更折節讀書。師事先子，學爲韵語，沈思懇苦，不輕下一字。同人晏集拈題分韵，江蕣或通夕不成一章，擁褐深坐，兀若木雞。及成，出示諸友，莫不俯首折服。素抱羸疾，嘗有憂生之嗟，後竟不永其年。嘗謂余曰：「詩之爲道，一縱一横。在唐則青蓮爲横，工部爲縱；昌黎爲横，東野爲縱。後如歐陽永叔、蘇眉山、陸放翁横之類也，梅聖俞、黄山谷、陳無己諸人縱之類也。横則天才放逸，學力宏博，不須深造，高步一代。縱則萬力千氣，十變五化，鈎深致遠，洗髓伐毛，用功深者其收名也遠。遺山絶代高才，服膺辛老子，職是故也。濤才力、問學兩無所恃，當刻畫此心，冥搜罙入，與辛敬之、周青士輩驂靳後先。」天假歲月，俾不傷折，重以故人篤勉，或期無愧斯言耳。年未四十，遽就怛化。其詩稿皆零星故紙，或割客刺之尾，旁行斜上，反復皆書。細意推求，十僅得五，已鈔入《碎金集》中。回念平生時語，不勝泫然。

江蕣五言如「春本關心事，花當病眼開」，「芳菲能幾日，風雨送行人」，「坐久嫌更短，春寒仗酒温」；七言如《玉蘭爲雨所敗》云「小樓夢破驚飄瓦，病眼離多莫倚闌」，《過古逸堂》云「謾誇白雪歌難和，爲有黄華酒不辭」，《水仙花》云「任爾梅兄與攀弟，讓他明白立黄昏」，皆幽折清深，味之無極。庚戌之春，與余同舟探梅鄧尉。時病體稍輕，意致甚勝。歸舟賦詩，歷記遊跡，七古一首最爲奇崛，中有「死便埋我梅花下」之句，余深疑其不祥，果以是年下世，殆成讖也。今全録此詩於左：「嗟我久病如羈囚，空齋兀坐春復秋。五嶽名山祇卧遊，有夢不到羅與浮。今年正月病稍愈，東鄰郭泰呼同舟。輕舟如鳥帆如席，頃刻已見四山白。是時十七日之夕，斗轉參横夜過乙。茫茫幽香欲斷魂，皎皎朗月初生魄。擁衾坐起夜不眠，須臾月落風滿天。朝來推窗喜晴昊，梅花一笑何嬋娟。石磴千盤無雜樹，香臺階級不知數。孱顔傑閣留遺踪，曲折僧房出行路。古碣猶傳刺史名，仙骨肯受泥塵污？僧寮高處山忽争，一峰矗立何峥嶸。身無羽翼飛不得，郭君健者身始輕。憐我駭汗如水傾，兩足欲脱走且躄。今朝尋花將命乞，呼童荷鍤隨我行。死便埋我梅花下，君爲立石題我名。後之遊者攷歲年，手摸其文笑且顛。咄哉此子本多病，不死牖下死山前。不能從君上山巔，何遽不如郁泰元，臨風一笑成此篇。」

朱鐵門春生、袁湘湄棠皆有題余所輯《江莽集》詩，辭極沈痛。朱云：「元和稿本字闌珊，蠅跡蛛絲用意艱。更有糢糊難讀處，故人淚點在行間。」「明年我亦約探梅，攜卷花前誦百回。花若有情應感舊，見君扶病苦吟來。」袁云：「半是當時倡和篇，挑鐙重讀總凄然。韓公知己推東野，元氏遺文定樂天。一事堪憂兒失學，幾時解痛爾無年。零星紙片經營跡，手澤毋忘也自賢。」「不堪懷舊酒壚邊，我負平生顧彦先。狼籍遺書慚後死，芊綿宿草痛來年。墓磚剩有孤甥誌，宗祀聊憑寡婦延。一樣故人嵇與阮，爲君題藁重潸然。」自注：「時壬子十二月十八日。後三日爲亡友荔堂葬日，故次章及之。」荔堂，顧君後藝也。

錢唐陳曾藙，字叔毅，國初名流。嘗參貴人幕府，屢遊京國。集中酬倡如湯西厓、朱文盎、宋牧仲，皆一時詩人。竹垞集中有聯句之作，先生與焉。名位未達，姓字湮没，武林人迄無知者，可嘆也。余客淮陰，沈生志香以鈔本詩數册見閲。中有一册，斷爛不全，而一見色動，即先生詩也，亟鈔入《碎金集》中。先生三賦悼亡詩，皆凄絶。一爲徐夫人，再則側室朱，三爲繼室許。一則五古五首，詞多不載。今載其悼朱七絶云：「水晶簾下玉蘢葱，十樣新蛾畫未工。留得青銅僅三尺，更無人影在當中。」「半枝樺燭故熒熒，記得歸遲掩曲屏。比玉能温花較活，最難忘處是臨醒。」「避人洗手作羹湯，不遣郎知試教嘗。直到加餐方笑問，阿儂果否勝厨娘？」三悼亡七律云：「無多緣分有多慳，衫袖重重淚盡斑。地下底須三婦艷，人間又作一夫鰥。弦悲纖指同流水，黛憶修眉獨遠山。莫怪情文深似昔，中年家室倍相關。」「無憑消息報泥金，辜負中閨祝願深。錯認成名如反掌，苦將下第太關心。鑪香拜禱烟凝户，榜紙傳看淚滿襟。熟視不言俄擲地，一時愁病暗相侵。」又如「薄衾孤枕仍還我，剩粉殘脂忍見君」，「愛我悼亡詩酷甚，悼君詩就更誰看」，皆凄入心脾，哀感頑艷。他如《無題》云「腕玉雙行下，頭香一枕餘」，「足鐙巧將新月隱，面羅剛被好風開」。《送人歸里》云「休争故物當還我，便不成名豈損君」。《寄朱文盎》云「常日盡言真苦口，下風欲拜是甘心」。皆可喜也。悼亡詩中「臨醒」字用玉溪「衣薄臨醒玉艷寒」句也，隨園以爲不亮，易以他字，余謂究不如原本之典。

近人能詩而名不出里巷者，吾鄉有朱坤。混跡市廛，行踪猥瑣，人不知其識字與否也。吾友朱鐵門得其一册，頗有新語。如「南北路分愁苦地，暖寒春弄是非天」，「小人近市還名隱，老子無才正坐頑」，「地偏無客煩雞黍，身賤憑人唤馬牛」。其《邨居》一絶云：「蓽門圭竇老農家，縳個茅亭傍水斜。誠恐世人圖樣去，遍栽修竹四圍遮。」

癸丑仲夏，偕歷亭嚴丈、伯生蔣君往來吴門、邗水之間。一日在揚州，與伯生步至城外一寺，堂中懸大幅，字跡怪偉，下署「天台老人」，疑僧書也。記其一絶云：「一日打眠三五度，也消不得許多閒。尋環數遍琅玕竹，又出柴門望遠山。」

余嘗與江葊別于山塘，艤舟登岸，小憇言離。時九十月交，木葉盡脱，山翠如滴，平時諠囂脂粉之氣洗滌無餘。日影半斜，列肆早歇，惟兩人獨步黄葉中耳。真娘墓側有茶店未闔，步入啜茗，見墓碑之傍，細字如蠆，凝視之，得一詩云：「月下香魂杳莫尋，漫憑松柏結同心。美人一去彩雲散，古寺重來黄葉深。落日帆檣愁脈脈，西風時節瘦愔愔。怪他弱妹催歸數，小字如花細細簪。」第一句下署一「珏」字，三句下署一「珠」字，下皆如此，末署「九月朔日，西城謝氏女姊妹題」，蓋聯句作此。不競春光，獨吟秋思，珊珊遲來，雙雙而至，可想見其清絶之致矣。

馬蕉葊元勛少時有句云：「東風吹出清明雨，無數夭桃一夜紅。」爲人所稱。嘗在場屋中，一經生見其卷面姓名，驚曰：「子非『無數夭桃一夜紅』之馬君乎？」於是同人皆以「馬夭桃」呼之。

《對床夜話》云：「老杜《偪仄行》『自從官馬送還官，行路難行澀如棘』，《汎江夜宴》『鐙前往往大魚出，聽曲低昂如有求』；退之《曲江荷花》『大明宫中給事歸，走馬來看立不正』，《謁衡岳廟》『手持盃珓導我擲，云此最吉餘難同』，下三字似乎趁韵，而實有工於押韵者。」此言甚得三昧，喜而録之。

吾師姚姬傳先生以古文擅海内，詩亦兼備衆長。七古沈雄廉悍，浩氣孤行，無所依傍。七律初爲盛唐，晚年喜稱涪翁。嘗謂譽曰：「竹垞晚年，七律頗學山谷，枯瘠無味，意欲矯新城之習耳。乃其詩云『江西詩派數流别，吾先無取黄涪翁』，此何爲者耶？」又嘗曰：「近日爲詩，當先學七子，得其典雅嚴重，但勿沿習皮毛，使人生厭。復參以宋人坡、谷諸家，學問宏大，自能别開生面。」先生七律如《登宏濟寺閣是中山王故園》云：「中山王亦起臨濠，萬馬中原返節旄。坊第大功酬上將，江天小閣坐人豪。綺羅昔有巖花見，鐘磬今流石殿高。倚立碧雲飛鳥外，夕陽天壓廣陵濤。」辭氣雄放，真有籠罩一切之概。絶句不爲柔脆之音，而清氣入骨，覺魏公更饒嫵媚。嘗爲書一小幅云：「秋館蟲吟出草根，倚窗塵几一鐙昏。江邊夜半瀟瀟雨，知有寒潮又到門。」

庚戌歲，余遊金陵，將求一館以爲負米之養。當路貴人皆素相識者，曾莫爲力，旅食幾半載，困而歸。中寄家書，不敢明言，恐詒老母憂。典衣寄銀，云出自館穀。或不足，先生時以束脩益之。及余歸，先生書一詩扇頭見送，云：「江津起漲泛吴天，欲挂離帆風颯然。小别玉顔應未老，巨材深谷且忘年。棲遲政爾爲親屈，骯髒寧希得衆憐？留語斯須聊記取，葯闌花謝草如烟。」回首舊遊，頭顱如許，展讀師語，不勝慨然也。

余秋農旻喜爲奇句，有詠大風詩「欲吹山作地，能送海升天」，爲隨園所稱。時文亦時越矩度，長或至數千百言，少見之士，如覩怪物。與胡心齋皆有見贈之作，篇長不能載録。

蔡芷衫元春，金陵老名士也。侘傺無聊，爲童子師。所居僅容旋馬，貫角縱横，列坐綦滿。余與秋農、心齋同訪其室，芷衫肅客入，即走上樓，著衣易帽，輒於樓上大呼曰：「請少待，容即出。」頃又呼如前三四番，生徒莫不掩口。遲久，橐橐下樓，手抱己所舊著及當日友朋投贈之作十餘册，坐定共讀之。遇得意處，容色變動。余及客嘆賞曰：「此似謝，此似杜，似大曆、開元。」則大喜撫掌，不能自已。其見人謙若無以自容，而意實傲慢不屑。衣冠了鳥，舉止迂樸，衆皆指目，或效之以爲嬉笑，不顧也。其詩用功最深，自六朝以下無不探索。雖列隨園之門，亦時有微詞。五七古氣味樸古，非近時操觚者所能及。七律則尚沿七子之習。於余詩最賞《送龍雨樵出塞》四詩，有題余《海棠花研齋集》絶句云：「鬟影衣香勸玉杯，寶釵銀燭映金罍。三生杜牧銷魂甚，始信無情未是才。」「吾曹狂即是風流，知己相逢淚不收。昨日莫愁湖上别，淡烟絲雨六朝秋。」芷衫七古如《長干塔》起句云：「身無羽翼飛不能，平地瞪視秋空鷹。」空同無以過也。鐵門尤愛其「金碧之氣空中蒸」一語。嘗與余酣飲秦淮酒肆，時小雨初歇，酒人無多。芷衫及余論詩之次，狂叫大呼，聲振瓦屋，過客逡巡不敢入，入亦睥睨仄坐，頃即引去。自午至酉，肴不過三，旁一座列空酒瓶其上，幾滿矣。兩人皆大醉而歸。次日，余有詩記其事，芷衫次韵和之，皆七古長篇，故不備録。芷衫有云：「金陵城中十萬户，若論風雅棄如土。又餔糟啜醨排比户，仰不見光俯見土。」其狂態猶可想也。

吴中買女爲妾媵者，束足，布指，塗粧，綰髻，節其食飲以視其肥瘠，教之歌舞絃索之類，以昂其聲價。貧家女往投之，謂之「養瘦馬」。人疑所以名。余按：樂天詩「莫養瘦馬駒，莫教小妓女」，又曰「馬肥快行走，伎長能歌舞。三年五歲間，已聞換一主」，俗語或本於此也。

鄙性善愁，最苦言别。江干送客，目極帆影，雖數十里之近、三二月之别，亦殊惘惘，必望其去舟不見始返。或往來檣檝盛多，一時已迷所往，心輒爲恨。因憶唐人于良史詩云：「看爾動行棹，未收離别筵。千帆忽見及，亂卻故人船。」真善於寫情者也。楊誠齋詩「送了憑闌望去船」，亦此意也。

余嘗爲湘湄言：「今人可愛，古人難知。」蓋當日情事委曲以及笑談諧謔之語，漸遠漸湮，則讀其詩者不能盡解。雖當時以爲可喜者，後人見之，皆索然矣。記嘗與湘瀍、鐵門同舟自金陵回，三日聯句得四十餘首，即目偶書，雜以近事，頗覺滿意。今共觀之，已有茫然不知詩中道何語者，況古人乎？

鐵門屬湘瀍爲《京口渡江圖》於便面，有詩，極工。

皇甫持正詩存者二首，其一即《浯溪頌》「次山有文章，可惋只在碎」者也。宋人多有持正不能詩之説横於胸中，遂并此亦謂不佳。放翁《跋皇甫先生文集》云：「近時有《容齋隨筆》亦載此詩，乃云『風格殊無可采』。人之所見恐不應如此，或是傳寫誤爾。」又跋云：「司空表聖以持正詩配退之，可謂知之。然猶云『未遑深密』，非篤論也。讀之累歎。」觀此則放翁傾倒于此詩至矣。

放翁《入蜀記》：「泊本覺寺前。寺故神霄宫，西廡有蓮池十餘畝，飛橋小亭，頗華潔。亭中有小碑，乃郭功甫元祐中所作《醉翁操》，後自跋云：『見子瞻所作未工，故賦之。』亦可異也。」此語與「人之所見不應如是」同一冷雋。

《中州集》小傳稱王從之善持論，李屏山杯酒間譚辨鋒起，時人莫能抗，從之能以三數語窒之，使噤不得語。其爲名流所重如此。故所作《滹南詩話》，名言俊語，足解人頤，無宋人刻舟膠柱之見。生平最不服山谷，《詩話》中排擊山谷處十居四五，謂山谷「有奇而無妙，渾然天成如肺肝中流出不足也」，語最精確。其指摘山谷《閔雨詩》、《接花詩》、《猩猩毛筆》等作，即山谷聞之，亦無以自解。余謂山谷之於東坡，天分學力皆去之遠甚。江西學者尊之太過，正足招來者口寔。至其疎雋清冽之氣，自不可磨滅，蘇門中實無其偶也。滹南專攻其短，亦安足爲定論乎？

《滹南詩話》所論詩皆通達無礙，如人意所欲言。謂樂天之詩「情致曲盡，入人肝脾」。駁孔毅父「譏退之笑長安富兒不解文字飲而晚年有聲伎之説，曰詩詞豈當如是，遽以爲口實，則詩中復有『盤饌羅羶葷』之句，退之又當不食肉矣。」又謂：「歐公有『笑殺汝陰常處士，十年騎馬聽朝雞』之詩，伊川云：『夙興趨朝，非可笑事，永叔不必道。』詩人之言，豈可如是論哉？程子之誠敬，亦已甚矣。」其言皆可謂先得我心。然亦有紕繆不可訓處，如樂天詩「楚王疑忠臣，江南放屈平。晉朝輕高士，林下棄劉伶。一人常獨醉，一人常獨醒」，王以爲屈子所謂「獨醒」，非真言酒，用作寔事爲誤。「獨醒」之語承用已舊，詩人之言，又豈可以是論乎？盧延讓「栗爆燒氈，貓跳觸鼎」，惡謔也。王以爲讀之可以想見明窗温爐閒坐之適。東坡《題陽關圖》「龍眠獨識殷勤處，畫出《陽關》意外聲」，全用劉賓客詩意也，以爲可言「聲外意」，不可言「意外聲」。賀方回詞「風頭夢雨吹成雪」，「長廊碧瓦，夢雨時飄洒」，正用義山《聖女祠》「一春夢雨長飄瓦」。義山所謂「夢雨」，正用《高唐賦》中意也，以爲雨之至細若有若無者謂之夢，然則靈風又將何説耶？此類皆故騁其辨，不可爲典要，以其中瑜多瑕少，故備論之。

從之詩如「偶成濁酒狂歌會，恰及斜風細雨天」，「百憂耿耿填胸臆，强作歡顔慰老親」，皆可喜。遺山稱其居冷局十五年，崔立之變，群小獻諂，爲立起功德碑，以都堂命召從之，從之外若遜詞，而實欲以死守之，時議稱焉。按：劉京叔《歸潛志》述此事甚詳，謂諸公不肯居此名，嫁于京叔。銘詞碑序寔王元及京叔共成之，未知京叔之言信否？抑遺山爲己出脱，故并於玉曲護之也。其《還家》五首第四、五云：「回思夢裏繁華事，幸及當年樂此身。閒立斜陽看兒戲，憐渠虚作太平人。」「艱危嘗盡鬢如絲，轉覺歡譁不可期。幾度哀歌仰天問，何如還我未生時。」黍離苕華之音，惻人肺腑。

湘湄言其所親沈秋山泰素不能詩，一日，其兄自遠歸里，忽作一絶句云：「河朔飄零已十年，一家骨肉盡蕭然。可堪歸及清明節，哭上吴山焚紙錢。」

王建詩「蠹生騰藥紙，字暗換書籤」，「騰」字當亦「换」字之意，今俗以此易彼，猶曰「騰」也。

權奇骨相，輪囷肝膽，所得于生之常也，而俗人以爲怪。好古耽奇，力矯流俗，不隨世俗取舍，所得于學之常也，而庸人以爲怪。歌哭無常，酣嬉無度，不得志於世者之常也，而天下莫不以爲怪矣。由前之怪，自其所樂爲也。由後之怪，有不得已託而逃焉者也。雷季默之賦怪松曰：「物生自有常，怪特物之病。」嗚呼！是果其病耶？抑有致其病者耶？

宋四靈之論五律曰：「一篇幸止四十字，再加一字，吾末如之何矣。」金源党竹谿之論七律曰：「五十六字皆如聖賢，中有一字不經鑪鍾，便若一屠沽子厠其間也。」語皆名雋，可爲東塗西抹者下一針砭。

張功甫疏「花宜稱」、「花榮寵」、「花憎嫉」、「花屈辱」各數事。內「屈辱」一事曰「與蠢婢命名」，最爲確當。今每見人家赤脚，無不呼以「春蘭」、「秋菊」者，大爲花抱恨。余嘗屬友人置婢，書一絶寄之云：「雙聲略稱冠軍家，楚楚眉痕兩髻丫。但解隨行能步步，只名春草不名花。」

《湛淵静語》：「滕王閣舊置王勃詩序碑，當正位，昌黎重修記居其旁。古心江公治隆興，遂遷韓碑居正，退勃於旁。刻碑陰云：『勃八代未變之文，俳優語也。昌黎一變八代，直至於道。』」愚以爲此雖意尊昌黎而寔非也。論時代先後，勃宜在中，昌黎次之。即以文論，各爲一體，亦未易優劣。少陵云「不廢江湖萬古流」，昌黎亦云「願列三王之次，有榮耀焉」。江公如是位置，恐昌黎亦不以爲安也。且昌黎此文，亦何所見直至于道耶？

往寓揚州九峰園，時維暮春，雜花生樹，新水拍堤，甚有佳致。臨水一閣曰「風漪」，掔鷺提鷗，最爲幽蒨。徘徊之次，見壁間小字書一絶云：「女伴閑攜畫榼遊，春風小閣坐扶頭。外人不識神仙到，只道杏花紅上樓。」書跡娟好，略露傾欹紕縵之態。後以事復至揚，重訪此閣，則半月前有貴遊僦此，壁皆新糊素紙，舊跡了不可見矣，悵惘久之。

癸丑歲，余訪沈瘦客大成、黄退庵凱鈞於嘉善，見案頭有錢氏所刻《彭城三秀集》，亟取閲之。一爲吴夫人黄，字文裳，著有《荻雪集》；一爲沈夫人榛，字伯虔，著有《松籟閣遺稿》；一爲蔣夫人紉蘭，字秋佩，著有《繡餘詩存》。姑婦相承，世傳風雅。吴夫人爲前朝塞庵相國子婦，籧庵駕部女。適丁國亡家破之時，故多傷事感時之語。蔣夫人生長金閨，于歸巨族，秦嘉上計，徐淑工愁，故弄筆然脂，多綺麗緣情之作。沈夫人詩筆不逮姑婦，而詩餘一體遠接漱玉，亦一奇也。吴詩如《采蓮》云：「巧翦羅衫碧，偏行荷葉中。莫愁看不見，人面勝花紅。」《孤山》云：「處士逃名處，孤山對故宫。梅妻猶抱節，不肯嫁春風。」則又寓滄桑之感，寄冰霜之思矣。其《聞鎦節婦淑英倡義勤王》一律云：「天綱竟墜地，倡義滿方隅。白面譚兵有，紅粧殉國無。王章還有女，自注：節婦爲揚州守殉璫禍鎦公諱鐸女，少寡守義。吕母本無夫。我亦髫髦者，深閨媿執殳。」事奇詩奇，可以傳也。蔣詩如《秋閨》云：「親檢繚綾爲製衣，翦刀欲下更遲遲。夢中面目雖依舊，别後腰圍尚未知。」《秋曉憶外》云：「相思相望路漫漫，製得羅衣欲寄難。小閣夢回金釧冷，應知江北不勝寒。」《春日》云：「睡起懨懨倚繡籠，聊將玉鏡照愁容。雙眉久别張京兆，自寫春山看淡濃。」蔣亦有詩餘一卷。

丹叔《舟行雜詩》中一首云：「湖面無波鏡面平，忽來雙槳鷺絲驚。兩邊卧柳拂船過，摇落梢頭雨點聲。」黄退菴《秀州夜泊》詩云：「扁舟夜泊板橋東，獨擁寒衾寂寞中。恰好五更殘夢醒，柳梢摇雨滴孤篷。」二詩命意相似，風韻亦同。

退庵《即事》詩云：「雨洗疎桐氣更清，何來好鳥兩三聲。偶抛殘卷階前立，不覺西林放晚晴。」又一首云：「六扇窗櫺鎮日開，雨雲未晚暗庭隈。山妻知買新書得，一點疏鐙早上來。」他如「無多屋入雲林畫，自適詩如小草花」，「故人詩好久能記，自種花開倍可憐」，「兩鬢恰如秋草短，一年又是菊花初」，皆嗢噱于誠齋、劍南之間，而能自寫所得。其《論畫》詩云：「眼前景物天工畫，今古丹青取不窮。

改角裝頭臨粉本，可知失却自家風。」其託意可見。

神仙鬼怪之詩，雜見小説家言，多有幽秀哀艷可讀者。余與湘湄夜坐讀書至四鼓，無俚已甚，遂約各爲鬼仙語，共得十餘首。覺紙窗颯颯，樹枝刁刁，如聞泣幽咽者，乃各罷去。質明視之，都非凡理。或者女蘿薜荔之中，有窈窕宜笑者，陰來相之乎？詩不登於集，又惜其遺忘，遂摘數首于此。昔范德機與危太僕同遊，得「雨止修竹間，流螢夜深至」二語，舉似危，危云：「大似鬼語。」余亦竊比於二公也。詩云：「白羅衣薄御風行，月澹雲輕夜不明。閒拂秋烟看人世，一星螢火出蕪城。」「手攀瘦竹立昏黄，羅袖低垂鬢影長。冷透弓鞋行步澀，西風吹白草頭霜。」「荷葉菱華斷送秋，亂螢照水碧幽幽。月光偪得羅衣冷，獨自夜深還上樓。」「殘月一鈎低向西，風吹蘆葉如人啼。垂髻髮短玉釵直，背立枯槎浮過溪。」「斷魂不耐野風吹，悔與郎期月上時。一片薄雲遮不定，棲鴉閃閃落寒枝。」「小寒食近子規啼，短短桃華吹作泥。玉骨不温殘月墮，曉風又落野棠梨。」「癡恨難償幽怨深，年年滴淚種紅心。紅心仍作墳頭土，郎便能來無處尋。」「弱魂如霧不知寒，浮世還從夢裏看。走上樓心拜明月，蛛絲吹滿舊闌干。」

鄭弱士籛，余妹壻也，師事吾友鐵門。爲詩踔厲風發，有無前之氣。余赴淮陰，弱士送詩云：「分手黯無語，布帆風有聲。」後送湘湄赴淮云：「遠夢亂春草，離筵多夕陽。」有寄酬見懷之作云：「猶記山塘相送處，江梅白得未曾匀。當頭澹澹初三月，瘦影稜稜五六人。自挂孤帆勞遠夢，一飄紅雨又殘春。囑君我亦無多語，早負米歸慰老親。」他如：「白秋海棠云可憐，腸斷久淚滴不成。」《紅竹谿堂即事》云：「風動簾紋波瑟瑟，夜凉蓮葉露星星。」《贈隨園先生》云：「人間清福仙難鄰，天上文星月樣明。」皆能自寫性靈，獨表風骨。初，湘湄以鄭氏諸郎詩示余，其中有「落花漠漠共愁多」之句，余最賞之。後湘湄爲弱士冰人，馳書問余，且鈔其近作數首以來，曰「此即詠『落花漠漠』之郎君也。」以詩作合，且預作紅絲于數年之前，亦可記矣。

劉彦和云：「妙識所難，其易也將至。忽之爲易，其難也方來。」真洞悉甘苦之言。今人初學操觚，輒下筆不能自休。未見曹、劉，便能目短；纔窺陶、謝，已負熟精。學韓則動仿《南山》，擬蘇則開口《石鼓》。鴻文無範，易于千言；愜理厭心，難於一字。吾見亦多矣，不敢昌言于人，而私以戒其同學焉。

詩有人人眼前之景，人人意中之語，思不必深，迄未能道。祝雲橋《春詩》云：「陌上遊春女，行行路漸遥。去年曾到此，記得有紅橋。」「陌上游春女，前邨想是家。入門呼小妹，裹出碧桃華。」讀之如見邨郊踏青，兒女聯袂，物色相召，在人目中。雲橋爲吾友稼庭外舅，稼庭收其遺稿，余因得之。他如《題阿文春睡圖》云：「朝陽扶影暎蔆華，曙色曈曨上碧紗。胡蝶不知緣底事，又迷春夢到卿家。」自注：「阿文荘姓。」又云：「相逢憶得尚髫年，醉倚疎狂笑拍肩。今日天涯一展卷，勞人雙鬢獨凄然。」皆清麗可傳也。

吴蘭雪《新田十憶圖》，題詩者數十人，或分題十截，或合賦一章。然畫寫十册，序異四時，各系短篇，既傷金碎，同歸長句，又慮沙摶，鳴筆雖多，匠心殊少。後見汪夫人宜秋三詩，歎其不費全力，曲包餘味，他人數章尚苦難盡者，以一二語了之，更能見文表之織旨，暢事外之遠致，始知才力不可强也。詩云：「一幅生綃一段春，鄉心真似轉車輪。宵深便有夢歸去，也恐難分十處身。」「晴窗閒展玉丫叉，畫裏春風各一家。生性清寒儂自笑，就中畢竟愛梅花。」「兒家舊宅頻遷徙，也要良工畫幾方。只自不堪追憶了，門庭冷落故園荒。」

吴梅邨工爲唐初詩體，於芊綿繁縟中有哀怨悱惻之音，遂以高步一代。雖才分天成，抑亦時運所遭有以助之也。吾友鐵門於故書中買得魏東齋詩一卷，亟以示余。東齋名少野，爲前明忠節公大中之孫。卷中詩皆近體，殆非全稿，然朗麗哀志，已見一斑。如白髮宫人坐談天寶，令人黯然。其《倏然閣感賦》云：「頻年故鬼唱秋風，幾處離人尚轉蓬。身到武陵應識得，小桃雖在是衰紅。」《書燕京春詠後贈沈客子》云：「京國繁華數改移，似君不及見當時。可憐四十年前景，猶有貞元朝士知。」《答唐生青帆見訊》云：「閒中每憶當時事，來恨遷延去恨催。隱隱蝦蟆更欲絶，坐驚殘夢轉蓬萊。」「密香寫就懊儂歌，爲報清狂老更多。依舊素騾雙鐙上，白衣紗帽醉時馱。」其他雖寄託不同，皆此志也。又有《輓周青士》詩云：「短衣長劍去鄉關，三寸桐棺寂莫還。生不埋名死埋骨，可憐猶未負青山。」大致不滿于青士。雖論青士則未協，然亦可想見其爲人矣。東齋初名允札，字州來。

桐城姚南青先生範，姬傳先生伯父也。仰屋著書，至老不倦。生平長於考證，詩在山谷、後山之間，然未梓行，故不多見。記其《題袁樸邨丈春郊攬勝圖》云：「九門風雪夜戡戡，擁袖人如抱繭蠶。一笑披圖竟歸去，梅華開日到江南。」吉光片羽，心識不忘也。樸邨爲吾友湘湄尊甫，有《小桐廬詩》行世。又嘗搜羅國朝以來吴江之詩人，選爲《松陵詩徵》一書。荒山窮巷、掘穴沈汙之士，賴之以傳者不少，其有功於詩教甚大。南青先生題此圖時，正樸邨都中下第後也。

詠懷、詠物要有寄託。又必前人未道，一經拈出，便成妙諦。桐城左蘭釜錡《感懷》詩云：「得志范睢多叱咤，窮途項羽亦文章。」對句人未嘗道也。《詠梅》詩云：「美人憔悴春何用，名士飢寒雪不知。」《貴人園中牡丹》云：「繁華滿眼天香少，富貴梢頭善果難。」亦戛戛生新。蘭釜少負奇才，隱於下位，窮老放廢，以酒爲名。醉後輒謾罵，崎嶔歷落，可笑人也。流寓清江，與徐稼庭寶田相善，於稼庭壁間見余詩，稱不容口。俟余不至，留詩壁間以爲作合之。先此數聯，皆其所留詩中語也。

顧荔堂喜裒集前人零章斷句及遺聞佚事，意欲著爲一書，早卒不就，今其書亦散佚不可問聞。中多佳詩，可惜也。鐵門能記其中一絶句，云：「儂家阿母性多猜，白石圍牆護竹胎。春到那能拘管得，筍兒元透出牆來。」然不能記爲何人之詩也。

厲樊榭「朱闌今已朽，何況倚闌人」，語本東坡「畫闌能得幾時好，不獨憑闌人易老」之意也。余有《鹿城》絶句：「人柳經霜鴨脚凋，重來事事足魂銷。不論橋上驚鴻影，兼失年時舊板橋。」

近人孔孝廉傳金爲其庶母三年服，製一輓帖云：「慈母如母，貴父之命也；顧我復我，育子之閔斯。」以經爲對，莊重而工。聞舊有一貴官以媵婢爲妾，生一子，子亦貴顯。其夫人没後數年，妾始卒，見諸人輓句多不稱意，自作一聯云：「媵以妻來，轉令我思妹子；母以子貴，居然婢作夫人。」頗爲情文交至，而此聯着語尤難也。「我思妹子」見馬令《南唐書》後主祭周后文。

沈生志香，字葉書，武林人。以作客淮陰，問詩于余，自言他日未嘗學問，而此心甚專。余以所選《全唐詩》及《宋詩鈔》令其鈔録。一年之後，所作居然可觀，乃信擩染耳目之爲益大也。其《送李曉江還武陵》云：「此身何翅一沙鷗，來往滄江任去留。草草相逢皆遠道，迢迢歸夢逐扁舟。自憐淮水三年住，話到西湖一倍愁。江漲橋南馬塍北，倚閭人已雪盈頭。」《憶舊》云：「香銷髻妥睡猶酣，登頰紅潮困曉寒。賴是此時多着眼，醒來未必許人看。」他如《柳衣園》云「牡丹誇與春爲主，蛺蝶困如人可憐」，《丁香》云「未必有心多瑣碎，可知無月亦玲瓏」，皆可入《主客圖》中。其先人繡淳先生名植基，工於札翰，爲諸侯上客。雖達官貴人，忤於意輒謾駡，或襆被竟出，然皆重其才，多屈意下之。沈生誦其《湖上》一絶云：「春水方生映曉嵐，桃華紅綻柳毶毶。手攜稺子湖亭立，不信行年六十三。」頗有樂天閒適之致。時志香尚幼，從遊西湖，口授記之者也。

緇衣能爲詩者，近時殊少。余所見者惟漱冰一人。往時相見於退庵齋中，見其立若植鰭，而吐辭含氣，有無礙之才。時丹叔同在坐，夜譚蟬聯，漱冰亦申旦不寐。有詩云：「世味詩情併已灰，又緣良晤未能回。明當誇與交遊者，誰識平原兄弟來？」「半庭殘雪酒微醺，久識此身浮似雲。安得高齋十日住，恐梅花放又思君。」又有《見贈》一首落句云：「早知輕别何須見，從此愁生第一年。」余謂山骨清寒，漱冰之人也；草木堅瘦，漱冰之詩也。

武林沈蔗畦植蕃，生有至性，少孤坎坷。每言及母夫人，輒動色流涕，余爲誦孟雲卿「爲長心易憂，早孤意常傷」之語，相與唏噓。一日，手其大父曙堂司馬遺詩一卷見示，并言兩遭水厄，流離轉徙，都就散失，所存詩不足百首，未能單行。余爲鈔入《碎金集》。其中如《和竇觀察行春》云：「簇簇華驄犯早寒，午雞村落具盤餐。睢溪一折横新水，恰好斜陽三兩竿。」「梅落溪流玉笛長，心閒不分簿書忙。風塵也有忘機客，時見春鷗上草堂。」「已消殘雪過旗亭，古路排衙人柳青。處處焚香拜生佛，杏花邨落見春星。」司馬歷官皆有善政，而名位不顯。其《登扶疏亭》云：「鴻跡依稀轉眼更，去思碑徙北邙平。龔黄召杜千秋在，不署頭銜署姓名。」寄託如此，可以見其懷抱也。司馬名錫鼎。

顧蔚雲先生汝敬説經鏗鏗，其詩多法唐人，有漢廷老吏之意。余愛其《讀宋史》詩云：「北宋九帝終徽欽，紀年一百六十八。斧聲燭影事傳疑，德昭廷美死何説。南宋九帝終昺昺，紀年一百六十三。淳熙入嗣統已更，一誤再誤成空談。弟兄國祚略相似，太后地下笑冷齒。彼蒼者天不可欺，金匱之盟天知之。」議論雋冷，饒有風趣。

揚州鈔關前水勢湍急，秋水時至，牽絲如交蘆，時有覆溺之患。德清徐竇仁爲河工官，以公事至揚，觸他舟覆水而死。其弟稼庭在清江，馳奔其喪，有《哭兄詩》六首，覼縷敘次，酸楚不可卒讀，有脊令急難之音。今備録於此云：「兄竟至于此，欲言摧肺肝。十年成薄宦，一命徇微官。意外風波惡，從來行路難。有天不可問，仰視但團團。」「凶問卒然至，黄河似淚傾。痛餘猶妄想，事過或回生。展轉中腸結，倉皇性命輕。天乎真已矣，蕭寺一棺横。」「棺蓋一何早，我來苦恨遲。亦知開不可，其奈見無期。賴有友朋在，爲言飲含時。誰憐作兄弟，急難仗交知。」「邱嫂矢身徇，終朝血淚枯。兩兒皆幼小，一長解號呼。三命千鈞繫，重泉片語無。可能魂夢裏，爲勸撫遺孤。」「歷歷音容在，滔滔江水流。

人思九閽叫，兄已一生休。時觀察有爲兄請卹之意。選日仍權厝，他時終首丘。傷心此坏土，埋骨不埋愁。」「弟本尫羸者，何堪重任肩。全家此孤注，忍死或天憐。饘粥謀生急，詩書待後賢。望兄陰相助，泉下莫悁悁。」稼庭兄没後，恩其孤如己子，風義之古尤足以厲薄俗也。

退菴書來，中寄詩一紙，云其人顧姓，名甦，字瞻麓，本與君同里，後移家魏唐。生平以詩爲性命，物故既久，無能舉其名者，屬爲鈔入《碎金集》中。眎之，多五律一體。當其至處，幾入四靈之室。《雜興》云：「睡味濃於蜜，詩情冷似冰。養生先斷酒，愛寂并疎僧。花落從風掃，窗虚讓月升。吾廬誰共此，静對一枯藤。」《病起》云：「對鏡成新鬼，驚心夢故人。活從死裏得，今悟昔皆非。」《自嘲》云：「交僧羞佞佛，忤俗亦猶人。天將容我嬾，病似妬人閒。」皆清苦刻至。又有七字云「酒甜如與俗人談」，尤新。然居近里巷而人不之知，可一慨也。又有徐生芝春者亦能詩，有句云：「知交自嘆貧中少，骨肉深悲地下多。」徐没後，壽生爲余誦之。

古人下字不苟，淺學未可遽以己意疑之。今年於杭州書肆中得《楊誠齋集》，手自校勘。其中訛謬甚多，然疑不能明者，姑從闕如，未敢妄爲改正。其謝啓中有當用「遲」字處皆作「皋」，初以爲誤，輒爲易之。閲至末篇有「用魯人之皋」云云，始知「皋」字非誤，急仍改正，落葉殆未易掃也。記少時讀吴梅邨詩「書爲香多蠹不成」，竊疑何不用「生」字。及觀唐人吕温《題研神記》詩，乃知所本。惟庸故妄，可不戒乎？

湘湄曾於淮陰客舍見有題壁細字，他皆漫漶，惟七字可識，云：「雁聲催短暮寒天。」

郭夫人俠有《除夕》詩云：「雪花梅蕊互争妍，夜泠圍爐意悄然。爆竹一聲催臘去，癡拈長綫繫殘年。」意新語雋，不減《椒花頌》也。夫人爲宋君心竹之室。心竹熟精《文選》，爲湘湄妻弟。此詩湘湄所傳。

癸丑五月，余與陳竹士基相見吴門，出詩一編曰《瘦吟樓稿》，問知爲其夫人金逸纖纖之作。乍一開卷，便覺清氣名香，發明耳目。遂攜歸舟中，與鐵門、湘湄諸君共相詫歎，以爲得未曾有。輒作一詩題其上，有「新詩成後人雙笑，小字呼來月兩頭」之語。纖纖得詩，喜爲屬和。留吴門十餘日，倡酧之作，無慮十餘首。每一詩輒易一境，如風馳電掣，鬼慴神趍；又若幻人偃師，十變五化。以文滑稽，謬效拙體，而清微秀邁之氣，古亦無與儷者。西江吴蘭雪負異才，其女弟及閨中人皆工詩。余告以纖纖，頗易之。至吴門得見全稿，始大折服，以爲真天人也。然福慧難兼，笙鶴遽召，天有成局，一成而不可變也。悲乎！

纖纖之亡，同人欲製輓聯未成，適汪宜秋内史玉軫挽對至，衆遂藉口閣筆。其詞云：「入夢想從君，鶴背恐嫌凡骨重；遺真添畫我，飛仙可要侍兒扶？」纖纖題湘湄詩稿有云：「江東獨步推君在，天遣飄零郭十三。」余囑武林蔣山堂以落句作一私印，佩之終身，以志知己之感也。

劉景叔云：「賢人君子得志可以養天下，不得志天下當共養之。」其言甚大。詩人、閨秀亦天地間所當珍重愛惜之物，其有坎坷亦宜相共存之，無所於讓。宜秋貧至絶食，竹溪諸子斂金周之，風義甚高。宜秋以二律爲謝，讀之悽入心脾，然彌見風骨。詞云：「惠比指囷贈，情同挾纊温。感深惟有淚，欲報恐無門。得食諸雛長，衰宗一綫存。應知姑與舅，泉下亦銜恩。」「回頭語兒輩，汝勿太憨癡。不有諸君子，何堪卒歲時。可憐飢凍久，未敢再三辭。他日如成立，生生尸祝之。」余去歲入都，留别故園諸君，卒章云：「金源劉氏祁，一語足深思。天下有賢者，世人當養之。況於閨閣内，值此困窮時。周急須公等，臨行申以詩。」蓋爲宜秋作也。

吾鄉閨秀能詩者，宜秋夫人而外，有吴珊珊瓊仙、袁柔仙淑芳。珊珊爲徐君山民之配。山民刻意爲詩，閨房中自相師友。嘗持一册見示，清麗之詞，入其家《玉臺》集中亦當不愧。余尤愛其《病中絶句》，云：「隔墻蓮漏響珊珊，一縷鑪烟到午殘。鈴語緑窗風不定，梨花吹雪作春寒。」柔仙爲吾友湘瀍笛生之妹，陳君秋史之室。答大雷之書，傳謝家之學。風美流發，其來有自。與珊珊居相近，瀹茗過從，論詩談藝，亦閨中美談也。柔仙詩不多見，僅於湘瀍送行詩册中見一絶句，云：「蠻牋鈔寄枕中方，憐我年來病善忘。只恐别離忘不得，思兄一日九迴腸。」册中又有王秋卿蕙芳《送兄公赴淮》云：「橋外輕舟一葉横，外君曉起送兄行。對床夢待歸來續，風雨今宵莫作聲。」可謂一門風雅矣。

凡題畫之詩每有佳處，易於賞心。如空山獨往，忽見孤花；廣庭雅座，瞥聞么弦，動人最深也。秋史題扇頭小景云：「漁村蟹舍足勾留，换酒歸來共拍浮。春載落花秋載月，一舟容得許多愁。」余爲人題畫，云：「單椒須得水迴環，著个扁舟好往還。相宅十年今一笑，買來無此好溪山。」

厲樊榭集中有《買得元詩選見有閨秀陳維坤題詩用典及琴書事可知爲首句者因屬和之》，此與李易安歸來堂中還人韓滉《牡丹圖卷》，同一悽惋。而故家舊物，與我周旋久，一旦棄之，尤難爲情也。近人顧秋田畊，性愛古硯，弆藏甚夥，後皆散去。有一絶云：「一回拂拭一回看，石有前盟也自寒。最是一雙鸜鵒眼，向人流淚不曾乾。」

湘湄爲余誦一閨秀《過横塘》詩云：「萍抽嫩緑初平水，柳帶嬌黄欲散絲。一幅横塘好圖畫，鳥啼風暖雨晴時。」神韵絶佳。其人姓張，名于湘。

善寫眼前之語，如人意中之言，令人一見犂然有當於心，此詩境之一妙也。放翁詩：「兒孫生我笑，趨揖已儒酸。」明王叔承《席上贈益卿幼子》詩：「風塵來燕頷，爾輩已堪疑。」放翁調笑，叔承慷慨，而語皆可思。

三吴蠶月，風景致佳，紅帖黏門，家多禁忌。閨中少婦治其事者，自陌上桑柔，提籠采葉，村中繭煮，分箔繰絲，一月單栖，終宵獨守。每歲皆然，相沿成俗。寧分寡女之絲，不作同功之繭也。許志進《蠶詞》云：「五夜留燈照獨眠，蠶房齋禁太常偏。軒渠借問秦淮海，箇出《蠶書》第幾篇？」可云善謔。「天氣微涼人好睡，闌干閒在月明中」，宋人詩也。「偏是離人愛良夜，不曾孤負好闌干」，黄莘田詩也。兩詩各意而風調相同，皆耐人尋繹。

吴江龐鶴霄兆緱，邨居教授，名不出里巷。鐵門于其後人得詩一卷，鈔以見示。有《催妝詩》云：「妝閣將辭未肯辭，鐙前掩映故遲遲。明知堂上笙歌促，偏要新郎立幾時。」吹氣如蘭，全不類邨夫子口吻，余固已異之。中復有與其表妹王素芬夢蘭倡和之作，并附素芬詩十一首。其十首爲《宫詞》，其一《和移居薔薇書屋》詩也。龐原作云：「風轉蓬根不定居，新堂製仿舊庭除。爲貪涼氣常開户，兼借餘光好讀書。滿逕苔痕泥滑滑，過墻竹影月疏疏。春來結箇薔薇架，便覺茅檐畫不如。」素芬和云：「百花莊合杜陵居，清福愁君暗折除。入耳蛙鳴供鼓吹，隔窗雞語伴琴書。春深紅葯當階秀，夜静青藜照字疏。茶竈葯爐安頓了，秋風好着病相如。」《宫詞》已録入《碎金集》中。龐詩得鐵門以傳于世，素芬又藉龐詩以傳於世，不然，殘香賸粉與秋墳之唱同泯矣。

《鐵圍山叢談》謂有兩花蕊夫人，一蜀王衍，一蜀主孟昶。孟昶之花蕊即作《宫詞》者。入宫有寵于昌陵，爲太宗射而殺之。王定國《聞見録》亦載此事，曰「金花夫人」，不言花蕊也。

「贛江江水碧於苔，望裏青山翠作堆。一葉漁舟出芳草，鷺絲飛上鬱孤臺」，俞作梅過贛州作也。俞，臨平人。有《竹枝》云：「春女如雲逐隊游，幻居安隱寺名。好勾留。阿婆到老風姿在，插得暎山紅滿頭。」「斷山山斷斷還連，情斷如山情尚牽。卻恨郎如斷碑斷，還留一半在誰邊？」又《詠蝴蝶》云：「凌兢立向風前草，倒好殘春當作花。」亦新雋可喜。

有宰官以貪酷從政，而好自誇大。元日大書春帖署廨楹，云：「愛民若子，執法如山。」有士人援筆續其下云：「牛羊父母，倉廩父母，供爲子職而已矣。寶藏興焉，貨財殖焉，此豈山之性也哉。」一時傳笑。

詩近樂章，自古爲詩以哭其父母皆未有是，蓋至哀不文。唐人爲其親及姊妹兄弟墓石之文，志而不銘，亦此志也。近惟黄唐堂先生有絶句云：「病中日日呼兒聲，今日呼耶耶不應。夜臺幽處不可步，何不呼兒持漆鐙？」此詩作于倚廬之中，然悽愴之音如三峽之猨、繞樹之烏，讀之但覺血淚相和流，不知其爲詩也。亡於禮者之禮，君子韙之可也。

七古長篇，演迤浩汗，騁其材力，十變五化，往往難於收束。末後一句不能截斷衆流，遂有伯才無主之嘆。喻如千金駿馬，驀澗注坡，五嶽名山，陂陁漫衍。而善騎者必于蹬封勒足見其奇，善遊者必於縣崖插天觀其勝也。麻九疇《題范寬秦川圖》詩，歷敘山川，極命治亂，幾數百言，讀者目眩良久矣。落句云「貪徵往古山川事，忘卻題詩賞畫圖」，便覺骨節通靈，字字飛動。劉畊南《題北齊校書圖》，仿昌黎畫記，覼縷畢備。落句云「披圖起立三嘆息，北齊此日繁華極」，金石迭奏，其終紬然，此爲最工也。

鐵門於金陵市中得詩稿兩本，其人爲秀水王宓草著。稿中雜他文及應酬往還尺牘，詩中有與曹實庵、王昊廬、高念祖倡和，意是國初人也。詩格頗蒼老，余採其尤者入《碎金集》。中有輓杜茶陵詩云：「詩追《夔府》方稱史，哀接《離騷》別有經。」又有輓洪昉思詩，序言：「昉思以不得于母，哀思宛轉，發而爲詩。」又云：「昉思以《長生殿》獲罪，六月一日舟泊烏鎮，落水而死。其日即楊妃生日，奏荔子香者也。」故其詩有云「怨艾自傷真孝子，性情特見古風人」，又「此日淪亡君莫恨，太真生共可憐宵」。可以廣異聞也。

《宓草詩》後附小詞幾闋。其《送別》（卜算子）甚工，云：「明月送君來，新霽催君去。莫恨無情雨與風，爲我留君住。　人當灑淚時，亭是傷心處。萬疊青山一綫愁，秋草殘陽路。」又曹棟亭

《漁灣留别》(摸魚兒)詞云:「漾晴沙、一痕瑩玉,涼波堆起如許。問君可是寒江雪,好綴漁蓑詩句。重記取,截不斷、斷雲寒雁惺忪語。騰騰戍鼓。早夾岸傳呼,堠亭列炬,匆促又西去。菰蘆夢,半載故家茶具,七年飽嗽烟雨。白頭那念天池釣,來與鷺鷗爲侣。誰得住,任拾蛤撈蝦,儘有勾留處。荒汀遠渚。倩柔櫓數聲,暗潮拍打,寄寫此情緒。」楝亭詞不多見,此闋亦雅,有姜、張風調,故亟録之。

宋人詩話有七夕詩限「尼」字,後見喜鵲一名芻尼,以爲適合,人不可不讀書也。嚴丈歷亭嘗言有衆客共賦蓴菜詩,限用「鷹」字,無不用季鷹者,咸以爲莫能出奇也。後一客詩成,落句云:「更思鱸作鱠,隔浦唤魚鷹。」一座歎賞。此又匠心之巧,非關讀書矣。

吾鄉俗諺云七夕後望天河顯晦,可卜米價貴賤。舊以爲齊東野人之語。後見戴石屏《舟中夜坐》詩云「獨坐觀星斗,一襟秋思長。天河司米價,太乙照時康」云云,則此語流傳亦已舊矣。

楹帖之佳者,歸元恭贈某公云:「居東海之濱,如南山之壽。」其自署云:「兩口寄安樂之窩,妻太聰明夫太怪;四鄰接幽冥之地,人何寥落鬼何多。」竹垞贈顧亭林云:「入則孝,出則弟,守先王之道以待後學;誦其詩,讀其書,友天下之士尚論古人。」汪舟次題山陽學署云:「昌黎起八代之衰,想當年苜蓿齋中不過尋常博士;文正以天下爲任,問今日虀鹽隊裏可有此等秀才?」竹垞賑粥廠中云:「同是肚皮,飽者不知飢者苦;一般面目,得時休笑失時人。」近時李鶴峰題隨園云:「此地有崇山峻嶺、茂林脩竹;是能讀三墳五典、八索九丘。」又有人集杜詩贈隨園云:「中天懸明月,絶代有佳人。」

蔣伯生自署云：「熟讀《離騷》便可稱名士，涉獵傳記不能爲醇儒。」余題海棠花研齋云：「瓦屋只三間，士龍住東，士衡住西；端谿藏片石，真手不壞，真研不損。」相傳錢籜石自書京師寓齋春帖云：「三間東倒西歪屋，一個千錘百鍊人。」有輕薄子書以糊鐵匠店中，傳以爲笑。

方朴山先生博極群書，研精經藝，詩非其注意。然學人之詩，豈東塗西抹可望。《哭外舅外姑》云：「因人成白首，偕老及黄泉。」《布幔》云：「那移巧避三竿日，偪仄剛宜一握天。」《贈金壽門》云：「閒何闊豈逢諸葛，慨以慷惟有杜康。」皆不苟。然其《詩話憶舊注》述望溪語，最爲解頤，云：「宗人望溪謂魏武《短歌行》是將殺孔北海時作。『但爲君故，沈吟至今』，此即丁晉公所云『爲王子明遲我十年作宰相』之意。君指孔北海也。『明明如月，何時可掇』，直自道其不得之熱中矣。末章『山不厭高』云云，則又所謂璧其焉往，將欲取之，必姑予之也。余因問『呦呦鹿鳴』一解云何，望溪謂魏武曾舉孝廉，故云爾。」此可爲一笑也。

龔東隅本有《翦燭話雨圖》，自序云：「三四年來掌教義安，畫家爲余寫照，因授之意而自爲一詩云：『鴻跡年來寄皖江，浪浪夜雨滿文窗。而今説着愁滋味，珍重鐙前影一雙。』妻汪氏和云：『西窗面水静愔愔，促坐談深雨氣侵。回憶瀟瀟孤燭夜，眼前端的值千金。』」龔少負奇才，老躓場屋，年七十以副榜授仙居校官，賦詩云：「垂老居然得一官，一官仍復是儒酸。山妻慣與同甘苦，唤取來嘗苜蓿盤。」伉儷之篤，風趣之雅，皆可想見。

商寶意先生詩沈博絶麗，而風神駘宕，時出入温、李間。余最愛其「人生百衲琴相似，密密疏疏有斷紋」二語，低徊往復，味之無極。

鐵門嘗言學人之詩，古體工于近體，五言又工于七言，蓋蘊畜既深，發聲自遠。余謂竹垞云「近人開卷即七言律，詩格必卑」是也。邵二雲學士經學湛深，古詩多深思古意。然如《和童二樹梅花詩》其中一絶云：「折枝贈别曉江寒，好句長留畫壁看。三載銷魂梅嶺雨，黄椰根苦荔支酸。」注謂「懷羅二嶺南」。言情婉娩，深得風人之旨。《秋草》云：「長驛露寒人獨去，横塘水落雁初過。」《落葉》云：「從遣深山徵月令，是誰中夜讀《離騷》？」皆有遠韵。

嘉善金文沙女史淑早寡，工詩，不輕以示人。阮雲臺中丞選《兩浙輶軒録》，例選已故，誤收文沙詩入選。文沙以詩謝云：「未亡人得從寬例，文選臺應被誤傳。」立言極爲有體。余贈以長律，落句云：「似聞妙繪兼三絶，試畫天風蘿屋寒。」文沙爲作一圖，極荒寒蕭瑟之致，題二絶云：「春來海燕寄珊瑚，囑寫天風蘿屋圖。自是詩中兼畫意，不知畫意入詩無？」「秃盡千林見遠峰，只留蒼翠兩三松。有人屋底寒如此，黄葉堆門過一冬。」語意皆工，不媿林下風也。

聽秋女士朱澄，歸於金文沙弟之婦也。閨中酬和甚多。亦蚤失所天，才命不偶，大略相似。有寄唁文沙五律六首，讀之令人酸楚。今録其二首云：「豈不貪庸福，天何獨忌才。從教依子舍，莫上望夫臺。撫瑟悲三絶，吟詩痛八哀。他鄉聞惡耗，驚定復疑猜。」「世事都如此，驚看逝水流。歸期當在夏，悲思不因秋。忽忽經年别，茫茫大地愁。丁寧惟一語，萱草可忘憂。」其佳句如《遊寒山》云：「短籬才見春來筍，深谷微聞午後雞。」《有感》云：「瘦影劇憐明鏡換，好山只向舊圖看。」又《看荷》一絶云：「追憶童時到草堂，緑陰猶護北窗涼。風廊水榭憐欹側，惟有紅蕖似舊香。」神韵不減文沙。

（姚蓉、孟詩楊點校）

靈芬館詩話

靈芬館詩話提要

《靈芬館詩話》十二卷續六卷，據《靈芬館全集》本點校。郭麐生平見《樗園銷夏録》提要。此書據孫均序，正集成於嘉慶二十年前，乃頻伽積三十年鈔蕞者而成。前十卷話詩，後二卷話詞，不分古今而截然以今人爲主。續集六卷，自序謂成於嘉慶二十三年戊寅，則續前所爲，專録近時詩人。郭頻伽以詞著稱，論詩亦首重情韵，似於絶句小品最有會心，卷二、卷三即仿《萬首唐人絶句》，詳摘宋、元人絶句。卷中所評多爲近體，幾不録古體、長篇，雖云限於篇幅，實亦不脱其性好而已。其時袁枚聲氣漸衰，頻伽不爲所動，頗有維護之辭，蓋其論詩及生活之旨皆與隨園爲近也。評近人詩於袁、蔣、趙外，標舉錢載爲第四家，與洪亮吉同一眼識。頻伽交遊廣，雖有狂名，性實寬厚，所録除其師姚鼐及沈德潛、紀昀等所謂「天下士」外，多爲吴、越一帶落魄下士，存人存詩甚夥。友人中如沈大成、凌廷堪等，皆一代經史學者，作者獨能賞其爲詩人之詩。後李越縵《日記》雖譏郭氏爲「江湖小才」，然於經儒之能詩者，亦首推沈、凌，或即不無頻伽之影響在也。此書采詩之視野或不如《隨園詩話》、《梧門詩話》之廣大，然闡幽發微，功在深細，情味之純粹，反在諸家上也。

序

詩話之作，昉於六朝，衍於唐，盛於宋，波流極於元、明。其始也原本《風》、《騷》，極命事物，以發皇未明之恉，摘抉難顯之情；迨其後稍立意見，各樹門户，至於丹素異觀，奴主互勝，而詩之道隘矣。然而詩人遭際有幸不幸，其幸傳於今者，不必皆工；不幸而時代湮沈，名氏銷歇。即有終身溺苦以爲專門之學者，皆翳然在亡，而一二殘篇斷翰，單詞隻句，時時見於叢殘掇拾之中，則詩話之於世亦未可謂無功也。余不能爲詩，而所遊多一時詩人，如頻伽、梅史諸君，琴歌酒所，議論往復，往往傾聽不厭，時獲新奇，喜與忭會。蓋其人皆無門户意見存乎其中，吐論竪議，雖不必盡合，而非以取勝；即或有偏宕之言，亦各抒所見，故能使人犂然有當於心。嘗恨不能紀録成書，以時尋繹。去年冬，頻伽將遊袁浦，過余百一山房，出所爲《靈芬館詩話》十二卷見示，曰：「此三十年來隨手鈔蕞者，遊道不廣，耳目聞見有限，故所得止此。」余取而讀之，其論古人也，不隨附和，不務刻覈，不事穿鑿，而惟取心之有所得者；其論今人也，不别顯晦，不彊異同，不爲佞諛攻訐之説，而惟取其言之有可采者。視往時之議論，尤覺和平者多而偏宕者少。其中徇人之情，稱許或有過當，而憔悴專一之士，殘篇斷句，藉以傳者不少。用是知頻伽之情性與詩俱深，而不覺有當於余心也。乃爲梓而行之，即綴此語於簡端，並以質之梅史。時嘉慶丙子秋，仁和孫均序。

靈芬館詩話卷一

吴江郭麐祥伯

遺山《論詩絶句》：「有情芍藥含春淚，無力薔薇卧晚枝。拈出退之《山石》句，始知渠是女郎詩。」遺山之論本於王擬栩中立，見《中州集》中擬栩詩皆麤豪無味，故有此論。瞿宗吉《歸田詩話》駁之是也。其謂見《詩文自警》一編，亦遺山所著，論此二句云云，似遺山自爲此論者，其書今亦未見。

《歸田詩話》載龍仁夫《題琵琶亭》云：「老大姮娥負所天，忍將離恨寄哀絃。江心正好觀秋月，却抱琵琶過别船。」以爲中含諷意。蓋别有所諷也。若以諷商人之婦，不太癡人説夢乎？其别載一女子詩云：「耶孃重利妾身輕，獨抱琵琶萬里行。彈到《陽關》齊拍手，不知原是斷腸聲。」李賓之以前詩爲鷗波作，不知何據也。

薛維翰《春夜裁縫》詩：「珠箔因風起，飛蛾入最能。不教人夜作，方便殺明燈。」「殺」字斬新。王諲詩「孤眠直至殘燈死」，亦峭。竹垞詞「低帷纔悔殺明燈」，此其本也。

「人誚吴癡信不虛，追崇越相果何如。千年家國無窮恨，只合江邊祀子胥」，或題三高祠詩也，自後過者閣筆。余亦有句：「吴越一家君莫笑，采香河畔吊西施。」

唐人詩有絶無寄託而詞意可笑者，如柳渾云：「近來無奈牡丹何，數十千錢買一窠。今朝始得分明見，也共戎葵不較多。」李青《詠石崇》云：「金谷繁華石季倫，只能謀富不謀身。當時付與緑珠去，猶有無窮歌舞人。」皆可謂善殺風景也。

遺山詩「白骨又多兵死鬼，青山元有地行仙」，或疑「兵死鬼」三字所出。余曰：「唐明皇謂高力士曰：『非將軍，阿瞞幾爲兵死鬼矣。』」

孤山斷橋以唐人得名，宗吉論之甚詳。錢思復用「段家橋」，瞿元範戲之曰：「此『段家橋』創見，却與羅刹江不同。」蓋思復以《曲江賦》成名也。然元人亦多用之，後遂沿爲典要矣。其詩甚佳：「阿姊住近段家橋，山茹蛾眉柳茹腰。黄龍洞前黑雲起，早回家去怕風潮。」

韓翃《田倉曹東亭夏夜》詩：「玉佩迎初夜，金壺醉老春。」東坡以昌黎詩「且可勤買抛青春」爲酒名，則「老春」當亦酒名，如「金陵春」、「麴米春」之比耳。

唐人詩用字以平爲仄、仄爲平者，如「上」、「番」、「公」、「畦」、「稜」之類。今略記幾字，如太白詩「西飛精衛鳥，東海何由填。鼓角徒悲鳴，樓船習争戰」，「填」字作去聲；獨孤及詩「所嘆在官成遠别，徒言屼水纔容舠」，「纔」字作去聲；宋之問「祥氛已入函關中」，「函」字去聲；張(悦)〔説〕「離魂似征帆，恒往帝鄉飛」，「帆」字去聲，又「夏雲隨北帆，同日過江來」；昌黎「與世無緇磷」，「磷」字平聲；柳州《平淮西》「雅威命是荷」，「荷」字作平聲；「竭來事儒術，十載所能逞」，注「必貞反」。至元、白此類尤多：「當時綺季不請錢」，「請」字平聲；「紅闌三百九十橋」，「十」字平聲；「雪擺胡騰衫」，「胡」字入聲；「燭淚粘盤壘蒲桃，況對東溪野枇杷」，「蒲」字、「枇」字入聲。他如「司」字、「親」字之類甚多，不能悉舉也。

芭蕉，粵中者多有花，江南殊少，詠者亦罕。瞿宗吉載陳瑶一聯云：「白藕作花還葉葉，碧蜂生子自房房。」頗妙形容。

《猗覺寮雜記》云：「『日月光天德』云云，陳後主詩也。天下教兒童者以此題學書紙，謂爲北狩之讖。」近教兒童學書者，皆書「王子去求仙」云云，不知何人詩也。

東坡詩：「腹摇鼻息庭花落，償盡當年未足心。」孫樵云：「腹摇鼻息，夢到鄉國。槐花撲庭，鳴蜩噪晴。」坡蓋全用其語。東坡喜記人好語，如「蟋蟀鳴，懶婦驚」、「芫花半落，松風晚清」之類，皆貯以備用。

《對床夜話》以四靈爲止學姚、賈，深致不滿。其摘録數聯，以爲求其聲諧《韶濩》、氣泐金石者無有。然其中多可入《主客圖》者，如「樹摇幽鳥夢，螢入定僧衣」、「古廳眠易魘，老吏語多虚」、「坡暖冬生笋，松涼夏健人」、「古塔蟲蛇善，陰廊鳥雀癡」、「廢巢侵燒色，荒塚入鋤聲」，皆可喜也。

王鐵甫精研八法，字跡人甚珍之。自都門寄所題雜帖詩見示，内《題楊少師韭花帖》云：「宰相門高世系留，六臣傳裏見風流。年年燒韭供肥羜，直過梁唐晉漢周。」最爲可喜。

皇甫冉《與同人泛舟馬林溪》詩：「共載人皆客，離家春是秋。」善言羈旅之情者也。近人《渡江》詩云：「江心浪險鷗偏穩，船裏人多客自孤。」二語最工。

竇友封與人言，若不出口，號「囁嚅翁」。李逢吉呼樂天亦爲「囁嚅翁」。東坡所謂「試問囁嚅翁」，指樂天也。「櫻桃樊素口，楊柳小蠻腰」，「小蠻」，樂天婢也。又有詩曰：「還攜小蠻去，試覓老劉看。」

自注：「小蠻，酒榼名也。」

元微之「千樹桃花萬年葯，不知何事憶人間」，元裕之「死恨天台老劉阮，人間何戀却歸來」，同一寄意，所謂「鸞情鳳想，海思雲愁」者也。楊廉夫反之作一絶，似學究正顔、村夫譚道，可爲噴飯。都玄敬以爲忠厚，殊所不解。詩云：「兩婿元非薄倖郎，仙姬已識姓名香。問渠何事歸來早，白首糟糠不下堂。」

劉海峰先生大櫆于姬傳先生爲前輩，先生古文之學得于海峰者爲多。嘗有詩云：「海内文章劉海峰，牢籠百代一時窮。别來書到長安少，死去才令天下空。」其推服如此。然海峰亦深服先生之文，折行輩與交，稱爲古文第一。先生嘗言方望溪謂人曰：「如某何足言文，吾鄉有劉生大櫆者，其古文於今無兩。」蓋前輩弘奬後進類皆如此。先生問麐，海峰先生詩以何首爲第一？麐舉《北齊較書圖》爲對，先生亦以爲然。

李庶子詩：「水紋枕簟思悠悠，千里佳期一夕休。從此無心愛良夜，任他明月下西樓。」含情悽惋，命意忠厚，殊不類薄倖人。文章可以觀人，豈其然乎？

唐人詩用事、用人名，類多割截，如老杜「徐庶爲交友，劉牢是外甥」、「葛亮貴和書有篇」之類。至樂天《和酬鄭侍御東陽春悶放懷見寄》詩末句云：「憑君一詠問周師。」自注：「周判官師範，蘇杭舊判官。」去「範」字叶韵。

《南濠詩話》云：「元末吾鄉有虞堪勝伯者，嘗題趙子昂《苕溪圖》云：『吴興公子玉堂仙，寫出苕溪似輞川。回首青山紅樹下，那無十畝種瓜田。』爲人膾炙。」又載周良右題子昂《竹枝》云：「中原日暮龍旗遠，南國春深水殿寒。留得一枝烟雨裏，又隨人去報平安。」微不及虞。石田《題畫馬》詩又不及周矣。《麓堂詩話》以爲「却抱琵琶過别船」亦爲趙作。子昂可謂受侮不少矣。愚謂此輩人如名花奇鳥，天地間不可無此一種，以爲文采風流之觀；責以大節，似正實迂。譬若以亡國責李後主，從胡法罪明妃，過刻而不韵也。

放翁作《南園記》，爲士論所薄，其自編《渭南文集》此篇不收，意亦自悔。時侂胄先求誠齋爲之，誠齋不許，乃起放翁。又有鄭棫者，嘗第進士，自作《南園記》並礱以獻，韓以陸記爲重，仆鄭石瘞之。後韓敗，鄭竟免。放翁之記亦不至大坫名節，然何如誠齋之不作。至鄭者，獻媚而人不之重，當時雖免，清議故在。幸以曹蜍、李志，人不論及之耳，是可羞矣。

甲寅之春，歷亭丈介余致書湘湄，延課其子。湘湄素知歷亭，且以余故，欣然而來。瀕行之先，相識者各以詩爲贐，長篇短詠，先後麇至，惟任君椒圃潮獨未有詩。將行，椒圃至，或問其詩成未。椒圃故樸魯，言呐呐若不出口，又多自遜讓，人共易之。至是乃恧然曰：「止有一詩，且絶句也，恐不當諸君一笑。」出袖中低讀之曰：「祖筵將散始登堂，憐我吟遲笑我忙。莫怪贈行無一物，蠶絲未賣麥田荒。」一座稱賞。

竇常《五女宅》詩：「一宅柳花今似雪，鄉人應築望仙臺。」自注：「宋氏女姊妹五人，貞元中同入宫。」後見王建集《宋氏五女》詩云：「五女誓終養，貞孝内自持。兔絲自縈紆，不上青松枝。素釵垂兩髦，短窄古時衣。行成四方聞，徵詔環佩隨。同時入皇宫，聯影步玉墀。鄉中尚其風，重爲修茅茨。」蓋嬰兒子之流也。乃五女同心若此，亦奇矣。序稱貝州宋廷芬女若華、若昭、若倫、若憲、若茵。

東坡謂柳公權「薰風自南來，殿閣生微涼」之詩有美而無箴，乃東坡一時興到之言，非篤論也。伊川「方長不折」之語，温公以爲使主上厭棄儒士，正坐此；歐陽永叔「四十餘萬屯邊兵」之詩，晏公以爲作鬧。東坡豈見不及此哉？吕希哲、洪駒父輩又强爲柳解，謂已含諷意，説愈支離。《滹南詩話》論之曰：「予謂其實無之，而亦不必有也。」真通人哉。

《滹南詩話》謂「退之《謁衡岳》詩『手持盃珓導我擲，云此最吉餘難同』，『吉』字不妥，但言靈應之意可也」。余謂退之意謂既得兆而道人以吉告，非靈應之謂也。觀下「王侯將相」云云可見。

滹南論坡、谷詩云：「絶足由來不可追，汗流餘子費奔馳。誰言直待南遷後，始是江西不幸時。」《詩話》所謂「世以東坡之過海爲魯直不幸，由明者觀之，其不幸也舊矣」，即此意也。其第二首云：「信手拈來世已驚，三江袞袞筆頭傾。莫將險語誇勍敵，公自無心與物争。」持論可謂平允。

獨孤及《代書寄上裴六劉二》詩「汭」字、「逝」字均叶月韵，本江淹《雜體詩》也。

清才易，奇才難，然皆不可無才也。蓋必有崎嶔歷落之懷、飛揚跋扈之氣，然後能與古人相角逐。逮其刊落一切，歸造平淡，亦非時俗貌爲古淡可比。清才似狷，奇才似狂，古人所取，大都以此。獨孤及愛畢曜詩「洪鑪無停火，日月速如飛。忽然衝人身，飲酒不復疑」之句；蘇涣號爲「弩跖」，少陵稱其隱隱有金石聲；昌黎稱無本云：「我嘗示之難，勇往無不敢。」下至「雪車」、「冰柱」，皆爲嘆賞。蓋未有不艱窮怪變得，而後能造平淡也。近有倡爲古淡之説，至五言不過四韵，作古文不過二三百字，讀之索索無氣。雖曹蜍、李志，不能與地下廉、藺争生死，而流傳謬種，心竊憂之矣。

金章宗詩，《中州集》中祇載一首，殊不佳。《歸潛志》録其詩詞數首，皆可觀。其《宫中絶句》云：「五雲金碧拱朝霞，樓閣峥嶸帝子家。三十六宫簾盡捲，東風無處不楊花。」《夜飲》句云：「坐久香成穗，夜深鐙欲花。」《擘橙爲軟金盃詞》云：「風流紫府郎，痛飲烏紗岸。柔軟九迴腸，冷怯玻瓈碊。纖纖白玉葱，分破黄金彈。借得洞庭春，飛上桃花面。」

重九之夕，秋飈刮窗，夜寒刺骨。與湘湄挑燈對坐，雜話恨事，悵悵於懷，遂不成寐。窗外梧竹戛擊，如空山夜泉，凄心寒魄，皆惘然無語。湘湄成一詩云：「一樣挑燈坐夜深，小時肯信有而今。倚憨略不禁濃笑，扶病還來伴苦吟。孤枕易迴將斷夢，十年難死已灰心。如何合眼分明見，猶是垂髫未受簪。」予有和詩在集中。兩人若么弦孤張，碎蟲同絮，只消以一卷《楞伽》懺悔此段耳。

孔文舉言今之少年喜謗前輩；陳思言劉季緒才不迨作者，而好詆訶文章，掎摭利病。昔賢所譏，可爲大誡。記年時朱君鐵門在金陵訪一友，此友同寓一毘陵士人，妄庸子也，抵掌高談，無所與讓。縱言至於隨園，士人力詆其文體之不正、詩篇之可笑，類數百言。鐵門徐曰：「如君所言，必有明眼，何不舉其疵纇以曉惑者？」士人曰：「他不足言，即如『鼻涕一尺長』，此成何語耶？」鐵門哂曰：「若此，則可笑者子淵爲首，隨園當次之耳。君固高才，不讀秦以後書者，隨園安足辱齒牙哉！」歸爲吾言，相與嘔噱。

權文公以文章名世，而詩多豐縟修整，無可動人。惟《敷水驛》一絶「空見水名敷，秦樓昔事無。

臨風駐征騎，聊復捋髭鬚」，頗有風趣。《清明弋陽》云：「自嘆清明在遠方，桐花覆水葛溪長。家人定是持新火，點作孤燈照洞房。」亦清婉有致。此種甚少也。權公《危語》詩：「被病獨行逢乳虎，狂風駭浪失棹櫓。舉人看榜聞曉鼓，孱夫孽子遇妬母。」皆有「矛頭淅米」之意，然無如「舉人看榜」一語之妙，身歷其境者當知之也。

季默《梅影》詩云：「維摩丈室冷如冰，千劫蕭然無盡燈。天女散花愁不寐，夜深高髻影鬅鬙。」語意清絶，遺山不録，何也？

古人謂「小時了了，大未必佳」，其言亦自有理。蓋早慧之人，未必能懇苦研求，溺苦于學；又加以旁人交譽，遂侈然自足。劉晏、鄴侯之儔，傳者甚少。昌黎作《送張童子序》，究不見其後有名稱，可知也。麻知幾三歲識字，七歲能草書，後至牛童馬走無不知麻九疇姓名。遺山云：「明昌以來，以神童稱者五人，餘皆無可稱道，獨知幾能自樹立，一日名重天下。」故士貴自立也。

凡傳記所載詩，涉仙語者多誕曼不可解，且未必佳；涉鬼語者多凄絶幽咽之音，類皆可誦，所謂「寧爲才鬼，莫作頑仙」也。《中州集》載曹用之一詩云：「瀏瀏竹間雨，熒熒窗下燈。相逢不相顧，含淚過巴陵。」云詩有本事，中山楊正卿能道所以然。真人作鬼語也，然自佳。余謂集中所載哨腿王諸詩，正不可同日語矣。

東野云：「文章者，賢人之心氣也。心氣樂，則文章正；心氣非，則文章不正。」其論甚高，乃多爲愁苦煎迫、不可終日之語，何也？其《哭盧殷》云：「至親惟有詩，抱心死有歸。」又云：「有文死更香，無文死亦腥。」其氣甚壯。至《懊惱詞》云：「惡詩多得官，好詩空抱山。抱山冷殑殑，終日悲顔顔。」《送淡公》詩乃云：「一步一步乞，半片半片衣。倚詩爲活計，從古多無肥。」則不堪卒讀。東坡「寒蟲」之論，非過也。

人世悲憂愁苦之境，惟讀書著書可以消之。鄙性專愚，幾不知馬之幾足，惟少好吟詠，輒欣然終日。「病嗜土炭如珍羞」，語良不妄，意謂天地特設此一事，以娱苦惱衆生耳。錢起詩云：「有壽亦將歸象外，無詩兼不戀人間。」實獲我心矣。

劉豫爲宋賊臣，人不必論，然其詩却甚清絶。如「晝色晴明著色圖，山光凝翠接平湖。烟嵐自古人難畫，遠即深深近却無」，又「絶塞亂山圍古驛，他時説著也愁人」，皆可誦。

劉少宣《題張仲揚詩集》云：「楓落吴江原好句，不須多示鄭參軍。」蓋譏之也。然張詩尖新，微傷氣骨，劉亦未嘗不然。張詩如「矮户小窗寒不到，一鑪香火四圍書」、「西風了却黄花事，不管安仁兩鬢秋」，劉詩「人行著色屏風裏，舟在迴文錦字中」、「午風襟袖知秋早，甲夜闌干得月多」，各有好句，各不須多，恐更相笑也。劉工于詞，有「暮鴉庭院春陰淡」七字，爲遺山所稱。

宋之問《送朔方何侍御》詩：「拜職嘗隨驃，銘功不讓班。」方回云：「漢有隨驃今騎侯。」予按《霍去病傳》：「封趙破奴爲從票侯。」注謂：「從票騎將軍有功，以爲號。」「隨驃」不知所出。揚雄《長楊賦》用「驃衛」字，謂衛青及驃騎將軍霍去病也，「隨驃」當是「隨驃騎」之義。古人如此用字極多，如方回言，「讓班」又是何官職耶？

蘇頲《興慶池應制》詩中一聯云：「山光積翠渾疑逼，水態含青近若空。」自注：「以上二句初云：『山光逼嶼疑無地，水態迎帆若有風。』特爲李乂、盧從愿所賞，但末句又押『風』字，故易之。」余謂此二語實勝後改，何不易其末句之韵耶？

《金樓子・著書篇》有《研神記》一卷，自爲序，付劉轂纂次，即唐人買于書肆，見書縫有昭容列名者也。

岑參《走馬川》詩三句換一韵，後山谷諸人效之，號「《走馬川》體」。不知以前即有之，富嘉謨《明冰篇》是也。

余友無錫秦楞香詩和平爾雅，如王、謝子弟出遊里巷，見者知爲烏衣中人。人或譏其太恬熟。余曰此正如錫山賣酒家，旗上無不書「惠泉三白」，其間佳者，要自森嚴有風骨，其次亦皆芳香入口，醇醲甜媚。惟易醉易醒，是所短耳。不及滄、易諸家之清冽，然不愈乎蒸麥作燒春之剛惡無賴乎？楞香之詩亦如是而已。在金陵時見其稿甚多，皆不復省記。昨檢大牛篋中，得别後見懷之作，亟録於此，以實我言，而間執目論之口。詩云：「秋風江介送歸橈，木末樓頭望眼迢。千里素書來舊雨，五湖清夢落寒潮。論文敢訝雷鳴釜，選佛真成狗續貂。七十二峰人去遠，鱸鄉亭下葉蕭蕭。」楞香工爲無題，惜不多記。嘗有句云：「幾生修到湘簾竹，捨作千身護美人。」

丹叔爲我言：「見古人詩有幸心，見同輩詩有畏心。」問何故？曰：「古人已往，其詩具在，追而企之，宜若亦有此日；同輩中年力未可量，他日之我可及今日之渠，安能知他日渠之所至？故足畏也。」

嘗記在金陵時，鐵門于骨董家買得仰家小扇，制度精好，誇于同人。崑山顧竺生見之曰：「君無所取諸，取諸舊也。我所持扇更十百年，亦何以異君？」旁一人曰：「君扇既舊，彼扇不當更舊耶？」相與拊掌。與此正同一意。

余與顧竺生國政久不相見，近遊鹿城，把袂歡然。自言别後多時不作詩矣，爲余誦《過巴城河》二絶句云：「秋樹村邊風有聲，船窗莽莽大河横。水花濺面不知冷，貪看一鈎新月生。」「攀罾童子采菱娘，風景依然魚稻鄉。歸去秋簾燈影裏，一宵魂夢水天涼。」清絶之致，依然舊風格也。竺生詩有「不著一字，盡得風流」之妙。嘗與合并于竹溪堂中即事分韵，竺生詩有「二月春風料峭人」之語，湘湄見之曰：「此語定是何意，可解不可解，然自覺其佳。」正所謂毛嬙、西子，不必見面始知其美者耶！

讀唐人詩，覺於此中甚深，讀宋人詩，覺於此外甚大。唐人之文類皆深博無涯涘，或爲瑣悉細碎之文，頗極其古；至其爲詩，則韓、杜諸大家外，皆有筆不可寫之語，爲體所囿。宋人之詩乃如唐人之文；至爲文，則又立間架以自尊，删駁雜以取潔，去唐人醇古之氣遠矣。

劉夢得《和牛相》詩云：「盡抛今日貴人樣。」貴人之樣，以之對人猶不可，况爲詩乎！歷亭丈《和伯生贈詩》云：「客久不來嫌吏俗，君休把我當官看。」其雅度可想見。

昌黎《感二鳥賦》：「辱飽食其有數，况策名于薦書。」其言甚悲辛。敬之謂：「元遺山言平生飽食有數，每見二弟，必得美食，明日又當與老饑相抗去矣。」千載下讀之，猶爲黯然。東野《哭劉言史》歷述窮餓以死之人，而曰：「詩人業孤峭，餓死良已多。」元人吾家静思竟實其言。每讀書及此等，不能不爲大悲也。

昔人登山一慟，當爲情死，此種胸抱，僕時時有之。漸近中年，頗傷哀樂。思舊之銘、嘆逝之賦，每一觸目，悽愴悲懷，不知其輒唤奈何也。鐵門有《哭亡友荔堂》五古一百韻有奇，覼縷情事，使人感涕。又有《夢荔堂》七律一章，尤爲凄絶。詩云：「魂來魂返太匆忙，夢未分明夜未央。百夢爭如生一面，十年何止哭千場。見時反荷君存問，别久應憐吾老蒼。自覺前詩言不盡，挑鐙再寫兩三行。」荔堂姓顧，名後藝，與余才一面，不甚相知；而鐵門、湘湄皆亟稱之，以爲博學好古，有著書之才。今録此詩，亦以存荔堂也。

與荔堂同里顧君恂堂名兆曾，其父蔚雲先生有人師、經師之目，湘湄、鐵門及家弟丹叔皆受業門下。恂堂亦與予交，精研六法，工爲帖括之文，未知其能詩也。没後，朱、袁兩君出其《題自畫柴門遲客圖》云：「涼風變柳絲，屬畫憶前時。有别皆成恨，無聲亦是詩。吾曹多作客，朋舊半相思。爲寫雲山寄，拈毫不自持。」辭意甚工，自嘆知之不盡；又悔定交日淺，未嘗勸其力爲可傳之學，冥冥中負此良友。然非兩君記此，幾乎不使我至今失之耶？此詩用余與竺生《吴門橋倡和》之韻，諸同好皆有和韻，無慮數十首。

《隨園詩話》載絶句云：「屬付花香莫過墻，隔墻人正繡鴛鴦。聞香定要停緘線，繡不成雙不寄將。」近見吴鯤一絶句云：「雨過花前立一回，見花零落亦徘徊。徘徊且自掃花去，花掃不完雨又來。」可謂異曲同工也。

銅里鄭氏自雲樵稱詩倡首，率其子弟謁湘湄，而請其與弱士兄弟行者。瘦山名鑚、海山名鋭，皆雲樵從子；曉江名鉉，雲樵子也。皆有清才，並能説學，將來華萼之編，人人有集，正未可量也。余與湘湄聯句贈雲樵詩有云：「千里關山憐我獨，一門風雅自君開。力參上乘非難事，眼見諸郎未易才。」於此見人固樂有賢父兄也。而一門群從於舉世爭騖錐刀之時，能知臣叔不癡，爲此冷淡生活，亦復難能而可貴也。

海山早歲廢書，二十以後方自策厲，史册文集，靡不極力探索。詩亦自出機杼，不屑隨人脚跟。其五言如「風和鑪篆直，雨潤石苔生」、「雲光涼欲墮，山意静逾妍」，七言如《題丹叔閉門圖》「一輩功名誰跋扈，斯人骨相況清寒」、題余《病榻勘書圖》「秋士定多搖落感，古懷轉向寂寥深」，皆不苟然者，惜多病蚤夭，然皃没者亦增愧矣。

棕櫚樹必歲剥其皮，乃能高出屋檐；若愛惜不剥，則髖髾而短。余親好家舊有一樹，主人禁不令剥，數年之後，真如野人頭矣。梅聖俞詩：「完之固不長，只與薺本均。幸當敕園吏，披割見日新。是能去窘束，始得物理親。」真能曲盡物性。

紫薇花，俗謂之怕癢樹，以指爪抑搔其本，無風而枝葉搖動，亦可異也。梅聖俞《和韓子華紅薇詩》「薄膚癢不勝輕爪」，又云「薄薄嫩膚搔鳥爪」，未知前人有詠及此否。

余於徐月樵觀察齋中見楊龍友畫山水一小幀，自題一絶于上，風韵極佳。詩云：「嘗在西湖烟水邊，愛呼小艇破湖天。今朝畫出西湖路，乞與長年當酒錢。」

靈芬館詩話卷二

吴江郭麐祥伯

凌仲子廷堪，歙人，流寓板浦場，與余相見於淮陰，議論卓絶，多異時流。最賞余《美人捧劍圖》詩中「殘月在林雞動野，碧天無際好歸來」之句，以爲飄飄有凌雲之氣。凌亦題一絶云：「試看纖纖手，能持九鋝霜。不如緘一寸，猶解繡鴛鴦。」雖率爾之作，自具性靈。

温飛卿「屏上樓臺陳後主，鏡中金翠李夫人」，非不綺麗，苦短於情韵。吾友鮑覺生《落葉》詩云：「梧桐南内唐天寶，枯樹西風庾子山。」讀之覺有愀然之思，殆亦「愁苦之音易好」耶？

舟行景色，最易感人。余十年道長，水驛村橋，曉風殘月，輒惘然如有所失，醒然如有所得。過後追之，便成亡逋。東坡「清景一失後難摹」，可謂先得我心。鄭瘦山有《平望》二絶句云：「欹枕江邊夢亦清，輕波雙槳載人行。蘆花如雪月如練，夜半斷鴻三兩聲。」「扁舟一夜過平望，野水模糊上下塘。耐著曉寒船尾立，板橋村店有微霜。」頗清絶有致。

東坡《夜過舒堯文》詩：「郎君欲出先自贊，座客斂衽誰敢侮？」語蓋有所戲也。然譽兒之癖，人所不免，顧所譽何如耳。黄退庵子安濤，字霽青，爲瘦客沈君弟子，生有夙慧，尤喜爲詩。前在退庵齋中，霽青荷衣出拜，呈詩云：「作黍不知誰是客，過庭何幸又聞詩。」余深賞之，謂退庵當讓出一頭地。甲寅秋晚，重過友漁齋，霽青已居然成帙矣。《病起遣懷》云：「門外經旬只嬾行，今朝步履覺身輕。

鄰翁見面休相訝，我本當年太瘦生。」「對鏡不須憐骨瘦，上堂才得慰親歡。家庭樂事知多少，無病還應是一端。」可謂本色詩也。又有《七月十七夜待月》句曰：「月色自來杯酒外，人情莫放夜涼初。」

查初白「紅袖倚門桃傍井，又緣迷路得看花」之句，人争傳之。近見沈瘦客大成《南湖絶句》：「水楊柳近碧闌干，微雨人家作午寒。墻裏小桃華一樹，只分一半與人看。」詞意更工也。

袁仲子篴生《祭妻兄王玉涵》詩其一云：「關心一事訴匆匆，君定聞之有笑容。寄我一雛看漸大，讀書今已到《中庸》。」語淺而意真。

古人云：「詩有别才，非關學也。」吾鄉吴鯤號獨遊，業執鍼之事，操業往來余家，見架上詩册，輒紬繹吚唔，尤酷嗜余詩。癸丑冬，余歸自淮陰，夜與丹叔挑燈賦詩，獨遊睥睨其旁，時或輟業就觀。其有稱嘆，頗中窽要，心竊奇之。今年回里，忽出數詩質予，清新之作，頓爾至致，不覺歡喜讚嘆，以爲古未嘗有也。《重陽》云：「含愁無寐坐昏黄，偏是風狂雨更狂。知道明朝九月九，又來舊例作重陽。」《重陽見懷》云：「試登高望路漫漫，黄菊離披不共看。西風又作重陽信，江北江南一樣寒。」鐵門言其鄉有縫人柏姓者，能畫花草，生動妍麗，然不多作，人亦不之重也。余思以一册令柏作畫，吴題詩其上，亦一大快事。世人貴耳賤目，安知此中有人。又恐如兩人者，淹沈又不少也，思之慨然。

姬傳先生言，文章之事，後出者勝。如東坡《石鼓歌》寔過昌黎，蓋同此一詩，同此一體，自度力不能敵，斷不復出此，所謂於艱難中特出奇麗也。後如犂眉公之《二鬼》詩，乃本昌黎《二鳥》之意而參以盧仝、馬異之體，又當異日論耳。

用姓巧合，亦詩中之一奇。如東坡「鶯鶯」、「燕燕」之詩，通首用張家事。亦有偶然拈得，更覺生動，如厲樊榭《和商寶意悼亡詩》「蕭郎從此號商星」是也。沈生葉書《和湘湄贈詩》其一云：「已慚辨口瀉長川，況復詞壇鬭擘牋。入選應須高著眼，如何苦覓沈郎錢。」記在吳門燕席，主人招兩録事一楊一許，兩人俱爲一陳姓者所狎，是日其人不與，坐旁一客戲楊曰：「地下若逢陳後主。」楊應聲曰：「座中惟有許飛瓊。」一時賞其敏慧。

香奩一體，余少時酷好爲之，年長才粗，未能細意熨帖，輒借懺除綺語之言以自護其短。近工爲此體者，惟吳江朱荔生文琥。蓋鳴筆貴柔，言情貴曲，選字貴麗，繪景貴活，於詩中亦自有別才也。荔生《紀事》七律云：「兩地關心已十年，只通聲影便堪憐。雙烟自綰同心結，斷藕還開並蒂蓮。梅子雨多交夏五，楊花風輭過秋千。當時期約明明在，下九初三只眼前。」「百就千攔一見難，相思未訴淚先彈。葯闌紅雨愁中盡，綺閣銀燈別後寒。書不傳情牋短短，病偏助媚骨珊珊。對人指説天時冷，杏子羅衫可太單。」「春寒破曉立蒼苔，生怕愁容對鏡臺。翦燭通宵千淚落，殘枝墮地一花開。毿毿細柳猶如此，曲曲柔腸剩幾回。輸與東風雙蛺蝶，隔鄰飛過短墻來。」「曲房低小似吳舠，風静秋河月影高。酒緑舭船浮藥玉，燈明銀蠟膩蘭膏。醉中一掐麻姑爪，窗下三偷曼倩桃。歷歷平生惆悵事，幾回欲寫轉蕭騷。」他如「簾外鸜哥和淚教，枕函蟋蟀帶愁聽」、「欲諱自嫌詩有案，多愁人説病無端」，皆雜之《疑雨集》中不能辨也。其弟謝橋韶音亦多緣情之作，《春遊》一詩云：「流水灣環逐徑斜，板橋轉過路三叉。楊花點點飛晴雪，香霧家家焙午茶。深樹啼鶯迷小語，疏籬迸笋數新芽。何當買個瓜皮艇，雙槳沿村曲曲划。」兩君初皆不甚爲詩，近始發憤讀書。荔生請余書齋額，余取放翁語，名之曰「新著書齋」。

魏東齋《憶弟》詩云：「聽殘宵雨半瞢騰，淅淅虛窗淡淡燈。繫纜江亭等潮上，夢君野泊在西興。」思最深婉。又有《贈周子佩》詩，叙述當時，尤爲可感，今具録於此云：「大府高官足九天，何如且證地行仙。竹松晴塢開書屋，花月春江放酒船。閒憶舊交同隔世，劇談往事勝編年。自隨銅狄拋鉛水，散作陽湖萬頃烟。」「檻車經過結婚姻，瓜蔓連抄轉及人。門户變生前甲子，國家災應五庚申。長貧僅保荒陂産，多難猶存複壁身。記取靈椿八千歲，百分才占一分春。」「灑血號冤共庶常，上書先後動思皇。金門賫志終難遂，土室蘿名獨善藏。遠患苦教雞斷尾，延生喜見鼠拖腸。從今願待丹鑪下，大葯成時或許嘗。」

昌黎《劉生》詩：「往取將相酬恩讎。」少時見何義門批本述李安溪之言，以爲昌黎於二字未忘，終未見道。言爲心聲，古人所以貴乎克廣德心。余時見之，大不謂然，「恩讎」二字斷不可以不明，讎之欲酬，亦猶恩之欲酬。其人於讎不分明，則於恩亦必不能報。此宋人之論，安溪沿之耳。昌黎於北平王一飯之恩，至其孫墓銘猶必及；相好如劉、柳，而洩言之疑，終亦不諱。此昌黎之所以爲昌黎也。

文人賣文爲活，世已輕之；至以粉本擘窠，沿門自售，莫不目笑相賤，比於乞兒。然窮途之厄，古豪傑不免，未可遂謂此中無人也。鐵門言年時有桐城胡星溪璇寓里中僧舍，爲人書楹帖以餬口。一日偶至其居，見案頭有詩一册，隨手翻視，有《北行過牌口》詩云：「白水遠從東海盡，黃河漸近朔風寒。」心竊奇之，欲觀全稿，云在吴門寓中，相與劇談而别。後鐵門秋賦金陵，歸時星溪以不合院中主僧，爲無賴子所逐。時郡守亦桐城人，恐人以同鄉故議其庇之也，亟檄令星溪出境。踉蹌而來，與鐵門取别，不暇問其詩稿何如也。幸先是里中有持扇索書者，星溪輒書自所爲詩，鐵門見録之以示余。《曉行》云：「曉起月微明，山烟處處生。雞分村落唱，人獨板橋行。失業慚耕稼，狂歌見性情。誰家碪杵動，和露擣秋聲。」《廬江冬夜》云：「遊子頻驚歲暮天，吹簫江上又年年。榮名不向青春立，好月多從客裏圓。殘雪迷離連治父，征鴻飄渺過龍眠。何時買得南歸櫂，頭白慈親望眼穿。」勞者之歌，不堪卒讀，有才如此而輒招奇窮，可嘆也。余見桐城人，輒以問訊，迄無知之者。又嘗爲姬傳先生誦其《過二鼓尖白雲寺》詩「山似衆星環北極，人如孤月立中天」之句，先生亦奇賞之。

少時與亡友倪斐君筠、徐江庵濤聯句送江庵之金澤，落句云：「松江魚正上，莫惜尺書傳。」有一客云：「松江之鱸非奇書之鯉，諸君得毋太假借乎？」余曰：「賀方回《送人赴江夏》詩：『有魚知不食，端爲置書郵。』武昌魚皆鯉魚耶？」客無以對。然此一時取勝之言，終不可爲典要也。

陳迦陵少時從陳黄門遊，故其爲詩亦沿七子之體，後乃出入眉山、劍南之間，一變舊學。今所傳《湖海樓詩》，爲其弟子萬所刻者，多被徵以後之作。聞有《射雉集》，乃客如皋冒氏時所刻，未之見也。前時于袁二恬處見有《湖海樓集》，乃在子萬所刻之前，未能的知。其爲《射雉集》，當亦其時不相遠也。集中擬古樂府神似黄門，七律則高華典重，而稍有窠臼，與其後集如出二手，惟七絶一體始終不變。

宋人詩多喜出奇爲新，時雜俚俗。劉龍洲「退一步行安樂法，道三個好喜歡緣」，又「天堂從此去，真個説杭州」，皆俚諺也。岳珂《饅頭》詩「公子彭生紅縷肉，將軍鐵杖白蓮膚」，比「湯燖右軍」更爲可笑。楊誠齋「柳稍一殼知滋至，屋角雙斑穀過歌」，視迫窘詰屈尤入俳諧。鄧楚才賦《漁弋》詩云：「鴻鵠鶡鵬鶥鶚鶬，鱒魴鰷鯉鰋鰽魦。」于律詩中用《柏梁》體，亦奇而不法矣。

宋利履道《田家》詩「小雨初晴歲事新，一犁江上趁初春。豆畦種罷無人守，縛得黄茅便似人」，與宋子虚「殘税驅將兒子去，豆畦却倩草人看」意同，而吐詞之工遂後來居上矣。

蘇延福嘯厓，金陵尚衣公子也。好客下士，有成容若、曹雪芹之風。在金陵納一姬，故秦淮歌者，名四喜，風貌秀冶，有清水夫容之意，人方之拒霜花。嘯厓爲作一圖，余題《夢夫容》一詞其上，邵無恙明府作四絶句，每章分嵌「四喜」二字。余口占一絶云：「夫容生長是方塘，木末移來只淡妝。喜字若書三十六，再周四角到中央。」

古樂府多述思婦之言，少有爲征人之詞者。宋人許梅屋《秋風》云：「颯颯秋風來，衣衾愁未整。莫作閨中寒，且作天涯冷。」反面寫情，居然悵惘。趙璞函先生嘗有句云：「風尖月細冰苔滑，辛苦香階剗韈人。」其用意亦如此。

郭元振《蛩》詩：「勸君莫入朱門裏，滿耳笙歌不聽君。」許梅屋《詠燕》有云：「梁間不用多言語，回耳聽君有幾人？」脱胎於此。

吴俗人家門樓多砌以甎，琢爲花鳥人物，務極細緻，以相誇尚。吴江有某匠者最爲佳手，其圖寫刓刻，纖悉生動。人問何以獨工，答曰：「凡磚坯中本自具有人物花鳥之形，但須諦視熟思，得即下手，如兔起鶻落，自然妙若天成。某非獨工，但能順其理而琢之；衆人非獨拙，特不能順其理耳。」余謂作詩之法，何獨不然？本有七字、五字不可移易，隱現紙上，人落筆時但須依此寫出，所謂「文章本天成，妙手偶得之」也。

吴徵君《蓮洋集》清微婉妙，漁洋亟稱之，比於太白、東坡。集中五律一體，幾幾望青蓮之門户，五絶在《唐賢三昧集》間，七絶亦多合作。阮亭賞其《題雲林畫》及「千點桃花尺半魚」之作，猶未足以盡蓮洋也。悼亡後，《安昌絶句》云：「蒲葉青青夾堰齊，殘雲掠雨郭門西。緑楊盡是傷心樹，只遣黄鸝一個啼。」《鄴城雜事》云：「破賊今年願已違，轒轀車馬又空歸。才人更有劉公幹，城旦判來看洛妃。」《贈李武曾》云：「沈醉東風盧女弦，泥人佳句滿題牋。預愁長夜無春色，偏種桃花作墓田。」《題禹鴻臚卜居圖》云：「年來百葯瘦崚嶒，也似仙儒也似僧。只是魚蝦都愛惜，漁竿不畫畫紅藤。」《竹嶼》云：「竹嶼彎環抱水亭，鮫珠不定芰荷青。阿誰輕撥蘭橈入，打破春塘百子蓱。」《山行即事》云：「燕子烏衣雉子斑，黄牛舐犢水牛閒。迎人無限挼藍色，布穀聲中四月山。」「山雲結作盤龍髻，水荇花開似寶簪。妾自當壚郎自飲，從來不解鳳皇琴。」《鎮州荷花》云：「城南城北皆荷花，正對城門是酒家。下馬猶能再斟酌，醉臨明鏡看吴娃。」《贈趙秋谷》云：「廣州歷罷又蘇州，也向真娘墓上遊。饒爾廣平心似鐵，眼波横處易悲秋。」其《越女》一律云：「憔悴浦中蓮，低聲問遠天。裁衣抛白紵，漬淚掩紅縣。蜥蜴盤深字，真珠寄短篇。年年花事近，空立苧蘿烟。」大有玉溪學齊、梁風格，集中不多見也。

張籍于昌黎爲弟子，昌黎書及詩中皆稱其名，不與東野比也。籍作哭昌黎詩乃稱「退之兄」，又云「而後之學者，或號爲韓張」。東坡于醉翁亦屢稱其「放出一頭」之言，皆有取而代之之意。名之所在，賢者不免争耶！

魏道輔《隱居詩話》云：「與荆公論詩，謂永叔才力敏邁，句亦清健，但恨其少餘味耳。荆公曰：『不然，如「行人仰頭飛鳥驚」，可謂有餘味矣！』」又謂：「余至今思之，不見此句之佳，亦竟莫原荆公之意。」余謂永叔之詩自是大家，惟嫌太熟，不盡能清健耳。至於此句，乃真所謂不識字人亦知是天生好言語矣。云「不見佳」，亦莫原道輔之意。

張志和《漁父詞》所謂「西塞山前白鷺飛」，人皆知之。又有七律一首尤佳，中有「秋山入簾翠滴滴，野艇倚檻雲依依」之句。

七絶一體，晚唐始極其工，而清蒼疏儁之氣至宋人而開。余嘗欲仿《萬首絶句》之例集爲一編，苦家藏宋人集少，未能搜羅。就所記憶，時時諷詠者録之於此，蘇、黄、楊、陸諸大家不及也。劉後村《歲晚書事》云：「日日鈔書懶出門，小窗弄筆到黄昏。丫頭婢子忙匀粉，不管先生研水渾。」《田舍即事》云：「去年贏粟尚儲餅，又見新秧蘸水青。野老逢人説慚愧，長官清白社公靈。」陳簡齋《中牟道中》云：「楊柳招人不待媒，蜻蜓近馬忽相猜。如何得與涼風約，不共塵沙一併來。」秦少游《泗州東城》云：「渺渺孤城白水環，舳艫人語夕霏間。林梢一抹青如畫，應是淮流轉處山。」《秋日》云：「月團新碾瀹花甆，飲罷呼兒課《楚詞》。風定小軒無落葉，青蟲相對吐秋絲。」劉彦沖《景陽鐘》云：「景陽鐘動曉寒清，度柳穿花隱隱聲。三十六宫梳洗罷，却吹殘燭待天明。」范石湖《櫻桃》云：「借暖衝寒不用媒，匀朱匀粉最先來。玉梅一見憐癡小，教向旁邊自在開。」《田園雜詩》云：「步屧尋春有好懷，雨餘蹄道水如杯。隨人黄犬纔前去，走到溪橋忽自迴。」「三旬蠶忌閉門中，鄰曲都無步往蹤。猶是曉晴風露下，采桑時節暫相逢。」「黄塵行客汗如漿，少住儂家漱井香。借與門前盤石坐，柳陰亭午正風涼。」黄青社賀方回《野步》云：「津頭微逕望城斜，水落孤村格嫩沙。黄草庵中疏雨濕，白頭翁媪坐看瓜。」黄青社《怪石》云：「山鬼水怪著薜荔，天禄辟邪眠莓苔。鈎簾坐對心語口，曾見漢唐池館來。」劉原父《寄内》云：「年老漸難禁遠别，宵長初信有相思。天寒輾轉不得寐，一夜風吹庭樹枝。」楊次公《城西水磨》云：「客來亭上脱春衫，馬浴寒泉洗轡銜。怪得主人留再住，水聲林影似江南。」李成季《即事》云：「纖絺不挂汗如傾，一霎風來夢似驚。自是人心有涼思，强將庭樹作秋聲。」郭功甫《答人》云：「渡江乘興泊江干，草襯殘花色未乾。慣在釣魚船上住，一簑一笠伴春寒。」饒德操《次韵》云：「楊柳池塘表裏青，魚兒偷眼畏蜻蜓。夜來雨過菖蒲静，倒浸中天四五星。」《偶成》云：「松下柴門閉緑苔，只有蝴蝶雙飛來。蜜蜂兩股大如繭，應是前山花已開。」吕居仁《追成舊作》云：「滿江風月一船霜，無計留君只是狂。燈火隔簾春隔座，無人知是《竹枝》孃。」曹公顯《飛泉》云：「曉入飛泉帶月華，山如相識路如家。百蟲不響露初下，開盡一川蕎麥花。」《雜詩》云：「款段揚鞭過雨村，沙平步穩轉山根。好花一簇墻頭見，深院誰家尚掩門。」俞希郄《溪流》云：「雲脚才行又復開，一聲隱隱只空雷。家童忽報溪流漲，知是前山落雨來。」《東山》云：「東山隨分作生涯，即是清高隱者家。粗有小園供日涉，不愁無地種梅華。」葛常之《聞歌》云：「月如明鏡酒如空，響谷清聲出晚宫。怪得中庭紅葉墮，琉璃帳底唱回風。」陳知默《道中》云：「荼蘼卧雨有餘態，芍藥倚風無限情。正是江南花欲盡，淡雲來往日微明。」張武子《玉臺體》云：「主人流落委荒墳，燕子還來壞戟門。惟有桃花古時月，端端正正照啼痕。」《過西溪》云：「罨畫層波蕙草荒，冷雲客雁兩回皇。梅花到得吹成雪，盡是清愁不是香。」《夏夜》云：「恰到黄昏雨便晴，青池迤邐盡蛙鳴。月明已在芭蕉上，猶有殘檐點滴聲。」《九日》云：「上池入寺見承平，影落南州迹易陳。手把黄華看新雁，風烟愁殺舊京人。」危逢吉《即事》云：「麥風翻隴潑濃緑，花露滴枝黏老紅。獨立樓頭檢春事，一絲啜日墮青蟲。」《婦嘆》云：「記得蕭郎登第時，謂言即日鳳皇池。而今老等閒官職，日欠人錢夜欠詩。」葉景文《歸途》云：「春來天氣半陰晴，那更奔馳一月程。又恐花時成草草，還家插柳作清明。」《次韵》云：「燕入虚檐教子飛，風簾不捲和新詩。緑陰滿地蜻蜓小，正是黄梅欲雨時。」《機女》云：「機聲伊軋到天明，萬縷千絲織得成。售與綺羅人不顧，看紗嫌重絹嫌輕。」姜堯章《除夜自石湖歸苕溪》云：「細草穿沙雪未消，吴宫烟冷水迢迢。梅花竹裏無人見，一夜吹香過石橋。」「沙尾風回一棹寒，椒花今夕不登盤。百年草草都如此，自琢春詞翦燭看。」朱季實《貧女》云：「鐙下穿鍼影伴身，嬾將心事訴諸親。阿婆許嫁無消息，芍藥花開又一春。」「纖手清閒理瑟工，高樓半在碧雲中。行人豈是知音者，小立華陰待曲終。」華子西《醉歸》云：「紅猊燒盡夜堂寒，銀燭生華玉漏殘。沈醉歸來渾不記，阿誰扶我上雕鞍。」張彦發《送人歸南康》云：「我來方與廬山别，爾去廬山是故鄉。前日住山渾不覺，如今山遠却思量。」何子翔《吴蠶》云：「正是吴蠶出火時，交交窗外一禽啼。溪西有葉高難采，遥見青裙上竹梯。」《夏日》云：「野土生烟草樹焦，彤彤日脚火雲燒。池邊自拗青荷葉，分付山童蓋葯苗。」周晉仙《山居》詩云：「荼蘼架倒無人架，全似老夫狂醉時。昨夜一場春雨横，又漂菭蘚到花枝。」黄德容《早作》云：「星光欲没曉光連，霞暈紅浮一角天。乾盡小園花上露，日痕恰到窗前。」姚雪蓬《霅溪》云：「王戴溪頭小隱仙，漁翁引上霅溪船。幾回倦釣思歸去，又爲蘋花住一年。」《題壁》云：「兩山灌木帶晴鴉，泯泯春流漾浦沙。隔岸小舟呼不應，碧桃花外是誰家？」利履道《次琬妹》云：「緩作行程早作歸，倚門親語苦相思。白頭親老今多病，不似當初别汝時。」林肅翁《寄書後作》云：「幾度題書客未還，歸鴻歷歷度鄉關。遥知一紙平安字，慈母燈前閣淚看。」武朝宗《老將》云：「幾回夢裏到邊陲，上馬猶能揮戰旗。彈淚對人偏愛説，建炎隨駕渡江時。」葛無懷《元夕》云：「元宵有月便無愁，已是新年第一籌。説與素娥從此去，只須依樣作中秋。」嚴坦叔《絶句》云：「十載青山幾戰塵，還家何處訪情親？兒時巷陌今難認，却問新移來住人。」葉嗣宗《西湖秋晚》云：「愛山不買城中地，畏客常撑屋後船。荷葉無多秋事晚，又同鷗鷺過殘年。」《出北關》云：「脱衣命僕洗塵埃，籬落人家未見梅。出得城門能幾步，船頭便有白鷗來。」《九日》云：「秋風吹客客思家，破帽從渠自在斜。腸斷故山歸未得，借人籬落種黄花。」《烟村》云：「隱隱烟村聞犬吠，欲尋尋不見人家。只于橋斷溪回處，流出碧桃三數花。」張澤民《詠梅》云：「夜深月透小窗紗，夢到瑶池阿母家。急遣山僮開户看，不知是雪是梅花。」許忱父《醉起》云：「午醉醺醺到日晡，起呼茶盌炷薰爐。隔窗幾點敲華雨，子細聽時却又無。」《閨怨》云：「小院東風去住中，春愁元不隔簾櫳。自家顔色凋零盡，却對花枝惜墮紅。」《枯荷》云：「萬柄緑荷衰颯盡，雨中無可蓋眠鷗。當時乍叠青錢滿，肯信池塘有暮秋。」陳君衡《江南謡》云：「柳絮飛時話别離，梅花開後待郎歸。梅花開後無消息，更待來年柳絮飛。」吴仲孚《曉吟》云：「翠帳香銷卷碧紗，風梢殘雨濕闌牙。蜻蜓亦被涼勾引，清曉低飛入水花。」《秋夕》云：「西風吹露下秋空，烏鵲無聲占碧桐。天氣微涼人好睡，闌干閒在月明中。」

或謂詩自三言至九言皆有所本，《三百篇》中已備具，唯十一言後無作者。余謂荀子《成相篇》即十一言之體也。

靈芬館詩話卷三

吴江郭麐祥伯

余與鐵門、湘湄定交垂十年矣，投贈寄懷之作，無慮數十百首。零星稿本，半雜書問，久或散佚，亦有能記一二語，不能舉其全者。今偶記絶句數章於此，以見十年來離合之迹，以當元、白屏風之書。隙影催人，頭顱如許，故人心尚爾，爲可念也。鐵門《送舟畾之淮陰》云：「覓句江船韵事新，金焦兩點證愁因。而今怕展當時畫，水遠山長盼殺人。」《山塘舟次同竹士壽生丹叔送舟畾之淮陰》云：「金昌亭柳不成絲，想爲年年折盡枝。問爾遠遊今幾度，翻儂稿數送行詩。」「三數相知一子由，暫時歡聚莫言愁。忍將滿眼臨歧淚，挂了征帆各自流。」湘湄《檢頻伽數年來所貽手柬付裝潢者係以絶句》云：「舊札分年逐日排，挑鐙重讀意徘徊。可憐數片零星紙，幾許相思換得來。」「彭城建業淮陰郡，渺渺書郵隔大江。不到十分排不去，料難勞動鯉魚雙。」「閨人笑説莫尋他，遺失書函有幾何。三十君過渠未滿，後來離别更應多。」《送頻伽出門後作》云：「送客平明未斷魂，尚餘殘醉意昏昏。櫓聲漸遠朝鴉起，獨自含悽還入門。」

嘉善沈瘦客大成深於情，一往三復，詩如其人。記其《看燈詞》云：「華燈萬户影交枝，月上黄昏也不知。郎愛看燈儂愛月，到無燈處立多時。」「西漆南油一樣春，香階羅襪涴輕塵。不知鬧裏同儕失，一笑回頭錯唤人。」又有《夏日雜詩》數首，最爲清絶，今摘其一二云：「老屋臨流剩數椽，莫嫌生事太蕭然。秋聲已到夜窗竹，暑氣不侵高樹蟬。未見書當從客借，無名花亦動人憐。此身已分長閒却，想約鄰翁上釣船。」「石苔頻掃草頻删，合謝塵囂早閉關。一伎不工惟善病，三生有福得長閒。海棠花放新秋近，沈水香銷午夢還。慵讀道書支倦枕，居然屏上看青山。」清脆之音，與其平日芊眠之作，爲別一手也。

漁洋《露筋祠》詩撇開題面，自出一奇。餘人一著議論，便覺可厭。李丹壑一絶云：「心如揚子青銅鏡，身似蓮塘菡萏姿。咫尺隨家天子墓，行人惟拜女郎祠。」議論之中，神韵自絶。

洪昉思以填詞獲罪，天下無不惜之。竹垞詩云：「梧桐夜雨詞凄絶，薏苡明珠謗偶然。」吴蓮洋詩云：「能通彼我閒千古，才著成虧恨一生。」又「欲殺何嘗非李白，聞歌誰更惜秦青。」曹楝亭詩云：「稱心歲月荒唐過，垂老文章憂患成。」昉思後以溺死，其集罕見。才人之厄，於斯爲極。

隨園言許子遜先生專爲唐詩，不落近調。其《寒食》詩云：「粤江水碧粤山低，客路孤舟日易西。又對梨華作寒食，滿天芳草鷓鴣啼。」唐詩之上乘也。

詩人多窮，詩人又多喜説窮，放翁詩屢言絶食。近袁江有人戲詠云：「一肩行李肩猶在，兩袖清風袖已無。」語雖鄙俚，頗有風趣。

詩有零篇斷句，一見不忘，鍾嶸所謂「驚心動魄，一字千金」者也。如「疏籬花片殘霞色，獨客詩懷落葉聲」，張時升句也；「山館客來霜色裏，水樓人卧雁聲中」、「遠道魚書空灑淚，殘秋鬼録亂登人」，葛雲臞句也；「夕照元知無限好，落華偏覺别時多」、「風從曠野過來横，雪向雲山莽處明」，周穆門句也；「膺滂易敗思陳寔，衛霍難通愛鄭莊」，方息翁句也；「壁蟲秋盡作人語，露葉夜明如水流」，嚴海珊句也；「每恨情長祈算短，肯因病劇悔愁多」，施曼郎句也；「山近夜眠雲脚下，雨過春在鳥聲中」，丁貫如句也；「戰争杳渺千年事，風月消磨絶代人」，江賓谷《赤壁》句也；「霄漢路遥無勁翮，江湖地大有遺才」、「窗前鬼嘯燈初蘂，鏡裏人愁鬢欲絲」，李雪樵句也；「短笛數聲誰寄恨，孤帆一片我思家」，韓鄰竹句也；「少日文章殊負氣，中年山水覺牽情」，朱二亭句也；「斜日盡收千嶂暝，亂雲初破一星危」，高筠邨句也。

温飛卿《曉行》詩：「雞聲茅店月，人跡板橋霜。」世謂絶調。余謂不如劉夢得「寒樹鳥初動，霜橋人未行」二語。近見瘦山詩「殘月半在樹，孤邨尚有燈」，亦佳。

羅大經謂《五代史》中「君可謂婁羅兒矣」乃歐公用當時語。不知唐人已有之，盧仝《添丁》詩：「嘍囉兒讀書，何異摧枯朽。」

「十五嫁王昌」，人多疑所出，或並疑爲當時人。然上官儀詩「東家復是憶王昌」，則已在崔顥之前矣。

舊人題《桃花扇》傳奇者甚多，均無甚出色。崑山諸菊莊世器有絶句云：「一載風流抵六朝，陪京事去雨瀟瀟。蓬萊幾度揚塵後，又見尊前鬥舞腰。」「南巡法曲久漂零，《燕子》《春燈》進後庭。王氣自消三百載，不須抵死怨懷寧。」末首婉曲有餘味。

鄭潤堂東里，余妹婿弱士尊甫也。爲人温和醇粹，詩亦雅音。有《春夢》一絶云：「聲聲鵖鴂雨闌珊，一半春從病裏殘。剩有荼蘼花滿架，怕風人立隔簾看。」

詩以翻案爲工，然須如人意之所欲出方妙。吴白華侍郎《詠史》云：「捨身成佛願分明，八十君王喪國輕。進酖抽刀前事慘，一生修到餓臺城。」

李笠翁漁以填詞擅名，其他著作，人多俳優畜之，然清詞麗句，亦有不可没者。《曉行》云：「雞鳴自起束行裝，同伴征人笑我忙。不道有人忙似我，馬蹄先印板橋霜。」又絶句云：「膽缾春色映櫺紗，一座清香數盞茶。散脚道人無坐性，閉關十日爲梅花。」

乙卯余旅食京華，士大夫之賢有文者雅相過從，而於李編修介夫如筠爲尤密，以余主金蘭畦丈家，蘭畦，介夫座主也。介夫愔然静者，而風骨卓立，詩宗昌黎，亦有磔卓癯瘦之意。余下第歸，介夫以詩見送云：「才士於天所得慳，功名寸步等蝸蠻。豈無食肉管城子，偏汝吟詩飯顆山。哭向西風仍大笑，來隨征雁又俱還。幾年去作水郵主，占斷沙鷗碧一灣。」臨别惘然，約時相問訊。今年冬，鐵甫自都門回，問之，則介夫死一月矣。訪舊驚呼，不覺泫然。介夫詩多古峭，有《出彰義門》三絶，特爲清婉，嘗爲書扇頭，今録之，云：「出郭天寬望眼開，春郊風色浄烟煤。橐駝背上曈曨日，載得西山曉翠來。」「家家牛飯課農功，麥氣柔香細細風。墻角有田不成稜，半畦春韭半畦葱。」「曙鴉拍翅紙錢隨，屋外荒墳傍草籬。昨夜一分寒食雨，梢頭染徧瀋黄絲。」

宣城袁先生穀芳以名儒宿德來爲廣文，震澤一時媚學之士靡然從風。先生口講手畫，奬進不勌，載酒問字者日盈其門。湘湄贈詩有云：「坐人春風已寒氈，先生奇窮我奇福。」後以老歸里，將行之夕，盜入其室，琴書之外無可欲者，魚睨而去。先生作《載書圖》，予題一絶云：「入室偷兒枉見過，一錢不值奈君何。算來尚有青氈在，臨去官時付與他。」紀此事也。先生以古文自命，詩不甚注力，然志和音雅，無弩張劍拔之態，一時爲詩者未能或之先也。《吴江除夕》云：「團欒圍坐話家園，絮語鄉談不厭喧。餽歲心憐貧子姝，藏書眼望好兒孫。早春漏洩門前柳，夜鼓勾留座上尊。後飲屠蘇判盡醉，詩成酒冷又重温。」《將歸絶句》云：「三高祠下意彷徨，幾度扶筇送夕陽。爲謝季鷹須諒我，蓴鱸雖美是他鄉。」他如《贈王西莊》云：「英俊眼前争附尾，文章身後怕吹毛。」《哭子》云：「孤寡何年成了局，乾坤多事付斯兒。」皆可傳也。

滇人蘭廷瑞《枕上口占》云：「枕上詩成喜不勝，起尋筆硯旋呼燈。膽缾滴取梅花水，已被霜風凍作冰。」詞意清絶，詩見《升庵集》中。白狼、槃木有如此才，然藉升庵而傳。以此知附青雲者易顯，而又以嘆埋没不彰者多也。

湘湄爲余誦一閨秀《過横塘》詩云：「萍抽嫩緑初平水，柳帶嬌黄欲散絲。一幅横塘好圖畫，鳥啼風暖雨晴時。」神韵絶佳。其人姓張名於湘。

陳章侯以畫名世，詩不多見。有《過西湖》絶句云：「外六橋頭楊柳盡，裏六橋頭樹亦稀。真實湖山今始見，老遲行過更依依。」讀之一過，惻惻動人。余有章侯手書唐詩行草，疏儁入古，後署爲「華鬘弟秋觀佛弟子書」。華鬘，其姬也。

往時雲臺先生搜輯《兩浙輶軒録》，余方移居魏塘。先生問近日魏塘詩人，予以退庵父子爲對，並以其稿鈔呈。先生深爲擊賞，采入《瀛舟筆談》中，目爲「嘉善三黄」。時霽青尚未鄉舉，退庵集猶未刻，而三黄之名已早在人口。退庵老而好學，出入石湖、劍南之間，《友漁齋集》後半尤勝於前；霽青以二甲第一入翰林，萬人如海之中，獨能稽經諏史，從事著述；子未於諸弟年長，主一家之事，酬應之暇，不廢吟詠，皆未知其所至也。

鄭瘦山孝廉鐄，又名黄，字元吉，即余《人日》詩中所謂「錦髻紅褌繡裲襠」者也。詩才清綺，爲諸鄭翹楚。其兄海山名鋭，篤志讀書，持一卷至忘寢食。室中暗不可見，輒抱書立中庭，家人點燈呼之乃入，其溺苦如此。時時問業於湘湄、鐵門，與湘湄中子宬交最善，兩人嗜好癖痼類相似也。天不假年，亦未三十而没。生平作詩極艱苦刻深，故所存不多，而頗能卓然自立，所謂有志之士也。海山、仲容相繼夭亡，同里讀書種子或幾乎絶矣，傷哉！

沈歸愚尚書歸老山林，主盟風雅，十餘年間，四方人士望走其門，天下以爲鉅人長德、景星慶雲。相傳爲諸生時，館於木瀆，生徒散後，輒吟唔至夜分。主人有一婢，年及笄矣，所居與尚書比屋，紡車之聲時或申旦，人問之，曰：「聽沈老相公讀詩，令人忘倦，不知其夜深也。」主人母戲謂：「若重沈相公，盍嫁之乎？」他日，其家將贖歸字人，女涕泣不欲往，問之，曰：「主人有言，我心諾之，不可更也。」主人奇之，以告尚書。尚書自顧衰老，且力不能量珠以聘，口謝之而心不能無知己之感也。主人知其意，竟以爲贈。踰年，舉於鄉。夫人旋卒。尚書名位日起，引年還里，門生座客時奉觴壽如夫人前。尚書嘗赴宴集，酒半，奚奴持一襆至，傳夫人語曰：「天寒，衣得毋薄乎？」雖雅不畏寒，必爲加一衣。

當時以爲美談，比於「子京半臂」。嗟乎，當尚書未顯時，荒江破屋間一老秀才耳，青衣何人，乃能物色於塵埃中，其可傳也已。

歸愚少問業於葉星期先生，傳其詩學。新城尚書寄友人書有云：「横山門下尚有詩人。」歸愚見之，竊喜自負。新城亡，爲詩哭之，實未見新城也。前輩弘奬之心與感知之意，均可想見也。

袁丈樸村先生中年棄舉子業，肆力於古學，以振興風雅爲己任。與同里顧蔚雲汝敬、顧東巖我魯、陳易門毓升、陳芝房毓咸、王北溪元文、袁竹軒益之結竹溪詩社，請歸愚宗伯主其盟。分題角韵，擊盋聯吟，跌宕文史，縱横觴詠，敦槃之盛，至今里人猶艷稱之。一時人人有集，雖存没顯晦，而風流未歇。諸君中易門、樸村即世最早，東巖境遇最窮，而詩皆工。樸村《小桐廬詩草》家有其書，東巖前已録之。易門獻賦行在，危得復失，侘傺以卒。其《白門歸舟》詩，被放後作也：「又見秦淮水，輕橈送客還。廿年成落拓，十度此江關。風引神山遠，心知好夢慳。磯頭垂釣者，輸爾一竿閒。」「春事闌如此，羈蹤意若何。歸程好風少，客眼落花多。薄醉倚斜日，狂吟動浩波。停舟古寺下，涼吹拂桫羅。」「離家未覺久，已見月重圓。料得淹留信，曾聞約略傳。序驚乳燕候，人負牡丹天。一事歸堪告，棲霞快陟巔。」《新杭竹枝詞》云：「郎住蘇州住秀州？問郎只説住橋頭。橋南橋北分鄉縣，橋下長流總合流。」《寄東巖》云：「餞春送客昔年詩，無數離情上柳枝。苦憶酒邊紅雨亂，山塘倚棹夕陽時。」神韵悠長，吐屬風雅，有諸葛君真名士之風。嘗同諸子宴集紅雨軒，即席限用十五咸全韵，易門詩擅場。

近人以開齋日爲開葷，唐人謂之開素。樂天詩：「開素槃筵後日開。」

余既録宋人絶句，仍復取元諸家詩讀之，摘其疏朗清新，有逸調而無軟熟之習者，再記於此。酒闌燈灺，茶熟香温，開卷雒誦，聊以自娱而已。薩天錫《宫詞》云：「清夜宫車出建章，紫衣小隊兩三行。石闌干畔銀燈過，照見夫容葉上霜。」「楊柳樓心月滿床，錦屏繡褥夜生香。不知門外春多少，自起移燈照海棠。」宋子虚《田家》云：「疲牛病喘卧桑間，轆軸閒眠麥地乾。殘税驅將兒子去，豆畦却倩草人看。」陳衆仲《班婕妤》云：「層城柘館重徘徊，坐見瑶階長緑苔。團扇秋來定無用，君王方築避風臺。」方萬里《青溪道中》云：「刺桐花白草挼藍，欲卸棉袍翦紵衫。一夜春霜忽如雪，江南天氣不宜蠶。」《航船歌》云：「南姚村打北姚村，鬼哭誰憐枉死魂。争似梢公留口喫，秀州城外鴨餛飩。」戴帥初《感舊》云：「牡丹紅紫艷春天，檀板朱絲錦色牋。頭白江南一尊酒，無人知是李龜年。」黄星甫《池荷》云：「紅藕花多映碧闌，秋風才起易彫殘。池塘一段榮枯事，都被沙鷗冷眼看。」劉夢吉《春景》云：「病餘身世淡無情，淡覺春來暖漸生。送客出門花已謝，問知昨日是清明。」《萬壽宫館舍》云：「來時殘雪點征衣，落盡庭花尚未歸。夢裏不知身卧病，春衫歸路馬如飛。」張光弼《春日》云：「一陣東風一陣寒，芭蕉長過石闌干。只消幾個曹騰醉，看得春光到牡丹。」倪元鎮《竹枝》云：「江流不住楚山青，船到潯陽幾日程。不忍寄將雙淚去，門前潮落又潮生。」貢泰父《西湖竹枝》云：「夫容葉底雙鴛鴦，飛來飛去在横塘。人生多少不如意，水遠山長難見郎。」《題淵明小像》云：「烏帽青鞋白鹿裘，山中甲子自春秋。呼兒檢點門前柳，莫放飛花過石頭。」迺易之《雪霽》云：「東風悄悄著羅衫，秉燭歸時酒半酣。聽得隔簾人笑語，夜來春氣似江南。」《次韻國子祭酒城東宴集》云：「十騎聯鑣入郭遲，從教斜日過棠梨。候門稚子牽衣笑，今日先生有好詩。」《海上》云：「征人七月度榆關，貂鼠裁衣尚怯寒。不信江南今夜月，有人揮扇著冰紈。」余廷心《南歸》云：「二月不歸三月歸，已將行篋卷征衣。殷勤爲報家園樹，緩緩開花緩緩飛。」郝伯常《儀真館中》云：「持節江南久食魚，館人供雁意踟躕。呼兒細看雲間足，恐有中原問訊書。」丁鶴年《水仙》云：「影娥池上曉涼多，羅襪生塵水不波。一夜碧雲凝作夢，醒來無奈月明何。」馬虚中《西湖》云：「水風吹冷逼菰蒲，藕葉欹斜一半枯。玉立鷺絲渾不動，滿身烟雨看西湖。」《漫成》云：「參天楊柳手親栽，一院西風户半開。落日尚餘三四尺，山平水遠看秋來。」張伯雨《竹枝》云：「臨湖門外是儂家，郎若閒時來喫茶。黄土築墻茅蓋屋，門前一樹紫荆花。」孫蕙蘭《緑窗》詩云：「樓前楊柳發青枝，樓下春寒病起時。獨坐小窗無氣力，隔簾風亂海棠絲。」「小妹方才讀《孝經》，可憐嬌小性偏靈。自尋《女誡》窗前讀，嗔道家人不與聽。」于彦成《款歌》云：「對酒清歌窈窕娘，持杯勸客手生香。袖中藏得雙頭橘，一半青青一半黄。」繆叔正《西湖竹枝》云：「初三月子似彎弓，照見花開月月紅。月裏蟾蜍花上蝶，憐渠不到斷橋東。」陸良貴《西湖竹枝》云：「山下有湖湖有灣，山上有山郎未還。記得解儂金絡索，繫郎腰下玉連環。」張若瓊《春曉》云：「夢回隔竹漏聲殘，春起移燈看牡丹。無力東風闇吹燭，獨披清露倚雕欄。」貢友初《湖上春歸》云：「湧金門外柳垂金，三日不來成緑陰。折取長條入城去，教人知道已春深。」張仲疇《梅雨》云：「輕雲薄薄暗江干，幾陣紗窗送嫩寒。濃睡呼童新摘得，未黄梅子已微酸。」陳剛中《江州》云：「老母越南垂白髮，病妻燕北寄黄昏。瘴烟蠻雨交州客，三處相思一夢魂。」仇仁父《閒居》云：「仰屋著書無筆力，閉門索句費心機。不如花下冥冥坐，静看蜻蜓蛺蝶飛。」劉桂翁《元日至上元絶句》云：「鐘鼓籠銅報曉晴，燭殘曙色近簾明。老來最憶兒時樂，拜罷新年處處行。」「驛門北女賣蛾兒，水屋紅燈出樹枝。鄰笛孤吹春未動，一簾微雨似秋時。」宋顯夫《寒食》云：「街頭老父髮垂肩，拄杖支頤話可憐。粔籹不甜寒具小，風光那似十年前。」高房山《過信州》云：「二千里地好耕桑，無數海棠官道旁。風送落花攙馬過，春風更比路人忙。」郭天錫《宿焦山》云：「揚子江頭風浪平，焦山寺裏晚鐘鳴。爐烟已斷燈花落，唤起山僧看月明。」釋中峰《省庵》云：「一聲幽鳥到窗前，白髮老僧驚晝眠。走下竹床開兩眼，方知屋外有青天。」

甲寅仲夏，同人送湘湄之淮陰，設祖帳于虎丘山塘，流連惜别，遂至日暮。荔生、竹士同遊東塔院，竹士因言嘗偕纖纖女士憩此，有詩板在壁間。荔生欣然往尋，素壁新泥，都無字跡，雪泥鴻爪，邈若隔生，相與惆悵不已。適有老嫗出廊廡，聊試問之。嫗曰：「壁間誠有紙數番，上略有字，今已棄敗簏中，君何自求之？」請出其簏，手自檢閱。故紙零亂中，果得纖纖當日所爲詩，雖墨渝紙敝，而手痕宛然，乃驚喜過望也。詩云：「嫩緑埋階半是苔，此間可坐隔塵埃。東風應笑人癡絶，塔院無花特地來。」歸舟以誇于同人，西江吴蘭雪在坐索觀，遂匿不肯出。許以素雲女士筆跡爲許田之假，而荔生固不願也。同人爲之解紛，乃以素册屬蘭雪，記此事於卷端，而在坐者各爲詩以媵之，一時傳爲佳話。

《牛山四十詩》，《聊齋志異》載其目以爲笑，其詩人未之見也。前與漱冰談次，漱冰爲誦其一首云：「昨夜山前人殺人，管他老子破頭巾。山僧石上高蹺脚，念句佛兒保自身。」殊有深意。漱冰言此人生當明季鼎革後，棄家爲禪，和打油、釘鉸之詩，未必非有託而逃焉者也。余謂即詩而論，亦何減寒山。

湘湄姬人柳氏，小名三多，故媵婢也。家本金陵，歸而待字。後湘湄與余輩秋賦，賃居其家。飛鳥依人，有願爲夫子妾之意，朋輩又加慫恿，遂以兩槳載歸。暄晨露夕，捧硯看題，觸目會心，斐然有作。其一絶云：「月夜推窗看雁飛，西風吹冷木棉衣。長江隔得耶娘遠，四個年頭信息稀。」其後，母來視女，復作一絶，落句云：「和淚牽衣先要問，阿耶强健似娘無？」

言情之作，但抒所畜，新新不窮。悼亡詩作者多矣，而各有性情，未遽不及于古也。桐城方雲旅哭妻姚鳳翽詩云：「孤兒八歲儼成人，香楮靈輭奠夕晨。衰絰扶來還客拜，越知禮數越酸辛。」「那忍青山骨便埋，獨留孤櫬守魂來。晨昏上食呼難應，淅淅悲風颺紙灰。」「元相孫郎善寫哀，哀情難盡寫無才。吞聲怕向靈幃讀，和淚摧燒寄夜臺。」讀之悽然難已。

漢王吉上疏，言世俗嫁娶太早，未知爲人父母之道而有子，是以教化不明而民多夭。唐白居易《贈友》卒章云：「嫁娶既不早，生育長苦遲。兒女未成人，父母已衰羸。凡人貴達日，多在長大時。欲報親不逮，孝心無所施。」二説不同，余謂皆是也。子陽之言爲父母言之也，可以教義；樂天之言爲人子言之也，可以教孝。子陽之言，所以繼治世也，使民仁壽；樂天之言，所以繼亂世也，使民蕃滋。

乾隆丙午、丁未之間，歲大祲，江南北皆被其災。吾鄉斗米直五百錢，雁户流離，一時載道。大家子女亦所不免，身被紈素，靦顏向人，繡履泥塗，玉顏塵土，見者莫不惻然傷之，恐監門未易繪也。顧蔚雲詩云：「依然人似玉，無奈米如珠。」湘湄《記事》云：「療饑窮草木，行乞厭妻孥。」語皆沈痛。

錢浣青夫人孟鈿《贈盲女王三姑》詩云：「聞聲對影便相憐，一面檀槽亦夙緣。試向清宵作三弄，檐花如雨落燈前。」「《楊柳》歌殘又《竹枝》，霜風吹上鬢邊絲。人間多少繁華夢，總在秋娘未老時。」王三姑者，名青翰，即堇浦詩所謂「道客勝常知客姓，目中莫謂竟無人」者也。中年以往，皈心素業，自懺前因。故人相訪者，茗椀爐香，相對終日。鐵撥鵾弦，化爲粥魚茶板矣。臨終翛然，吉祥而逝。

仁和胡辰瞻龍友賣藥于市，有韓伯休之風。能詩，與孫補山相國友善。相國貴後，未嘗一往干之。相國知其難衣食也，乃作書致越中當事，令延主書院講席。比訪之，已死。相國有詩哭之云：「病起寒窗叫斷鴻，悲來怪雨挾盲風。貧當糧盡還留鶴，吟到秋深竟化蟲。賫志未能圖五岳，無兒難免悵三同。孝章死後書方至，此事終須怨孔融。」纏緜悱惻，令人增友義之重。而胡君之高，相國之厚，議者兩多之云。

吴江梅孝嗣《黄梅即事》詩：「睡餘殘酒不曾消，聽得鄰翁杖過橋。雪白吴鹽青箬裹，敲門來換早蠶貓。」「濃陰如墨雨如酥，逐婦鳩聲不住呼。檢點床頭書一架，新黏法帖脱漿無？」二詩道眼前之景，語皆可喜。

嘉善魏冬木鎧，水村先生後人，士食舊名，詩傳家學。以窮老江鄉，頹然自放，論者以爲如子畏晚年唱《蓮花落》光景。余友瘦客與之善，嘗鈔得其詩，名《當不止此集》，約數十首。其自叙略云：「冬木之詩而有集也，自十五歲始。有《竊吟初稿》、《五色線頭集》、《枉拋集》、《我亦有稿》、《丁丁集》、《無人知愛集》、《憶夢集》、《昨非集》、《懟蘭集》，而何以僅存此耶？故名曰『當不止此集』。何以云『當不止此』而僅止於此耶？是則冬木之知音也已矣。」其寄託如此。集中亦多打油釘鉸、滑稽玩世之辭，惟和《續歛》詩數首，類皆可誦。《習舞》云：「習舞花前不論年，身材小巧越輕便。春風秋月蹉跎易，簇簇新裙又覺嫣。」《走馬》云：「走馬紅妝燦若霞，晚來歸去問誰家。即今苦殺春城外，杳杳長堤自落花。」爲人孤冷峭介，不可一世，見人終日無一言，而性耽于酒。瘦客贈以詩云：「老去不須人勸飲，興來還與鬼談禪。」亦可爲冬木寫一小影也。

余訪友魏塘，觴詠日夕，渠齋張君傾襟相許，敷席陳詞，有知己之雅。臨行以《籜石齋集》見貽，且云：「此公孤詣，人不能識，當俟足下鑒別之耳。」別去一載，人琴已渺，睠懷陳子昂同宴一室之言，爲之惻愴。昨檢笥中有渠齋手書一詩，亟爲録之，意在工拙之外也：「看盡山田復水田，晝長人倦枕書眠。夢回正欲呼茶喫，船尾忽吹幾縷烟。」題爲《舟行絶句》。

靈芬館詩話卷四

吴江郭麐祥伯

嘉善顧明府之荚，字小逋，鄉試出裘文達之門。官於皖江數年，歸後以吏議訟繫於獄，遂至憂卒。予移居魏塘，君已屬吏，不獲見也。其從子與予鄰，傳君言乞予《靈芬館集》，並以所刻《眄柯軒稿》四卷見質，和平雅絜，知其人爲君子。其《自題東皋舊隱圖》云：「安樂無端失舊窩，牽絲彈指廿年過。賸教鮑老當場笑，孰遣王郎斫地歌。攬鏡頭顱行若此，收帆波浪定如何。清涼境界依然在，怎把雲山入網羅。」玩其詞意，非沈酣宦海者。「收帆波浪」之語，竟以成讖，悲夫。他如「犀角卻欣兒輩長，虎頭猶似少年癡」、「馬齒慣從他國長，鹿埸空望我公歸」、「跡同禪客無常宿，官似窮檐不换符」，其託意極凄婉。

予於吴中識錫山程君韵篁時，方赴試金陵，泊舟山塘。韵篁與竹士攜偶僦居於虎丘之東塔院，因留小住三日，月地花天，閒有酬答。後韵篁謁選入都，爲縣令江西，不相聞者數載。丁卯歲，余爲廬阜之游，韵篁方攝篆分宜，又不克相見。壬申三月，邂逅於閶門酒所，鬚已鬱然，鬢蒼然矣。而意氣尚不減曩時，尊前酒邊，飛揚跋扈如故也。韵篁多緣情綺靡之作，當場落筆，跌宕自喜，時出秀句。五言如《暮登北高峰》云：「野氣天疑壓，鐘聲山欲浮。」《春游惠山》云：「雲容宜借月，鐙影欲然花。」又「禽聲仍唤起，花事又將離。」七言如《吴山即席》云：「繞郭炊烟蒸落日，渡江殘雨帶腥風。」《題人近作》云：

「瀑下有山皆露骨，月中無曲不含情。」境在晚唐諸公間。

近地詩人與余通縞紵之交者，當湖有胡瘦山金題、屈弢園爲章。瘦山詩詞宗師金風亭長。弢園之詩冷雋幽澹，別自爲格，殆近四靈而無枯澀之習，五言尤澹遠有味。如「殘碑欹古壁，廢冢築平田」、「禿樹獨鴉立，寒江殘月明」、「風動岸邊樹，月斜門外籬」、「水翻雲欲活，舟緩月同行」之句，皆可入《主客圖》中。七言如「松柵嘕雞催短夢，衩衣騎馬蹋重冰」、「魚鰕價賤橋通市，鳥雀聲繁風滿樓」、「焚香紙閣梅花社，洗盞春風竹葉船」，清雋之氣，一洗俗調。弢園生在紈綺之間，有洗馬工愁之目，而出語如草衣木食人不近烟火者，亦一反也。

瘦山詩格工細，不爲叫囂廣憤之音。《積水》云：「斷虹明遠渚，初日暖孤亭。」《野步》云：「光風徐汎隴，暗水細交渠。」《天竺》云：「山坳竹聚碧烟暝，陰洞風送疏鐘圓。」《靈隱》云：「泉移竹筧細無響，烟抱石樓寒不分。」《捕蟹詞》云：「露脚斜飛星斗横，水紋如綫一鐙明。推篷坐守滿灘月，數盡來船過斷聲。」道眼前之景尤妙。

瘦山有《金屑詞》，毫無《草堂》脂粉之氣。其《疏影・和竹垞秋柳》云：「三三兩兩稀堪數，全不似、嬉春時候。」後闋云：「烟欺霧壓荒園裏，尋不見、翠樓窗牖。恨永豐、坊角重來，相對各驚消瘦。」頗可步武《茶烟閣》之後矣。弢園詞裁紅暈碧，體近夢窗。《漁榥詞》一卷當與《金屑》分壇樹幟。

瘦山女弟名緣字香輪，瑶情多感，蕣華早摧。有《琴韵樓遺詩》，余曾爲作序。其秀句如《詠茆鍼》云：「草草蹋青日，蓬蓬春去時。」《白桃花》云：「曉風影裏春無色，流水聲中人蹋歌。」又《掇秋海棠入蜜》一絶云：「蜜是釀花成，復使浸花片。莫訝顔色好，日夕淚洗面。」其含思幽怨，可想見矣。

近時閨人之工倚聲者，吴中推李生香佩金、楊蕊淵芸，浙中推二孫，一爲苕玉女士秀芬，一則碧梧女士雲鳳也。碧梧《湘筠館樂府》清麗芊眠，而寄意杳微，含情幽眇。置之《花間集》中，亦當在飛卿、延巳之間，餘子不論也。《相見歡》云：「年時小立苔茵，燕依人。記得柳花如雪正殘春。砧聲急，蟲聲咽，忍教聞。又是梧桐深院月黄昏。」《菩薩蠻》云：「華堂燕罷笙歌歇，夜深香裊鑪烟碧。酒醒小屏風，燭花相對紅。　玉釵金翠鈿，柳葉雙蛾淺。日午未成妝，繡裙雙鳳皇。」《清平樂・懷仙品妹》云：「麝鑪烟亂，燭影絣花短。魚雁不來消息斷，寂莫錦屏人遠。　任他女伴嬉遊，一春常掩高樓。除卻雕梁燕子，無人解得春愁。」《十六字令》云：「明，雨過南軒月影横。疏簾捲，滅燭坐調笙。」余謂碧梧閨中之伯奇、靈均也，其窮而工也固宜。

《知不足齋叢書》中《示兒編》一條：「樂天云：『金屑琵琶槽』、『雪擺胡勝』，『琵』、『胡』語與今人同。」此是正文。「文弨案：當先云『琵琶』之『琵』，樂天作入聲。云『金屑琵琶槽』、『忽聞水上琵琶聲』，與今人同。『雪擺』須考。」此數語是盧抱經學士校語，注於下方者。愚案：「雪擺胡騰衫」是樂天詩，對句「胡」字作入聲。昔人詩話已及之，此段「勝」字下脱誤也。

會稽吴鑑南璜以户曹出爲刺史，死木果木之難。秋帆尚書爲刻其《黄琢山房集》十卷，然皆其少壯及都中倡和之作，入蜀之詩未見，蓋散佚亦多矣。鑑南爲商寶意先生之甥，嚴海珊贈詩有「何無忌酷似其舅，嚴挺之乃有此兒」之句。詩格寔近渭陽。如《春日雜興》云：「山色凄迷玄豹隱，春光零落杜鵑殘。」《贈施蘧宿》云：「孤鐙蕉萃催詩急，疏雨梧桐入夢寒。」「難逢相馬知誰顧，繆學屠龍況未成。」《贈王弇山》云：「世事悠悠成畫餅，故人落落獨題糕。」《揚州》云：「已送喫虚隋煬帝，又留薄倖杜樊川。」《桃花》云：「十分中酒慵眠後，三月生波唤渡時。」《海棠》云：「吟逢瘦杜偏遺却，比似肥環太俗生。」皆可與質園爲驂靳。其《夜宿磁鐘鋪有懷》一絶云：「雨餘破石阻難行，兩日崎嶇歷一程。今夜故人應夢醒，黄河如鼓打山城。」風調尤絶肖也。集中倡和諸名宿極一時之盛，至今令人想見前輩風流。有與董東亭同作《琉球刀歌》、《芙蓉莊紅豆樹歌》，皆沈鬱蒼涼，不媿作者。

董東亭湘風流博雅，傾倒一時，然未見其全稿。《黄琢山房》附刻二篇皆工，今録其一。《琉球刀歌爲王夢樓作》云：「平生不作絶域遊，飛而食肉慕虎頭。王郎示我寶刀一，爲言萬里來琉球。琉球之國瀛海環，沐日浴月波洄漩。金精水氣爚純火，錬此芙蓉七尺之斕斒。初疑千歲蛟，濆沫天輪旋。雷公躡雲下捕得，萬仞拔出驪龍淵。又疑玉女戲，脱卻壺中梟。化爲枉矢落瓊島，太乙攜取洪鑪銷。銛鋒不作黍米隙，製作完淳少銘刻。珠環銀琫露清光，漠漠柔紋卷龜脊。一條古鐵曳陰冰，六月華堂凛寒色。切泥何必羨雅奴，結佩無須誇大食。王郎負奇氣，挂席窮析津。黿鼉島上一長嘯，馬銜儵昱天吴蹲。乾端坤倪入鎔鑄，筆鋒一掃千人奔。歸來對策見天子，坐令十五學劍之朔慙金門。此刀何幸伴文史，興酣還見摩挲頻。方今四海靖烟烽，帝德遠暢扶桑東。垂裳已覩兩階舞，銷甲盡事三農功。盛朝不貴遠方物，刀雖奇寶知何庸。閃窗恐惹著壁電，飲井定化垂檐虹。還君匣中斂鋩鍔，看君拄頤玉具淩烟閣。」

方蘭士先生薰《山静居遺稿》八百餘首，其五言古體深厚淳古，有漢、魏、盛唐之精微而無其面目，一時詩人未能或之先也。生平多病，又以鑿齒半人，遂絶意科名，賣畫自給，然其意恉時時流露。《秋夜不寐》云：「燭跋披陳編，已及雞號時。古人千載前，事事後世師。廢書發三嘆，賫志將奚爲。壯年如策騎，一縱焉能追。徒見七尺身，安可無一奇。」《歲晏感懷》云：「江梅坼疏香，幹古根輪囷。亦知得氣寒，敢望桃李春。向陽豈無心，雪壓不得申。尊前未全放，有意遲所親。北風連日雪，怪我常詣人。因思彼高躅，守道不辱貧。豈無剡溪棹，宜卧汝南濱。」讀此二詩，懷奇負氣，清介孤高，概可識矣。五律如《病中懷人》云：「藥含長别味，鐙共不眠心。」《冬草》云：「離情深古道，生意動陳根。」七律如《將之婁江留别鄂巖》云：「暇日寄書期别後，經年欲語盡鐙前。」《木山閣雅集》云：「谿路梅花三里隔，草堂人日一書來。」《擬長門怨》一絶云：「梧桐作意響秋廊，並入長門夜漏長。寒捲珠簾望牛女，不知河漢近昭陽。」風格何減唐賢。又《題畫扇》一絶云：「女桑葉老麥秋天，繅繭烘茶又一年。清淺梅花溪上水，湔裙人唤進香船。」則又宋人之逸調矣。

蘭士有和人咏物諸作，亦極工妙。《簾鈎》云：「當頭恰似初三月，引手還思第一人。」《紙窗》云：「殘年況味供坡老，舊夢凄涼對孟光。」「剪燭朋儔娱卜夜，占年兒女帖宜春。」《春草》云：「三月早堪眠酒客，一年易老蹋青人。」具有文外遠致。

鐵生詩以題畫爲最，他作頹然自放，風調有餘，精詣固不及蘭翁也。《山静居集》中附鐵生《喜蘭坻病起寓葛林園》一律，蘭士和韵乃出其下，亦見此老之虚心而不争名如此。鐵生詩云：「故人初病起，習静依香林。幾作死生别，忽超雲壑心。向山吟榻穩，隔水竹厨深。清話渾忘夕，寥寥烟磬音。」

余秋農旻詩以才氣自許，時或度越矩尺，所謂恃其逸足，往往奔放。然其議論開張，固非搔頭弄姿者所可及。隨園老人獨稱其《和生輓》與《觀鐙》詩，未足以盡秋農也。《讀春秋胡傳》一詩云：「憶昔授《春秋》，頗聞《胡氏傳》。其意主尊王，私心竊相善。開卷第一言，夏時周月冠。無故改正朔，厥罪則曰畔。因之卅年來，聽彼蝨魚爛。今秋策秀才，以此帖括戰。乃復降心讀，不能竟其半。十事九則貶，其例或自亂。乃其最難通，不貶而義見。丁零盜牛羊，有時必當案。戎服講《孝經》，有時不爲患。苟非其性殊，何至無忌憚。卓哉曝書翁，斥爲檜所薦。不思二帝讎，轉以黷武諫。煌煌御纂經，赫赫《左氏》案。何不廢其説，繆種流傳偏。作此告采風，著令或爲斷。」此詩作於分科試五經之時，其後功令竟去胡氏而用三《傳》，人始以爲知言。在金陵時晨夕相見甚歡，余歸吴江，秋農以詩送云：「西風置酒話平生，采苦三年百不成。人以疏狂多側目，我因摇落倍關情。幢幢蠻蠟思鄉淚，唧唧寒蛩送客聲。明日維舟定何處，相看不惜倒瓶罍。」深情逸氣，如在目前，展誦一過，不勝宿草之悲。其《病起》云：「偏於此際聞人死，又放餘年讓我狂。」「未開書是何人寄，自祭文先有客傳。」皆灑然性靈語。

《容齋五筆》載信州發土得唐碑，乃婦人爲夫所作。其人姓曹，名因，字鄙夫，妻周氏。其文大略以死生聚散無足憂喜爲言。容齋以爲能文達理如此。余謂此婦人殆學老佛之學者耶？碑者，悲也，況妃匹之重、死生之際，而其詞無一豪悲哀悽惻之思，亦未免不近人情矣！丁嫠《寡婦》之賦、徐媛《祭夫》之文，殆異於此。

容齋論「俗語有出」云：「今人意錢賭博，皆以四數之，謂之『攤』。《廣韵》『攤』字下云：『攤，蒲四數也。』」余見近時以骰子四粒覆于盆中摇之，列其門爲四，令人射注，名曰「摇攤」，則亦有所本矣。

張華《答何劭》詩：「周任有遺規，其言明且清。」蓋用「陳力就列，不能者止」之語，而引逸《詩》以贊之。容齋疑下句爲周任所作，而謂善注不及周任遺規之義爲不可曉，亦泥而不通矣。

《輟耕録》載揭曼碩《泊舟湖湘夜遇神女臨别贈以詩》曰：「槃塘江上是奴家，郎若閒時來喫茶。黄土築牆茆蓋屋，庭前一樹紫荆花。」明日阻風，上岸沽酒，問之，即槃塘鎮。見一水仙祠，牆垣皆黄土，中庭紫荆一樹，殿上像設與女子無異。云聞之其姪孫説，疑若可信。然此詩亦見句曲外史張雨集中，豈事出假託，抑張嘗手録之而誤編入耶？

東坡詩自王、施注後，又有查、馮兩家添補，然尚有未盡者。如《李憲仲哀詞》「死者誰不窾」，用柳子厚《天説》「窾暮以送死」，注失引。《次韵蔣穎叔觀鐙詩》「便因行樂令投甲，不用防秋更打冰」，用《北史·斛律光傳》「文宣時，周人常懼齊兵之西度，恒以冬月守河椎冰。後朝政漸紊，齊人椎冰，懼周兵之逼」，注亦未引。乃知放翁爲知言。

《次韵蔣穎叔》詩：「瓊林花草聞前語，罨畫谿山指後期。豈敢便爲雞黍約，玉堂金殿要論思。」穎叔爲歐公門下士，即紉歐公闈門事，其人可知。先之以「瓊林」，紀其初也；終之以「玉堂」云云，言其終進用也。東坡賣劍買牛欲卜居陽羨之意，早已見之於倅杭之時，而其詞若不許云者，遜詞自見，蔣之不足與于此也。其不足與於此云者，其倍歐陽也。于座主若此，于同年何有？而其于座主若此者，干時希世求進之意亟也。然則「玉堂金殿」正其所日夜思得一當者，豈肯爲窮老山林者耶？此則所不敢許也。其詞寔微而顯，其意亦深而可念矣。

《和陶貧士》詩「夷齊耻周粟」云云，《詩眼》極稱其工於命意，累數百言。蒙竊以爲不然。此詩「古來避世士」以下四句，蓋譏四皓也，言其雖復避世，而不能無所動於功名，遂至晚節末路，自變其操，如朱墨皎然而一手自研，不復知分别。若夷齊之特立獨行，雖周武之聖，亦非之而自是，豈産禄之徒以卑辭厚禮能致所可同日語哉！末四句乃言淵明本無自高之心，弦歌爲三徑之資，亦其誠言；故爲縣令而不羞，至其不樂，乃即徑歸。亦足以見其任真行意而非爲名高，與四皓之先自標置而後相矛盾者遠矣。雖不足追蹤夷齊，其視世之出處無據、浪得虚名，不賢遠於人乎？此中曲折，真爲真知淵明者，《詩眼》所云恐失之。元微之有《四皓》詩，持論亦同。

《和陶郭主簿》第二首末句「地行即空飛，何必挾日月」，言平地仙人不必作天仙，即上界足官府，不願升天之意。施注引《莊子》固非，查注引《内景經》、馮注謂修煉家語，皆非詩意。他如《贈章默》「腐茵席」句用光武事，「鬬右土酥」二句用杜詩「鵝兒黄似酒」之意，以意逆志，乃可得之；穿鑿膚淺，去之益遠。

往在溧陽，張君晴厓以一册乞題，每葉畫花果翎禽各一，並嶺南所産，凡十二葉，别紙具疏其土俗之名，恐閲者不悉也。晴厓言，遊嶺南得之，其中名狀亦有不周知者，然賦色新艷可喜。余每葉爲題一絶，以三物聯合組織之，類于俳優戲劇，故集中不登。今録於此，以博娱娭，以廣異聞，仍注其名于末。「蔚藍天色晚風吹，非霧非花絶代姿。鬟髻峩峩高一尺，珠孃十八上頭時。霧水花、荔枝、高髻冠。」「情味酸鹹飽昔年，黄絁入道禮金仙。何如結個千絲網，便上胭脂滙畔船。胭脂花、黄皮果、釣魚郎。」「似聞我佛説因緣，微啓朱唇一粲然。不解人間兒女事，畫眉傅粉自年年。蛾眉菊、頻婆果、白面秀才。」「比作離枝嫌少韵，略同躑躅亦無香。只銷塗抹青紅了，便是人間新嫁孃。山粘花、番荔支、新婦曲。」「紅深黄淺實離離，山鳥朝來聖得知。一種天機誰會得，有人微笑手拈時。剛粘花、番橘、沈香鳥。」「羅浮仙子愛雙棲，新製銖衣一翦齊。桃實已成春又老，落花風裏盡情啼。長春花、羊桃、梅花小鳥。」「不聊生髻墮藍鬖，金縷衣垂重未堪。難免鄰家姊妹笑，本來阿醋最宜男。姊妹花、番石榴、金絲禾鵲。」「山田稜稜又分秧，打棗歌殘日正長。閒殺緑毛幺鳳子，一叢深色卻無香。映山紅、錦棗、倒挂。」「山柿成林紅欲然，又牽遠夢到花田。天涯兄弟多離别，最憶推梨讓棗年。素馨花、雞心柿、洋脊令。」「粗枝大葉離奇態，浪蕊浮花瑣碎妝。但借一巢隨地有，不消草木狀南方。山丹、檬子、鷦鷯。」「不羨中朝敢諫名，不隨黄鵠萬里行。西山正有朝來爽，拄頰看雲生未生。秋爽花、烏欖、番禾鵲。」

魏塘謝氏有《靈飛經》藏本真迹，共六百餘字。傳此帖本董華亭質之海寧陳氏，華亭後欲贖歸，陳氏難之，久方聽贖，而割其後副，别藏弆之。故《渤海藏真帖》中無此數行，近爲謝氏所得，遂摹勒於石，並華亭求索之札及陳氏父子跋語皆附刻于後。然《藏真》所刻較此新刻稍似不類，肥瘦亦迥異，豈古今摹刊之工先後固殊耶？王惕甫有《題靈飛》詩云：「彤管親標款署明，簪花端的出傾城。不知袁桷緣何事，强换題籤鍾紹京。」意謂真出玉真公主之手。然近刻筆法乃似《兜沙經》，未可遽以議清容也。余有詩和謝菊人洙并索石刻，云：「妙迹簪花絶代姿，似聞略得逮津涯。銘心絶品獨不見，過眼雲烟知是誰？定許良工搨蟬翼，已令侍史界烏絲。靈符未便登真訣，服食還能一療飢。」

陳芝房助教有《海剛峰私印歌爲蔣北硯作》，自注云：「印以澄泥爲之，微煅以火，文曰『掌風化之官』。康熙間宋漫堂中丞見之，確指爲剛峰故物，載《筠廊偶筆》中。北硯特構寶印閣貯之，屬余作歌。」詩曰：「蔣侯有印質黝黑，范土堅剛勝金石。中央丹篆雲雷文，掌風化官字深刻。名臣前代海剛峰，三百年來留手澤。華堂珍重出傳觀，仿佛光芒射几席。昔公奮跡南海濱，上書惟冀君心格。大臣不言小臣言，敢避雷霆威不測。秉憲南都政肅清，風化轉移具神力。宏演生前主鑒忠，史魚死後人稱直。祇今時代閱滄桑，若若纍纍盡陳迹。獨留私印重人間，魏公之笏蘇卿節。吴民舊是公遺民，覩公故物懷公德。轉輾流傳知幾家，入手摩挲敢輕擲。君家門第豈尋常，再世相承吏清白。遺子曾無金一籯，傳家但有書三篋。此印天教世寶藏，大貝天球同什襲。高閣巋然峙室隅，見者必趨過必式。他年佩印立朝端，定繼清風振臺柏。」

芝房詩規模唐賢，饒有矩矱，宗法歸愚而能自攄性情。《鹿城秋感》云：「《白雪》敢誇同調少，青雲空羡故交多。」《諸將》云：「賨布蕉紈唐職貢，珠厓銅柱漢山河。」「將軍天半方鳴角，丞相營前已墜星。」《瓜洲阻風》云：「潮頭挾雨奔瓜步，雲脚連山壓潤州。」《贈張看雲》云：「《四愁》人是張平子，三絶名成顧愷之。」絶句風調諧適。《湖上讌集》云：「垂楊十里映重樓，濃渌陰中雨乍收。怪底遊人寒意重，飛花如雪點征裘。」《南歸口號》云：「客舍安居即是家，軟紅三月住京華。南歸一事翻惆悵，未看豐臺芍藥花。」《觀演邯鄲夢傳奇》云：「歷代科名記不全，狀頭姓氏也隨烟。何如夢裏魁天下，盛事翻能詫舞筵。」芝房好收拾前代遺文逸事，未及有所著録。晚第進士，侘傺以終。其遺書翳然在亡，鐵門爲手輯其詩一編，因見而録之。

湘湄言葑溪宋氏藏明宣德年銅槃，正方，色澤古茂，精光昱然。上鎸《錦堂春》詞，當是盛香之具。余按：會稽許幼文尚質有《宣廟鎏金銅槃歌》，賦物甚工，得《東京夢華》之意：「宣廟一鑪黄金價，翻環直脚總難亞。紛紛蘇蔡與南甘，薄質徒然矜火化。惆悵龍髯不可攀，玉釵飛燕幾時還。東華舊有連朝市，北極今存萬歲山。山頭掘得香奩式，雙行小字何人識。偷看半闋《錦堂春》，却記懸鐙上元夕。重憶當年全盛時，漫天火樹徹罘罳。至尊親製《春宵曲》，樂府争傳宛轉詞。長安冶工最奇巧，臨摹細楷藏真稿。分賜宫中炷異香，長奉君王花月好。即今故國怨王孫，寶玦珊瑚不復存。此是前朝真法物，摩抄老眼向誰論。酒酣别去還回顧，坐客不須愁日暮。聽我《銅槃辭漢歌》，仙人清淚如朝露。」自注：「鎸『宣德七年正月十五日』。」未知湘湄所見同此否。許有《沈釀川集》。

邯鄲盧生祠題詩者甚多，余愛錢唐毛宬再絶句云：「樓觀巍峩驛路東，居人指點説仙翁。如何白日青天在，只羨瞢騰一枕中。」「夢中占夢世間人，覺後蘧蘧未是真。莫向仙家乞仙術，盧生祠外有紅塵。」翻案中别有寄託。毛與湯西厓善，有《西厓寓齋花放》詩云：「故園亦有閒桃李，只隔西山幾點青。」神韻致佳。

詠物之作，刻畫易好，超遠難能。余友退庵《詠闌干》落句云：「太息古今爲爾伴，不知閒煞幾多人。」含毫邈然，味在字句之外。余少時《詠淮陰侯》云：「風雲際會一亭長，生死恩讎兩婦人。」後見葉横山「假真王號三齊印，生殺英雄兩婦人」之句，遂删去此作。近閲阮雲臺中丞所輯《兩浙輶軒録》，其中用此意者不一而足，然皆不及嘉興李晴川宗渭之作。其詩云：「飯信誰，淮陰母。殺信誰，漢宫后。飯惜英雄殺忌才，千古具眼此兩婦。有賢不用斯亡身，重瞳區區真婦人。」

亡友蔣山堂仁於揚州平山堂得古印，文曰「蔣仁之印」，遂易今名。自作一印曰「太平之人」。尤二娱維熊有一印曰「男子之祥」。皆巧而不傷雅者。姜白石以印文八字寓姓名，曰「鷹揚周郊，鳳儀虞廷」。余仿其意，篆一石曰「侯一四姓」，《詩》中二《南》謂郭爲四姓小侯之一，而《麟趾》在二《南》之中也。山堂篆刻直追漢代，嘗用金纖纖女士贈句爲余作「天遺漂零」一印，款識四面幾滿，爲偷兒竊去，懊恨不已。

錢香樹司寇《挽諸草廬宫贊》四絶，其一云：「吴下詩人顧與張，早尋蹤跡到書坊。坊中萬卷高連屋，多入先生螢火囊。」自注：「草廬少時家貧，無買書貲，聞吴下書賈某愛客，詣之，留數日。主人敬其好學，謂曰：『觀君舉止，欲讀竟此架上綫釘書耶？』草廬笑而頷之，三年靡不偏覽。俠君、匠門聞而訪之，爲之延譽，名滿吴下。」此詩不甚工，然足以想見前輩風流也。

商寶意太史最工言情之作，《憶金陵》云：「金屈戌中多宛轉，玉闌干外即風塵。秋深廢院初衰柳，人遠孤鐙又暮潮。」《新緑》云：「林暗昨宵疑有雨，晝長深院斷無人。」《鐶孃至淮》云：「藥餌急須調病後，簪環親與卸鐙前。」《送春》云：「紅袖泥人原是夢，緑陰成幄已多時。」《思歸》云：「荒裔倍增家累重，衰年圖報國恩難。」「雁足應傳將到信，龍鬚又負已涼時。」又「宦情大似雲林畫，楚楚烟嵐總不濃」，讀之使人意消。余謂太史詩近體勝古體，七言又勝五言。

鐵門工於古文，以歐、蘇爲宗。詩在宋、元之間。口不譚舉子業，然入之甚深。嘗言凡學皆有代興，惟時文衰歇。丙午鄉試，房考薦其文，有「直似大士」之語。既而知爲孫公梅，固深於此事者也。鐵門足不出里門，未一詣之，然知己之感，未嘗去懷。余嘗有句云：「所知不必盡平生，要是平生一知己。」孫公少年有才子之目，嘗賦《白燕》詩，爲人所傳。有《四六叢語》一書，一目之下，輒以駢語爲先，意蓋規模彥和《文心》之作。雲臺中丞爲刻以行世，中丞亦公門生也。

靈芬館詩話卷五

吴江郭麐祥伯

余過揚州，汪飲泉以一册索書。上先有積堂近作，皆諧婉駘宕，較前更進。其《詠二喬妝井》云：「影娥池小三分水，玉女碑寒半畝宮。大好嬋娟成里社，最難夫婿並英雄。」銅雀臺真無賴事，赤烏年紀可憐宵。」《黄忠桓墓》云：「剩有握拳埋卞壺，更誰澆酒哭王琳。」《讀杜樊川集》落句云：「揚州書記湖州守，一樣無聊過十年。」尤雋永有味。

紀文達公以文章名一世，所定《四庫》書，著語殆無一字不當，獨恨詩不多見。近始得其全集，和平爾雅，真金華殿中人語。《瓦橋關》云：「世閭邊功賤，儒多戰氣銷。」《夜泊吴江》云：「昏烟欲合孤城閉，遠水微明小港交。」《會試閲卷》作云：「衰翁寧識新花樣，往事曾吟古戰場。」《題詩龕圖》中一律云：「誰發濠梁興，時臨百頃潭。坐看瓜蔓水，緑到太平庵。聞有維摩室，同居彌勒龕。《滄浪吟卷》意，妙句鏡花參。」澹逸絶似梧門集中詩。又《題陳氏蘊玉西齋遺稿》二絶云：「孤墳葬去一枝紅，烟草年年泣曉風。怪得詞人多命薄，香閨也坐作詩窮。」「苕溪流水越山青，烟雨霏微入杳冥。應有詩魂銷不盡，黄昏梅月影亭亭。」讀之令人居然悵惘。

陳魯齋先生璠，乾隆己未鴻博，吾友曼生之大父也。曼生以《釣鰲圖》見示，屬爲題跋。圖中同時被徵及諸老輩著句已滿，且不敢以後進參錯其間，因爲作《水調歌頭》一詞，别書于畫之上方。圖内顧欠夫之麟、周元木大樞、周白民振采三詩，萬循初光泰一詞最工，輒録于册。顧詩云：「君昔挂帆過江右，吸盡西江纔一口。飛揚意氣旁無人，全身已落丹青手。峰頭釣絲百丈强，坐掣巨鰲如驅羊。此事耳食目未經，畫人畫意不畫形。」周詩云：「浙河以東皆巨海，汪洋直過扶桑東。其中空洞復何物，黿鼉之窟蛟龍宫。燕齊方士喜迂怪，乃説方壺員嶠大小蓬，下有五鰲戴之終古撑青空。龍伯國人舉其六，其餘九者兀然不動長嵸巃。騎鯨仙人東海客，元龍湖海將毋同。絲綸百丈垂雌虹，無使巨鰲久困泥塗中。」白民詩云：「矗立千尋海上山，扶桑初日照蒼顔。不應閒却絲綸手，來共老翁占釣灣。」萬《滿江紅》詞云：「如此漁竿，渾不似、釣徒家派。想當日、費他多少，任公蒼犗。舉首正當紅日下，置身已在青雲外。向長空掣得一虹來，蜷如帶。　風晝夜，波聲湃。潮晝夜，雷聲磕。盡胸中塊壘，者番淘汰。河伯逡巡回面視，天吴竦息中流拜。問瀛洲、還有數峰無，蓬壺在。」

吴志行《粤遊詩卷》今歸吾友張君晴厓，出以屬跋。中多一時諸老之詩，翁先生嵩年爲之序，今略記數詩於此。顧俠君云：「春風吹老粤王臺，峽束雙厓迎客開。到日正逢小暑後，園官先送荔奴來。」「追涼人向古榕邊，蜑雨翻翻别有天。回憶帝城相送處，丁香花外落榆錢。」金冬心云：「斬新詩卷杜樊川，南粤無端隔遠天。刻意傷春復傷别，軟風斜日過江船。用李商隱句。」「一雙兩雙大蝴蝶，千樹萬樹瘦桄榔。我愛羅浮山下路，荔支紅候住蠻鄉。」厲樊榭云：「任尉臣佗事有無，山川如舊客心孤。牂牁江上連朝雨，定倚繩床憶大蘇。」「珠娘個個金齒屐，蜑子家家橦布衫。乞得新詞書領袖，更添么鳳一雙銜。」「蠻花相送下瀧船，萬里歸來話海天。曾記春風椰子酒，微吟小飲又年年。」

吴竹虚履以畫名家，與小松、鐵生相上下。詩多刻削巉峭之音，唐陶山太守爲吴令時，刻五律一體，草衣木食人語也。其《過畢尚書樂圃》一絶云：「小園曲徑雨濛濛，盡日無人踏落紅。四面涼亭三面水，闌干間放在東風。」筆意殊近宋賢。

蔚堂誦其友人張正祊一詩云：「惜别曾經舊板橋，重來此地黯魂消。天涯畢竟離人少，尚有垂楊萬萬條。」翻新命意，寄託遥深。

汪墨莊，松江詩人也。余與相見于江鄭堂家中。時墨莊落魄揚州，無所遇合，非鄭堂則幾寄食亭長矣。出詩一册，皆唐賢家法，爾時風尚如此，然近日囂凌紕縵之習，則斷乎其無有也。其《斟酌橋邊》一詩，頗極駘宕：「斟酌橋邊舊酒樓，樓中夜夜唱《梁州》。棗花簾外初圓月，一度銷魂已白頭。」

曹沖抑字敬豫，號春帆，爲仲梅先生令嗣。濡染見聞，枕葄子史，父子兄弟，自相師友。爲詩沖和淵雅，有王、謝子弟意。清羸多病，竟不永年，未見其止，吾黨共惜。然詩有仙心，語無塵俗，雖仲宣體弱，要非塗澤剽盜者所望見也。

吴蘭陔懋政工爲科舉之文，從其指畫者多掇巍科以去。決科發策，與其所可否，十不失一，時推爲文學祭酒。而詩工整有法，如「一官未久初心在，兩字無能定論公」、「此生只合耕桑老，我輩元非仕宦才」，蓋吴以知縣改教授，故有此語。其寄博羅某生云：「老去雲踪到處留，鬢絲禪榻度中秋。七千里外今宵月，曾記胡床坐庾樓。」尤有風趣。

施隱君石農名相，明季卜居湖渚，與寧都魏季子，宛谿顧景范，甬上萬充宗，同里應撝謙、陸拒石、吴舒鳧爲莫逆之交。顔所居曰「豳居」，有《豳居録》一卷，止五七古、五律二體，當未是其全本也。其詩平和樸老，不事藻飾。如《閒詠》云：「坐高梧樹月，歌入蓼花風。」「有書不暇懶，得酒豈知貧。」《西山村落》云：「新酒家家熟，香橙樹樹黄。」《送景范歸宛溪》云：「送君從此去，不覺故人稀。遽爾歲年盡，令余心事違。那堪回白首，只合掩柴扉。祖席溪山晚，蒼茫對落暉。」景范所輯《方輿紀要》皆成于豳居寓齋，前輩風流，尚可想見也。

長沙陶季壽章潙官爲鹽鐵，需次浙中，而其寓館乃在西湖可莊，去城甚遥，聽鼓應官，往往不至。門繫一舟，時時往來南北兩山間，與野人山衲尋烟問水而已。余時亦寓西湖之玉蓮庵，曉烟夕月，常相過從，間有酬和之詩。先是，余寓可莊，後二娱寓此，末後季壽寓此，皆有詩留壁間。後有安庸人以惡札參錯其中，余適過見之，因揭三人詩以歸，裝治一帙，爲之題識，語在雜著中。季壽詩古澹高逸，似韋、柳一種，洞庭廣樂，湘靈哀彈，迥非塵俗所賞。惜爾時匆匆，未及鈔録。前年琴隖自京師歸，季壽時在都門，郵詩見寄，和余《題楊雲珊集》韵，離奇兀傲，又變一格，賢者固不可測也。余屢欲和之，而怯與爲敵，卒不果成。今録是作于卷，終當踐此諾耳。「昔我杭州試吏事，西湖賃屋寒山陲。山雲款款日到户，意似招我閒遨嬉。一朝獨往忽有遇，有客長嘯來頎頎。心知其狂不可及，飄然裙屐純乎詩。輒通姓氏乃大慰，壁間舊作曾仰闚。稜稜秋氣動紙上，正如此日看鬚眉。梅花亂發同杯巵，痛飲不覺雞喔咿。酒人文侣恣諧謔，笑君才遇多詭奇。大爲時輩所罵譏，又有美女思作妻。達官相款卑言辭，富賈願識先珠璣。我生遇敵氣頗盛，摩壘直出争雄雌。忽逢大國避三舍，嬴師非誘君無疑。而何索觀到小草，明眼竟失千瘢疵。譬猶斷木棄路歧，杖履所觸偶拾之。登之几席日把玩，淋漓匠手鐫銘詞。久而相忘固其理，乍見但博旁人嗤。當時豈肯稱負負，學問未免增毫釐。惜哉聚處未兩月，去帆望與江天低。歸來扃户坐風雨，興如野卉寒難擒。尋常文讌亦時有，座無匡鼎能解頤。青山作伴其庶幾，造物又復吝所施。官中弄猶定何術，令我北上不自知。寓居窮巷怕詣客，風沙捲地雙眸眵。豈期君集忽到手，眼明見此仙人姿。六時誦讀一萬徧，敦敦凴几如黏黐。因知昔題密裝裹，君取予題壁詩藏而記之。巧爲故舊藏其媸。查侯才筆乃我師，梅史。太史亦是奇男兒。琴隖。早有文字付剞劂，梨棗何福得所爲。近來懶廢似相約，不異困鳥忘翻飛。豈其官爵真俗物，頓令傑士成愚癡。眼前寡悰已如此，何況手版趨公時。幾時我輩老兄弟，山水樂事從新題。比屋而居無是非，猪羊鴨雞大且肥。酒壺茶榼相追隨，門外軒冕微乎微。蠟屐幾兩狂遊資，更選短杖裁藤枝。」

閻觀察學淳詩筆滔滔清辨，不專奉新城者也。有《檾園詩存》，余嘗獲讀之。五言如《春草》云：「能教春有恨，不信草無情。」《漂母祠》云：「士豈能忘報，人元不易知。」《敗壘》云：「樹閃千軍影，雲疑萬竈烟。」《壞橋》云：「野草分堤緑，遊人别徑歸。」七言《客舟》云：「人家老樹多于屋，天末孤雲瘦似山。」《復雨》云：「細蕊那禁騎月雨，峭寒如戲典衣人。」《除夕》云：「老去不將獃更賣，世間惟有願難如。」《落花》云：「彈指不堪春去後，傷心曾見手栽時。」其《德州寒食》一絶云：「楊枝插户碧鬖鬖，冷節剛逢三月三。地是鄉關人是客，翻勞歸夢到江南。」風調極妙。

獨遊前歲在靈芬館手自鈔録近作爲一卷，臨别忘携去，頃展閲之，輒録數首，以見其詣益進。《答丹叔寄懷》云：「音書頻寄煩君念，淪落難歸愧我生。四壁蕭蕭誰共語，一年草草若爲情。酒思舊雨循環飲，詩候新涼取次成。客裏又經時序换，小樓昨夜有商聲。」《郊行》云：「半是嬉春半送春，陌頭風軟落花輕。護蠶村巷柴荆静，積水溝塍科斗生。佳景却從郊外得，新詩每在澮中成。不妨泥飲逢田父，野店青帘照眼明。」《苕溪道中忽遇順風次頻伽韵》云：「風帆去似鳥飛輕，百里苕溪計水程。山肯論交林外見，詩聊記事醉中成。臨湖柳似分曹立，連榜船如並馬行。試看長年添喜色，一杯賀爾酒同傾。」題予語鴨亭云：「渺渺陂塘新漲遲，閒來亭角夕陽時。春江水暖蘆芽短，那有人間挾彈兒。」《白鷗天》云：「可奈饑驅未息肩，浮家泛宅慣年年。君寧未識江湖味，望此漚波水拍天。」《山磬書屋》云：「豈止東西屋兩頭，茅亭水閣小紅樓。忽看學舍如舟小，心識此中住子由。」

青庵集中有《和復園女子題壁詩》，附其元作，題云：「庚申三月晦日，偕幼珊妹雨中遊蔣家園作。廣陵蕭仲璎。」詩云：「春光草草送將歸，細雨如絲緑漸肥。却喜静無蜂蝶鬧，不妨微濕薄羅衣。」和詩云：「聞説園亭此最佳，今朝偶爾駐香車。穠桃艶李漂零盡，開到風前姊妹花。」署名「瑚」，即幼珊也。青庵云前詩字絶工秀，後詩稍紕縵而姿態逸出，此與予真娘墓壁間揚州風漪閣所見同一韵絶。

徐虹亭太史云：「朱十有《閑情詩》三十首，錢塘陸麗京讀之傾倒，作《望遠曲》，思勝之，不敵也。」今朱集只存八首，陸詩無傳。迦陵《婦人集》注云：「有十四首。」録其三，亟登之。詩云：「采罷蘼蕪望故夫，藐姑仙子不曾殊。屏間歷歷窺青瑣，道上明明種白榆。舉體乍飄連理帶，定情羞解合歡襦。可憐漂泊刀頭約，坐看天街夜月孤。」「雙啼玉筯濕羅巾，爲結相於訪故人。自是口中生石闕，何堪腹内轉車輪。儂同梧子心難變，郎比蓮花貌絶倫。何事小姑偏獨處，清溪簫鼓夜迎神。」「皓腕輕羅驗守宫，纖纖手爪似春葱。常將小婦誇中婦，不擬賢雄是故雄。九醞滿浮金鑿落，兩環真作玉玲瓏。何妨深瑣青苔濕，説與昭陽絶不同。」迦陵云：「吴門家太僕濟生示余以《望遠圖》，乃十四歲女子所作。霧鬢雲鬟，略施水墨，然不知何姓名，且何所命意也。」

妹婿鄭弱士溺苦于學，而尤篤嗜爲詩，穿穴險固，抉摘杳微，誓不作一庸近凡俗語。力雖未足以副之，而其志則大矣。洗馬工愁，長卿善病，年未三十，以羸疾卒，同人每以王逢原爲比。余爲墓誌，存集中。詩不多作，没後其師鐵門手定數十篇，皆怵心雕腎之詞。《次韵湘湄寄示雨窗聯句》詩云：「似聞紙上吟聲苦，遥識天涯客思深。」《呈袁簡齋先生》云：「人間清福仙難比，天上文星月樣明。」「入集詩篇多薦士，偶經獎借便聞人。」《讀竹士秋夜感懷》二律云：「默坐愁城雙版扉，長宵寂寂思依依。蛾眉月瘦天應忌，鸞背風輕仙自歸。繡户垂楊烟鎖恨，花房孤蝶露侵衣。返魂無驗名香燼，撥盡爐灰冷不飛。」「離恨如天未有涯，蕭蕭孤影倚窗紗。海棠易洒逢秋淚，明月難看到曉華。且挂遺真澆竹葉，重尋舊夢哭梅花。挑燈細説傷心事，殘角聲寒起睡鴉。」《題顧恂堂遺畫》一絶云：「十幅生綃墨尚濃，雲山叠叠樹重重。不知地下思親處，陟岵還來第幾峰。」才命相厄，可爲太息者已。

秀水詩人多宗朱十，選格必潔，遣詞必雅，數典必切，所謂隨其人賢愚，皆循循雅飭者也。余所見前輩如朱梓廬明府、曹種梅學博皆有集刊行，雖篇幅小窘，而雅步不失。近識曹君言純于揚州，貌古氣醇，自力于學。先時藏書甚富，家中落後，斥賣無多，然皆手自丹黄一過矣。韓江歸，與余同舟，聯句之作，互存集中。其五言如《董公祠》云：「祠碑誰下馬，園鳥欲闚人。」《贈方子雲》云：「客經年又暮，貧與老俱來。」《篠園》云：「冬花成夏果，春雨换秋莎。」《送江仲來》云：「人間科第重，時命丈夫須。」七言如《飲揚州酒樓》云：「銀鱗網白魚猶活，女頰瓜紅酒可憐。」《研鏡》云：「堪訝賣文窮處士，翻疑負局古仙人。」《舟夜》云：「道途濁酒孤燈醉，江海扁舟兩鬢疏。」《京口雨泊》云：「燈影欲寒京口酒，蓬聲還壓海門潮。」絶句尤饒有風趣，《題花南老屋圖》云：「重畫春風舊釣磯，葯畦花町已全非。南鄰父老猶能記，紅板橋東白板扉。」《湖上春詞》云：「斜陽熏暖草青青，猶是春寒翡翠屏。何處高樓歸去後，碧天相映兩三星。」題余《病起懷人圖》云：「客裏無人共酒巵，藥囊題罷復題詩。一年幾日闗門住，轉憶匡床卧病時。」君自號種水邨農，有《種水圖》，自題《買陂塘》一闋絶妙。余亦有和章。

海昌查梅史揆、錢塘胡秋白元杲、屠琴隖倬、范小湖崇階、殳積堂三慶同讀書于清平山之拂塵庵，與余先後定交。余時爲雲臺先生校定《兩浙輶軒録》及《筆談》諸書，寓于孩兒巷，得暇輒相過從。弦詩頌酒，雜以諧謔，極友朋文字之樂。無何，查君入都，屠君入翰林，殳君出遊，余亦歸里中。惟小湖主秋白家，課其兒子，得長相見。秋白、琴隖皆有《清平山讀書第一》、《第二圖》，余皆有詩。《題琴隖第二圖》云：「出處何關猿鶴事，重來只作故人看。」《題秋白第二圖》云：「清平一角山，丈室僅如斗。維時五君子，若耕合其耦。年來出處分，南北限官守。縣令雁鶩行，史公馬牛走。酒人半在亡，豪興減八九。殳基謂可留，近亦别其婦。」又云：「但當存息壤，白賁庶無咎。得時銘旗常，失意解印綬。還我讀書身，享此千金帚。」今諸君皆落落散布，合并之期，未識何時，俯仰一時，不勝慨然。

梅史遊西湖最久，華秋槎丈瑞璜時寓北山之德生庵，梅史過從甚密，而性傲睨不可一世。又聞余有狂名，余每過華寓，即偶值亦掉頭而去，如避面然。後館于粱山舟侍講家，與余寓孩兒巷相接，因投刺往詣。接席披襟，歡然如舊相識，始悔前此之過自矜嚴也。梅史詩不專一家，主于詞副其意，氣舉其詞，高華沈著，惟恉所向。五七古不唐不宋，出自心裁，無無爲而作者。近體五言如《半山》云：「櫓摇空翠裏，山插萬花中。」《赤壁庵》云：「峽中無月到，樹外有江來。」《有慨》云：「愁能銷意氣，貧亦損才名。」七言如《錢塘詠古》云：「城闕桃花楊妹子，天涯芳草趙王孫。」「賸有蘭亭模玉枕，誰教牛角失金甌。」「北來孤艇藏劉洪，南渡遺民怨趙歧。」「箏響尚疑中使鴿，髻高猶戴孟家蟬。」《寄内》云：「狂嗤割肉東方朔，寒想分衣左伯桃。」《荅内子》云：「執爨休教勞白髮，讀書漸解念蒼生。」《内子謀爲納姬戲答》云：「伊其相謔卿休爾，我見猶憐事或然。」絶句《即事》云：「玉匣冰奩鉛水流，垂楊影裏見梳頭。夕陽似與紅窗約，不近黄昏不上樓。」嘗與余同舟江南北者二旬，有《江行唱和》一集。

琴隖神鋒雋爽，有無前之氣。弱冠登科，不即赴春官。與陳白雲、查梅史爲師友，觔書嗜古，旦夕切磨。初刻《是程堂詩》四卷，雖皆少年之作，風骨已自遒上。五古如《雜詩》八首、《感興》五首，七古如《醉歌行》、《爐峰行》、《雨中》、《移竹》、《自題山水障》諸作，皆駸駸乎欲闖韓蘇之室。五言如「童牛三尺短，老樹半身枯」、「人情重到熟，風俗近年忙」等句，何減青丘？其同人集西湖送余之揚州云：「乳燕雛鶯又一年，扶頭相約醉花前。故人小别紛如雨，春水方生已拍天。筍長貓頭應上市，酒呼缸面不論錢。去程約略揚州路，時節匆匆過禁烟。」《九日曼生招集吴山用頻伽韵》云：「百年此會剛重九，千里懷人各一方。木落亭皋催旅雁，江空樓閣倚斜陽。且判酒户分中下，豈有詩篇接混茫。却笑登臨翻百感，諸君容得次公狂。」絶句又能婉約出之，《題雩門花影樓》云：「碧紗虛掩一重重，照不分明蠟炬紅。却把湘簾都上了，讓他明月坐當中。」《晚眺》云：「扁舟初卸落帆風，獨立江亭指斷虹。東面夕陽西面雨，春陰只在半江中。」琴隖以翰林改官縣令，宰真州，治聲卓然，除去梟虣，課民織作，大江南北，號爲循吏。詩人妙爲政，其弗信矣乎。

吴槎客騫樸學能文，插架萬卷，無不丹黄，近世之學人也。嘗自製一舟，往來湖上，有詩云：「十二橋南烟舍，第三溪口漁翁。青箬緑蓑歸去，桃花細雨東風。」鐵生爲作《細雨東風》看子，因即以榜其舟，其風趣又如此。一姬亦能詩，偶得句云：「無雨不晴天。」槎客每向人道之。

積堂之詩如静女凝妝，偶然流盼，波回緑轉，傾絶一城。《感舊》十首，不減元九風情：「微微涼月滿階墀，一種閒情若個知。爲底玉釵剛卸却，又從窗外立多時。」「春風一剪柳絲絲，花發紅梨第幾枝。剛好個人扶病起，畫屏相隔立多時。」「踏青相約到湖湄，新樣妝成出户遲。却又回身進房去，菱花重對立多時。」《題嚴九能姬人張秋月小照》云：「佩環響徹玉丁東，吟得唐賢句自工。應記水精簾底見，本來名字最玲瓏。」讀之令人輒喚奈何。其《送梅史歸海昌》一首，風格最老：「簾外天如墨，濃雲凍不流。故人衣短褐，辭我上孤舟。囊橐無多物，文章半是愁。恐勞堂上望，歸路莫淹留。」他如「夕陽微戀天邊雨，春色全浮江上山」、「水鳥掠波隨艇去，夕陽流影上衣來」、「梨花三徑月，春水一池魚」、「僧歸雲影外，春老雨聲中」，皆秀句。

浙江兩陳，余與曼生最初相識，後又交于雲伯。曼生才藝可了十人，詩宗太白、長吉，灑然而來，不屑屑于字句，而標致自高。嘗以手稿一卷寄余，後乃悔其少作，以爲不足傳，而亦不樂與時流争名。尊前酒邊，間一染翰，差取快意而已。雲伯句錘字鍊，宏朗高華，出入玉溪、飛卿之間，而參以六朝、初唐、元白諸體。《碧城仙館》一集，幾於家繡弓衣，人歌「遠上」。人或病其多涉艷情，有「張平子風雲氣少」之論，然如《長城一百韵》、《秦良玉屯兵處》及《塞上》諸篇，又豈致堯輩所能兼有哉！《雙劍》云：「雙劍如秋水，何年百鍊鋒。平分幾星斗，静卧兩蛟龍。霜雪各自愛，風雷都未逢。劇憐皮相者，顔色賞芙蓉。」《秋讌》云：「平川四面開，佳日共登臺。落葉紛紛雨，秋陰漠漠苔。風前人欲别，天外雁初來。良會知難得，相看酒一杯。」《同默齋夜話》云：「落葉辭寒樹，秋聲滿鳳城。他鄉燈火夜，中歲弟兄情。待月頻傾酒，觀潮憶論兵。回思水仙閣，短夢抵三生。」《攬勝軒》云：「白澗連雄鎮，青山接塞垣。萬峰盤輦路，一綫上天門。曉日生紅暈，秋風蠶碧痕。茫茫收指掌，眼底盡中原。」他如《邊月》云：「刁斗無聲沈萬幕，關山有影上千盤。」《出塞》云：「馬蹄曉踏邊頭雪，虎跡秋深塞上山。」「北來山勢横玄菟，西去河聲走白狼。」何嘗不激昂悲壯，帶幽、并之氣耶？《西湖歸夢》詩云：「漁浦秋鐙横短笛，藕花涼露滴閒鷗。」「白魚上水晚波滑，黄犢出林春雨肥。」則又青蒼疏秀，如南宋人語。近作刊落詞華，一歸樸老，豈得猶以阿蒙見待，洵乎賢者不可測矣。

湘湄有三子，長陶甡彦群、次宬仲容、次宸叔獻。陶甡幼從鐵門受業，宸則鐵門女婿也，二子皆有雋才；仲容尤嗜學不倦。鐵門館于武林，挈二子同往。彦群染時疫，没于館舍，鐵門哭之，過時而悲。

閲數年，仲容已受室矣，又以瘵疾不起，祝予之嘆，時時在抱。鐵門欲刻湘湄之詩，並以二子附之。彦群年甫十七，苗而不秀，而詩筆已秀挺。《春寒》云：「寒雲成陣將飛雪，淡日流光未泮冰。」《臨平夜泊》云：「未散濕雲山頂宿，時聞殘雨樹梢來。」《嘉禾道中》云：「極浦岸分吴越界，橫風船使去來帆。」《懷子玉》云：「雲影近離天數尺，秋容淡寫月三分。」《出錢塘門望西湖》云：「殘雪洗空連日雨，四山蒸濕一湖雲。」《納涼》云：「風高吹露不成點，夜静流星微有聲。」皆可喜。《湖上雜詠次歷亭先生韵》云：「山嵐雨過尚生烟，柳絮隨風白似綿。不是兩峰高露頂，湖光一片遠連天。」「作隊遊人如蟻長，香車幾陣鬥紅妝。妮他湖上石新婦，掠鬢挑鬟一夜忙。」「垂柳垂楊傍水栽，銜泥燕子過橋來。西泠蘇小吾能記，門對湖山春社開。」「南山影與北山齊，裏外湖分一道堤。分付晚鐘休更打，遊船還在夕陽西。」《九月二十三日泛湖同質庵作》云：「看山幾度酒杯停，日晚賓朋雜醉醒。偶倚低舷弄葑草，不知船已過西泠。」「望裏松篔繞竹關，沿溪石徑勢彎環。一般夕照催歸客，樵子出山僧入山。」使少永其年，庸詎止此。仲容讀書務深湛之思，詩多古體，傑然思所以自見。有和余五古三章，沈鬱兀奡，居然老成。今録於此，以誌梗概。《四月廿八日郭頻伽先生過訪家大人同鐵門夫子水西軒夜話臨别留詩三首蒙齒及宬並及亡兄且愧且感敬次原韵以謝》：「高軒過李賀，古稱長者風。於今越千載，何幸身再逢。先生吾父執，名尊社集中。吾師亦本交，一席三人同。小子每侍坐，良會記叠重。所居恨差遠，未能負笈從。兹來爲訪舊，文讌開從容。聯床話疇昔，往復夜漏終。高論得與聞，一豁蒙穉胸。」「往復語未已，出示珠玉辭。贈處義自古，道在言非卮。使筆如干鏌，當者無不糜。意仍歸渾厚，元氣何淋漓。獎許或過當，撫躬反自疑。病廢幼失學，菲才安得奇。想因父師訓，善誘公素知。譬必有所試，進益須異時。」「公緣父師故，推及屋烏愛。便恐此詩出，訾議起流輩。方今少年文，趨時逞姿態。學古在所禁，謂物莫兩大。小子閉門居，常如月當晦。敢爲蜀中日，致令吠所怪。年來室倒懸，有文不能賣。心慕古碑版，先學書細碎。居恒念亡兄，遺詩一編在。欲爲述生平，言拙懼相背。詩今未付梓，因循誓當戒。得公序以傳，千載此機會。踵門行請乞，扶病敢云憊。」

嘉善胥塘向多詩人，近日幾寥寥矣。有沈生村漁，名壽山，酷好韵語，惜早逝，不克竟其志。如《過雁塔寺》云：「談經不覺風幡動，得句剛逢雨脚催。」《僧輮菊》云：「已託孤蹤標晚節，尚留塵跡混群芳。」皆可誦。其弟小竹，名壽康，雖市隱闤闠，亦喜吟詠。《送獨遊出家雁塔》云：「成佛未甘靈運後，稱詩久在達夫前。」獨遊時年五十，可謂雅切。又《鴛湖舟中》云：「鴛鴦生就水爲家，日日輕烟細雨斜。行路偏能惜芳景，停船沽酒傍桃花。」

靈芬館詩話卷六

吴江郭麐祥伯

女士李糿蘭佩金，虎觀先生愛女也。工於倚聲，一時無儷，而詩不多見。《碧城仙館》有《和秋雁詩》，附其原作，今録其二首：「誰倚高樓一笛横，憑空吹落苦吟聲。能鳴未必真爲福，有跡都嫌累此生。入世豈容矰繳避，就人終覺羽毛輕。越覔楚乙休題品，識字何曾爲近名。」「夜庭飛渡恨漫漫，多恐江南到亦難。偶聽弓弦驚痦痳，久疏箋字報平安。筝無急柱寧辭鼓，琴有哀音未忍彈。可奈西風吹别調，離群還較此間寒。」商聲幽愔，寄託深微。

杜陵云：「老去漸於詩律細。」非獨學問之功久而益進，即人世悲憂愉樂之境亦必徧嘗，而後神知心靈，鍊而愈出。吾友彭君甘亭，負夙成之譽，從宦樓煩，長楸走馬，單騎射生，擊劍讀書，意氣横出，故其詩有三河年少、扶風豪士之槩；既而遭憂厄塞，斥田償逋，落魄名場，馳驅道路，遂多幽憂之音；迨至學道日深，浮華刊落，伐毛洗髓，斂氣歸神，視前所作如出兩手。余爲其《小謨觴館詩》序言之甚詳，甘亭亦以爲知言也。其詩如《題沈文起詩卷》七首、《示甥式如》三首、《贈顧澗濱》一首、題余《靈芬館圖》五首，皆絶去筆墨畦畛，直造古人難到之境。昔賢往矣，來者難誣，後有子雲，必不以余言爲河漢耳。其《自題詩稿》四首云：「不求玄晏先生序，不要東林佛院交。只與同心二三子，一燈風雨省傳鈔。」「厭談風格分唐宋，亦薄空疏語性靈。我似流鶯隨意轉，花前不管有人聽。」「便道詩工未是才，任人嗤點任嘲詼。此中不築堅城守，敵騎何妨八面來。」「十三齡把四聲研，三十頭顱自黯然。一檢緗囊一搔首，過來無限好華年。」讀此足以覘其寄託矣。

甘亭偶作小詩，亦復迴腸蕩心。《春陰》絶句云：「襲衣花霧罨虚堂，只擬瞢騰付醉鄉。遥指珍珠簾十二，最高樓上最凄涼。」《花燭詞》云：「金扃牢與護文窗，翠隙紅深軟語雙。八尺龍鬚好儀態，只難瞞過小銀釭。」

沈芷生清瑞清羸瘦削，有憂生之嗟，年未四十，遽赴玉樓。爲文沈酣六代，詩亦宗法齊、梁。没後所刻《群峰集》，十得四五而已。《贈朗上人》云：「雨風入手雙丸疾，上人能舞劍。冰雪爲家一衲寒。」《無題》云：「紅箔一重連屈戌，碧桃三月是芳庚。」《渌春詞》云：「比翼鳥無孤宿影，叩頭蟲有可憐心。」「蓮葉東西南北路，鸎聲廿四十三弦。」「被夢未離蝴蝶局，傷心合住杜鵑門。」「温郎舞袖張公子，寒女歌容謝自然。」「碧花小小疑唇吐，秋水長長到眼梢。」「鐙火上元蘭上巳，星期初七月初三。」「香來春半紅薔底，月在秋千畫索西。」又《秦淮雜詩》云：「新月秦淮欲上潮，畫船打槳過長橋。汀花無數留儂宿，丁字簾前夢六朝。」洗馬言愁，讀之真欲愁矣。

查春園有新爲梅史族弟，詩筆清穩。余最賞其《和東坡守歲》三詩，七字句亦工。《夕陽》云：「當樓漸覺山容澹，極浦遥連雨脚明。」《渌陰》云：「輕烟淡淡疑成畫，細雨濛濛碧到門。」《吴江雨中》云：「疎烟到岸忽升樹，急雨穿雲亂入船。」《官湖曉發》云：「燈語似愁途易誤，湖流却合枕時聽。」《答南廬》云：「山向人青如愛客，病依身久似憐才。」《和南廬》云：「頻催街鼓貪叢話，但聽樓鐘識久晴。」

《雪後》云：「因看老樹枝全白，遥想西山景大奇。」皆佳句也。

王孟亭太守詩骨力清老，與隨園交好而獨樹風裁。《得侯夷門凶問》云：「炫世聲華無厚福，横江旗鼓喪偏師。」《書懷》云：「達天境界憑虚見，向老烟花急就書。鄉里小兒難免俗，峩眉一老近知余。」《吊汪孝廉》云：「梅子酸時蘸豆緑，時魚喫過女兒紅。」《即事》云：「挂日江帆歸客影，泥巢海燕小樓春。」《雨中集隨園分賦》，隨園只記其一句，今全録之云：「舉世何人吏隱兼，草堂今對小蒼巖。前山烟雨涼招袂，萬木槎枒緑到檐。語涉民依雜漁事，船移家具富書籤。同來把植溪邊竹，及看龍雛隔歲添。」又《口占》一絶云：「拓我胸襟一兩觴，人間何處欠商量。老來也屬春風管，肯不將心向海棠。」亦廣平《梅花賦》也。

西湖余寓居最久，所作亦夥。今見子未《湖樓小飲》一詩，不覺爲之神往。詩云：「湖光泛影接杯光，與客登樓合放狂。一塔斜陽如老宿，半堤疏柳畫秋娘。奚囊負去皆山色，醉墨題來亦酒香。安得閒身常住此，買將蓑笠上漁航。」

曼生爲溧陽令，余歲一訪之，下榻于其桑連理館。署有古桑一株，與牆外桑連枝直接，故以此名。壬申歲，溧陽有嘉禾百餘莖，穗垂八九，每穗皆百餘顆。邑人結紅闌以護之，且乞聞于上官。曼生不許，乃止。余爲《連理桑歌》并及此瑞，末云：「但令農夫紅女不寒亦不飢，此桑與禾何必爲人知。」蓋紀實也。邑多古跡，有零陵寺唐井闌銘一，今名報恩寺，其文曰：「維唐元和六年，歲次辛卯，五月甲午朔十五日戊申，沙門澄觀爲零陵寺造常住石井闌并石盆，永充供養。大匠儲卿、郭通。以偈贊曰：

『此是南山石，將來造井闌。流傳千萬代，各結佛家緣。盡意修功德，應無朽壞年。同霑勝福者，超於彌勒前。』」凡九十一字，筆畫遒勁，有顏、柳家法。澄觀亦詩僧，昌黎所謂「道人澄觀名藉藉」者也。余《東郊看花》詩其一云：「古井摩挲認李唐，苔痕蝕徧字偏旁。銀缾綆斷轆轤坼，誰問當時惠一孃。」蓋寺又有一宋井，乃邑令沈璉爲亡妻惠一孃造者也。

許青士太史下第歸時有句云：「青衫未脱庸非福，紅粉能憐倘是才。」人所膾炙者。《古意》云：「人言春風樂，儂言春風愁。昨日枝上花，今日溪中流。」

余求友於魏塘，瘦客、退庵外，有朱翁可石，名元秀。門列米肆，喧雜市井中獨屏居一小室，香爐茗椀，楚楚如也。性静瀞，不多談笑，出語輒有當。距退翁居一牛鳴地，時相從談藝。余移居後亦往往作文酒之會，相識未十年，遽有黄壚之感。詩雅潔，如其爲人。五言如「梅徑隨香曲，春流抱屋深」、「恨事惟疏酒，閒情賴有詩。」七言《東莊探梅》云：「園林非雪亦奇夜，父子能詩稱去聲主人。」《哭瘦客》云：「眼看生徒成後起，心知科第累斯人。」《六十自述》云：「交從極澹處相訂，酒到無聊時一開。」皆不苟然者。余尤愛其《除夕》一絶云：「飲罷屠蘇悵不眠，獨吟還傍小窗前。不辭秉燭更深坐，未聽雞聲尚舊年。」

宗叟竹田，余家魏塘始識之，年齒略長于可石。習醫，兼能畫，以此自給。所居去余舊所賃宅爲近，歸必相見，先可石而卒。喜余移居云：「一舸琴書到水隈，移家喜見葛仙來。梅邊老屋和春買，竹裏荒蹊爲客開。座上玉山初識面，袖中湘管欲掄才。高齋幸與蓬門近，月夕花晨數往回。」《酬丹叔見贈》云：「移宅分湖就鶴湖，文場吟社興非孤。不期風月新巢客，偏近高陽舊酒徒。郢上高歌難我和，市中大隱舍君無。東莊信是梅花福，添得尊前大小蘇。」余卜居之始，漱冰上人已化去，是年又喪瘦客，此二老皆相繼徂謝，每一回憶，不勝身世之感。

霽青詩舊宗金風亭長，步趨不失，入都後未見近作。頃得其《移居虎坊橋紀文達公舊宅和韵》二首云：「人海頻年無定居，故山空負好田廬。市朝畢竟誰能隱，農圃原知我不如。胸次萬間徒畫餅，頭銜十載待除書。一椽偃息非容易，入室仍愁定省疏。」「龍潭迤北虎坊東，門外三條紫陌通。宰相籠紗詩在壁，將軍種菜水連筒。石經劫火何曾爛，庭前一石爲艮嶽舊物。樹抱冬心不易空。賦就卜居歌歗雜，一尊聊與故人同。」又有《判春》一絶云：「儂是花枝花是儂，惜花人恰與花逢。櫻桃街上春光好，一日來看一日濃。」

江聽香青工於八法，詩亦澹逸秀整，恨其懶不肯作。曩余客瀨上匝月，衆客皆争奇鬥勝。聽香退然其間，群焉慫恿，且雜以詼嘲，始作數首。壬申之冬，與同寓汪已山家，作消寒之會，聽香詩亦必促迫而後成。今檢扇頭有數篇，聊記於此。《元夕樂府分得鬧蛾兒》云：「鬧蛾兒，光熊熊，照儂顔色如花紅。儂顔如花隔香霧，華月圓圓莫相妒。稱身衫衱杏子黄，蛾兒低簇衣衩旁。飛飛莫上儂釵梁，儂釵自有雙鳳凰。」又《效白香山體》云：「何處逢春好，逢春古塞邊。草生盤馬地，風暖晾鷹天。關柳遲舒緑，河冰早破堅。遥看沙磧外，漠漠動輕烟。」「何處逢春好，逢春鄉塾中。餳簫呼巷曲，社鼓響鄰東。靧面分花萼，翻書墮網蟲。夕陽齊下學，聯臂走青紅。」「何處逢春好，逢春老妓家。看山眉樣舊，聽雨淚痕斜。蝶誤前時夢，鸎啼别院花。緑楊門巷近，望斷玉郎車。」選題頗新，鍊句極穩。

休寧汪氏自前明來袁江，遂家於其地，垂三百年矣。與本地之人不相通，其婚姻亦皆徽人淮安程氏、方氏而已。袁江之人目之爲「汪家大門」，近并「汪」而去之，止曰「大門」。主人已山倜儻好客，凡四方知名之士至止，皆傾襟納交，適館授餐，有鄭當時之風。貴遊達官，謝弗見也。余壬申冬初以嚴小農司馬之招赴浦，值聽香先在汪氏，介而相見。小農官舍偪仄，乃主于其家，飲酒徵歌，談詩讀畫，至於卒歲，幾忘身之在旅中也。

已山叔父審庵，原名勝，又名慎，篤行君子也，衣冠了鳥，禮數簡略。終日手一編，倦則與客作葉子戲，不問家人生產，不與賓客酬應之事。與余及聽香輩談笑甚適，聞一生客至，則走避如不及。然性好山水，時時一遊吴越，又精于音律，分刌度曲，細入絲髮。至吴門必觀劇三數日，老伶名倡，得其一言之賞，以爲榮幸。初不甚作詩，得余，喜動顔色，恨相見之晚。兩年銷寒之集，得詩盧無百首，稍有不愜，必再三改削。余小有獻替，必深研窮索，求得其可否之故而後已。余將歸里，已山邀留其家匝月，臨别，各以詩送行。審庵云：「春到江南動客愁，緑楊今已滿汀州。且教絲竹陶嘉月，莫漫鸎花憶舊遊。身後名寧將酒换，眼前事合量才休。蓬山在望還風引，空見烟鬟日夜浮。」已山云：「兩載因依友亦師，忽看芳草動歸思。原知此别無多日，欲問重來在幾時。檻外流鸎初命侣，橋邊新柳未成絲。摶沙聚散何須歎，翻恨年來識面遲。」余和審庵云：「讀書小作蟲魚注，行藥便同禽向遊。」和已山云：「大難未遽知來日，小住渾忘是去時。」皆實録也。

金夫人順，字德人，烏程汪舍人曾格之配也。刻有《傳書樓詩》。《對月》云：「金波是處瀉盈盈，望裏烟雲畫不成。知己劇憐青女獨，寒螿更與奏商聲。」《養蠶詞》云：「窗前黄紙貼蠶符，少婦攜筐傍老姑。桃火炙殘紅日暖，緑槐檐底看攤烏。」「青裙兩兩踏芳堤，桑樹參差一色齊。日暮歌來人不見，緑陰閒倚採桑梯。」「繭滿山頭白雪盈，望中花竹格縱横。老翁看火壁邊睡，林外灼山啼一聲。」「清清苕霅水縈迴，阿那柔桑到處栽。日暮滿江飛四集，凌波塘外販鮮來。」夫人盛年矢志，又喪其君姑，更遭家難，辛苦支持，其境極人世之慘。故詩多悲憂愁苦之音，而冰霜之氣，凛然行墨間。《見菊》有云：「可憐花亦同吾瘦，閲盡嚴霜寒雨多。」蓋自道也。

吴好山修齡，山陰詩人也，與胡穉威唱和最多，其風格在《唐賢三昧》間。《聞鐘》云：「烟際落疏鐘，嚴城更未艾。野寺孤燈裏，寒僧白雲外。適與衆累遣，稍於道心會。短艇下遥川，幽期更誰待。」《雪夜》云：「孤帆獨夜來，白鳥破天去。欲寄素心人，高卧不知處。」穉威和云：「歲晚暮滄洲，釣竿應暫歇。不是故人來，安知夜來雪。」詩境在蘇州、柳州之間。

朱青湖徵君彭以詩倡於武林，門弟子從受業者皆有法度可觀。青湖之詩恬和醇粹，一本唐人，矜才使氣者見之自失。尤熟西湖掌故，有《湖山遺事詩》二卷，搜采極博，異聞佚事，賴之以傳。所居抱山堂圖史縱横，時與一二老友徵文考獻，留連竟日，後生望之如靈光巋然。余與其令嗣閑泉交，因得一識杖履，靄乎宿儒長德也。詩五言如「薄酒銷閒話，殘冬聚老人」、「半山無夕照，萬鳥共歸心」、「離情牽遠夢，曉色奪殘燈」、「江雲飛極浦，風葉走寒聲。」《白桃花》云：「獨立自春色，相看無冶情。」七言如《懷羅臺山》云：「四海知名仍下第，空山學佛定何年。」《傷嚴古緣》云：「老思肥遯偕吾友，天忌蕭閒奪此人。」《過黄雪山房遺趾》云：「小橋斜轉仍通港，舊客重來不識門。」《澄江送人》云：「南北雁鴻皆異地，短長亭堠又初程。」《葛嶺》云：「但有神仙傳抱朴，更無風月屬平章。」《贈丁魯齋》云：「白髮只悲書籍散，紅藤聊當子孫扶。」《燈花》云：「坐聽玉漏憐長夜，笑指銅荷話遠人。」七絶亦極饒風趣，《春閨送别》云：「紅板橋頭鶯亂啼，江南客路草萋萋。別郎欲遣飛花送，無那東風只向西。」《寄讓公》云：「南屏不見讓山師，飛錫頻年繫夢思。十月梅花三月筍，出山争比在山時。」《歲暮即事》云：「日暮天寒少客尋，主人寂寞抱冬心。閒園壓倒枇杷樹，臘雪階前一尺深。」

徵君《湖山遺事詩》其一云：「重訪西陵夕照昏，荒烟迷却苧蘿村。傷心只有姚公子，哭過枇杷白板門。」姚名士陛，號別峰，有《西陵感舊》詩四首，極哀艷，附見《遺事詩》中。「蕪館宵燈留蝙蝠，荒陵秋水没蝦蟇」、「絶代可憐人早死，十年未見我成名」、「榆柳洲邊新鬼火，桃花門裏舊兒家」、「争知舊日青驄客，哭過枇杷白板門」，皆名句也。余有和詩存集中。

《遺事詩》注又載沈香巖紹姬初遭家難，捕之甚急，净慈恒公匿之僧房。後於三竺道中遇女郎蕭又殊，以身許之，贈以釵釧，令其遠去，遂免於難。事平歸來，則蕭已前没。香巖有《過蕭姬故居》詩：「泉臺一去路迢迢，賸粉遺簪總寂寥。重叩碧紗窗外月，口脂香在鳳頭簫。」「綠珠井上花如雪，蘇小墳前草似烟。只有賣珠鄰嫗在，依稀猶認杜樊川。」

揚州自雅雨以後，數十年來，金銀氣多，風雅道廢。曾賓谷都轉起而振之，築題襟館于署中，四方賓客，其從如雲，今所傳《邗上題襟集》是已。都轉於詩不分畦畛，而獨見精能，長篇半格，適如其意而出。於時輩篇章亦具正法眼藏，不屑附和，亦不爲刻深。集中古體多於近體，然七絶風神澹逸，能於阮亭、竹垞外別標一格。《揚州柳枝詞》云：「揚子江頭緑漲天，蕪城一片是春烟。春來何處無楊柳，不似揚州最可憐。」「淮水春連江水春，枝枝賜姓主恩新。阿誰似爾風流甚，曾蔭三千殿脚人。」「絳仙眉黛寶兒腰，妒盡春風一萬條。今日飛花寒食節，玉鈎斜畔雨瀟瀟。」「曾沾雨露上林枝，三載移栽楚水湄。送客迎人都倦矣，青青兩鬢已成絲。」《自京口至金陵》云：「鉦鼓喧喧羽節紛，逢人都去賽茅君。一痕青出遥天外，知是華陽洞裏雲。」「白門柳色冶城花，六代茫茫感物華。那更鍾山山下路，清明人賣孝陵瓜。」「秦淮樓閣影新波，江燕初歸識舊窠。怪道桃花零落盡，秣陵風雨一春多。」《二喬觀書圖》云：「甄妃蔡女亂離中，一代紅顔薄命同。閨閣觀書將底用，可無夫婿是英雄。」又《流水》一律云：「流水到今日，古時經幾何。影留青嶂在，春送落花多。橋板年年换，舟人續續過。争如坐盤石，風雨一漁蓑。」寄託殊深，有雅志東山之意。

金陵孫九成韶以《春雨》詩見賞隨園，因以「春雨樓」名其稿。雲臺中丞以爲出於隨園而善學隨園者，寔爲定論。集中詩工穩秀麗，七言尤多雋語。《春草》云：「幾番好夢如雲過，一片春風似水柔。」《春燕》云：「春風白酒剛逢社，舊巷烏衣又落花。」《遊赤壁》云：「萬片頹雲沈赤壁，一天急雨過黄州。」《渡泲水》云：「濟水清流如玉碧，棗花風遠作蘭香。」《歲暮書懷》云：「世味嘗深心轉怯，家山別慣夢俱無。」《吴蘭雪同遊西湖》云：「野艇乍浮新水活，故人剛及好春來。」《侵曉》云：「就日濕禽争獨樹，墮池殘果碎輕冰。」雜之隨園集中，應不能辨。隨園聲華煊赫，奔走海内。既没之後，論者多有違言，即常依附門牆者或更名他師，反唇相稽。九成獨守其師法，始終不背，可以箴砭浮薄矣。余有《題春雨樓詩集》云：「若把名場比朝局，袁安門下一任安。」

吴思亭修精於鑒古，幾乎以手摸緝，可以别宋、元、明者。少負儁才，有神童之目。爲詩信筆揮灑，而天真流露，陳言腐談，無從到其筆端。書畫一船，江湖跌宕，意氣頗自豪。新以所刻《湖山吟歗集》見示，皆游杭所作。《飲南山泛舟浴鵠溪遇雨》云：「乘興弄潺湲，移舟浴鵠灣。晚烟多著水，微雨不遮山。暑過銷茶渴，風涼定酒顔。永懷張外史，遺跡杳難攀。」《過可莊見懷》云：「獨吟人已去，門外尚斜曛。秋水淡于畫，白鷗閒似君。幾時還貰酒，相與共論文。余亦動歸思，片帆横暮雲。」《湖樓晚望》云：「憑闌閒坐每移時，暮色冥濛望轉奇。小艇競呼人未返，夕陽欲下鳥先知。烟痕斷樹如平截，山影沈波盡倒垂。更看湖心照殘月，今宵判得夜眠遲。」《雨後過裹湖》云：「堤邊殘柳色轉濃，飛泉滿耳鳴琤琮。白雲抱樹未散影，青山見人如改容。水仙廟前秋正好，石函橋頭客不逢。夕陽依舊明屋角，一聲何處來疏鐘。」他如「人影遥分秋水渡，烟痕忽斷夕陽山」、「苔痕已上佛頭緑，樹色不如僧面黄」，皆有南渡群賢風格。又《題南田百花圖卷》云：「風露先從筆底生，百花開處任縱横。可憐一様施朱粉，别有風情畫不成。」論畫固當，即以之論詩，亦入三昧。

張雲巢明府青選，蘭畦尚書門下士也。都中舊識，需次武林，時同文讌。後予遷居魏塘，雲巢試守是邑，簿領稍暇，輒乘扁舟見過。丹叔有《閉門却掃圖》，雲巢題三絶句云：「蹤跡分明背世馳，謾言謝客定吾欺。只應游子歸來日，始定柴門剥啄時。謂頻伽。」「兩板叢書一桁簾，先生孤冷地清嚴。移居莫道無人到，瘦塔稜稜露一尖。」「脚靴手版抗黄塵，作吏年來作比鄰。慚愧匆匆不相訪，催租却有打門人。」其風趣可挹。

芝舟蔣敬，自號採芝生，工繪事，山水法檀園，花鳥人物，筆意生動，殊有士氣。負性傲岸，不屑肩隨鐵生之後，又不願見富室達官，以是杭人多不甚知之。往歲館于予靈芬館中月餘，與退庵、芝亭善，乘興落墨，日或數紙。他人持金求畫迫促，即擲還之。有評泊其畫者，已將去，輒索歸裂之而返其貲，其迂僻如此。余有老蓮醉書唐宋詩一幅，芝生欣然補畫老蓮像於後，即仿其筆意，醉態傀俄，酒氣拂拂在十指間。旁侍雙鬟，僅露側面而姿韵絶倫，即所謂「華鬟弟，秋觀佛弟子」也。余題二絶，其一云：「調鉛殺粉寫傾城，南北崔陳有重名。解畫老夫沈醉態，他年誰是採芝生。」

老蓮姬人胡浄鬘，又名鬘華，又名華鬘，又名浄德，又小名小寶。友人文君後山藏老蓮、鬘華合作花卉册子，見其私印如此。

魏塘老輩有兩詩人：青芝山人陳唐、慈山居士曹庭棟也。陳先曹而卒，慈山最老壽，然余亦未及見。山人少時應試，見有司露索，憤然曰：「何以不肖見待耶？」攜具竟出，遂絶意科名。李飛而後，僅見此人。詩多淡語，《石壁精舍》云：「牆頭太湖水，窗裏洞庭山。」殊近自然。中年愛鄧尉山水，移家西崦，數年復歸。有《迂溪舟中回望敝居》詩云：「家居西崦斷塵囂，時放扁舟弄一篙。最愛虎山橋北望，屋頭青壓彈山高。」慈山門第高華，聲望雅重，厭棄舉業，放浪林泉，享幽居著述之福者數十年，里中目爲鉅人長德。其詩恉在南宋群賢。《落葉》云：「古道西風人去國，荒江暮雨客登樓。」《梅花庵次韵》云：「屐齒亂黏秋徑葉，帽檐低壓豆棚花。」《漫興》云：「歲凶習儉曾何及，身賤憂時亦枉然。」《哭松皐》云：「異日編詩應待我，衰年結契有何人。」《永宇莊》云：「老境賞心聊復爾，他年埋骨即於斯。」《送姪赴任》云：「相期循吏書名日，好及衰翁健飯時。」皆在石湖、石屏之間。《登小寺千佛閣》云：「未登傑閣日初斜，比屋如鱗西望賒。烟靄滿城遥指識，最高松下是吾家。」

魏塘自水村、東齋而後，風雅稍替。二十年來，瘦客首先倡率，退庵父子起而扶輪，後來之秀，則芝亭汪君也。芝亭生於紈綺，而能自樹立，爲友漁齋館甥，濡染聞見，益自奮勵，手披目覽，夕諷朝吟，殆無一日輟業。每得一詩，必緘以相質，旬月之間，書筒絡繹。所居聽香館，花木環植，圖史橫陳，湘簾棐几，日哦其中。性極修整，屐履位置，罔不秩如。喜賓客，納交名流，如恐不及。四方之士與靈芬、友漁晉接者，無不申縞紵之歡，開尊剪燭，彌日無倦。春秋佳日，每偕一二相知，買舟游吴越山水間，訪其賢士大夫。比歸，則詩滿一帙矣。其詩已刻者有《銷夏》、《續銷夏》、《延秋》三集，餘可傳在紙者尚不下千餘首，惜乎天不永年，以清羸致疾，此間無復有此雋人矣。詩筆清逸，長於言情。五七古雖邊幅稍狹，而矩矱井井；近體婉約空靈，在宋、元之間，未免仲宣體弱，亦由年歲方盛，喜於早成，鬥捷誇多，未遑深密，所謂「未見其止」者也。《新秋即事》云：「病蝶忽隨黄葉落，野鳧閒伴白鷗眠。」《白桃花》云：「小隖夕陽微見影，深潭流水淡傳神。捕魚已斷紅塵路，下馬剛逢素面人。」《碧浪湖》云：「玉塔一枝波影外，人家三面柳絲鄉。」《訪鐵門》云：「病身差喜談猶健，處士從來老益尊。」《送春》

云：「已看新緑遠無際，漸覺啼鶯語不工。」《冬日雜詩》云：「中酒也消寒士福，讀書須趁少年時。」《贈湘湄》云：「漢廷舊説賢良重，魏武難專好學名。」《寄張雲巢明府》云：「排闥龍山曉入畫，燒燈雁足夜讐書。」《潭影閣即事》云：「水邀明月成雙影，人坐秋燈又一身。」皆白描妙語，無脂粉塗澤之習。《春陰》云：「行吟閒倚曲闌干，暗惜春光取次殘。商略放晴應未遠，鼠姑例不受春寒。」《獨遊分湖茅屋圖》云：「十洲三島盡群仙，老向江湖得静便。占斷春秋吴越地，紅衣人住白鷗天。」皆工秀。芝亭名繼熊。

當湖有賣餅家，以六爲數，紅紙封之，名「姑嫂餅」。言其始製自閨中，遂以此得名。余嘗有詞詠之。芝亭一詩甚工：「劍南美餺飥，東坡重雲腴。吴均與束晳，作賦誇區區。朅來當湖市，佳號傳當壚。纖纖出手爪，邱嫂偕小姑。名隨裂十並，製比牢九殊。紅牋細包裹，其數五有餘。當齒欲燦花，入口如凝酥。向聞人説此，垂涎良有諸。紅綾曲江讌，自分非吾徒。從今飽殘牙，不作畫地迂。」

湖州姚讀卿以《雨窗懷舊圖》索題，中有閨秀二人絶句，皆工。徐湘生茝云：「悵別心情未易描，等閒誰與證無寥。階前蟲語鐙前影，記取疏簾第幾宵？」「紙糊窗畔小玲瓏，坐徹幽齋怯晚風。落葉蕭蕭人不見，雨中可有帶書鴻？」談月香印梅云：「秋後情懷共水長，更堪風雨助凄涼。不須添種芭蕉樹，此夜愁人已斷腸。」「比似微之與牧之，前塵影事費尋思。風風雨雨江南路，紅豆花開又滿枝。」月香女兄韵蓮，亦工詩。

詩家方外羽士少於緇流，張伯雨、馬虛中而外，傳者寥寥。魏塘瓶山道院有許瀟客湘，神骨清寒，頗好吟詠。《玉簪花》云：「暑退涼深露作團，低枝占斷一庭寬。花宜小閣臨妝吐，人在琳宮倚檻看。弄玉愛梳三角髻，飛瓊新戴九華冠。笑他秘殿朝真侶，簪筆霜晨不道寒。」《瓶山》云：「宛轉清溪面面通，天然一簣枕琳宫。背嵬軍想南朝事，荷鍤人猶晉代風。重九日，人每携酒於此登高。雜沓松篁如畫裏，岧嶢樓閣出空中。憑君指我攜笻處，鴨脚黄邊夕照紅。」又《詠鶴柴》有云「宇下憑誰寄，人間相孰工。池塘隨野鶩，江海愧冥鴻。衣化無前素，頂摧失舊紅。神仙厮養内，飛將被圍中。直欲藩籬出，行看羽翮豐」等句，皆有超然塵外之意。

靈芬館詩話卷七

吴江郭麐祥伯

先子深柳讀書遺像，前輩先友及與不肖論交者皆有作題贈，然自吾師姬傳先生一記、亡友江庵五古而外，惟瘦客五律三首最爲沈摯。蓋瘦客大父與先子爲忘年交，瘦客及見，先子亦折行輩呼爲小友，相處日淺，相待意深，故其詞意特爲真切也。詩云：「幾載山陽感，披圖更惘然。如公應百世，而我已中年。古道存先輩，風流屬後賢。遺詩付剞劂，小像亦同鎸。」「白社尋遺蹟，青燈讀舊書。前游重記憶，如夢轉空虚。涕淚寒窗内，漂零八載餘。南鄰徐孺子，泉下或同居。謂江庵。」「已判千年别，難忘夙世因。依稀重對面，髣髴認前身。琴譜留遺調，詩壇步後塵。凄涼燈火下，話舊劇酸辛。」

隨園先生云：「别號稱非古，題圖詩不存。」然友朋交際，有藉是以攄舒寄託者，未必無佳製也。余頗喜作圖，故人題句多有可傳。除長篇不録，略疏數名並詩一二，以爲展閲懷人之資云。

《水村第四圖》，蓋繼錢穆父、魏水村而作也。錢圖爲松雪所作；水村有二圖，爲禹鴻臚所作。故以第四名之，錢竹初大令維喬作也。鄭弱士云：「身如旅雁落遥天，懷息違憂盡可憐。到底家鄉謀食易，歸來趁早種湖田。」袁笛生云：「未老年華已倦遊，飯能飽喫便無求。何時閉户分湖上，相伴蘆花到白頭。」鐵門云：「烟水蒼茫樹影迷，不蒼茫處屋低低。對門尚有青山住，過一條橋是浙西。」「還餘奢望不能無，也買生綃寫一圖。我已無家隨處好，將來索性畫西湖。」李介夫云：「老柳新篁屋數弓，舍舟仍在水當中。只緣一水周遭隔，夢不能飛到軟紅。」「掉頭不住別偏難，莫便珊瑚拂釣竿。儻到蓬瀛水多處，此圖留向白頭看。」阮雲臺云：「四圍春水一蘆墟，此是詩人舊草廬。不見漚波横看子，也須識得禹鴻臚。」「春日垂楊秋日蘆，詞人小別半江湖。他時歸老須酬願，手種梅花一萬株。君有《萬梅花擁一柴門圖》。」「我亦家居甓社湖，三間水閣弄明珠。却因詩句生鄉思，擬畫秋波射鴨圖。」孫淵如云：「蟹舍漁莊見宛然，讀書堂古憶前賢。曾經破浪乘風處，絶愛蘆花淺水船。」「懷裏文通疑有筆，歸來和仲竟無田。青溪我亦全家住，他日何人畫輞川？」秦小峴云：「聞爾移家魏塘住，故園拋却閉柴扃。阿儂已約天隨子，直買扁舟下洞庭。」顧竺生云：「分湖湖水碧于油，記得前時一棹遊。尚有水楊柳千樹，不添入畫怕添愁。」女士王秋卿云：「年年負米去天涯，垂柳垂楊管別離。細數兩行門外樹，到今多少折殘枝。」汪宜秋云：「江鄉風景世應稀，奈爾飢驅未息機。輸與縫人吴季子，關門自製水田衣。」「深閨未識詩人宅，昨夜分明夢水村。却與圖中渾不似，萬梅花擁一柴門。」

奚九鐵生見宜秋女士詩，欣然爲余點筆作《萬梅花擁一柴門圖》，神韻不減南田。雲臺先生和詩云：「香夢夜飛梅萬樹，不知春水隔江村。勸君細逐夢行處，一路栽花直到門。」姚根重云：「取酒梅花花下歌，雪殘涼影見婆娑。柴門如此不歸去，正恐羅浮幽夢多。」朱鐵門云：「年年人日草堂詩，隨例攜尊訪故知。只恐花深尋不見，當門略剪兩三枝。」女士席韵芬佩蘭云：「美人翻作羅浮夢，撰出孤村處士家。一片水雲渾不辨，是人家與是梅花。」「放鶴歸來雪滿邨，微茫認遍月黄昏。東風曲折隨香去，先比詩人得到門。」錢蓮初海云：「冬花妙筆宜秋夢，偏寫春風第一枝。記得江城方五月，亂飛香雪笛中吹。」「此中宜月兼宜雪，月借精神雪助妝。却笑花如香雪海，無人安個讀書堂。」「昔日清溪有范雲，梅花標格遜三分。藐姑真有神人出，花也低頭拜素君。」宜秋復題二絶云：「谿梅繞屋太周遮，一夜東風萬樹花。恐爾詩多吟不遍，要分幾本與儂家。」「一溪涼月水悠悠，翠羽花間自訴愁。怪底前時曾夢到，本來此景似羅浮。」

甲寅之冬，余與家弟丹叔合貌一幀，曰《風雨對床圖》。蔣伯生云：「坐聽瀟瀟夜不眠，蘇家兄弟話從前。算尋舊日彭城約，已過迢迢八百年。」「我亦連宵夢卯君，繩床被冷瓦燈昏。此聲但可家山聽，一落江湖易斷魂。」尤二娱云：「賴有同懷足嘯歌，不然其奈此宵何。近人偏要分家住，晝裏秋燈負已多。」程藹人云：「秋聲連雨入分湖，但有同懷興不孤。怪底逢人作枯語，一生情願作潛夫。」朱鐵門云：「驪歌一唱去家山，聽雨聽風損客顏。畢竟塤篪聲最好，終宵吹不到陽關。」「弟兄真個結來生，再見坡公與卯君。只是藥爐經卷外，如何無地著朝雲。」「當年只有一徐熙，江庵。曾此床頭作伴栖。可奈秋墳今宿草，冷風寒雨夜凄凄。」汪宜秋云：「離情慘澹一鐙青，整得行裝棹又停。窗外風聲檐外雨，今宵還共子由聽。」「疏桐修竹影交加，香篆茶烟縷縷斜。畫作客中行看子，秋風一起便思家。」穀人先生、湘湄徵君皆有詞，極工。

顧西梅洛爲余作《盟鷗圖》，絲柳摇青，水葓戰碧，極江湖浩盪之致。同人各以詞題之，奚鐵生《菩薩蠻》云：「遥知白石尋盟處，蕭疏楊柳垂烟暮。分得白漚沙，一溪紅蓼花。　輸君移野艇，幽夢和秋迴。隨意與題詩，雨斜風細時。」吴蘭雪云：「一江秋水銷魂碧，垂楊疏蓼都蕭瑟。新句得來遲，白鷗先已知。　石谿西畔路，是我尋盟處。夢裏昨還家，扁舟摇落花。」陳曼生云：「涼蟬疏柳江南路，烟深認是秋聲處。一片掠微波，夕陽影外過。　扁舟尋舊約，夢破溪雲薄。船尾問樵青，西風恐不禁。」宜秋女士云：「雨晴雲淡江村暮，輕舟短棹葦間渡。秋晚水風涼，白蘋花暗香。　野鷗三十六，溪上閒相逐。招隱有前盟，烟波深復深。」「幾聲漁笛滄江晚，一痕疏雨汀沙軟。夢穩櫆頭船，與鷗相對眠。　夜來霜月苦，聽得征鴻雨。辛苦度關河，天寒風雪多。」外有穀人先生、二娱、鐵門、渌卿，皆題《邁陂塘》一闋。

《靈芬館第一》、《第二圖》，癸亥歲徐西澗鉽、朱閑泉壬作於西湖，合裝爲一卷；《第三圖》，張老薑鏐爲作於揚州康山，是歲爲甲子；《第四圖》則以奚九舊畫立軸，屬穀人祭酒作贊於畫身以實之；《第五圖》乃丁卯遊江西，徐斗垣司馬午爲余作，意摹宋人，設色甚古。其《第一圖》，查伯葵作記，題者吴兼山、潘紅茶、屠琴隖、許青士、黄退庵及余弟丹叔也，穀翁填北雙調樂府於上。青士詩云：「分湖湖水到門清，短櫂移家有鶴迎。偏解柔情爲兒女，未妨傲骨見公卿。能貧即是詩人福，下筆還防後世名。　鐵笛紅樓沈醉處，爲誰腸斷補新聲。」琴隖云：「墊巾争欲識林宗，却走天涯似轉蓬。聞道年來倦行役，全家移住鶴湖東。」「本來家具少于車，不爲移居賦卜居。尚有隨身竿木在，爲君添寫入神廬。」「蓬頭尚無王霸子，赤脚猶有玉川奴。雪中歸去閉門卧，憐爾如今成老夫。」「憑誰骨相見封侯，逆旅無人識馬周。君《留别》詩有「道旁醉尉莫誰何，此中恐有封侯骨」之句。自有胸中萬間屋，杜陵風雨不須愁。」《第三圖》中，紅茶以前詩未盡，時同客邗上，因再題七古一章，詞多不録。阮雲臺先生云：「才子江南郭白眉，圖書滿屋酒盈巵。仰天大笑傳齊贅，極浦揚舲讀《楚詞》。堂下芳花盡香草，集中文字半豐碑。人間亭館知多少，可有浮眉一卷詩？」朱滄湄云：「再三傳畫本，想見草堂幽。是處堪行樂，何年得卧遊？底須反招隱，真合畔牢愁。無限臨歧意，江天更倚樓。」江鄭堂云：「家占烟霞城市遠，柴門長掩長蓬蒿。自甘白屋丁年老，却笑黄金甲第高。顯志漫成馮衍賦，揚芬且續屈原《騷》。明年定放松陵棹，爲我先篘二石醪。」張子貞云：「地占三分水，窗迎四面山。棲雲參白業，醉月駐紅顔。夢斷江湖上，神移泉石間。松門無客到，留得紫苔斑。」「鏐也無人問，沈冥爾獨知。狂應難適俗，術自不逢時。歌哭皆天性，文章亦我師。平生慕遐躅，誰寄草堂資。」女士王梅卿云：「小榻堆書不掩關，江湖乞食未能還。十年才結三間屋，莫更逢人説買山。」「仙館清寒半住雲，天風時與扇靈芬。漂零却笑狂夫壻，賃廡思來一就君。」又有徐斗垣、汪芝亭七言長歌二首，屈韜園、閻紴園七律三首，舒白香五律一首，胡瘦山《百字令》詞一首。《第四圖》，穀人先生贊云：「鸞鸖高舉，來雲中君。貞吾内美，絶其外紛。請從騷人，散其靈芬。適子之館，吾將與群。」圖中甘亭五古五首，曹種水五古二首，樂蓮裳五古五首，曾賓谷都轉、劉芙初太史七古各一首，皆極工。《第五圖》，徐君作圖，復題七律一首於上云：「松陵結屋如南陽，喬柯巨石環青蒼。避人逃跡恐不見，閉户著書寧久藏。古人有心託志顯，今我作畫追微茫。幾時剪韭酌美酒，放歌散袖容疏狂。」朱滄湄太史作記，汪選樓家禧作後記，題者朱閑泉五古三首，顧簡塘翰五古一首，陳古華廷慶五古一首，方式亭楷七古一首，查丙塘五七言律各一首，彭甘亭五律一首，方鐵珊七律一首，舒白香五律一首。陳雲伯有絶句八首，今録其二云：「疏林澹墨點生綃，應是詩人丁卯橋。會得美人香草意，畫圖也抵畫《離騷》。」「拂策焚香感卜居，才人辛苦託神廬。剪淞高閣何年築，從爾吹笙讀道書。」

嘉慶己未，移家魏塘，庚申八月，與錢君叔美杜相見于隨園，屬寫爲圖，自題二絶。吴獨遊云：「見説移居一載强，秋燈影裏話家鄉。也應難別分湖去，稻蟹能肥菱芡香。」「有花有竹有桑麻，試比鄉園景未差。只把畫圖誇似我，圖中人反在天涯。」黄退庵云：「家具南來富縹緗，縱横十笏恐難藏。畫師自有胸中屋，便與先生起草堂。」「看君來後去天涯，問訊殘年始到家。款待故人無別物，小園帶雪種梅花。」子未云：「先生買宅湖之干，今日不愁相見難。放船便繫水楊柳，入門先看青琅玕。題詩未敢寄子布，卜鄰早願如王翰。他時文壇或挑戰，可許袖手其旁觀。」丹叔云：「寓公無伴住經年，梧竹蕭蕭畫掩關。夢裏故人愁未識，生綃爲寫屋三間。」「舊時鷗鷺漫相猜，畫舫輕移百里圖。絲柳千條山一角，林廬在，江湖頭白總歸來。」楊雲珊元錫云：「吴江曲曲接鴛湖，畫裏看他兩槳開。尚有先人敝亭小築傍菰蒲。」「秦淮水榭聽彈絲，金粟香濃飲玉巵。花底逢君鬥才思，紅巾題遍牧之詩。」餘如袁蘭村、陳竹士、黄霽青、倪米樓、方子雲、陸小雲皆以慢詞題之。

庚申上元後七日，余自山陰歸里，風雪初晴，四山如畫。先是，有竹虚吴君所畫册子，適與此景相合，遂題爲《山陰歸棹圖》，而自題《摸魚子》一闋以紀之。和者霽青、何夢華、元錫、淥卿、鐵門、竹士、蘭村皆同此調，二娱別倚《西子妝》，退庵、獨遊、丹叔皆有詩。退庵云：「雪霽風柔一櫂還，蓬窗雙笑越溪灣。眉痕分得千巖秀，可有心情看遠山？」獨遊云：「畫船雙槳過千巖，極目江天開鏡函。知是玉人心膽怯，春風雖好不張帆。」丹叔云：「放棹歸來及好春，寄書曾促莫逡巡。不知他日迴文字，却要蓬窗擁髻人。」梅卿絶句尤工：「飄然歸去不知愁，硯匣香籢載兩頭。風雪一篷人並坐，他家纔是五湖舟。」「忍寒清曉水窗開，雲樹千重路幾迴。笑就檀郎親指點，當年也向此中來。」

戊午春盡日，曼生、夢華、蘭雪同集西泠，舟中遇雨，留宿葛林園，各有詩以紀，而余爲之序。時鐵生期而未至，越日，爲余作《西湖餞春圖》，并爲書各人之作于册，而系以一律。余詩存集中。蘭雪云：「遥山濕微雨，蒼翠不能畫。一榻祇樹林，湖光上虚榭。我來春已深，扁舟繫亭下。寺門交緑陰，晴雪數枝亞。時鳥弄新音，孤芳感先謝。文字歡有餘，湖山況無價。故人幸可招，名園許相借。典衣沽十千，爲君結春社。」曼生云：「一雨失春紅，衆山如夢中。敂舷歌小海，把醆餞春風。雲墨心胸蕩，萍蓬氣味通。壯年求友切，吟賞莫匆匆。」「客況但如此，遠遊我不辭。酒兼色香味，船載畫書詩。孤岸晚花瘦，暮溪新燕遲。園林投宿處，梅子亦相思。」夢華云：「春歸渺何許，便覺客愁侵。一舸柳邊去，數峰雲外尋。清狂容我輩，風雨合朋簪。暝色蒼茫裏，烟鐘深復深。」「三年此小住，一夕定新盟。殘雨有清滴，夜吟無俗聲。村醪禪悦味，松火佛燈明。幽絶不知曙，荒雞亂曉更。」鐵生云：「湖水漾新碧，不知春忽歸。狎鷗移酒舫，帶雨叩禪扉。八社風流在，千秋此會稀。慚余絆塵世，想見興遄飛。」雲臺先生題一律云：「湖似詩常好，春如人易歸。六橋紅雨歇，三月緑陰肥。把醆理吟篋，題襟連裌衣。浮蹤愁未定，雙槳白鷗飛。」曹種梅學博秉鈞和蘭雪題云：「餞春阻題襟，卧遊快讀畫。雨過嵐翠潑，新緑浮高榭。壺觴筆研偕，艤舟柳陰下。清吟補墜歡，殘紅曲逕亞。同遊妙述作，詩手並陶謝。會合詎有常，風月本無價。何當乘清秋，涼雲禪榻借。好比方十洲，小結玉琴社。」又有渌卿一詞，根重古詩一首。

余有《病起懷人詩》四十二首，琴隖太史爲補圖及詩，青士、小湖、退庵、鐵門、壽生皆洋洋大篇。其斷句如穀人先生云：「疏鬢漸如涼鷺刷，雙肩渾學瘦山支。自誇藥石收奇效，添得阿儂苦硬詩。」「浮眉樓上擁衾哦，合仗詩風掃病魔。舊雨停雲都在眼，一燈如夢伴維摩。」「枝山小草懷知句，卧病泊然成老夫。争似楞伽秋色裏，觵床摇雨話江湖。」「一箸思嘗宋嫂魚，孤山脚下賃新居。西湖不是多情物，珍重貪涼中酒餘。」陸祁生繼輅云：「瑣窗却扇人如玉，花雨填詞韵入琴。消得故園三月住，可無小病答春陰。」王鐵夫云：「鬢鬚蕭瑟忽成翁，漂泊江淮一釣篷。不道藥爐經卷畔，有人高詠憶牆東。」彭甘亭云：「短李辽辛伴散時，風情元九鬢先絲。如何燈影幢幢夜，不寄江州七字詩。」「江上歸心在雁前，相將飽飯祝殘年。草堂人日梅花好，遲爾成都十樣箋。」樂元淑云：「離群病鶴强昂頭，半憶鴛鸞半鷺鷗。報道沈郎腰帶緩，藥烟千縷是新愁。」「倚棹蕪城小雪時，高樓銀燭照深巵。相思何似長相見，未要楓清月落時。」陳竹士云：「開卷真成一粲然，相思詩寄早秋天。同心不信還同病，一樣虚堂兩月眠。」劉芙初云：「月澹霜濃破曉行，等閒難别是江城。遠天一色昏於墨，便恐相思畫不成。」自注：「時同客邗江，余將歸毘陵。」曹種水云：「檀板吟床軟翠茵，烏絲蘭紙砑如銀。諸公要見《題襟集》，試問清羸硯北人。」「寂寞無人伴酒巵，藥囊題罷更題詩。一年幾日關門住，轉憶匡床卧病時。」

往年作《神廬圖記》，奚君鐵生曾許爲圖，遷延不果，未幾鐵生竟歸道山。後得王椒畦孝廉學浩爲補作一卷，蕭疏歷落，不求形似。嗣又屬蔣芝生敬作《第二圖》，仿佛《輞川圖》之意，每處輒細書其上，凡十有四景。前圖汪君選樓作記，題詩者爲孫伯淵、史恒齋、汪芝亭、陳曼生。孫詩云：「萊國樓臺無地起，幼輿邱壑本天然。青山可待巢由買，明月清風不用錢。」「蘧廬是處可容身，惆悵朱門易主頻。我亦山塘新卜築，未妨舍宅學王珣。」「入畫居然似輞川，卧遊何必到嫏嬛。爲君更寫平生願，廣厦仍須有萬間。」史詩云：「黄庭有廬苦鍊神，以神結廬彈指新。華嚴樓閣底真幻，大地虚空風水輪。」「如此巖扉致不俗，恒星艷珠霞潤玉。定知山海仲參軍，便少良田意亦足。」《第二圖》鐵門有記，雲臺先生詩云：「佳園易得名，乃遜圖畫久。金谷能幾時，蘧廬實其偶。不死惟谷神，神構即不朽。郭子本至貧，計出季倫右。尻馬御飛輪，造化盜而取。精神見山川，真氣爲户牖。彈指樓閣成，縮地一拳受。示我《神廬圖》，導我入廬走。有腹即生松，傍肘亦成柳。癡語陋平泉，奇文斥絳守。若不言本無，安知非真有。始歎甲第雄，不敵圖畫手。造物豈忌才，終待才人厚。」

嘉慶辛酉之秋，余寓西湖昭慶寺，時張墨池孝廉如芝與其弟雲藻明府寓城中，兩君時一過訪。墨池精繪事，余取宋人詞意索畫《僧廬聽雨圖》，題者止查伯葵揆、龔素山凝祚二君。查詩云：「客民滋味想能諳，鈴語郎當最不堪。道是慣聽還怕聽，一樓黄葉夢江南。」「欲塞聞根向梵天，誰教卷雨落尊前。三間屋後無多樹，作盡秋聲惱客眠。」龔詩云：「雅遊曾託遠公廬，濃淡湖光畫不如。偏是客心孤迥處，一樓寒雨暮鐘初。」「昭慶灣頭葛嶺東，儘教潑墨寫空濛。湖山誰答風鈴語，人在南朝細雨中。」「我亦前塵感路歧，隨緣三宿劇支離。阻風中酒年年慣，最意寒山夜坐時。」此圖久失之後，曼生於篋中檢得見歸，已十年矣。余復書一絶云：「百尺竿頭有進時，此身衰老復何之。打鐘掃地作行者，雨落月明俱不知。」末句用李義山語也。

癸亥十一月，余將自武林歸，琴隖集同人爲餞，并畫《琴隖舊廬餞别圖》。德清陳白雲進士記之。伯葵有五古二首，最爲慷慨沈雄。紅茶詩云：「楓落吴江可奈何，布帆此别又烟波。新翻艷曲和凝老，舊領狂名杜牧多。一劍耻爲州將客，三杯應入飲仙歌。靈峰瀑雨蕿光竹，好待春風約再過。」青士詩云：「頑雲沈沈障碧空，雷車夜發轟殘冬。雪花融液作苦雨，萬感查牙如亂峰。入門把臂忽傾倒，今日重逢郭有道。如何更放湖邊舟，識君苦遲别君早。延陵公子翩然來，兼山。謂我身世皆塵埃。下牀動足各萬里，不如且盡尊中醅。作歌贈君君已醉，畫君窮途兩行淚。悲歡聚散徒紛紜，一夜明蟾夢中墜。」胡秋白詩云：「年年人事抵樗蒲，夜夜吟腸轉鹿盧。兩字分攜應悔道，移家仍要住分湖。」「已成歸計踏冰車，忙殺漚家與笛家。萬樹梅梢開不及，送行先遣雪裝花。」殳積堂詩云：「紅藕花翻水國香，招提曾記共追涼。堂堂眼見華年去，了了心懸歸路長。寒士清貧偏跌宕，酒人潦倒但文章。歸裝莫道無多物，賸有新詩滿錦囊。」

《江行唱和圖》，王椒畦作記。余與梅史同舟訪孟昭于真州，自真至韓上，又同歸吴中，一時各有吟事。余有《江行唱和集》。圖中惟曼生一跋、甘亭一記、聽香五古一首，犀泉七律二首并有序云：「昨臈薄遊蕪城，與頻伽、梅史邂逅于種榆行館，小叙浹旬，旋即别去。蒙寄新詩一册，即江行往還所作。今春同集古雲襲伯吴門别業，信宿連宵，纏綿話舊，又半載矣。仲冬之初，喜頻伽來遊瀨上，出此圖屬題，即用册中韻，復題二律。余與雲伯嘗有《烟江叠嶂第二圖》賡和之篇，丙寅春皖行作也。次章兼以寄懷。」詩云：「對叠行吟順放船，能支巵酒亦悠然。閲人柳老猶舒眼，脱手詩成笑老拳。天迴山寒憐急景，秋鴻社燕感中年。分明星斗垂虹裏，自作新詞白石仙。」「篋中留得故人心，黯黯離愁不可尋。滿地江湖萍跡頗，半天風雪雁行禁。平泉聽雨同呼酒，瀨水歸舟又擁衾。我更難忘舊遊處，烟江如畫萬峰深。」

余舊居蘆墟，去分湖半里，天朗氣清，湖光蕩目，吴中遠山，一痕如黛，因取昌黎「天空浮修眉，濃緑畫新就」之句，名樓曰「浮眉」。後雖遷移，而其名尚仍而不改。邗江僧序初爲之圖，劉芙初爲作記。伊墨卿太守詩：「桃花新漲渺無津，一抹青山染黛顰。待得纖纖初月上，此樓真合住仙人。」許玉年乃豐詩云：「小築臨流境絶幽，天空黛色與波浮。日滄蛾緑螺三斛，夜挂蟾光月兩頭。玉笛發聲知酒熟，珠簾卷柙看雲流。萬梅花裏君家近，可待春風始倚樓。」「清淺湖光比鏡明，曉妝人不隔盈盈。烟霞大有神仙福，酬倡何妨兒女情。塔影倒眠紅浪穩，柳絲斜綰緑雲輕。憑將京兆當年筆，寫出遥山一抹平。」許滇生乃普詩云：「棐几筠簾絶點塵，遠峰漠漠水粼粼。是誰畫出修眉樣，愁殺樓頭掃黛人。」「頽塔斜陽遠寺鐘，隔溪楊柳近芙蓉。他時别記停舟處，一閣先應見剪淞。君方屬玉年爲《翦淞閣圖》。」青士有《浮眉樓曲》，張子貞有五古一篇。

《浮眉樓第二圖》，沈君春蘿爲余作也，清江蕭梅生光裕爲之記。其弟梅江光業詩云：「含情春院易成愁，思發花前憶遠遊。柳意欲遮人極目，山容如笑客登樓。文無待寄綿綿恨，溝水終看浛浛流。十載江湖都落魄，可憐不是覓封侯。」休寧汪審庵慎用昌谷韻題云：「樓中人作天涯客，樓外草痕緑無跡。重簾不卷當春風，吹得遥山一痕碧。下牀足動輕千里，曲闌紅冷相思子。珊瑚筆格網蟲絲，月照金鋪涼似水。明日征夫歸遠道，鏡裏青蛾猶未老。玲瓏八窗開綺疏，試手霜毫莫嫌小。」汪已山敬云：「何須重疊擁烟鬟，暖翠浮嵐只一灣。想得畫眉人別後，掩窗自看鏡中山。」「點罷晨妝滿鏡愁，天涯亦有客登樓。虧他一路青山隔，不見垂楊滿陌頭。」趙白亭振盈云：「春山澹澹隔分湖，樓上看山興不孤。朝暮雲烟紛變態，憑君傳出《十眉圖》。」高犀泉七律云：「杏花時節君能到，乞得寒漿與共斟。閏花朝後一日，君至瀨上。客路又添萍絮感，扁舟猶繫別離心。鏡中天遠愁如許，江上峰多畫不禁。百尺高樓樓外柳，有人知道已春深。」

曩在韓江主康山者兩月，寓公、地主適合一時，紅藥梢頭，茱萸灣裏，極觴詠之盛。張子貞爲作《邗上雲萍圖》，余自爲記，潘紅茶、張子貞皆長歌。方子雲正澍云：「賦命教漂泊，江湖跡屢遷。那期投契友，翻結異鄉緣。乍見争攜手，相看各問年。也知難久聚，且慰別懷牽。」汪碧峰俊云：「始信八叉手，能修五鳳樓。性靈詩筆健，意氣酒人投。蘋聚原非偶，雲歸不可留。相思隔江樹，梁月水悠悠。」江吉雲振鴻云：「麥隴青青野雉飛，湖頭流水落花稀。人在江南望江北，朝朝惟見白雲歸。」顧芷山麟瑞云：「天上浮雲水上萍，楊花落盡雨冥冥。揚州四月人同醉，明日孤篷不可聽。」黄夢餘晉云：「得見翻嫌晚，傾談淺夏時。交真如舊雨，花忍賦將離。看我勞青眼，何人似白眉。揚州好明月，重與訂秋期。」袁壽階廷檮云：「本是同鄉國，偏于羈旅逢。相看俱老大，非復舊時容。才調知難合，江湖無定蹤。將離開爛漫，折贈意惺忪。」

靈芬館詩話卷八

吴江郭麐祥伯

竹垞嘗言「生平作詩不入大家，文不入名家，差堪自信」，蓋有激而云然。近時作詩者肥皮厚肉，少知厭薄，而佻巧滑熟之習又從而中之，非有生澀苦硬以救之，恐日益第靡。朱梓盧先生休度，今之詩人之良藥也。其詩不爲俗語、熟語、凡近語、公家語，戛然以響，漻然以清，㩁石宗風，此其繼别。先生自言「極其分不過南宋、金源諸小家之一鱗半甲」，雖其自謙，亦猶竹垞翁意也。先生官雲中，有惠政。《春日雜詩》云：「心似枯僧猶食肉，身如孤戍不僉妻。扶良須拔侵苗莠，療病難刳貼骨瘡。」《過小關村問農事惻然傷之口占二首》云：「荒溝亂石不成村，頹土墻邊破板門。怪道春來東作廢，十家能有幾家存。」「逃丁棄地無人種，也有人存地復荒。借問山農何太懶，賣牛多已納官糧。」元道州之遺意也。《題遺山集》一首絶似元體：「中原豺虎忽縱横，亂世難居却是名。北學挺生劉越石，南冠愁殺庾蘭成。亭編《野史》青燈淚，舟繫家山白首情。萬古詩壇專一代，墓門七字慰平生。」先生爲其姪鴻作《杜律雙聲叠韵引》云：「試舉唐人詩，無不合者，雖少鄰于鑿，然不可謂無所見也。」著有《壺山自吟稿》。

思亭哲昺榕園寧亦嘗問業于梓翁，雖所嗜不盡同，而庸音俗調，固已斷乎其無之矣。如《晚步》云：「緣溪花發魚先見，隔樹人來鳥不驚。」《新緑》云：「一簇暝烟成蝶夢，半空寒色閣鸎聲。」《夏日閒居》云：「飯後欲眠如有信，閒中得句本無題。」《小除夕》云：「貧歷歲除成小劫，老耽詩癖總浮名。」《納涼》云：「簾影閃時雙燕度，水紋圓處一魚跳。」《審山道院》云：「涼禽爭就日光暖，酒客不知風色寒。」《西湖柳枝詞》二首尤工：「分種雙堤緑意連，因風絮起白漫天。外湖飛入裏湖去，化作浮萍一處圓。」「宋帝行宮冷暮烟，魂歸難認舊芊緜。凰皇山下休抛彈，猶恐枝頭有杜鵑。」《魏塘夜泊寄懷》云：「浪白層層齧岸根，溯洄人遠水雲昏。蘆塘野泊聽風雨，夢逐寒潮夜到門。」

《吳中名賢三友圖》皆一時遺民高士，寓其歲寒晚節之意。如金耿庵、彭竹里、高澹游、王忘庵諸公，或圖其一種，或爲題句。内有鄭桐庵徵君敷教詩最工：「七松五柳老烟霞，並是當年處士家。漁父不知封禪事，水流只愛説桃花。」「十年冰雪故交殘，賸有梅花共歲寒。定是三生緣不淺，早同辛苦晚同酸。」徵君爲復社眉目，其詩亦《谷音》之嗣音也。

李秋錦先生《灌園圖》，頃于園花晤其文孫遇孫，獲觀圖中名作如林。周櫟園五律一首尤得贈言之體，云：「荷鉏忘旦暮，得慰北堂萱。人在一方水，天留數畝園。讀書知孝貴，食力羨農尊。閉户高吟外，垂垂雨露恩。」又有王鹿柴《滿江紅》一詞云：「咄咄長貧，且莫笑、承歡無策。憑想像、豪端忽涌，緑疇紫陌。舊日槖駝應健在，雁門家有如神筆。乍開關、足解北堂顔，頭重黑。白木柄，青篛笠；茅檐下，荆籬側。儘曳杖行吟，水南雲北。三徑苔深松菊好，一舠波穩蒓鱸出。趁藿園、梧竹未全荒，緜先澤。」藿園，秋錦曾祖園名也。鹿柴名珏，字侶石，華亭名士，於秋錦爲前輩。曾於席間以《南》、《北史》中人名使竹垞作對，許其後必以詩名世者。其所著不少概見，亦罕有知其人者，録此詞以見一斑云爾。

魏塘錢濤字雪山，生有夙慧，六歲讀書，數過輒成誦，十歲即能吟詠。年十五，忽無故自繯死，後附神于箕，云：「以前世因緣，應受此厄。」略言冥中事，作詩以慰其父，詞意凄婉。嘉慶十五年事也。余取其詩觀之，頗老成，不類弱齡所爲。苗而不秀，豈非數耶？佳句如「山鷓鴣飛争碧樹，紅蜻蜓小立平橋」、「荷影静摇千柄緑，蟬聲長占一枝秋」、「鵶陣遠争烟外樹，露痕涼入水邊樓」，皆非率爾而作者。使天假以年，後來之秀，舍此其誰？可爲太息者矣。

張檥查先生名淦，余友晴厓迎煦之尊父也。壯遊萬里，慷慨從戎，嘗從福郡王出師臺灣，又從吉制府征苗至西隆州，渡紅水江。磨盾草檄，横槊賦詩，窮邊絶塞，筆墨横飛，故詩多鐃歌笳吹之音。然又有極幽秀者，《江行》一絶云：「出岫雲輕飄若絮，下灘舟疾去如梭。磓聲黄葉村邊急，人影蘆花梢上過。」先生嘗辭福郡王之薦，後吉公知其無意仕宦，以功奏請給中書銜，上諭照所請加一等，給六品頂戴。故《自題菽香雙影圖》：「皤然兩鬢笑衰遲，轉悔從前意念癡。幸不捉將官裏去，相看還賸老頭皮。」其託意如此，風趣又如此。晴厓有兄，名春煦，亦能詩。

婺州方海楂元鵾有《燕臺雜詠》二卷，仿樂府體爲之。《平津鄉》一首，真能得我腹中所欲言者：「平津鄉，六百户。相弘之封已裂土。飾經術，希主知。相弘之學專阿時。開東閤，仰餘禄，親御布被甘脱粟。吁哉相弘心實腹。主父偃，江都生，睚眦之隙乃力傾。吁哉相弘心有兵。」

余至禾中吊梓廬先生於「墻下小軒」，因與其嗣君論及詩人之湮淪滅没者。思亭以其六世祖吴接侯諱晉書《蓬萊閣集》見示，其時適丁百六陽九之間，悲憤激昂，有甚於痛哭者。《杞國》云：「封豕窺湯沐，哀鴻隔冕旒。」自注：「賊逼鳳陽。」《渡江》云：「榆關壯士狐貂客，杞國勞人蟣蝨臣。」《無題》云：「舉世呢喃巢燕幕，百年腷膊鬭鷄場。」「鶯花春萬里，時事淚三升。」其他感時傷事之作甚多。接侯爲秋圃觀察子，弱冠舉于鄉，三十餘遽卒。觀察題集後云：「老人不欲觀，提卷旋棄置。莫自觸哀吟，眼枯已無淚。呼童却復收，是兒一生事。」負才如此，而所遭之時如此，又厄其天年，并不得傳諸《桑海》、《遺民》、《天地間集》之次，是可慨已。

硤石蔣夢華三益，予訪思亭，獲與相識。嘗以顧升山蔬果十八種索題詞，以蔣山堂所書《阿彌陀經》爲潤筆。蔣君收藏極富，鑒别亦極精，有《讀畫吟評》，皆興到點筆之作。《唐六如林園曉起圖》一詩尤工：「雞唱玲瓏夜欲闌，樹林深翠露漙漙。天留殘月遲朝旭，雲與幽花護曉寒。秘閣牢鈎金了鳥，曲廊閒煞玉闌干。有人要續鴛鴦夢，不管銅壺漏滴乾。」

浙西詩家頗涉餖飣，隨園出而獨標性靈，天下靡然從之，然未嘗教人不讀書也。余見其插架之書無不丹黄一過，《文選》、《唐文粹》尤所服習，朱墨圍無慮數十徧，其用心如此。承學者既樂其説之易，不復深造自得。迄今輕薄爲文者又從而嗤點之，轉相詬病，此少陵所謂「汝曹」者也。孫伯淵觀察謂余言：前輩何可輕議！今之訾隨園之詩者果能過隨園之學否？未敢遽信也！

國朝之詩自乾隆三十年以來，風會一變，於時所推爲渠帥者凡三家，其間利病可得而言。隨園樹骨高華，賦材雄鷙，四時在其筆端，百家供其漁獵，而絶足奔放，往往不免。正如鐘磬高懸，琴瑟迭奏，極其和雅，可以感動天人，協平志氣； 然魚龍曼衍，黎軒眩人之戲亦雜出其間，恐難登于夔、曠之側。忠雅託足甚高，立言必雅，造次忠孝，讚頌風烈，而體骨應圖，神采或乏。 辟如豐容盛鬋，副笄六珈，重簾複帳，望若天人，欲其騰光曼睩，一顧傾城，亦不可得。 甌北稟有萬夫，目短一世，合銅鐵爲金銀，化神奇于臭腐，力欲度越前人，震駴凡俗。 辟如阿修羅具大神通，舉足攪海，引手摘月，能令諸天宫闕悉時震動，但恐瞿曇氏出世作師子吼耳。 要皆各有心胸，各有詣力，善學者去其皮毛，而取其神髓可矣。

擇石齋詩淳音古意，自成一宗，視曝書亭較深，視樊榭山房較大，然世之知者蓋鮮。 隨園與之同徵，亦但推其經學、人品，於詩未之及也。 集中古今體各有極至之處，亦皆有頽放自適者，終不得不推爲大家。 其《僮歸》十七首純乎漢、魏，却無一字摹仿。 穀人祭酒《懷人》詩云：「千詩槃鬱此胸襟，長水侍郎才調深。」著一「深」字，真擇翁之知己也。

曩在京師，主於金蘭畦尚書家。 尚書時爲刑部郎，退食之暇，相與商榷文藝。 其長君仲蓮與余尤親，不啻昴弟若也。 兩弟宜園、近園皆幼，後再見於西江，則頎頎然業成志樹矣。 宜園嘗夢人以鐵樹遺之，因繪圖以記。 甘亭題句「芝蘭玉樹人間有，只是尋常王謝家」，其推許期望者至矣。 今尚書已歸道山，仲蓮、宜園先後逝，人琴之感，不能已已。 余既爲尚書作神道之文，近園復以其兩兄銘幽見屬，循念舊事，泫然記之。

甲戌閏月，余自清江回吴門，聞梅卿仙去之信，感悼殊甚。 時竹士在松江，未及一往唁之。 四月中復來吴，始見竹士，述病中情事，且以墓石之文爲託，相對不覺洹瀾。 因出其臨没前數日内口授七律四首，哀音酸楚，不堪卒讀。梅卿詩已刊本，恐此詩久或佚之，爲筆録于此：「半杯梨汁半甌漿，精氣銷磨那得長。餘火閃風偏有燄，孤鴻墮雨不成行。遺詩嘔血從零落，塵海回頭歎渺茫。我不戀君休戀我，蓋棺只作道家妝。」「吾家仙伯老方平，約采芙蓉返玉京。斷夢無依雲縹緲，浄因不昧月空明。九還難向塵寰覓，萬感都從魔障生。悟得去來非草草，綵幡絳節導前行。」「浮雲散盡月當頭，到此誰能半刻留。病葉戀枝終是幻，春冰泮水不回流。心空蓬島三千界，夢冷元龍百尺樓。歸去碧桃開未盡，人間已作一番遊。」「判向懸厓撒手行，匆匆況聽曉鐘鳴。英雄末路歸三寶，兒女癡情誤一生。已絶書香悲伯道，有誰麥飯祀清明。憐君未了紅塵局，何日驂鸞一笑迎。」

吴兼山嵰以羽林之孤奮從軍之志，少長兵間，歷參戎幕。青天蜀道，往往彎弓躍馬，磨盾飛書，故其詩多悲涼慷慨之音，而清和適怨，亦自頓爾至致。如「山鳥有繁響，野花無定名」、「誰言春夜短，能使客愁生」、「孤村帶流水，高樹澹斜陽」、「書遲猶望報，身在且忘憂」、「二月鷪花忙送客，四山風雨亂招魂」、「過時花好憑開落，出岫雲孤任卷舒」、「過眼不留惟去日，此腰同折亦多時詠庭前老柳。」等語，皆灑然而來，如清風蘭雪。有才如此，乃不肯碌碌反抱關，可爲一喟者。兼山天資絶人，凡所寓目，即能成誦。當時同居湖上，尊前酒邊之作久不記憶，兼山猶能爲余誦之。

余兩賦移居，而故國故鄉之感時時在抱。兼山有《老屋典人感懷寄内》一詩，可謂先得我心：「仰屋頻添異地愁，一官貧到不能休。家無長物勞相問，幾樹梅花入券不？」讀之黯然。

詩有作者不必經意，一爲人拈出，亦自覺可喜。余在京師，徐閬齋以稿見眎，最賞其送人一聯云：「酌酒勸行客，異鄉無少年。」閬齋每爲人書之。

題畫之作別是一種筆墨。或超然高寄，霞想雲思；或託物興懷，山心水夢。然工詩者未必知畫，能畫者又未必工詩，求如雲林、石田諸先生，蓋亦寥寥。余所交知，惟鐵生最工此體。後又得讀錢叔美《松壺畫贅》，與鐵生可謂異曲同工也。《仿吳仲圭武夷山居圖》云：「江風颯颯打琴弦，傍午鳩啼欲雨天。一院蜻蜓人不見，蕉花紅到碧簾前。」《檇雲西老人》云：「荻蘆陰裏小裵裒，薄暝輕舠且未開。山葉打篷風拍水，蟲聲如雨過溪來。」《江鄉漁唱》云：「小樹羃歷生炊烟，夕陽野岸聞扣舷。老漁背網入城去，柴門寂寂江吞天。」《丹陽舟中題畫》云：「庚申十月初三日，柁尾南風晚飯遲。落日萬鴉粲樹起，呂蒙城下峭帆時。」《畫梅》云：「春老銅坑萬樹斜，老夫閒著叩山家。花鬚數偏日卓午，一隖蜜蜂晴放衙。」皆味在酸鹹之外，不僅詩中有畫也。余每見有佳繪上題一惡詩，心神輒爲不怡者累日；即無詩而偶著數語不得當，或書年月署名非其地，皆可恨恨。此等又非關學問才調，可意會而不可言傳者也。

桂未谷進士曾爲余書靈芬館額，然未及見其人也。《題畫贅》一詩風骨特高老：「萬里逢錢七，支離散蕩人。惟餘一枝筆，寫遍楚山春。客裏黄金盡，尊前白髮新。幾時開老眼，看爾出風塵。」又有王椒園定柱一詩，亦善于題目：「松壺公子詩中僊，玉屑清脆聲泠然。毛女嬋娟謝羅綺，江珧俊爽離腥膻。前輩抗手唐子畏，近時頗勝張老船。何當乞寫椒林屋，更與焚香論畫禪。」

古雲藏鐵生手書題畫詩一册，筆意疏雋入古，詩亦有刻中所逸者。略摘一二，以當讀畫：「閒將散筆寫倪迂，樹色嵐光澹欲無。心似孤篷隨去住，一窗寒雨夢江湖。」「小閣憑闌映水光，東風無樹不鬥簧。桃花記得江南岸，一片春帆帶夕陽。」「茅屋高低烟樹重，陰厓飛瀑玉淙淙。溪翁不放尋詩艇，荷鍤劚雲何處峰。」「歸鴉數盡夕陽村，久坐西泠釣石温。最是秋來連夜雨，湖波又過舊沙痕。」「一峰含雨一峰晴，晴意無多雨意生。石壁盤盤泉落處，扙藜扶出李長蘅。」「千頃蘆花看作雪，數峰寒翠遠堆烟。道人撥棹不歸去，自愛五湖秋水船。」「臨水數峰無限好，最宜雨裏復雲中。今朝溪上移舟去，看到殘陽又不同。」

元遺山論詩以「滄海橫流」爲蘇黄之過，雖非定評，亦卓有所見。近時秉筆之儔，或數典胥鈔，或矜才使氣，皆去風雅道遠。其能墨守先民矩矱，不爲風氣所摇奪者，必自立之士也。湯君點山爲西厓少宰五世從孫，詩不盡學西厓，而立言必雅，選格必高，最爲錫山秦小峴侍郎所知。侍郎亦宗法唐音者也。其中詠古諸作，及《南宋石經歌》、《北宋石鼓搨本詩》、《金塗塔歌》等作，具見風格。五言律尤工，如《酬徐絅齋》云：「湘水有時合，暮雲何處深。」《贈奚鐵生》云：「名因布衣重，客過草堂多。」《贈金選樹》云：「奉母北堂上，灌園春雨餘。」《留别李西齋》云：「詩情如水澹，家事比僧閒。」皆入唐賢三昧。點山性情諄篤，與人交有始終，以直道自待。友朋偶有過失，輒面折無姑息。乃以貧故就一官，浮湛下僚，意氣亦少衰矣。其《古鏡》一詩云：「明月忽在手，貯之古錦囊。自從深閲歷，不復露光芒。幾度看時態，何人學舊妝。千秋同一照，衹覺鬢毛蒼。」殆爲自家寫照也。

山陰吴雄飛鵬隱于胥吏，而詩格高古，與點山爲莫逆交。點山以所鈔數首見示，《邊笛》云：「春色邊城少，今從笛裏來。梅花與楊柳，吹落李陵臺。曲共胡笳發，聲連隴水哀。不知沙上雁，何事却飛回。」《京口懷金竹軒》云：「昨遇江南客，言君下潤州。今從京口望，不見故人舟。日落西津渡，潮生北固樓。茫茫懷舊感，并入望鄉愁。」《送別》一絶云：「酒酣攜手上河梁，别語無多别恨長。自是半生常作客，逢人只勸早還鄉。」時秦小峴少寇爲浙臬，點山偶言及吴君能詩，並舉其一二，少寇亟稱善，遣人物色，欲招之相見。吴不往，曰：「我自作吏，見上官何爲耶？」見點山，深咎之，點山敬謝焉。

五律一體，沈著、高超，各極其勝；精鍊、古澹，自名其家。然學爲沈著、精鍊者，即材力有不逮古人處，猶能不失矩度；學爲高超、古澹，苟中無精神，則僅存面目，使人生厭矣。宋茗香大樽詩以太白爲法，能不襲面目而别具神解。其《送人歸金華》云：「如何欲送君，花落忽紛紛。遥指金華渡，依然有白雲。風塵拂衣謝，天水遠帆分。不信江頭路，今朝日易曛。」《寄山塘酒家》云：「美人安在哉，猶在姑蘇臺。一片五湖月，香魂獨自回。春風忽吹散，化作桃花開。笑勸當壚女，如何不舉杯。」二詩極高妙。他如《淮陰釣臺》云：「三秦可傳檄，百戰失垂竿。」《維揚酒樓送人》云：「猶持故人酒，莫作異鄉看。」皆又極精鍊。茗香豪于飲，酒酣落筆，往往有凌雲之氣。惜其晚年悔棄少作，欲變而之漢、魏，如枯僧作禪語，了無生氣。往時酣嬉跌宕之作，槩從刊削，深可恨也。

「未衰楊柳全無恨，初上鱸魚正及時。如此清秋好風景，黄花應笑我歸遲」，錢唐陸祖授《舟中口占》詩，風韻絶佳。陸字紹之，梯霞先生之玄孫，麗京先生從孫也。

劉賓客云古文人無避事，然亦有不能爲外人道者。元微之「墻花拂面」之詩，惟許樂天知之。吾友高君爽泉嘗有所恨，屬湘湄徵君作《梧窗影事圖》以紀之，髣髴其意，不甚了了也。君有七律云：「茜帶羅裙繡色絲，可憐碧玉正芳時。么弦緩柱慵調瑟，輕粉塗牋愛學詩。日嫩綺疏鶯語澀，風香花箔蝶情癡。南湖便是桃源路，只恨漁郎再訪遲。」「十年怕見月當頭，一樹梧桐兩地秋。寒雁極天虚錦字，孤燈背壁冷香篝。崔徽空憶當時貌，王粲難登舊日樓。多事生綃留影在，人間無處可埋愁。」綺懷怨曲，一往情深。

張船山太守移疾後寓居吴門，新買一姬，寘之别業，其夫人未之知也。一日同遊虎丘，東船西舫，佳麗駢會，此姬在其只尺，而不通問訊，目色而已。船山作一詩云：「秋菊春蘭未合并，先教相見可中亭。明修雲棧通秦蜀，暗畫蛾眉鬬尹邢。梅子含酸都有味，倉庚療妬恐無靈。天孫却被牽牛笑，一角銀河露小星。」

吴中琵琶手以校書杜宛蘭爲第一，名流多爲賦詠。余曾一聆其曲，自愧非聽真者也。後歸陳君瓜亭，布裳操作，不復理舊時故業矣。瓜亭以其小像屬題，余有句云：「拋却檀槽理繡綫，無人知是鄭中丞。」蓋紀實也。宛蘭女弟小蘭，藝不及其姊而色過之，遂爲都知録事之冠。後爲有力者量珠聘去。記戊辰春偕客至其家，招雲巖周君爲作一小影。周君以婿病不果至，遂已。然嫵媚之態，猶宛宛想見之。時壁間有人題六絶句，甚工，其第五章蓋爲宛蘭作也：「阿憐玉體阿蘋衣，又見蘇孃最小時。説與春寒須護惜，未妨簾幙至今垂。」「國香慢曲儘人誇，肯降城南張碩家。録就小名兼姓氏，可憐葉葉與花花。小蘭姓葉。」「傾國真宜通體看，風情烟視畫來難。郭熙大有春山手，商略眉痕到筆端。」「相見嫣然去黯然，催人畫舫繫門前。從來未識楊枝意，不管歡場管別筵。」「宛轉房櫳舊有情，檀槽銀撥響根根。十年前事無人説，多謝鸚哥記姓名。」「忽忽舞席與歌茵，一曲春風未算春。領略風光須細膩，始知元九是才人。」

愠羝之疾，俗呼爲猪狗臭。有一佳麗頗擅時名，或誚其有是疾，然非羅襦襟解，不可得而知也。此人後歸巨室，有專房之寵。余戲作一絶云：「十斛真珠未足多，羅襦襟解問如何。小橋本有如蘭臭，不奈人間劉季和。」用《水經注》荻蘭橋改名猪蘭之事。

詩之傳不傳，全不係乎佳惡，特幸不幸耳。唐人詩如「至今猶是一堆灰」，詠張旭草書云：「眼前有，三個字，枯樹槎，烏梢蛇，黑老鴉。」皆是何等語而直傳至今。漁洋所謂「當時如何下筆，後世如何竟傳」者，蓋又不止此也！

論詩各有胸懷，其所愛憎，雖己亦不能自喻。黄仲則詩佳者夥矣，隨園最稱其前、後《觀潮》之作，楊荔裳愛誦其「似此星辰非昨夜，爲誰風露立中宵」之句，金仲蓮愛誦其「全家都在秋風裏，九月衣裳未翦裁」之句，余最賞其「茫茫來日愁如海，寄語羲和快著鞭」，真古之傷心人語也。商寶意詩佳者亦夥矣，余最愛其「人生百衲琴相似，密密疎疎有斷紋」，每一讀之，輒爲歎息絶倒。

余最厭宋人妄議昔賢優劣。元微之作《杜工部墓誌》，軒輊李、杜，退之「蚍蜉撼樹」之論未必不爲此而發。山谷以杜《北征》爲有關係之作，昌黎《南山》雖不作亦可，以此定《北征》爲勝于《南山》。詩寧可如此説耶？余少時有《論詩絶句》數首，其一云：「一首《南山》敵《北征》，昔人意到句隨成。江湖萬古流天地，不信涪翁論重輕。」

書貴善本，可以是正謬誤，然亦有古未必是而今未必非者。《文選》謝靈運《遊赤石》詩「終然謝先伐」，用「直木先伐」之義，宋本作「天伐」，爲無解矣。曹子建《箜篌引》「生存華屋處，零落歸山丘」，「生存」、「零落」，偶字也； 宋本作「生在」，疑誤。

尊前酒邊之作，必有寄託乃工。唐人之「舊人惟有何戡在，貞元朝士已無多」之類，皆寓身世閲歷之感，不獨牧之《杜秋》、白傅《琵琶》也。曩在袁江，同人小集，招一女郎侑酒。時風雪大作，席散已夜分，歸途且三十里，念其昏黑冒寒，留俟遲明而行。已而聞有飛言相詢者，涕泣就道，低摧怨抑，殊難爲懷。他日以便面乞詩于鐵門，鐵門爲書數絶句其上。一首云：「謡諑無端緑綺焚，歌成《河滿》不堪聞。可知冷炙殘杯客，一種悲辛略似君。」雖云紀事，亦自傷也。

曩過淮陰，江鄭堂以《西湖三舟圖》索題。「三舟」者，宋荔裳、王西樵、楊執玉也。圖中國初前輩皆具有作，特未識執玉爲何人。頃見莊蝶庵《琴學心聲》，所刻《聽琴詩》有《五月望後楊太常執玉招集湖舫晚泊第一橋聽彈琴》詩，則荔裳、西樵實爲首唱，執玉名璥，都下人。其圖今藏閩中葉明府升藹家，圖爲蕭辰作，尺木猶子也。

吴俗，新婚先一日鋪牀，裀褥之下必用席二重，謂之和合席。鐵門爲其次子成婚，其牀即母夫人故物。當時之席猶完好，乃即用之，不更買。家人多笑其嗇。鐵門示以一詩云：「憑將一語告兒郎，儉德汝曹慎勿忘。六十年前和合席，稚孫今日又鋪牀。」東坡所謂大槩是嗇，吾輩爲之，則覺有味。

樊君補之，名鍾岳，雖隱于市廛，而恂恂有退讓君子之風。往歲以葬地爲人所佔，訟于善邑，因見訪寓居，并出所作《壺山堂》詩以質，諧適恬和，稱其爲人。其《寄人》云：「投老皤然唯好靜，活人多矣豈沽名。」《小立》云：「晚風高樹時顛鵲，細雨閒階又落花。」《帆影》云：「平移曉日三竿出，暗翦吳淞半幅來。」又如「窗外小梅如靜女，階前新筍是奇男」、「歸尋籬下無多種，親向霜中揀數枝」，皆自然合作。《哭袁某》落句云：「收得白頭鐙下淚，算兒仍客在他鄉。」尤爲沈痛。君葬事，官不亟爲理，遂棄去別營，作《采山卜兆圖》以見意，余爲之記。其弟信舟喜學書，所藏《聖教》、《黄庭》等帖皆精本。

《聞川雜詠》，蔣石林之翹作也。聞川即王江涇。之翹生於明季，其友陸鈿於崇禎十七年上書史閣部，居幕下，流落睢陽而死。有詠其故居詩云：「感慨黄公壚，況從聞笛處。羈魂渺難招，日墮淮西樹。」又有《忠孝堂詩》，小序云：「南宋有陶姓將仕郎扈，從南來卜居于涇，三世矣。宋末嘗輸粟集鄉兵禦元。宋亡，戒子孫無得仕，作忠孝堂以見志。藝菊千本，五色粲然，自號菊隱。」其詩云：「錢唐王氣已消沉，草野猶存報國心。不負柴桑老孫子，冷香秋色一堂深。」蔣又有《聞川懷古》詩，自述以爲輞川南、北垞不過一小聚落，他書不經見，自染王、裴墨瀋，便成不朽，其自許如此。後有同里王份禄明福爲刻之，且盡和其詩。《舊聞川市》云：「村廛移後草萋萋，野徑無人鳥自啼。共愛魚鰕貪近市，橋東不住住橋西。」亦殊有《竹枝》風調。近時一鄉一鎮，有好名之士輒欲爲作小志。文獻蔑如，人物罕覯。村談俗語，流爲丹青；駔儈屠沽，漫登竹素，可爲閔笑。如蔣、王二君者，已令人有先進之思矣。

嘉善黄梅以後，又忽有疾風暴雨，水漲溢拍岸，俗傳有白魚領子入江，所過處，魚椴往往坼壞。余案《水經注》:「鱣湍,洪波洊蕩,溯浪雲積。古耆舊言有鱣魚奮鰭,遡流望濤直上。」然則此等傳聞,往往有之也。余有一絶云:「黄梅過後白魚跳,贏得老漁早起勞。收拾夜來青竹簖,拍天新漲一時高。」《隨園隨筆》云:「《河汾燕録》:『開皇十三年,上敕佛經雕版行世。』是刻板書隋已有之。」余于一處見刻本佛經有唐時年號及寫經人姓名,字畫工整,總合一卷,相連而書。此亦在馮道蜀刻之前矣。又云:「《容齋隨筆》所載『宫崇獻《太平青領書》,開其玉户,施種於中』云云等語,今《後漢書》無之。」不知此乃見章懷注中,非本文也。又有「古事見古人引用,而不知所本」一條,此則不勝其舉。李善《鸚鵡賦注》有「鸚武言長安樂」。古有此語,未知所出」,蓋古人亦有口耳相承而未能知其所本者也。《隨筆》言:「楊妃縊死,新、舊《唐書》皆無異辭,惟劉禹錫《馬嵬》詩云:『貴人飲金屑,倏忽舜英莫。』似貴妃之死乃飲金屑,非縊也。」余按:元人院本有《馬嵬坡·馬踐楊妃》一折,雖曲子不足據,亦異聞也。所服杏丹事,似唐人小説中有之。

李北岳先生詩,在江左十五子中稱爲後勁。近見所刻《樗庵詩選》,皆古雅精潔,於漫堂門下故自錚錚者。《題春水放船圖》絶句最工:「岸芷汀蒲取次生,運河冰泮渌波明。憑將粉墨全鈎染,身在江淹賦裏行。」「宣和遺跡幾人摹,曾校桓家舊畫厨。故事他年臨粉本,鉢盂城外《上河圖》。」北岳居秦郵,故其集中於淮湖水患三致意焉。使在今時,又不知若何顰呻矣。

點山以其老友陶君磐《雨峰詩草》見示,且言其遭遇之窮,老而無嗣,依人于吴門,有人所不能堪者。其詩明潔可喜,雖未極變化,絶無庸音俗調。《題春雨江南圖》云:「烟雨瀟瀟紅滿枝,玉樓高唱

《冶春詞》。扁舟乘興不歸去，三百六橋多酒旗。」《送人之楚》云：「欲別難爲別，將留未許留。何堪愁滿眼，況是雪盈頭。帆帶胥江雨，風生鄂渚秋。故人應寂寞，傳語到南樓。」他如「到處便浮春水艇，此生安用買山錢」、「板橋霜冷故人遠，茅店夜寒新酒香」，皆可入石湖、石屏之室。其《疊韵寄人》句云：「幾回欲整西泠棹，何計能歸白髮人？」故鄉之思、垂老作客之況，讀之凄然。

余女夫夏慈仲賓晉早以詩見賞於洪桐生太守，命入梅花書院肄業，且爲言於鹺使，捐貲入太學。既雋秋闈，桐生欣喜，以爲賞鑒之不謬也。慈仲又言，己巳九日太守作題糕之會，其詩最蒙賞擊。時有同舍生鄧立誠，襆被爲偷兒取去，不能預會。後太守以漁洋生日和《秋柳》詩，有云「名才輩出有誰憐，東閣然藜夜有烟。九日新詩空落帽，寒宵短布孰裝棉」，蓋指此也。後郡伯聞之，爲之餉衣致饟焉。

有僧以筍餉方蘭坻先生者，先生爲作小横卷，籜龍戢戢，生意盎然。又題四絶句其上。鮑渌飲先生見而和之，超超玄箸，不著一塵，洵無上逸品也。此圖爲夏夢禪所藏，丙子冬遇于吴門，出以見示，余爲擊賞不置，惜無仇池片石易此寶墨，乃題數語，鄭重歸之。渌飲詩余不多見，爰録此以見一斑：「玉版同參舌尚存，蕨甜荼苦擬重論。却嫌路滑山行嬾，拄杖煩師自打門。」「筠籠萬顆瀉瓊瑰，野老無因一餉來。多喜庵僧能好事，山厨特地爲君開。」「又是春城絮亂飛，西湖别夢重依依。尊前忽漫添惆悵，蒓菜花香土步肥。」「使君成竹具胸中，戲寫貓頭也自工。賸欲少償餐玉債，萬竿烟雨一梳風。」

靈芬館詩話卷九

吴江郭麐祥伯

汪雲壑先生詩春容和雅，而能自出新穎，既不爲浙派所拘，亦不染翰院軟熟之習。曩爲雲臺中丞輯《輶軒録》，采録頗多，然未見刻本。頃始得讀一過，深憾當日知之不盡。《詠盆梅》云：「交情綺石無言瘦，春意銀燈一笑温。」《大慈寺心印堂午飯》云：「飢來喫飯須依佛，興到題詩亦坐狂。」《即事》云：「客來袖有三年刺，僕告瓶無七日糧。」《出滇》云：「吏忘酒濁擎杯勸，僕訝裝輕併擔挑。」《次韵童梧岡》云：「當筵忽遇幽燕將，發藥正如秦越人。」《石湖》云：「斯人不作烟波冷，春色欲闌花鳥愁。」皆出入蘇、陸，不爲肥皮厚肉者。五古尤精鍊堅老，《述祖德》、《擬古》諸作，《讀書》諸篇，竹垞不能遠過也。

葬宋諸陵骨事，或云唐玉潛，或言林夢陽。然《夢中作》四詩在《白石樵唱》中。《四庫書提要》云：「與景熙他詩相類，而唐珏他詩不概見。或當時景熙與珏共謀，傳聞異詞，譌以爲珏也。」今觀《霽山集》中詩，其寓黍離麥秀之感者甚多。《次翁秀峰》云：「唐陵愁問永和帖，楚水夢聞長樂鐘。」《和王德遊夜感》云：「衣帶長江空北固，觚稜明月隔西興。」《五日》云：「賜葛尚餘唐闕夢，傾葵猶抱楚臣心。」寄託顯然可見。《書放翁詩後》一首最工：「天寶詩人皆有史，杜鵑再拜淚如水。龜堂一老旗鼓雄，勁氣往往摩其壘。輕裘駿馬成都花，冰甌雪盌建溪茶。承平麾節半海宇，歸來鏡曲盟漚沙。詩墨淋漓不負酒，但恨未飲月氐首。牀頭孤劍空有聲，坐看中原落人手。青山一髮愁濛濛，干戈況滿天門東。來孫卻見九州同，家祭如何告乃翁。」其詩有元統間章祖程注，膚淺不足觀。惟同時之人略能疏證，亦其功也。

當湖朱香南先生荃舉乾隆丙辰詞科，與堇浦、椒園諸先生同徵交善，酬唱甚多。後以家難，零落散佚。其從孫菽堂兵部於趙味辛先生處鈔得數十首，蓋千百中之十一耳。菽堂弟理堂出以見示，爲摘數首。《清明送人》云：「送春天氣只如秋，渺渺津亭望去舟。三疊吴歌數行淚，澹紅香白一時愁。」《竹溪觀奕圖》云：「藥鑪茶臼足清歡，紙上輸贏儘耐看。滿地松陰人語寂，鶴翎吹墮石棋盤。」「旁觀爭欲借前籌，入角斜飛勢未休。局罷推枰還一笑，看人得意替人愁。」他如《書懷》云：「空題遠信憑黄耳，已有違言到白鷗。」《詠玉蘭》云：「誰招群玉山頭月，流照臨春閣裏人。」風華藴藉，略見一斑。

菽堂精於考證，能識古文奇字，而詩不多作。理堂讀書於曼生官署，余歲訪瀨上，與數晨夕，辱以兄禮見事，有作必就余評騭。時同用蘇公韵作《遊善卷》、《試陽羨茶》詩，皆工。又和余《送春》詩云：「閒愁如草那能删，載酒江湖未擬還。但道子規聽不得，有人樓上唱刀鐶。」又題余櫻筍蠶豆便面云：「野人相送休嫌少，太守雖饞未是貪。豆莢漸肥花乍落，些些風味是江南。」清婉芊眠，殊有金風亭長風味。

仁和高午莊與犀泉弟兄行，曼生妻弟也。壯歲客遊，中年道長，孤貧失學，每出必攜其先人手稿於行篋。今歲相遇瀨上，因獲讀一過。七言如「入夜更看新上月，將離還倚舊登樓」、「鬢已漸蒼羞脱帽，腰因屢折怕登高」，皆善寫情事。又《揚州即事》一絶云：「欲界仙都亦混茫，莫嫌老去易頹唐。五更絲竹一聲磬，敲散人間百戲場。」見道之言，可醒昏夢。先生名樹新，號青雨，嘗受知于儀封張愨敏，以薦舉爲陽穀簿。

瀨上多搢紳處士，學問皆有淵源。勝國時處承平之盛，席豐亨之世，園亭臺榭，甲於江左。今則文獻翳然，而當時名園勝地亦皆在荒畦斷壠之中，可一慨也。史孝廉恒齋炳重修《溧陽縣志》，搜羅精博，體例謹嚴，近時邑乘罕有其儷。其中藝文散見各門，尤爲得體。名媛有史事妻賀潔，字靚君，有《溧水愁人集》。史女弟師孟有詩哭之，名《哭愁》。潔妹禄有《寄愁集》，史夫人陳蘭有《奩餘草》，皆不可得見。師孟《移居》云：「一水淡如此，疏花妍有餘。衰年悲種柳，病骨廢看山。」人傳誦之。又有狄玉川玔，少寡苦節，有《還珠》、《玉川》諸集。其《投金瀨吊古》云：「三十春風與母俱，壺漿原爲浣紗攜。自甘白璧沈沙杳，豈望黄金壓浪低。木杓兜前花自落，伍牙山畔鳥空啼。月寒華表人何處，一片垂楊拂墓齊。」

狄中舍繼紳新刻《弜齋詩鈔》，寥寥數章，亦自見雅音。《石磯禪院》云：「石林斜照裏，天氣藹餘清。秋雨寒山色，霜鐘落木聲。水香迴客屐，竹碧悵人情。翻憶看花過，禪枝語早鸎。」餘如「江頭易得初生月，門外長横不繫舟」、「鍊成丹汞今何得，老盡松枝更不歸」、「風吹雪浪漁千網，月上蘆花雁一繩」，皆清朗可誦。

蘇叔黨《斜川集》舊無刻本，世以劉龍洲詩當之，蓋傳鈔之家以名同而譌也。余往年有傳京師新刊之書，隨手繙閱，見《大人生日》七律七首，以爲前人無此體，且語多複重雜亂，疑爲非真，遂不復細讀。近得《知不足齋叢書》所刻，有仁和吴長元校語，云「非一時所作，《永樂大典》依類編纂，今亦無從分析」云云，乃怳然釋疑。集中風格不失坡公矩矱，五七古皆有家法，律絶亦雅潔，特才力不逮耳。次韵之作尤多，亦其乃公遺規。《次韵趙伯充雪中見招》云：「華堂玉燭夜沈沈，淡月疏星作雪陰。天爲王孫醒醉眼，晚來淞霧入千林。」「擁被袁生方塊然，不知玉色浩無邊。西陂欲與稽山並，賀監風流太白船。」《題郭熙平遠》六言云：「望斷水雲千里，横空一抹晴嵐。不見邯鄲歸路，夢中略到江南。」嶔崎歷落，殊有父風也。

老蓮詩雖不名家，而逸氣自在。余見其扇頭一絶云：「一春只有三十日，冶遊不滿十日餘。陂塘插柳須一去，今夜子時三月初。」殊有别趣。

辛未歲，余遊瀨上，時浦君情田爲都閫。情田以大父難蔭雲騎尉，雅好文史，工吟「競」「病」。所居有石，名「玉瓕瓏」，相傳爲花石綱所遺。君修葺數椽，日與客徘徊吟詠其下。有《桐陰坐月圖》，曼生、聽香、晴厓諸君皆有詩，又各爲賦《玉瓕瓏》詩。余有句云：「辟邪天禄流傳古，山鬼雲君骨相尊。儘有故人同石友，只無力士撼天根。」後曼生竟移石于書院，與蒼雲爲伴矣。君有《玉瓕瓏館詩鈔》，其佳句如《草橋》云：「野市成蠻語，山村近水寒。」《晚眺》云：「平田開徑窄，遠樹護村圓。」《京口感賦》云：「鐵甕風生催木葉，金陵人遠隔江潮。」《九日都中》云：「不隨白雁三秋影，又負黄花一度開。」《偶成》云：「江城春晝雨冥冥，簾外輕寒點滴聲。小立闌干看鬭雀，竹陰深處不分明。」君詩多牢愁掩抑之音，然元本性情，一歸忠孝。前在揚州，又識湯雨生騎尉，亦工於詩畫，惜未記録。情田名承恩，雨生名貽汾。

錢謝庵銓部枚，余未識其人，然得交其弟叔美，又每見蘭村亟稱其爲人，積學厲行之士也。近始見其《齋心草堂詩》四卷、《詞》一卷，皆清氣秀骨，不隨時俗爲波靡者。五古多作《選》體而有新意；七古出入唐、宋，時近長慶風格。近體五言淡逸，七言工秀和雅，而不爲忡憚之詞，雋爽而絶去奮末之氣。生平服膺兩當軒，一再題詞，有「倘許重泉稱死友，瓣香曾拜玉芝堂」之句，可以知其所尚矣。集中如《瑟調曲》，即白傅潯陽之感也；《微波詞》，即長吉《惱公》之詠也。其他長吟短謡，零璣碎璧，俯仰身世，憔悴婉篤，皆古風人之遺也。《偶然作》二絶云：「風格分明見性靈，步趨前輩有門庭。旗亭妙絶雙鬟唱，老嫗何曾解細聽。」「偶挾蒲團禮辟支，莊嚴七寶妙琉璃。不應提唱宗風日，錯喚天魔作導師。」託意蓋深遠矣。

謝庵小詩有絶工者，《秦淮雜興》云：「東風卷絮漸成灰，渡口何年打槳回。不訪桃花訪桃葉，春潮肯爲美人來。」「幾處鵾弦教小伶，《春燈》院本記零星。一條丁字簾前水，認得南朝柳敬亭。」又有《詠夜來香》云：「露前雙鬟緑，夢後一花開。」亦佳。

余友陳默齋廣寧以難蔭爲海塘守備。余過其所居，堂皇欹側，刻碑者居其左，刻書者居其右，登登之聲，與衙鼓相應和。入内，老屋數椽，圖書彝鼎，魚鱗雜襲。余笑曰：「此真不好武之將軍也。」爾時上官如阮雲臺中丞、秦小峴觀察、百菊溪臬使皆以文人才士目之，不粗官見待。一時名流勝侣如金鄂巖，方蘭坻，陳恭甫，陳曼生、雲伯昆弟，詩酒酬唱，跌宕湖山。後入閩爲參將，遷兖州總戎。官雖顯達，而賓從之樂、文字之歡已邈然離隔矣。西湖息壤、稽山菟裘，一賦東征，遂成永别，回思平生腹痛之言，曷勝泫然。默齋少作有《壽雪山房稿》八卷。《阻風皖江》云：「六月難乘瓜蔓水，幾人同住木蘭舟。」《禹陵》云：「荒度曾教魑魅避，平成合受鬼神朝。」其小詩如《春日》云：「枝頭宛轉聽鸎啼，梁上新融燕子泥。十日春晴風淡蕩，杏花飛過小橋西。」《新柳》云：「婀娜鵞黄幾縷絲，臨風怯舞小腰支。行人欲折還停手，未是長條踠地時。」風流諧婉，不似長槍大戟人語。又有《贈鄂巖比部》云：「詩篇許丁卯，金石趙明誠。」《贈鍾篛溪》云：「遠山消蜃氣，秋水墮花陰。」「憂患能生夢，雲山但對詩。」皆宛如其人。蒻溪病廢，自號半人，亦崎崟歷落之士也。

默齋集雲臺先生題詞云：「古人原不厭粗官，只恐新詩遇賞難。誰似憐才李文靖，馬前識得夏金壇。」非默齋不足以當此，非先生不足以語此也。

瀨上古蹟甚夥，太白酒樓、投金瀨、射鴨堂，同人既各有詩矣，後又各賦《洮湖櫂歌》如干首。今録幾章於此，以備黄車使者之采。江聽香云：「湖上女兒面如霞，卷簾日日對菱花。大浮山遠小浮近，争似阿儂雙髻丫。」「石甃泉留青豆房，前朝遺蹟賸銀牀。吴娃不管興亡事，只問題名惠一孃。」「凰皇山下波如縠，貞女祠邊石卧苔。儂心比石何時轉，郎影隨波不肯回。」「新昌細絹織冰絲，裁得征衣寄所思。第一莫嫌衫袖薄，秋風纔到已先知。」朱理堂云：「留郎無計送郎還，送到湖頭湖有灣。願比郎心不相背，大坏山對小坏山。」「絲網橋邊湖水深，針鋒柳葉共浮沉。不辭千里從郎去，自有蓴絲繫妾心。」「中流小舫撥輕蘋，兒女青紅約比鄰。學得城中最高髻，甓橋鎮上看迎神。」馬棣原云：「桃花勻面柳扶頭，底死催人作遠遊。起拓蓬窗揀鍼繡，岳刀剪不斷離愁。」「西風卷地夕陽低，丫髻山頭烟靄迷。忽露眉痕青一抹，濕雲銜雨過胥溪。」「蒓羹滋味話鷗家，半斛魚苗醉落霞。七十二橋風露冷，沿灘開瘦白蘋花。」陳小曼云：「小山山影入波摇，巧石浜前路未遥。一杵晚鐘歸艇急，南雙橋接北雙橋。」「寒光亭繞碧芙蓉，四緊紗糊窗格紅。妝點儂家如畫裏，遠山重疊當屏風。」「薄荷溪上水粼粼，環翠樓頭倚玉人。刀尺却煩纖手剪，新昌里絹白如銀。」「茆檐隱隱樹低低，郎住湖東妾住西。來往但愁風雨至，鵓鴣嶺上鵓鴣啼。」「射鴨堂開傍小池，猗猗叢篠滿平陂。不須銅斗歌前曲，自有儂家新《竹枝》。」

余少喜交結，長多雅遊。雖自愧不文，而縞紵之歡，投贈之作，纍纍盈篋。鼠齧蟫穿，墨渝紙弊。每一展閱，如與故人相晤對，當日話言笑貌，顯顯在目前也。中間散佚已多，又或長篇鉅製，不能入録，當別爲一集，志翕羽之雅。今特鈔一二，以示不諼。蔣山堂《次韵奉答》云：「神交芳訊經年達，暮雪荒村卧疾平。豈有墨皇朝米老，絶憐賦手得蘭成。佰回終恐虚聲誤，衰懶何論後日名。聞道江南遊覽遍，幾時放棹武林城。」此癸丑冬日和余之作，時尚未相見。閲歲即歸道山，思之腹痛。尤二娱《疊韵和郭十三》云：「細讀和詩緘意重，英瑶十穀豈能償。長松山鳥琴三寫，芳草美人天一方。臘月清尊殘雪後，汝南故事聚星堂。此情可待梅花説，短夢頻頻入璅香。」《懷人》詩云：「祥伯漂零久，人多笑爾狂。幻圖收蛺蝶，香冢吊鴛鴦。名不因時衒，才終爲命妨。新詞當自遣，幾闋《邁陂塘》。」陶季壽湖上見贈云：「又向湖邊住，高懷自晏如。逢僧問古寺，從客乞真書。事喜多忘却，山嫌未徧居。還知冷吟夜，僮僕亦應疏。」顧蕳塘見贈四律云：「江南草長雨莎莎，殢醉閒吟總奈何。遊子單衣裁短葛，故園荒徑隔烟蘿。賣文生活碑錢少，結客天涯酒伴多。憐我年華未三十，脱巾愁髮漸鬖髿。」「南國名流孰比倫，頻年刻意解傷春。寥寥天海身爲客，草草鶯花夢怕真。别路重抛金鑄淚，荒山又悵玉爲塵。蛾眉莫便相謡諑，絶代銷魂是此人。」「《蘭畹》《金荃》讓此才，仙心俠骨絶塵埃。都傷日暮依修竹，空憶春風唱落梅。任説清狂沈昭略，誰知腸斷賀方回。旗亭畫壁争傳遍，博得雙鬟下拜來。」「一痕秋色上眉端，知汝年來亦尠歡。逐客文章推正則，詩人禮數説方干。鵑因望蜀啼聲苦，鶴不乘軒骨相寒。倘許移居同結侶，魏塘烟水託漁竿。」蕳塘名翰，無錫人，立方先生令嗣也。時與余同寓於西湖之詁經精舍，主人爲楊蓉裳先生。蓉裳令嗣伯夔有《和雲伯題靈芬館詩韵》五古一首，太長不録。孫子瀟以《蕊宫》花史圖索題，寄詩云：「一朵瑶華寄越天，緘題猶帶暗香傳。照來明月應如眼，吟到梅花定聳肩。時屬題《萬梅花擁一柴門圖》。流水柴門原夢幻，美人名士即神仙。何時惠我青溪詠，好博靈妃爲粲然。」鄭弱士《閏花朝集靈芬館》云：「新漲深深已没篙，石橋低處恰容舠。好風吹客忽重到，佳句於春時一遭。餳粥能香知禁火，杏花得氣欲攙桃。風光特地令朝好，來助詩狂與酒豪。」「漸歇風聲雨亦收，詩相賡和酒相酬。坐中吴越賢皆在，門外東西水合流。交以忘年呼小友，客逢令雨問前遊。摶沙不易休輕散，緩唱鄰雞且少留。座中余年最少，退庵、瘦客皆乍見。」《送頻伽北上》云：「一笑騎驢入帝京，褐衣茸帽急裝輕。君言不作多時别，我亦早知有此行。小住爲佳仍道路，爲親而屈到功名。相依只羡蘇家弟，猶得同舟十日程。」顧青庵《同人集頻伽齋遲沈瘦客不至》云：「知交緣分不曾慳，又見群仙集佩環。簾子兩重梅一樹，詩人十五屋三間。劇憐爾我同漂梗，難得團圞有好顔。更卜燈花遲沈約，柴門今夜不須關。」徐江庵《答頻伽寒宵憶遠詩》云：「歲暮幽閒世不宜，梅花開後費相思。三年孤館連牀日，百里麻鞵負米時。顔色春風疑舊夢，屋梁落月入新詩。那堪病裏吟君句，霜角殘燈有鬢絲。」《紫藤花下送頻伽之吴江》云：「紫藤發暮春，好向餞筵新。惜别惟中聖，催花若有神。芳菲能幾日，風雨送行人。重過看零落，轉蓬類此身。」吴獨遊《丁卯新正三日靈芬館作》云：「有約無辭便過從，行藏肯與俗人同。齊年我覺先驚老，好客君猶未悔窮。但得清閒原是福，只愁漂泊易成翁。新年此事差强意，酒醆詩囊日不空。」沈瘦客見贈云：「折盡河橋楊柳枝，西風鬢影亦絲絲。美人自古傷謡諑，知己無多易别離。昨夜秋心庭葉亂，頻年客況夜燈知。梅花消息春來早，江上歸帆定幾時。」《寄懷》云：「小院花殘病起遲，吟邊酒後劇相思。蘼蕪緑到同行處，楊柳青於折贈時。兩袖龍鍾傷别淚，半生狼藉寄懷詩。香車緩緩春多少，愁煞江南杜牧之。」《喜頻伽卜居魏塘》云：「十年前早約移居，差喜今年約未虚。連夕待君如待月，輕裝宜畫更宜書。商量小住梅花下，約略來程半月餘。茅屋數椽能買得，要些隙地種春蔬。」黄退庵《喜頻伽移居》云：「秋燕豈輕辭故壘，鷦鷯所託不求餘。愁疏熟客來生客，喜得新居勝舊居。心愛地偏猶近市，人看舟重不知書。結鄰已遂看山願，開逕相過何樂如。」《寄懷頻伽越州》云：「一江水判東西浙，月下闌干幾度憑。客裏家居誇白傅，醉中風雨哭青藤。樽罍夜有山鼯竊，几席春多嵐氣蒸。却笑尋芳狂杜牧，十年始悔到吴興。」霽青《都中寄懷》云：「今年聞説免飢驅，遠道相思歲月徂。日下故人争問訊，里中文譏極清娛。如君方可榮名淡，笑我何曾道味腴。高閣幾時能斷手，歸來同上眺平蕪。」子未《寄頻伽先生江西》云：「相送郵亭記暮春，秋風又動滿湖蒓。才傾幕府群争拜，氣合烟霞獨覺親。竹杖百錢窮學士，銀河千尺謫仙人。知君自蠟雙遊屐，肯踏槐黄十丈塵。」汪芝亭《秋日寄懷》云：「二分明月古揚州，乞食原非跨鶴遊。牢落江湖名士賤，蕭閒天地酒人愁。空教繡閣栽紅豆，生恐秋風易白頭。憶否水村風味好，蒓絲鱸膾又清秋。」朱可石《月夜懷頻伽昆季》云：「新凉酌酒待君來，清簟虚堂日幾回。老去自知人寂寞，秋深解與月徘徊。貧居得友如求寶，小邑何人肯愛才。願得平原兄弟至，要將懷抱一爲開。」張老薑《溧陽縣齋奉遲頻伽即用集中寄青士韵》云：「顛風吹雨撼青林，已過猶喧耳畔音。入望雲山勞楚客，對牀鐙火想吴吟。不須入世輕餘子，同是依人有愧心。庭月明明分照影，夜凉遥念酒孤斟。」汪小迂同作云：「幾曾大隱住山林，一别寥寥未嗣音。杜牧多應還中酒，孟郊無復有聯吟。蕭騷風雨離人夜，浩淼江湖獨客心。撥棹好乘新漲下，竹爐茶熟待同斟。」朱理堂爲燮同作云：「新篁漸見欲成林，日日江干望遠音。瀨上寒波窮士意，淮陰寄食越人吟。已邀張翰尋前約，老薑。其奈汪倫惜别心。已山。吾亦辱曾爲弟畜，新詩待定酒同斟。」屠琴隖《送頻伽還魏塘》云：「如此嚴寒醉莫辭，一船風雪送行詩。狂原無奈悲歌裏，貧最難堪餞歲時。劉寵一錢分未得，林宗隔宿去嫌遲。愁心寄與刀環月，除却梅花少婦知。」查梅史《頻伽過訪有贈》云：「未曾相見已頭低，半刺風吹下墨西。莫謂左徒誇異服，何嫌方朔有旁妻。酒痕似水春無價，才思如花蝶盡迷。與爾人天同懺悔，且判檀板唱黄雞。」史恒齋瀨上見贈云：「邗上分襟向十年，越鳧楚乙各遥天。揭來彭澤尋元亮，欲吸中江當酒泉。對客揮毫仍白眼，將人磨墨已華顛。如何桑下才三宿，歸計怱怱下瀨船。」高犀泉袁浦《寒夜同雲伯讀靈芬館集奉懷》云：「浮眉空外景，和月墮窗前。花韵澹逾媚，冰光寒更堅。舉觴摇白日，似水送流年。多少傷心句，清淮落葉天。」「中年離别易，詩卷劇相親。健格空時輩，精思補古人。湖山同舊夢，風雪記前因。歸棹先相訪，梅花别有村。」金蘭畦丈見送云：「才大難爲用，今如古所云。頻年衝雨雪，何日際風雲。聲價南金重，文光北斗分。一鞭投故里，寒月白紛紛。」吴穀人先生見送云：「落葉不可已，雁聲寒滿天。江南南去路，送子出幽燕。風雨前程暗，魚龍極浦眠。回頭看楊柳，離緒總紛然。」

蔣伯生因培與余定交淮陰，爲人落拓，不持儀節，縱酒叫呼，人或尤之。曰：「身自飲酒，身自大呼，何預癡人事耶？」嘗入淮陰市買醉，歸以三錢買一蒲扇，小僅如掌，招摇而行。市中群兒咸指目之，以爲狂人。祖衣垢弊，積兩月不浣，人欲以己衣易之，輒曰：「吾恐汝衣不潔。」爲詩音情頓挫，有光英朗鍊之觀。其《贈鐵甫並曹夫人》二詩最工，今録其一云：「今時有茂漪，妙格簪花小。臨池華月明，研露秋天曉。恰遇坦腹人，才名一州表。跌宕文史間，倡酬足偕老。西池舊女伴，此福亦應少。手把芙蓉花，下指人間好。」又《寄鐵甫》一絶云：「望遠懷人正閉門，忽看小雁墮翩翻。交情三月花相似，芳信一番濃一番。」

秋史初學詩於湘湄，得其悱惻纏綿之意。《有憶》云：「銀墻缺處露窗紗，個裏仙人萼緑華。東是繡牀西鏡檻，下邊一架白藤花。」「微吟聲入小紅樓，能解新詩定解愁。聽到單身螢火句，依俙人影過簾鈎。」和余《得月樓感舊》云：「輕風輕雨落花殘，做就春陰幾日寒。多少客愁消不得，又扶殘醉倚闌干。」生平篤於伉儷，麗卿夫人《病起》絶句云：「月照闌干半面斜，夜深如水裌衣加。經旬卧病紗窗裏，孤負一叢指甲花。」秋史和云：「步幛深圍半臂加，藥烟風裊一絲斜。晝長枯坐防添悶，扶近闌干看藕花。」其静好可想。

余里中能詩者絶少，前輩有陳不村、沈北溪號爲名家。沈詩僅有一册，陳則絶無傳者。自後風流歇絶，帖括之外，幾不辨四聲矣。余中表叔袁明經蘭，字湘洲，工爲時藝，詩亦間作。自金陵還，出數詩見示。《夜泊金雞汎》云：「疑有金雞報曉聲，淹留漂轉竟何成。老人睡覺三更後，苦恨秋天不肯明。」《新開河道中》云：「布帆高挂夾洲行，垂柳垂楊蟬亂鳴。一路蕭蕭無别景，那能不起故園情。」余最愛其《感事》詩「落拓便飢寒」，五字包含無限。

明黄靖南得功墓在真州，琴隖令邑，爲培土種樹，立碑以志。一時諸君皆有詩歌，而王小獻墉五言四十韵序事最工。詩云：「日月當陽焕，丹青異代忠。彼時來吊鶴，率土幻沙蟲。蛾賊氛尤惡，邁旗掃不空。山餘一寸厚，人有萬夫雄。膽略牙門趙，韜鈐大樹馮。買刀圍欲突，斬級募能充。赤髀跳踉甚，黄巾寇盜訌。鏖兵披鳥鼠，血戰射牛蛤。帶箭膺金印，横戈控玉驄。萑苻未京觀，絳灌歎群同。四鎮分錐畫，三遷扼吭攻。江横沙岸白，日落大旗紅。間道危投戟，頹垣急繫騣。解圍無吕布，繞郭失臧宫。涕泣麻衣葬，艱難合甲衷。江邊鷩竄竄，天上屬蜺虹。簪組黄沙獄，頭顱黑稍公。烽烟連楚蜀，刁斗戲南東。遂致銅駝變，翻教玉馬窮。大航奔故主，中壘廢前功。辰象頹華蓋，風聲奪總戎。

援枹思傅僉，授馬效曹洪。事逐江流去，魂銷霸氣終。擎鞭猶奮臂，飛矢忽衝曨。是處降旛竪，諸君縛袴怱。陣圖迷草木，義從散艨艟。翠竹荒村路，方山古冢叢。青苔埋戰骨，碧血哭江楓。幽竄追馴鹿，神旌閃暮鴻。百年隨母兆，一死鞠臣躬。忠義昭惇史，烟雲闇斷蓬。瓣香思馬鬣，縈蔓亂凫翁。賢令頒條教，靈圖志鬱葱。圭碑培數尺，宰樹展三弓。薜荔秋來雨，松楸夜半風。眠牛看磊磊，卧虎想隆隆。卜墓靈先妥，温塋夢不忡。龍文珍八詠，麐管擅雙通。大筆淋漓處，英姿悵望中。射鵰身手好，故事訪兒童。」小獻與秋白、琴隖、小湖諸君皆舊交，余亦相識十餘年，恂恂粥粥，口未嘗談詩。及見此，始自悔知魏舒之不盡也。又《詠女蘿》云：「稱他貧女無顔色，敢附高松託蹇修。」亦別有寄意。

楓涇謝菊人洙問業於汪選樓，烏衣少年而不染紈綺之習。酷好爲韵語，以《卿雲樓詩稾》見質。其佳句如「小雨又三月，孤燈如一星」、「暮潮欲上却疑雨，寒葉忽飛如有風」、「小桃不耐一宵雨，短笛定知前夜雷」、「禽聲唤我有閒意，波影寫人無定姿」，皆深得晚唐、兩宋風調。其《寄懷選樓》云：「碌碌中年感，茫茫大雅才。」尤婉篤可味。

靈芬館詩話卷十

吴江郭麐祥伯

《能改齋漫録》徵引典故，頗見博雅，而論詩多膠固拘泥。如以李賀「烹龍炮鳳玉脂泣」爲用《拾遺記》之「龍膏」、《洞冥記》之「白鳳膏」以爲鐙燭；杜詩「萬里《巴渝曲》，三年實飽聞」，必以《巴渝》爲武王所作，而不取《漢志》，皆矜博而近鑿也。至以「蓴」爲「露葵」，引《顔氏家訓》語，而以杜詩「秋葵煮復新，香宜配緑葵」以實之，殊失顔氏本旨。又引《淮南子》「高春」、「下春」之語，以山谷「相攜猶聽隔溪春」爲誤。不知山谷自用「宿春」、「村春」之「春」，玩「聽」字可見，豈謂日耶？山谷貪用奇僻之字，遂誤認杜老「夔人屋壁」，而有「月黑虎夔藩」之句，若此字則未可以爲誤也。

《吴都賦》有「平仲」、「君遷」二木，注：「平仲實白如銀。君遷之樹，子如瓠形，廣州有之。」又云：「子中有汁，如乳而白。」今人以銀杏樹當平仲，然則詳君遷之形，殆椰木也。陸龜蒙《寄東海一同年》詩「庭中必有君遷樹」，可以爲證。

杜詩：「曾驚陶侃胡奴異，怪爾常穿虎豹群。」《能改齋漫録》以「胡奴」爲侃子，説固是矣，然杜乃是「獠奴阿段」詩，似未可以侃子爲比，且於下句無所證明。竊意小説載陶峴有奴能入水取寶物，與蛟龍鬬，或杜用此，而「侃」字爲傳鈔之譌耳。以俟博聞者定之。

嘉興李賓日寅熙，號秋門，與汪雲壑修撰、王秋塍大令爲詩友，兩君亦雅重其人。秋試京兆，屢困有司，侘傺以卒。其弟介庵爲梓其遺詩四卷，蓋所佚者已多矣。曩在邗上，介庵以詩稿屬爲題詞，余爲作二律，有「名從身後得，詩可篋中傳」之句。秋門享年不永，故所作未違深密，然清疎雋上之氣，自不可磨滅。五言如「孤燈涵夜色，一雨盡春聲」、「長林驚葉響，遠雁與天低」、「嚴程憑馬力，殘月見衣稜」。七言如《荷葉》云：「一燈涼雨鳴秋舫，廿載烟波感故衣。」《九日》云：「一簣登臨天尺五，重陽時節客三年。」《寄種梅》云：「夢想筍肥應勝肉，愁看槐緑又如山。」《寄人》云：「勞生行役魚赬尾，小伎文章豕白頭。」「老我形容花笑客，借人堂宇燕留巃。」《示弟》云：「故交賸有貧還戀，好事多應夢不成。」皆清麗閒雅。其《讀笛漁小稾》一首云：「幽恨應難遣，閒情付冥搜。一生常作客，五字最工愁。貧賤誰青眼，詩書未白頭。重憐雲舍遠，陟岵怨淹留。」殆以自況，而「詩書未白頭」之語，又竟成讖矣。

桐鄉詩人孫古杉貫中，孤介高潔，俗寡諧際，授徒聞川，與許君壽喬、樊君補之、信舟兄弟以詩文相契合。家弟丹叔有《四十自述》詩，補之攜以相示，古杉欣然屬和，有云：「何人旗鼓當飛將，有客推敲作附庸。」「誰可三分參鼎足，却如二陸出雲間。」盛蒙推挹，媿不敢當，而未接話言，遥相許可，亦知己之最也。君詩雅尚唐音，自攄胸抱。五古平澹之中自有真意，七古雖未極恢拓，而不足庸音。近體五言如「但傾過量酒，時賦不全詩」、「感事他鄉易，知音後輩難」。七言尤多雋語，如「林鴉幾點露茅屋，秋水一溪開晚花」、「已辭濁酒午前醉，要借奇書子夜鈔」、「一聲斷雁銜霜白，五夜長檠背雪紅」。他如《送人之楚》云：「他日詩應傳赤壁，此時花已落黄陵。」《秋草》云：「平蕪極目無遊子，遲暮同悲有美人。」《集古石山房》云：「火色已消雙鬢白，酒痕重漬一衫青。」《題梅花西舍》云：「老去心腸真似鐵，由來風月不論錢。」《贈人》云：「大有佛心傳父老，絶無官面對親朋。」靈氣清光，非村夫子所能道。其《寄人》一絶云：「舜湖咫尺無多路，十載聞川一見難。總是野夫疏懶甚，故鄉人作異鄉看。」寄託如此，其人蓋可見矣。古杉有《殳山》、《養真》、《握蘭》、《適新》、《草圃》、《賸語》諸集，内附詩亦有可喜者。王仲樓《新燕巢》云：「簾深三月晚，户小一家春。」計小隅《題荷包牡丹》云：「空囊倒挂貧如洗，虚被人間富貴名。」雖纖而有致。

吴子修之姊蘭貞夫人名恒，有《望雲樓詩》若干卷。子修以一帙見示，余墨其首簡云：「清逸之才，幽貞之操，婉約之思，愁苦之音。」雖體限宫閨，而格邁烟粉，性真流溢，頑艷感欷，非過論也。《送春》云：「花魂欲倩鸎重唤，春夢難教蝶再尋。」《和舒蘋軒女史》云：「遣愁不去詩能解，引睡無方雨亦知。」《示妹》云：「覓句情同雲共懶，愛涼心被月先知。」《坐雨》云：「貧到赤時非舊境，髮將白我況高堂。」《感懷》云：「老我病愁成白髮，離人骨肉是黄金。」夫人適張君笠溪，以無妄被逮，幾至不測。事白還家，夫人詩云：「明是生還日，猶疑夢見時。無言各垂淚，握手共舒眉。浩盪恩原厚，疏虞悔未遲。自今應藺足，寂寞守荒籬。」後笠溪旋没，飲冰食蘗者歷年。有《詠新竹示子東懷》云：「階前百十笏成林，緑上疏櫺曉色侵。漫道干霄多氣象，要渠漸長漸虚心。」大雅之訓，雖韋母、曹姑，何以過此。

相傳衡山在翰林待詔日，有人譏之云：「我翰林衙門乃容畫師！」衡山豈以畫見重，且爾時翰林亦未必有衡山其人也。然近時供奉畫苑者類皆闒茸，筆墨遠不逮前人。吾吴有張篁村宗蒼者，家洞庭，詩畫皆工，後有人薦入供奉，出爲司馬，有政聲。余于樊君補之所見其一卷云「倣藍田叔臨北苑本」。清蒼秀傑，似出田叔之上。余爲題句云：「畫苑詞林任謗訕，當時誰得似衡山。風流能繼前賢後，太息先朝供奉班。」人才升降，可爲慨然。

秋白、小湖兩人交分最深，同事研席，昴弟不啻也。然所爲詩各攄胸臆，不爲苟同。秋白以恬和爾雅爲宗，小湖以崎嶔歷落爲尚。秋白《湖上春詞和梅史》云：「香艷争歌《白紵詞》，梅纔開處緑差差。嬉春時節湖西路，多少春衫繡折枝。」「酒幔東風跨玉鞿，賈亭西面草菲菲。楊花亦似人春夢，衹向紅樓高處飛。」「鵞黄拂水又藏鴉，郭外瀟瀟細雨斜。日暮湖南歸去緩，船頭多插馬塍花。」小湖詩如《秋思》云：「月來枕簟寒無寐，秋到江山夜有聲。」《淮陰侯》云：「王孫終始皆亭長，漢室東西兩釣臺。」《冬夜》云：「老樹夜呼山月出，暮潮聲逼酒人寒。」《郊行》云：「十年桑樹高於屋，幾日桃花開到門。」《暮春齋中》云：「梅傍小池微有果，竹栽淺土不行鞭。」《村居即事》云：「土墻三尺挂藤蘿，繞屋河流漫不波。百本梅花門兩版，故人來少鳥來多。」秋白家僅中貲，足以自給，優遊文史，無事依人。小湖境遇迍邅，屢困場屋，骯髒之氣，時露於酒酣耳熱時。記與余及慈柏、蔣村諸人禊飲湖上，小湖即席有句云：「遊子百年家食少，天涯三月雨聲多。」其託意可見矣。

孫補山相國勛在旗常，名炳史册，出入將相，勤勞疆埸，疑其無暇與憔悴專一者争尺寸之長矣。然宿嗜吟詠，至老不衰，往往於蜻蛉絶塞、弓刀戛擊之中，羽檄交馳、籌筆飛書之外，長篇大作，揮灑淋漓，信乎絶人之姿兼萬夫之稟者也。集中五七古渾厚沈雄，皆自出其胸中之所有，不屑依傍前賢而骨體自高。五七律不作唐以後語，七律尤高華典贍，精光昱然。《華陰道上》云：「神仙不度函關北，日月多流渭水東。」《滇南詠史》云：「河山帶礪塹功狗，歌舞樓臺擁媚豬。」《大功坊》云：「六代江山開建業，一家興廢視清淮。」《大詔寺》云：「薝蔔有林開鹿苑，琵琶無語怨龍沙。」《和惠瑶圃》云：「塞上旌旗趙充國，軍中壁壘李西平。」《升庵雜感》云：「暮年人似將歸客，小住心如退院僧。」「征蠻將士淩烟閣，留守鶯花喜雨亭。」皆名句也。而言情之作又極凄婉，《營奠》云：「已判馬革歸原幸，一慟牛衣事可哀。」《七夕》云：「歷歷黄榆送晚寒，充庭兒女小團欒。一彎初月如殘月，隔著明河不忍看。」《秋夕》云：「小劫摶沙感慨增，那堪暮景説飛騰。平生何事非孤負，兒女英雄兩不能。」蓋公自滇池回，悼亡作也。又《行帳無事題畫幅十六首》其一云：「夏木陰陰覆緑蘋，花如鵑血草如茵。茆亭莫被溪風卷，留蔭長途病暍人。」則又大人之心、仁人之言也。相國文孫古雲龔伯均屬余校而付梓，因摘録一二云。

相國七絶有極雄麗者，《軍讌》云：「當筵肯惜酒如澠，放眼還登最上層。士馬無聲霜氣肅，四圍玉帳萬紅鐙。」「飛觴親爲勸金罍，小户難禁百罰杯。帳下材官三百騎，當筵齊看玉山頹。」有極婉約者，《塞外柳枝詞》云：「瘴烟邊月總難堪，馬上征人路未諳。忽聽一聲楊柳鋪，一時回首望江南。」「東風料峭析春酲，上將初開細柳營。教唱夜烏啼一曲，邏娑城外又清明。」

《百一山房集》有《贈西藏士人恭格班珠爾》詩，時同遊達賴喇嘛園池，命之賦詩，頗成篇什云云。相國贈詩後，其人呈一絶云：「功業文章並絶奇，前身應是戒禪師。龍華會上因緣在，乞與重題一首詩。」相國和之云：「萬里相逢事亦奇，功成計日即班師。西天名士如君少，古佛燈前乞我詩。」相國休休之度，固人所難能，而荒徼窮邊有才若此，亦足紀矣。

孫苕玉女士蓀意，年十三能詩。余初游浙，其所親以其《遊靈隱弢光》五古見示，喜其一洗脂粉之習，詫爲清才。而神仙寒女，偃蹇待年。後歸蕭山高穎樓茂才，朝吟夕賦，以鏡鑑爲書堂，覓句聯詩，若珍禽之在雲路矣。五古中有云：「古洞穿峆岈，山氣逼淒緊。白日閉陰寒，不漏纖陽影。倒垂萬青蓮，勢欲壓人頂。」又云：「蒼然水樹昏，暝色渡湖至。白雲還空山，余亦有歸意。」皆自然高老。其傑句如「風高盤鶻健，木落大江寒」、「亂雲埋樹黑，驟雨壓峰低」，麗句如「夕陽明古驛，新緑擁孤村」、「書常讐帝虎，詩不學妃豨」、「緑竹穿籬斜籜筍，紅薔經雨卧開花」。有《田家詩》三首，深得唐賢三昧，今具録之：「昨宵聞雨聲，平疇菜甲長。孤村野花發，曲岸春流響。雞鳴桑樹間，人耕古原上。條然水際漚，谿邊日來往。」「曉起飯牛出，林壑開朝暾。荷鋤向阡陌，桃花紅一村。樂此時序好，況復桑麻繁。有年但可卜，辛苦何足論。」「斜陽照墟落，暮色柴門端。村童驅牛羊，遠向東臯還。深林鳥已宿，桑柘生寒烟。歸來呼兒女，晚飯青鐙前。」其《聽鶯》一絶云：「空庭過雨曉烟新，恰恰鶯啼楊柳春。好語如簧須自惜，世間識曲已無人。」蓋以自寓也。

人生見面，亦有緣法。近時詩人，余宜見而未見者，擇石翁外，有蔣春雨元龍、吴澹川文溥兩君，皆家南湖，距余居僅一舍而遠。蔣遊于陸朗夫先生之門，吴遊于阮雲臺先生之門，又皆余所獲私，而轍跡乖違，若尹、邢之避面，寧非慳一見之緣乎？澹川壯遊四方，多長者之譽，其集久膾炙人口。春雨偃蹇場屋，教授生徒於荒江老屋之中，然自擇翁後，隱然爲醉李詩文總持，人士推爲祭酒。余近始得見其集十六卷，大率以竹垞、擇石爲先路，而出入南宋群賢，頗示己意。固非肥皮厚肉者所可望見，亦非谿刻枯澹者所能比附也。就中七絶一體尤工,《偶得》一絶云:「緑藤陰下黄鸝隻,紅藕香中白鷺雙。崔嵏徐熙渾不見,無人解寫一條江。」《題王勤中鷺粟秋海棠》云:「飫眼新圖艷艷姿,仙群五色碧金絲。阿誰知有腰歡喜,親見涼宵下種時。」「零落紅顔衹自傷,秋風秋雨兩茫茫。美人不老才人老,我與此花共斷腸。」《城西書所見》云:「勞動春風擺柳條,鬢絲如許也魂銷。桃花一簇低臨水,剛傍門西燕子橋。」如此等作,置之漁洋、竹垞集中,亦何媿焉?其五七古皆沉厚有魄力,不爲虚囂之音。春雨與曹種梅學博、朱梓廬明府交最契,兩人余並獲論交,而獨失君。今先後皆逝矣。

東坡詠張季鷹詩「不須更説知機早,直爲鱸魚也自賢」,語意超妙。近見何韋人《鱸魚》詩云:「人家最好住吴淞,日日銀鱸野膳充。若到倦遊憶鄉味,不知已負幾秋風。」亦佳。韋人名其偉,世居松江之北簳山,歷代以醫名家。韋人向學親賢,詩多可誦。其《題亡友朱學熙所遺詩扇》云:「白下分襟枉繫思,吴江楓落又經時。無端墮我盈懷淚,一握春風四首詩。」朱,吴江人,其詩中一首云:「西窗漏盡露華濃,翦燭何時話舊重。輸與庭前老梅樹,春風一度一相逢。」雖脱胎于宋人「不及當時王謝燕,一年一度到君家」之句,而不害爲佳。

迮三江徵君詩,頃從吴君雲璈得鈔本二册,誤謬錯亂,幾不可讀。然中多佳句,《九日和樊榭》云:「緇塵衣上愁縫綫,破帽風前怯盍簪。」《都中晤陳其言》云:「慰余曾拜母,見子轉傷兄。」《送張少儀》云:「交情似我應攀鳳,才調如君亦後牛。」《寄侯夷門》云:「悠悠笠澤方垂釣,咄咄夷門且抱關。」《寄任敦士揚州》云:「春紅荳蔻十三女,月白瓊花廿四橋。」《重陽後一日》云:「老去看花宜落後,病餘止酒怯登高。」其滇南之詩皆激昂奮厲，有横槊磨盾之風，惜舛譌更甚，不能悉成篇。絶句多率意，亦有極駘宕可喜者。《劉伶臺》云：「千秋名在一杯中，身世何人醉眼同。落拓淮南春又晚，柳花漂蕩酒旗風。」

近之緇流爲詩者，類率稗販聲律以飾竿牘，求其有蔬筍氣已不可得，況追蹤古德乎？吴下詩僧杲堂，素行高潔，詩亦澹雅可誦。五言如《庵居》云：「老樹留禽宿，餘糧任鼠侵。攢眉看鬭蟻，矯首數歸禽。倩人營廢圃，嫌客報新聞。」《贈鄰叟》云：「人同兩衰鬢，地隔一頹墻。」七言云：「庵居日用懶安排，一掬梅花作午齋。野鳥不知人辟穀，誤隨鳴磬下幽階。」「少時心事厭人寰，直入烟蘿不擬還。誰料而今雙鬢白，却從圖畫看秋山。」

詩僧小石舊住武林之孝慈庵，水竹清疏，地尤深僻。嘗與夢花、曼生同過其居，啜茗論文，頗愜幽抱。後至揚州，爲雲臺中丞、墨卿太守所愛重，康山江吉雲買别墅于西溪，種梅築室，令小石住持，交蘆秋雪間更得一詩人。余嘗約過訪，因循不果。已而吉雲物故，小石再出山乞食，亦隨化去。小石詩多隨手散失，小獻王君以二册見寄，字跡恡憆漫漶，多不可讀。其《庵居》云：「草閣涼生前夜雨，碧池花賸一枝紅。」《哭康山主人》云：「可憐别墅千金置，不見梅花萬樹開。」《題畫竹送人》云：「一幅瀟湘竹數竿，送人珍重上長安。河橋豈少青青柳，未必如他耐歲寒。」又《戲拈》一絶云：「水仙天竹競繁華，不稱山家與佛家。養出一盤黄矮菜，不妨冷澹作生涯。」殊有風致，亦九僧之亞也。

許五玉年，詩詞之外，兼工山水。嘗爲余作《翦淞閣圖》，點染幽秀，頗極林塘清致。其《題畫》詩云：「每于樸野增風韵，能解虛和便老蒼。興到並忘成竹在，天然有個好陂塘。」即其畫可想矣。

樊補之以其友人馮君補亭詩一卷見示，云：「其人已亡，且無子，能選入《碎金集》中，少存梗槩，亦庶乎慰亡友于九原。」余爲披閱一過，大率穩愜，多與吴兔床及查南盧、梅史往還之作，因鈔存一二於集。佳句如《小秦淮》云：「望去無樓無翠蓋，行來有水有紅闌。」《過丹陽》云：「漁歌江上來時白，樵唱林間和竊黄。」《莫愁湖》云：「青銅摩蕩一奩平，照出修蛾分外明。莫放鶯花春便老，勸人行樂是湖名。」皆巧不傷雅。君名念祖，先刻有《東遊草》。

《於斯閣詩》，海寧陸少白素生作也。余于古雲所見之，前半多輕率而少深湛之思，癸丑至乙丑十年之中，風格大進，雖逸足奔放，時踰繩尺，而奇氣有不可掩者。與南盧、梅史最稱莫逆。集中倡酬極多，其體製于南盧爲近。去冬相遇于梅里馬君小眉家，潦倒摧折如妓師殘衲，詩筆亦穨然自放。境遇之能損人神智如此，可一喟也。其《客夜懷南盧》云：「背窗疎雨一鐙然，但憶所知輒不眠。亭午已爲中酒候，風塵亦是著書年。一廛未卜南村宅，八口誰分陽羨田。壯浪不愁飢欲死，風懷似我替君憐。」《漫興》云：「回厓短壑每將迎，薄飲長吟寄此生。松亦倚風吟不住，竹能扶我醉還輕。釣船添後兒分業，酒頌成時婦有名。底事全家入嵐霧，海天圖畫未分明。」《題家書後》云：「霧雨濕茅溪口屋，短衣捕蟹自年年。如今一幅高寒畫，知落何人拄杖邊？」《對菊》云：「年年消受冷生涯，杯自空來手自叉。但借一枝開笑口，不須定是故園花。」餘如「舊事如雲原是夢，此身除醉更無鄉」、「荒埭無雞添夜永，客居如燕逐年新」、「乞花稱貸外，謀酒斷糧時」、「食貧仍豢鶴，山好又移家」，俱極清雋。

少白有一詩題極佳，大類姜白石，而詩不甚工。題云：「暑氣暴烈，客舍又湫隘，弱體幾不能堪。忽憶去年大雪，與客被酒叠騎，過前溪，就高處四覽，瑩素無垠，隱與天合，絶無人蹤鳥影。墟落林垤稍隱，見遠山或偶露肩脊，時聞折竹與冰下寒泉聲。已而盡去蓋笠，以面迎雪，遍身皆碎瓊，寒入骨髓，清絶發狂，輒相與大聲呼。四望隔溪，廬舍渺然，衡茅盡没，惟見寒蘆老木中爨烟數縷而已。存想間不覺毛骨灑灑，煩鬱頓消。昔人懸《北風圖》以解暑，未若我胸次自有冰雪也。」

山川之助，行役之勞，境隨地遷，文以情變，殆不可强也。瘦山早歲之詩芊眠温麗，余推爲諸鄭之冠，然未免仲宣體弱之惜。頃以計偕北上，歸後出其近作，有《山行雜詠》五古四首。《病中出都覆車》一首風格蒼勁，極激昂悲壯之致。其他如《渡泇河》云：「僕夫與馬各通語，雨脚隨人同渡河。」《登可亭》云：「松幹蝕苔如削鐵，藤梢離架欲行空。」《道中》一絶云：「鼠齧殘鐙馬齧槽，此時客思最蕭騷。披衣出户四更絶，落落數星山月高。」

芙初太史居京師，落落寡合，性本疎嬾，又不屑與邈然少年相諧際。昔人所謂門庭蕭寂，居然有名士風流者也。睽離十年，久不相見，近于人扇頭見其自書數絶句，《晚過法源寺》云：「碧天吹斷玉參差，吟坐秋堂有所思。霜果退紅篁退粉，艷情不似舊來時。」《題行脚看山圖》云：「酒帘十里不分明，鐙火闌珊始出城。不是馬蹄偏款段，自家行路太遲生。」其寄託微婉可思。

秀水諸生陳柏堂清柱老年貧病，侘傺無聊。《閑居自述》有云：「衣歸質庫疑長别，書賣曹倉似被焚。」「漸呼老字如三錫，難變鄉音合四聲。」讀者哀之。

漁洋據《金陵瑣事》謂神樓乃劉南垣尚書製爲修鍊者，用竹篾編成，懸於屋梁，如陶靖節籃輿之類。文徵仲爲寫《神樓圖》，諸詞人多詠之，皆不得其旨，而以《列朝詩傳》言劉清惠好樓居而力不能構，文作《神樓圖》以遺之爲非。余按劉本清貧好事，虞山所謂「以乳羊博酒酤」者。徵仲爲圖，正以空中樓閣寫其風流。若一籃輿，又何可圖耶？余好園池而力不能有，因屬王椒畦、蔣芝舟作《神廬》二圖，友朋題詠甚多。

松雪仕於元代，人多喜刻論之，每題其畫，輒有微詞，松雪亦可謂不幸而以書畫名矣。《漁洋詩話》録劉孔和《題松雪宫女啜茗圖》云：「匡山遺恨卷黄沙，彩筆王孫弗憶家。忍向卷中摹舊事，直須羞煞後庭花。」詩亦不工。余曾題一絶云：「漚波亭外水溶溶，茶事春山處處同。猶有承平舊時態，一杯新茗覆懷中。」

張晴厓《泠泉亭》詩云：「虚亭大可枕流眠，一鏡澄泓浸碧天。終古在山清到底，不知人世有温泉。」有一青樓女子見之，沈吟數四，決意委身於人，杭州傳爲美譚。

甲子年余在錢唐，有人以鐵生《墨竹》索題，上有鐵生自題云：「翠影玲瓏月上初，晚涼堪枕北窗書。清風不用一錢買，聽到秋聲憶故廬。」時鐵生已物故，余作一絶云：「故廬猶是故人亡，腹痛喬公語不忘。地下平安誰寄與，他年爲記墨君堂。」越十年，于瀨上遇犀泉，復出此見示，蓋已歸犀泉矣。文字因緣，深重如此，遂重爲題識還之。

余伯扶鵬年與余同在杭州試院數晨夕者旬日，曾爲余題《萬梅花擁一柴門圖》。不兩年遽聞怛化，深爲惋歎。其弟少雲鵬翀亦工詩詞，未之識也。昨席間萬廉山明府誦其《柳花》詩云：「黄金散盡玉成烟，狼藉人間不直錢。流水岸邊無返路，亂雲深處是愁天。」悽惋之音，可以怨矣。又有句云：「亂嶂排青山作海，萬疇摇碧地浮天。」

東臺范素號後梅，爲石埭校官，與其友王澄軒交好。澄軒晚更貧薄，范曲爲之謀，皆齟齬不合。一日過其齋頭，見以斷柄銅杓注油點鐙，感賦一詩云：「餘光藉此破蕭居，回首和羹夙願虛。歷盡辛酸心已瘁，照來肝膽性如初。逢時努力曾加飯，失業從君又讀書。問世問心皆不昧，代庖無柄欲何如？」似嘲似戲，而辭特酸辛。

淮陰程嗣立，世所稱爲水南先生者也。所居名菰蒲曲，烟水蒼茫，鷺來鷗聚。一時名人勝流，翕然慕向。先生雅意延攬，琴歌酒賦，排日流連，至今人猶津津道之。然其所著不多見。今年客清江已山部曹家，其姊壻某，水南之文孫也，出其遺稿詩文各一册見示，始得盡讀。《甓社湖》云：「荒村向夕客沽酒，高浪駕天人打魚。」《廣陵訪友》云：「雨餘新摘東風菜，日落正開西府花。」《渡江》云：「江風微峭潮初上，客被乍寒天欲明。」《詠漂母祠》云：「裙釵豈必懸真鑑，豪傑從來重報恩。却怪漢高曾貰酒，兩家折券竟無言。」其五古風骨粹美，題畫詩最多，蓋先生兼精六法也。古文不必步趨前賢，而言之有物，非漫然者。余力勸付梓。嗚呼，今牢盆禺筴中，寧復有此人物耶？

《培桂山房詩鈔》，遂安汪葆園上彩所作也。前有穀人祭酒、琴隖明府兩序，皆極推其邃學深思，無俗下飳飣齷齪之習。余近始得見，大抵取格于高，鍊字于雅，五古質而不俚，七古肆而不放。其所刻僅十之二三，然嘗鼎一臠，足以别味矣。《遊勝果寺》云：「江猶明木末，寺已落山腰。」《茶園》云：「落日瘦山影，空江急暮流。」《江干》云：「星明波不受，天迥氣能連。」《舟夜》云：「縫綫衣中遊子淚，亂書堆裏故園心。」《桐廬道中》云：「風裁水縠千重疊，雲劃山尖一例平。」《釣臺懷古》多至三十首，佳句亦甚多，如「闕下占星勞太史，山中買菜笑司徒」、「星如歸客常依水，雲不從龍懶出山」、「傅巖夢有孤臣肖，舜陛官無七友加」、「特徵不負忘年友，同學誰爲授業師」、「一江烟水來丁字，滿目雲山失卯金」，皆研鍊精華，不拾他人一字。七絶風韵頗近漁洋，《春江》云：「支頤獨眺到芳津，雨後垂楊裊裊新。一霎翦江行自在，桃花春水峭帆人。」《合洋溪》云：「前村細認酒旗飄，寒氣冥濛濕柳條。水漲一溪無計渡，秋風秋雨合洋橋」。其《晚眺》五言如「天空落日黄，蒼然萬山色」，正恐漁洋未能道也。

秦郵徐立人孝廉源，詩格清峭，如其爲人。主講淮陰時作《喬女詞》，冠絶一時。他若五言「遠帆無速意，高翮有閒情」、「花到好時了，月當初意深」，七言《詠荷》「好花不上温柔鬢，苦種能生清妙香」，皆獨標風格。有《梅花書屋詩》十卷。夏堉寶晉，其弟子也，爲述如此。

夏堉寶晉尊甫受白先生，諱振采，蚤歲有聞于時，中更家難，死喪頻仍，遂鬱鬱以終。臨卒時焚其手稿之半，以半屬寶晉藏之。繼遭水禍，重以遷徙，叢殘零落，多半漫蝕。寶晉手自掇拾，綴輯爲《雙樓遺詩》四卷，「雙樓」，其自號也。寶晉以銘文見屬，并出遺詩，因得讀之。雖抑塞愁苦之音多，而意主忠厚，旨歸和平，足以覘爲學人君子也。五古《雜詩》八首滔滔自運，七古《四哀》、《棄宅》、《徙宅》諸作沈鬱深痛，步武少陵，詞多不録。五言如「温飽非吾事，孤高亦近名」、「薄遊應未倦，鄉夢不須隨」，七言《中秋待月》云：「萬里光同今夜是，隻身人奈此宵何。」「秋氣爲悲尤感物，幽人失伴更憐君。」《秋懷》云：「草堂自辦容吾傲，書簏傳家坐此窮。」「風全歸柳疎應甚，雲不遮山薄漸無。」「半生落拓秋風客，一片閒情舊雨庵。」標致在南宋諸賢間。雖所存不多，亦足以傳也。

遺山《中州集》有一絶云：「瀏瀏竹間雨，熒熒窗外鐙。相逢無一語，含淚過巴陵。」謂是鬼語，且言别有本事。余於丙子春盡過瀨陽太白樓，見壁有題字，已剥落，稍可辨識，乃集唐二首，云：「他生未卜此生休，山外青山樓外樓。惆悵深閨獨歸處，碧天無際水空流。」「枉抛心力畫朝雲，自别江南更不聞。慚媿情人遠相訪，當壚仍是卓文君。」含思悽惋，不知何所謂也。

徐稼庭司馬與余爲廿年之友，極愛風雅，而詩不多作。往時見其哭兄詩，沈摯緜邈，已鈔入《銷夏録》中。其他佳句如「閒情似水流難斷，孤影如烟抱不温」、「芙蓉相對瘦無那，鴻雁不來人可憐」，皆有晚唐風趣。又《訪秋影樓》二絶云：「瀹茗挑鐙話别愁，相思留影一間樓。南朝金粉銷磨盡，剩有垂楊耐得秋。」「風塵十載鬢星星，偶過秦淮一棹停。舊録雲萍重檢點，美人文士半漂零。」秋影負掃眉才子之目，與蘭雪、二娱、湘湄諸君以文字爲交遊者也。

平湖憑東園人鳳沈于下僚，而詩筆清雋，其宗法則金風亭長也。《涿州》云：「明駝曾賜果，野鹿竟銜花。」《迴廊》云：「新月碧天影，曲闌春水痕。」《東湖泛舟》云：「雜花生樹春維暮，素月流天夜未央。」《秋色》云：「文章作意歸平淡，畫稿分明變老蒼。」又一絶云：「蘭閨曉起拓窗紗，手汲新泉煮嫩芽。涼露未收天欲曙，小紅初放蔦蘿花。」風韵尤絶。

虞山蘇園公先生季女名季蘭，字紉香，幼而穎悟絶人。九歲時中秋月夜，先生抱置膝上，命即景賦詩，即應聲曰：「秋宇極高迥，月華明且清。瓊樓在何處，昨夜夢瑶京。」先生愀然曰：「詩固佳，但意景太清，恐不永年耳。」後適鄧孝廉，閨房倡和，玲瓏其聲，彼此各相得也。迺未久徂謝，年才二十有一，孝廉惋悼不寘。信乎福慧之難兼也。孝廉入都，紉蘭有七言古詩送其行，詞多不録。

焦山多舊人摩厓，皆埋没苔蘚中，不可辨識。蕪湖汪小迂鴻遊其處，覺隱隱有刻畫之迹，梯樹縋藤，僅達其上，時以一足蹋木，一手捫羅，洗刷土泥，剔去駁蝕，以筆疏記。有「元祐辛未」、「熙寧元年」、「建中靖國元年」、「淳熙甲辰」題字，其可知者，米芾、賀鑄、吴琚數人，最後有「萬曆庚寅秋七月，鄣郡汪家尼載女郎秦淮馬鳳笙來遊」題句。汪詩云：「《瘞鶴》千古銘，蒼苔迷怪石。仿佛龍虵文，乃雜黿鼉跡。」女郎詩云：「漠漠江上雲，纍纍水際石。何意金粉姿，覩此烟霞跡。」其同遊者爲陳揚産、程應衢、茅溱，皆用此韵，然詩不如女郎之工，名亦無可考，故不全録。

靈芬館詩話卷十一　詞附

吴江郭麐祥伯

詞之爲體，大略有四：風流華美，渾然天成，如美人臨妝，却扇一顧，《花間》諸人是也，晏元獻、歐陽永叔諸人繼之；施朱傅粉，學步習容，如宫女題紅，含情幽艷，秦、周、賀、晁諸人是也，柳七則靡曼近俗矣；姜、張諸子一洗華靡，獨標清綺，如瘦石孤花，清笙幽磬，入其境者，疑有仙靈，聞其聲者，人人自遠，夢窗、竹窗，或揚或沿，皆有新雋，詞之能事備矣；至東坡以横絶一代之才，凌厲一世之氣，間作倚聲，意若不屑，雄詞高唱，别爲一宗，辛、劉則麤豪太甚矣。其餘幺弦孤韵，時亦可喜。溯其派别，不出四者。

本朝詞人以竹垞爲至，一廢《草堂》之陋，首闡白石之風。《詞綜》一書，鑒别精審，殆無遺憾。其所自爲，則才力既富，採擇又精，佐以積學，運以靈思，直欲平視《花間》，奴隸周、柳。姜、張諸子神韵相同，至下字之典雅、出語之渾成，非其比也。

竹垞才既絶人，又能搜剔唐宋人詩中之字泠雋艷異者取以入詞；至於鎔鑄自然，令人不覺，直是胸臆間語，尤爲難也。同時諸公皆非其偶。梁汾時有俗筆，耒邊錦瑟，苦無動人。惟《飲水》一編專學南唐、五代，減字偷聲，駸駸乎入《花間》之室。

詞之爲體，蓋有詩所難言者，委曲倚之於聲。竹垞之論如此，真能道詞人之能事者也。又言世之言詞者動曰南唐、北宋，詞實至南宋而始極其能，此亦不易之論也。

牛腰大集，多不當人意，披沙得金，殊不償勞。厭怠心生，真賞或昧。幺詞片語，散落他處，偶一見之，動心悦魄。群情皆然，於詞尤著。遺山于劉少宣舉其一語曰：「暮鴉庭院春陰淡。」陳迦陵載許三詞曰：「唤到侍兒何處使，秋千架下尋梅子。」使舉全篇，未必銷魂。若此皆善傳其人、善傳其長者也。

吾友吴蘭雪嵩梁詩筆清華，一時罕儷。聞甚工爲詞，然未之見。樂蓮裳《耳食録》中見其「簾外桃花紅奈何，春風吹又多」之句，《金荃》之亞也。

《草堂詩餘》玉石雜糅，蕪陋特甚，近皆知厭棄之矣。然竹垞之論未出以前，諸家頗沿其習，故其《詞綜》刻成，喜而作詞曰：「從今不按，舊日《草堂》句。」

劉龍洲墓在馬鞍山麓，往遇試事，至崑山輒偕同人酹酒其下。《四朝聞見録》載龍洲事云：「韓侂胄欲遣使議和，頗聞其名。時劉方留崑山妻舍，韓諷崑山令以禮羈縻。令輕於奉行，遂持圓狀見劉，目以奉使。劉素揮霍，竭奩資以結譽。後别遣人，劉鬱鬱以終。」然則崑山乃其婦家也。竹垞詩中亦未之及。余嘗有《沁園春》吊其墓云：「若飛將軍，取萬户侯，何足道哉。奈尊前十載，放歌起舞；黄壚一夢，斷碣荒苔。蠟屐西風，暮烟斜日，酹馬鞍山土一堆。可憐者，是蝦蟇語誤，儘費徘徊。　彘肩斗酒而來。想當日才人壯士懷。算大布衣中，飛揚自爾；小朝廷上，痛哭何爲。度曲佳人，隨車娘子，如此憐才合葬該。先生聽，應九京一笑，盡我金罍。」湘湄極賞是作，後有《送人崑山》云：「龍洲墓上莫題詩。」蓋謂此也。

鹿城半繭園，故明宰相宅也，今闌入城隍廟中。學使者科歲兩試，吴郡人士皆集，爲遊觀之所。戊申之秋，余與同人清曉入園，見最後小屋西偏之墻有字跡如新，乃一絶句也。詩云：「月底纖纖扶婢來，梨花如雪點蒼苔。紅蠶辛苦愁絲盡，誰把同功强擘開。」字非墨書，刻劃而成，頗似簪脚所爲。末後一行作一「毘陵」之「毘」字，意其欲題名而未及完也。朋輩各有詩記事，余爲賦一小詞云：「青粉墻頭苔没砌，誰拔金釵，劃破苔痕細。羅襪纖纖來月底，銷魂幾個銀鈎字。　天遠彩雲飛去矣，卿自何來，有個芳名未？料得欲題還又止，當時直恁懨懨地。」

余未識湘湄時，聞鐵門誦其小詞云：「人遠，人遠，風揚落花庭院。」心竊好之。後盡見其所著詞，蓋不多作也。時余方篤嗜，每有作必使湘湄定之，湘湄不肯道一語。近余於此事漸懶，方欲盡懺綺語，而湘湄以《濃睡樓詞》見示，不兩月中已得百餘首，上者高唐、洛神，小者亦闖《花間》之室。愛賞不置，録其數闋於此。《河傳》云：「春曉，雨小。陰陰院宇，落紅多少。聽他雙燕呢喃，闌干。東風寒不寒？　欠申微度吹蘭息，香幃揭，小玉低聲説。略從容，下簾櫳。休慵，羅衣添一重。」《清平樂》云：「月斜更短，尋到深深院。約略長廊三四轉，夢近不知人遠。　投懷一笑含情，頰窩兩點分明。底事朝來相見，依然脈脈生生。」《巫山一段雲》云：「吹淚和花落，團愁作絮飛。子規只傍畫樓西，郎邊啼不啼。」「歲歲天涯蓬轉，可奈越飄越遠。歸期近在畏書來，書來未擬回。」《賀聖朝・春水》云：「漲痕潑緑連芳草，載得落紅多少。惜春借問可迴流，便迴流也小。　浮漚易散，浮萍難合，已如今拚了。年年歲歲做清明，只湔裙人老。」

龍劍菴光斗，雨樵先生令嗣也。先生宰吴江時，余與劍菴定交，升堂拜母，有如家人昦弟。余以他出遠遊，劍菴以時存問老母，代具甘旨，其氣誼如此。倜儻揮霍，視鄙儒小拘葸如也。然工爲小詞，多動心迴腸之音。花天酒地，唱和不下數十首，惜皆不省記。劍菴亦隨手散失，不自存稿。惟記《清平樂》一闋云：「鶯嬌燕綺，絮語東風裏。手卷珍珠捋玉臂，滿院新紅鋪地。憑誰留住韶華，停針倦倚窗紗。只有多情明月，夜闌還映梨花。」

沈芷生清瘦如不勝衣，出語吐氣，風雅流發，時有一二語不甚了了，然非口吃舌結可以意會。鐵夫戲題其詞云：「問姓便知身瘦削，填詞不礙舌綿蠻。」「綿蠻」二字，善於題目也。其兄女蕙孫纕得其詞學之傳，有《酷相思》云：「梨花也，吹如雪。楊花也，吹如雪。」

汪訒菴《擷芳集》載閨秀詩甚備，附綃山女子雙卿詞幾首，哀艷動人。《浣溪紗》云：「暖雨無晴漏幾絲，牧童斜插嫩花枝，小田新麥上場時。汲水種瓜偏怒早，忍烟炊黍又嗔遲，日長酸透軟腰支。」《濕羅衣》云：「世間難吐只幽情，淚珠噓盡還生。手撚殘花，無言倚屏。鏡裏相看自驚，瘦亭亭。春容不是，秋容不是，可是雙卿？」

任椒圃潮嘗誦其友人小詞云：「記得去年時事，日暖風恬雨霽。芳草緑羅裙，人在碧桃花底。休憶，休憶，正是者般天氣。」惜未問其姓名。

近世閨秀能詞者，嘉善沈夫人榛、蔣夫人紉蘭最爲清絶。沈有《松籟閣集》，附詞一卷。其《如夢令》云：「兔影紗窗移過，緑竹風敲聲破。秋冷透羅衣，形影平分兩個。孤坐，孤坐，玉漏清碪相和。」《昭君怨》云：「裊裊垂楊臨水，庭下杏花開未。明月驀移來，逗破玉床鴛被。無寐，無寐，又被鳥聲驚起。」午夢驀然驚，恨啼鶯。」《南鄉子》落句云：「春色今年偏早，窗外杏花開了。無語倚闌干，可輕寒。可奈愁人時候，淚臉紅如暈酒。蔣夫人《長相思》云：「思懸懸，望懸懸。人去天涯欲見難，音書更杳然。春色三分春過盡，休休。點點飛花點點愁。」愁懨懨，病懨懨。愁病支離葬玉顔，問君憐不憐？」《點絳脣》云：「悔殺當年，别時不把歸期訂。雁魚冥冥，兩地無書信。昨夜西風，夢斷愁難醒。紗窗静，碧梧相映，疑是蕭郎影。」

近見凌仲子論詞云：「詞以南宋爲極，能繼之者竹垞。至厲樊榭則更極其工，後來居上。北曲填詞以關漢卿諸人爲至，猶詞家之有姜、張。後之填詞家如文長、粲花、笠翁，皆非正宗。玉茗詞壇飛將，然能合元人者惟《牡丹亭・圓駕》一折。近人如洪昉思《長生殿》乃能直逼元人，其氣韵迴與諸人不類。」其言累數百，余不能盡記，且於此道無深解，不敢强爲之説。然總覺玉茗之才非餘子可及。至謂樊榭勝竹垞，鄙意大不謂然。樊榭《論詞絶句》云：「偶然燕語人無語，心折小長蘆釣師。」愚謂竹垞小令固佳，即長調紆餘宕往，中有澡華艷耀之奇，斯爲極至；即小令中佳者，亦未必惟此語爲可「心折」也。大抵樊榭之詞專學姜、張，竹垞則兼收衆體也。

羅曾玉瑠《菩薩蠻》詞云：「流螢數點窺簾影，蛩聲漸逐蟾光冷。脈脈轉銀河，宵長人奈何。蕭郎情味惡，宛似羅衣薄。畢竟薄羅衫，猶能偎夜寒。」大有《飲水》、《側帽》風格。

迦陵詞伉爽之氣、清麗之才，自是詞壇飛將，竹垞所謂「前身定自青兕」，非妄譽也。然時有俗筆，村不可耐。如「玉梅花下交三九」，既已妙矣，下半闋結句乃下劣如是，令人恨恨。

湘湄有題余《魏塘移家圖・邁陂塘》一闋，曾以稿相示，而未及書於卷子。今録於此：「算江鄉、分湖最好，金風亭長曾賦。東岸是吴西岸越，占得烟波如許。君竟去，剛賸個詠潮潘閬縈離緒。提鸝挈鷺。記載酒人來，持螯節近，花外數聲櫓。　頭銜署，三十六鷗盟主。新詩和徧漁具。比鄰鵞鴨偏相惱，閒了水邊窗户。君未誤，歎我亦故園無業輕鄉土。蜻蛉買取。便稚子敲針，山妻結網，一棹傍君住。」

余舊有《寒壚買醉圖》，湘湄所畫，蒼老渾厚，神似耕烟。余題《貂裘換酒》一詞其上，湘湄、鐵門諸君皆有和作。後寄乞蓮海題詞，題就寄還，不知爲何人所乾没，至今恨恨。朱、袁兩詞已附《浮眉樓詞稿》中，蓮海之題余未之見，今從渠稿中鈔出，云：「寂歷孤山畔。正新寒、雪花亂點，茶檣酒幔。客到兩三爭繫馬，知是青驄遊倦。是栗果、少年軀幹。指點銀瓶頻索飲，尚不通姓字粗豪慣。肴與核，咄嗟辨。　醉中欲折壚頭券。問何人、金龜能解，貂裘能换。鬢影當風吹未已，不惜卷簾通盼。若叔是、昔年曾見。何用十千論價值，抵天涯一頓王孫飯。留韵事，助欷歎。」

張渌卿詡與余定交浙江學使雲臺先生署中。渌卿好爲詞，亦兼作香奩諸詩。余以辛稼軒事告之，勸其專致力於倚聲，渌卿頗韙余言。其時好爲穠纖側艷之體，而清氣自不可掩。有《秋夜偕頻伽定香亭小飲感賦》云：「隔院催殘點。西風急，雁聲卷起清怨。金波盪樹，荷香漸歇，翠盤欹軟。安仁此日腸斷，判付與、清尊汗漫。念蘸堤、衰柳依依，今宵泣瘦啼眼。忍將銀字重鈎，新詞自譜，燈下同看。嗚蟹顫冷，高梧墜葉，淚花驚散。流光暗裏偷换，更荏苒、天長夢短。便悄然、憑暖闌干，沈腰又減。」定香亭，學署荷池之亭也，余與渌卿時對飲於此。

蔣君夢華以顧升山蔬果畫册索題，上有樊榭《河傳》十八首。後予與二娱皆以《菩薩蠻》詞題之，曹種水亦用《河傳》調而止用一體，樊榭則一首用一調也。樊榭詞集中不存，今録以補其亡：「青浮，卵盌。餅煮槐芽，竹胎猶短。園丁掣鎖，疎籬烟滿，我來參玉版。一村嫩雨林梢泫，如啼眼，鵶觜和苔剷。洋州詩句曾柬，有人炊晚飯。」筍。「三月，小桃吹謝。緑到荒原，英雄種菜不堪論。蕪菁畫閉門。　臥龍已去天星隕，軍聲盡，戰士猶微墳。至今遺種乞鄰翁。殘冬，滿畦黄葉風。」蘿蔔。「顆顆，黄破。一林盧橘，縣金欲墮。吸紅螺，愛新鵞。婀娜，亂壓東園舸。　跳脱瓌瓏美人腕，牽銀蒜，映得光零亂。蠟兒團，汁兒酸。搓丸，欲將書寄難。」枇杷。「天涼似水，霜黄梧子。斜陽返照，秋香一樹纍纍。霍靡，鯉魚風又起。　晶盤買向閒坊市。空齋裏，點綴烏皮几。遠還疎，淡如無。清虚，酒醒聞著渠。」香櫞。「低罥莢灣，亂覆蘭渚，蟹舍魚叉。斜撐艇子照鬟鴉，家家，采菱娃。　江南水國堪消夏。涼風洒，粉刺兜羅帕。生憎辜負鏡奩花，天涯，浮梁去賣茶。」水紅菱。「貢兼橘柚，南方無偶，鳥爪休捫。倚闌閑弄，脈脈想見銷魂，玉纖痕。　碾香漬入搓酥粉。西風緊，一夜芙蓉冷。檀奴有意，爲遮交午腮紅，傍簾櫳。」木瓜。「村陌吹笛水風涼。緑蠣墻邊路長。牛衣古柳紫瓜香。商量。爲他加蜀薑。　園官菜把無萵苣，清貧處，且汲流泉煮。折項瓠，白雕胡。山厨，多堪敵落蘇。」茄。「秋早，懷抱。龍涎味滑，雀頭名好。江鄉幽興最堪憐。年年，蹲鴟不論錢。　矮鐺折脚煨殘火。山僧坐，往事今無那。斫侯鯖，擣金橙。閑評，何如玉糝羹。」芋。「湖天平碧，鵶頭十五，雙摇輕楫。清歌學唱想夫憐，采得緑房和子擘。　家鄉消夏灣前後，愁時候。心苦君知否？館娃宫，水烟空。秋風，銷魂墜粉紅。」蓮子。「鶴巢兔柴，濃陰蕭灑，樹間紅碎。滿江城堪愛楝花，風大，筠籠和葉賣。　堆盤磊磊楊家果。玫瑰顆，掐得檀痕破。淚淋漓，濕臙脂。沾衣，問郎知不知。」楊梅。「霜後，紅透。榴房初剖，伴栗黄皴，和橙緑皺。石醋姊妹凄其，秋來子滿枝。　粉裙曾染蠻腥血。華時節，光景真飄瞥。向墻陰一樹，猶記舊風流，墜搔頭。」石榴。「溪漲，風浪。籠瓜船上，蜜筩虎掌。許多新樣，團麝揉酥醖釀，誰將雙鼻餉。　散筵香粉祈河鼓。當風露，粘著黄金縷。夢瞢騰，事難憑。東陵，種時熟未曾。」香瓜。「閩嶺，幽境。海天遥，緑荔丹蕉最饒。何如青子綴長條，風標，紅鹽點不消。　幔亭峰下家千里。沾牙齒，諫味無如此。試鐙天，擘柑筵。春纖，裹來和茗煎。」橄欖。「頳頰，堪摘。舊湖州，水驛旗亭小留。重來杜牧惱春愁。紅樓，一時不奈秋。　吴娘桃葉傷心曲。聲聲蹙，歌罷難教續。破時新，翠嫵顰。嬌嗔，中心別有人。」桃子。「風颭，月暗。曲廊斜，別夢依依謝家。牽牛籬落挂青花。夭邪，豆棚閒著他。　豆花八月吹涼雨。秋深處，翦響裁吴紵。犀鎮帷，换袷衣。依稀，一檐香又肥。」扁豆。

陳迦陵《婦人集》未見刊本，傳者甚少。孫君華海抄一册見餉，國初以來宫閨皆在其中，閨秀詞句可喜者尤多，爰摘録以廣其傳。徐湘蘋燦《水龍吟・感舊》云：「合歡花下流連，當時曾向君家道。悲歡轉眼，花還如夢，那能長好。真個而今，臺空花盡，亂烟荒草。算一番風月，一番花柳，各自鬬，春風巧。　　休歎花神去杳，有題花、錦箋香稿。紅英舒卷，緑陰濃淡，對人猶笑。把酒微吟，辟如舊侶，夢中重到。請從今，秉燭看花，切莫待，花枝老。」徐爲海寧陳相國之遴賢配，著《拙政園詩餘》，所詠花當是山茶也。浦湘青映緑《題周絡隱坐月浣花圖・滿江紅》云：「彼美人兮，婉相對、姍姍欲下。恰此夜、月華如洗，花枝低亞。盼到圓時仍未滿，看當開半還愁謝。與花神月姊細商量，歸來罷。　　憐嫩蕊，銀瓶瀉；回清影，晶簾挂。奈晚妝猶怯，鏡臺初架。二十餘年芳草恨，兩三更後長吁態。幾時將絡秀舊心情，呼兒話。」絡隱者，漢陽李雲田妾周寶鐙也。王朗《浪淘沙》云：「幾日病淹煎，昨夜遲眠。强移心緒鏡臺前。雙鬢淡烟低髻滑，自也生憐。　　不貼翠花鈿，懶易衣鮮。碧油衫子退紅邊。爲怯遊人如蟻擁，故揀陰天。」又云：「疏雨散廉纖，花壓重檐。繡幃人倦思懨懨。昨夜春寒眠不足，莫卷湘簾。　　羅袖護摻摻，怕拂妝奩。獸爐看倩侍兒添。爲底雙蛾長翠瑣，自也憎嫌。」朗爲次回先生之女。次回工爲艷體，而詞不多見。迦陵又摘其《浣溪紗》前半云：「抱月懷風繞夜堂，看花寫影上紗窗。薄寒春嬾被池香。」云「抱月懷風」，四字非温、韋不能爲也。顧文婉《浣溪紗》云：「獨坐無聊對一編。閒題恨字滿花箋。夕陽西去轉凄然。　　掩淚低徊妝閣畔，掀簾私語瘦梅前。此時試問阿誰憐。」湯畹生淑英《南鄉子》云：「天氣最無憑，乍雨還晴又做陰。時候困人三月也，清明。暗買韶光柳釀金。　　杯酒恣閒吟，寂寞春庭鬬草心。院落黄昏簾幙靜，深深。獨坐譙門又起更。」吴小法永法《如夢令》云：「簾外一枝花影，月到花梢影冷。夜坐穗燈銷，寂寂小窗寒寢。夢醒，夢醒，重把離愁細整。」吴母故虞山某尚書姬也，七歲善琴筝，十歲工染翰，樂府詩歌，一見即解，人有霍王小女之目。十二歲許字鄒祇謨，後以訟阻。鄒有《惜分飛》詞十四闋。

同輩工詞者，湘湄、二娱、甘亭、蘭村諸君外，作者寥寥。秋史令嗣子玉山壽以所作《衆香庵詞》一卷相質，芊眠婉轉，大有無忌似舅之意。余爲弁首，而録其數闋。《菩薩蠻》云：「吴綾一幅秋如水，索郎畫取鴛央睡。翠蓋要深藏，遮他小夢長。　紅絨衣上濺，偏髻拖殘線。無語又停針，日長思殺人。」《清平樂・畫白荷花贈誦芬女僧》云：「雨斜風細，先做秋來意。一隻鷺絲飛不起，天水冥冥無際。　蓼花的的新妝，菱花點點方塘。要問葯甘薏苦，蓮臺稽首空王。」《瑣窗寒・詠簾波》云：「細織千絲，低垂一桁，小樓深處。微風乍起，吹皺縠紋縷縷。蕩春光、微茫可憐，叠影圓痕能描否。似盈盈一水，飛花飛絮，濺來無數。　流去，閒庭宇。正月影中央，冥濛隔住。是誰翦出，半幅吴淞如許。聽聲聲、迎風佩姍，隱約淩波見微步。瀉苔階、一片空明，不管吟蟲苦。」《掃花遊・苔縫》云：「愔愔成片，正繡偏庭心，地衣凝翠。沿階没砌。乍鬖髿未滿，一絲猶細。吹陣尖風，翦破春痕有幾。涼無次。認亂髮乍梳，分半挑起。　三寸羅襪底。只鳳鞋鞵尖，也應迴避。行行且止，怕怱怱踏損，草芽花子。細界條條，直似烏絲闌紙。秋來矣，老吟蛩、此中身世。」《水龍吟・重午坐雨寄懷頻伽先生西湖》云：「歌離吊夢無聊，何人能會沈湘意。屐聲門巷，簷聲簾户，最添愁思。芳草萋萋，長天黯黯，慣驚遊子。問西湖今日，凄涼孤館，誰同伴，誰同醉？　舊侣高陽散矣。歎饑驅、漂零千里。功名老大，江關蕭瑟，一般風味。湘湄舅氏客金陵，荔生姑夫宦遊西江。鷗鳥前盟，雞豚後約，而今寒未。想新詞賦罷，銅琶高唱，吐英雄氣。」

甘亭詞慢調兼學南、北宋，小令亦不屑作温、韋語，而情韵自勝。《浪淘沙》云：「屈戌兩鈎纖，繡户深嚴。熏籠小響夜懨懨。似説浣紗歸略晚，濕了鞵尖。　何處望雕奩，數盡銅籤。耐他風露立重檐。今夜二更明月上，萬一鈎簾。」又《詠半開花蕊》云：「芳意坼微馨，春色星星。塗妝綰髻小娉婷。正好年華剛豆蔻，十四三零。　紅玉易漂萍，莫放杯停。待他開到越梅青。縱有櫻桃能結子，不算韶齡。」《浣溪紗・詠月》云：「不要雲衣護淺深。晶簾了了夜沈沈。露華涼到薄羅襟。　玉宇瓊樓千古淚，青天碧海兩人心。商量争抵一春陰。」

能爲南唐、五季之詞者，自成容若後斷推芷生爲第一。《菩薩蠻》云：「通波亭帶紅橋路，天涯倦旅愁延佇。溪外有人家，來禽一樹花。　花西簾對卷，小立東風淺。門巷夕陽低，銜泥雙燕歸。」「秋風吹滿谿橋路，吟鞭倦指題詩處。烟寺隔疏鐘，斜陽雁背紅。　沈沈天似水，今夜新涼起。金翠鏡中寒，苧蘿無數山。」《浣溪紗》云：「夜冷青苔濕地衣，緑窗人静晚妝遲。踏香尋上最高枝。月静簾空無夢到，露寒風細隔花知。此時攜手説相思。」「一片青帘酒榭東。花陰流出水溶溶。短長亭上過春風。　歌扇影摇香月白，鈿車聲起暗塵紅。相逢可惜太怱怱。」《憶王孫》云：「棠梨花謝絮濛濛，一逕青苔襯落紅。亞字闌干東又東。晚來風，畫閣春寒細雨中。」《南鄉子》云：「春水緑，白蘋香，蘭橈夢渡弄珠江。江上青山連夕照，愁芳草，日暮鷓鴣啼未了。」《清平樂》云：「鴛鴦眠盡，湖水如圓鏡。笑入荷花風不定，畫槳劃開蘋影。　短簫吹過紅橋，柳陰陰處烟高。歸去輕衫半濕，横塘暮雨瀟瀟。」諸作入之《花間集》中，誰復能辨？

嚴四香冠詞多艷語，殆近黄九。其《釵頭鳳》云：「紅酥手。青苔帚。斜陽小逕閒行偶。眉成結，聲偏咽。急將心事，欲從君說。吃。吃。吃。　瑶釵溜。瓊枝瘦。回頭又怕人來驟。羅裙窄，飛如蝶。長廊影裏，低蟬欲没。得。得。得。」絶似《琴趣》中語。

余《浮眉樓圖》先自題《闌干萬里心》一闋云：「濛濛絲柳不藏秋。隱隱疏簾半上鈎。見説年年愛遠遊。一重樓。兩點眉山相對愁。」閨人和云：「春山平遠不宜秋。新月彎環只似鈎。説與蕭郎莫浪遊。怕登樓。一曲闌干一曲愁。」江鄭堂藩題《眉嫵》一闋，甘亭題《買陂塘》一闋，皆工。《山陰歸棹圖》題詞，二娱、霽青擅場。二娱《西子妝》云：「一粒詩瓢，一盤茶磨，一舸移家同泛。早春時節殢寒多，響帆梢、雪花猶糝。瓦山墨淡，全畫出、湖天黯黮。畫中人、莫匆匆錯認，扁舟歸剡。篷窗掩。著個卿卿，共撥鑪灰焰。越山越水越溪人，是第一、無雙明艷。風流未減，且休羡、賜湖名鑑，待歸來，重把黄金鑄范。」霽青和《摸魚子》原韵云：「渡錢江、千岩萬壑，而今君倦遊未。算來不負三年住，占斷春風桃李。斜照裏，指隔岸、吴山一握青螺髻。五湖差擬。倩添畫個人，越羅裙衩，同坐短篷底。　連朝雪，似欲勾留遊子。放歸還算天賜。畫船兩槳人雙笑，一路聽風聽水。家近矣，過學繡村西便是君鄉里。緑窗曉起。想鏡裏眉痕，道中山色，深淺畫來記。」

余舊藏鸜鵒硯失於越州。嘉慶庚申五月，嚴四香得於骨董鋪中，輒以見歸。余屬蔣芝生作《還研圖》，張渌卿填《臺城路》以紀之，云：「小窗慵展《來禽帖》，翠螺盡日塵翳。趙璧猶完，楚弓仍得，珍重故人遥寄。別離如此。喜霞骨依然，雲腴添膩。虎僕頻拈，朝朝吟向畫簾底。當時流落誰念？賸一雙鸜鵒，偷滴清淚。湖海漂零，雲烟過眼，寂寞半池秋水。舊盟寒未？算石不能言，三生應記。好壓歸裝，鬱林那可擬。」

《月底修簫譜圖》題詞甚多，方子雲、汪飲泉、江鄭堂、查梅史最工。方《祝英臺近》云：「認飛瓊，猜弄玉，未許小紅比。一種閒情，人間有蕭史。良宵何以爲歡，緗梅開了，更清冷，月華如此。按纖指。參差減字偷聲，精能盡之矣。那羨王袞，傳賦漢宫裏。惹儂棖觸當年，看填譜處，一叢竹，小湖樓底。」汪《聲聲慢》云：「花間度曲，鏡裏傷春，銷磨鬢影年年。付與璚簫二分，明月猶圓。依稀舊時見得，倚清寒、吹笛梅邊。今宵永、又玉人何處，唤起詞仙。只有惺忪一點，怕梨雲、都化殘夢如烟。誰譜離情酒痕，零落尊前。應憐小紅低唱，過垂虹、亭子依然。尋舊約，待重來，書滿錦箋。」江《紫玉簫》云：「明月初升，玉梅剛吐，畫成無限梨雲。風催緑萼，認暗香疏影，應是前身。洞簫輕按，花拍叠、舊譜翻新。郎無賴，不管玉奴，吹冷朱脣。蘅洲自度皾笛，算近日江南，第一詞人。閒修尺八，聽悠揚、嗚咽破夢傷春。怕柔腸斷，頻囑付、悄唤真真。簫聲緊、莫犯側商，驚醒梅魂。」查《月華清》云：「鉛水無波，銀丸未墜，一聲纔近還遠。雪樣瓠犀，吹得明河西轉。恁時光、三九梅梢，早描出、秦樓哀怨。低唤。更偷聲減字，口脂香暖。到底爲誰魂斷。儘鴛譜新翻，者宵偏短。一舸歸來，記否題扇橋畔。正玉奩、努力修眉，又破費、修簫雙管。還算。似烟波回首，小紅相伴。」余又有一扇亦畫此景，惟甘亭一詞擅場，調寄《疏影》云：「香羅叠雪，恰鱗鱗雲浄，風露凄絶。十八鴉鬟，六曲朱闌，參差花底吹徹。新詞白石誰同調，只分刌、小紅能說。怕夜闌、珠字排成，冷了一鑪銀葉。爲問鴛鴦珍偶，阻風中酒裏，幾度離别。迢遞瑶臺，悵望飛瓊，風前怨曲孤咽。青山隱隱秋無際，有江上、愁心千疊。鎮凄涼、廿四橋頭，又是幾回明月。」時顧芷山麟瑞方專力於樂府，爲余題北曲數調於上。中《滚繡毬》云：「我不學王子淵賦《洞簫》。也不望《再生緣》遇玉簫。也不學吴門餓莩莽天涯，乞食吹簫。祇願是倚春風酒字挑，當壚人紅袖招。正好是梨花熟了，草芊眠醉卧裙腰。鳳皇臺上人何處，明月空懸廿四橋。一例魂消。」尾聲云：「逢君非壯年，客裏春將老。從今後莫話閒情了，只願你把天上月兒，修一個好。」

袁蘭村少時喜爲側艷之詞，余嘗爲之序，未敢許也。後見所刻《捧月樓詞》，居然大雅。前所見者，十不存一二，因歎其竿頭之日進也。余尤愛其「落花和酒嚥，心裏葬春多」十字。

近日浙中詞客以李西齋爲眉目。次則沈秋卿星煒，有《點絳唇》云：「懊恨東風，唤回殘夢難重續。水流花落，依舊春山曲。度盡斜陽，人影闌干角。闌干角，柳絲一束，染得春烟足。」《臺城路·秋草》云：「天涯望斷疑無路，愁連去帆俱遠。野色凄迷，寒雲迢遞，分得斜陽一半。舊遊零亂。任老却青袍，西風不管。憔悴王孫，又催鄉思到吟卷。玉階漫尋消息，暗蛩啼不盡，多少哀怨。袖底粘香，詩邊紀夢，回首年華都换。秋宵影轉。賸點點流螢，撲翻輕扇。門巷誰家，空簾和月捲。」

余嘗阻風高郵，因默禱露筋祠，倘得順風，當以平韵《滿江紅》爲壽，如白石故事。質明，聞舟子欣然理篷檣聲，則旗脚已轉矣。余詞有「去得順風來順水，聰明原是舊心腸。想淩波一路響珊珊，明月璫。」後又集孟東野、王摩詰詩作楹帖云：「江淮君子水，山木女郎祠。」屬曼生書之，刻于祠中。

月璘女士薛娟，余葬之葛嶺之下張孝女墳之側，自爲葬記。復繪《春山埋玉圖》，蓮裳《探春》一詞最工：「桂殿呼鸞，梅梁減燕，冥冥天半輕霧。淚泮紅冰，肌消艷雪，人掩西陵麝土。誰惜明珠，有他姓、阿耶慈母。孝娥江畔招魂，冷花吹徧歸路。　多少秋墳無主，算擇地埋香，禁受風雨。鴛牒先燒，雀屏空畫，未要蕭郎誄墓。寒食清明節，任女伴、《桃夭》争賦。終更凄凉，玉釵知葬何處？」

李西齋有《八聲甘州》一闋，《寄懷浮眉詞仙客吴興》，格韻大似中仙：「上湖樓重覓舊留題，醉墨數行斜。對沿堤夜火，隔汀風笛，人渺天涯。料得垂虹橋畔，秋水没蒹葭。不獨西湖月，冷落漚沙。　誰念飄然倦侣，早酒邊花外，鬢點霜華。便浩歌歸去，憔悴已堪嗟。甚如今、緑蓑青笠，又烟波何處浮家。苕溪曲，一篷凉思，吟老蘋花。」

靈芬館詩話卷十二　詞附

吴江郭麐祥伯

余嘗謂詞在難易之間，苟性所不近，雖殫心力爲之而不工；亦有偶然學之而即合者。頃見馮雲伯登府《種芸詞》一卷，體物語有極工者。《疏影·詠帆影》云：「船窗似畫看山好，驀却被、夕陰遮斷。」又「最憐十幅高懸處，全不怕、西風吹轉。」《惜餘春慢·詠緑陰》云：「采蘭渡口，買杏樓前，忘却來時花路。但見山邊水邊，幾陣温風，幾絲縠雨。」皆能離貌傳神。《摸魚子·詠蒓時甫悼亡》一首云：「四月江南，幾痕烟嫩，凫根百頃千頃。春風勾起秋風怨，碎葉不成圓鏡。呼小艇。早雉尾、香褭種比西湖勝。引來愁影。只釵股敲殘，鈿波劃破，絲雨鬢邊映。　山厨供，配取葵羹滑凝。吴娘素手嫌冷。同心錦帶誰牽斷，舊夢白鷗難省。多少恨。歎流水年華，身世萍飄梗。相思猶賸。且採入蕢洲，漁歌唱罷，涼月滿身浸。」可謂會句意于一時，融情景于兩得，將來所就未易量也。

蕊淵女士，中郎愛女。幼受四聲，慧辨琴絲，妙修簫譜。《琴清閣詞》風美流發，在《片玉》、《冠柳》之間。生香女士，秀骨天成，雋思雲構，冰雪比清，蘭蕙其穆。《生香》一集，與《琴清》相伯仲，而幽抑纏綿似復過之，《漱玉》未能專美于前也。時俱從官京師，結社分題，裁紅刻翠，青鳥傳牋，烏絲界紙，都中士女傳爲美談。古雲嘗合鈔兩家之詞，都爲一帙，因得寓目。蕊淵《清平樂·納涼柬雪蘭姊》云：「茶香浥浥，花乳盈甌碧。露脚如烟吹袖濕，天澹星痕欲滴。　胡牀滑簟涼生，睡餘忽聽瓶笙。

仿佛一池秋雨，風吹萬柄荷聲。」他如《春感》云：「待畫新愁眉樣改，弱柳關情，緑上流鶯背。」《題二喬觀兵書圖》云：「一縷烟噴鵲尾，仿佛陣雲明滅。」皆奇句也。《生香・卜算子》云：「殘月墮簾鈎，秋夢和花瘦。　墻角猧兒吠夜分，天碧垂珠斗。　手熨舊羅衣，可似眉間皺？數盡清宵細細長，坐到燈如豆。」其《沁園春・秋夜病情》、《金縷曲・自題生香詞後寄林風畹蘭》二首，賦情緘恨，幾於洗馬言愁，令人欲唤奈何。《沁園春》云：「清夜回腸，百緒紛紜，悽然淚零。覺天涯離恨，癡魂黯黯，宵深肺病，短夢惺惺。霜葉辭枝，寒螿咽露，粉月玲瓏上綺櫺。孤光冷，偏照人庭院，別樣分明。　屏山瘦影竛竮。見背壁殘燈死復醒。歎身如年曆，暗知凄節；心同刻漏，記盡長更。生小工愁，從來善哭，何況而今寥落情。無悰極，倩喘絲半縷，扶住黄昏。」《金縷曲》云：「往事思量徧。玉臺前、雙眉青鬭，幾時曾展。費盡心魂詞百首，蠶老尚餘殘繭。認滿紙、淚痕猶泫。珍重寄君紅豆句，鎮相思何日還相見。知兩地，共腸斷。　三年悔煞眈文翰。到而今、零牋賸墨，依然焚研。骨肉遠離知己別，對景不勝凄怨。料此恨、古今難免。烟月家山無恙在，到江南重覓當時伴。算此外，無他願。」

許林風女士庭珠，姚君春木之配也。《生香館》附載其寄懷之詞，調《采桑子》云：「紅櫻斗帳愁難寢，明日花朝。準備無憀，春過江南第幾橋？　碧天如水横珠斗，豆蔻香燒。韵字紗挑。月寫花枝上綺寮。」婉約之情，一往而深。

以人名字隱寓詞中，始于少游之「一鈎斜月帶三星」、「小樓連苑横空」，無名字之夢也。有頭無尾，雖遊戲筆墨，亦自有天然妙合之趣。竹垞之贈伎，「狗兒」、「餅兒」等，詞皆入妙。余往作女冠四九詞，皆用「三十六」；題蕊宮花史册子，皆用「十二」，竊仿其意。邇在淮壖遇荻君校書，贈《一翦梅》詞云：「夾轂相逢問狹斜，樓上琵琶，門外枇杷。風吹多少肯來耶？臣里東家，吴苑西家。淡淡藤蘿映月華。好片圓沙，好浣溪紗。鴛鴦頭白記些些，不是蘆花，不是楊花。」荻君姓施，所居名琵琶樓，而豐肌柔骨，故有任「吹多少」之謔。又贈一聯云：「唐宫樂舞皆成字，吴苑人家舊姓西。」荻君又小名太平也。

詞有拗調，如《壽樓春》之類；有拗句，如《沁園春》之第三句，《金縷曲》之第四、第七句，《憶舊遊》之末句。此比甚多，要須渾然脱口，若不可不用此平仄者方爲作手。若鍊句未能極工，無寧取成語之合者以副之，斯不覺其聱牙耳。

倚聲家以姜、張爲宗，是矣。然必得其胸中所欲言之意與其不能盡言之意，而後纏綿委折，如往而復，皆有一唱三歎之致。近人莫不宗法雅詞，厭棄浮艷，然多爲可解不可解之語，借面裝頭，口吟舌言，令人求其意恉而不得，此何爲者耶？昔人以「鼠空」、「鳥即」爲詩訞，若此者亦詞訞也。

余少作《詞品》十二則，以仿佛司空《詩品》之意，頗爲識曲者所賞。後見楊伯夔續作十二首，語皆名雋。余作已刻入《雜著》中，爰録伯夔所作於此，以爲詞場歌吹：「悠悠長林，濛濛曉暉。天風徐來，一葉獨飛。望之彌遠，識之自微。疑蝶入夢，如花墮衣。幽絃再終，白雲逾稀。千里飄忽，鶴翅不肥。」《輕逸》。「秋水樓臺，淡不可畫。載逢幽人，載歌其下。明星未稀，美此良夜。惝怳從之，夢與烟借。荷香沈浮，若出雲罅。油油太虚，一碧俱化。」《綿邈》。「萬山攢攢，迴風盪寒。決眥千仞，飲雲聞湍。龍之不馴，虹之無端。畸士羽衣，露言雷喧。洞庭隱鱗，蒼梧逸猿。元氣紛變，創斯奇觀。」《獨造》。「送君長往，懷君思深。白石欲墮，池臺氣陰。百年寸暉，徘徊短吟。松篁幽語，獨客泛琴。聆彼七絃，瀟湘雨音。落花辭枝，淒入燕心。」《淒緊》。「之子曉行，細路香送。時聞春聲，百舌含哢。林花初開，鬖鬚欲動。美人何許，短琴潛弄。明月無言，泠泠如諷。卷簾緑陰，微雨思夢。」《微婉》。「疏雨未歇，輕寒獨知。茶烟晝青，煮藤一枝。秋老茅屋，檐蟲挂絲。葉丹苔碧，酒眠悟詩。飲真抱和，仙人與期。其曰偶然，薄言可思。」《閒雅》。「俯視苔石，行歌長松。千葉萬吹，凛然噓冬。返風乘虚，餐烟太蒙。矯矯獨往，落落希蹤。夜開玄關，遥聞天鐘。光滿眉宇，與斗相逢。」《高寒》。「空波粼天，鳴艣叩舷。鷺鷥立雨，浪花一肩。采采白蘋，江南曉烟。覓鏡照春，逢潭寫蓮。漁舟還往，相忘歲年。佳語無心，得之自然。」《澄淡》。「卓卓野鶴，超超出群。田家敗籬，幽蘭逾芬。意必求遠，酒不在醇。玉山上行，疎花角巾。短笛快弄，長嘯入雲。軒軒霞舉，鬚眉勝人。」《疎俊》。「悵焉獨邁，憀兮隱憂。悟出繫表，天地可求。亭亭危峰，倒影碧流。空山沍寒，老梅古愁。味之無腴，挹之寡儔。遥指木末，一僧一樓。」《孤瘦》。「如莫耶劍，如百鍊剛。金石在中，匪曰永藏。鉥心搯胃，韜神斂光。水爲澄流，星無散芒。離離九疑，鬱然深蒼。萬棄一取，駏驉錦囊。」《精鍊》。「天孫弄梭，腕無蹔停。麻姑擲米，走珠跳星。荷露入握，菊香到瓶。如泉過山，如屋建瓴。虚籟集響，流雲幻形。四無人語，佛閣風鈴。」《靈活》。

蘭村以詞鳴白下，一時無與抗手。朅來瀨上，見上元馬棣園功儀以詞相質，余深賞其得兩宋風格。集中多有蘭村倡酬之作，知其不苟然也。《菩薩蠻》云：「紅樓寒怯東風緊，紅羅夢裏春人醒。悔不卷簾招，賣花聲過橋。　相思疑中酒，怕説今番瘦。想到海棠開，只他雙燕來。」「烟蟾隱隱纖蛾鬬，瓊閨袖了穿針手。　薄換越羅衫，何曾怯嫩寒。　吹簫人去遠，繡被連牀卷。猶是泥心腸，爲他熏異香。」他如《摸魚兒・秦淮》云：「窗啓處。襯城角、遥山青到橋西路。」《釣絲》云：「低欲墜。便軟盪、鷗邊側了蜻蜓翅。」《寄人》云：「春已去。春只賸、紅橋一帶垂楊樹。暗牽離緒，看鬬鴨人稀，賣魚市冷，都是黯然處。」《高陽臺・春雨》云：「隔一重樓，有人昨夜癡聽。刻殘絳蠟文紗掩，裏羅衾、中酒初醒。」皆清和諧婉，不愧雅詞。

錢謝庵詞，余從蘭村集中見其「楊花開瘦鯉魚肥」，爲之擊節。近得其《微波亭詞》一卷，步武南唐，神韻超絶。《風蝶令》云：「好夢難重做，春愁又一年。東風吹起夜窗眠，依舊初三月子不曾圓。　曉露凝香濕，遊絲惹恨牽。桃花開近翠簾前。花外一重涼雨一重烟。」《浣溪沙》云：「春風吹夢引閒情，夢裏從他過一生。最無能耐是雞聲。　人爲傷心才學佛，花如解語定憐卿。一番閒話記分明。」《清平樂》下闋云：「天涯芳草悠悠，垂楊影裏登樓。望盡去帆千片，更無一個歸舟。」楊蓉裳丈序其詞云：「繁花乍零，凄涼遠目。疏樹早落，棖觸離襟。調逸千秋，情深一往。世有解人，斯足傳矣。」其自序云：「《西崑》一集，雅善無題；南唐諸作，偏工小令。」蓋有用意尚巧，以少爲貴者焉，此即其詞品矣。

《怡亭詞》四卷，錢唐姜淳甫寧所作。淳甫與白樓、米樓同以詞名浙中，爲蘭泉先生所賞。淳甫詞委折自道，不作囁嚅耳語。《疏影・詠柳影》云：「長亭短驛，正一片春光，滿地狼藉。飛絮飛花，蕩漾參差，幾度臨風難折。絲絲遮斷河橋路，悄不礙、踏青遊屐。漸魚雲、斂了斜陽，尋徧亞闌無迹。曾伴紅窗簸弄，那人愁瘦損，描上香額。細雨吹絲，倒映漣漪，莫辨層層深碧。秋懷賸付鴛鴦渡，算只有、斷魂相接。怕亂鴉、飛入寒林，未省舊巢端的。」其運思措詞，真其家石帚宗派也。余舊有《寒壚買醉圖》卷子，余先作《金貂換酒》一闋，題者皆用其調，後此圖失去。檢《怡亭詞》中，見其爲題《夢橫塘》一首云：「蓮釵亞柄，蘆雪吹絲，半竿斜日蕭瑟。合澗橋南，只摇曳、青帘相識。泥笑當壚，解衣偷贈，醉邊曾惜。問漂零四載，此度重逢，誰憐是、天涯客。　聽鐘聽雨纏綿，又蒲帆催挂，楓葉飛急。寂寞而今，感舊約、酒徒難覓。更何限、河波夢繞，一點相思楚雲隔。縱待歸來，山樓共倚，怕雙鬟非昔。」

《迦陵填詞圖》前後題詞者夥矣，皆用其體，多爲激揚奮末之音。惟汪雲壑修撰《洞仙歌》二闋別自爲格，極宛轉之致。天風海濤之餘，忽聞吹葉嚼蕊，殊能移人情也。詞云：「戟髯瀟灑，認書生陽羨。和淚朝朝洗愁面。算覆巢身世、醇酒生涯，何處是、天上紅雲香案。　青衫真落拓，四壁歸來，賸對芙蓉遠山遠。細雨夢回初，樓外輕寒，釀多少、玉簫幽怨。怕咽住、愁簧不成聲，待擁髻挑鐙，夜深談倦。」「烏闌寫罷，又承明催赴。回首花間奈何許，想暮年辭賦。零落鄉關，渾不記，舊宅臨江誰住。　諸孫文采盛，珍重霜縑，爲我蕭窗拂塵蛀。無恙此花身，兒女風雲，摧抑盡、平生黄土。拚酹起英魂向秋宵，付一闋銅琶，大江東去。」

宜秋女士詞已附詩後，後鐵門又得其殘稿未刻者，今補録於此。《長相思》云：「夜寒生，夢魂驚。半爐蘭膏暗壁燈，牀頭飢鼠行。　數長更，起離情。倚枕填詞句未成，推敲直到明。」《風光好》云：「掩花關，啓花關。看徧春光春又殘。動愁端。　空庭雨過苔痕碧，天寥寂。短短回廊曲曲欄，且盤桓。」《菩薩蠻》云：「愁中得句渾難續，無眠夜半燒燈燭。風送露微茫，逼人秋氣涼。　熏爐添獸炭，香篆微微散。何物助吟情？一蟲階下鳴。」

渌卿與余别幾十載，庚午八月相晤於吴門寓館，以新刻《露華詞》見示。其中大半皆與余倡和寄懷之作，所謂故人心尚爾也。《桃源憶故人・寄懷》云：「行行過盡江南路。征馬馱愁同去。撲面驚沙如雨。有甚般情緒。　西風吹老相思樹。淚眼與誰厮覷。夢也新來不做，未識平安否。」《摸魚子・見懷》云：「正西湖、狂吟淺醉，匆匆又是春暮。東風一夜吹愁到，江上峭帆無數。催客去，剩堤上、垂楊都讓鷽兒住。丁寧一語。早獻策金門，紅箋羅帕，且莫賦愁句。　難忘是，舊夢幾時重作，幾時再唱《金縷》。伯勞燕子分飛去，漂泊不知何處。深夜雨，隔著個、紗窗聽得凄涼否？菊甘薏苦。好努力加湌，頻題錦字，遥寄北來羽。」前調寄余江右云：「忍輕抛、分湖烟緑，長征人又千里。飢鴻嗸雁催漂轉，辛苦稻粱生計。狂減未，料聽到、琵琶也有中年意。將軍愛士。看遮客長刀，岸巾雅拜，禮數有誰比。　西江水，只恐難甦頳鯉。滕王一序空麗。涪翁詩派廬山面，冷淡且相料理。儂倦矣，道近日、平安俯首稱書記。海濱聊寄。但暖狎眠鷗，涼吹鐵笛，醉叱老龍起。」其他題畫酬答之詞尚無慮十餘首，喜用《摸魚子》調，蓋當時在西園倡和時故事也。穀人先生題《露華詞》兼見寄一闋，亦用此調。先生序其詞曰：「曩在揚州，渌卿以詞來質，余爲題《摸魚子》一闋。」所謂「付香絃一聲一咽，尋常歌吹全洗」者，至今竹西人能誦之也。

渌卿妻陸鄂華善繡工詞，早歲夭折，余爲誌其墓。其寄渌卿《菩薩蠻》二首云：「小樓昨夜春寒漸，緑筠簾子何曾卷。簾外又斜陽，一溪新水香。　已教人遠別，更把青山隔。人自不思歸，布帆空解飛。」「釀花天氣春愁重，淡雲微雨都如夢。金斗熨沈香，夜來鍼綫忙。　踏青渾孏去，女伴空招取。多事是黄昏，替人催淚痕。」娟娟楚楚，真傷心人語。渌卿有《江城梅花引》答之云：「小樓日日數征帆。憶江南，望江南。簾外垂楊，簾裹曲闌干。清曉起來簾下坐，攬明鏡，拭紅綿，梳緑鬟。　緑鬟，緑鬟，菩薩鬘。花懶簪，淚暗彈。畫也畫也畫不就，曲曲青山。换了羅衣，若個念春寒。傳語而今歸計穩，打雙槳，到門前，三月三。」

叔原《小山詞》，其自叙以爲「浮沉酒中，病世之歌詞不足以析酲解愠。試續南部諸賢餘緒，作五七字語，期以自娱，不獨叙其所爲，兼寫一時杯酒間聞見所及」。又云：「始時沈十二廉叔、陳十君寵家有蓮、鴻、蘋、雲，品清謳娱客。每得一解，即以草授諸見。吾三人持酒聽之，爲一笑樂。」蓋其寄託如此。其所稱蓮、鴻、蘋、雲者，詞中往往見之。《臨江仙》云：「記得小蘋初見，兩重心字羅衣。」《蝶戀花》云：「笑艷秋蓮生緑浦，紅臉青腰，舊識凌波女。」《鷓鴣天》云：「梅蕊新妝桂葉眉，小蓮風韵出瑶池。」又「守得蓮開約伴遊，約開蘋葉上蘭舟。來時浦口雲隨棹，采罷江邊月滿樓。」又：「手撚香箋憶小蓮，欲將遺恨倩誰傳？」《虞美人》云：「蘋香已有蓮開信，兩槳佳期近。」又：「有期無定是無期，説

「牀上銀屏幾點與小雲新恨也眉低。」又：「問誰同是憶花人，賺得小鴻眉黛也低顰。」《浣溪沙》云：「小山，鴨爐香過瑣窗寒。小雲雙枕恨春閒。」《清平樂》云：「春雲緑處，又見歸鴻去。」《玉樓春》云：「小蘋若解愁春暮，一笑留春春也住。」又：「小蓮未解論心素，狂似鈿箏弦底柱。」皆寓諸伎之名也。叔原自許「續南部餘緒」，故所作足闖《花間》之室，以視《珠玉集》無愧也。

詠酒醉之詩，唐人有「不知誰送出深松」，宋人有「阿誰扶我上雕鞍」，皆善於描寫。叔原《玉樓春》詞云：「當年信道情無價，桃葉尊前論別夜。臉紅心緒學梅妝，眉翠工夫如月畫。來時醉倒旗亭下，知是阿誰扶上馬。憶曾挑盡五更燈，不記臨分多少話。」真能委曲言情。

梅谿詞，竹垞《詞綜》所選已不少矣，然其佳句尚多。《祝英臺·詠薔薇》云：「見郎和笑拖裙，匆匆欲去，又驀地、罥留芳袖。」《慶清朝》云：「墜絮孳萍，狂鞭孕竹，偷移紅紫池亭。餘花未落，似供殘蝶經營。」《過龍門》一首云：「一帶古苔墻，多聽寒螿。篋中鍼線早銷香。燕尾寶刀窗下夢，誰翦秋裳？宮漏莫添長，空費思量。鴛鴦難得再成雙。昨夜楚山花簟裏，波影先涼。」讀之令人欲喚奈何。張功甫序其詞，以爲「有清新閒婉之長，無訑蕩汙淫之失，可以分鑣清真，平睨方回，三變行輩，不足比數。」洵非虛譽。

趙雩門太史研經讀史，詩詞皆不多見。前乙丑歲於都門見寄《金縷曲》一闋甚工，題爲《寒夜讀浮眉詞有懷却寄》云：「風格知何似？祇當年、玉田蘭畹，差還可擬。一卷烏絲腸斷句，欲把金尊陶洗。奈紙上、淚痕隱起。何處吹簫容乞食，料旗亭那有人雙髻。應佳耦，是知已。勸君何苦悲身世。

看分湖、菰烟蘆雪，十分秋思。一面闌干憑倚徧，莫又爲他憔悴。況兩鬢、蕭蕭如此。算有故人無恙在，更天涯同調能餘幾。長相憶，君知未。」雩門以承明著作之才忽改官縣令，神仙小謫，爲之太息。

宋之詞人向子諲、史邦卿皆成家者，然史以附韓侂胄，爲士論所賤；向以貴臣戚里，卓然方格，迕檜而歸。其人品相去遠矣。《酒邊詞》二卷，其中贈伎之作最多，其名如小桃、小蘭、輕輕、賀全真、陳宋鄰、趙揔憐、王稱心，不一而足，所謂承平王孫故態者耶？

毛幵《樵隱詞》所傳無多，然亦是雅音。楊用修獨稱其「潑火初收」一闋平熟無可取，用修未可爲知詞者也。其《醉落魂・詠梅》云：「新愁悵望催華髮。雀啅江頭，一樹垂垂雪。」《玉樓春》云：「酒成憔悴花成怨，閒煞羽觴難會面。可堪春事已無多，新筍遮墻苔滿院。」皆遠過所稱。

世之論詞者，多以穠麗雋永爲工。燈紅酒緑，脆管幺弦，往往令人傾倒，然非詞之極工也。吾友蘭村，少善倚聲，體多側艷。及刻《奉月樓詞》，則一歸於雅。余前既已言之矣。要其尤工者，則在於友朋離合、死生契闊之間，非近人所能髣髴。其《集緑伽枏精舍追感謝庵與邵蘭風聯句・摸魚兒》一闋，可謂驚心動魄，一字千金者矣。詞云：「怪匆匆、六旬别耳，滄桑變幻如此袁。離亭三兩關心語，那分緣終今世邵。君竟死袁，問碧海、紅塵更有誰知己邵。魂兮歸未袁。聽子夜啼烏，虚堂竄鼠，鉛淚落如水邵。　杯浮蟻，可尚能來一醉袁。欲呼君飲無計邵。風吹遺挂翩翻動，疑欲振衣而起袁。寒月底邵。把《薤露》歌殘，心逐霜花碎袁。古歡永墜邵。歎呂掩書墳，楊歸元冢，此恨幾時已袁。」他如《過玉蓮庵憶舊》云：「一番聚首無他事，只辨一番腸斷。」《高陽臺》即席和余云：「雲摇雨散垂垂别，只幾番、老了啼鶯。算歸程，風要先聽，雨要先聽。」皆極工言情。《行香子》一體，叠下三字句最難穩愜。蘭村《上海道中》云：「算定歸程，嫩約分明。挂輕帆江渡春申。怪伊雙槳，偏泥人行。要等潮來，等潮去，等潮平。酒也慵斟，夢也難尋。照相思一點秋燈。擁衾深坐，誰伴深更。有雨蕭蕭，風瑟瑟，雁聲聲。」

《詞綜》之選，於南宋小家真能披沙揀金。然尚有未盡者，如克齋詞惟選《虞美人》「去年寒食曾相見」一首，其又《太常引》云：「三三五五短長亭，都只解送人行。天遠樹冥冥，悵好夢纔成又驚。少時貪看夜堂歌罷，小樓鐘斷，歸路已聞鶯。應是困瞢騰，問心緒而今怎生。」芸窗詞《青玉案》云：「少時貪看瓊林繞，任馬上，寒威峭。昨暮六花飛逗曉。擁衾慵起，鬢絲籠帽，頓覺年來老。朱闌翠竹枝枝倒，把玉甃稜層趁風掃。樓上一尊須放早，同雲收盡，紅輪初上，對面狼峰好。」二詞皆工。

國初浙西詞人輩出，嘉善曹顧庵爾堪與吴中尤西堂侗齊名。西堂《百末詞》，自以爲《花間》、《草堂》之餘。顧庵頗爲雅潔，《念奴嬌》一闋殊有竹山風調：「孤舟初發，正嚴霜似雪，布帆如紙。一派殘雪縈別恨，愁向青山隱几。晚圃黄花，小槽紅酒，客路誰同醉。蒯緱黯澹，自將管樂爲比。遥念旅宿新寒，丹陽古道，老樹酣青紫。戍鼓沈沈天未曉，殘月模糊映水。白袷談兵，青燈讀《易》，漫灑英雄淚。啼烏成陣，石頭城外潮起。」同時魏學渠喜用側艷之字。《誤佳期》云：「花滿驛亭香淺，恨翠啼紅宛轉。碧城十二曲闌干。送落英無算。銅漏莫嫌長，銀燭偏愁短。寒情孤坐慣眠遲，好夢終難選。」然他詞未能如此。

紅豆、梅村，詩筆擅一時，而詞皆非本色。梅村詞雖比紅豆較工，亦沿明人熟調，然於曲獨工。曩見《秣陵春》傳奇，以爲玉茗之後，殆無其偶，特未著譔人之名。及見其《金人捧露盤》詞，題爲《觀演秣陵春》，句云：「喜新詞，初填就，無限〔恨〕，斷人腸。爲知音、子細思量。偷聲減字，畫堂高燭弄絲簧。」乃知出於梅村之手也。

季滄葦不以詞名，而《行香子・題扇面美人》一闋頗工：「烟樣羅裯，月樣銀鉤。人立處、風景全幽。誰將紈扇，細寫風流。有一分水，一分墨，一分愁。　天街似水，迢迢良夜，十年前事上心頭。雙飄裙帶，曾伴新秋。在那家庭，那家院，那家樓。」

七夕詞詠乞巧者多矣。汪煥《減蘭》上半闋特出新意，而語亦工，云：「蛛絲休絡，自恨巧多偏命薄。不解銷魂，始是人間厚福人。」

毘陵鄒、董各以詞名。文友詞婬言媟語，不免秀鐵面所呵。鄒詞亦未爲工，難與迦陵並稱也，惟《菩薩蠻》一首殊得《花間》之遺：「篆縈心事安銀葉，灰温火慢香微爇。焦尾對花彈，秋聲應指寒。　同心金鳳串。莫作離鸞怨。夢峽與啼湘，愔愔一夜長。」

邗上趙友沂任俠好事，多長者遊。宋玉叔有過其故居詞云：「竹西亭，歌吹地。廿四橋頭，曾絡青絲騎。坐上秋娘兼季次，俠客名姝，夜夜春風醉。　孝廉船，丞相第。絃管凄涼，苔老朱門閉。燕子近從王謝例，太息回車，多少羊曇淚。」語意惻愴，調爲《蘇幕遮》。

綿邈飄忽之音，最爲感人深至。李後主之「夢裏不知身是客，一晌貪歡」，所以獨絕也。張台柱

《浪淘沙》云：「春柳暮烟含，鬪燕嬌憨。飄綿舞絮恨相兼。雨打風吹收不了，又上眉尖。　繫馬弄金銜，斜日厭厭。夢中歸路又誰諳。渺渺茫茫花一簇，説是江南。」

激昂慷慨，迦陵爲最。竹垞亦時用其體，如《居庸關》、《李晉王墓》諸作，直欲平視辛、劉，自出機杼。集中附曹倦圃慢詞二首，皆工。曹有《將之雲中答友》寄《賀新涼》云：「玉宇秋如水。爲黃花、滿襟離恨，雁箏頻倚。落日馬蹄窮塞主，白髮一肩行李。銅柱北、曾經脱屣。又挂風旗沙柳外，對摩厓片石揮毫起。呼屈宋，且休矣。　故人相見平安喜。寫新詞、龍蛇飛動，牢騷心事。刁斗河山今不閉，敢詫封侯萬里。笑老去、疏狂未已。范蠡湖邊蓴菜熟，肯羊裘敝盡車生耳。痛飲酒，真男子。」此詞蓋作於備兵雲中時。朱集有送曹詩長篇，亦極悲壯，所謂「忽作邊秋出塞聲，江楓岸柳紛紛落」者是也。

吾鄉吴漢槎以事戍寧古塔，所傳《秋笳集》悲涼抑塞，真有崩雲裂石之音。其《得家信・百字令》一詞云：「牧羝沙磧，待風鬟唤作，雨工行雨。不是垂虹亭子上，休盼緑楊烟縷。白葦燒殘，黃榆吹落，也算相思樹。空題裂帛，迢迢南北無據。　消受水驛山程，燈昏被冷，夢兒中叨絮。兒女心腸英雄淚，抵死偏縈離緒。錦字閨中，瓊枝海外，辛苦隨窮戍。柴車冰雪，七香金犢何處。」與升庵「易求海上瓊枝樹，難得閨中錦字書」同一悽怨。漢槎有《采桑子・寄妹》云：「縞綦義烈人誰似，淡月寒梅。寂掩羅帷。生受黃昏盼紫臺。　遥知楓落吴江冷，白雁飛回。錦字難裁。一片紅冰熨不開。」漢槎妹昭質，名文柔，亦工詩詞，爲楊解元廷樞子婦。其寄兄《謁金門》云：「情惻惻，誰遣雁行南北。慘淡雲迷關塞黑，那知春草色。　細雨花飛繡陌，又是去年寒食。啼斷子規無氣力，欲歸歸未得。」

顧梁汾與成容若友善。容若專工小令，慢詞間一爲之，惟《題梁汾杵香小影》「德也狂生耳」一首最爲佚宕。梁汾《寄漢槎塞外》「季子平安否」二首，久已膾炙人口。又《生日作》一首亦極工，與稼軒「千騎弓刀，揮霍遮前後」，未能別其優劣也。詞云：「馬齒加長矣。向天公、投牋試問，生余何意？不信嬾殘煨芋後，富貴如斯而已。惶愧煞、男兒墮地。三十成名身已老，況悠悠此日還如寄。歌伏櫪，壯心起。　直須姑妄言之耳。會遭逢、致君事了，拂衣歸里。手散黄金歌舞就，購盡異書名士。累公等、他年謚議。班范文章虞褚筆，爲微臣奉敕書碑記。千載下，有生氣。」

無錫顧文端公女爲梁汾姊，有《楚黄署中聞警》寄《滿江紅》云：「僕本恨人，那禁得、悲哉秋氣。恰又是、將歸送別，登山臨水。一派角聲烟靄外，數行雁字波光裏。試憑高覓取舊妝樓，誰同倚。　鄉夢遠，書迢遞；人半載，辭家矣。歎吴頭楚尾，翛然高寄。江上空憐商女曲，閨中漫灑神州淚。算縞綦何必讓男兒，天應忌。」語帶風雲，氣含《騷》《雅》，殊不似巾幗中人作者，亦奇女子也。

《東維子集》云：「元松陵陸子敬居分湖之北，壘石爲山，樹梅成林，取姜白石詞語名其軒，曰『舊時月色』。」此吾鄉故事也。余移家魏塘，每有故土之懷。他日買一椽於湖濱，當作小軒，復舊名，以志前輩風流勝賞。

劉後村跋黄雪舟長短句云：「十年前曾評君樂章，耄矣復觀新腔一卷。《賦梨花》云『一春花下，幽恨重重。又愁晴，又愁雨，又愁風』；《水仙》云『自側金巵，臨風一笑，酒容吹盡。恨東風、忙去薰桃染柳，不念澹妝人冷』云云。詞皆極工。」黃集不傳，他選本亦失之，故記於此。

浙西閨秀，首推二孫。碧梧早擅才華，而賦命蹇薄，故多幽憂蕉萃之音；茗玉歸高君穎樓，夫婦唱隨，頗稱佳耦。惜結縭十載，又歌寡鵠，有才無命，振古如茲。兩女士詩篇之外兼工倚聲，余曾爲碧梧作《湘筠館樂府序》。其《相見歡》云：「年時小立苔茵，燕依人。記得柳花如雪正殘春。 碪聲急，蛩聲咽，忍教聞。又是梧桐深院月黃昏。」《菩薩蠻》云：「華堂讌罷笙歌歇，夜深香裊爐烟碧。酒醒小屏風，燭花相對紅。 玉釵金翠鈿，柳葉雙蛾淺。日午未成妝，繡裙雙鳳凰。」《十六字令》云：「明，雨過南軒月影橫。珠簾卷，滅燭坐調笙。」又《菩薩蠻》落句云：「酒醒一鐙昏，思多夢似真。」皆可入《金荃集》中。茗玉《衍波詞》附刻《貽研齋詩》，後有《題許玉年夫人遺照・喝火令》一闋最工：「明慧同徐淑，才華本大家。春風容易落曇花。試問歡期幾許，屈指半年賒。 妙倩傳神手，描來萼綠華。生綃依舊臉如霞。比似年時，略瘦一些些。比似年時初見，無語翠鬟斜。」他如《蝶戀花》云：「簾外櫻桃花落盡，晚來幾陣東風緊。」《翠樓吟・賦秋柳》云：「愁春夢醒。賸咽露涼蟬，抱枝凄緊。又長堤外，晚烟如雨，歸鴉成陣。」許周生序中所云「櫻桃花謝，緊簾外之春風；楊柳絲寒，瘦眉邊之秋影」，蓋指此也。碧梧妹閑卿，名雲鷗，詩詞之外，繪事亦不減乃姊。

秀水蔣春雨集後附詞數十首，皆和雅可誦。《霜天曉角・枕上聞雁》云：「江城秋暮，多少哀鴻度。剛近曉寒窗牖，來天北、一聲觽。 銜蘆，何處去？沙邊行且住。休問故園兄弟，啼不斷、枕邊雨。」《風光好・贈鶴巢》云：「是前緣，是今緣，修到松窗伴鶴眠。小游仙。 王郎吹徹緱山調，知音少。袖得冰絲不上弦。一千年。」

《小紅樓詞》，仁和程君去瑕作也。其言情如《鷓鴣天》：「風消絮雪春無影，雨碎梨雲夢有聲。」《踏莎行》：「酒闌燭灺又今宵，不愁有夢無尋處。」《祝英臺近》：「瘦了黄花，人在可憐裏。」《浣溪沙》：「尊酒旗亭意黯然，厭人絮語勸加飡。最無滋味是離筵。」《一翦梅》：「輕暖輕寒上巳天，柳醒春眠，蠶困春眠。」其體物如《玉環出浴圖》云：「蜀江流恨碧，是太液恩波换得。」《帆影》云：「輕陰棹入江村裏，看暝色高樓初赴。怕有人誤識歸舟，帶了夢魂飛去。」《梅影》云：「冰奩脂粉都成幻，寫小幅、春風空際。」又和鄭楓人《香奩十詠》，其《一萼紅・詠花信》尤工：「悄黄昏。早安排腸斷，無語惜惺惺。步澀遲蓮，眠妨絆柳，帶圍添困花身。問消得、幾番紅褪，歎飄零、都是種桃心。春色難關，東風不解，一段幽情。　應悔寒漿誤飲，却懨懨疑病，心捧眉顰。窺月愁濃，隔花緣淺，讓他三五星征。謾認作、雲慳雨吝。夢分明、昨夜又何曾。獨影浣紗石畔，緑水湔裙。」君生平酷好倚聲，謬許拙作，曾託人乞爲弁語，余未及知也。没後，其令嗣以刻本介鐵門復申前請，感而録之。

厲樊榭徵君舊居南湖，自號花隱。倪米樓繪《花隱樓圖》，偕李西齋同作《齊天樂》詞以紀之。戴金谿比部賦《南浦》一闋云：「鷗外夢長閒，向湖邊、又展露渦風鬟。亭角舊聽鸎，《楊枝曲》、消盡粉團香陣。涼波無恙，畫闌幾照驚鴻影。城上青山如解意，點綴玉真眉暈。　天涯有客悲秋，唤停杯、共説老仙花隱。隱語笑芙蓉，茶烟杪、未歇水樓芳訊。斜陽一舸，俊遊容易成孤引。霜葉無多明艷别，似惜飄零紅粉。」金谿精研經史，而下筆乃清空如此。

《柳梢青》末後四字最宜用意，四字入妙，則全首皆好矣。余少雲有句云：「四野無村，一天有月，如此他鄉。」甚工。余亦有云：「守到黄昏，上來紅燭，又是今宵。」極爲汪選樓所賞。

程水南先生風雅總持，詩文皆潔浄可傳。詞非當家，然其《早起·洞仙歌》一闋，風致絶妙：「晨光乍啓，閃霞紅成片。海底飛烏影先見。最關情，此際一霎清華，抛不迭，翠被餘温香淺。問檀郎何事，輕犯朝寒，盡把疏窗繡簾捲。雪樣有新霜，又遍風來，全不管、冷侵人面。待日上三竿有何妨，好挽起鬟雲，溶溶庭院。」

洪桐生太守梧自罷郡歸，遂留滯于廣陵，主梅花書院。初以足疾，不能良行；後以校閲《册府元龜》，窮日分夜，遂至失明。始學爲詞，工于慢調，詞成口授，侍史書之，都爲一册。皆用《一萼紅》調，數叠其韵。《雲山閣藏書次山尊學士韵》一首最爲凄婉：「嶺雲隈。望廣寒宫裏，任我載書來。中聖相逢，避賢未去，且學繡佛長齋。喜地主、鄒陽不拒，遣彦和、繙帙譯經臺。雙寺紅邊，五橋高處，萬卷樓開。　漫擬河陽温石，計十年推轂，多少英才。祭姪韓文，悼妻潘誄，先生逆旅誰陪？幸知我、漂蓬無藉，道湖山、送老不須回。怕説邱原零落，籤軸空排。」太守藏書五萬卷，恐日後散佚，乃藏于揚州湖上之雲山閣。此詞所以志也。

靈芬館詩話續引

余所輯《詩話》十二卷未及竟也，古雲襲伯見而好之，即爲付梓。時時一二友人以篇章見質，或當時所及見者，久漸遺忘，近又得之，如覩故物，輒下筆不能自休。今年三月，自袁浦還魏塘，敝門無事，繙閱故篋所儲，又得王君東圃、魏君半石、黄君子未各以其鄉之老儒宿學如李圃隱、魏水邨暨余所舊識王修竹諸君之詩見眎，欣然爲録其尤者。名章秀句，䜌翰斷編，非敢謂能傳其人，亦區區發潛闡幽之微恉也。續有所得，當次第編之，不復限以卷數耳。戊寅穀雨日蘧菴書於第一功名閣。

靈芬館詩話續卷一

吴江郭麐祥伯

樓攻媿《謝陳表道惠米纜》詩云：「江西誰將米作纜，捲送銀絲光可鑑。仙禾爲餅亞來牟，細翦曝乾供健啖。如來螺髻一毛拔，卷然如蠆都人髮。新弦未上尚盤盤，獨繭長繅猶軋軋。」詳其形似，殆如今索麪粣子之類，特以米爲之耳。又云：「年來風痺忌，觸口厭聞來。」力勑正整，乃用山谷口令，嘲人「來日喫蒸餅」之語，見宋人説部。

攻媿《題汪季路家藏吴彩鸞唐韵後》詩：「法言初爲此韵時，賸哀文字覺後知。寧知遂經謫仙手，諱字曾闕民與基。」後有跋云：「陸法言於仁壽元年成《切韵》五卷，比前人《韵集》、《韵略》、《音譜》等書已不群矣。天寶十載，孫愐《唐韵》最著。今世所行《廣韵》，則景德、祥符重修，遂至二萬六千一百九十四言，而《集韵》又在其後。今彩鸞所書名曰《切韵》，又首書法言之《序》，傳記誤曰《唐韵》」云云。按此則彩鸞所寫之本，宋末尚有流傳，爲樓公所親見。其爲《切韵》而非《唐韵》審矣，亦可以正從前之譌。又有跋《吴彩鸞玉篇》云：「今《玉篇》惟越本最善，末題『會稽吴氏三一孃寫』，問之越人，無能知者。豈亦彩鸞苗裔耶？」則彩鸞又嘗寫《玉篇》矣。

《補續高僧傳》：「道濟號湖隱，又號方員叟，臨海李都尉文和遠孫。受度於佛海禪師，居靈隱，後居浄慈。狀貌風狂，人稱濟顛。」按濟顛事俗語不實，流爲丹青，其可傳者尠矣。《洞霄詩集》載其《游洞霄宫》一詩，沈鬱蒼秀，非學語禪和子可及。如「入門氣象雄，金碧欺兩眸。彈棊古松下，啼鳥聲相酬。坡翁昔賦此，刻石紀舊遊。谿山增偉觀，萬古傳不休」云云。又《偶題》云：「幾度西湖獨上船，篙師識我不論錢。一聲嘑鳥破幽寂，正是山横落照邊。」是善知識語，亦是詩人語。今之貌爲顛狂而實一無所解，詩又俚俗，妄援濟師以自標置，而一二無識士夫謬爲附和，此不識字人讀三國、六朝演義者所爲，可一噱也。

蠶繭采後，煮湯待繅，先剥外之蒙茸者，俗謂之「剥繭衣」。宋姚寅《養蠶行》：「小姑促湯孃剥紕，嬉嬉始覺雙眉展。」然則當作「紕」字也。

近世搬演戲法，於古無聞。漢世西域眩人吞刀吐火，則實有幻術，似亦非今之以捷疾誇伎者。惟《墨客揮犀》載丁晉公與夏英公會晏，伶人有雜手伎名藏擫者在焉。夏作一詩云：「舞拂跳珠復吐丸，遮藏巧伎百千般。」是殆其倫矣。

志乘之書，凡涉神仙奇詭，類入外編，抑語怪而謹史筆也。然苟文人集中有可資證佐者，於紀載爲有援據。《攻媿集》楚詞一體有雪谿仙隱一詞，序云：「讀《叢桂堂記》，而知雙流宋氏之盛；觀《登科記》，而知四川類元正仲之名。忽過余於寂寞之濱，問其所以來，則懷閬風之綬，訪其大父閬中君雪谿之仙踪也。」殿板有案語云：「《寧波府志》：宋耕號雪谿，世家雙流。紹興中爲閬中令，後仙去。其孫德之聞其在四明，來訪，至雪竇山、爛平山顛，果見丹竈，而終不得耕所在，乃置祠其上而歸」云云。其得志文，始解詞中所云「其遂蟬蜕塵埃而仙耶，其亦肥遯而隱於四牕之幽耶」之語。然非攻媿此文，志乘亦何所徵信耶？詞又有云：「青櫺兮實繁，莎羅兮花稠。鞠侯兮相與群，白鵰兮嘯其儔。」案語云：「『櫺』、『鞠』二字本闕，陸龜蒙《四明山詩》小序云：『有青櫺子，味極甘；有猨，謂之鞠侯。』據此補入。」可知讐校遺文，非博極群書，未易易也。正仲，殆德之之字。

金仲蓮舍人與余爲昆弟交，生平劬書媚學，以文字友朋爲性命。平時相見，劇譚縱論，目無餘子。顧獨兄事余，且極傾倒拙詩，以爲一時無儷。居恒不甚爲詩，强之，始一下筆，又輒自嫌棄去。自出都後，間闊十餘年，故見其詩甚少。今歲屏當大牛篋，見有君手書《和舡山太史驛柳》四首，恍對故人，遂爲灑涕録之：「消磨歲月幾陰晴，來往征車苦送迎。摇落尚思垂手舞，雨風偏作斷腸聲。須知無語臨荒店，不解含愁傍禁城。記取長條休盡折，東君一例費經營。」「顧影誰憐舊布衣，昔年手植又成圍。鬭花已過愁難遣，雨雪漸多胡不歸。古戍盤鴉濃似墨，長堤走馬去如飛。感君爲我回青眼，臨水三椽約共依。」「一尊曾與餞斜陽，惹我征愁入醉鄉。斷夢不隨天外月，柔絲欲傲鬢邊霜。迎秋已見婆娑影，閲世真如傀儡場。觸起十年離索感，曉星零亂不成行。」「頻年商調按《伊州》，攀折無端起暮愁。枉把關山憐過客，忍將泉石换封侯。春歸梁苑誰先賦，影入隋堤各自流。畢竟耆卿能顧曲，曉風殘月十分秋。」君有《巴江送别圖》七古一章，語多感激豪宕，太長不載。

江西歐陽志元堃，蘭畦尚書所取士也。最好爲詩，時有佳製。其《和驛柳》詩亦在篋，因録其二：「舊題壁處長苔衣，濯濯新栽碧又圍。遠道故人還折贈，高樓思婦寄當歸。五更騎馬月初落，一路嘶驄花亂飛。流轉韶光郵共速，怪他青眼尚依依。」「亭烏堠鷺是何州，憐爾天涯亦自愁。鬱鬱本名獨摇樹，勞勞誰拜老聞侯。客心賸欲憑絲綰，別意那堪復水流。醉裏更煩指列宿，酒旗星好不知秋。」余遊江西，與志元相見節署，有題余《江行日記》二絶，今刻於卷端。

稼庭痛其兄之亡，補寫一圖，作兄弟對床意，取子由詩「誤喜對床尋舊約，不知漂泊在彭城」語，名曰《誤尋舊約圖》，一時題句甚夥。余昔曾作二律，失稿，未編入集。今年稼庭將彙刻成帙，屬余爲序，重覽舊作，如遇故物，即録於此以補之，云：「薜石鋪苔逕，狂花滿小園。東西兄弟屋，生死脊令原。易落亡琴淚，空招剪紙魂。自憐感舊者，馬策又撾門。」「令弟急難甚，從前或不知。驚心遭慘禍，回想到平時。嘔血持家計，追魂慰夢思。勉之行自愛，有寡嫂孤兒。」

秦少游國士無雙而終身厄塞，然名在天壤，後人追慕歎息，固非厄之者所能掩也。嘗爲定海主簿，有淮海樓、鷺花亭，是其遺跡。芮國器一詩云：「人言多伎亦多窮，隨意文章要底工。淮海秦郎天下士，一生懷抱百憂中。」言固可以若是悲夫。余昨雨中過秦郵，追和其《千秋歲》詞云：「烟波無外，畫鷁因風退。汀蓼亂，陂荷碎。寄愁紅玉盌，繫悶青羅帶。眉黛遠，楚山如畫偏相對。　文好游從會，世大才能蓋。人不見，臺空在。千秋風調近，一晌心情改。仙夢杳，弄珠去也星沈海。」

紀曉嵐宗伯《灤陽續録》記其座師介野園《恩榮宴》詩云：「鸚鵡新班宴御園，摧頽老鶴也乘軒。龍津橋上黄金榜，四見門生作狀元。」自注云：「『鸚鵡新班』不知出典，當時擬問公，竟因循忘之。」按元遺山有《探花詞》五首，其一云：「禁裏蒼龍啓九關，殿前鸚鵡喚新班。沈沈緑樹鞭聲遠，嫋嫋薰風扇影閒。」是此公所本也。然去一「喚」字，於理未協，殆喜新好奇之過歟？

余嘗作《嚴瀨吊嚴先生》文，大意以爲光武與先生同學，志趣必所素識。光武撥亂捄時，其氣度略同高祖，而未暇有志於三代之治；而先生之道不容少貶，此先生所以不留而光武亦不彊之留也。後見宋人徐大正一詩爲東坡所賞者，其意正與予同。詩云：「光武初從血戰回，故人長短尚論材。中宵若起唐虞興，未必先生戀釣臺。」

舊傳子陵爲梅福之婿，詩人多入之吟詠，然未見所出。《梅磵詩話》云：「永嘉徐照《題子陵釣臺》云：『梅福神仙者，新知是婦翁。』子陵爲梅公婿，傳記不載，詩必有所本。」以上皆詩話。然則首用此事者爲道暉，梅磵亦不詳其出，當俟博識者明之。

錢唐高心畬名樹穎，負振奇之志，抱壯游之懷，蹭頓名場，羈棲幕府，故爲詩多苦語。然和平恬雅，無怨尤之色，亦無志微噍殺之音。令嗣飲江植以其集見示，得盡寓目。《六十自壽》、《出門示家人》各詩，皆格老旨深，自在流出。七言更極風神駘宕之致。《木芙蓉》云：「殘荷瑟瑟戰風涼，卻讓夫容獨拒霜。見慣應輸鷗鷺眼，一年兩度看紅妝。」《車中假寐》云：「支頤一夢笑黃粱，漫道驅馳盡日忙。爭識忙中有閒趣，軟紅塵裏黑甜鄉。」《移居》詩云：「水漲平橋一棹回，更從蔣徑闢蒿萊。營巢真個忙於燕，卻趁今朝社日來。」他五言如《雨泊瓜州》云：「山是隔江碧，鐙從極浦紅。」《聞雁》云：「酸風吹積雪，孤月墮虛烟。」七言如《元夕潞河客中》云：「三五夜中閒翫月，四千里外各懷人。」《和人》云：「喜陪座上雄譚客，怕讀鐙前細字書。」皆嗢噱於唐、宋之閒，而自嫻風調。又有《書蘿邨女史西園題壁詩後》末首云：「紛紛遊冶競新妝，若個能從弟子行。我向花前誦詩句，卻愁天壤有王郎。」附録元作其第一、第三云：「静掩蘭閨不染塵，松雲蘿月是前身。扁舟忽問春江渡，暫作天涯羈旅人。」「客窗夢斷曉慵妝，翠幰移來伴雁行。蘭質不隨香絮落，春風愁殺冶遊郎。」心畬當亦不知女郎何許人，故有上句耳。

竹垞檢討《閑情》詩本三十首，今集中衹存八首。梅里馮君登府搜緝《曝書亭》遺詩，得其《石樓集》手抄本，完好可讀者尚得十三首，似微不及集中之作，然零珠碎玉，尤可寶貴。今録其四首：「四角車幡夾道飄，青驄松下好相邀。金徽有意憐司馬，銅雀何難貯小喬。天上長河愁脈脈，雲閒明月路迢迢。秦臺綵鳳無消息，腸斷仙人碧玉簫。」「翡翠花鈿明月璫，新妝獨下鬱金堂。雲荼可比東門女，窈窕何如西曲娘。鏡面三更祠老婦，馬頭五日望中郎。銅盤銀燭裁縫歇，紅淚飄成珠鳳皇。」「畫作闌干織作屏，迴風團扇合歡鈴。蓬山隔水初無路，張姓連天舊有星。鬥草東園憎蛺蝶，裁衣西閣感蜻蛉。逢人莫把元芝采，重恐陳王賦洛靈。」「聞道深居慣織縑，琉璃硯匣罷香奩。金蓮七寶秋鳴杵，銀蒜雙鈎暮捲簾。檻外明河千里白，天邊新月兩頭纖。蘼蕪楊柳今遲暮，誰唱清歌《昔昔鹽》。」其他佳句如「新故漫持縑比素，別離應似漆投膠」、「娉婷後夜憐歡子，消息今年怪阿婆」、「紈素三條新約帶，屏風八尺舊藏鐙」、「曲水芳華多翠蓋，雕梁棲燕盡紅襟」、「愆期未必來橋下，偷嫁多應到汝南」，淫思古意，遠接齊梁，惜麗京先生《望遠曲》散失，僅存十一也。

馮君號雲伯，與余相見於馬小眉觀察文藪山房，傾衿寫抱，流連竟日夕。因出其《石經閣詩鈔》，讀之清而能腴，淺而能旨，洵梅里近日詩人之最也。《觀水》云：「清谿曲曲抱江亭，新漲初添漸没汀。

蓮葉涼支秋雨綠，萍花影倒遠山青。爲漁先具借舡帖，買犢因繙種水經。且把一竿隨意釣，趁風飛上小蜻蛉。」《天香菴探梅即李徵士秋錦先生祠有宋梅十三株》詩云：「瘦骨全身護短籬，南朝舊夢月明知。韓家驢子林家鶴，賸水殘山見一枝。」「春風髩鬖羅浮邨，香草難尋處士門。寂莫年年一杯酒，半澆花骨半詩魂。」其他佳句極多，《春盡夜》云：「柳緜才卸翻餘冷，梅子初生已解酸。」《新草》云：「暮雨遲澆寒食酒，冷烟剛送曉行人。」《新柳》云：「曉風兩岸人初別，澹月一樓鶯早知。」《孤山》云：「林歸野鶴微聞語，山有梅花不算孤。」《高郵》云：「岸當城郭斷千尺，地闢蛟龍争一宫。」《偶作》云：「客裏聞雞常早起，窗前見月忽思家。」五言如「蘆短葉微脱，江空沙自明」、「鶯嘸無定樹，犬吠不知邨。」《古鏡》云：「不改古時月，曾闚絶代人。」

李畹字梅卿，馮君室人也，有《隨月樓詩詞》。賦才清綺，而降年夙隕。馮君有《悼亡詞》極工，已録十二卷中。梅卿《春寒絶句》云：「夕陽畫閣曬鶯衣，了鳥初開待燕飛。一様養花天氣好，川紅何瘦海紅肥。」風致獨絶。又《寒夜・南柯子》詞云：「細點瓜虀譜，閒栽萱草花。三年爲婦慣貧家，且喜蘆簾紙閣手同叉。獸火温簫局，蛾鐙罷紡車。戲他小女綰雙鴉，孏放鴛針今夜較寒些。」静好之意，宛然如見，宜雲伯之一往情深也。

雲伯又鈔録其同里詩人鍾月橋鼎、周桐北鳴盛、張堯民昌衢及嘉興馮春泉光熙之詩見示，屬爲識別，以存其姓名。月橋久客維揚，與錢唐張堯峰、如皋管齏臼諸君爲文字之游，窮老無子，詩多散軼。零章斷句僅而在人口者，《詠鷗》云：「夢裏五湖白，沙邊片影明。」七言如「遠樹烟蒙山頂寺，畫船影亂水邊鐙」，桐北五言如「石出分樵逕，山空有斷雲」、「漁庵孤艇小，沙户晚罾添」，皆可誦。堯民長於考證，有《禮記地理考》、《經義咫聞》等著。以丙子舉鄉試，榜後一月而卒，年未四十，爲可惜也。有「半渠新水魚爲媵，一夕輕雷竹有孫」之句，爲人所稱。然《謁劉龍洲墓》、《訪顧亭林故居》二律尤工。《謁劉墓》云：「古隴榛蕪斷碣眠，激昂尚想度江年。汀洲孤棹鳴蘆葉，風雨悲歌斫龕肩。北闕徒教留諫草，東齋無復薦寒泉。當時氣轢辛陳輩，肯惜千緡買酒錢。」《訪顧故居》云：「直令風從百世聞，眼前青紫等浮雲。范滂岸獄辭賢母，左徹弓衣哭故君。書到公卿徵舊史，字搜金石富奇文。荒祠遺像清高在，一掬寒泉薦夕曛。」春泉曾客邗上題襟館，然與余未及識也。《登維揚城》云：「雲垂低樹含江白，天映長淮到海青。」《慈湖道上》云：「山家有路雲常隔，水碓無人夜自舂。」《燕子磯》云：「山擁曲屏當檻入，帆移斜照隔江來。」五言如「鳩喚平岸水，湖漲一江烟」、「人吟山半寺，雨滴竹間樓」，殊得唐賢風格。諸君或羈窮憔悴，或早夭天年，不獨名字翳如，一二殘篇蠹翰，幾幾乎不飽白魚蒼鼠，是可慨已。

魏塘朱君香槎，名兆封，一名泳，名諸生也。先是，鄉會試未有詩，君獨刻意爲之，人笑其迂。及後改表爲詩，人始從事於韵語，轉就之問業焉。君詩雅潔有格律，而不損其性真。《陸魯望祠》云：「老木寒烟没蘚碑，一椽寂莫祀天隨。《春秋》大義平生業，杞菊風流高士詩。夜雨松陵迷遁跡，秋山甫里妥叢祠。天涯何處尋漁具，立馬荒江薦芷蘺。」《九日登高懷人》云：「四野蒼茫天地寬，城樓憶昔此陪歡。可憐寂莫重陽節，依舊漂零側注冠。海畔風霜衣袂薄，天涯兄弟酒杯寒。年年孤負萸囊約，一片雲山兩地看。」《垂虹晚泊》云：「橋外依依柳，臨風一繫舡。疏林明野火，孤鳥没江天。流水蘆中渡，垂虹月上弦。太湖看未遠，回首隔雲烟。」餘如《白雲菴感舊》云：「四面青山雙户扃，滿林黄葉一僧歸。」《齋居》云：「家有健親真是瑞，門無雜客自然清。」《五十自壽》云：「六州鐵鑄前途錯，千佛經名後輩多。」「芝术偏宜窮漢體，雪霜争集腐儒冠。」又一絶云：「園丁自注：曠園。市賈自注：默齋。共樽匏，昔夢憑君認孟郊。附翼攀鱗名士態，平生不棄布衣交。」其志操蓋可見矣。君有《柳金閣初稾》、《種菜居集》，藏於家。

魏禹平《水邨圖》多見於前輩集中，曝書亭所題乃禹鴻臚所作者。今觀《倚晴閣詩鈔》有《贈梅雪坪兼索畫水邨第三圖》詩，略云：「余家白鶴湖畔住，耕把一犁釣一竿。水邨之中無長物，放眼但覺漚波寬。第三圖乞君貎出，縛茅結屋笆籬攢。疏梅幾樹繞宅後，隙地間以青琅玕。」又有《送徐虹亭南還》詩：「曾訪鷗波叟，爲余畫水邨。平田青接岸，疏柳緑當門。」然則水邨不止一再圖而已，惜烟雲變滅，不可得而見之矣。水邨詩志和音雅，愔愔琴德，七絶尤寄託微婉。《飲嘉樹軒自注：爲衡藩故宅。》云：「翠鈿遺處杳難搜，望裏荒烟接暮愁。留得故宫螺黛影，春山如髻滿城頭。」《題羅裙譜詞》云：「鄉緒茫茫鬢漸絲，不堪重唱《翠羅詞》。桃花影裏江南恨，正在湔紅簇蝶時。」《秦淮雜詠》云：「簾額風高翠幄開，紛紛燕子競飛回。銜來長樂宫前土，盡是昆明劫後灰。」《東惠研谿》云：「升沈相對倒寒尊，閒把窮交子細論。舊日娉婷都嫁盡，獨留季女守空邨。」其寓意如此。

魏冬木正鎧、其弟石如正錡爲忠節五世孫，清貧自守，以諸生窮老，而皆能詩。冬木詩已見前。

石如清峭孤冷，亦如乃兄，詩亦略同。嘗館於余戚倪氏，僅一識面，未款曲也。今其從子半石孝廉以《清涼菴稿》見示，乃得盡讀之。七古有《閱安敦菴吊關光禄及木蘭祠詩有感伯高祖孝烈先生事》一首，沈鬱蒼涼，述序忠孝，最爲合作。《宣城張中丞廟》一律云：「淮南江北望睢陽，千里風烟接恨長。但使孤城能拒敵，已令諸將得扶唐。空山遺貌鬚髯怒，吏部文章日月光。異代不須横夜笛，舉看天地色蒼涼。」《胥塘曲》云：「十里胥塘開翠奩，南風吹柁浪花粘。回頭欲認新橋柳，已失城東古塔尖。」《清涼菴雜詠》云：「《梁甫吟》成雪滿鬢，蓬廬忽自笑頑軀。百分之一隆中相，牆下黄桑四五株。」風致可想。石如嘗館一富室，久不歸家。家人以米罄作書告急，石如閱後即卷置筆筒中。更數日，其弟子見之，驚問此急事，先生何不言？即呼人送諸其家。石如乾笑而已。冬木娶婦，有奩田十餘畝。後婦家貧，冬木以券還之，妻孥饑啼，勿卹也。兩人之高潔如此。

魏半石孝廉行淏，奇胲之士。嘗慕魯連、朱家爲人，視人之急如在己，輕錢刀、出死力以濟之。見齷齪章句之儒，涕唾不屑。故遊道日廣，而嫉者亦衆。詩非其注意，而時有傑氣。《觀察鹿公重建先忠節公祠志謝》云：「冰壺朗照浙西東，崇禮荒祠誼更隆。孔李關情憐後裔，固喬同難吊先公。穹碑半毁封霜雪，綽楔重新勸孝忠。奕世帡幪何以報，敢忘砥礪守家風？」鹿公之高誼、孝廉之感奮，皆可傳也。餘如《烟雨樓》云：「釣鼇磯畔雁初過，露冷夫渠奈老何。日暮秋風起四野，疏砧偏是月明多。」《種菜》云：「鸛頭鉏小手親攜，旨蓄辛勤仗老妻。從此閉門長把卷，消磨三百甕黄齏。」風趣殊妙。孝廉之兄翠園，名行潤，篤行嗜學，爲鄉里諸生祭酒。其《瓶山懷古》云：「南來匹馬渡江流，王業偏安且一州。此地有山埋土缶，中原無路返金甌。泠泠清磬仙宫静，颯颯驚猋古木秋。細讀殘碑思往事，滿階蟋蟀使人愁。」五言如《秋柳》云：「笳悲青塞月，馬老玉關秋。」《菱花》云：「明星臨野渡，殘雪點寒流。」皆有唐人風調。

柯曠園復銓，銀臺岸初之玄孫。早棄舉業，以吟詠爲事，同人多推讓之。没後子姓衰替，其遺稿散佚無存。半石爲搜得三數首，録以見眎，爲登二首，以慰秋墳之唱云爾。《煮茶亭》云：「新緑長堤外，斜陽小檻西。棋聲聞隔院，塔影落前谿。水憶中泠調，茗曾雙井擕。還疑蠏眼沸，松吹響清淒。」《會景亭》云：「舟楫吴中盛，都於此地經。春波通甪里，芳草抱孤亭。暑到蓮溪浄，風來漁溆腥。尚書遺迹在，白鷺下前汀。」

乾隆癸卯，余年十七，館于胥塘倪斐君筠家，時江菴亦同教授。倪君南鄰有王修竹明經，名志熙，以行草擅名，兼工繪事，尤精於鑒别，一時收藏之家必就質焉。余數與相見，亦時過其家。老屋數椽，僅支風雨，而帖石種竹，雅有逸致，几案研瓶，亦各整潔，别後不相聞，今下世已二十餘年矣。斐君早年夭逝，江菴以瘵卒，回念當時聚首，殆如隔世。修竹有《論畫》一百首，今摘録三首，餘可例推：「鶴髮童顔老謫仙，坐收神妙到毫顛。祗應暖翠浮嵐裏，供養烟雲九十年。」「清閟尊彝嗜絶奇，暮年漂泊劇堪思。菰蒲漁艇龍涎細，不蹋王門作畫師。」「蟹舍漁莊遠近間，人家多在水雲灣。斜陽一抹濃如黛，可是江南雨後山。」又采吴諺爲《十二月竹枝詞》，其《二月》云：「竹槍籬傍矮牆腰，不共鄰娃野菜挑。鐙下忽裁繒五色，報郎明日是花朝。」《四月》云：「四月新晴正麥秋，叢祠佛閣暫清游。蹉跎莫近黄梅節，風又烏頭雨白頭。」

與修竹同時稱詩者，有徐秋浦紹勛、沈蘿邨堪、顧秋坪祖仁。秋浦《詠蘆花》云：「無香亦無色，非蕊又非花。隨月明秋水，因風覆淺沙。蒼茫行客路，冷澹野人家。去去尋鷗夢，孤篷一葉斜。」他如《幽居》云：「知己一輪月，鄰居四面山。」「雲林迷鳥道，土壁鬧蜂衙。」《種菊》云：「四壁苦吟憐蟋蟀，一鐙孤影讀《離騷》。」《鴛湖送春》云：「紅薇徑側鋪吟席，白苧橋邊繫酒舡。」《田園雜興》云：「邨社雞豚爭揖讓，藥闌草木辨君臣。」「豆麥有收多兑酒，陰晴無定亂穿衣。」風趣在石湖、劍南之間。蘿邨《曝書亭》云：「垞分南北繼唐賢，猶有臨江屋數椽。大布衣承金馬詔，小長蘆隱玉堂仙。早從朔漠搜奇蹟，老去園亭理舊編。絶似鄭家通德里，一庭書帶草芊芊。」五言如「野艇東西渡，江邨三兩家」，《哭鸞如》云：「半生唯此女，一命付庸醫。」《哭妹》云：「憶妹詩傳同谷少，寄兄書到大雷無。」《南泓》云：「一葉舟穿波上下，半彎月出樹東南。」《即事》云：「溪漲菰蒲齊帖水，日斜鵝鴨自歸家。」皆可誦。秋坪曾問業於椒園先生，故詩有矩矱。椒園有「美女簪花，仙人嘯樹」之目。五言如《柴門》云：「雙扉扃夕陽，剥啄聲不至。不是喜常關，出門無個事。」其高致可見。又《過鴛鴦湖》一絶云：「滿湖明月夜如何，無數行舡起櫂歌。兩岸人家簾幙静，不知春夢屬誰多。」

唐應焻字新周，號棠谿，嘉善人，以明經遊太學，爲武進劉文定所知，文譽日起。兩中副車，教習滿，當得教諭，以丁憂歸，遂不出，開門教徒以終。所著有《棠谿詩文集》、《詩經劄説》，入府邑志《文苑傳》。其詩温厚和雅，稱其爲人。《冬日邨居》云：「露積依枯樹，柴門對稻畦。圍爐煨半芋，倒甕擘團臍。情已安枝鹿，時還學祝雞。誰能尸畏壘，渾欲結幽棲。」《懷沈蘭修》云：「與君殊契闊，何處最相思。翦燭愁孤影，開函撿舊詩。山邨殘雪夜，屋角試梅時。已近春消息，先應寄一枝。」《和人寒夜有感》云：「風緊窗虛透月光，冷寒面目露傖荒。鐙前課讀謀生拙，被底推敲覓句忙。膚末幾曾窺八病，老成自合擅三長。劇憐歲暮猶雌伏，夜半悲歌動拍張。」《送王赤霞遊秦》云：「先公宦績著長安，知爾摩碑不忍看。尚有輿人歌頌在，空爲廉吏子孫難。故交應念西華葛，他日曾彈貢禹冠。留待歸來行色壯，五花寶馬蹵金鞍。」其他佳句甚夥，《和人自壽》云：「薛氏多材詩似鳳，王郎小字愛呼僧。」「文場共剪三條燭，村社剛分一稜田。」《和留別》云：「坐來絳帳容多士，歸與青山作主人。」《懷董帷園》云：「苦緣別緒紛難數，翻謂能詩不在多。」《規友》云：「滑稽自喜同齊贅，逋峭殊難借魏收。」《贈人》云：「老困功名庸俗棄，貧能頤養子孫賢。」《送人移居》云：「晨夕南邨宜聽雨，風烟東瀼易悲秋。」《題畫》云：「似曾相識谿邊路，第一難忘洞口花。」皆能出以爐錘，不爲苟作。

獨遊出家雁塔寺，其本師北萊上人名廣信，亦詩人也。於是香鐙佛火，時復披吟；茶版粥魚，閒多酬和。師弟之間，自爲知己，亦美譚也。北萊詩氣無蔬筍，語帶烟霞。《鴛鴦湖》云：「閒倚蘭橈作快遊，楊花如雪點波流。鴨頭水漲粼粼碧，不見鴛鴦見白漚。」「波紋如縠蕩輕舟，烟雨空濛一望收。花隖柳塘隨處好，不須倚棹上層樓。」《金閶雜詠》云：「夢醒篷牕月落時，鐙光漁火望迷離。三更已過四更破，何事寒山鐘打遲？」「鐵花巖古字模糊，石坐千人我獨孤。爲向生公稽首問，青山一角肯分無？」

胥塘顧竹庵功枚詩才清絶，雅潔自好。與獨遊交最密，嘗以《晚春即事》詩見眎，云：「杜門頗憶春郊樂，此願何難竟未償。手把一編閒處坐，落花何急燕何忙。」「穀雨今番雨最多，書齋十日斷人過。消愁賴有紅襟燕，銜取殘花補舊窠。」「落紅成陣萬花殘，芍藥遲開尚儗看。一事心頭卻惆悵，送春容易送人難。」自注：「時獨遊將歸。」蓋先寓寺中，未披薙時也。獨遊法名天寥。

海蜇，字今皆作「蜇」。宋俞玉吾有《海䗪》詩云：「生以蝦爲目，來從水母宫。」則又作「䗪」字矣。

樓大防《答杜仲高書》云：「杜詩所謂『黄知橘柚來』，極爲佳句，然誤矣。曾親到蒼溪縣順流而下，兩岸黄色照耀，真如橘柚，其實乃花椑也。」「花椑」不知何果，然此亦不足辨也。

攻媿《雪巢詩序》云：「詩之衆體，惟大篇爲難，非積學不可爲，而又非積學所能到。」真名論也。今之洋洋數千百言，如河漢而無極，而案之其中枵然，或餖飣故實、厖雜論議以爲奇者，皆未可與知此事也。

靈芬館詩話續卷二

吴江郭麐祥伯

杜樊川，天下才也，才氣豪邁，不拘細行，於是「江湖落拓」之詩、「青樓薄倖」之句，流傳人口，而狹斜放誕之事，悉舉以附益之。湖州之請，以弟顗目病，乞於南中，獲遂醫藥養生之資，其上時相書具在，可覆案也。乃又以水嬉之事、尋春之詠，巧爲傅合，亦可云厚誣賢者矣。宋田承君畫詩云：「弟病兄孤失所依，當時書語最堪悲。豈圖乞得南州後，卻恨尋芳去較遲。」論事可云得之矣，而猶惑於流俗小説之言。余有一詩云：「男兒恩怨那能灰，太息樊川未易才。三乞湖州緣病弟，又教人道水嬉來。」少爲一雪此謗也。

分湖葉條生樹枚有《改吟齋詩》四卷，余曾爲之序。條生家極貧，以筆墨餬口四方，妻子不免飢寒。所見詩人之窮，殆無過此君者。然性耽吟詠，又好交遊，時有賓朋過之，典衣沽酒，意灑如也。其佳句如《二赤自都門歸》云：「都驚湖海豪非昔，始信長安居大難。」「事當失意惟孤注，人到回頭亦苦心。」《秋草》云：「此日何嫌如土棄，他生莫更出山遲。」《乞花》云：「嬴得山妻開口笑，真如買妾到家時。」《即事留贈》云：「生涯各有勞薪歎，詩卷真成束筍看。」皆自寫胸臆，清寥可誦也。《題吴雲璈分湖秋泛圖》云：「秋光都在水之湄，着個瓜皮艇子宜。卻笑新城老司寇，一生得意《冶春詞》。」「寫秋先要寫風蘆，疑有涼烟水面鋪。不道漚波亭長後，居然又見水邨圖。」「林梢一抹夕陽頹，獨自湖心蕩槳回。只有白漚閑似爾，蓼花紅處等秋來。」神味俱佳。又《題陳子玉鄧尉尋春圖》云：「修到梅花亦大難，尋春那不小盤桓。前生同向梅花證，爾得清臞我得寒。」則自寫生平，可爲悽惻者矣。分湖葉氏，明季最盛。《午夢堂集》一時艷若神仙，横山以後作者寥寥。條生又貧苦不振，然猶不失家風也。

吴雲璈鳴鈞與余同里，余移居魏塘時，雲璈甫成童耳。五六年來，始得相識。嘗數過靈芬館，余出門亦必過其家，飲酒談藝，温温盅盅，執後進之禮甚恭。初學韵語，出筆便爾不俗。《和丹叔同天寥上人過訪原韵》云：「手折梅花只自簪，夜寒誰共此孤鐙。如君真是歸家鶴，笑我翻同退院僧。話别各驚顔貌改，傾杯不覺月華升。只嫌蛇尾流光速，柔櫓旋衝隔浦冰。」《寄天寥叠前韵》云：「静拈筠管小於簪，擘紙重挑午夜鐙。意外忽來湖海客，座中初識水雲僧。（自注：余與天寥神交已久，今才識面。）論心祇許琴三叠，持戒猶能酒半升。欲寄新詩吟未就，霜風吹凍硯池冰。」吐屬雅令，婉有深情。從此研精績學，所至殆未可量。吾鄉後來之秀，於此君有厚望焉。

子未以國初詩人李應機《圃隱詩文集》十六卷見示，曰：「此吾邑宿儒，嘗受業當湖陸清獻之門，而與水邨、東齋諸人倡和者。」余受而讀之，大抵文勝於詩，在魏叔子、汪遯翁之間，出入矩矱，而不爲空言。詩則温雅樸茂，無囂淩之習，亦無警策之處。奇逸不如東齋，而無其率意穨放之作；名雋不及水邨，而無其酬應恬熟之病。要之，抗心希古，不碌碌者也。五七古託意極高而遣詞未當，一篇之中瑕瑜不掩，一卷之内蕭蘭互見。近體專主風格，亦流露性真。東齋序其詩，以爲「從唐入宋，如從教入禪，擬議之極，變化漸成。」賞音之士，以爲陶鑄兩代，即唐即宋。雖稱許太過，未爲無見而云然也。《掩關》云：「六月謝人事，烟雲護薜蘿。紛紜萬慮絶，貧病一身多。耐可鈔書卷，無端獨寤歌。豈能遂閒適，漫此託巖阿。」「入世無一可，相看總不歡。祇因當境拙，以此出塵難。空有宜無相，將心没處安。何如釋羈馽，風露任盤桓。」《自題布帆無恙挂秋風小照》云：「酒醆詩筒一敝舷，秋帆閒挂夕陽天。屈原有意歌河伯，陶峴無心號水仙。未識匇豁勞寤寐，但隨清渚可流連。昔人行樂嗟遲暮，趁好風時且放舡。」《歲暮書懷用石湖韵》云：「菀枯畢竟盡由天，以此冥心息萬緣。鶴氅製成辭白袷，羊裘著破剩青氈。風饕園被蒙頭卧，霜重煨爐放脚眠。世路波濤隨處是，不徒爤上釣魚舡。」「糞火堆中老芋煨，暫教飽暖即春臺。喜逢高屐破苔至，怪道明鐙帶蕊開。陽氣已經來七日，寒光終是護三台。南山蕪穢當吾地，豆隴還須着意栽。」餘句如「損膳買書聊樂耳，得錢沽酒且中之」、「桃李春風留別恨，松楸寒木有餘哀」、「未諳世故猶沾直，不合時宜尚論文」、「往事頻煩三日惡，此生何異百梟投」、「秋蘭幾紉湘纍佩，杜若誰憑下女貽」。七絶《懷舊雜詠》百四十三首中如《懷陸稼書》云：「脈絡宗傳紹考亭，烏臺聲望凛風霆。青氈曾坐荒齋裏，急雪寒鐙授一經。」《冒巢民》云：「水繪堂連寒碧樓，蛾眉俠侍擅風流。雄豪公子聲華甚，老大傷心故國秋。」《黄鶴鴣》云：「樸魯無文道貌充，編詩注《易》有深衷。布袍誰識遺民在，只認當時藥肆翁。」《周青士》云：「聲華籍甚重公卿，處士長歌滿洛城。客死可憐徒四壁，悔教寒卻北山盟。」其游道之廣，師資之益，蓋可見矣。又一絶云：「緼袍狐貉何關我，蝨簡蟲編可度年。傳與子孫寧餓死，莫將班史質金錢。」尤想其清操雅尚也。

圃隱又喜爲詞，水邨序之曰：「晨霞子近詞含豪凄婉，觸緒蕭涼，象外冥搜，得縹緲迷離之意。」其《鐙夕・甘州調》一闋云：「又東風吹到故園來，裂破一池冰。恰新正半月，微烘晴日，猶自凄清。何處酒旗戲鼓，高架結鐙屏。歡笑同携手，羅韈輕盈。　不怨愁羈病侶，只怨鬢絲無賴，抽出青青。羡當年勝遊佳節，恨當年花柳少逢迎。到今日、茶鐺藥臼，閒費調停。」圃隱字密齋，家有圃趣園，故以圃隱爲號。父煒，字赤茂，有《圃趣偶存稿》。兄光堯，亦清獻弟子，與梅邨祭酒倡和，并注其集。今皆不可見矣。

魏塘當明季時，園亭之盛，甲於禾中。錢氏一家凡有二三十所，群從間以此争奇角勝。今則臺傾池塞，或化爲墟莽禾黍之場，不復可考尋矣。去魏邑數里，有楊君青溪名堃者，家豐於資，因即其所居之隙地闢爲小園，名曰「涉趣」，疏花植援，帖石引泉，皆躬自布置，累數年乃成。又多徵名流題詠，於是涉趣園之名時在人口。君復裒輯成帙，從人乞余爲序，將付之梓，未及而卒。然其風雅好事，今之杅杅富人蓋亦鮮矣。君有《涉趣園落成》詩云：「小築辛勤閲歲頻，落成真是一家春。敢云邱壑蟠胸有，且喜亭臺入眼新。曲水平橋紆地脈，孫桐祖竹即天倫。野人只戀田園樂，營得菟裘寄此身。」又有《涉趣十景》五絶，皆清灑可喜。子姪及閨中人亦皆有題詠。其《雪夜》一絶云：「陣陣松窗雪打聲，消寒贏得酒頻傾。何人準泛溪頭艇，已辦山厨玉糝羹。」風致殊佳。

余於去歲始識錢君默菴，肫然君子人也。食貧守道，以課徒自給，非其應得，一介不苟。垂老無子，故詩中時及之。《見人寄家書》云：「一封手寫報平安，令子開函應共歡。我亦有書無可寄，不如君處最心酸。」《哭朗齋姪》云：「壯志銷沈終未申，況如伯道更含辛。無兒一樣君休恨，猶勝衰年後死人。」「豈歸蓬島侍群真，小謫塵寰只卅春。今日悲吟我哭汝，他年哭我更何人。」悽咽之音，不堪卒讀。然亦有和平恬適之作，如《慰竹齋》云：「病不傷生寧慮死，貧能行樂即爲仙。」《和人》云：「何用虛名招世忌，但無妄想覺心寬。」「生計不須田二頃，安居只少屋三間。」《秋夜》云：「月印魚梁浮水鏡，露粘蛛網絡銀絲。」又《柬竹齋患瘧》云：「真率元無冰炭腸，況知世上有炎涼。聊憑痁鬼攄揄意，此意教君略一嘗。」君名增，胥塘人。朗齋名元炳，亦名諸生，劬書自厲，遂咯血不起。其《送人》云：「鸎花春夢裏，風雨夜鐙前。」出語幽怨，足徵其不克永年也。《即事》二絶云：「一番雨過快新晴，梅子初肥科斗生。啼煞黄鸎誇未老，緑楊枝外兩三聲。」「南陌東阡取次行，田家叱犢盡催耕。蕭閑只有紅襟燕，要鬥雙雙掠水輕。」

魏東齋《少野集》中亟稱其姪儒熊、儒魚之詩。儒熊詩未及見，儒魚詩附存數首，亦皆效「臣叔」之體。東齋詩云：「孝莊之子庶常孫，泉有源頭芝有根。正氣當時扶世界，流風此日護家門。孔文舉既冰棱化，禰正平偏規檢存。吾譽兒曹非是癖，請看人與玉俱温。」其稱許如此。儒魚有《息踵居夜集和馮又三用東坡韵》云：「林壑追陪興未窮，飲酣絶似澗邊虹。當年高會扁舟月，此夜清譚滿座風。傳訊久看兩地隔，論心先見六人同。爲期不遠重相聚，短簿祠開落日紅。」《題施翼聖東荒田舍圖》云：「好手偏能着意摹，隱居又見畫成圖。琴於鬧市曾酬價，研似閒田不取租。海内無朋渾是冷，山中有伴正非孤。請看滿院長松外，添出青青幾萬夫。」「雲吟月嘯儘徘徊，未與人間斷往來。繞屋惟看深柳合，過橋便有雜花開。隱書攤處長爲主，鈍榜懸時暫作魁。續聚桂如容入會，尚當尋爾向溪隈。」儒魚號立泉，工書法。

今年三月，種水曹君言純過訪靈芬館，出手定《徵賢堂詩》十六卷，其中數年之詩皆余所過目者，間有可否，種水頗不鄙夷其言，一一釐改。新作《雜詩》三十餘首，仿陳拾遺、張曲江之意而不襲其貌，琅琅乎純古澹泊，大雅之音也。又以其友人蔣君華隱《浩瞑琴館詩》二册見示，其風格體裁與種水可謂如驂之靳。五言古律尤爲精詣，《舟次澉上》云：「山氣逼清曉，樹聲驚夜潮。夢魂寒柁尾，春雨灑松苗。拄杖來看客，野風吹度橋。幸多素心侶，幽處狎漁樵。」《宋研》云：「石硯寒雲色，潭凹夜凍呵。松絲函際落，梅氣水邊多。詩已呼兒祭，人猶被墨磨。空懷壯夫耻，焚棄欲如何。」他如「渴虹懸石壁，白鳥破谿陰」、「瘦竹穿欹壁，蠻瓜絡壞籬」，皆力去甜熟，自標清雋，體雖四靈，不礙爲大方也。

王君東圃之兄杏園，名輝祖，有《養拙軒詩稾》，雖篇什不多，而時有雋語。其《和修竹十二月竹枝詞》云：「菜花落後豆花香，幾稜纔分未下秧。不雨不晴雲卵色，者番天氣爲蠶孃。」「筆築籬頭似塞蘆，好尋榾柮暖圍爐。西風不著彌陁面，休慮明年米似珠。」自注：「十一月十七日俗謂彌陁生日。諺云：『吹我背，米不貴；吹我面，米不賤。』」二詩頗有石湖遺響。

往歲偕吴子修訪馬小眉洵於梅里，尋秋錦之堂，訪曝書之亭，詩酒倡酬，流連信宿，嗣後惟以書尺相聞。今年小眉知余歸里，以二律寄懷云：「書劍漂零卅載餘，年來坎軻復何如。司勳應有江湖感，孫楚原無鄉里譽。客裏光陰催老大，詩中羅綺漸銷除。怪余懶散真成癖，惟念故人心未疎。」「交誼如君表裏真，尺書鄭重往來頻。杯邀河朔難争席，時蒙見招，以事不克赴。詩派江西有替人。擁被同眠聽夜雨，閉門卻掃送殘春。過橋背郭囂塵外，大好分湖寄隱淪。」其《天香庵探梅分韵》云：「春風吹我來杖藜，古祠幽絶同禪棲。盤青野蔓絡松鼠，傍岸水籬啼竹雞。寒香逆鼻萼未破，老幹壓檐肩差齊。裵裒終日吟不足，薄暮猶繞谿東西。」又《舟行太湖支港》句云：「人家夾汊緑邊出，水鳥避船烟際啼。」皆絶似竹垞學涪翁之作。君篤於伉儷，悼亡後，畫《西湖送春圖》以寄意，故余和其韵一聯云：「隔歲傳書誰話雨，中年刻意是傷春。」

檇項黄鹹之士名不出里閈，縱有名章秀句，當時已無人傳道，更歷數十年，其不爲蠟車覆瓿之用者鮮矣。近又得平川吴鶴田大椿詩數首，其佳句如「談禪客到分梅供，偕隱人遐遺鶴招」、「眉彎粉額初三月，人住紅橋第四樓」、「泉流石上琴三叠，墨醮花稍露一匙」、「未熟硯田憑字煮，已穿詩袖借雲裁」，皆得元人風調。

澄江殷耐甫墫，老詩人也。其從子焯然思尹爲嘉善令，因來署中，見訪靈芬館。自言十載相思，始得一晤，劇談半日。别後以七言長篇爲贈，激昂頓挫，有光英朗練之致，特推挹過當耳。又舉其客中近作數十篇，《嘉禾道中》云：「新蒲細柳何紛挐，水郵處處開桃花。千金圩上霽新雨，七星橋外明曉霞。鷗群遠從别浦出，漁鼓忽向中流撾。娟娟渌浄不可唾，東風拂浪春颿斜。」《魏塘即事》云：「柳洲亭外緑含烟，桂圃瓶山几案邊。一夜桃花春水漲，漁舟直到縣門前。」「文水橋邊杏雨飄，慈雲寺外酒旗招。横塘一帶青青柳，不繫春驄繫畫橈。」「小庵深院冢崔嵬，中有詩人仙骨埋。畫筆風流今不見，亭亭一樹野梅開。」五言如「何處杏花紅，鳩啼一城雨」、「曙烟和野色，夜雨變谿聲」，皆可入唐賢之室。其他長篇不能備録。耐甫又以其亡室沈夫人綺《環碧軒圖》屬題，圖爲夫人女兄次昇所畫，風鬟烟鬢，渲染如生。夫人少孤，夙慧，塾師訓之識字，一過輒不忘。生時著作甚夥，詩文外兼通星緯夕桀之學，年二十六而卒，殆所謂曇華示現者耶？其集客中未攜，因爲余誦其數章。其《家居即事》云：「聞道君家茆屋好，開門日夜對平湖。能將一幅溪藤紙，澹寫湖光寄我無？」又云：「腕底多情筆底知，阿兄工畫我能詩。題詩與訂黄花約，畫取秋風欲起時。」其閨閣中一門風雅如此。沈氏自吴江遷居尚湖，當是君庸之後。夫人時因展墓，并遊洞庭，皆有詩紀之，惜未見其稾。耐甫贅於尚湖而讀書家塾，解館始至壻鄉，别離之日爲多。夫人有詩送之云：「相思幾度得君來，才得君來又送歸。日暮離亭簫鼓歇，滿天黄葉向人飛。」「湖上秋風吹柳枝，黄花開向送君時。送君判醉黄花酒，明日花開更對誰。」嫵婉之好，幽怨之詞，真覺入人心腑，宜殷君之惓惓不忘也。

夫人有侍婢名雲娃，絶憐愛之，故余題詞有「侍兒已合雲爲字，想見玉人如月」之句。夫人有《寄外》詩云：「不寐漏三更，風聲雜雨聲。寒從今夜甚，病是去年成。欹枕思前夢，挑鐙話别情。阿雲愁似我，卻已淚盈盈。」又一絶云：「靈虵倒綰鬢雲斜，斜插花枝態更加。似此妝成休見避，殷家知不是桓家。」調笑之詞，具見淑婉之德。他如五言云：「暑隨三伏盡，秋入五更知。」「潮到疑吞岸，雲飛欲動山。」「秋雨秋風夜，思君思我時。」七言云：「倚樹每愁花落去，登樓又見燕歸來。」「青山半向雲邊出，黄鳥多從雨後嚦。」皆清麗可傳。

吾鄉陸朗甫中丞，清德重望，爲乾隆時名臣。所選《切問齋文鈔》及所著古文，皆布帛菽粟，鑿然有用之文。詩特其偶然存稿，止得二卷，然和平雅整，度越凡流，望而知爲有德之言也。《效樂天體》云：「何處難忘酒，鄉關邇暫過。菰蘆朋舊健，鵞鴨水邨多。蠟炬宵同剪，《驪駒》客又歌。此時無一錢，其奈别愁何。」「何處難忘酒，長安大隱尊。俸錢支屋價，月粟佐晨飧。好事攜琴至，諸兒問字喧。此時無一錢，岑寂對朝昏。」《留别舅氏》云：「兩月高軒一榻排，征衣久拂又遲回。貧來親戚憐同病，老去光陰覺易催。池面渌波寒有稜，石闌春事暖生苔。茲行愁絶滄江暮，萬里孤雲倚棹開。」《偶感》云：「知己未妨當代少，浮名深恐後人聞。」《扈從木蘭》云：「如卷畫圖雲過眼，偶成酬倡谷傳聲。」「網面時開知有祝，周陸旋密聽無聲。」《和阮吾山》云：「機事漸忘除害馬，心思曾竭似原蠶。」里中知交落落，嘗賦《五友詩》，《迮屺望》云：「衣冠緬諸老，圖像懸梓里。中吴舊文獻，一一寫彼美。尤工作蘭草，芬芳襲滿紙。」迮善畫，嘗臨《吴中先賢圖》一册。《沈霈尊》云：「沈郎絶可憐，身事如畫餅。作詩十年餘，閉户忍饑冷。嗜好菖歜芰，交知罔兩景。」沈工於詩，已鈔入《銷夏録》中矣。《迮修君》云：「我師有令子，家食困餬口。少小同筆硯，交情酒味厚。」又云：「當時握寸管，已能運腕肘。聲名近卓犖，竟欲輕歐柳。」修君工八法，與屺望皆余母氏諸父行。其父倍功先生，中丞爲志其墓，余祖父從受業者也。《沈懋維》云：「賣藥歸養母，慈淚制悲滴。孝行我所欽，夢繞小橋側。」沈爲余族祖姑之夫，以醫爲養。《徐滄如》云：「徐子頗秀蔚，文如木向夏。槐陰覆廣衢，藤蔓走修架。」徐居蘆區之西栅門，臨湖水，殊有幽致。與先君子莫逆，亦以工書名，至今里人猶寶藏之。此五君子余皆幼時接待，憫其無聞，録中丞詩，亦以存其人也。

梁山舟先生以書名海内者數十年，轉以是掩其詩名。没後始得見其《頻羅庵遺集》，於同輩中能拔戟自成一隊者。小詩尤新簇可喜，《七夕有作》云：「燭灰蠶死總都休，終古銀河愛水流。除是僊郎長不老，年年值得爲情愁。」《詠團扇》云：「要畫乘鸞仙子身，風前月下唤真真。卷然女手親提挈，一笑分明兩玉人。」「隱囊紗帽成前夢，紅袖烏絲記往時。便面風流今已矣，也如憔悴謝芳姿。」饒有風趣，殊不類其爲人。

洞庭産茶名「碧蘿春」，色香味不減龍井，而鮮嫩過之。相傳不用火焙，采後以薄紙裹，著女郎胸前，俟乾取出，故雖纖芽細粒而無焦卷之患。山舟學士有《謝人惠碧蘿春》詩云：「此茶自昔知者希，精氣不關火焙足。蛾眉十五采摘時，一袜酥胸蒸緑玉。纖袿不惜春雨乾，滿襟真成乳花馥。」蓋指此也。山中所産之地止一方，充貢外，雖地方大吏亦不能多得。今年樊君補之託其友人於家園中分餉半斤許，真不啻食「西施乳」也。

海州許月南桂林研窮疇人之學，著《宣西通》三卷，大意以西人之術，其原出於周髀、宣夜而務爲獨得，以宣夜言七政有高下爲西法之所從出，西法因高下以分重數，遂創立本輪、次輪、均輪之説爲必不可通，而即其法以駁葱頭、木節、眸子之説，持矛刺盾，甚爲明通。月南有《味無味齋詩》十餘卷，才氣奔放，不屑蹈籍前人。五七古沈着跌宕，合者上闚韓、蘇，亦時時入於盧仝、馬異。近體自寫性情，出入宋、元。五言如「草色亂淺水，菜花疑夕陽」、「硯烟雲潑墨，茶竈火傳薪」，七言如「主人夢定爲胡蝶，園叟名應是槖駝」、「風前兩樹如交讓，雨後孤花尚獨摇」、「野草精神連夜雨，鄉關情緒幾重雲」、「老樹有陰如小屋，晚花無力不重臺」、「鏡裏梅枝香到影，瓶中茶韵脆於笙」，七絶如「西風得雨易颼颼，片片涼雲屋上流。叢菊試花梧墮葉，不分榮落一般秋」、「清光正照簾垂處，佳節剛逢病退時。問着去年偏説好，不風不雨不相思」，灑然清致，具見襟情之超曠。月南兄喬林，號石華，有「平輿二龍」之目，惜余未之見也。

嚴四香冠别十餘年，今夏相遇於袁江。年六十一，去歲尚舉一女，因言其姬人甌香之明慧，津津口角。昔徐虹亭云：「漢陽李雲田口齲齒豁，猶道寶鐙不寘。」四香真似之矣。四香工於言情，善畫墨梅，自題云：「頻年奔走撇西湖，蕊冷香疏夢亦孤。爲問林家三百樹，可曾依舊着花無？」「江城悽楚笛聲聲，竟夕高樓倚月明。爲寫故園風雪意，梅花最管别離情。」其《小游仙》詩寓悼亡之感，兼爲侍姬而作者：「飛瓊丫髻住瓊樓，得侍金仙幾世修。笑指盤桃東海熟，自家栽種不須偷。」「自從阿母跨青鸞，小玉熏爐侍絳筵。何事桃花含宿淚，爲他笙鶴遠瑶天。」皆有欲喚奈何之意。他五言如「愁嫌更漏永，病覺雨聲多」、「江山詩滿眼，蘆荻雪盈頭」，七言《對雪》云：「煮茗風情堪入畫，撥灰兒女坐依鐙。」《高郵道中》云：「處處緑陰唯見柳，層層新漲盡生蘆。」皆泠然可誦。

山陽盧湧號蓉湖，詩才清峭，學有根柢。抱伯牛之疾，抑塞敝門，深可歎息。余所見僅一卷，《雜詩》云：「落日下荒野，白雲戀故山。俯首睇層波，照見遊子顔。亂髮垂過耳，塵涴鬢眉閒。驅車日以遠，故鄉何時還。妻子不足道，知否高堂年。顧視荷鉏子，十畝方閑閑。」「十年客他鄉，間一入城郭。平生骨肉親，强半赴冥漠。白楊風蕭蕭，丘冢相雜錯。同作長眠人，新故無厚薄。有時經其間，欲語誰唯諾。我無絲與竹，那解數日惡。痛飲勿復陳，人生貴行樂。」《讀史雜詠・戾園哀》云：「蓬萊仙人呼不起，儲君已到泉鳩里。宫中桐木寧有諸，父求長生子求死。覆轍誠恐同扶蘇，斬説炙巫斯過矣。痛絶壺關三老言，子盜父兵求免耳。噫嘻乎悲哉！格鬥空死賣屨翁，焚蘇何如族江充。茂陵豈獨輪臺悔，腸斷湖城思子宫。」《五代史》云：「百職紛紛勸進牋，中朝宰相最居前。當時只有朱全昱，記得唐家三百年。」小詩如《澄江舟行》云：「繫纜競候潮，如雲集賈舶。暮雨唱吴孃，知是江南客。」《夜歸》云：「但見湖上烟，不見烟中樹。何處古浮圖，一鈴獨自語。」又如「曉星纔墮地，殘夢未離家」、「一礮酒澆黄歇浦，半天雪湧伍胥潮」，有才如此，而厄之以疾，造物者果不愛才耶！

武林李白樓方湛，余舊友也。生平跌宕自喜，而羈遲流落，卒以客死。其詩刻入《同岑集》中。其弟桐邨方治，幼棄舉業，惟好爲詩，五七字近體甚工。《西溪溪上巢》云：「一庵深翠裏，竹逕晚來幽。嵐氣逼鐙小，溪聲繞枕流。夜涼疑作雨，山静自如秋。頗愛依禪悦，蕭然雲鶴儔。」《帆影》云：「五兩輕風百尺檣，斷雲一片過瀟湘。平生遊跡隨流水，無限愁心挂夕陽。折柳渡頭波渺渺，懷人江上路茫茫。倚樓有客添惆悵，不奈離情望裏長。」《同徐西澗吴山遠眺》云：「江光如拭浄無烟，放眼人來雨後天。一鳥穿雲空際没，片颿如葉望中懸。斜陽半露峰峰皺，新緑初齊樹樹圓。更向酒樓同買醉，此時攜得杖頭錢。」他如「嬾雲難作雨，卧柳自成橋」、「愁多催老易，貧不累人難」、「客無可戀歸應早，貧固何妨別最難」、「客懷涼喜今宵雨，鐙焰高知來日晴」，皆有江湖諸賢風味。亡友汪選樓家禧嘗爲作序。

維筍及蒲，詩人以爲嘉肴，然蒲菜惟淮南北人嗜之，吾鄉固無有也。明顧達存道有《病中鄉思》詩云：「二筋脆思蒲菜嫩，滿盤鮮憶鯉魚香。」顧，山陽人，號貫初子。

吾友徐稼庭寶善，往在金陵眷一姝號藕香，纏緜甚至，有嫁娶之約。中間多故，幾不克踐，今卒歸於徐。徐有《種藕成蓮圖》，余曾題《邁陂塘》一闋於上。先時，稼庭屬人畫藕香小影，自紀七律四首，録其二云：「青谿曲似浣紗谿，谿上佳人今姓西。弱腕愛書唐韵小，姬姓吴。長眉慣畫黛痕淒。眼波溜處歌珠轉，酒暈潮邊扇月低。誰把水精雕作枕，梨雲夢好不教迷。」「見時惘惘別匆匆，惆悵樓西昨夜風。魚素寫心詞隱約，藕香押尾印玲瓏。曾聞樂府歌憐子，似許詩人賦《惱公》。珍重下弦簾外月，一分瘦減一分空。」藕香和云：「一鈎屈玉映前溪，君住東頭妾住西。燕睡緑陰春寂寂，蝶翻紅雨影淒淒。十眉圖畫臨窗孏，百子流蘇壓帳低。只隔垂楊千萬縷，烟痕籠月望離迷。」又云：「羞向牆東輕解佩，漫勞城北欲通辭。」湘湄和云：「卍字闌干紅曲曲，水紋窗網碧淒淒。」「謫仙詩贈金陵子，一妹心儀李衛公。」曼生和云：「似籠芍藥烟中影，欲覓蘼蕪夢後魂。」「生長華鬘原跌宕，隔重香霧更玲瓏。」餘人題者甚多。

稼庭子婦朱紋，字湘姮，午山别駕之妹，華峰琮之配也。工詩善畫，有林下之風。《寄兄》云：「芳草池塘春檢點，垂楊簾幙月温存。一杯苦茗將愁遣，寫就新詩寄白門。」《午日寄華峰》云：「榴花紅綻晚烟開，愁見瑶階長緑苔。離緒不堪人易孏，輕陰連日近黄梅。」《病中》云：「梧桐疏影在簾櫳，失約尋秋病怯風。羨殺閨中諸女伴，蒼苔多分印弓弓。」皆可誦。又句云：「溪水夾花連日漲，亂雲帶雨入樓多。」

靈芬館詩話續卷三

吴江郭麐祥伯

余遊淮陰先後數年，頗思訪求文獻而未得要領。近以語蕭梅江、梅生冡弟，梅生乃以吴山夫先生玉搢所輯《山陽耆舊詩》見示。自枚叔而下至國朝凡一百二十一人，漢魏各一人、唐三人、宋四人、元二人、明一百四人、國朝六人；自邱象升而下至邱兢，凡四十人，爲後人吴揖堂進續録，山夫先生族人也。其書搜采精博，又以他書所載郡邑志、同時人詩文與見聞所逮，可以資知人論世之故及可備考證者，附著於詩之後，其用心亦云勤矣。書成，未付刊刻，傳鈔亦甚尠。余既得閲一過，輒撮其中清詞麗句入此編，中有可廣異聞者亦並著之，非如作此書者以人存詩之意，固不嫌簡略耳。具録如左。

山夫言：「吾鄉在宋季兵燹最慘，舊家世族幾無孑遺，迄今宋人之有後於淮者，則節孝先生一家；元人之傳者，惟古逸潘先生之後爲盛，至今爲郡甲族」云云。是集録潘氏一門詩最多，明潘蕃有《劉伶臺》詩，山夫注其後云：「按伯倫，沛國人，名列竹林。與嵇、阮遊，其地當在河内山陽。晉之河内即今河南懷慶府。考其蹤跡，蓋未嘗渡河涉淮，遠至東楚也。晉後此地亦名山陽，意好事者遂由此而傅會之。唐許渾《淮陰阻風》詩已有『劉伶臺下稻花晚』之句，則其來已久矣。」又潘苞有《穆生遺館詩》，山夫云：「穆生爲楚元王所禮，郡城有楚元王廟，治東北有地名交陵，土人呼爲高陵，傳以爲元王葬處。又據諺云：『射陽九里一千墩，不知誰是楚王墳。』按漢高祖六年封劉交爲楚王，都彭城，是時淮陰不在所封境内，不知廟與墓何以皆在淮。交既不得封淮，又安得有禮賢之館哉？」所辨駁皆極精覈。

吴汝忠名承恩，有《射陽先生存稿》、《續稿》，詩筆清而不薄，澹而能雋。《對酒》云：「客心似空山，閒愁象雲集。前雲乍飛去，後已連翩入。」《齋居》云：「窗午花氣揚，林陰鳥聲樂。」《冬日送人》云：「馬蹄鳴凍雪，鴉腹射殘陽。」《任長興尉作》云：「祇用文章供一笑，不知山水是何曹。」《秋興》云：「河漢白榆秋歷歷，江湖玄鳥晚飛飛。」數聯皆能脱去塵滓，翛然自遠。山夫云：「《淮賢文目》載《西遊記》爲先生所著，觀其中方言俚語，皆吾郡委巷中所習聞而他方有不盡然者。其出淮人手無疑。」愚按《閱微草堂小説》載扶乩以《西遊記》問邱真人事，則其非長春所作又無疑矣。

王鳴鶴字羽卿，以武進士起家，爲南京右府都督僉事。其《秋夜吟》云：「風聲來樹杪，病葉階前繞。明月鑒薄帷，涼露滴叢篠。孤城起暮笳，隔屋驚棲鳥。悲哉千里身，悵望關河渺。」《寄和宇叔》云：「一夜西風急，那堪别思懸。故山頻入夢，黄葉又經年。久斷雲邊雁，全荒谷口田。壯遊機已息，不復慕燕然。」山夫以爲氣韵純清，無劍拔弩張之狀，信矣。羽卿屢立戰功，著有《登壇必究》一書。

閻再彭《走别張文寺杜于皇蒼略因登鷄鳴山》詩云：「雪裏人歸急，踟躕别友生。衝風尋釣港，匹馬向臺城。廟闕非前代，山川歎遠征。太平堤柳在，蕭颯不勝情。」《聞一蒲庵水漲》句云：「草堂從此嗟摇落，蘭若何堪再陸沉。」滄桑之感，溢于言表。再彭爲龍門參議之子，潛邱徵君之父。一蒲庵，其遯世行吟之所也。

張應錫字兼庵，亦以武科起家，有《六友堂詩集》。山夫稱其自序記學詩原委，專肆力於少陵，此外不視也。又稱鼎革後不緇不素，時懷故國黍離之思。此編選至六十餘首，讀之信然。《福建遇故人》云：「天末還王土，勤勞敢惜身。殊方愁斷雁，亂世喜逢人。客夢無端異，鄉情別樣新。遥聞星射蜀，俯仰轉酸辛。」《春日構屋》云：「茅齋久不葺，相習數年間。風雨留佳客，妻孥失好顔。著書存己見，借地作深山。莫道同虞仲，殷民自古頑。」他如《仙霞嶺看霧》云：「家國千山外，乾坤一氣中。」《安東春懷》云：「寒冰饑鳥啄，春樹野雲過。」《秋莊》云：「水鳥朝呼雨，農人夜看星。」《過涿州》云：「附枝殘雪風吹落，帖地寒烏馬逐飛。」《元日舟中》云：「炎荒捧檄誰將母，亂世酬恩不爲官。」《過揚州》云：「骷髏陌上春無草，兵鐵沙中夜有光。」《答人》詩云：「君臣義斷生猶死，骨肉人無客是家。」《詠四皓》云：「逃入商山遠避秦，蒼松野鹿樂天真。何爲卻墮張良術，一出商山便漢人。」讀之可以悲其志矣。

萬年少壽祺有盛名，詳見周櫟園《印人傳》。詩亦散見諸家選本中，清麗可喜。如「市橋春店馬，官驛晚檣烏」、「芳草舟車路，桃花秦漢人」，七言如《草堂舊梅一枝放花》云：「亂後故人猶見汝，定中居士未忘情。」《隰西草堂雜詩》云：「升沈日月此茅屋，俯仰乾坤今布衣。」《梁公狄過訪》云：「斜月啼烏人罷酒，早霜驅雁客登臺。」置之劉隨州集中，當亦未易辨。靳茶坡應昇有哭萬詩極工：「未得憑棺哭，相聞亦自憐。室啼蓬首妾，囊檢鬻書錢。北上曾三刖，南邨乞一廛。喜君存此意，松菊晚能全。」「纔入沅陵道，烟波又渺茫。曉雲含樹色，初日澹山光。鷗鷺中流穩，薔薇夾岸香。興來堪擊檝，隨意賦滄浪」，此李鎧《高都驛即事》詩也。鎧號惺庵，登鴻博科，官至閣學。又有句云：「路歧憐薄宦，山險累慈親。」

邱象升曙戒，與弟象隨齊名，時號「二邱」。以事謫瓊州通判，有《送別黄蘭巖》云：「蒿酒新沽蟹正肥，邱三何日不思歸。可堪悵望河橋外，無數風帆曉夜飛。」象隨號西軒，舉己未鴻博。有《贈程穆倩》詩云：「病後相逢邗水涯，歲寒雪壓客廬斜。縱然澹盡人間事，又寫青山過酒家。」二詩風調，真魯、衛也。曙戒令嗣迥，字邇來，詩尤工。《九日》云：「每於節序驚心易，縱是鄉園聚首難。」《小室》云：「已將世事同飄瓦，豈向浮生計立錐。」《題獨立圖》云：「局外置身雙白眼，静中與我一青山。」

馬駿有《聽山堂集》，佳句如「小屋埋林暗，空江出樹明」、「背城野色貧家菊，着樹寒光破屋烟」。嘗與杜茶邨合刻五律各五十首。

揖堂云：「張岸齋先生鴻烈於書無所不讀，下筆千言立就。以己未鴻詞科授檢討。甲子歲，上疏請開黄河兩岸洩水支河，及停採楠木事，以不應密封，部議左遷大理寺寺副。未幾，採楠工罷，而總河靳輔據檢討疏，自清口至宿遷皂河開新河三百餘里，今之黄營中河是也。山陽自宋理宗嘉定間迄今五百餘年未有本邑專志，乃創修縣志，垂十年始就。乾隆乙巳所修志，皆本先生之書爲之也。」先生有《曲江樓集》、《淮人詠淮詩》、《渡江草》等作，皆未之見。今就揖堂所録者，如《釣臺懷古》、《兒背畫馬》二詩皆奇偉，殆即《詠淮詩》中所有者。余前遊柳衣園，後有高樓聳峙，危而不傾，曲江樓匾額在焉。始疑程氏不當以此名樓，今知其仍先生之舊稱，然未知即其地否也。

閻百詩先生以研經博物爲一代學者之宗，而詩特雅麗。《過漁莊》云：「夾岸水紅花，舟行逐港斜。漸無人識處，祗有網爲家。溪上涓涓月，潮平片片霞。願言秋賽近，酌酒話桑麻。」《悼亡》云：「性貞猶帶艷，心小祗容憐。」是亦廣平之《梅花賦》也。

邊壽民維祺以畫蘆雁得名，有自題一絶云：「鴨觜灘頭幾曲沙，棲鴻安穩似歸家。愁他風雪無遮護，多寫洲前蘆荻花。」殊有風趣，他題者未能及是。

秋風多悲，秋士易感，以失意之人遇揺落之候，其爲抑塞更可知已。每科場之歲重九前後，皆士人動魄驚魂之時。阮緩堂先生學浩有《閏重陽對菊有詠柬下第友人》詩六首，最爲凄緊。今録其三云：「籬外全凋緑草茵，數叢蕭瑟稱閒身。斜陽疾似孤飛雁，落葉紛於失意人。耐冷我諳秋氣味，放晴天與菊精神。十年醉醒黄花徑，更倩清霜一浣塵。」「登高歲歲插茱萸，重過山園影不孤。到眼光陰還此日，側身天地自吾徒。嵐深叠嶂留雙屐，風掃殘英剩幾株。老去惜花差未減，濃香壓帽漫踟躕。」「依然别圃委荒苔，瘦格清標未易才。已過三秋花復吐，恰逢九日客還來。蒼林碧峴成前度，白眼青天又一回。岸幘西風尋亦得，不須隨例倒金罍。」先生早入翰苑，此詩當是少年氍毹之作，讀之令人欲唤奈何也。長子吾山少寇葵生博物工文，風流文采，至今人猶思之。其《遲紫坪未歸》云：「目斷西陵積靄邊，遊裝九月尚流連。真成湖上烟波客，苦戀江南橘柚天。别圃經時無客到，小樓遲爾對床眠。清霜一夜寒初劇，未省秋衣叠楚緜。」《題王振西行春圖》云：「菖葉初釵柳乍絲，一聲布穀唤林枝。擔鋤荷笠邨邨路，畫出儲王雜興詩。」寄興纏緜，吐辭秀曼，不愧風人。吾山有詩文集甚夥，惜無有刻者，惟《茶餘客話》行焉。

任東澗瑗舉丙辰鴻博不就，揖堂稱其篤于經學，潛心宋儒之書，年老窮愁，歌聲若出金石。《遊金山寺》云：「峰孤路欲斷，江抱屋如浮。」《即事》云：「滿眼無前輩，關心祇舊編。」《蒲音庵》云：「風細磬聲傳鳥夢，月斜松影上僧衣。」温雅無俗調。

山夫先生深于六書、金石之學，終身畢力於此，有《説文引經考》、《六書述部叙考》、《金石存》等書，聞皆爲波臣取去，可惜也。其《春暮懷人》云：「作惡東風盡日吹，又將春去向天涯。短檠獨聽三更雨，孤枕難安一字詩。久客不堪多病後，懷人偏在落花時。山中櫻筍今應熟，夢裏從君一舉卮。」《遺悶》云：「乳燕頻來蘸渌波，遊絲飛絮奈愁何。人過四十風情減，客到三春舊夢多。馬角功名真誕謾，鵝籠身世易蹉跎。日長惟仗鈔書力，送盡雙丸似擲梭。」他如「板橋霜滑少人跡，古渡月斜多雁聲」、「雪嶺不逢南去雁，風林難定後棲烏」、「烟花北里横塘外，金粉南朝落照邊」、「水閣依然餘舊夢，僧樓重到識前緣」，掩抑之詞，悱惻之調，讀之者知非一日食麵、一日食不托者也。先生有《忠武軍符歌爲錢唐黄松石賦》，序云：「松石得古銅圓印，徑不及寸，刻一人馳馬負胡蘆，松石曰：『此背嵬軍符也。』按《宋史》，韓、岳皆有背嵬軍。范石湖云：『燕中謂酒瓶爲嵬，其大將酒瓶皆令親隨人負之，故號「背嵬」』。韓與金人戰於大儀，命背嵬軍士各持長斧，上揕人胸，下斫馬足。岳公於潁昌以背嵬八百、於郾城以背嵬五百，皆破金人十餘萬，而岳公子雲將背嵬軍手殺兀术婿夏金吾，背嵬軍之勇冠於諸軍。是符爲韓爲岳皆不可知，制度古樸，色純碧可愛。松石將以歸之岳祠」云云。此歌悲壯激烈，以詞長不録；録其序，以記古物云爾。

山夫長君冠雅，名初枚，詩筆亦工。五言如「海氣猶蒸日，雲邊已挂星」、「選勝客初健，看山眼倍明」，七言如《登鳳陽城樓》云：「清時山外無風鶴，落日平原放馬牛。」語皆警策。

隨園最服膺程魚門先生，故其贈詩云：「平生絶學多參遍，第一詩功海樣深。」惜蕺園稍未得寓目，嘗以爲憾。《耆舊詩》中所録不多，然亦可見大概矣。五古有《宿焦山》、《石壁庵》，七古有《題畫鷺》、《寄商寶意》、《以盆松贈袁簡齋》、《晚甘園淩霄花歌》，出入杜、韓，瀏灕頓挫，有光英朗鍊之觀。近體清邁高華，卓然大雅。《聞鐘》云：「到耳生微聽，鐘聲出遠林。似隨流水影，能引入山心。響絶頗疑續，旨深如可尋。月寒烟盡處，應向此中沈。」《秋日過菰蒲曲感懷族伯父水南先生》云：「當年茹歎鵬承塵，衰草重披重愴神。辛樹拂雲都作勢，驚禽翔影更無人。性情清澈原非福，風雅評量自有真。幸得諸兄守遺澤，詩書門户不憂貧。」《有懷韓伯慧》云：「清淮握手暫逡巡，鬢髮驚看漸染銀。文物雕鎪虧福命，江山蕭瑟老才人。孤琴泛雪誰傾耳，雄劍如虹自繞身。歸去蘇閶門巷冷，緑槐深映舊家春。」《覆舡》詩云：「揚州西去片帆程，誰道輕舟夜忽傾。制命不須滄海闊，洗心先試暮流清。詩書失後懷佳本，戚友來時話再生。莫歎遭逢磨蝎重，世間風浪幾曾平。」「客船高駕類艨艟，南北相持力不同。絶叫已驚身在水，舉頭猶見月如弓。全身别有慈雲筏，作難原非少女風。隻履飄然歸去遠，轉從幻業悟諸空。」「舟人搏顙哭偏哀，嬌女孱妻命遽摧。新婦竟隨河伯去，老夫纔問水濱回。宮袍捉月飛仙迹，古殿摛文曠世才。端賴此生詩筆弱，乖龍原不愛凡材。」先生生平事迹，隨園記述詳矣，且海内知名，不必贅云。

余幼習舉業時知有周白民先生振采，聞其偃蹇場屋而名滿天下。後見歸愚《别裁集》，始知其能詩。乃此集所録亦僅《别裁》中之二首，豈詩本不多，抑散佚無可考耶？其《老將》詩云：「敵人俯首驚無恙，法吏吹毛對若讐。」殆爲自家寫照，可以慨然太息。

兩薛君，一名慎，號廉邨；一名懷，號竹居，以桃源籍居山陽，爲邊壽民宅相。兩君皆工詩，竹居兼善繪事，得無忌之似。廉邨有《見柴邨上人山水有感》一律云：「舊時騷雅地，方外亦名流。此日風期遠，高齋圖畫留。人生無一伎，誰信有千秋。幾度悵吟抱，吾徒空白頭。」其託意蓋不薄矣。《贈内》一絶云：「分取銀鐙半面光，工夫春夜各匆忙。停針軟語殷勤約，繡綫一莖書十行。」風趣正爾不乏。竹居《歸舟遣興》云：「束裝薄暮向河干，木落鴻飛感歲殘。事到客中如意少，家從别後欲歸難。兼天風浪乘潮涌，隔岸雲山帶雨看。坐對短檠聽刻漏，寂寥惟恨夜漫漫。」《舟泊京口雨夜夢兄》云：「三更枕上夢初回，驚起披衣感更哀。到死心猶戀予季，不辭風雨過江來。」讀此知其友于之誼篤矣。又《上元送吴山夫丈》云：「習習東風上柳絲，那堪便唱《渭城》詞。生憎趙嘏樓頭月，第一回圓照别離。」亦佳。

吴之榕《中秋》云：「半生虧處多於月，一片孤懷冷似秋。」從弟之椿《送人》云：「亂山客路經年夢，野水征帆六月秋。」皆佳句也。二吴皆海州人而籍山陽者。又邱兟《除夕》句云：「百歲光陰兒日好，一家情話此時多。」亦婉妙。以上皆從《耆舊集》中鈔出。

水南老人令嗣晴江有《送劉林一歸白下》云：「不意君行至，甫來君又歸。數旬檐雨共，一路柳花飛。多病須諳藥，藏機可掩扉。故園松柚在，應長舊時圍。」姪蕁江《書逸民詩後》云：「車揭飄風奈若何，運移士節倍蹉跎。滄桑不變田横島，宫徵難諧《易水歌》。芒碭愁雲屯日月，樵山血淚老關河。重吟細把還嗚咽，隱隱寒濤響白波。」二首具見風骨，世其家兒者也。

山陽孝廉劉易偕名時，吾友已山之師也。已山言其督教循循，不作經師面目，所以期望甚厚，深以負此雅意爲愧。因出其叢殘詩稿相示，雖非深於此事者，然性靈流露，時有雋永。《邗江雜詠》云：「繫纜灣頭月黯然，一鐙孤館照愁眠。行人聽盡瀟瀟雨，何處青樓不管絃。」「海雲東望楚山低，蕪館陰陰叫午雞。明月二分簾十里，我來偏蹋落花泥。」他如「别如滄海帆先住，話到蓬山燭未灰」、「兒頑贏得題凡鳥，妻老其如病伯鸞」，皆非學究語也。

山陽許謹齋黄門志進風裁稜稜，曾劾兩江制府噶禮貪縱不法，一時直聲動朝野。其他封章造膝，卓卓不阿，卒以迕權貴意乞歸。有《虚槎集》，及戊子以後至己亥編年詩。匠門、俠君皆爲之序，極爲推重。黄門出漁洋門下，詩格亦略相似。五七古皆唐音，沈鬱悲涼，磔卓兀傲，惟音節未能悉諧。近體渾成清逸，兼饒風趣。《贈蒼厓太僕》云：「白髮京華舊，棲遲水國東。頭銜卿士月，身世馬牛風。蟹舍三公府，雞皮八十翁。空餘憂國淚，沾灑向蒼穹。」「黨部寬朝論，清門遺世賢。升沈看諫草，感慨入詩篇。耆舊靈光在，風流洛社先。青緗名士業，文筆大如椽。」《泰安道中》云：「靈嶽開東帝，岧嶤望岱宗。雨將青嶂洗，天以白雲封。練馬渾難辨，巖巒知幾重。何當登絶頂，長嘯俯諸峰。」《河口夜泊》云：「暮山寒一碧，江水浄無聲。浩月初更上，疏星幾個明。清詩吟玉局，美酒破烏程。醉問彝山路，真成夢裏行。」《六峰道中》云：「重岡複嶺勢縈迴，烟景迷人百里來。草色侵天經雨碧，梅花如雪遶城開。鍊峰雲氣環仙鼎，冶浦春流護將臺。咫尺舊京三輔地，憑高攬勝獨裵裒。」《晚泊》云：「江流一碧照人清，魂夢猶耽下瀨驚。地險不妨酬一死，壯遊差足快平生。行依錦纖雲幢路，坐聽鈞天廣樂聲。黯澹灘頭無恙過，闌干北斗蘸空明。」《寄内》云：「深邨一月海西涯，看盡朝雲與暮鴉。幾夜夢歸知憶我，十年投老怕違家。玳梁哺子憐嬌燕，風樹移幡護好花。惆悵晝長吟倦意，玉瓶煎水試新茶。」他五言如《八寶舟中》云：「柳疏黄浦月，稻熟白田秋。」《三汊河》云：「春星隨岸轉，江月送潮來。」《梁溪道中》云：「雲邊見孤塔，樹裏認烟鬟。」《蘭谿》云：「粉堞明如繪，山樓曲着行。」七言如《入都留别》云：「少婦愁添新别恨，老成勸學慎言人。」《揚州》云：「鏡裏山光迷畫舫，擔頭春色問園花。」《三河晚泊》云：「畫角呱呱如雁塞，烏篷落落似漁邨。」《和人》云：「畫地易成名士獄，幕天真作酒人居。」《贈别》云：「縞帶朋歡風自古，雀羅門巷雨來今。」《欲去》云：「映水蠻花關客恨，背人征雁説鄉愁。」《訓屏山》云：「堂前醉石兼醒石，階下桐孫映竹孫。」《大佛頭》云：「金仙夢裏纔歸漢，石佛山中已過秦。」絶句如《看花過劉伶臺》云：「醉死誰能問六骸，春遊且復趁青鞋。花間縱有劉伶鍤，滿地春愁不可埋。」《涇邨即事》云：「稻秧針水麥初熟，楊柳梳風鱖正肥。記取涇南好烟景，林塘四月野花飛。」《妙巖亭》云：「靈巖冷落西施跡，鶴市銷沈吴女墳。猶有六朝金粉恨，夜深環佩響秋雲。」《江皋雜詠》云：「不惜青鞋踐碧苔，春懷特爲好山開。江干莫問路多遠，只揀梅花深處來。」置之阮亭集中，亦合作也。黄門賦性簡敖，動多違俗，詩中亦時露偃蹇槎枒之意，爲里中所疾，至府邑志中不載其姓名，可一喟也。

黄門侍姬玉岑，金陵殊色也，亦能吟詠，集中附其數首，皆清麗婉約。黄門《飼蠶詞》云：「幾夜留鐙照獨眠，蠶房齋禁太常偏。軒渠借問秦淮海，個出《蠶書》第幾篇？」姬和云：「重帷篝火護蠶寒，晝永慵多午夢酣。睡起裁詩先匿笑，緑窗人自孏於蠶。」《和姑蘇柳枝詞》云：「帶雨籠烟映淺流，小蠻無力比輕柔。憐他二月鶯梭巧，織就吴波一段愁。」「艷説濺裙水畔時，新聲重播義山詞。從君要識春深淺，驗取臨風第一枝。」黄門築來鳳以居之，見者以爲珍鳥翡翠之在雲路矣。

有以金陵羽士朱福田《嶽雲詩鈔》見視者，卷首有先師惜抱先生一序，謂其「平生好爲詩，仰希太白，閲之清超不俗」。如「樹深亭未辨，巖際鳥初飛」、「江雲昏欲雨，空翠澹成秋」、「山木懸江雨，吴雲入楚秋」、「霜菊澹無影，風荷乾有聲」、「老屋恰臨水，故人方倚門」、「秋水有危彴，夕陽無近山」，皆有唐人風格。七言如「花氣一林初過雨，春寒二月轉添衣」，《太白樓》云：「千秋過者誰高詠，一斗陶然我欲眠。」《天門阻風》一絶云：「天門中斷阻舟還，葦岸無窮接港灣。一角夕陽西向盡，沈沈姑孰雨連山。」余尤賞其《翠微亭》一聯云：「老衲獨投蕭寺去，寒鴉争傍孝陵飛。」

許孝廉月南復以詞稾見視，清詞麗句，正不減温、韋。《灘破浣谿沙》云：「子舍歡言爓炷長，妝臺温語粉痕香。説着秋聲嫌冷淡，況他鄉。　風打窗櫺推夢醒，雨淋檐角説天涼。此刻争能家不憶，又重陽。」《沁園春・詠愁》云：「最長眉自畫，纔梳頭後；空房獨返，未上鐙時。」《減蘭・詠黑》云：

「重帷深掩，小膽惺惺鐙未點。莫愛烏紗，拋得春風兩鬢鴉。」《詠紅》云：「桃花顏色，淡淡衫兒新染得。霞暈微烘，知是羞容是醉容。」皆可入伽陵之室。

沈芷橋炤，吾吳詩人，少喜爲艷體，極纏緜悱惻之致，尤長於詞。頃自吳門來，出《月夜渡江・水調歌頭》一闋見示，云：「江口月初上，瓜步正潮生。空明天水澄鏡，行矣快揚舲。試問金焦兩點，閱盡過江人物，着眼爲誰青？便欲弄長笛，喚取老龍聽。　風方利，吟初就，酒微醒。恍聞舞空鸞鶴，夜靜塔鈴清。更儗中流容與，滌我詩腸冰雪，和月汲中泠。回首海門闊，長嘯謝山靈。」清雄爽朗，睥睨辛、劉。他如《臺城路・題秋館聽潮》云：「商飇先入江頭樹，刁騷已盈清聽。月墮空烟，潮迴搵浦，滚滚更傳秋信。鄉心易警。算咫尺家山，歸仍難準。并入長宵，羈人剗枕鎮常醒。　年來也同梗泛，孤舟聞斷雁，沙觜頻等。轉眼烟雲，過江人物，那分此聲淘盡。臨流試問。便擊楫乘風，阿誰先證。俊氣銷除，披圖先自省。」小令《菩薩蠻・雙燕圖》云：「年時見爾深深苑，柳昏花暝歸飛倦。留爾看梳頭，朝光晃畫樓。　重來春已遠，簾也無人捲。憑爾訴春愁，花陰閒玉鉤。」餘句如《贈文蘭》云：「翠尊誰共款，有纖蛾桂葉，小字蘭修。玉簫代語，新譜倚徧《梁州》。一朵仙雲留駐，過斜陽、猶漾簾鈎。」《燕泥》云：「別有樓深簾悄和，隔歲歌塵冷誰掃。」皆有姜、張風調。又《南歌子》云：「楊柳初三月，梨花昨夜風。夕陽移過畫闌紅。腸斷斷無人處舊簾櫳。　蕙徑迷裙衩，苔階歇屐弓。楊花無語忒惺忪。剛被游絲攔住攪晴空。」自謂仿《飲水詞》體，正復不減。

芷橋以其故人崇明祝湘珩《積小齋詩》見示，謂曰：「祝君號介亭，以疾偕其婦陸靜窗僑居吳門，日惟伏枕苦吟，以詩爲消遣。惜以沈痾早卒，年僅三十餘。夫人教子有方，其嗣已登丙子賢書矣。」余閱其詩，多呻吟抑鬱之言。《旅思》云：「客館半年住，鄉關一夢通。愁心共春水，流過大江東。斜月横窗白，殘鐙背壁紅。親朋凝望久，書信託征鴻。」《閒吟》云：「春草緑閒房，無言春晝長。風吹半窗雨，人對一鑪香。幽意畫懸壁，正聲琴在牀。年來惟習静，心地稍清涼。」他如「病消豪士氣，静有老僧心」、「腕疲斜舉筆，髪脱亂隨梳」、「桃花拂檻燕初乳，柳絮入簾鶯亂飛」、「閏餘節序驚秋早，别後鄉園入夢非」、「眼雖假睡心難睡，身未能歸夢易歸」。《虎阜雜詩》云：「畫樓横笛午風和，游客關情此地多。六載藥鑪經卷畔，春光不到病維摩。」讀者哀之。有家僮石嶼《詠盆松》云：「老幹不盈尺，霜來也作花。」君見之即焚券，以婢配之。

《遺研樓小集》，元和朱綬環之所作，亦芷橋詩友也。好爲古樂府，古今體亦皆規模高格，不作佻輕淺易之語。《攝山秋夜》云：「秋月不在地，叢碧亂人影。夜風吹衣袂，山葉蹋逾冷。鐙光出疏竹，知有僧未寢。不聞梵唄聲，饑鶴時一警。」《落葉》云：「空室自生警，澹烟如有痕。」《雪中》云：「浦雲低去雁，風樹定昏鴉。」《春雨》云：「如聞闌夜曲，欲病少年人。」《西湖秋柳》詞云：「垂楊垂柳苑牆邊，無復嬌鶯泥管絃。水殿雲廊秋一色，玉笙吹夢雨如烟。」「年前孤負治春期，小立湖壖感鬢絲。依舊第三亭子上，亂烏啼冷月斜時。」皆工。

靈芬館詩話續卷四

吴江郭麐祥伯

亡友陳晴巖太史傳經媚學取友，平生如玉冷泉潤、松高鶴閑，乃甫入詞館，即赴玉樓。所遺止一弱女，生前詩文莫有能收拾者，良足慨息。曼生僅得其《歲莫懷人》詩四十一首，爲刻之於木。其自序云：「燕臺霜瓦，吴客雪衣。孤檠善愁，獨酌多暇。忍枯條之吟葉，驚臘鼓之打春。方慙恩於親故，復紆軫於歡讌。然皆擅名江鄉，振采海内。鸞伏鵠隱之秀，冰懷月抱之奇。不第經神味腴，詩仙嗜癖也。」四十一人大半皆余所相知者，其中亦多有物故，讀之凄然。《江聽香》云：「鍾王畜靈氣，千載入君手。愛好少存詩，救貧多賴友。薄游計屢左，多病有衰叟。」《蔣蔣邨》云：「談論迂且拙，强半費人解。苦吟聳雙肩，脱稾衆盡駴。僧房老寓公，風月幾錢買。」《陳曼生》云：「綽有名士風，一笑擅三絶。篆刻世共尊，山農轉嫌拙。榆館夢春游，嶺南花似雪。」《見懷》云：「奇哉白眉生，狂態轉秀嫵。縱譚花欲開，擲筆天可補。碧浄鶴湖樓，抱琴向誰撫？」頗能妙於形容。

海寧許蔚堂孝廉鍊，曼生舅氏也。抗心希古，不爲時風世氣所移。没後，曼生爲梓其《恭止居遺詩》二卷。七言好爲長吉、義山之體，選詞鍛句，時苦僻澀。五言力追韓、孟，其高處幾於入室。《秋懷》十四首最爲古峭，今録其四：「男兒志四方，遠游良所慕。自顧無寸長，惘惘將何遇。先友晨星稀，何人爲我故。十年春夢中，不識滄江路。」「空堂誰與語，獨遊何所遇。悠悠我心憂，周皇足驚怖。

天宇非荆榛，拙者窘其步。春山有故人，落花桃源路。」「朝爲山中人，暮爲泉下土。去來相因依，一暝成萬古。將求一日閒，皓首飽荼苦。將爲千載憂，壯齒登鬼簿。石燕不知風，海燕不知雨。君平邈千秋，三兆空覼縷。」「日夕天氣涼，獨與短檠對。奔濤撼地來，盪若秋城碎。所履或非土，無乃長鯨背。啓户驚出視，庭檻宛然在。殘月却當花，小犬花陰吠。童子爲余言，今夜星移再。」律句如「雨餘人獨立，路轉見雙扉」、「河梁遊子淚，官柳故人情」、「鐙火揚州前度夢，鶯花寒食再來緣」、「蕭疏節裏偏宜雨，疏密籬邊若有人」《詠菊》，皆自然雅調。集唐五律至九十二首，如「忽見寒梅樹，復聞啼鳥聲」、「白髮催年老，青雲羨鳥飛」、「古路無行客，空山正落花」、「不愁明月盡，轉覺故人稀」、「一葉初飛樹，千聲各爲秋」、「野路正風雪，人生足別離」、「山中無歷日，身外即浮雲」、「誰知新歲酒，還是異鄉愁」、「客路青山外，餘生白首歸」、「久病先知雨，經忙始愛閑」、「卑枝低結子，老樹飽經霜」，皆天然渾成，可以遠追介甫，近接竹垞。

恭止令嗣名寶沅，字筱軒，早年夭閼，未見其止。有《釣雪山人詩存》一册，其佳句有《野望》云：「燕識山家屋，人敲竹裏扉。」《秋日》云：「古渡見衰柳，前郵歸暮禽。」《哭姊》云：「年遠回思前事少，路遥欲見病容難。」

前樊補之以馮補亭詩數首見示，已摘入第十卷中矣。頃從曼生所又得見其手稿一帙，前有吴兔牀先生題字云：「補亭遭惡疾，目雙瞽，沈頓六七寒暑，備歷諸苦。垂危又當酷暑，幾不能斂手足。刑天之報，施於若人，何不幸至於此也。姑留斯編，以俟後人，未審有能爲之表章者否？」余未識補亭，而其友如曼生、梅史、南廬、榕園諸君皆余石交也。雖不足以傳其人，得不爲之動心乎？今就帙中再摘録數首於此，以慰詩魂及兔翁惓惓之心於泉下。《汶陽途中》云：「重嵐頻出入，遥見汶陽田。馬立山頭店，人喧渡口船。清霜剛十月，旅鬢感經年。贏得齊州勝，烟霞寫蜀牋。」《晚泊蘭溪》云：「漲水欲崩堤，波痕盪不齊。回橈入浦溆，近水有招提。晚翠圍舡住，暝禽隔竹啼。不知鐙火盛，祇在郭門西。」《枕上口占》云：「萬壑千巖裏，征鴻借一枝。竹牀回夢後，饑鼠瞰鐙時。夜静寒尤峭，山深月尚遲。照人孤宿處，欹枕動相思。」《春日即事》云：「陌上愔愔少鈿車，薄寒料峭殢春華。瓊牋賭取銀豪判，催放西山萬樹花。」「豆蔻梢頭芳訊遲，東風吹緑已差差。似聞一夜廉纖雨，抽得階前鴨脚葵。」《章江竹枝詞》云：「盈盈蕩槳水雲中，鴉鬟横飛撲面風。浦口行人齊目斷，玉簫吹出《滿江紅》。」「戲水鴛鴦近畫橈，雙飛雙宿自朝朝。儂家生小江邊住，不願牽絲到莫徭。」「官窑新樣五文章，雲物空嵌載滿航。最恨年年江上水，送人夫壻上浮梁。」補亭於此道甚深，五七古亦沈著矯健，惟音調頗有不諧，且亦未免貪多之病，佳處固不可磨滅也。

李白樓方湛爲朱青湖先生高足，《同岑集》所刻僅十之一二。没後，見其手稾十二卷於曼生所。曼生屬爲定其可存者，將爲刊行，因勘録一過，而撮取數章，如聞鮑家詩唱也。《睡燕》云：「懶向閒階覓落紅，任他門外過東風。魂安香壘初成後，春老珠簾不捲中。小苑日斜天似水，高樓人去草連空。迷離未醒三眠柳，料得心情與爾同。」《曉過臨平》云：「侵曉臨平道，推篷雨乍晴。客身先鳥起，山影逆舡行。路轉雙橋合，烟收一鏡明。到家知不遠，猶自數歸程。」《積雨用竹垞韵》云：「去年臘雪不釀寒，老蛟飲泣陂塘乾。今年水族大自在，對對鯉魚游上灘。」「裊裊茶烟不出扉，調朱自畫野薔薇。無聊權當春光看，夢向枝頭作蝶飛。」「金子家住金陀坊季占，譚詩門酒誇身强。三日不見心作惡，着屐張蓋來何妨。」「風前櫛髮散千莖，静坐心如止水平。門外已知行不得，未須重聽鷓鴣聲。」《虹橋春游有贈》云：「華年錦瑟恨如何，每向尊前《懊惱》歌。手撚碧桃花自看，憐他春事已無多。」「卜夜頻將後約堅，酒闌何事便迴船。怪他無賴揚州月，隔着春城照獨眠。」白樓以《早梅》、《天台》、《石梁》詩得名，七言歌行豪宕可喜，而於收尾處非漫則弱，倘亦其精神不足起其文，爲不能永年之徵耶？

白樓集中有《和鵑紅女子題壁詩》，附其原作并序云：「妾生自劍嶺，遠别衣江，鋒鏑之餘，全家失所。慈親信杳，夫壻音訛，命如之何，心滋戚矣。得姻親以依傍，同躑躅於道途。攜至蘇州，遂偕南下。妾意少遲玉碎，猶冀珠還。期秋扇之重圓，願春暉之永駐。流離數月，甫達此閒。嗟乎，陌頭楊柳，總是離愁；門外枇杷，都非鄉景。望齊門而泣下，思蜀道而魂歸。阿鵑，阿鵑，生何如死。扶病夜起，勉書數絶，郵程信宿，便入江南，當是薄命人斷送處也。時嘉慶六年正月十九日蜀中女史鵑紅題於河間道中。」詩云：「萬里漂零百劫哀，青衣江上别家來。朝雲暮雨翻翻看，一路山眉掃不開。」「深閨小命弱如絲，金鼓聲中怯幾時。回首嫖姚軍裏望，分明馬上盡男兒。」「阿母音書隔故關，兒身除有夢飛還。年年手濯江邊錦，不彀人間拭淚斑。」「稾砧望斷路盈盈，敲罷金釵憶定情。妾自馬嵬坡下住，此生衹合卜他生。」「小婢嬌癡代理妝，窮途怕檢女兒箱。兒時愛譜《江南好》，未到江南已斷腸。」「霧鬢風鬟一段魂，喘絲扶住幾黄昏。殘膏背寫傷心句，界亂啼痕與粉痕。」此詩不知白樓何從得之，豈好事者託爲此哀怨之章以眩惑行客，抑真有薄命紅顔馬上來耶？然其詩筆皆工，不妨過而存之，以爲傷心嘉話。

已山詩筆甚美，雖入之未深，清詞麗句，往往而有。同人欲徵其所作，輒秘不肯出。今以余所同作時録出，及所記憶者爲録於上。《銷寒第七集・詠春泥》云：「沙痕無處尋鴻爪，陌上時還没馬蹄。」《春冰》云：「荒汀淺水遲遊櫂，曲澗迴流觸釣罾。」《和頻伽憶故園梅花》云：「遠岸微波初解凍，隔江新柳漸成絲。」《見秋山閣坐月》云：「流雲近月明於水，遠樹籠烟濃似山。」題余《神廬圖册子》詩云：「小水勢回環，隔溪如古渡。何必扁舟杭，别有烟霞趣。月明人語喧，一雙鶴飛去。」《影鶴渚》。「小小屋三間，盈盈水一曲。淡淡夕陽斜，隱隱浮嵐緑。墻陰一角缺，尚須添種竹。」《三分水閣》。「松風吹滿衣，松花落滿地。老此支離翁，相賞有真意。譜入瑶琴絲，泠泠太古思。」《松寮》。「不能高插天，毋寧小如拳。蒼然一夔足，所貴其天全。有時山雨來，亦復生微烟。」《一朵山》。「一帶槿籬圍，數間茅屋敞。瀟瀟風雨來，坐聽四壁響。不知前溪流，昨夜幾尺長。」《賞雨茆屋》。「不論醉與醒，隨意唱且和。有不速客來，排闥即入座。把杯問主人，已入醉鄉卧。」《酒人所遊》。尚有《歲暮樂府》及《臘八粥》諸作，皆工。

東臺袁嘯竹承福，余與相識於邗上。時方合四方之士大會虹橋，置酒紫筠精舍，衫痕釵影，至今猶在夢魂中也。近晤老董，知嘯竹已赴蓉城之召，恨當時同作之詩未及鈔録，惟記其《落葉》一聯云：「斜飛笠上疑疏雨，乾走階前識久晴。」

李瘦仙天徵有《小秦淮竹枝》云：「入門未見春多少，先見階前姊妹花。」又「芳草碧如桃葉渡，祇無一角紫金山。」眼前語甚工，老薑爲余誦之。

有以水南先生畫求售者，已山重價得之。皴法絶似王叔明，其蒼秀之色溢於紙墨，銘心絶品也。其畫乃寄方南堂者，自題二絶云：「石梁霞起夕陽時，二十年來繫夢思。郚口白雲郚外瀑，終當此處結茅茨。」「少小相期事耦耕，勝遊那不共君行。好將雙屐多添蠟，趁未衰殘向赤城。」後跋云：「辛酉春日，偶欲爲天台之遊，因作小幅寄我南堂先生，知必鼓棹南來也。」此詩集中不載，故録之，想見兩先生雲霞之交如此。

蔣君芝軒與余定交於已山觀復齋，知其爲廉吏子也，因請觀其先德香涇先生遺詩。芝軒云：先人所著有《西爽》、《横經》、《舟車》、《金臺》、《寰州》、《白華》諸集，身後多所散佚，間爲人持去。今鈔録所存，僅千餘首，名《尚友堂遺詩鈔》，分爲四卷，出以見示。五古樸茂真淳，直吐所欲言，入都録別諸作，性真孤露，得少陵之神。七古開闔變化，不主故常，而於矩矱無偭豪髮。其他近體間或出入宋賢，要能自樹風骨而音雅節和，無叫囂淩暴之習。《雨中登金山》云：「渡江一十九，兩度到金山。足已輸人健，神應笑我頑。雲霄開佛界，風雨暗鄉關。如聽塔鈴語，何時此客閒。」「躡閣疑乘蹻，江天一覽收。烟中迷建業，樹杪辨揚州。縹緲人行畫，蒼茫景變秋。禪牀如可坐，玉帶也應留。」《平魯元夕》云：「城頭睥睨影參差，近郭人家閉户遲。天外雲山蠮螉塞，月中鐙火蚜蚄祠。市門土銼沽桑落，小婦琵琶唱《竹枝》。衰病合招僮僕怪，駝裘擁卧負芳兹。」《次兒南歸》云：「到家頭角儼成人，門户蕭條釜積塵。他日汝爲廉吏後，半生我是苦吟身。由來賢達多知命，豈有男兒肯諱貧。勤讀詩書敦孝弟，窮冬歷盡也逢春。」《偶成》云：「秋水三篙細槳划，銀塘一帶柳毿毿。夢中好景須臾失，獨對空庭洗手花。」《和内子病中》云：「淋浪半月響檐端，桃李遲開怕晚寒。料得放晴剛病起，春光還汝十分看。」《題春江花月圖》云：「一簇濃花夾去津，有人樓上惜芳春。崔郎枉着銷魂句，未必桃花得似人。」《雨中渡王家營》云：「渡口人家掩竹關，桃花新漲上沙灣。米顛圖畫分明見，只少濃皴數叠山。」《臺庄題壁》云：「縹緲涼天一雁横，蠟花頻翦句初成。太行秋色兼天遠，卻指并州是去程。」他佳句如《宿威遠城》云：「月高烏繞樹，風定虎窺門。」《雨泊錫山驛》云：「寒暄略識天公意，去住都關骨肉情。」《清明日梁溪舟中》云：「緑酒暫謀今日醉，青山已作異鄉看。」《送人》云：「别後故人期白首，秋來歸夢滿青山。」《聽雨軒小集》云：「酒逢佳日何辭醉，春在閒門不待尋。」《和吴蠡濤舍人》云：「入世未深思閉户，出山纔卜計歸田。」《偶成》云：「新患頭風思讀檄，久嬰肺病愛蒸梨。」「藥方日久妻能檢，詩草春來手自删。」「自知到處隨窮鬼，人説前生是謫仙。」《送族孫入都》云：「多病辭官非勇退，異鄉疏族亦關情。」先生恬淡無宦情，成進士後，需次一官，又在崎嶇絶塞間。罷官後，襆被蕭然，故書數篋而已。錢辛楣學士序其詩云：「唐詩人之達者，元微之，宰相也；高達夫、薛能，方鎮也；白樂天，尚書也；吴子華、韓致光，内相也。而楊盈川、姚武功以縣令簿抗衡其間，後人尚論其品，聲價未嘗少貶焉。豈非以文章千古事，深造自得、卓然成家者僂指可數，初不以班資之崇卑爲優劣乎！」可謂知言矣。先生名麟書，字震遠；芝軒名均。蘇州元和人。

汪侍御梅鼎，余未識其人，往往見其爲人作畫，畫必有詩，皆翛然絶去筆墨畦逕，可稱兩絶。頃從已山處得見《澥雲詩鈔》，佳處正不止一遭也。《獅林晤黄小迂》云：「雲林縈舊夢，倦眼喜重醒。藤瑣松身白，雲穿石骨青。樓臺君抱月，驛路我披星。一席東華話，今宵剪燭聽。」《舟至篁墩》云：「滌器湔裙話水涯，兩般梳髻看堆鴉。離愁此際全抛去，聽着鄉音就到家。」《雲歸吟》云：「靈犀通處夢皆真，梅竹難邀夢裏身。翻恐夢魂來覓我，亂山殘雪不逢人。」《即目》云：「漠漠春陰小院東，海紅花已褪殘紅。紙鳶綫斷無人管，絆向低檐自趁風。」皆詩中有畫者也。題畫詩最多最工，爲金古槎題云：「抛去胭脂不畫花，滿池水墨盪清華。青山一桁濃於黛，寫出江南客憶家。」題家竹坪畫云：「嶺上青雲叠叠封，占春花已十分濃。緑華昨夜瑶池晏，醉倒流霞一萬鍾。」「蕙孃才調古今誇，勅掌嫏嬛護絳紗。祇道仙家清徹骨，那知顏色勝桃花。」《題畫扇贈史望之》云：「湖天沈霽晚霞多，幾處樓臺傍古柯。君欲通詞向誰氏，小紅闌外有微波。」《題畫贈左仲甫》云：「白浪掀天擁巨鯨，鴻毛一卷萬船行。小洲不聽風濤響，只有人家笑語聲。」題自畫云：「興到狂呼灑墨頻，拈來洞壑見天真。水流花放杳然處，如此空山尚有人。」佳句如《贈黄素峰》云：「静極冥搜客，經年喜結鄰。若非鐙有影，祇道室無人。」《愍忠寺》云：「花如將去客，佛笑再來人。」《枯井》云：「波瀾非本性，灌溉負初心。」《敗壘》云：「四郊傾舊址，萬骨釀春泥。」《春草》云：「青過荒塞斷，紅葬落花深。」《即事》云：「霜風鏖馬力，霧氣裹河聲。」《過臨城驛憶亡友》云：「字蝕斷垣悲舊雨，日蒸殘雪化春烟。」《舟中感懷》云：「遠港碧隨孤棹轉，夕陽紅壓萬鴉沈。」《出都别友》云：「三年先我貧爲客，雙眼看人早到家。」

松江俞春浦，琵琶爲今時第一。向遊上海，爲李寧圃先生所賞，同人贈詩成軸。前年已山邀至袁江，句留旬日，苦思其家，匆匆告别而去。嘗乞余作詩，未有以應也。《澥雲集》中有《聽俞春浦琵琶》一詩甚工，今録以補余之缺，可以傳其人矣：「老魚瘦蛟嘯亂流，鳴鸞囀鳳深巖幽。弓刀陣馬沙場秋，雨帷風箔兒女愁。推手卻手誰善搊，春浦絶伎今無儔。吟猱撥刺輪哀優，此妙原是琴中搜。人言碎響不可收，恒河沙數君能籌。人言脆滑宜清謳，詭怪變幻無此喉。忽寫興亡增百憂，兩漢六朝吊山丘。忽寫頭陀苦行修，千聲萬聲佛號稠。座中啼笑語唧啾，莫將今古窮雕鎪。請停鐵撥浮金甌，窗外鬼瞰風颼飀。」

吴蘭雪嵩梁，二十年前舊友也，然未覯其全稿。近見其《廬山紀游詩》，較前作更多進步。五古超然自得，七古頓挫瀏灕，如「我爲看山來，山下雲又生。詩亦如白雲，隨意爲縱横」，又「亮彼虎谿笑，應無峴山悲。真實得上諦，焉用浮名爲」，又「廬山無主峰，峰峰自雄長。五老分獨尊，横絶衆峰上。一峰一老人，萬古入俯仰」等句，皆卓然可傳。其《李太白讀書臺》一詩尤工：「匡山讀書處，頭白不歸來。金匱石室惟荒臺，我疑太白非仙才。神仙御風行，蹔居亦蓬萊。俯視九州若藩溷，出泥入雲何爲哉。君本長庚星，人海偶游戲。朝下蛾眉山，暮蹋長安市。宫嬪如花奉硯來，沈香亭侍君王醉。了我事者郭汾陽，識吾心者賀知章。將軍脱靴頗吾辱，要挽銀沙濯雙足。一朝謫滿辭王公，依然手把金芙蓉。十洲三島未免太卑濕，洞天即在五老之中峰。奈何不肯自弢晦，一生徑坐詩篇窮。高歌半夜鬼神泣，摇筆萬里雲烟空。天之所秘不可洩，奪以奇句天無功。上帝聞之怒其頑，罰令不得歸仙山。烽烟躑躅行路難，豈容高卧雲松閒。我疑太白非仙才，乃以才累殊可哀。嫏嬛一閉不復開，洞口日日惟風雷。請君投此夢花五色之神筆，埋以陰壑萬古之蒼苔。人間俯仰甘塵埃，悔過或望天心回。踐汝丹厓翠壁舊盟誓，毋令山魈木客相嫌猜。我才非仙亦非鬼，折除清福今餘幾。昨夜見君弄明月，身跨鯨魚瀑雲裏。詩雖苦吟才不高，天應薄罰寬吾曹。讀書願借青蓮谷，不乞先生宮錦袍。」蘭雪風流跌宕，自顧甚高，詩亦時無與儷者。往年相遇武林，有詩贈之云：「應俗文章游子淚，及時蝦菜異鄉春。」蘭雪讀之惘然，欲和而未就。風塵淪落，爲之纍欷。

《溟漚集》，張子貞與其友三人合刻所作詩也。其中江素山詡與余舊相識，汪玉屏坤則前歲寒食泛舟紅橋，子貞介而相見者。後玉屏又復遠遊，遂不獲合并。其詩五古澹蕩，七古縱横，時有近太白處。《小秦淮春曉曲》最佳：「漏聲竭，鼓聲歇。比户巢鴛鴦，沿花宿胡蝶。珠網微微織曙光，還疑半斂花窗月。流蘇帳壓春愁重，未醒吴儂蜀山夢。忽地流鸎唤曉妝，門前已纜芙蓉艭。個人强起青蛾斂，尚怪春宵不肯長。打槳復打槳，郎今欲何往。露草綴新啼，烟絲媚餘想。勸郎莫向西家住，西家樓高天易曙。」五律《渡花江》云：「百折羊腸險，梯空一綫微。江聲疑到海，雲氣忽生衣。我儗從天降，波猶作雨飛。可憐瘴鄉路，日日履危機。」七律《除夜同子貞過玉照軒索飲》云：「正好屠蘇對客傾，草堂鐙火勸開罌。人逢此夜閒難得，酒向吾曹出有名。屈指又看增一歲，常時何飲不三更。松枝翠活紅鑪暖，共守春風坐到明。」七絶《江上望九華》云：「宵深筆研慣安排，睡起銅陵曙色開。忽見篷窗峰影落，九華山特送詩來。」「雲中仿佛露烟鬟，離合神光隱見閒。十五年來容不改，美人可得似名山。」玉屏拓筆依人，多行役山水之詩。《過大橋河入陡嶺》云：「橋剛隨地盡，人欲上天行。」《遊寶蓮寺》云：「石林秋迸笋，竹隖午啼雞。」《飛雲巖》云：「萬古崖陰埋日脚，幾重巖隙架松根。」皆能寫目前之景於豪端。

素山詩如司馬倦遊，王粲憂生，憔悴婉篤，彌能動人。《春日雜興》云：「春社尋常有，壺觴日與俱。藏鬮占小集，摘句作新圖。蒓菜鱸同鱠，櫻桃笋一厨。所遊皆汗漫，未受俗情拘。」「大化理難齊，浮生意欲迷。菌因松作本，萍以水爲泥。至樂尋莊惠，幽憂笑阮嵇。祇憎深樹裏，杜宇盡情啼。」《雨後庭中秋花》云：「於此見生意，庭花綴雨痕。漂零秋士淚，黯澹夕陽魂。粉蝶不時下，幽禽如有言。稍看新月意，疏影滿前軒。」《紅橋會飲有感》云：「一棹匆匆腹痛回，當年花下幾傳杯。其人已化酒星去，此地誰歌《薤露》來。明月在天如在水，西風飛雨亦飛灰。可堪韓孟聯吟日，偏向黄墟問舊醅。」《悼儲玉琴暨善田上人》云：「虎谿客散草芊芊，誰召巫陽問此緣。李白欲留無昨日，謝安難寫是中年。酒傾北海樽仍在，路轉西州馬不前。漫與文人參慧業，生天成佛總茫然。」《送小石上人之豫章》云：「暇日談經坐佛幢，無端別夢繞吴艭。揚州不合高僧住，手折梅花獨渡江。」「東林西去接西林，杳杳鐘聲遞遠岑。倘倚孤筇重回首，江南江北正春陰。」《芍藥》云：「提壺聲裏玉人簫，客不魂銷酒不消。生恐將離心太苦，楊花遮斷夕陽橋。」真如洗馬言愁，黯然欲涕。素山貧就鹽筴之官，富商大賈，去之惟恐不速，日與布袍韋帶之士行吟躑躅於冷烟寒水間。詩則工矣，窮又安所避耶？

淩芝泉霄少喜任俠，有好事之目。嘗偕方子雲來西湖，因得識之。時家已日落，而豪宕自喜如故也。有詩云：「一斗男兒淚，千金國士恩。重過大梁道，不見信陵門。古木饑烏集，歧塗落照昏。茫茫塵海外，誰識舊王孫？」七律多佳句，但微落纖巧。《舟中夜雨》云：「亂山回首夢無數，寒雨到船鐘幾聲。」《美人鐙》云：「芳年月姊剛三五，仙籍夫人本上元。」《病起》云：「新病起人如鶴瘦，舊遊過地有花紅。」《送春》云：「紫陌曾聞來有脚，青年最苦别無家。」「奢念妄思三月閏，癡情空替百花愁。」

宜芳女士許善仙，曼生子婦，小曼之配也。幼隨宦四川，歸里後追思昔游，作《輕舟出峽圖》，自題詩并序云：「丁卯之春，侍母赴蜀，時余年甫十三，閉置篷窗，不知眺覽。洎隨任奉節，官舍踞山麓，近永安宫故址，巫峽在其南，白帝城在其西，瞿塘、灧澦在白帝城下。春水既生，江流浩浩，有一日千里之勢。庚午春，嚴君奉諱回里，道經魚復浦、麝香山、神女峰、明妃里、工部草堂、萊公故井以及黑石、黄牛之險，青竿、白象之奇，輒爲一一指示。覺山重水複，窈窕幽邃，真神仙之窟宅也。生小閨中，得與壯遊，而同懷五人，翯翯愉愉，尤平生不可多得之樂。今兩大人重赴巴蜀，吾姊偕壻留都下，緬想昔遊，感慨繫之。爰作圖以志，并紀以詩：巫山高矗白雲邊，灧澦瞿唐水拍天。萬里川原入圖畫，一家骨肉聚樓船。不知蜀道難如此，但覺滄洲坐渺然。歷歷舊游渾似夢，回頭令我倍纏緜。」

宜芳嘗題余《靈芬館第六圖》云：「疏疏竹石自清閒，水翦吴淞碧一灣。庾信有園容小隱，莫教詞賦動江關。」「秋色分明紅蓼洲，不妨岸上屋如舟。縱饒湖海豪猶昔，合向雲溪號醉侯。」詞意俱工。圖爲錢七叔美所作，髣髴待詔。叔美題云：「畫爾幽居小邨舍，桑疏竹密槿籬斜。田鳩作陣晴呼雨，松火穿簾午焙茶。長日著書攜弱弟，閒齋説餅試藤花。夢尋烟雨樓頭路，便趁溪風上釣槎。」朱理堂云：「鶴湖一水接鱸鄉，中有盧鴻舊草堂。人以閒情比鷗鷺，天生此老爲文章。閉關添闢裁花地，隔宿先謀飼鶴糧，指點畫圖曾到處，翦淞閣外幾垂楊。」琴隖云：「眼中彈指見華嚴，麟閣騷壇未可兼。仰屋著書君自得，應官聽鼓我終嫌。不除仲蔚門前草，早下君平肆裏簾。好及春光賦歸去，玉梅花發待巡檐。」顧竺生改名昀云：「聞説移家好，分湖卅里通。魏塘我未到，應與水邨同。絶勝船牽岸，仍憐脚轉蓬。蕭蕭數椽屋，閒殺畫圖中。」伯生云：「置身絶頂極崚嶒，百尺樓高此一登。我是華陽舊賓客，可容輕到第三層？」萬廉山承紀云：「籍甚聲華歎賣文，淮陰市上屢逢君。狂吟久作詩壇主，痛飲時張酒國軍。五畝規園酬願早，萬間闢厦復誰聞。卜鄰已負青芝約，怕寫吴江舊水雲。」樊補之云：「題詩讀畫莫蹉跎，又認先生安樂窩。長日筱廊調白鶴，晚風水閣看新荷。圖中景。出塵標格誰能並，傳世文章自不磨。我似羊求來往熟，扁舟載酒便相過。」小曼四首之二云：「故山成久別，小築此幽棲。田舍老奇士，鷺花續舊題。但教書滿屋，不惜醉如泥。早識杜陵叟，草堂似瀼西。」「江左尊壇坫，才高自不群。閒身五湖長，艷體六朝文。孤抱朗如月，閒情澹似雲。佳占詹尹卜，時爲禱靈芬。」

雲璈《題輕舟出峽圖》詩甚工：「亂山如畫繞荆門，霧髻雲鬟依約存。不是巫山經十二，畫來誰似此眉痕。」「陳琳才調最風華，況復閨中有大家。自笑才如船上水，不能浣出錦江花。」又《題蔣芝生賣畫買山圖》云：「閩海歸來兩鬢絲，解衣想見虎頭癡。千巖萬壑圖應遍，結個草堂定幾時？」「相宅頻年當意難，不如仍向畫中看。天然位置君休忘，萬頃西湖一釣竿。」句如《大風過分湖》云：「打窗紛細沫，迴棹擁盤渦。風吹寒水立，雲挾布帆飛。」《魏塘夜歸》云：「天因釀雪連雲凍，船爲宵征帶夢摇。」《秋聲》云：「敗壁孤鐙蛩亂語，滿山寒葉雨争飛。」《寄人》云：「詩如酒味醇方好，交似梅花疏更佳。」

皆妙。

奇節異烈，較尋常貞孝之詩易於著筆，然必詞足以達，使躍然見於紙上，乃可傳之。有詠山陽李烈女者云：「婦鮑氏，許字李恪。恪死，女矢以守。父母不順，爲別字他姓。女婉告父母，須一祭李墓乃嫁，父母聽之。女密置硝磺於衣絮中，偕幼弟至墓，祭畢，焚紙錢，以身近之，頃刻盡爇，欲救不得也。」其烈偉矣，而詩不稱。余屬張君老薑重作一首，詩云：「太山不可移，海水不可竭。爺孃休逼迫，女兒志已決。鴛鴦豈重匹，鴆鳥休爲媒。媒人堂上坐，鬼伯門前來。女兒適新人，當辭故夫墓。再拜爺孃前，含悲口難訴。出門不再回，近墓不願生。故夫九泉下，含笑當來迎。拜墓化紙錢，引火焚衣裳。旁人救不得，著體皆硫黃。硫黃既得火，一發無斯須。神焦鬼亦爛，況此血肉軀。悲風捲地來，白日慘烟霧。形隨餘燼消，魂逐故夫去。生既結同心，死當同此穴。姘合在九泉，爺孃逼不得。難移是太山，難竭是滄海。請看烈女心，至死何曾改。」又有以詹烈婦事索詩者，其族孫爲作行狀甚詳，余詩云：「絶粒一旬死何烈，女中乃有謝文節。後夫一年待子生，子夭即時死已決。叩首兄公立夫後，手製緜衾奉阿母。自闔雙扉斷勺飲，母來女來哭穿牖。戚鄙歎息鄰里哀，共亮此志終難回。請登家祠設生祭，士女淚盡千瓊瑰。先時祠中夜有光，族人聚議爲何祥。豈知正氣通冥漠，婺星作作生寒芒。富家女兒飽稻粱，冥冥墮行如蟲蝗。烈婦一死若蟬蛻，呼吸沆瀣驂鸞皇。婦程夫詹增鏞名，婺源東鄉居遠城。單門有此益可敬，乾坤質之金石銘。」二詩頗謂能達。

靈芬館詩話續卷五

吴江郭麐祥伯

方南堂先生貞觀爲桐城詩人眉目，惜未得其全集。有人以手抄見示者，僅數十首，又皆近體，然已足見一斑矣。《京師秋懷》云：「慈仁坊左鐵門前，落拓王城漫五年。歸計直如圖作佛，曠懷那復夢游仙。頻煩故老爭分俸，慙媿鬚眉坐受憐。積習不隨憂患盡，破窗猶設舊青氈。」《詔還故里紀恩》云：「網開一面感重華，聖澤滂流詎有涯。直似秋霖還土偶，豈同黨錮怨匏瓜。由來造命憑君相，不料餘年有室家。得遂首邱何以報，惟應努力事桑麻。」南堂以株連隸旗籍，久而放還。其詩幽怨之旨，仍得和平忠厚之意，所以佳也。他如《老樹》云：「春深微有葉，僧老昔看花。」《趙姑祠》云：「獨鳥遠飛芳草外，孤花剛謝夕陽時。」《答馬相如》云：「自入秋來常中酒，一從君去斷吟詩。」《辭鴻辭之徵》云：「天下鄒枚原不少，山中猿鶴可全空。」「鳶肩縱與諸賢並，馬齒先悲去日長。」《送人入都》云：「暮齒自嫌傷感易，少年常看別離輕。」皆工。

程在山鍾偕其夫人顧生香隱居西磧山中，以詩酒自娱，世有梁孟、陶翟之目。其詩皆有刊本，余未得寓目，今於鐵門《吉光片羽集》中讀之，爲撮一二。在山《初入山示内》三首尤古澹可味：「山澤性所好，饑驅昧行藏。負戴入荆扉，春陽動林光。惠風從東來，飄飄吹羅裳。亦有忘憂物，興至輒命觴。飛鴻何冥冥，浮雲何洋洋。相與憑運化，江湖永相忘。」「日出衆鳥鳴，庭樹含新翠。南窗一迴眺，湖波渺天際。境曠迹獨幽，性達理同契。何必霸陵山，索居甘遁世。琴書物外緣，桑竹閒中味。非隱亦非樵，斯焉可位置。」「何以數晨夕？筆硯共箕帚。何以解饑劬？秋菘及春韭。山川本性靈，閨門即賓友。知足乃不辱，觀空自離有。彈指去來今，誰言身世久。我倡君爲和，新月照窗牖。」在山所居名逸園，有清暉閣、九峰草廬、魚船花上諸勝，而騰嘯臺尤爲勝絶。全湖在目，湖中諸山出没隱見，若青螺之在銀盤，背枕西磧，如倚千仞翠屏，天風高寒，幾忘人世。余探梅鄧尉，曾造其上，臺基猶存，無片瓦尺木矣。

生香夫人名信芳，爲顧太史秉直女。鐵門以爲詩筆清老，過於在山。其《雪窗對梅酌酒壽外》云：「去冬日暖無寒威，冷艷不待春風吹。虯枝鐵幹競先發，縞衣綽約傾城姿。美人娟娟倚明月，月色如霜花似雪。花前對月夜不眠，月影花光兩清絶。入春三日凍雲連，雪花飄盪春風顛。高下千山失樵逕，迷離四野鋪瓊田。梅花綴雪更明靚，瘦骨淩寒氣逾勁。獨立空山壓衆芳，紛紛桃李誰能並。君今五十耽林泉，掉頭不肯入市廛。小閣草《玄》忘歲月，逸品與花伯仲閒。余亦年來謝脂粉，寒井轆轤牽素綆。擁絮敢誇孺仲妻，巢居且伴孤山隱。短歌歌成雪正狂，銀瓶煮酒添霞觴。酒酣祝君壽而康，歲歲花開樂未央。」讀其詩，知山水協趣，真神仙中人矣。

鐵門又録金陵閨秀王德卿貞儀詩數首，云得之逆旅主人。其詩蕉萃婉約，《廣陵寒食》云：「寒食揚州路，春風吹柳花。可憐芳草色，青遍玉鈎斜。」《荆棘中見梅花一枝》云：「惜爾生非地，蕭疏欲斷魂。寒烟空緑萼，瘦影自黄昏。欲折愁傷手，將移怨託根。臨風一怊悵，憔悴與誰論？」

吴江周慎字誠哉，工制義。門下士頗有掇科名者，周獨終老諸生。《枕上》一律云：「秋老蟲聲壯，夜涼花氣浮。催詩疏雨過，照夢一鐙留。辛苦人間世，逍遥物外遊。窮年高枕卧，無酒亦忘憂。」周詩非專門，而風格頗高。

余向疑杜詩「陶侃胡奴」句之斷非用侃子之名，妄意或用陶峴奴事，已筆之前卷中。頃閲《四庫全書總目》於劉敬叔《異苑》下按語云：「杜甫詩中陶侃胡奴事，據《世説新語》，但知爲侃子小名勘。驗是書，乃知别有一事，甫之援引爲精切。」云云，乃自笑不學妄論之失。惜未見此書，後當補入以證之。

嘉慶癸酉，張君敬軒約同人放櫂天香庵探梅，因共作詩，而南廬查世官爲首倡。敬軒録爲一册，出以見示，其中佳句如珠一一，南廬云：「老幹百年思舊澤，空山一士享高名。」馬小眉云：「老幹槎枒思舊侣，横枝冷澹占新晴。」夏亞生云：「横枝如壓一墻雪，高會先期十日晴。」周梅坪云：「好詩合倩花爲骨，真賞何煩酒藉名。」徐壽魚云：「來攜雙屐凍苔滑，到值四山春雪晴。」李引樹云：「徑仄不曾緣客掃，春寒特爲看花晴。」李今嬾云：「地近荒邨留老樹，天因佳客放新晴。」吴榕園云：「天作寒暄詩有料，人非離合酒無名。」查春園云：「果嗣唐音多妙句，如披晉帖快時晴。爭摹宋代一梅古，誰繼詩人三李名？」敬軒云：「對酒讀詩兼讀畫，看花宜雪復宜晴。」《用韻送南廬》云：「畫許古香雙管下，集添今雨幾人名。」金春玉應，琅然可聽也。天香庵後改爲李徵君秋錦昂弟之祠，故二李之詩云然。前歲余曾偕今嬾、雲伯同過其地，老幹崎嵚，疏花歷落，正如楊補之畫格，傳是宋時物也。

松江姚春木椿，天下士也。年未四十，即棄去舉業，杜門掃軌，以著述爲事。余與相識二十年，中間間闊不相聞。己卯春，春木來吴門，下榻于古雲百一山房，時甘亭亦在焉。古雲以書見招，亟往就之，執手道舊，各爲憮然。余方欲刻《雜著續編》，俾之攻摘瑕疵。春木亦以三年中詩見示，因得讀一過。五古自《選》體以及宋賢靡不沿泝而自樹風骨，七古出入李、杜、韓、蘇之間，較昔時所見不啻逕庭。其中如《大龍湫》、《靈巖》、《送毛生甫赴閩》、《劉松年十八學士圖》、《望黄山諸峰》詩，頓挫瀏漓，直入唐賢之室矣。篇長不能備録。有《題船山遺稿次見贈韵》四首，序云：「船山詩稿多散佚。庚申在都下，有詩四首書扇見貽，頃偶檢得之，而集中失載。因次原韵録存，以志故人之感。」詩云：「浮生原偶寄，噩夢忽驚回。飲斷人間酒，收還地下才。何心官職競，多事佛仙來。怕聽蕭蕭竹，空餘叔夜杯。」「作意都成巧，無心偶出奇。龍涎天上試，鶴背夜深騎。冷月神猶妬，癡雲夢亦疑。倉庚能療疾，休問入宫醫。」「成都春萬里，擦亂浣花牋。多難干戈久，還家道路偏。夜愁孤燭語，秋夢一琴傳。我亦題橋客，抛書更自憐。」「諭俗詞原淺，憐才意自真。浮名千古事，俊語六朝人。長揖揮卿相，新聲泣鬼神。空山餘澹薄，寶氣獨終淪。」今亦録船山原作於此云：「摩空聲不定，一字幾徘徊。藻翰皆生氣，東南此異才。論嚴詩筆正，心動化工來。難後豪情減，因君又舉杯。」「小扇臨風贈，長歌忽振奇。美人春不妬，天馬怒難騎。僊籍誰真注，名場我漸疑。粗工森可怕，詩病莫輕醫。」「相逢皆少壯，餘力且題箋。風格中年定，時名衆口偏。開懷原偶託，揮手任無傳。繚繞神仙字，蟫魚太可憐。」「妄語疲酬贈，狂言爲汝真。交才謀一面，氣已辟千人。文古曾非貌，詩飛或有神。科名身外事，此筆豈沈淪。」

春木七律沈著高華，各有其勝。《江心寺》云：「詩人著屐登臨去，丞相提戈慟哭來。」《東坡生日》云：「二賦流傳風月笛，三星憔悴斗牛箕。」《哀汪選樓》云：「相如稾草無《封禪》，劉蜕文編待勒銘。」《聞蓉裳將卜葬》云：「詩冷吴江萬楓葉，魂歸蜀道一鵑啼。」和人云：「巴水有情無那雨，蜀天如夢不宜秋。」《用魯直借書韵》云：「提壺笑客不解事，螢火照人還讀書。」春木少爲萬里之遊，邇年又探台、宕、黄山、九華之勝，蓋真得江山之助者也。

吴門何錦字豈匏，詩工五律一體，深得四靈風格。甘亭言其生平最得意之作，嘗爲誦之云：「寂寂歲將晚，西風吹滿郊。間招逢霽赴，亂夢過春抛。緘茗不成餉，借書仍廢鈔。城西光福路，幽處可誅茆。」又嘗自云得一句「古屋上鐙早」，未有對，遲一年，病中忽得下句，乃續成之云：「臞身易葛遲。」始知「兩句三年得，一吟雙淚流」，古既有之，今亦宜然也。

春木别後見寄一律云：「郭生落落異人群，天馬行空脱紲紛。責我一言真至當，期君千載有斯文。皭心未敢欺他日，索解終須待子雲。同是醉翁門下士，相逢餘礮惜斜曛。」春木亦姬傳先生弟子，故落句云爾。深媿老而慵惰，不克副其所期也。

嘉興李旦華字憲吉，秋錦徵士之玄孫也。夙成好學，經史靡不淹貫，有《十六國世系表》、《後唐書》各若干卷。尤邃於《易》，有《周易象義》未成，力辨先天及《河圖》之非。其舅氏楊謙爲作行略，以爲稍假以年，當爲鄭漁仲、馬貴與一流，惜未三十而没。兩應召試，皆在乙等，以優貢入成均，試不得志，鬱鬱終。其令嗣遇孫出其《青蓮館詩》見示，登臨、懷古諸作最工。《鄴下懷古》云：「曹公横槊解吟詩，古直蒼涼絶代奇。烈士暮年多慷慨，西陵今日尚然疑。雲寒臺殿松杉杳，秋老關河鼓角悲。此夜月華涼似水，棲烏猶繞兩三枝。」「幡影居然選佛場，鐘魚猶自頌高王。銀瓶斷絶哀湍瀉，白塔崚嶒落照涼。下稌秋原迷碌碡，叢祠古瓦認香姜。銅駝荆棘緣何事，遺恨周師入晉陽。」「河朔陰森莽陣雲，唐餘戰鬥正紛紛。六州强大盤根久，兩姓興亡移足分。鐵錯鑄成真失計，銀槍募得號能軍。遥瞻亞子登壇地，不見靈旗繞紫氛。」餘如《滹池河》云：「渡口風烟高邑暮，關門山色太行秋。」《邯鄲》云：「大漠風高飛隼急，平原日落晚鴻哀。」《寄朱南池》云：「鄉國夢遥烹黍約，塞垣耳習捲蘆聲。」《河陽驛渡河》云：「天低白草迷津口，風捲黄雲入浪花。」其自傷淪落，亦時見於其間。《董東亭夜話》云：「黄香那有無雙譽，温嶠甘居第二流。」《詠古》云：「不愧中朝第一人，廣平抱負迥離塵。誰知文戰低眉日，且與梅花爲寫真。」「鏤月裁雲穆羽和，詩人清怨玉溪多。不須惆悵通仙籍，閶闔門高可奈何。」讀者可以悲其意矣。

李金瀾遇孫與余相識於梅里馬君家，嘗爲題其先徵君《灌園圖》。近見其《消寒雜詠》諸作，雅音愔愔，不愧門風。《圍鑪》云：「霎時回暖氣，努力學冬烘。」《探梅》云：「得信才今日，相思已隔年。」《懷張雲巢》云：「張星光照東西浙，白傅才超中晚唐。」「落落未曾謀一面，遥遥相與證千秋。」金瀾甥應天垣亦能詩，有《舟行》云：「斜射日光孤塔白，倒垂山影一江青。」

桐鄉夏叟維善，字雨邨，晚景落魄，喪其婦及女侍，因感異夢，遂自號夢禪。然胸懷曠達，時放扁舟往來石門、鴛湖諸故人家，酒場歌地，跌宕不減少年。余與相識於吴門，後又同集梅里。叟有詩録別云：「崇山曲水遍尋詩，問爾家園住幾時。嫋嫋東風楊柳緑，屋邊閒殺十三枝。」今歲偕小眉諸君見過，又有詩云：「老境偏愁話別離，將離先要問歸期。魏塘冷浸三更月，正是思君返棹時。」時余又將束裝也。

梧門先生法式善，風流宏獎，一時有龍門之目。己卯歲，余應京兆試，先生爲大司成。未試前，余避嫌未及晉謁。先生已知其姓名，監中試畢，呼騶訪余於金司寇邸第，所以勖勵期待之者甚厚。下第出都，猶拳拳執手，望其再蹋省門。書聯見送云：「一輩登科慚李郃，半年太學去何蕃。」然卒之皓首無成，以不舞之鶴爲羊公累，吁足悲矣。先生嘗有詩見贈，近料理故篋，重一翻閱，不禁涕之霑膺，録此以志感愧：「君從山中來，蹋此槐花影。掃榻城西偏，蕭然塵事屏。思君不得見，使我心耿耿。青衫逐時髦，漂泊劇浮梗。兩戰皆拔幟，驥足始小騁。知人古所難，致此吾其幸。願君長閉關，無事廣造請。眠早餐宜加，讀書隨意領。清齋坐月明，北地防秋冷。」先生詩集聞已付梓，窮居遼隔，亦未得見。有詩話十餘册，交屠太史琴隖爲之校刊，亦未果。終當與琴隖共成此事，庶報知己於萬一耳。

近兒輩於故書攤上買得詞稾一册，自署風谿邵豐城。前有王鐵甫題字。其中交遊，惟許澹人、張遠春爲余所知。詞筆雖未能清靈婉約，然著題處頗有用意，蓋學辛、劉而未成者。爲登二首，庶免名字翳如之歎。《清平樂・渡泖》云：「潮平風静，水色明於鏡，縹緲波心浮塔影，更著遥山相映。呼舟逕渡蒼茫，艣枝劃碎秋光。浦口日斜漁散，白鷗飛近船窗。」《臺城路・秋草》云：「芳痕怨入東風裏，曾經喚愁多少。緑尚含滋，青將變色，次第商飈吹到。池塘夢杳。奈吟斷春情，頓孤懷抱。落日閒門，伴他疏柳影低照。　黄雲横亘萬里，想霜飛遠塞，沙冷先槁。雨洗涼螢，烟迷瘦蝶，更有幽蛩相吊。征袍漸老。悵遊子天涯，故園荒了。記否裙腰，一條斜更好。」

閨秀舒姒字嗣音，余友薛可庵之室也。可庵嘗以其《綺雲樓稿》見示，久不記憶。鐵門曾録數首，皆清麗可喜。《除夕》云：「聽遍街頭爆竹聲，春回小院夜三更。也知歲盡無堪守，爲等梅花坐到明。」《池蓮》云：「半畝荷池白石塘，亭亭纔見試新妝。晚涼知有微風至，先捲珠簾待送香。」其姑名静娟，詩有附見集中者，《送春》云：「寂寂空庭步緑苔，送春欲賦更徘徊。落花忍與詩人别，飛過銀牆不轉來。」

余好輯録近人詩之無刊本者，單辭隻句，每易堙沈也。與余同志者，鐵門有《吉光片羽集》，伯生有《秋唱集》，思欲彙爲一編，迄未能成。伯生《秋唱集》聞以轉徙失之，惟鐵門所鈔無恙，然寥寥篇帙，不克單行。今爲録數章於此，其已入《銷夏録》者不再列。戴延年號葯坪，長洲諸生，徙居吴江東門外。《任城阻雨》云：「濁醪成獨酌，不寐自閒吟。細雨鳴秋驛，疏鐙見客心。泥塗憐瘦馬，遥夜感羇禽。明發西風裏，愁聞落葉音。」《班馬嶺》云：「絶磴捫蘿上，危厓一綫通。路懸飛鳥外，泉響亂雲中。僧眼苦竹連邨暝，蠻花帶日烘。茅蓬堪小憩，魯酒借顔紅。」《古寺》云：「夕陽迷紫翠，半嶺叩松關。碧於鷺，鐘聲寒過山。泉香流法乳，竹密擁烟鬟。最愛閒雲影，孤飛鶴共還。」《春盡》云：「春盡山居倍覺長，竹窗棐几静焚香。蹋枝幽鳥忽飛去，殘雨梢頭摇夕陽。」廷摽字半邨，不知何姓。鐵門于杭州骨董攤上買得舊扇，有詩數首，自云録舊作，因鈔存之。中有《答玉几生》詩，當是雍、乾間人。《潼關》云：「極目孤城落照閒，一鞭秋色度秦關。哀笳戍鼓不知處，隱隱黄河繞亂山。」《别友》云：「柳緜榆筴亂隨流，交割餘春上客舟。春色贈君愁贈我，小紅樓畔莫回頭。」又三釋子詩，云得之故書中，不知何時人也。一宗衍，《題扁舟醉眠圖》云：「江水蕭蕭江岸風，泊舟不歸何處翁。鼉鼉出没浪如此，爾尚醉遊春夢中。」「空山雲深白日静，松聲如濤屋如艇。歸來歸來無久留，不歸恐爾且覆舟。」其一蒼雪，《送朗癯入匡山》云：「獨向匡廬住，禪關第幾重？九江黄葉寺，五老白雲峰。落日眠蒼兕，飛泉下玉龍。到時應爲我，問訊虎溪松。」其一通潤，《將歸鐵山留别三如學公》云：「曉起春寒甚，思君巖上廬。當門雪幾許，倚杖興何如。不日理歸棹，無人傳别書。臨行恐草草，先此託江魚。」《種松老人》云：「飯後罷鋤春，寒山信短笻。偶隨孤犢去，適與老人逢。見面不知姓，自言能種松。横岡千萬樹，大半已成龍。」其所鈔閨秀詩尤工。黄裳，吴郡人，未嫁卒。《病劇口占》云：「病骨支離氣似絲，熏籠强倚暮寒時。霜豪與我行相别，再四拈來未有詩。」繆孟翹字樊君，未婚，矢志不貳，自號冬青子。有《恤緯吟》。《寒夜》云：「寒生刀尺懶縫裳，烏鵲驚飛夜有霜。金鴨香銷人寂寂，起看殘月度空廊。」《詠菊》云：「月中疏影幾枝斜，三徑荒涼處士家。冷艷幽香誰得並，倚闌人更澹於花。」嚴蕊珠字緑華，吴江人，夙慧好學，年二十而卒。《滄浪亭》云：「瀟灑前賢地，閒循曲逕行。野花自開落，山鳥忽飛鳴。風月容長嘯，漁樵問舊盟。濯纓人不見，孤影鑒澄清。」《題畫絶句》云：「墟里散炊烟，蒼蒼遍林樾。樵歸華子岡，犬吠柴門月。」「落葉濕還飛，昨夜郵中雨。樹影隔寒江，烟外聞柔艣。」沈采字虹屏，平湖陸梅谷姬人。《杪春》云：「拂罷春山理鬢絲，茶烟裊裊坐來遲。杏花開後江南雨，正是紅蠶上簇時。」又一絶云：「束綾斜裹月初收，纓絡玲瓏舞未休。一樣金蓮生足下，觀音自在窈孃愁。」袁蘭貞字湘佩，吾友湘湄族姑，歸陳芝房進士。《和龐蕙纕香奩瑣事詩》云：「梧竹蕭疏覆屋低，空梁燕壘落香泥。兒家不作遼西夢，一任黄鶯自在啼。」「冷風疏雨釀春寒，種種名花保護難。今日圍屏添一架，夜來新到建州蘭。」又於龐鶴霄詩中得其表妹王素芬夢蘭《宫詞》十首，今録其六云：「雲鬢花容總是空，從來薄命爲顔紅。蛾眉自分同春老，那得金錢與畫工？」「寂莫空庭鎖緑苔，長門何日爲君開。淚珠滴地成鹽汁，底事羊車引不來？」「脆管清笙只自娱，沈沈玉漏滴銅壺。六宫岑寂無人問，夜半傳呼覓念奴。」「月送清輝風送涼，半簾花影上銀牀。身輕卻羡雕梁燕，銜得宫花出上陽。」「澹烟籠樹雨初晴，徙倚空床夢不成。香冷鐙殘金殿悄，阿誰微度玉簫聲？」「顔羞脂粉黛羞螺，幾度妝成唤奈何。三十六宫閒似水，昭陽殿裏奏新歌。」

蘆墟陳夢琴希恕，余中表叔行也，以感異夢，遂以爲號。有《夢琴圖》，余曾爲題詞其上。夢琴家僅中貲而收書厚價，賦禀孱弱而於學溺苦。余每過舊居，相見輒以其詩見質，嚴事若弟子之於先生，余愧不敢當也。詩詞皆出自機杼，意主新雋，雖仲宣體弱，而固非肥皮厚肉所可同語。《病起過兩行齋與袁雪圃話舊》云：「一笑園林破鶴眠，今番重結再生緣。竹扶石丈久疏面，梅傍牆匡已及肩。家有叢書供我讀，門餘祖德藉君傳。」文窗不覺清譚久，日午花陰過八甎。」《種菊》云：「忒覺蕭疏牆半凹，鋤泥自補菊新苗。年來病骨孄於鶴，不爲秋花不折腰。」《庭前桐樹》云：「先人手植記曾知，廿載光陰去若斯。相對不禁慚老大，是他見我作兒時。」《小園竹》云：「斷卻人蹤一逕苔，讀書窗外緑成堆。豈知有個幽尋客，愛向竹深深處來。」句如「名畫不教寒具污，古琴要作水聲聽」、「客如楓意新添醉，詩帶秋聲略近商」、「琴能倚醉且支枕，石可留題不用牋」，皆宋人佳調。詞亦多俊語，《花朝雲璈見招令姬人出拜》云：「想與花朝花樣似，漸漸漸濃芳訊。」《題怡緑齋倡酬卷》云：「愔愔一曲闌干静，更羅袖娉婷如玉。祇那時、減字偷聲，早被翠禽聽熟。」夢琴年未三十，又不涉外事，書床鏡檻，茗碗爐熏，不惟享讀書之福，抑亦卻病之方也。

夢琴又介其友柳湄生樹芳、朱藹亭瑞增兩君之詩，因雲璈以見視。兩君所居皆去蘆墟不十里，扁舟載書，時相過從。結文字之飲，和皮、陸之什，故其格調亦皆相近。湄生好爲深湛，力矯浮靡。五言古詩如《閒居讀史八首》與《春日雜興》諸作，皆有欲闖古人門庭之意。如「靈氣鍾於一，得天每獨厚。散之千萬人，醨薄如魯酒」、「霜雪勞人骨，紈綺佚人情。因苦得甘節，懷安實敗名。古來有志士，温飽性所輕」、「入秋令人醒，入春令人倦。和風日吹噓，筋骨少鍛鍊。疏慵性易成，晏逸情所戀。萬事一因循，流光去如箭」等語，具見自立，不同流俗。少年膏粱子弟，皆可書一通銘座右也。七律亦婉約有致，《新漲》云：「雉尾青開連夜雨，鴨頭緑上五湖烟。」《新烟》云：「斜陽屋角炊何晚，曉日樓臺畫未成。」《檢閲寄林遺詩》云：「曲有誤時方待顧，花當删處不求多。」《積陰》云：「湖光積水全生白，雲氣埋山不放青。」又有《勝溪竹枝詞》如干首，網羅舊聞遺事，頗爲詳核。余嘗謂分湖之名見於《吴越春秋》，其來最古。元、明諸勝流如楊廉夫、陸友仁輩皆修文讌于此，其題詠散見著録。而近時流風迢然，深可慨息。振起風雅，不能不厚望於後來之秀也。

藹亭與余家有戚誼，自余移居後久不相聞，今得其一册，恍如聞足音而跫然也。其《和靈芬館寒宵四詠・鐙影》云：「無寐一宵永，幢幢爾許深。一花含暮意，半焰有冬心。是處息群動，何人正苦吟。照來離夢遠，晼晚更難任。」《雞聲》云：「腷膊何爲者，邨深聽轉遥。霜天人乍醒，茆店月無憀。易喚離鄉感，偏驚少睡宵。東方未明候，客路又迢迢。」《霜華》云：「霜色逼江關，蕭蕭木葉殷。斜飛一片影，吹落萬重山。月冷啼狷起，風高斷角還。棲棲遠行客，歲晏動離顏。」《鑪火》云：「閤小重簾護，霏微氣暗催。幾星留火活，一夜逗春來。坐暖時呼酒，譚深欲陷灰。經旬門不出，忘了雪成堆。」《聞天寥上人逝》云：「凶問傳來或恐訛，把君詩卷重踟躕。多生慧業三生債，海上空龕住得無？」「鶴湖小住記前蹤，天寥先時嘗主于靈芬館。晚愛譚禪詩更工。立石題名他日事，封書誰報郭林宗。」藹亭與天寥未及相識，而相感如此，知風雅中自有真性情也。其夫人徐姍若名應嬛，虹亭先生四世女孫，亦工詩詞，有《月當樓倡和》之作。《華朝》云：「瑶天團住一窩雲，錦幛吹香不耐熏。廿四番風春九十，兩邊花事正平分。」《題陳秋史亭角尋詩圖》云：「淺着林花紅一隈，孤亭斜照數峰開。有人詩境先探得，繡屐一雙點緑苔。」自注：「謂麗卿夫人。」麗卿，湘湄徵君之妹，亦能詩。藹、若《月當樓納涼聯句》末云：「題就新詩嫌未穩，先教念與素娥聽。」雅韻可想。

錢唐施石樵紹武，生平孤峭自喜，與陳秋堂、蔣蔣邨諸君莫逆，學詩於朱青湖，曾刻入《同岑集》中。舉孝廉，以母老不應春闈，食貧厲志，屢空泊如。前年以瘵疾没矣。蔣邨爲刻其《靈石山房稾》三卷。五七古皆蒼勁可觀，微嫌才力薄耳。近體工穩，時得佳趣。《晚至會僊橋看梅》云：「空山春意早，幽步晚來偏。嵐氣欲成雨，梅花都似烟。過橋人小立，落日鳥初還。尚憶西谿曲，寒香拂釣船。」

《練川棹歌》云：「寒機軋軋夜偏賒，織得棋花勝紫花。郎到安亭須記取，板橋西去是兒家。」「黄白涇西繫釣舟，傳來枯骨認潛虬。黄塵碧海千年事，見説麻姑也白頭。」「疏枝低亞綺窗前，小閣香浮愛小眠。閩海迢迢歸路遠，無人知是荔枝仙。自注：香浮閣，宋比玉所居。荔枝仙，宋自號也。」「屋後垂楊鎖緑烟，郫前新水響平田。隔溪月出牽漁網，繞郭春深種木緜。」《寄懷劉芙初》云：「一第艱難才子命，百年珍重草堂詩。」《倪米樓》云：「才多自悔飄零早，身賤翻憐去就輕。」皆工。

犀泉以其大父顧圃先生《小稱意齋詩稾》見示，和雅之音，恬澹之抱，真有德者之言也。先生以中書分守太平，旋請急里居。功名晚達，而仕路又蹭蹬不進，故其《酬友人韵》云：「侵尋不覺鬢毛斑，作手何緣得遂攀。每訝新聲如異俗，老耽故紙是家山。十年悔失窮經業，早歲虚隨珥筆班。坐遣韶光殊可惜，賴君提倡及餘閒。」《即事》云：「每飯不忍飽，翳桑近在門。俸錢當日愧，蔬食暮年尊。筋力誠無補，詩書尚可敦。眠餐空送老，祇覺負晨昏。」他如《江行偶成》云：「一般船竟前頭去，到處帆多對面來。」《效放翁》云：「鐙檠恐盡宜先睡，米甕將空莫預聞。」其託意可想也。家故有浮香樓，爲西谿勝處。查浦曾有卜鄰之約，先生有《追和查浦韵》二首云：「容易招攜共一郫，獨留佳句到衡門。祇今樹影常年繞，可憶書聲入夜喧？看弈有人傳橘叟，牽蘿無力愧桐孫。浮香樓畔當時事，魂魄因依好細論。」「上策唯應早掉頭，底須白髮入扁舟。菟裘老去仍謠詠，華表歸來孰倡酬。長占清風詩數卷，重憐落日路周流。自注：先生游跡最遠，暮年復被謫邊地。相看窮達都何益，此後真能百不憂。」集中有與陽湖汪芑湑孝廉倡和之作。汪不知其人，而附句極工，今並録之。如「夢中得路仍爲客，病裏看人總是仙」、「開齊楊葉烟逾碧，落過桃花雨不紅。」先生名瀛洲。

廉山言任邱道上有一伎題壁詩云：「悔隨浪跡住蝦蟆，一入風塵事事差。未必有情都眷屬，可憐逝水似年華。鐸鈴苦憶檐前馬，沙礫横吹鬢上鴉。鬢髮如雲渾不掃，自包羅帕上蓬車。」後署云「某月日送不識字兒郎過此」。不知真有此伎，抑輕薄者作此狡獪也。

唐陶山觀察仲冕向宰吾邑，治聲藹然。亡友袁湘湄，其所舉士也，以國士待之。時有恃奥援請託者，公不爲奪。余亦繆以文字獲知，乃以久客遠外，不相見者十餘年。今歲公以攝篆河庫道，因得造謁，尊酒論文。出未刻詩稿見示，猥蒙虚懷下詢，屬爲去取，快讀一過。觀察有已刻詩詞集若干卷，亦今始得見，大約刊落枝葉，獨表真實，似近作尤爲老境。其中古體爲多，亦高於近體，五古尤爲獨擅勝場。《請假雜詩》十一首、《旅病雜感》六首、《題鄧湘臯詩卷》一首，皆清氣滔滔，風行海運，而沈深渾厚，蘊蓄醇醲，不獨作者爲難，恐知者亦未易也。近體亦皆無無爲而作者。五律有《立秋日勘海門合龍五港》云：「四海爲家廣，重門擊柝嚴。如何横一櫂，便欲廢三監。舟負難藏壑，丸封豈塞函。莫言溪澗小，萬斛駕長帆。」「繡錯分州壤，川流共此津。鄰封寧是壑，水監不如民。開堰西門豹，循阡召信臣。被符當盡力，襆被趁涼晨。」《陶山展墓》云：「少植數行柏，今裁一兩圍。思親如此樹，投老幾時歸。人與石同瘦，草無霜自肥。何須買山隱，是處足忘機。」《淮陰舟中》云：「買棹長淮路，淮流喜未冰。雁繩銜落日，漁舍點寒鐙。下水船宜艑，中宵被有稜。舟人覺來往，笑問客何能。」七律《戊寅元旦》云：「公庭退食拜家昆，願進屠蘇酒一尊。同是得年無老少，幾時歸里共朝昏。新炊藏甕冬舂米，細嚼堆盤生菜根。如此粇盆真暖熱，底須列炬戟爲門。」《海上》云：「海濱八月天氣凉，濕雲一夜飛冰霜。小亭摇風鸛鶴叫，平洲滴露蒹葭蒼。塵顔奔走近鮫室，隴首區分窮蟹莊。萬里黄河有歸宿，百年皓髮何蒼茫。」似此數詩，不獨氣格之高，風骨之重，而民隱宦情，孝子悌弟之思，志士勞臣之感，自然流露于行墨之間，嘗鼎一臠，足以知味矣。

上元車君秋舲持謙以所刻《紅蠶閣遺稿》、《燕歸來軒詩》見視。《紅蠶閣》者，其前夫人方蓮漪曜之詩；《燕歸來軒》則今配袁夫人黛華青所作也。方有《伺蠶》詩云：「晨昏調伺事初諳，忙過春風三月三。吐盡情絲仍化蝶，他生儂願作紅蠶。」故以之命名。又《春晚》云：「春風渺渺又天涯，小立閒庭感歲華。飛入湘簾雙燕子，一銜柳絮一銜花。」秋舲爲作《玉臺春影圖》，以寄其傷逝之思。他佳句如「落花驚蝶夢，疏雨濇人心」、「夢回聞落葉，秋老見明河」、「菱花鏡影無圓缺，柳葉眉痕有濇濃」、「風定蛩聲清似水，月凉人影濇於花。」袁爲吾友蘭邨之猶女，與蘭邨女壽字瑶華、妽字小芬，及真來二女柔吉、仙筠相倡和。楊蓉裳農部爲作《袁氏聯珠集序》。其《題關山春望圖》云：「渺渺山程尚薄寒，春光不信又將殘。家鄉楊柳他鄉絮，都要征人駐馬看。」《小倉山紅葉》云：「照眼誰誇錦樹鮮，又傳霜訊早秋天。美人幾個如君好，留得紅顔在晚年。」《莫愁湖次韵》云：「烟波不藉管絃新，可惜遲來已過春。聽唤盧孃名字好，茫茫相對又愁人。」婉約多風，隨園家法也。黛華之姒曰王潤如瑾，嫁甫年餘，即歌寡鵠。有《味蘖居近稾》，凄苦之音，不堪卒讀。其《哭外》云：「萬个琅玕晝色昏，便無風雨亦銷魂。生成竹是凄凉命，只替人間染淚痕。」

靈芬館詩話續卷六

吴江郭麐祥伯

杭州單斗南先生炤以古文擅長，始慕道家言，晚乃歸心禪悦。詩不多作，以格律爲主。與施柳南爲方外友，朱青湖爲文字交。没後無子，聞其遺稾多在蔣蔣村所。近張鐵甫以手鈔《華藏詩》一册見示，五律一體爲多，皆唐賢風格也。《金家堰農家》云：「我觀茆屋外，兹亦好丘園。溪草白成路，梅花香一村。依依風雪意，款款桑麻言。更儗游黄鶴，春帆遥入軒。」《梁溪夜泊》云：「歸途錫山下，向晚柵初停。溪水澄沙白，窑烟借樹青。儌巡聞戍鼓，旅宿傍回汀。天漢高無極，今宵見客星。」《紫陽山晚眺》云：「望望富春渚，孤光白鳥間。潮迴海門樹，天盡越州山。仙洞尋遺蜕，寒花笑旅顔。茅君壇址在，步屧未須還。」他如《遊雲居寺》云：「清歡投老得，秋氣入林知。」《早梅》云：「谿橋殘雪裏，驛路曉寒時。」七言如「一病秋來眠客邸，三更花上見明河」、「浮萍身世雞鳴後，落木關山雁影中」。又有詠物詩數篇，皆含風刺。《蚊》云：「性命博膏血，人間爾最愚。」《紙鳶》云：「投閒餘老輩，荒學誤兒曹。」

諸城劉文清公立朝正色，風稜言言，然喜作小詩，往往風神緜遠，正彌覺魏公嫵媚也。曼生嘗鈔録其《題董香光臨宋四家書册後》詩云：「雪後溪山照眼明，出門一笑大江横。龍疲虎困三分地，留與先生曳杖行。」「倒連滄海注銀潢，幾許瓶罍可得藏。長日閉門無一事，只應清夢到羲皇。」「何妨館閣且從容，徐樂嚴安事不同。漫向江船問消息，果然東下太匆匆。」「浪跡江湖不記年，《黄庭》千字晚争妍。不知有益蒼生否，卻問君王索俸錢。」「君謨兩字出深宫，中使開函絳蠟融。取次烟雲成暮雨，遲回軒檻又東風。」「眉宇清揚照座寒，揭來風雪滿長安。梅花何與臨池事，欲索解人殊大難。」又嘗見其批答侍姬書，小字蠶眠，細意熨貼，因知此公風趣不乏。

理堂蹭蹬名場，少所遇合。昨歲以病歸里，今來訪余于袁浦，出近詩見示，多牢落抑塞之語。《雨齋題壁》云：「舊遊已滅投人刺，新著兼删罵鬼文。」《安園》云：「花香著地秋無跡，樹影摇窗月有聲。」《寄曼生》云：「廣厦置身呼負負，名山退步悔遲遲。」旅人羈客，讀之淒然。

張仲雅明府雲璈，聞其詩名久矣，向於華秋槎寓齋見其所作數章，皆清新雅麗。近始得其《簡松堂集》二十卷，五古淳質，七古跌宕，皆於矩度中見其變化。近體七言，詠古尤工。《始皇》云：「韓臣早奪沙中魄，徐市能成海上家。」《漢武》云：「方士屢傳刀下死，歲星誰識戟邊來。」《南朝》云：「一井燕脂天子辱，滿臺花雨法王愁。」《宋玉》云：「長開一世微詞口，難解三年好色心。」自以屢困春闈，不得與曲江之宴，時時以此寄意。《和落花》云：「東西溝水無知己，上下簾櫳已各天。」《杏花》云：「三月着花嫌太晚，一生於我似無情。」《客懷雜詠》云：「好夢迷離卻易闌，衍波牋紙未曾看。無端賺得蕭郎至，不許宫中賦曉寒。」蓋時以有所避，不得與試也。

王仲瞿孝廉本名曇，後改名良士。恃才放縱，議論俶詭。有達官以讕言上聞者，遂挫頓不振。然其奇氣逸材，自是桑悦、徐渭一流人。水心論陳同甫曰：「若同甫終身不偶，則爲狼疾人矣。」傷哉言乎！仲瞿卒以是不第。後又喪其佳耦，奔走就食於東諸侯間，侘傺以没，可哀也。其子人樹，小名善才，幼極穎秀，恒隨父東西，不克盡心于學。爲詩時有佳語，嘗見其一册，《過滹池河》云：「黄昏飽麥飯，趁曉到滹沱。月落人歸市，天寒鳥渡河。風霜殘歲裏，奔走少年過。那是酬恩處，摇鞭起壯歌。」《樓坐》《揚州》云：「萬里旌旗渡遼海，一家花月住迷樓。」《舟夜》云：「春帆千里夢，黑月五更寒。」《樓坐》云：「春與愁人同老去，山如好女上樓來。」皆清雋不俗。充以學力，未見其止耳。

嚴小農觀察延鐵門課其二子，長曰達，字子通；次曰适，字子容。二子頗敏慧好學，而各有所嗜。子通讀唐詩，得《劉長卿集》，大喜，刻意學之。子容好爲詞，取竹垞所選《詞綜》，朝夕披尋，時亦擬作。子通《落葉》詩云：「幾日蕭條節序更，無端瘦出遠山晴。趁墟人遠孤村見，乞食僧歸一逕平。小院深深延月色，西風莽莽送商聲。最憐古木昏鴉外，一段荒寒畫不成。」《秦郵道中》云：「細雨蓬窗催旅夢，荒雞鐙火認前途。」《秋夜述懷》云：「此時萬户應同夢，是處疏花只獨看。」子容《浣溪沙》云：「不飲分明有醉容，個人生小性嬌慵。無聊睡起鬢雲鬆。鎮日無人庭院静，緑陰如水瀉簾櫳。落花別是一般紅。」《高陽臺·秋柳》落句云：「西湖曾記長堤外，繫斜陽、畫艇初横。勸離尊、老了蛾眉，瘦了腰身。」二子年纔弱冠，筆意皆清麗可喜如此。昔元遺山少從郝天挺遊，郝教以作詩，與之訓和，人或謂郝：「令子方學科舉，詩非所急。」郝曰：「我正欲此子不爲科舉耳。」自今人觀之，鮮不以爲可笑者。使小農不過欲二子爲科舉之學，亦何取於鐵門爲之師哉？

海昌沈玉遮惟樹居邑之硤石鎮，收藏圖籍書畫皆精品。喜吟詠，出筆輒自不俗，吾友梅史每亟稱之。其題畫數十首極爲清雋，《方蘭坻陡壑密林》云：「破筆亂作披麻皴，突兀一幀秋山明。松風吹松落松子，泠泠響雜沙泉聲。林巒幽絶不能買，對此摩挲意猶在。何當唤起太癡哥，補我數間茅屋矮。」《古樵紅梅贈行》云：「孫郎短視氣倔彊，標格直壓古梅枝。昨朝忽憶空山侣，淺暈疏香慰所思。雪花灕褷酒瓢瘦，歸帆已有春風影。不須齒冷石家詩，一例人看小桃杏。」律句如《撫琴》云：「不知月已松梢挂，或有人從户外停。」《叠石》云：「空空便爲留雲地，落落應無入世心。」《觀棋》云：「聊復支頤消永晝，翻教袖手憶長安。」《瀹茗》云：「泉脈遠從松頂落，烟痕怕上鬢絲來。」《品香》云：「數卷殘書原耐久，平生一瓣本無多。」皆能于體物中有遠致。

春木嘗爲言毛君生甫之才，而未得見。己卯冬，生甫自吴中來訪予袁浦，留數日。逆旅中不克究觀所著，惟搜得詩數十首，皆在閩中時所作。其紀行諸詩，近仿少陵，遠睎謝客，亦出入昌黎之間。戛戛獨造，務爲不經人道語，而力足以達之，洵異才也。近體亦清微峻潔，無一字入俗。五古《峽口》云：「電明島際雲，日耀波中山。」《羊牯嶺》云：「徑古閟崖光，林疏立岡影。不知叢谷中，何時具廬井。」《漁梁嶺》云：「殘靄竹梢明，涼風葛衣灑。杳杳白猿啼，臨流悵難舍。」七律《白雁》云：「絶塞秋心臨水遠，中原霜信入關知。」「冰雪不甘非烈士，塵沙難没是清才。」《郊外》云：「嶺外春寒人病酒，江南歸雁客思家。」生甫爲海客先生文孫，幼孤力學，他如經術、考據及曆算之學，皆能通之。年未三十，日進不已，學人才人，皆未可量。乃上有重幃，田無一馬，葛衣風雪，棲棲道途爲負米之計，豈將以困厄之境玉成其人歟？

吾友汪已山尊甫葛村先生，名凱，工舉業，以早主家政，不復應試。嘗以事居吴中數年，暇日輒有吟詠，手録僅數十首。已山出以見示，五律爲多，意主唐賢，不爲劖刻而自然爾雅。《憶昔》云：「他鄉逢令節，而我倍凄其。撫物陳遺杖，當筵捧舊巵。童牛歸阜疾，乳燕掠波遲。陟屺瞻雲杳，惟憑入夢時。」《野步》云：「得趣世情淺，探幽逸興偏。鐘聲傳寺古，石髮助春妍。風掃林間葉，溪添雨後泉。行將謀野醉，莫惜杖頭錢。」他句如「風歛林初静，雲濃天欲低」、「樹深微透日，刹古不聞鐘」、「深山見古木，暗月起微烟」、「雲輕方吐月，浪緊忽移舟」，皆唐音也。又有「天晴帆影重」一語，尤工。

嘗聞梧門先生搜輯同時先後詩人之作，名《及見集》，卷帙甚富，然未之見也。今年霽青以之廣信太守任，道出袁浦，劉芙初太史以札見寄，云「梧門没後，此書在某處，凡十六帙。其中選輯尚有未盡善者，屬霽青交付，爲之釐訂，以俟刊行」云云。時霽青行縢未解，約至家見付，并自任剞劂之事，爲之躍然以喜。不特吾師闡幽發微之心得以少慰于九京，而槁項黄馘、苦吟憔悴之士有僻遠沈冥不獲傳於世者，藉以單詞隻句，託之不腐，豈非盛事耶！芙初書後附寄三絶云：「集端卷首例科名，還與方羅訴不平。六十年來詩筆好，沙中揀得是金聲。」「袁趙集中留雅意，蔣錢稿裏去偏心。自注：隨園、甌北、心餘、蘀石也。人間屏卻筝琶響，自出成連海上琴。」「故人幾輩漸迢迢，展卷真如賦《大招》。繭紙烏絲商略遍，寄君篋衍爲魂銷。」芙初以爲首列達者，未免猶有重科名之意，而四家之詩，鈔者未必是其上乘，欲鄙人爲别裁之也。然恐才識弇陋，於梧門先生無能爲役，奈何。

馮雲伯出都後以得見新刻《詩話》，甚爲欣賞，貽書見寄，并寄長白笠耕觀察所與倡和詩牋相示。《拂水山莊》云：「江總歸來白髮新，劫灰餘燼戀無因。風騷壇坫三朝重，金粉河山半壁陳。」「貂珥即看皆後進，蛾眉甘讓作完人。孝陵銅狄苔花冷，詞客空吟舊院春。」《楓橋舟中》云：「風勁峭帆收有力，波柔枝櫓劃無痕。」《京口懷古》云：「水犀雄鎮三千甲，明月臨江廿四橋。」皆朗麗清華，自然高勝。其弟可庵《盆梅》云：「疏影矮簷吟索笑，横枝瘦本畫掀篷。」《虞山清明》云：「新雨簾櫳初到燕，曉烟城郭早聞鶯。」亦清脆可誦。觀察虚懷下士，嘗以所著就正於吾友甘亭。繡衣行部之餘，時復銜彼山川，極命風雅，爲難能也。觀察名斌良，可庵名法良。他日相見，當一窺全豹，此偶就所見録之耳。

毘陵太守卞雅堂先生與余素未通羔雁，昨理堂來，極言其傾襟之雅，且見索拙稿。適畢仲白還常州，乃以一集爲寄。蒙答書，殷重相推，亦以所刻《静樂軒詩鈔》數十首見示。讀之真如箏笛繁會中忽聞玉琴清磬之音。大抵取逕于玉谿，而上溯齊梁，非温岐輩語也。《鐙》云：「别語太匆匆，愁多只自紅。尊前花卻月，窗外竹驚風。繡枕抛單鳳，羅屏憶斷虹。長門殊未曉，淚盡玉槃中。」《寄暢園》云：「橋長初散客，林暗未嘑鴉。桂閣飄殘蝨，松堂落細花。雲生題拜石，溪斷識流槎。聞道灌園叟，依依待翠華。」《厓口》云：「紅樹拂行鑣，秋聲動碧霄。地盤雙峽起，山挾百靈朝。禁籞周陆重，車書屬國遥。前驅方戒道，鳴馬去蕭蕭。」《關山月》云：「黄雲天半戍樓高，卷旆飛霜濕寶刀。夢繞玉門三萬里，清笳吹淚落征袍。」《塞雁詞》云：「長天叫斷黑山秋，大漠飛沙上戍樓。今夜故鄉聽不得，朔風殘月似邊州。」其他句如《送陳白雲宰青陽》云「名高責亦鉅，道在官無小」，樂府如《春江花月夜》云「行殿春遊暝不歸，江城蕪色如秋水」，《清涼歌》云「縠照花空紅綢烟，竹亭夢雨抛齊紈」等語，比之《燕臺》、《無愁》，亦何多讓。

近時貴宋板書，於是作僞滋多。有以明人及近時初印本仿宋刻之精好者，以物染紙作舊色，其無缺筆者或另刻一二頁，或僞刊年號以實之；而鑒别收藏家争考偏傍字畫，齗齗如也。余嘗買得一舊板《傳鐙録》，中有一「僧」字殘闕者，余戲謂友人曰：「此即東坡所見本也。」題一絶其上云：「缺畫偏傍證不差，或云閣本或麻沙。近來考據都如此，誰見寒鐙夜落花。」

姪栮比於冷攤上得殘稿一本，皆五七言近體，而塗抹缺落，多不可辨。其人姓王名勑，號復亭，前有西泠徐士俊所作《片石山人小傳》，云「父號友六，居武水之清風里。當明季，絶意干禄，以岐黄游寓王江涇。復亭亦習其業，淵穆恬雅，以詩酒自娱」云云。其稿中有與周青士往還，又有西湖、三泖、廬山、吉水道中諸作，當亦以術出遊者也。詩平平，無出色處。其可誦者如《春日感懷》云：「一雙蠟屐未全理，九十春光已半賒。」《秋夜》云：「鐙影扶疏摇夜菊，雨聲細碎雜秋蟲。」以其名字翳如，故爲録之。

詩主性情，固矣。然言不典雅，則入於俗調。張茂先《情詩》云：「居歡惕夜促，在慼怨宵長。」此即俗傳「歡娱嫌夜短，寂寞恨更長」之語也。而《雅》《鄭》霄壤，謂格調可不講，得乎？

郭匏雅明府名毓圻，少有文名。解組後優游里鬫，與吴中故舊宋香巖、潘榕皋、陸默齋諸公文酒流連，極晚境之適。與樊補之莫逆，嘗寄聲道意。余頻歲來往吴門，竟未及相見，今已化去矣。補之以數詩見視，七古爲多，風格端重，自是歸愚以來正派。其《再到蕪湖》一律云：「穩卧江鄉繫渺思，故交得見未嫌遲。重聞《秋水》譚莊叟，那有春山似郭熙。自注：前此在署爲悦研、碧川作畫。緑酒對君能薄醉，黄花遲我出新詩。只愁山館空朝夕，籬角寒梅及此時。」明府築室桃花隖，有樓，榜曰「人與梅花共一樓」，用榕皋贈句也。

補之又以其表姪王春浦士珠《迎曦齋詩》一册屬爲點定，且道其向往之意甚殷。詩筆清雋可喜，惜以早歲出遊，無師友切磨之功，故未遑深造。《答月山漢上》云：「誰道相離易，他鄉幾舊知。因風傳信至，是我憶君時。秋樹江天暮，黄花月下詩。雁鴻煩寄語，把臂待春期。」餘如《懷古杉》云：「離情三逕菊，客夢一樓砧。」《寄壽喬嚴州》云：「江流摇岸動，山勢壓帆來。」皆不苟然作者。

魏塘沈君雪樵有二女，長曰素芳，次曰小芳，皆工畫花草，嫻於琴事。小芳尤明慧工巧。數歲前余曾偕壽生、芝舟、丹叔過訪其居，壽生與沈氏姻家也。雪樵留小飲，出觀兩女所畫册子，并命素芳於内室彈琴。時小芳病初起，亦於隔座作數弄。今年歸，聞小芳已夢遊仙矣，爲之悵惋不置。會雪樵以其畫蘭三幅索題，余爲各作一絶句其上。其一首云：「春風啜茗帽簷斜，幽咽琴絲隔絳紗。賸對遺芳一腸斷，匹如不見此曇花。」紀其事也。

小芳有遺詩數首，《夜月》云：「森森叢桂露華稀，螢火穿窗時一飛。明月滿樓渾似水，下簾仍怕解羅衣。」《再遊溪莊》云：「去歲看梅梅已謝，今春花又不多開。東風埋怨梅花笑，不是遲來便早來。」《病起》云：「嬌瘦扶難立，垂簾坐碧紗。春風吹尚可，不忍見梨花。」末句殆詩讖耶？

今春過吴中，王生善才以其母夫人昭明閣内史所臨張夢晉《倦繡圖》見贈。余向爲萬十二淵北題夢晉此圖云：「花陰漏轉支頤久，睡起金鈴隔花走。那有湔裙鬥草心，暫閒暈碧裁紅手。虎丘花月閶門柳，乞食陽狂無不有。君不見昌昌春物最無聊，失路才人宕子婦。」内史爲仲瞿孝廉之配。孝廉晚節潦倒，内史先以嘔血亡。回憶前詩落句，若爲其夫婦而作，亦可異也。内史金姓，名禮嬴，山水、人物、花鳥皆工，尤精於畫佛，莊嚴妙麗，備極相好，世多寳之。

今年歸自袁浦，居數日，即訪張雲巢司馬於吴興。君方攝守事，試事方畢，簿領稍清，因留下榻，叙七年之别。酒次，出其爾年來詩稿一册見示。音調諧和而不拘於唐宋，情性流露而不入於佻纖。余深愧廿年之相知，知之不盡，乃如此也。然雲巢方留意吏事，思與漢史良民吏争席，區區詞筆，何足爲雲巢重者。姑記數章於此云爾。《題珠江春泛圖》云：「我别珠江又四年，披圖風景宛當前。昨宵忽作還鄉夢，酒罷詩成月滿天。」《題朱竹垞烟雨歸耕圖》云：「應詔多徵士，歸耕有逸民。如何簪筆者，仍作荷鋤人。蓑笠平生夢，江湖自在身。閒情聊寄託，白髮獨傷春。」《守歲》云：「夙興夜則寐，誰歟曰否否。胡爲獨歲除，不睡云相守。相守直達旦，有若防客走。側耳聽晨雞，仰面看北斗。忽然東方明，畢竟歲何有。兒童事游戲，壯盛耽杯酒。勉强欲支持，筋力嗟老朽。重慈健眠食，天南一回首。」他如《買菊》云：「索價不嫌開口貴，吟秋要占别家先。酒債定添重九節，詩情都在暮秋天。」《老吏》云：「每於對簿虚心鞫，絶不逢人盛氣淩。」《老農》云：「眼看一飽真爲福，足跡終年不入城。」《老僕》云：「眼前向背旁觀覺，身後炎涼若輩分。」《老伎》云：「早知今日身如是，深悔當年字莫愁。」皆别有寄託，而婉約彌深。

雲巢攝守台州時，有爲二烈婦、一貞女紀事之作。其序鄧烈婦，臨海人，生員郭璋之室。夫死，依母撫孤，孤又死，鄧自經。其母遑遽，呼鄰子爲之接氣。蘇後知其故，割唇而死。朱烈婦，仙居人，生員盧金之室。夫死撫孤，奉翁姑以孝聞。已而孤死，婦痛家世單傳，懼遂絶嗣，鬻簪珥爲翁置妾，從容自經死。貞女王氏名淑姑，許字李氏子。李家遠在金陵，其叔不相謀，爲聘吉氏。李翁聞知，愕無所措，所親議並歸于李。女父與吉氏皆許矣，而母執不可，遂返聘物。女私留指環，二家人不知也。迨别字有期，女約環于指，赴井死。三事皆奇偉可傳，愚竊論之，鄧以子死絶望，奮然引決，其母在倉卒之中不及顧慮，此人情所有，而以無意之污等於失身，持刃自割，其事與歐公所紀李氏臂爲逆旅主人所牽而自斷者，先後若出一轍，其烈志貞心，可泣鬼神而貫白日矣。朱既爲無後慮，而買媵侍翁，疑若可以無死而卒死；淑姑室女，未移所天，從母之命，未爲不可，而終以不二之故自投清泠，皆較然不欺其志者。行即過中，謂爲閨中之獨行可也。君詩太長不録，書其事，庶有以廣其傳焉。

宜興茗壺有供春者，名在時、陳之上。或作「龔春」，云匠人姓名。惟查他山詞注云：「供春是大家婢，以意製壺，精好異衆。」余於聯句詩中用其説，以爲於詞章設色爲宜耳。近時茶碗託子多喜煎錫爲之，刻銘於上。有乞余書者，爲作銘曰：「創物知，出女子。配供春，列棐几。」蓋用《演繁露》所載茶拓爲後蜀相崔女所造之説也。又一銘云：「炙手不熱，有碗不脱。」

余自吴興歸，欲乞芝舟作一圖紀遊，因循不果。逾月後，有以沈石田所畫《碧浪湖圖》求售者，精采焕發，頓還舊觀，如獲奇珍也。於是用《題張雲巢圖》韵作一詩於後，諸同人皆用韵和之，種水多至五叠。今各録一首於上，以志一時倡酬之盛云。余原詩云：「七百年來止六客，而我重過已衰疾。湖山依舊人渺然，説與山靈應不識。胸有雲夢吞區寰，手無一錢可買山。爲人題畫自感唏，清淚已與泉流潺。石田妙作晴嵐晴，如詩無聲疑有聲。草堂正對野艇泊，飄影澹作浮雲行。石橋絶溪溪曲折，誰辦青鞋與布韈。倏然羡殺山中人，跂脚何知石頭滑。此生百歲等朝露，那不尋盟問鷗鷺。扁舟落手尚江湖，勝地回頭渺雲樹。年年花月自嬋娟，況有蘆雪兼菰烟。江鄉如此歸不得，自坐流浪寧關天。多謝兩君能好事，爲我證明如受記。他時一櫂肯相尋，倡和松陵倘可繼。」種水云：「水晶宫中游山客，雨裏尚嫌烏榜疾。歸來看畫披長卷，舉眼雲巒笑相識。白石翁久去人寰，篋中留與君湖山。山如爲君作姱嫭，水如爲君生淙潺。君言雨游亦遇晴，湖山半是啼鳥聲。吴興太守勸客酒，有客上山著屐行。雨中雖憐角巾折，濯足清流初不韈。層層巖嶂屏翠開，窅窅波淪簟紋滑。湖山幾經詩發露，已去游人渺飛鷺。試將此畫重檢點，人家有無雜村樹。樹頭至今竹便娟，常如丹青朝暮烟。碧瀾堂址在何處，想見笛吹雁拍天。君勤好古搜古事，墨妙亭稱《石柱記》。更請太守括圖經，游跡山川可復繼。」小迂云：「久客得歸歸亦客，歸既匆匆出復疾。頻年别卻好家山，偶然相見如初識。嗟我濩落猶塵寰，知君愛畫尤愛山。圖書一船虹貫月，長淮放溜聽潺潺。爲言春雨逢新晴，艑枝摇作嘔啞聲。碧浪湖水碧於玉，勝侶兩兩招同行。登山那愁屐齒折，涉澗何妨足不韈。雨餘微徑濕苔衣，時有鳥呼泥滑滑。水村幾處人家露，野老閑閑似漚鷺。跨岸略彴攲紅欄，繞屋參差圍緑樹。雲鬟高下妙且娟，澄波蕩漾含輕烟。吴興風景本不惡，況是三月江南天。石田翁乃真好事，留此與君補圖記。我今讀畫兼讀詩，筆不能工兩難繼。」已山云：「遊山發興同謝客，敗意忽染疥癬疾。豈山與我未有緣，不肯驟教真面識。水精宫好非人寰，碧浪中湧蓬萊山。有時湖平波若鏡，流出畦畛分潺潺。撲人蒼翠迷陰晴，傾耳不辨風水聲。郭君出圖夸示我，勸我急束嚴裝行。今春探幽窮曲折，日莫時時洗靴韈。天台雁宕各攀躋，行路何辭石頭滑。石角鈎衣肘半露，出没蒼烟逐飛鷺。靈嚴突兀幻奇峰，浄明岑邃圍深樹。雁山雄秀卞山娟，過眼各已如雲烟。此生能着幾兩屐，行自斷之休問天。石田老手稱能事，卧遊每疾。江燕粉本昔曾觀，江貫道、燕文貴皆有《苕溪圖》。今日披圖如舊識。君詩奇秀絶人寰，墨妙抹倒苕溪山。想見瓊珠萬斛瀉，定與碧浪高淙潺。軒窗把卷當秋晴，名筆畫水真有聲。安得湖光山緑裏，打槳便作凌波行。詩才畫品兩心折，縱欲抽思愁線韈。簿書官鼓都惱公，真如偶奕笙先滑。拈鬚對坐秋空露，舊盟幸不寒鷗鷺。歷過名山共數尋，移神已入江天樹。月夜把酒酬嬋娟，勝遊勝事皆雲烟。更勝讀遊記。回頭一笑問倪迂，君不作圖誰復繼？謂小迂。」廉山云：「十年不作湖州客，天靳清遊心積久不磨惟古契，墨緣豈亦司之天。石田作畫亦恒事，三百年前爲詩記。偶然作合非偶然，詩畫雙清定誰繼。」

雲伯以官事赴金陵，以微疴寓居秦淮者匝月。歸後得詩一卷，其《秦淮雜詩》最爲幽艷。頃又見楊芸士文蓀《白門秋柳詞》，足以相匹，云：「攙黄消碧最關情，減畫眉痕太瘦生。記得那家妝閣底，畫闌雙倚聽春鶯。」「板橋離恨訴琵琶，攀折難尋第五家。桃葉渡頭秋水闊，夕陽小立數寒鴉。」「水西門外古城隅，裊裊絲絲一萬株。半幅荒寒憑畫取，斷烟零雨莫愁湖。」風致不減漁洋。芸墅槖筆繫鞋，爲諸侯上客，其詩得江山之助爲多，而五言時入韋、柳之室。《永濟寺》云：「涼烟有清影，定禽無繁音。」

《山居》云：「疏樾知已秋，静悟有清響。落葉如雨聲，前山月初上。」《雪後夜坐》云：「殘雪滿檐際，夜深簾未垂。不知新月影，已上梅花枝。」七言如「菽水歡違烏待哺，稻粱謀急雁分行」、「林光已曙禽猶寂，風力初嚴酒易醒」，皆可誦。

種水以其友人高雪舫桐詞屬爲點勘，因録二首於此。《憶王孫》云：「鴨頭新緑水平堤，柳擘晴緜烟縷齊，野店無風酒望低。板橋西，恰恰流鶯花外啼。」《綺羅香·落葉》云：「秋老梧桐，烟寒橘柚，野色蕭蕭如許。扶起西風，繚亂漫天飛舞。纔點向、紅板溪橋，又吹還、緑蘿庭户。最難描、一片凄凉，酒醒昨夜打窗處。　漂零愁殺倦旅，南北東西萬里，有誰留汝？古道斜陽，自去自來無緒。供野竈、閒煮茶香，載寒蟲、輕隨波去。記樓頭、新緑濃時，隔江聽杜宇。」

桐城馬丈雨耕名春田，余三十載以前見於金陵宋龍谿太守署中，辱爲忘年之交，以小友見待。後余讀書鍾山書院，君與姬傳先生爲中表兄弟，時時過從。後别去，久不相聞。頃于友人案頭見有《山城春詞》一册，乃嘉慶己卯所刻者，桐城人爲多，而雨耕褎然居首。下注時年八十有六。喜靈光之無恙，感舊雨而有懷，爲之躍然以興。其詞云：「宜民門外仙姑井，無數峰巒簇簇來。行到石莊頻放眼，山山花似向儂開。」「撥霧看花老眼强，春情較比少年狂。一枝藤杖雙芒屩，只爲尋芳鎮日忙。」讀之想見此老風情不減。雨耕工八法，爲諸侯上客，意所不可，襆被竟出。亦間從少年作冶遊，至通而自然有節者也。獨于余有知己之言，常不去心，未識何時重接風流。因君又感吾師之亡，爲涕下霑襟。其中如吴海晏潮云：「東皋春漲碧如烟，幾處長橋斷復連。那用藍輿花外轉，蹋青鞋試雨餘天。」張未齋曾獻云：「雲心乍活白開皴，柳眼才醒緑未勻。欲問司花春幾許，寶兒憨已不勝顰。」「春心又託鳥先知，五畝園西叫子規。雲樹千重天萬里，往年寒食憶家時。」張柘岑元襲云：「行遍山顛復水涯，松林紅露小桃花。晚風低颺青帘影，春在前村賣酒家。」姚卿門覲闇云：「駘宕春風乍放晴，嫩寒薄暖釀遊情。河橋深鎖長虹影，一路垂楊緑到城。」劉笠生敦元云：「紫來橋外柳絲絲，又是江南三月時。行盡長堤春意滿，落花深淺馬蹄知。」其他佳句尚多。

雲璈之亡，余既以詩哭之。今年歸里，余弟友山述其臨没之言甚哀，諄諄以身後之事爲託。又出其病中數詩，酸苦動人，今録之於此。《不寐》云：「永夜難成寐，銀鐙獨自挑。天高孤月迥，風急衆星摇。蟲語依苔榻，秋心耿綺寮。嚴更吹不斷，起坐轉無聊。」《古鏡》云：「拂拭囊中鏡，螭龍四角蟠。盈盈秋水定，爛爛月光團。應識鬢眉古，誰憐骨相寒。只愁衰病日，爾便改顔看。」友山與葉君改吟將裒其所作，以待孤子之成立而付之。

（吴忱、楊君、姚蓉點校）

爨餘叢話

爨餘叢話提要

《爨餘叢話》六卷，據道光間刻本點校。郭麐生平見《樗園銷夏録》提要。據道光九年己丑自序，其《詩話》正續集刊出後，又積兩卷，然道光二年壬午毁於火，此乃就記憶所及併新録而成，故云「爨餘」。各卷中又間有考訂前人之失者，如卷一謂王安石《霾風》詩「天闕亦已稠」，「天闕」爲「夭閼」之譌；卷四謂黄山谷《平原郡齋》詩「生平浪學不知株」，「株」乃「姝」之譌之類，遂改題「叢話」，實八九仍是詩話也。其中有記道光十年庚寅事者，已在自序之次年。所記仍以里居之吴中一帶詩人爲主，頗存佚詩，詩亦多爲可存者。評詩之可注意者，乃多及自家學宋之心得，如心折楊誠齋，此與隨園同，然一改不喜荆公、山谷之舊習而細加研索，則較隨園趣味爲精深。故其幾種詩話，可繼《隨園詩話》之詩趣而不墮，與法式善《梧門詩話》、袁潔《蠡莊詩話》、《出戍詩話》之徒争「地廣」不同。其中一則，爲其師姚鼐作袁枚墓志輓詩辯護，亦可見其真能識隨園之長也。

爨餘叢話序

壬午年寓樓之甾，三年之詩及所緝詩話兩卷皆燼。詩從他處鈔撮，不及十之一二。詩話則就所記憶者，次第綴集，得數十條，復以年來所録，合之爲四卷。友人從臾付梓。去年，柳君古槎由何君偉人所惠寄刻貲。時逼殘年，未及料理。今年在袁浦，盛君子履方刻續集，書來索稿本，且言任剞劂之事。而余又將歸里，謝不果。瀕行，王容齋太守來話别，袖出兼金，曰：「君歸家後，米鹽淩雜，必不能及此事。以此别儲，勿爲他用。」既心感其意，又念諸君之樂相成也，遂登諸木而誌之首簡。卷中亦有不盡論詩者，故以「叢話」名之。道光己丑十月序。

爨餘叢話卷一

吴江郭麐祥伯

古人詩文爲傳鈔、刻木所訛者多矣。《容齋四筆》載蘇魏公《東山長老語録序》「厠足致泉，無用所以爲用」訛爲「側定致宗」，周益公以爲不可曉，書詢容齋，爲引《莊子》「厠足而墊之致黄泉」語，乃大悟。又引曾紘所記陶詩「形天無千歲」以證之。余讀王荆公詩，其《霾風》一首云：「霾風摧萬物，暴雨膏九州。卉花何其多，天闕亦已稠。白日不照見，乾坤莽悲愁。時也獨奈何，我歌無有求。」心疑「天闕」句與上不類。李雁湖注引《晉書》「牛頭天闕」，謂荆公在金陵之作。竊謂不然。伏思數過，恍然知爲「夭閼」之誤。以告同人，皆爲稱快。然雁湖，宋人號爲博雅，而不察其訛，且可知此訛自宋時已然，誰使正之哉？

容齋論張釋之、柳渾事，張言「犯蹕者，上使使誅之則已」，柳言「玉工毁帶銙，陛下遽殺之則已」，以爲啓人主好殺之漸。此種議論，自是宋人習氣。二人之言，詞氣抑揚，以曉人主法不可輕重耳。苟遇酷暴之主，不必有以啓之，殘忍性生，何難獨斷？若漢文者，一緹縈之言而即除肉刑，必不以釋之一言而啓其殺心也。

舜湖沈琛厓烜能詩好古，所居停雲樓藏弆名蹟甚夥。錢叔美爲作《停雲讀畫圖》，余曾題句云：「我有桓厨三百軸，比君誰是最癡生。」可想見其風調。其配葉夫人秋霞，名璚華，小鸞六世姪孫女也。

亦工詩，有《小疏香閣稿》。繙書賭茗，静好相得。琛厓《贈計壽喬》詩云：「市遠囂塵卜築宜，我來相訪鶴相隨。安鑪漫鍊長生藥，呈佛先成本色詩。蟹眼沸時茶熟早，龍涎爐後夢回遲。與君小坐花間磴，攜酒何妨倒一巵。」《天竺遇雨》云：「行行惱殺鷓鴣啼，涇翠霏微細路迷。脚下白雲流似水，一天花雨過招提。」秋霞《歸舟即事》云：「小閣疏香深綺櫳，無端一月別匆匆。隔湖望著讀書處，墻角有梅紅未紅？」《曉起》云：「曉鶯催起繞闌吟，露冷蒼苔羅韈侵。溜下玉釵尋不見，小庭風緊落花深。」《七夕》云：「銀河瀉影怯伶俜，烏鵲無聲浩露零。忽度水沈香一縷，是誰庭院拜雙星？」《停雲樓送春》云：「小樓鎮日下簾衣，約束瓶花未許飛。多事侍兒窗網拓，不留春住放春歸。」詩筆俱清麗可喜，洵佳耦也。

琛厓又寄畫一册，索爲題句。書卷之氣溢於楮墨，余以知之不盡爲歎。乃知君於叔美、七薌兩君深參畫禪，而收藏富有，目染耳擩，固宜臻此。中有《梅花書屋》一幅，設色布置直逼松壺，爲題一絶云：「羡殺輕舟來往頻，分湖烟水舜湖春。算來祇有疎香閣，解與梅花作主人。」用其夫人歸舟詩意也。

蘆墟郁氏爲鄉中望族，與余家有連。澄齋先生文與先子交最深。先生没於京師，先子爲文哭之甚哀。有子甫成，童而夭，遂無後。有受書名圯者，澄齋之猶子也，人呼爲聾子。設藥肆於市，時時執卷，吟哦其中，人皆笑之。從弟友山居與同宅，没後搜羅其零章斷句，鈔爲一卷，名曰《石公殘稿》。友山屬爲存一二，以償苦心。句如「雙蝶甜花融午夢，一鳩喚雨有哀音」、「扶屐雜花相映發，出巢一鳥忽孤飛」、「松影到門知月上，鼓聲喧枕有潮來」。餘皆類此。

道光癸未春夏之交，余適歸里。梅雨悶人，却掃不出。五月杪，梅里馬小眉以書見招，放舟過之，爲留信宿。小眉置酒五千卷室，同集者五人。以「良人惟古歡」分韻，小眉得「人」字，句云：「客似春潮來有信，詩争臘釀老逾醇。」李聚齋祥金得「歡」字，句云：「扁舟衝浪來今雨，五月披裘賸薄寒。」許文漁田得「良」字，句云：「人逢同調詩偏澀，主既能賢客自狂。」吴榕園改名應和。得「古」字，作七言長句。是時禾中田野皆已汙漫無涯，故榕園句云：「故人昨從魏唐至，急問漁磯没幾許。」爾後日甚一日，田廬漂没，被兩浙矣。偶檢篋笥，得諸君詩，爲録以紀一時情事云。

許文漁，海昌人。遷居梅里，與小眉、柳東諸君迭倡更和，相得也。其題柳東《潞河萍跡圖》送其入朝云：「西沽直北是長安，雲白山青任飽看。檢點春衣須細意，杏花時節尚春寒。」柳東極賞其神韻，爲余誦之。

吴江張鱸江孝廉士元工古文，有《嘉樹山房集》。以震川爲宗法，紆餘恬澹，嚻然自拔於流俗。今之爲古文者，未能或之先也。家在嚴墓，隱居教授，罕與世接。鐵門得其集，持以見示，始獲知之。自笑耳目之陋，國有顔子而不知也。集後有詩數卷，雖非其注意，而雅不落近時風格。《春泛》云：「草色却從殘雪見，溪聲時有斷冰來。」《送袁實堂先生》云：「下澤轅還從弟勸，上竿魚已免妻嘲。」《冬夜》云：「落木放來新霽月，流雲歸到舊栖山。」《村居》云：「遥山吐月穿疏樹，暗水依花過細流。」《道中即事》云：「深深淺淺水成河，曲折長堤馬上過。家在五湖烟雨裏，卻來趙北看微波。」皆得風人之意。

余素不喜荆公、山谷詩。近年細加研索，始知未易輕議。荆公用意幽深，下語雅重，無一字無來歷，惟持論喜反人所見，隸事不甚持擇，爲不滿人意。山谷喜重叠用韵，以難巧爲奇，故多有兀臬不安之處，然其奇氣俊邁，陵厲一世，又豈秦、晁諸君可及哉？

東坡、山谷以文章道義相知。東坡之推挹，與山谷之尊奉，蓋已至矣。而後人以東坡「江瑶柱發風動氣」之語，山谷有「文章妙一世，而韵語不逮古人」之説，以爲坡谷争名，豈有是哉。東坡之意，爲時輩學其體者多流弊。山谷之言，或别有所指。余讀山谷詩，其於東坡可謂俛首傾心者已。東坡没後，山谷再謫，凡經坡曾遊之地，遇坡所賞識之士，莫不三致其意，拳拳之思，若欲起九原而從之者。嗚呼！豈時俗所可議耶？風俗薄惡，日甚一日，弟子更名他師，而輒爲異論者多矣。然何可以疑古賢人君子之所爲耶？

海昌查蘭舫有榮哀輯三世遺詩，名曰《一家詩》，略得數十首。其友張駿爲序，以爲查氏世擅才名。蘭舫之先專精經義，詩不多作，又多所散佚。今所集曰「介坪」者，其曾大父，名昌和也。曰「璞研」者，其大父，名茂蔭也。曰「學山」者，其父，名世佑也。後附其亡弟有炳琴舫之作。鈔以見視，爲摘數句於此。介坪《詠竹夫人》云：「熱自不因人，匈中洞無物。」《曝書》云：「照以大光明，書固不容腐。」璞研《雪竇寺題壁》云：「喜晴山鳥頻聞語，困雨庭花半已殘。」學山《登雪竇寺》云：「山中一品雲衣白，嶺外千林佛日紅。」《山居絶句》云：「冒曉披衣趁嫩晴，自攜鴉觜繞山行。剛逢昨夜春雷響，偏覓蒼苔兕筍生。」《溪口》云：「村廬隱約住山椒，谷口閒雲午未消。竹裏有門門外水，横支一木作谿橋。」琴舫

《寄人》云：「烏篷明月長千里，殘雪青山短薄祠。」《東湖道中》云：「幾株髡柳疏遮岸，一塔斜陽晚放晴。」嘗鼎一臠，可知味矣。蘭舫亦以近作見質，筆意清疏，加以研鍊，可步作者。《答岑華》云：「白眼人多知己少，青山緣好出門遲。」《妙果山晚步》云：「高峰雲度孤鴻影，仄徑人行落葉聲。」《菜花魚》云：「瓜蔓生時初欲上，桃花浄盡此先肥。」《送梅史入都》云：「山光又送三千里，手版曾應十載官。」

王春浦士珠少長於楚，隨其父往來湖湘間。篤好韻語，介樊補之以詩乞點定，匆匆未暇。今年以所刻《槐蔭堂詩》四卷見寄，爲其師孫古杉所選擇者。其佳句，五言如「野人能種菊，秋水恰當門」、「春光圍大野，水勢逼孤城」、「微風寒竹隖，細雨黯春城」、「飛雅投古墓，吠犬出深林」，七言如「細草新花延座右，夕陽殘雪墮林端」、「磵户夕陽開薜荔，水亭凉雨落芙蓉」、「斜日剛從鴉背落，幽花争傍陌頭生」，皆清儁不俗。

清江蒲快亭忭向爲蘇州府學教授，曾觴余及蘭雪、曼生於學舍。忽忽二十餘年，遂隔存没矣。其婿選刻其近體詩一帙，七律時有傑語。《九日羊山登高》云：「秋影忽橫邊雁度，湖光不動遠山來。」《秋來》云：「野水陰陰時帶雨，孤村往往不逢人。」《和張問萊》云：「海國霜清留雅集，關河秋遠憶諸兄。」惜未見其全豹。

三月十四日，唐薏伯壽萼、蔣霞竹寶齡、張簾堂鍾見過靈芬館，各以詩一册見質。余適小極，不能留客。茶話少時，别去。唐君舊識於秋史文樂堂，兩君皆未面也。越日，爲閱其詩一過，因摘其句。唐詩如《桑剪》云：「清響忽如雨，渌陰中有人。」《題破樓風雨圖》云：「頻驚兒女呼鐙起，忽憶家山潑墨成。」《即事》云：「天容低壓水，市色慘生雲。」蔣詩如《自題畫破樓風雨圖》絶句云：「白板雙扉晝亦關，連天陰雨放晴慳。寂寥詩境稱孤坐，四壁暝雲樓半間。」「樓後樓前竹木繁，隔墻多半好林園。雨枝風擇各成響，併入小窗終夜喧。」「巷柝沈沈失報更，瓦溝溜急聽逾清。殘膏將盡一花墮，何處怪禽嚦數聲。」張詩如《清明坐雨》云：「一番風雨了佳辰，賸得流鶯哭暮春。誰念萋萋芳草下，當年亦是踏青人。」《春杪即事》云：「悵觸中宵月自華，一聲横竹墮窗紗。鄰墻幾處秋千影，不信無人問落花。」唐、張皆吾邑之平望人。蔣本虞山，僑居吴門，工畫，藉筆資以自給，與井叔友善。

去年大水所被數省，吴中、兩浙尤甚。藼伯有紀事五古數首，皆憂時感事之作，語極悲慨。今年流亡未復，賴振卹勸分，稍有生意。其《上巳分詠挑菜》一絶云：「野水荒烟只數家，流民圖裏過年華。春風别有凄迷稿，薄薄泥金點菜花。」

余訪近日詩人於梅里。小眉以手鈔一册見視，今録於此。王蕉園鴻宇其詩已采入《兩浙輶軒録》。五言如《七夕》云：「晚凉庭樹入，秋水夜階明。」《平望》云：「沙草歸春色，烟波隱櫂聲。」《金子歸自粤西》云：「白雲五嶺隔，芳草半年程。」王秋坪炳虎五言如《過鶴村草堂》云：「道由多病得，詩到暮年真。」《木山閣夜坐》云：「荒柝聽逾遠，寒鐙坐轉親。」《渡錢唐江》云：「風聲能撼海，江勢欲沈山。」七言如《半邏》云：「雲氣乍開疏雨後，霞光忽落亂帆前。」《喜方樗庵歸里》云：「雙鬢不緣愁裏改，半生已在客中過。」《懷文樸吴門》云：「燈明草閣寒塘外，人在楓橋古渡間。」《漫成》云：「囊空翻恐家書至，客久還悲鄉夢稀。」「老去漫吟愁裏句，貧來難説客中情。」王南田啓曾五言如《南湖》云：「野鳧孤艇雨，秋水半湖蔆。」七言如《登吴山》云：「斷雁遠銜津樹暝，驚濤直下海門秋。」《蘇堤新柳》云：「染成西子湖光嫩，借得南屏山色青。」三君之詩皆清綺雅秀。蕉園已歸道山。秋坪、南田兩君皆與小眉有酬倡之作。余皆未及相見也。

昨過梅里，又見文漁近作，多可喜者。《春雨》云：「載酒又虚三徑約，惜花愁共一宵長。」《春烟》云：「半簾香氣無風院，十里湖光欲雨天。」《大觀臺和小眉》云：「潮急西風吹水立，秋深北雁破雲來。」《同内子看海棠》一絶云：「簾捲鰕鬚對艷姿，卿描粉本我題詩。名花待到相逢放，卻似東風有意遲。」

余自去年來，絶不作詞。然遇有佳製，尚不忍割棄。夢琴方鈔緝楊忠節公一家之作，今以其子婦張羽僊學典、其妹古什學雅、忠節之姊楊朝如徹、元卿徵數詞見寄。羽僊《蘇幕遮·詠秋海棠》云：「嫩舒紅，輕剪翠。拂拭新粧，一種天然媚。淺暈燕支疑宿醉。力怯憑闌，香夢初驚起。　映殘霞，籠曉霧。嬌態含情，欲語還羞吐。自是月中丹桂侣。一夜金風，吹向瑶階貯。」古什《生查子·夜深》云：「試問燭無情，何事頻添淚？清夜正迢迢，緑焰煎心碎。　繡帳冷熏籠，香膩鴛鴦被。懶卸玉搔頭，一束和衣睡。」朝如《漁家傲》云：「一葉扁舟秋信早，艣聲常亂沙汀草。鷗鳥溪邊争浴鬧。芙蓉老，緑蓑披雨穿紅蓼。　江上魚鮮新酒好，摩挲醉眼乾坤小。欹枕睡酣風滿櫂。烟波悄，醒來漫唱漁家傲。」元卿《玉樓春》云：「香閨幾度眠過曉，羅綺風柔鶯料峭。碧桃萬樹倚雲栽，幾陣東風都放了。　花枝手自淩晨拗，圖史餘閒香篆裊。雕闌十二鎖春寒，樓閣重重人不到。」羽僊又工寫生，得忘菴指授。其詞下半闋，別用他韻，與律不合。然明人多杜譔，未可以責閨閣也。

有人序柳湄生詩者，云「近若靈芬館之屬，出其才與海内抗衡，如吴、越狎霸，雖齊、晉大邦，亦皆變色卻步」云云。今之齊、晉，未知何指。若僕之疲曳，豈敢縱横江淮間耶？可以一笑。然雖非組練之甲、君子之軍，亦未如畫作師子以怖狂象，墮爲髦頭以走怒特也。

湄生悼亡以後之詩，名《孤唱集》。其《夜雨》云：「同是聲聲離別苦，唤來有婦不如鳩。」《鐙下》云：「驟寒天氣應憐我，瑣屑家常欲問他。」讀之增伉儷之重。

余至吴門，館於百一山房者兩旬。綺塘以其友人康二海詰《聽香唫館詩》見眎，且屬爲之序。因録其佳句，《即事》云：「命窮常見拙，人老易知恩。」《聞蟲》云：「爲誰鳴失意，如爾有何愁？」《得校官出都》云：「不擔民社無窮責，還了詩書未竟緣。」二海兩任學博，皆在浙東寒陋之地，三旬九食而無愠色，君子人也。

去歲，錢君夢廬天樹以方蘭士山水小幅見寄，且題詩云：「天涯應亦鬢絲斑，到處逢迎未擬還。尺幅贈君原有意，此中一角故鄉山。」故人心尚爾，讀之憮然。

少游詞「杜鵑聲裏斜陽暮」，佳句也。衆人紛紛議論以下三字爲重複，此未可與言詞者。王楙《野客叢談》辨之，是已。乃謂米元章書此詞作「斜陽曙」，得非避廟諱而改爲「暮」乎？作「曙」字真不通矣。可一噱也。

宋人詩話類多穿鑿。莆田黄徹《䂬溪詩話》宗主杜陵，以爲一飯不忘君，推崇之至，幾欲《三百篇》

後惟存此編，三千年中祇有此作。亦有假以抒其憤世嫉邪、抑鬱不平之氣者，發憤著書，自昔以然，可勿深論。其中一則，謂曲水修禊之會，人各賦詩，不成罰觥者十六人。所傳詩類皆四言、五言，皆兩韵、四韵。當時得預者，皆知名士。豈獻之輩終日不能措詞于十六字哉？竊意古人持重自惜，不欲率然，恐貽久遠譏議，不如不賦之爲愈。此論甚佳。余又以爲晉人事雖誕放，猶復率真，釣名與任逸各居其半，不以不成詩爲嫌也。

《梁溪漫志》云：「東坡《雪詩》：『五更曉色來書幌，半夜寒聲落畫檐。』或疑五更自應有曉色，亦何必雪？蓋誤認五更字。此所謂五更者，甲夜至戊夜爾。自昏達旦，皆若曉色，非雪而何？」以上皆《漫志》語。余謂五更向盡，猶尚未有曙光，而書幌若來曉色，此爲妙於形容。若云五夜皆若曉色，成何語耶？別條又以昌黎「往取將相酬恩讐」爲送李愿詩，不知乃劉生詩也，此特一時誤記耳。

地之古蹟，最易傳訛。俗語丹青，莫可致詰。永嘉江心寺西偏有浩然樓，傳以爲襄陽遺跡。秦小峴侍郎官浙時，易名孟樓，且立石以誌，意直以爲因襄陽得名，非如元微之避賢驛爲偶犯陽城而改之也。梁茝鄰觀察章鉅集中有《孟樓詩》，自注云：「康樂《遊山詩》不及寺觀，至唐宋始有東西兩塔，建炎駐蹕而叢林始盛。是樓亦當託始宋元間。樓之西爲文信國祠，蓋信國流寓舊址。浩然之名，必後人因公《正氣歌》而名之，與襄陽似不相涉。」此論可云破的。吾謂襄陽遊跡多在漁梁、鹿門之間，江心孤嶼必未登陟也。梁詩云：「憑闌潑眼盡秋光，城樹郁烟俯莽蒼。歷覽敢希謝康樂，標題漫借孟襄陽。江山如此清輝在，自注：「宋高宗御書『清輝』字尚在。」人物當年逝水忙。誰識浩然留正氣，西偏丞相有祠堂。」

茝鄰觀察有《藤花吟館詩》十卷，辱以見示。五古上追三謝，出入少陵、昌黎之間，最爲合作。七古長於碑版考證之作。近體不屑琱鐫字句，而清氣朗朗列眉宇。《吴山》云：「蒼茫天水餘陳迹，消受名山幾老僧。」《擬老杜諸將》云：「豈謂孫盧滋别種，翻愁辛趙不同心。」「亦有臧洪工誓衆，那教宋義慣停兵。」《春草和韵》云：「春回隔岸湖光外，緑到斜陽塔影西。」《夜集》云：「詩成何必争高格，春到依然是冷官。」《寒雲》云：「且喜接天無雜色，須知出岫即冬心。」《夷齊廟》云：「北户靈區資不朽，南巢舊局少斯人。」《岳忠武廟》云：「當年若許黄龍到，繼世焉知白雁來。」《南陽》云：「青山此日無名士，白水當年是帝鄉。」

楊誠齋有「已拜南湖爲上將，更教白石作先鋒」之語。《南湖集》近始刻於《知不足齋叢書》中，共十卷。蓋散佚者多矣，就所見者似不及堯章，惟七絶饒有風趣。《行次德清》云：「浮圖立處覺天低，迎我舟行十里時。不是前山明復暗，那知頭上白雲移。」《水邊》云：「翠藤縈樹夕花明，無數圓荷貼亂萍。酒力半銷來照影，晚風輕濇鶴梳翎。」《夜賦》云：「月黑林間亦自奇，蓮花兩朵白如衣。初疑野鷺池中立，試拍闌干嚇不飛。」功甫爲循王曾孫，時人有將種之目。不爲世用，以林泉花藥自娱，然時亦流露胸次。《送人赴建康軍》云：「柳營謀客自楓宸，去去尖風雁字勾。莫把吟詩瞀横槊，新亭北望正愁人。」《點視馬驛因成》云：「别駕今晨檢驛亭，道迎羸卒破銅鉦。當年錯做書窗夢，蔽目旌旂出塞兵。」

《吴禮部詩話》：唐子西詩「疑此江頭有佳句，爲君尋取卻茫茫」，陳簡齋詩「忽有好詩生眼底，安排句法已難尋」，非襲用其語，則亦暗合。余謂此皆出於東坡「春江有佳句，吾醉墮渺茫」之語，而不及坡之渾成。

韓致光忠懷亮節，遭唐季迍危之運，後之詩流莫不悲之。元人《老學叢談》載黄竹外《讀韓偓傳》詩最工，未知竹外何人。詩云：「堂陛中間飛戰塵，君臣相顧淚沾巾。百年富貴輸前輩，一旦艱危屬老臣。自古舟中爲敵國，從今君側已無人。酬恩報主他生事，偷向蠻夷老此身。」

金壇女史吴香輪規臣，一字蜚卿。工畫花卉，風枝露葉，雅秀天然。以便面《九秋圖》見貽，吾友七薌、小迂皆寫生妙手，見之歎賞不置。詩詞皆嫻，而不多見。其客白門時，嘗刻小詞數闋。《采桑子》云：「昨宵星月今宵雨，首似春蓬，心似秋蟲，畢竟情懷那樣同。　小樓深閉愁無那，才聽疏鐘，又聽征鴻，莫道吴儂不懊儂。」《青玉案》云：「烟痕作暮風絲冷，只有儂心領。逝水年華真一瞬。春花多笑，秋花多病，都是傷心境。　危樓鎮日無人影。小立也，拋清茗。濁酒澆來心自警。歡時偏醉，愁時偏醒，何處商量準。」讀之凄然欲絶。

爨餘叢話卷二

吴江郭麐祥伯

吾宗蘭池琦往時曾共晨夕於題襟館，分題角韵，致相樂也。自後久不相聞。今歲人日，賓谷鹾使招同遊蒜山，連牀話舊，顧省鬚眉，各已蒼蒼矣。秋間，鹾使招入衙齋，淹留旬朔，始得讀其《粵中詩》一册。混厚蒼勁，出入韓、蘇之間，而自樹體骨，較題襟時所見，益臻老境。五古如《浴日亭》三首、《長壽後池禊飲》，七古如《達奚司空歌》、《洋樓》、《洋酒》諸作，高華奇麗，有鑾雲海日之觀。近體五言如《羚羊峽》云：「孰辨荆人璞，終愁蜀國丁。」《大雨至全州》云：「嵐霧重泉破，松聲兩縣秋。」《過陽朔縣》云：「老稚巢雲竇，獮猴到縣門。」七言《秋花》云：「賤日共憐遲嫁女，涼風偏對早衰人。」《梅開》云：「夢裏寒巒仍艷月，天南白雪在吟髭。」其《浯溪摩厓碑》一首，語簡意深，尤爲合作：「整頓乾坤易，調停骨肉難。山中一老在，夢裏兩宫歡。詞婉稀人識，江空照字寒。歸吟黄九句，倚棹下前灘。」又有《谿峝吟》十首，皆狀蠻俗，絶似香山新樂府，詞多不載。

王竹嶼司馬鳳生以先人葑町先生《雙佩齋詩文集》見贈。時余自邗回浦，阻風兩日，舟中展誦一過，清蒼俊邁，不媿作手，金陵諸詩人皆非其偶也。憶乾隆乙卯余應京兆試，隨園先生以書介於葑町。時方爲給諫，延接殷重。與穀人祭酒壺觴見招，容貌睟然，談論爽伉，至今猶能憶之。後卒官銀臺，遂不復相見。其集有隨園、梧門兩先生序，皆推重之。其始亦近隨園，以風趣勝，晚乃益臻古澹。七言律詩出入眉山、劍南間，雋永尤可玩味。今録其數聯，以資吟諷。《谿橋步月》云：「月斜人影忽在水，風過秋聲尚滿山。」《隨園》云：「水多於地常通汋，山懶如人不下樓。」《一鐙樓》云：「松窗月出倒山影，竹徑風來兼水聲。」《柳士師墓》云：「謚勝旂常閨有史，誅嚴斧鉞魯無卿。」《張麗華祠》云：「直以捐軀酬後主，更能假手報高公。」《宿遷》云：「人來冀北猶疑夢，路到江南即是歸。」《立夏》云：「柳外潮平千蛤吠，花間星墜一螢來。」《蘆溝橋賦別》云：「同心小別如天遠，失意人歸覺路長。」《曉行》云：「淡月侵尋成曉色，白楊生小是秋聲。」《挽魚門》云：「萬金産盡名方著，千卷書成志未衰。」《讀書》云：「古人已往僅留此，凡我欲言先得之。」《趙璞函集》云：「虎頭愧乏臺端相，馬革榮逾牖下終。」《九月三日龍泉寺》云：「花開一半已堪賞，月到初三便可憐。」其他名章俊語，美不勝録。竹嶼司馬亦工詩，能世其家者。余曾爲題其《江聲帆影閣圖》，有云：「閣中老仙舊識之，騎鯨歸去今幾時。即今才子嗣風雅，畫圖寫出元暉詩。」

上海楊君瑶水鍾寶介七薌以所作《練香詩草》一册見質，取而誦之，筆意開爽，時出新意。如《餘姚故里》云：「翻認江南客，争前問姓名。」《玉蘭》云：「衆花皆俯爾獨仰，傲岸一世奴紅紫。」《詠晉史》云：「亂朝不幸多名士，傾國何嘗是美人。」《九日過羊叔子故里》云：「豈有酖人羊叔子，可無落帽孟參軍？」《元夕雨》云：「要知璧月常圓處，只在瓊樓最上層。」皆不隨人作凡語者。其《聽女郎洋琴》一首，頗能妙於形容：「絲非絲，竹非竹，桐裁便面柱金粟。瑟非瑟，筝非筝，十三金縷雙雙横。不用銀甲彈，不用龍香撥。湘筠擘破緑參差，敲動纖纖手腕活。飛飛江燕剪波輕，兩兩花蜂鬧午晴。好風亂落天桃片，散入流泉澗底鳴。金錢散地開春殿，禁苑黄鸝聲百囀。手如雨點舌如簧，圓迸驪龍珠一串。香絮漂摇餞冶春，梨雲夢影月黄昏。酒闌燭灺歡何限，不獨新聲能斷魂。」

海昌陳受笙孝廉均，今秋與同下榻於揚州節署之四并堂，數晨夕者幾兩月。間出其《松籟閣詩》讀之，惜刻未及完，止見其初刻三卷、二刻卷七至十一卷，中間尚有篇什未覩也。大約初刻以清蒼疏雋爲主，在竹垞、他山之間。二刻《峻岅》、《嶽雲》諸集，皆羈旅行役、登臨弔古之作。鎚鑿幽險，搜剔險固，出於杜翁、坡老而氣足振之，面目又爲之一變。余聞受笙好網羅金石，多識古文奇字，以爲必有僻澀聱牙之意，而遣詞命筆，一氣清空，尤爲通才也。其初集佳句如「更無古未曾言意，誰是天生有用才」、「破曉湖陰仍釀雨，薄寒山影不離烟」、「過橋溪水添茶社，洒面松風健酒人」、「邊將頗聞悲薏苡，詞人新賦伐櫻桃」、「詩似寒潮乘夜至，愁如芳草閉門多。」二刻如「厨烟白㚖高低穴，嶺坂青盤上下田」、「戍火高嵌千尺壁，客衣寒裹萬重雲」。《康對山故里》云：「膺滂苦自争門户，嵇吕真能共死生。」《狄梁公墓》云：「回天妖夢裏，醫國藥籠中。」《涇州》云：「芳草初生春已去，桃花欲放雪頻飛。」《塞行》四首尤奇瑰：「莽莽邊城路，山荒石亦枯。壞墻當黑水，古戍入黄榆。霜氣吹衣凍，沙聲撲面麄。西風萬蘆管，吹出《小單于》。」「太息防秋地，荒涼廢堡多。牧羊隨帳出，市馬踏屯過。日氣青鹽澤，冰花紅柳河。村中蘆酒熟，亦有大堤歌。」「斷續邊墻影，摇鞭望不窮。鈎衣沙磧草，裂面雪山風。行李隨奔麃，人居伴蟄蟲。千年征戰鬼，夜火吐還紅。」「沙礫開山峽，天晴風怒號。壞梁填雪過，凍瀑挂冰高。客路尋駝跡，邊雲擁雁毛。一寒誰復問，自補舊征袍。」讀之可當一幅出塞圖也。受笙集中紀行之詩形容奇險阸塞之狀，可謂抉剔無遺。其他五、七古皆風骨遒上，磔卓兀奡。而七言絶句特風神諧婉。《南山采茶詞》云：「青箬遮頭鬢影鬆，山花斜插緑雲濃。儂來只在大彎嶺，郎過但看丫髻峰。」蓋采茶女郎皆戴青布笠，中空露其髻頂也。《問水亭》云：「燕簾新卷雨初晴，簾底微聞調玉笙。一角紅樓剛對面，柳絲遮得不分明。」《定邊道中口占》云：「霜花白上紫金鞍，慷慨渾忘行路難。北去明駝南去雁，一時同向月中看。」

江都詩人李天澂號瘦仙，家貧食苦，終身不娶，非同志不妄交接。伊墨卿爲揚州守，聞其名，請與相見。然不樂居幸舍，時節一往來而已。墨卿贈以詩云：「不仕亦不娶，肯來踏青莎。」没後，墓近官道，舟船縴綷相望，久且夷爲平田。英山金近園孝廉僑居邗上，曾與相識，謀於同人，爲改卜於西門外隆慶寺。後賓谷鹺使捐百金爲償寺僧，且立碣以表，而雲巢都轉爲葬記，道光四年九月事也。瘦仙有《指鴻閣詩》一卷，没後友人淩曉樓所刻。筆意澹泊，無近時浮囂之習。與張老薑友善。老薑嘗爲誦其《小秦淮竹枝》，已鈔入詩話。其《秋曉上蜀岡》云：「裌衣肅肅上重巒，曙色乘風送淺寒。綺榭尋常迷月下，畫船三五到湖干。棲林鳥起烟猶薄，依草蛩鳴露未乾。忽聽鐘聲悟禪悦，升沈身世總浮瀾。」其他佳句如《書懷》云：「身無所寄因中立，士不徒生是自寬。」《句容野望》云：「荒城似霧迷長薄，古塔如錐澹夕陽。」《幽琴》云：「春蘿墜松碧，晴月明山扉。」《寒釭》云：「我豈無閒愁，未可向渠訴。」殊有郊、島風味。

改君七薌繪事直追古人，間作小詞，鮮妍幽秀，亦不在南宋諸賢後。向以一册見質，爲鈔其佳者數闋，焚煬之後，不復記憶。今歲與之相遇邗江，又同寓己山家，復出近詞向所未見者十餘首。遣詞用意，又勝曩作，亟録於此。《望江南》詞《詩意圖》云：「秋風起，落葉下南塘。楊柳梢頭籠曉月，芙蓉花頂著微霜。清簟夢瀟湘。」《漁歌子》云：「揚子橋邊載酒行，瓜洲城外待潮生。帆角動，水風輕，手拓篷窻看月明。」《菩薩蠻》云：「畫船來往紅橋路，依依垂柳濛濛絮。化作白蘋花，花開傍那家。流螢三五點，摇曳冰紈扇。扇底一分人，和他月二分。」他如《徵招・聽彈琴》云：「葉盡萬山青，賸飛空寒翠。」《蝶戀花》云：「人似凉花，羅翠凉於葉。」皆可喜也。

天之愛文人，過於節義之士。昌黎之瀕死者有二。其佐董晉於汴也，喪發後三日而汴州亂，陸長源死之。長源賢者，昌黎所嚴事，使未離汴州，必不苟以求免也。其使王廷湊，廷臣皆爲之危，元稹亦有「韓愈可惜」之言。而毅然單車入其廷，以口舌解兵士之甲，而釋牛元翼之圍。萬一不幸如顔魯公，則握拳透爪無疑也，而卒不罹於禍者，不可謂非天意。蓋節義之士足以扶持一時，而文章之士所以恢宏節義，使之不泯，所係又有重焉者也。昌黎爲張徹志銘，文古而銘哀，其不朽有賴焉。

東坡《甘露寺》詩詠很石、鐵鑊、贊皇手植柏，而末後云：「四雄皆龍虎，遺迹儼未刓。」似止三人。殆以很石爲孫、劉所共，其一蓋謂仲謀也，考之《國志》，先主未同破敵之謀；一則武侯。若以一爲權，則用「猘子」亦未安，此乃孟德謂伯符語，不如竟用仲謀之當也。古人落筆，蓋不如此屑屑耳。即如詩中前數語似亦可少。近人爲之，必注同遊者爲何人，而以「古郡山爲城」爲發端矣。

顧澗蘋〔元〕〔廣〕圻號千里，以字行。其學精博，近時無與儷者。余與之相識有年，然未知其工詩也。前歲在邘上，見其與夏壻倡和之作，乃歎知之不盡。因和韻贈之，君叠韻見答，今録於此：「昔賢事乞食，不諱驅者飢。既分作孤雲，遑問萬族依。郭子倜儻才，詞場聲早蜚。多遊使君門，夷視纔村扉。五饕每先饋，非患知交稀。奈何囊仍空，難辦買山歸。相逢古蕪城，各訝容減肥。識予性背俗，受譽慘若譏。邇惟金公子，自注：近園。脱略去纆徽。君家有玉潤，朝陽髮共晞。遂續《河上歌》，筆舌翻珠璣。人生貴自我，濩落安足欷。倘得目擊存，斯道無從韋。」此韻始於梅史在宣城與慈仲倡和。及見寄，余作二首。後諸君又數和之，殆如蘇集中「半」字韻詩，後來難措手矣。

楊誠齋之詩，先學江西，後學唐人，晚乃自成家數，見於其自序諸集者詳矣。其論句法亦往往見於序人之詩。《陳晞（賢）〔顔〕詩序》稱其：「半夜打篷風雨惡，平明已失繫船痕。」《黄御史集序》稱其《聞新雁》之「一聲初觸夢，半白已侵頭。餘鐙依古壁，片月下滄洲」，《遊東林寺》之「寺寒三伏雨，松偃數朝枝」，《上李補闕》之「諫草封山藥，朝衣施衲僧」，《退居》之「青山寒帶雨，古木夜嘷猨」。《雪巢小集序》稱其「桃花飛後楊花飛，楊花飛後無花飛」、「天空霜無影」之句云：「使太白若在，必笑領此句。」《唐李推官集序》摘其「見後卻無語，別來長獨愁」、「危城三面水，古樹一邊春」、「月明千嶠雪，灘急五更風」、「烟殘偏有焰，雪甚卻無聲」、「春雨有五色，灑來花旋成」、「雲藏山色晴還媚，風約溪聲靜又回」、「未醉已知醒後憶，欲開先爲落時愁」等句。《杜必簡集序》稱其「星霜玄鳥變，身世白駒催」、「愁思看春不當春，明年春色倍還人」。《頤庵集序》稱其「寂寞黄昏愁弔影，雲窗怕上短檠鐙」、「雞犬未鳴潮半夜，草蟲聲在豆花村」。《三近齋餘録序》稱其「落木森猶立，寒山澹欲無」、「地迴高樓目，天寒故國心」、「凉風迴遠笛，暝色帶孤舟」、「塵心依水浄，歸鬢與山青」、「墮蕊盡應輸燕子，嫩寒猶及占梨花」、「一番風雨催寒食，千里鶯花想故園」、「身閑更得憑陵酒，花早殊非愛惜春」、「秋生列岫雲尤薄，泉潄懸厓路更慳」，皆意主斬新，辭必己出。所取如此，即誠齋可見，而世乃以率易、輕佻爲誠齋，不亦繆乎？

道光甲申十一月十二日，大風陡發，洪澤湖水滿。一夕決口，壞高家堰石工萬有餘丈。水立成冰，去之數里，外人不得置足。堵塞無由，漂没居民萬户，淮安幾危，爲數十百年未有之奇灾。姚君春木時奉母居其弟實應學舍，備極憂危。事後以書見寄，并寄二詩。《仲冬十二日紀事》云：「一夜西風涌素波，金堤百丈失巍峩。天心豈要江河合，帝力終期舜禹歌。平世處堂多燕雀，隆冬起蟄奈蛟鼉。泖濱亦苦風濤厄，那處漁舟舞鈎蓑？」《咨儆八韵》云：「千載陳登堰，高堤巀嵲形。如何伏槽水，翻溢濯龍亭。自注：寶應有龍亭閘。菽麥冬心死，鮫鼉夜氣腥。監門誰拜疏，盡室或揚舲。恐懼全家在，嘑號幾處聽。勢漫湖岸白，事絶簡編青。天道原堪信，人謀太不經。空將昏墊意，咨儆動堯廷。」余亦有詩云：「厚地高天忽合圍，龍虵何事發陰機。高牙大纛張京兆，豆飯芋羹翟子威。性命那能風伯訟，妖祥莫信越人機。先大風前一夕，有物怪見洪湖。老夫醉後忘身世，客散燈殘但夢歸。」又《澤國》二首云：「澤國來龍節，流民極雁哀。爰書歸大吏，星象坼中台。飛挽紆宸慮，謀猷仗衆才。莫令舟檝地，一旦起黄埃。」「遼海雲帆轉，東吴秔稻多。元明皆有此，利害各如何。紙上談容易，民言酌恐訛。問誰通《禹貢》，可使出行河。」時當事者皆主以黄濟運之議，有獻海運議者，格不行。

姚姬傳先生主講鍾山時，與隨園時相過從，而酬倡絶少。兩先生詩文體格迥然殊途，故議論亦多不合，然未嘗相輕相軋也。金陵學者自立異同，遂以姬傳爲隨園作墓誌爲不宜。先生於尺牘中言之，悠悠之口，嘻，其甚矣。先生爲隨園挽詩云：「官罷買田如好時，身亡起冢在桐鄉。」「當關報客無早暮，下筆嘘枯有性情。群輩角巾從郭太，公侯小巷侯君卿。」皆適如隨園之分，風流宏長亦可見矣。惟第二首稍露不滿之意：「文集珍傳一世間，兼聞海外載舟還。千篇少孺常隨事，九百《虞初》更解顔。竈下媪通情委曲，硯旁奴愛句斒斑。渾天潭思胡爲者，縱得侯芭亦等閑。」

先生《惜抱軒筆記》議論證據皆前人所未及。惟其中一事，謂東坡《代張方平諫用兵書》爲子虚烏有之事，畢氏《續通鑑》載入爲方平實事爲非。據《宋史》言，神宗於永樂事後，恨昔無人言其不可，惟吕公著、趙卨言用兵非好事耳，以爲若果上書，帝安得忘之？鄙意竊不謂然。東坡作方平墓碑，詳書其事，并取「老臣見先帝地下，亦有以藉口」之語。東坡屢以文字賈禍，群小又多以疑似之詞吹毛索瘢，使此語不實，安敢顯入文中以授之攻擊耶？章奏紛紜，神宗一時偶未記及耳。其以烹宰禽獸爲喻，正是孟子以羊易牛，推廣齊君惻隱之心之意。謂爲黄州戒殺後議論，亦太泥矣。方平所學雖未醇要，是豪傑之士，痛論新法，争以去就，凛然有大臣之風。温公彈奏亦偶爾不合，遂目爲僉人。謂東坡以私意嘉予之，則小子所不敢安也。因論詩文，附識於此。

鐵生摹黄寉山樵畫立軸，題詩其上，以寄方蘭坻。其曰楚生者，蘭坻舊號也。此幅後歸於予，作五古一章題其左。曼生爲題二絶於右，云：「冬華庵主擅六法，脱手倪黄紗剪裁。忽向山樵參變格，筌蹏真欲問方回。」「金石交同書畫船，廿年前事揔雲烟。碧翁夢夢誰能叩，未使人間作孽錢。」作詩時鐵生之亡久矣。「不使人間作孽錢」，其小印也。此幅常攜在行篋。後兒子桐欲臨撫，遂付之，因得免六丁之厄。今取懸寓室。其畫作於乾隆乙未，距今四十九年。余得在嘉慶丙寅，距今二十年。曼生之題爲乙亥，亦十一年，而曼生下世已四年矣，曷勝慨然。

近日詩人自命者甚夥。嘗記亡友錢同人語予云：「近來無人不詩，無詩不律，無律不七，無七不陽。」問末語云何？曰：「七陽韵寬易押耳。」此可一笑也。

洪稺存詞云：「燕子平生餘恨事，不見梅花。」語雖孅仄，而意亦巧矣。今年觀復齋紅梅一株，開時已過社日半月。烏衣群從來睇久矣，此稺存所未及知也。

前記鐵生之畫，其上有自題七古一首，所刻詩中未及見。今并録於此：「十年困窮繆畫理，短幅長縑見輒喜。古人氣韵不可到，俛首窻閒而已矣。高風邈矣陸張吴，南北宗分在王李。浪將筆墨求形神，董巨荆關紛比儗。渾成磅礴撫癡翁，澹入空靈説高士。六如一變李唐法，文沈妙得棵華旨。就中最愛黄鶴樵，披麻點刷熟五指。去年客邗獲長卷，歸來自顧媿墨死。耽吟今得三拜方，愛畫聞亦入骨髓。瞠目不顧俗子嗤，雲烟爛然常滿紙。安得城南二頃田，蓋茅謖謖松風裏。精研細究吾與子，一笑雲根話流水。」

今年四月，余歸家度夏。夢琴先以兩年來詩一册，乞爲去取。爲讀一過，録其佳者於此。《夏潦》云：「經旬彌月雨聲奄，新插針秧已盡蕪。自笑閉門還覓句，不知門外即江湖。」《過廢園》云：「蕭寂空山閉古春，秋花香細上吟身。水邊亭淺落衣厚，欹倒壞闌如酒人。」《野步》云：「不放尋詩雙木屐，焉知野趣十分饒。踏青盡日無人到，時有夕陽紅過橋。」《送春》云：「明知此別難於友，便恐重逢非故吾。」《和丹叔》云：「時於宴歲宜詩侶，天以奇寒鬥酒兵。」《風雨》云：「空齋酒醒驚漂瓦，疏檑風穿瞀殺燈。」又有《哭柳兒》絶句十餘首，皆極悽戾感人：「匆匆瘞汝此黄昏，死不多時最斷魂。載月荒涼出門去，一盃殘藥尚温暾。」「孤眠黯黯曲房深，擁髻難爲長夜心。夢醒誤聽還索乳，依鐙仍向舊床尋。」「蹔時隔面念紛如，何況悠悠永送渠。權當鄰家嬉戲去，思量又是上鐙初。」柳生小名小耆，幼有宿慧，尤爲大母鍾愛，宜夢琴有過情之痛也。

爨餘叢話卷三

吴江郭麐祥伯

己山藏有仇實甫畫玉陽洞卷，長徑丈餘，山水、人物、殿宇、洞穴點染界畫，莫不精妙。仿《輞川圖》，各標名字於上，然未知玉陽洞在所。近閱《歷朝詩集》，陸少卿子傳有《玉女潭題贈史吏部恭甫》詩，發端云：「玉陽古洞天，名是神仙宅。」始知玉陽洞即玉女潭，在陽羨界。往時徧遊荆溪山水，以不及至張公玉女爲憾，因鈔此詩以寄己山，且約同爲異日之游。詩甚長，不備録。子傳名師道，官尚寶少卿，長洲人。遊文待詔之門，能傳其三絶者也。

昌黎《二鳥》詩，柳仲塗以爲二氏，朱子以爲公與東野，皆未見確證。惟「煌煌東方星，奈此衆客醉」，説者以爲憲宗在儲貳，群小用事而作，爲得其意。乾、嘉之間有人儗《平陵東》樂府云：「開天門，日月星，不知何人帝弄臣。帝弄臣，面一何長，手驅白雲如白羊。如白羊，變蒼狗，雲爲不行星爲走。星爲走，天不知，東方煌煌高知之。」「弄臣」、「面長」，用《酉陽雜俎》邢和璞事也。

平望有鸎脰湖，一名鸎鬥湖，烟波淡沱，頗爲幽勝。張生虞堂鍾家於此，作漁父填詞閣，繪圖索題。余爲題《漁家傲》一闋。以近不作詞，亦不存稿，姑徇其意，爲録於此：「渺渺平湖天在水，鸎脰佳名，合是詞人里。小閣高縣明鏡裏，窻乍啓，閑鷗宿鷺飛來矣。　家風好箇元真子，雨細風斜，漁父詞清綺。定有樵青將曲記，眉畫未，赤闌橋外簫聲起。」畫眉橋亦在平望。

舜溪程生𦬊號茶山，介友三弟，以所作詞見質，爲點閱一過。其小令頗幽秀。《蹋莎行》云：「刀尺聲疏，管弦調沸，秋江半是離人淚。算來眠坐一般難，他鄉纔識孤鐙味。」《望江南》云：「半窻蕉葉雨蕭蕭，不病也無聊。」《蝶戀花》云：「青草多情留別路，誰知即是銷魂處。」《南歌子》云：「蛛絲蝸篆滿蕉桐，無奈三春，人病鳥聲中。」《菩薩蠻》云：「滿逕草鞵痕，飯牛人出門。」語皆可喜。

申林女史董姝，伯生大令侍姬也。從大令謫戍塞上期年，作爲詩篇，以寫鬱抑。大令出以見示，余爲評之曰：「於冰天雪窖之中，作刻翠裁紅之句。綺麗清新，居然作者。」今録數首於此：「天教弱質歷窮荒，不信長城爾許長。生小江南佳麗地，十年夢不到遼陽。」「閉置深閨每自嗤，可容速變作男兒。鸞韡學試桃花馬，快意生平此一時。」「當窻草草帖花鈿，一陣驚沙破粉妍。卻比向時粧閣好，亂山青到鏡臺前。」又有《塞上銷寒詩》九首，其一云：「初九嚴寒得未曾，幾回呵手研吴綾。霜毫蘸出胭脂汁，一點梅花一點冰。」其四云：「四九重衾冷不支，雪花如席政紛披。可堪毳幕氊帷裏，卻話蘆簾紙閣詩。」又《呈主人》詩云：「小言原不要人聞，罷繡無聊遣夜分。多謝東坡老居士，莫添詩案到朝雲。」蓋伯生本以言得譴，可謂雅切。

前卷以姬傳先生《筆記》中東坡《代張方平諫用兵書》謂實無此事，深致疑義，亦不過臆斷而已。《筆記》以爲黄州戒殺後議論，則東坡集中此書下注「熙寧十年」，則是年方在密州任，距謫黄州元豐三年，不合甚矣。

羅兩峰聘繪事之妙，人皆知之，而詩不多見。近刻《香葉草堂詩存》，皆掇拾薈蕞，非其全豹，要不不知田父姓，轉問野人之傑也。《西山道中》云：「蘿徑緑無次，百蟲聲裏行。不知田父姓，轉問野花名。茅屋隔溪見，柴門架樹成。東皋原有約，何日果躬畊。」《水香邨墅磯頭作》云：「層層波影接鷗灘，獨立磯頭夕照殘。垂釣何人空手去，柳陰遺下一漁竿。」《題清聽軒芭蕉葉上》云：「緑陰滿逕下階遲，幾樹離離大葉垂。午睡不知來驟雨，問誰洗卻舊題詩。」

廣陵女史潘鳳華幼桐刻絶句百首，其可誦者，《獨坐》云：「獨坐無聊隱几眠，梅花零落小窻前。醒來聽雨添惆悵，只有春寒似昔年。」《梅月圖》云：「夕陽無語獨登樓，自嘆光陰不可留。應是前身修未到，每逢花月總多愁。」

吴思亭貌豐下鋭，上體極肥碩，絶似應真像。屬人作僧裝小影，名曰「禪趣圖」。余爲題二絶云：「米家船小似圓菴，梵筴儒書一例參。不爲周妻何肉累，知君真是善思男。」「年來相見各華顛，不羡楞嚴十種仙。若準香山居士例，不妨仍有散花天。」思亭鸞膠續後，愛玩賢妻，故以調之。

蕪湖蕭尺木居士雲從以畫名一時，詩不多見。近從小迂所得見其集，蓋《谷音》、《晞髮》之流也。詩多七言律，又每作必盡三十韻。積放自喜，不拘聲律，以自抒其侘傺無聊之思而已。有《惜娉》詩三十首，序云：「金陵小伎避亂野處，秉禮自守，不輕從人。問其名，曰『惜娉』，或如杜詩『不嫁惜娉婷』意歟？」蓋寓言以自況也。如「欲炙銀笙嫌氣暖，爲挑蠟炬戒心歒」、「幸未折殘江上柳，若爲卜築水邊村」、「長話祇因經亂後，避人偏覺此身多」、「月上莫依人弄笛，春殘不見鳥窺簾」等句可見。又有《鍾山梅下》詩，如「海内有春藏北斗，雪中無路覓南枝」、「名花嶺上供千佛，野雪香中閲六朝」，皆此意也。

又有《乙酉徇難諸人詩》八十餘首，人賦一律，事迹略同，詞旨易混，不足多存也。

錢塘張復子真，以其鄉前輩王酉湑銙《春水齋集》屬爲去取，云其後人將爲付梓。因爲披閱一過，選十之二三。五古宗法《選》體，下及王、韋諸家，恢恢然有古人形貌。七古意效韓、蘇，音節亦合，恨少警策。五七言近體具有風裁。其人及見杭、厲諸公，然不盡趨浙派，蓋亦矯矯自好之士也。《曉起》云：「霜歛鴉始掠，日出雞猶鳴。」《夏夜》云：「夕曖没檐隙，墟烟迷深村。凉露曜高葉，流螢黏孤根。」《雨後壑菴山亭》云：「山雲輕旋飛，池水深逾濫。筍穿徑土鬆，花落午烟濇。」《初夏園中》云：「小雨不成點，日出時更作。」《田家》云：「田家無歷日，節候視物更。門前杏花發，始知近清明。」《讀孟郊集》云：「苦調澀秋雨，高詞索冬林。澄流無濁瀾，枯桐有恬音。」他如《夜坐》云：「樓高夜半聞過雁，葉落樹罅闚明星。」《釣臺》云：「朱鳥祇傾名士淚，青山終屬故人家。」《秋夕》云：「星臨城郭垂垂動，月近樓臺細細明。」《渡口夜步》云：「夕泠鳥遷樹，月明人渡溪。」《宿印渚步》云：「風灘響激自喧枕，水鳥夜呼如報更。」《客樓》云：「坐久鐙微暗，更長雨漸深。」皆迢迢自遠，非苟然作者。矢詩不多，惟以遂歌，無庸爲買菜之益矣。

亡友鐵門嘗稱其弟子嚴氏暠仲子通、子容曰：「子通好爲詩，最嗜劉長卿，心慕手追之。子容詩不甚好，而酷喜爲詞，小長蘆《詞綜》一編，其所宗法也。」余前詩話中已鈔入兩君詩詞，以見一班。前年子容以病遽没，苗而不秀，鐵門病中爲之一慟。今年子通以所鈔《香南齋詩存》數十首謁余，請曰：「弟詩不工且不多，不足刊木。惟長者哀其有志蚤夭，爲選擇數篇入叢話中，庶幾萬一不泯泯於後。」

余取而閱之，雖仲宣體弱、叔寶愁多，而清氣靈襟，迥脱凡俗。爰鈔存一二，以慰子通鴒原之悲，亦亡友之意也。《詠海棠》云：「碧紗窗畔睡昏昏，鎮日無人自掩門。小院初酣胡蝶夢，空山欲冷杜鵑魂。半簾竹影迎風色，一斛香脂滴露痕。喚作放翁顛亦得，思量排日倒金尊。」《觀復齋新竹》云：「風枝雨葉影迷離，笛几琴牀位置宜。慘緑衣裳渾一色，也如末座少年時。」《書寄兄札後》云：「漸看濃淥上回廊，新種芭蕉一尺强。好待秋深連榻卧，與君同聽雨浪浪。」《十四夜不寐》云：「城南城北兩無端，往事渾如指一彈。能否人如明月好，衹消一月一團欒。」《閨中消夏詞》云：「試浴蘭湯意轉慵，解衣不覺鬢雲鬆。便他明月來相照，猶隔湘簾一兩重。」「薄涼漸覺晚來新，約伴迷藏笑語親。簾外有鐙窗有月，惱他花影不遮人。」句如《病起登高》云：「青山木落全身見，黄葉風高滿鬢秋。」《立秋前一夕》云：「花影漸扶明月度，竹聲微送晚風涼。」皆灑然性真語也。

子容詞今復録數首於後。《好事近》云：「一夜亂蛩聲，添了十分愁緒。争奈芭蕉葉上，又瀟瀟疏雨。

故人兩地苦相思，欲語向誰語。鴻雁不傳遠信，但北來南去。」《鵲橋仙》云：「困人天氣，瘦人時節，廿四番風都换。癡心欲倩小東風，留住了、桃花人面。　花朝過了，清明過了，一種閑情難遣。簾波垂地没人來，怕不是、斷腸庭院。」《沁園春・詠枕》云：「周正吴綾，整整斜斜，横陳帳中。記翠翹墮後，釵聲未覺，髻雲堆滿，香氣猶濃。不似琴張，還同書卷，雙頸交時儘可容。遊仙好，被黄鸝喚醒，直恁匆匆。　懵騰嬌困初慵，卻印取顋邊縷縷紅。憶繡成一幅，殘絨初剪，夢回千里，淚雨常烘。簟滑頻移，漏長獨擁，車走雷聲語未通。欹斜處，算不如郎臂，轉側隨儂。」

近人集中多以畫卷爲行看子，未知所本。惟《攻媿集》有題「高麗行看子」詩，云高麗賈人有以韓幹馬十二匹質於鄉人者，題曰「行看子」。詩中有云：「丹青不減陸與顧，麗人傳來譯通語。裝爲横軸看且行，云是韓幹非虚聲。」似亦以此三字爲奇，故及之。未知前此更有所出否，聊記以俟博聞。

《攻媿集》有詩題云：「龍潭丈室，一筍穿入，露滿其上，因賦之。」詩云：「一筍入屋照座寒，淩晨仍有清露溥。益信露珠自根起，正如真水朝泥丸。」觀此知東坡所云「苗根露珠，一一走上葉稍」者，真非虚語。

盛子履學博有才，子名徵璵，字小雲，少年好學，尤嗜有韵之言，父子間自爲知己相樂也。患瘵疾不起，年甫三十。藥烟鐙影中，尚伊吾不絶。子履悼痛甚至，乃抄其遺詩爲五卷，曰《嘯雨草堂集》。以書乞余作序。辭恉酸哀，爲讀一過，并録一二於此。《野步》云：「負郭人家蠶上箔，隔溪邨落犢歸田。滿堤楊柳滿畦菜，黄到維摩嶺上烟。」《悼亡》云：「彈鋏生涯漫自嗟，浪遊草草負年華。飢寒卿亦能深諒，年尾年頭宿母家。」《春寒》云：「檐前雨意先花釀，枕上冰痕待日消。」《積雨書悶》云：「江渚楊花身世感，池堂春草弟兄心。」《曉行》云：「遠樹欲浮何處櫂，孤村猶帶昨宵雲。」《和人》云：「不信有香堪入夢，果然惟别最銷魂。」又：「春聲已變鸎辭樹，新雨多肥筍出林。」其五七言古詩規撫韓、蘇，妥帖排奡。惜乎降年不永，未見其止也。

昔人評書論詩多爲形似之言，覺雋永可喜。余仿其意，取平生耳目所接先達故交，各爲題目。雖不足爲定評，亦聊示己意云爾。隨園詩如大海回瀾，長河放溜，珠貝畢呈，泥沙雜下。惜抱軒詩如彝器法物，古色斒〔斕〕〔爛〕，未敢褻觀，恨少適用。時帆詩如草衣木食，祇合深山，偶逢世人，間作俗語。船山詩如偃師眩人，頃刻百變，去其膠漆，未免嗒然。鐵夫詩如搏力句卒，勁鋭無前，緩帶輕裘，雍容不足。湘眉詩如春蘭早花，秋蓉獨秀，雅樹骨幹，微傷婉弱。二娛詩如單椒秀澤，不屑附麗，少坡陁漫衍之觀。蓮裳詩如程尉治兵，嚴整斥候，而士卒無佚樂之心。芙初詩如組練三千，軍容壯麗，而乏蒼頭特起之師。瘦客詩如静女掩閨，對鏡自惜，不知有門外事。甘亭詩如慶喜多聞，晚證無學，結集三乘，自合佛旨。鐵門詩如家人子言，不求典要，款悃委曲，適合人情。芝亭詩如雛鷽出彀，新燕學飛，春風披拂，逸麗自喜。退庵詩如老宿談禪，田農問稼，言言本色，不足爲市朝人道。江庵詩如幽澗流泉，嗚咽清聽。獨遊詩如貧家好女，衣無紈綺，而翏然不雜塵垢。

桐鄉程茶山名萜，去歲寄詞一册，乞爲點定。清幽疎爽，大有玉田、竹山遺意。今年八月，介友三弟載酒請業，信宿别去。以所爲《三十六鷗草堂詩》一册就正，因爲加墨一過。五言最爲合作，七絶亦神韻獨絶。《秋夜即事》云：「夢覺一庭雨，開門松滿山。淡然空翠裏，宛爾白雲間。鳴鶴寒相和，飛鴻杳不還。攜琴鼓清夜，此意自閑閑。」《曉雨初霽》云：「一鳥作幽哢，曉光濃滿樓。開簾望山色，林壑爽於秋。竹隝受寒翠，花溪交亂流。遥知聽泉客，琴鶴在孤舟。」《山家》云：「白瀑紅泉激水坳，門臨溪路絶人敲。田家一夜墻頭雨，涼得秋花上竹稍。」《石門道中》云：「寒皐瑟縮傍汀洲，渡口無人水亂流。風柳荒荒横古道，一蟬吟老驛門秋。」《僧樓》云：「僧樓寒閉數峰青，一枕秋聲催夢醒。昨夜霜風響樵徑，松毛吹滿半山亭。」七律句如《淮陰釣臺》云：「能酬老母相哀意，尚有滕公未報恩。」《舟行即事》云：「松浮暮靄沈孤塔，花擁春流入遠城。」《雪後》云：「瘦竹倚橋猶帶雪，老梅橫路不通人。」《七夕》云：「時節因緣兒女半，神仙歲月別離多。」皆清綺可喜。

順卿女史黄芸馨，宋又枚千乘室。幼喜韵語。女紅之暇，輒事吟詠。與又枚静好相（壯）〔莊〕，于喁倡和。然孄不收拾，隨作隨弃。以肺疾卒，年甫二十有一。彩雲易散，曇花偶開。又枚悼亡，過時而悲，乃掇拾殘叢，得若干首，名《翡翠巢賸稿》，寄以見示，爲點閲一過，采數首於此。《菱花》云：「不必臨粧鏡，天然鏡面生。一湖秋水闊，十里曉風清。未礙鳴榔過，時看打槳行。吴娃底歡笑，唱出采菱聲。」又《采菱曲》云：「湖光澹盪碧於油，六角參差水面浮。已是紅衣零落盡，鴛鴦夢冷正清秋。」「水上風吹不起波，遥看秋色半湖多。無端掉入烟深處，腸斷教聽隔岸歌。」《詠漏》云：「静中知夜永，歷歷聽分明。月轉虚窗影，風傳别院聲。琮琤和鐵馬，長短出山城。偏是愁人耳，秋來睡不成。」《立秋》云：「一葉未飄墮，風來覺灑然。怯秋心一點，更比井梧先。」他句如《秋螢》云：「凉影曳空碧，一星明綺疏。」《秋蟬》云：「自倚高寒極，惟憑風露生。」《詠菊》云：「能甘偕隱無如我，也瘦西風不但人。」語多秋氣，女有士心，降年夙隕，未必不徵於此。又其《題竹》一絶云：「敲金戛玉數竿斜，最好烟稍日影遮。人世難醫偏是俗，漫抽新筍到鄰家。」其寄託如此。

閨秀沈小芳詩既録入詩話續刻矣。其尊甫雪樵瑚、兄秋盧鈞皆工吟詠，各爲摘其佳句於此。雪樵《江行》云：「鷗鷺但知披霧立，峰巒真覺帶雲移。」《寉湖遇雨》云：「深樹得雲如界畫，好山逢雨亦模糊。」《重陽》云：「疎雨卻嫌今日冷，黄花只領故鄉情。」《訪丹叔不值》云：「舟停斷岸潮初落，塔抹殘陽樹半凋。」《苦雨》云：「一春心似連朝醉，二月天無三日晴。」《悼女小芳》云：「去年風雨坐茅堂，笑指花容作淚粧。不道今年花笑我，也含淚眼過重陽。」《秋廬鷓鴣》云：「碧草春殘湘女廟，東風日暮越王臺。」《南郚》云：「犬吠便知郚路近，魚來先覺水紋圓。」《夏日田園雜興》云：「一縷濃雲遮夕陽，晚來都道好風凉。誰知橋畔翻盆雨，只隔郚西一片場。」《遠眺》云：「傍溪高聳一書樓，竟日臨窗坐最幽。卻好西風吹葉盡，好從樹裏看行舟。」

同邑朱沁香女士蕚增，徐君蘭叔之配也。幼而聰慧。年十二賦水仙詩云：「本是仙風骨，臨波試淡粧。不留脂粉氣，清夢落瀟湘。」家人咸奇之。及歸蘭叔，静好相得。時有所作，不肯自炫，人皆未之知也。歸後五年，年甫二十八歲而卒。蘭叔哀之，裒其詩凡若干首，名《珠來閣遺詩》，將以付梓。余既爲之序，復録數首於此。《和外春日見懷》云：「陌頭又見緑楊枝，那不關心怨別離。差有閒情抛未得，紅闌一角坐題詩。」「杏花一樹照粧樓，廿四番風數未休。回憶緑窗人待月，清光凉浸玉搔頭。」「輕寒輕暖養花天，春晝初長倦欲眠。忽地雙魚傳尺素，背人開看一鐙前。」《省親歸和蘭叔寄示原韵》云：「韶華九十過三分，寄我臨風一朵雲。遮莫高樓穿望眼，歸來佳節正湔帬。」「春衫冷暖勤調護，話到歸期絮語低。只恐禽言應笑我，朝朝窗外子規啼。」蘭叔原詩：「春光負卻兩三分，一種離愁託暮雲。花事將殘天漸暖，可須檢寄緑羅帬。」「別來博得醉厭厭，愁看雙飛燕入簾。梅子枝頭酸已孕，待君歸共蘸吴鹽。」讀之真如穆羽之和矣。他如《寄妹杭州》云：「豈無舊夢尋三徑，可有新詩賦六橋？」《和蘭叔晚春》云：「四圍風絮憐飛白，一霎烟花嫁小紅。」《七夕詠填橋》云：「遥知波浪静，但有步虚聲。」清辭綺思，具有林下風氣。

蘭叔悼亡之作，名曰《哀弦集》。《視内子殯宫》云：「此間恍惚已泉臺，省視無言賸有哀。四野悲風旋落葉，三椽老屋鎖塵埃。溪聲嗚咽門前過，鼠跡縱横地上來。知否空閨今闃寂，何時佩響一飛回。」《夜歸》云：「觴弱難摇愁遠去，鐙殘恍見影常存。」《記夢》云：「不愁地下身無伴，翻惜牀頭壻獨眠。」《除夕》云：「吹殘歲燭真成讖，劃徧鑪灰賸自嗟。」悽咽之音，不堪卒讀。

元耶律楚材《湛然居士集》鈔本十四卷，恐非全書。然四庫所收，亦止如此。集中詩多文少，且雜羼其間。文多爲釋氏作者，蓋屏山之流。詩中近體用字多以仄誤平，而又非鈔録所訛者，莫解其故。豈北人於音韵不甚講乎？楚材爲元開國文臣之冠，一時制作，多出其手。好賢樂士，宏奬風流。而詩則膚淺龐俗，不足以繼遺山而開虞、揭也。《贈蒲察元帥》詩有云：「素袖佳人學漢舞，碧髯官伎撥胡琴。」初疑「碧髯」字爲誤。後有《戲作》云：「屈眴輕衫裁鴨緑，葡萄新酒泛鵞黄。歌姝窈窕髯遮口，舞伎輕盈眼放光。」《贈高善長一百韵》中又云：「佳人多碧髯，皎皎白衣裳。」則當時實事如此，亦可異矣。「屈眴」，布名，出内典，然用於歌伎爲舛。又屢用「杷欖」以對「葡萄」，亦未知何果也。

司馬温公學貫天人，文章非所注意，詩尤其小者也。然於時人中獨推服梅都官，則所得深矣。古詩精深醇厚，如其爲人。絶句殊多神韵。《柳枝詞》云：「新豐道上灞陵頭，又送夫君去遠遊。借問柳枝能記否，古今共有幾多愁。」《静坐》云：「半夜空齋思悄然，清寒透骨不成眠。秋風故揭疏簾起，正漏月華來枕前。」其神宗挽詞云：「決事神明速，任人金石堅。」盡之矣。

「冷於陂水澹於秋，遠岸初窮見渡頭。賴是丹青無畫處，畫成應遣一生愁。」神韻獨絶，温公先人池詩也。

丁亥正月二十六日，清江雜料廠火，所燒物料約十餘萬，縈爲其主。事後檢閲燼餘中，得若石假山者二，各高數尺。其一嵌空玲瓏，洞穴岩壑皆具。其一作樓閣人物龍鳳之形，勢如飛動。傳爲詫事。時潘吾亭觀察恭常在浦，酒閒語及，觀察曰：「是固有之。往年在此間，曾見此異。蓋縈精液之所凝。後終銷泐，不能久也。」後閲漁洋《池北偶談》，載京師草場火燼，得石數千百，皆有峰巒之形，不測其故。殆亦草液所結成，與此相類也。余有一詩記此事，詞多不載。

《池北偶談》謂曾南豐非不能詩，亦王荆公之比，惟天分不及，非若皇甫持正、蘇明允、陳同甫竟不能作詩者。同甫詩固未之見。若持正則「次山有文章」一首《題浯溪》者，不減退之。陸放翁所傾倒，再三言之，特傳者少耳。老蘇詩亦不傳，然東坡和陶詩中有「雀鷇含淳音，竹萌抱静節」，下注此兩句：「先君少時詩，失其全首。」然亦何媿韋、柳也。

皇甫名字全用《毛詩傳》：「湜湜，持正也。」山谷「魯直」二字，見柳州《先友記》。

作詩次韵，自是一病，牽率時所不免。余客中苦無倡和之人，輒取古人詩韵，所謂借他人酒桮，澆自己塊壘。此體蘇、黄最多，亦最工。間遇阨塞，忽得奇横，有出尋常思慮之表者。坡、谷叠「粲」字韵各數首，而後出愈奇。「才難不其然，婦女厠周亂」、「不聞南風弦，同調《廣陵散》」等句是也。

東坡和陶亦是處蠻蛋中無可消遣，遂和以自娱，且避憂患耳。其實東坡自爲東坡之詩，何嘗有意學陶。後人紛紛論説，或以爲逼真，或以爲不如，皆可一笑也。

北宋取士，詩賦命題，亦多出注疏，故人皆習之，不似今人判若鴻溝也。東坡詩「使君不用山麴窮，愚民自逃泥水中」，注家但注上句，不知「欲其逃泥水中」乃杜注也。

引用成句以傳新事，須典而切。吾鄉文昌閣求書對句，余爲集句云：「帝以會昌，神以建福；下有風雅，上有日星。」上聯取《文選》注，下聯取唐人文。蓋文昌神，俗名之曰「帝君」，以爲主文章之事，又爲司命之星。故假借成文，使不悖於祀典，且通俗也。

吾友鐵門嘗乞書玉皇閣匾「臨下有赫」四字，余意不以爲可。然未有以易。後語鐵門，以蘇詩「上帝高居」四字爲勝，鐵門極以爲然。此又未可與俗論也。

爨餘叢話卷四

吴江郭麐祥伯

縠人祭酒爲余序《二集》詩，云在京師時與味辛、船山相倡和。然余實未識味辛先生，彼此相聞而已，亦無贈答之作。蓋時歲在乙卯，諸君雅多文酒之會，余亦參預其間，祭酒遂牽連及之耳。暨味辛去官，自秦歸，卧病家中，迄未一相見，至今以爲恨。近始得其《亦有生齋全集》讀之。詩凡三十二卷，清醇和雅，無囂淩之習。自少至老，揔持一律，於毘陵諸公中最爲純粹，微覺平衍少奇氣。五古滔滔清辨，七言律章妥句適，皆雅音也。其後入京師一段最佳。登臨酬和之作，多而且工。到關中即攖末疾，故不能得江山之助，洵乎文字亦有命也。君與石門方蘭士交，爲金鄂巖比部姊夫，兩人余皆識之，已卅年餘矣。五言如「疎林遞清磬，深寺隱禪燈」、「寒潮接東海，遠火明西興」、「千林移月影，衆壑助泉聲」、「春光先在水，暝色欲歸樓」。七言如《晚眺》云：「女墻幾尺不遮月，淺水一灣迴抱門。」《碧浪湖》云：「春當盡處家家雨，城過南來面面山。」《述懷》云：「十番眉黛傳新樣，三嗅馨香泣後時。」《都門留别》云：「下車事已同馮婦，掮屋心誰信魯男。」《荀卿墓》云：「史公位寘還齊孟，弟子門墻竟出斯。」《夢回》云：「酒可解憂偏易醒，貧真是病不能醫。」《題夏節愍集》云：「死學從容文信國，生爲蕭瑟庾蘭成。」《夢回》云：「偕我行藏一枝筆，斷人骨肉幾重山。」其末年《秋雨》詩云：「貧守叢殘不知老，病看飛走亦如仙。」詞意尤可哀也。

味辛詩集後附詞五卷。其《元夜漫河·賣花聲》一闋最工：「茶熟酒温暾，消盡黄昏。看燈情異去年人。只有半牀殘月到，許客平分。　寂莫杜司勛，傷别傷春。自來好夢不曾真。依約畫簾風細處，昨夜星辰。」

雙林淩君質庵以其先忠介公手書《黄庭經》，屬爲題跋。忠介殉甲申之難。弘光南渡，贈謚忠清。見《三藩紀事》，而《明史》無傳，立朝本末，無所考見。惟楊士聰《玉堂薈記》「論科道年例之陞」一條，有云：「田維嘉所恃通内，言官有議己者，即以年例處之。獨淩茗柯義渠以兵都垣陞福建參政，則烏程爲之也。淩與烏程雖同里，而素不相能。烏程已歸，猶銜之不已。至是湖紳入京，傳語維嘉，以年例與之。唯嘉奉命維謹，不謀一人，尋登啓事矣。」觀此則忠介不附權奸，卓然有以自立，於此可見。臨危授命，非一朝引決者同年而語矣。爰録以補跋所未及。

《柳南續筆》有「三史」一條，云「唐以三史舉入官，爲《史記》、前後《漢書》，有明文矣。《三國志注·江表傳》孫權謂吕蒙、蔣欽曰：『孤自省事以來，看三史、諸家兵書。』此時《國志》未出，已有三史之名。然則馬、班而外，其爲《東觀記》歟？抑爲袁宏《紀》歟？謝承《書》歟？不得而知也」云云。按《吕蒙傳注》引《江表傳》曰：「孤少時歷《詩》、《書》、《禮記》、《左傳》、《國語》，惟不讀《易》。至統事以來，省三史、諸家兵書，自以爲大有所益。」潘眉《考證》云：「此時謝承《書》未成，當謂《東觀漢紀》也。」致謝承爲吴主謝夫人弟，官終武陵太守，撰《後漢書》百餘卷，斷非權所云審矣。荀悦建安初爲秘書監侍中，被詔删《漢書》，作《漢紀》三十篇，見《荀彧傳注》。悦爲彧之從父兄，其成書乃在許下，亦非孫權所得見也。

「蔣頴叔守汝日，用香山僧懷晝之請，取唐律師弟子義常所書天神言大悲之事，潤色爲傳。載過去國莊王，不知是何國。王有三女，最幼者名妙善，施手眼救父疾，其論甚偉。然與《楞嚴》及《大悲觀音》等經，頗相函矢。《華嚴》云：『善度城居士鞞瑟胝羅頌大悲爲勇猛丈夫。而天神言妙善化身千手眼，以示父母，旋即如故。』今香山乃大悲成道之地，則是生王宫以女子身顯化。考古德譒經所傳，絶不相合。浮屠氏喜誇大自神，蓋不足怪。而頴叔爲粉飾之，欲以傳信後世，豈未之思耶。」以上皆朱弁《曲洧舊聞》。愚按：近世圖畫塐像皆作女人相，當緣《楞嚴》中云見女人身而爲説法之故。然吴道子所畫觀音已作女相，則其來久矣。至剜眼救父，優人演劇有所謂大香山者。而里媪村嫗皆云觀音是妙莊王第三公主，常笑其無稽，不知乃出於頴叔也。千手千眼之意，亦本《楞嚴》「八萬四千母陀羅臂」、「八萬四千清浄眼」。而必爲女人相，則諸經所無也。

王原吉《梧溪集・進酒歌》有句云：「五侯七貴真糞土，蜀麯數仉如飄烟。」下句四字，三字是梁四公姓。其「麯」字又非，疑有誤，大約謂神仙也，然亦太好奇矣。集中多詠忠孝節烈之事，又多爲之序記，意主闡幽發潛。宋末元季之士大夫、貞婦烈女，至今猶有所考見，原吉之功也。

婁縣莊君師洛號蒓川，何君韋人之師也。王惕甫爲之誌墓，述其篤學好古，而惜其幽憂以老。并爲序其《十國宮詞》行世。今韋人又以其未刻《泖客詩鈔》一册見示，《忠義祠樂府》三言一篇最工，太長不録。《訪陸平原墓》云：「劇憐年少亡吴早，應悔才多入雒輕。」《朱買臣墓》云：「計吏驚看新太守，去妻羞見舊樵夫。」《秋夜》云：「殘月過窗知夜久，亂蛩依壁覺秋深。」《有感》云：「曾笑將軍來袴下，幾聞上客處囊中。」《折花謠》一首云：「薔薇花開深淺紅，十枝五枝出墻東。東鄰女兒年十五，朝來攀折鬭芳叢。芳叢緑刺恐傷手，花前顧影裹回久。久立翩翾雙蝶飛，落紅點點上人衣。隨風茵厠知難定，不折花枝空自歸。」

道光戊子冬，與何君韋人把晤於松江府署。述其曾大父鐵山先生，余曰：「是活我於瀕死者也。」因記三、四歲時，患痢垂絶，家人憂惶。適里中富室有延先生治病者，邀至家中。先生語家人無恐，此非死病也。爲處一方，凡數服而愈。余父母嘗以爲言，故至今識之不忘。韋人乃出其《萍香詩鈔》兩卷，曰：「先曾祖吟詠自適，不欲見知於人。此兩卷爲先人掇拾存之者。」受而讀之，閒適恬澹，自寫其懷抱，不必規唐模宋，而有翛然物外之致。《江干尋舊時送别處》云：「昔别記河橋，今來春漲滿。楊柳怕人攀，故意垂條短。」《古别離》云：「今别先别心，古别惟别身。别心跬步遠，别身生死親。」《冒寒舟行》云：「石尤風急水雲凝，江上舟行寒倍增。對鏡漸添千點雪，擁衾如卧半牀冰。茆檐雖葺常爲客，蓮社將投儗學僧。不爲途窮頻灑淚，天涯多幸得良朋。」《無錫道中》云：「一天暮景宜斟酒，三月風光欲换衣。」《七十述懷》云：「霜篷雨棹他鄉客，藥（裹）〔裹〕茶鐺善病身。婚嫁早完向平願，姓名欲隱伯休心。」其他五言如「身懶憎帆影，春殘卧雨聲」、「花影依蓮座，經聲在竹樓」，七言如「疎花影裹三杯淺，落葉聲中半日閑」，皆自然澹逸。先生年八十有一，無疾而逝。臨終書一絶云：「鐵山老人堅似鐵，瘦骨撑持多歲月。九九總歸八十一，千丈麻繩一箇結。」是殆近於知道者矣。

先生名王模，自宋時以醫名世，至先生十餘世，術遂大顯。初居奉賢，後徙青浦之榦山。先生三孫元長名世仁，傳其業。豪邁伉爽，喜周人之急，食客常數十人。韋人之父也。

韋人又出其從父春園世英及令弟小山其章遺詩兩册，屬爲訂定。春園有《十國宫詞》、《南宋雜詠》，頗有新意。其《詠落葉》云：「旗亭酒冷人初別，驛棧霜寒客未還。」《詠菊》云：「行尋細雨松陰路，吟到斜陽柳外橋。」《山塘》云：「載酒船移垂柳外，賣花聲在畫樓西。」皆可誦。小山刻意爲詞，韋人爲刻數十闋，皆工。其詩亦婉而多風。《冬讀書》云：「百城小閣圍爐坐，半夜荒雞隔巷聽。」《潤州城樓》云：「亂山深處南朝寺，斜日明邊北固樓。」《贈王椒畦》云：「垂橐歸嬴雙鬢雪，卷簾坐對一房山。」《題家孟續稿》云：「律細不嫌千遍改，詩清只要百篇傳。」性靈灑灑，迥殊凡響。惜兩君皆不永年，所謂未見其止者也。

余在吴門謁一達官，二十年前車笠盟也，辭以事冗不及見。後過揚州董相祠，作一絶云：「三策堂堂漢殿陳，豈知高第有平津。羨他尚是膠東相，不作當年一故人。」近讀《潛研堂集》有《江都祠》二首，其一卒章云：「君看平津閣，何如廣川宅。休言官不達，幸免故人責。」蓋已先得我心矣。

《出塞紀略》一卷，虞山錢木庵良鐸所撰。康熙戊辰通使俄羅斯，木庵以賓佐隨行，一路紀其遊歷之蹟。文詞雅馴，而能達所見。間雜以道中所作，皆可誦。其《明妃冢》一首尤佳，詩云：「雲陽苦霧當晝黑，長信秋風晚悽惻。漢皇真不及單于，營繕佳城埋國色。崇丘深壙巍然存，有情豐草圍青痕。珠襦周匝玉匣固，至今香骨猶尚温。中華佳麗葬花盡，一抔萬古留乾坤。沙場金屋何厚薄，月明彼此愁黄昏。胭脂山崩黑河竭，穹廬終不祧芳魂。我來弔古裵回久，手抉蓬蒿奠巵酒。此是紅顔最幸人，椒房永巷無其偶。并勝宫中老白頭，黄貂新室稱文母。」此書爲其里人張海鵬刻入叢書中，因得而録之。張言其自訂《撫雲集》，卷中詩皆不存，僅留一絶云：「黄日壓邊城，風摇大將旌。弓刀三萬騎，一騎是書生。」是其集頗自矜慎。惜未之見也。

張君所刻叢書内有惲南田題畫詩一卷。題石谷畫居十九，詩皆可喜，今録其尤者。《王山人秋江雨泊圖》云：「荻花兩岸横孤篷，翠壓洞庭秋色濃。斜風吹烟雨脚亂，零落隔江三四峰。」《王山人仿米圖》云：「斷崖殘雨響潺湲，溼翠瀰漫雲海間。米家墨戲淋漓處，只有瀟湘雨後山。」《水邨圖》云：「拂柳初歸曬網人，抱琴閒渡落花津。黄鸝紫燕東風裏，正是江南三月春。」《玉峰月夜石谷作圖以詩紀之》云：「開盡秋雲夜景新，青天碧海一閒身。清宵半爲離家好，快友能忘作客貧。柳影漸疏侵北葉，蟾光未滿向西輪。詩成收盡園林趣，風月知誰是主人。」南田畫筆入神，實國朝第一，然其聲價未有如今日之重者，幾欲掩明人而上，與宋元埒。而一時畫家，莫不學其題款之字，亦風會使然也。

《柳南隨筆》四卷，虞山王東溆應奎所撰。與歸愚宗伯友善。所載遺聞佚事甚多，惟云周青士遊京師，至宿遷墮水死，則傳聞之謬。竹垞《墓志》云：「當梧入手，一笑而逝。」無此事也。又云：「青士嘗遊嘉善柯氏園，月夜吟詩達旦。某郡丞寓與園鄰，聞吟聲亦達旦不寐。詰朝逮至，杖而逐之。」此事亦見他人所記。惟杖逐則傳之者過也。舊傳彭芝亭尚書曾有戚友田契中列其名，後涉訟，縣令發牒，以硃點其姓名。彭題詩于後，有「自從御筆親題後，又被琴堂一點紅」。今《隨筆》所記，乃其邑汪宫贊應銓事。詩云：「八尺桃笙卧暑風，喧傳名挂縣門東。自從玉座標題後，又得琴堂一點紅。」

邢子才云：「閒思誤書，更是一適。」余閲《王荆公集》，「天闕」字誤爲「夭閼」之譌，李雁湖已不能知，深爲快意。今審庵閲《山谷集》，復得一則。《平原郡齋》云：「生平浪學不知株，江北江南去荷鉏。」任淵「株」字無注。審庵云：「疑『姝』字之誤。」《後漢書・崔烈傳》程夫人曰：「崔公冀州名士，豈肯買官？賴我得是，反不知姝邪？」注：「姝，美也。」此校甚精，「株」字不可通也。山谷用古，往往取其辭，而不本其事。如「謝公遂偃蹇」，乃用董卓「蔡邕遂偃蹇者」之語。「萬事不理惟讀書」乃用「萬事不理問伯始」之語。此亦其類也。

子履學博，定交淮浦幾十年矣。往來酬和之作，無慮數十首。近又將刊《蘊素閣詩續集》。余既爲之序，并摘録一二近體，以誌心賞。《過甘亭故居》第二首云：「眼前凡馬盡龍駒，聒耳新聲笑濫竽。窮老著書惟我在，故鄉談藝似君無。阻風聽水頭先白，豪竹哀絲淚早枯。滿逕蘚泥粘屐齒，一鞭臨發又踟躕。」《春日遣懷》云：「但得名場早早收，便思散髮五湖游。側身何地堪埋骨，瞥眼逢春亦感秋。四壁花深成獨笑，一鐙烟澹煮千愁。凭闌凝望星河近，略覺今宵意趣幽。」《皖城紀事》云：「一千里外群仙會，二十年前選佛場。出處各將心跡印，升沈共此鬢毛蒼。少陵涪水重陽日，莘老湖州六客堂。鴻雁幾回留雪爪，酒邊莫負菊花黄。」句如《遣懷》云：「伴我晨昏惟卷帙，看人兒女共提攜。」《歸里》云：「近鄉漸覺衣塵少，訪友驚看鬢雪濃。」《齋居》云：「林烟影直風初息，簷雨聲微雪欲成。」《姑孰懷古》云：「地多戰士埋金甲，山愛詩人作墓田。不信浮梁兵可渡，有人卧榻睡方酣。」《烏江》云：「名姬駿馬英雄淚，野渡扁舟父老情。」《題畫絶句》云：「粉本迂癡下筆初，可能烟火氣先除。荒寒石髮千絲亂，略似周秦篆籀書。」「遠岫雲連遠水青，空中花雨散冥冥。無端分出人天累，只隔山腰一角亭。」子履畫入神品，故言之有味如此。

丁亥春日，子履過訪觀復齋，適種水至自邗上。其日正值春社，同人共作春社詞，子履尤爲擅場。「幾日春陰雨未成，蘆芽初放草初生。酒香村店花如雪，一路鞭絲醉裏行。」「長淮兩岸柳微顰，不及江南一半春。卻恐桃花新漲起，家家擊鼓賽河神。」「春林薄雪草堂開，別後庭陰護蘚苔。我似穿簾新燕子，剛逢社日故飛來。」「放牐春流引短篷，爲攜農具訪鄰翁。治聾酒味清於水，漫祝篝車惱社公。」

舊畜一鸜鵒硯，面背各一眼，渌如水碧，瞳子分明，石質細潤，呵之津津汗出，琢手亦甚精。生平諸石友，此爲第一。先失于越州，嚴四香得之見歸，爲作《還硯圖》以志喜，同人皆有題詠。廌樓之火，遂成羽化。余有銘云：「體無粟，新出浴。誰見者，兩鴝鵒。」字爲秋堂小隸，亦其手鐫也。後又得一石，池中一眼，精明不如舊者。石質白而膩，亦佳品也。爲作銘云：「鸜鵒鸜鵒，秉文之權，亦吾所欲。」《春秋》「鸜鵒來巢」，《公羊》作「鸛鵒」。何邵公注云：「鸛鵒，權欲。權臣欲國。」故銘用之。

張禄卿本名詡，號渌卿。後從軍山左，爲劉松齋都轉書記，遂以軍功得官，因改今名，與不相見者廿餘年矣。己丑夏日，以公檄赴浙，訪余於袁江，一見幾不相識。坐定縱談，聲音笑貌，猶如昔人也。臨别以前後數年之詩，乞爲點定。旬日而後卒業。渌卿初工詞，余嘗以昔人告稼軒語諷之。而跋涉畏途，蹉跎仕路，牢愁雜感，有不能已於言者，詩亦遂夥。《寄船山太守》云：「秋來牢落奈愁何，如此頭顱感慨多。寒女機絲憑斷薄，美人粧鏡是枯荷。因沾笑疾鬟纏帛，欲掩風狂面帶儺。曼衍魚龍成百戲，伯仁只在醉鄉過。」《挽船山》云：「傷心剩下石麟無，嬌女煢煢兩鳳雛。中外宦囊詩數卷，平生天禄酒千觚。享名太重消庸福，傳後無窮薄幻軀。從此山塘春七里，我來愁問舊黄壚。」他句如《感懷》云：「海山聞有長生藥，世上傳無餓死官。」《再病》云：「折柁舟還經灔澦，敗軍將任罵籠東。」《靈島秋興》云：「短衣也學裁垂骭，長劍今唯伴拄頤。」《中秋》云：「陰晴月豈存成見，離合人多感此宵。」其餘佳句甚多。從戎紀事之作，皆有橫槊上馬之意，微嫌士衡才多。生平酷嗜金石，有《北魏太和金銅觀世音像歌》一首，尤奇倔。序云：「嘉慶丙子，膠州艾山村民畊地，怪牛不行，發土獲之。」其詩云：「拓跋距今越千載，佛在西方觀自在。真容示見出泥沙，觳觫老牛已驚退。螺髻月儀相妙好，菡萏軍持製瓌怪。金輪照徹東勝洲，土繡結成南國黛。銘書非楷亦非隸，結體闊疏誠六代。太和甲子樂陵令，丁柱丁符丁利輩。兄弟全家十六口，願願從心與佛會。冶銅不足偏塗金，喜捨要夸功德大。是時南北苦戰争，斬艾生靈同草芥。歸依大士丐慈悲，求福薦亡免灾害。試看羅什佛圖澄，石勒姚萇生敬愛。常將片語斂凶威，大將貴臣皆不逮。迂儒動稱闢異端，欲與聖途廓荒薉。何知匡時匪一術，得力絲麻遜菅蒯。吾宗獲此肯贈我，讚歎喜歡承大賚。未妨彌勒一龕同，不厭維摩丈室陋。宣銅式仿博山鑪，靈檀篆靄香雲蓋。太息多生淪苦海，夜叉羅刹紛刀械。中年懺悔禮空王，粉碎虚空離障閡。諷誦曾熟高王經，忠孝敢忘孔子戒。速了尚平婚嫁債，便效通明神武挂。西溪深處結團瓢，七卷妙蓮六時拜。」

渌卿集中多骯髒之音，而絶句特婉妙，時時欲入大石調也。《家人買緑鸚武》云：「香茆一把睫蚊巢，紫鳳天吴歷亂抛。那有畫梁兼繡户，雕籠只挂緑楊梢。」《即墨口占》云：「指點銀瓶索酒家，小桃墻内一枝斜。爲貪半餉清陰立，吹墮滿身黄柳花。」

有以歙人吴竹循淇《荻秋庵詩》乞點定者，中頗多名雋。「細雨草生桃葉渡，春風人唱木蘭歌。」「遠樹送青來曉郭，輕風吹渌上新蒲。」「雙杵夜喧鐙影裏，一家門掩水聲中。」「曙色不分烟外水，稻花好在露中香。」「雨後秧田雙鷺影，風前麥穗一鳩聲。」皆可喜。

陝西陳孝廉海霖號玉珊，訪芥航河帥于袁浦，病卒逆旅。河帥既爲之殯斂，送匱西回，而以其手稿十九册，乞余爲選擇。具言其一生坎壈名場，奔走道路，惟此數册是其畢世心力所託，庶幾不與草木同腐。因受而讀之，爲擇十之六七。孝廉有神童之目，十四入邑庠，十七登賢書，而屢絀春闈。一就學博，復捨去。家貧，不足於養。歷遊燕、趙、楚、蜀，嶺南、塞外，卒連蹇以死，死時年未六十。其境遇可謂奇窮，故其詩多壹鬱無聊之語，悲歌斫地之態。五七古皆有傑作，惟七古音調不甚諧。好作長短句，歌行，不免有空同庬豪之病。近體始由李、何入手，後乃稍變宋調。命意遣詞，主於新穎，亦不免流入尖纖。而大段風骨遒上，吐詞崚嶒，天生豹人，而後此才亦未易也。既爲去取，又摘其警策於此。五言《大風不寐》云：「仁者自心動，病人方耳聰。」《真定早發》云：「客裏春宵賤，人間歧路多。」《大名》云：「天雄唐節度，地利漢河渠。」《衛輝》云：「北邙新鬼大，東閣故人多。」《華陰晚眺》云：「斷霞烘日燒，走月破雲圍。」《懷人》云：「江流魚復白，花信雁來紅。」七言《緜州道中》云：「銀鞍小隊梅花驛，瓦鼓村歌豆子山。」《重九藍關》云：「露後草如新鬢白，霜前花又故園黄。」《宿柏鄉》云：「閒情兒女懷梔子，失路英雄畏柏人。」《漫成》云：「因人未必皆成事，知己何須更感恩。」《大名觀閲兵》云：「太保舊兼周二伯，將軍新拜漢三公。」《潞何清明》云：「紅巾青鳥飛花路，白日黄雞對酒歌。」《温泉》云：「瓜種祖龍同送死，花銜子鹿誤長生。」《對雪》云：「白雪盈頭春送我，青雲過眼老看人。」《寄張錫堂揚州》云：「老知明月同無賴，負奈孤雲尚有求。」《被放後》云：「驕矜明府從餘子，温飽揚州作貴人。」「文章當世羞王後，鄉里他時記鄧先。」又《殘月》一絶云：「永夜流黄怨莫愁，博山沈水白門秋。閒情認得吴家字，三點疏星月一鈎。」

余生於丁亥，六十之年，取《急就章》「長樂無極老復丁」之語，名所居曰「老復丁庵」，七薌爲作圖，乞同人題之。余先所有圖諸君題者，已録入詩話矣。此爲最後之卷，遂附録數詩于左。盛子履詩云：「頻伽先生年六十，覽揆初度歲次丁。千秋述作萬口誦，兩鬢蒼白雙瞳青。老之將至丁更復，取以自署其庵名。《急就章》語厚齋訓，較師古注義則精。長生未央樂無極，名山位業圖真靈。圖中之人神采異，塵表獨秀風儀清。更紀年月跋卷尾，勝戛金石聞歌聲。春初偶泛袁浦櫂，杯酒淥似秦川平。君年老矣尚嶽嶽，余髮如此垂星星。余生在辛今遇丙，絶悔先甲忘先庚。略審己亥字體誤，又嗟辰巳愁腸縈。六州鐵鑄少時錯，三寸舌被群流輕。人生所貴自立耳，誰爲殤子誰爲彭。迷復之凶大師克，敦復無悔天心亨。惟君孟晉惕若厲，履坦自協幽人貞。秦時古松漢時柏，蒼然柯葉光鮮明。結交意氣指曒日，爇神香願要君盟。横覽海内幾人在，丙舍有石求君銘。」曾賓谷詩云：「涪翁有庵曰寄老，放翁有庵曰老學。人生暮景求棲託，雲欲還山水赴壑。笑我如僧無住著，不坐花龕裏行脚。豈若頻伽居士樂，一生不受人羈縛。吴雲入越便移家，江水通淮每泛宅。其中何有惟有書，古書之外皆自作。已看文筆追兩翁，一庵雖小萬古拓。題襟館裏事如昨，此日晨星殊落落。白頭相見無他詞，願君之壽如龜鶴。」張雲巢詩云：「京雒論交日，相逢各少年。晨星看落落，舊雨話緜緜。學業還勤止，身名尚慎旃。升沈何足道，窮老亦陶然。」汪審庵詩云：「屈指論交年分忘，歸然真見魯靈光。新圖着句吾何敢，當爇南豐一瓣香。」「我亦殘年一卷開，漫思秉燭與追陪。東家老女君知不，未肯尋常倚市來。」自注：「君贈詩有『東家有老女，相與惜娉婷』之句。」嚴子通詩云：「戢影田園定幾時，明年六十尚天涯。才名一代誰能偶，文筆千秋此起衰。傳世不由科第重，如公合與古人期。草堂斷手原非易，歎息何人爲寄貲。」圖中有顧澗薲一記，曹種水五古四首，汪已山五古一首，鄭瘦山五古二首，梁芷林七絶二首，馬小眉七律一首，錢竹西五律四首，葉條生五古一首，倪子同五古一首，葛秋生七絶六首，孫賓華七古一首，屠琴隖五古一首，文多不備録。

《老復丁庵圖卷》題者已滿，嘉定程序伯廷鷺爲作第二圖，乃以陳石士學士所作記冠於首。前圖萬廉山爲書「長樂无極」四篆字於上。此卷余書「復復如期」四字，蓋用《漢書》語也。攜至浦上，張芥航河帥爲作七言一章，云：「浴海雙丸學電駛，寅階亥陛無停趾。讕語空傳揮日戈，靈丹那換陳人齒。每從垂白憶華年，祇恨桑榆景易偏。海内奇書難讀徧，腹中殘稿嬾成編。頻伽先生具慧果，不許天公主張我。師丹善忘志先隳，張衮眈書老猶頗。摘句名庵更寫圖，先庚後甲甘勤劬。風雷百怪辟精鋭，誰道今吾非故吾。蘁立雞皮同臭腐，炯炯元精孕靈府。還童上藥秘金緘，洗髓伐毛從力努。江湖卌載雄壇坫，文筆詩篇兩能占。刊除錯采表空青，歎絶茗柯謝蓬艷。名山事業分難辭，辛苦還同入塾時。行年未信蘧瑗化，諱老翻成傅永癡。精誠到處生神智，果然身健能彊記。筆端泉涌舌翻瀾，耳後風生火出鼻。余也少猶人不如，祇今漸老成疲駑。見此一朝陡神王，卻思補過親圖書。圖書苦多日苦短，炳燭暮行能亦罕。新城作記期向同，千里勖言布帛暖。九萬摶風大鵬翼，口嚼紅霞好顏色。世人齊願復丁年，輸君長樂無終極。」

鬘餘叢話卷五

吴江郭麐祥伯

秀水陸蕒香鐄年僅三十，所作裒然成集。庚寅三月，寄其《欝林山館詩鈔》六卷，介夢琴見質。其前先有吾友徐待詔山民一序，稱其詩以情勝，於倫紀間尤致意。遂摘其集中之句數十聯，皆琅然可誦。因取閲一過，大抵雅潔空靈，不染時風世氣、脂粉骫骳之習，既有儁材，又加以媚學，他日所至何可限哉。今於山民摘句外，采其雋永者如左。《待月》云：「敝廬牆苦高，鄰家竹嫌密。」《初春即事》云：「上弦月過三分白，積雨苔鋪一片青。」《閏七夕》云：「七襄重展風前錦，雙髻還吹月底笙。」《夜坐》云：「月來龐吠影，燈暗鼠搬薑。」《倦圃》云：「芳草花間路，夕陽城外山。」《侵曉舟次》云：「月黄將墜水，鷗夢不驚人。」《偶成》云：「牆低每見炊烟直，庭小剛容樹影圓。」《苦吟》云：「要使百年知有我，肯教一字不驚人？」《吹笛》云：「水閣夜涼催月上，畫闌人静引愁來。」《聽蛩》云：「淺草一叢秋乍曉，疏星幾點月微明。」其五律如《遊慧力寺登紫微山》云：「言隨馴鹿去，忽到小蓬萊。烟外花容澹，沙邊泉眼開。風回樵唱急，日落寺鐘催。白傅當年至，殘碑滿緑苔。」《夏夜》云：「延佇空齋久，初聞第一更。月痕窗罅入，雲氣石根生。笛奏龍吟急，溪分燕尾青。披衣風颯颯，振觸故園情。」《七夕如雨粟庵》云：「緑陰門静晝常關，溜決新渠響珮環。千個琅玕牆北角，風梢偃處露青山。」《泊舟吴江》云：「垂虹小泊傍漁船，半夜繁星尚滿天。客枕夢回聞爆竹，此行始覺逼殘年。」《題春日邨居圖》云：

「君家易識復難忘，夾轂何須問道旁。身在石田詩卷裏，杏花春雨讀書堂。」《泊舟江城大風》云：「獵獵風聲攪夢魂，停舟城外正黄昏。朝來急拓篷窗看，恰傍一株老樹根。」五古如《送岱峰之臨安學博任》，七古如《題唐子畏寒林鍾馗圖》，皆沈鬱縱横，不爲苟作者，詞多不録。

湯雨生都督貽汾曾官雁門，相見武林，以孫忠靖《白谷山人詩》見遺。白谷，雁門人，梅郁爲賦《雁門尚書行》者也。死難甚烈，具見《明史》，惟詩文罕有傳者。此刻在國初時，僅上下分卷，亂後所存止此耳。《答王炳藜簡詩》云：「不淺蓬瀛意，由來感慨多。文能傾海市，氣欲挽天河。有客宵占劍，何人夜枕戈。出山余自哂，雲壑未能那。」《留别吴鹿友中丞》云：「自是英雄别，那禁倍黯然。雲霄共道路，天地正風烟。落日干戈外，孤城鼓角邊。此時分手去，不獨悵離筵。」《大梁道中》云：「四海幾人堪定亂，百年吾道合投閑。」《贈朱抱貞》云：「上黨將軍今大樹，雁門關塞古長城。」吐辭骯髒，可以見其懷抱。然裏創飲血之作，必有慷慨激烈者，惜皆不傳矣。

柳古查樹芳十年前曾以詩見質，余爲作序，刻雜著中矣。然未及相見。庚寅三月，偕夢琴同過靈芬館，劇談終日，小酌而别。因又以近三年之稿名《黄楊集》者見眎，留几案間數日，爲加墨而歸之。古查自言，自其哲昆亡後，不能不料理家事，讀書之功少，孟晉之志有所不逮。名集之意，蓋自訟云。然比年詩雖不能遠過其前作，而伉爽之氣仍在。命意吐辭，峻嶒數百，無齷齪契需之病。《何小山輓詞》云：「近思遺稿猶尋讀，試問諸郎孰最賢。」《柯亭夢琴過訪》云：「詩酒重將年月補，友朋可當弟兄看。」《題船山詩》云：「鬻花客向吴中老，烽火愁從蜀道分。」古查長子兆青出後，其仲兄既受室二年而卒。又無所出，古查哭之甚哀，古詩二十八韵敘述酸楚，詞長不録。又有《姚烈女詩》一首，意欲不泯其人，以韵語序事，今録於此：「勿謂庶賤中，有此奇女子。女子許字徐，父姓曰姚氏。道光九年冬，方卜結縭始。未婚先七日，徐遭急病死。女子聞訃來，倒地昏不起。起乃謂其母，之死兒願矢。母心尚遲疑，戚黨多勸止。女子竢母出，自經茅屋底。計女決絶時，後夫兩日耳。兩家痛節烈，遂謀同穴址。俗儒動引經，至性那知此。大書烈女名，以待輶軒使。」古查又以其師姚竹亭慰祖、其友馬月樵蟾桂、從兄確齋夢坤三人之詩鈔録成帙，屬采入詩話。爲言竹亭賦性落拓，不事修飾，詩酒之外，别無嗜好。月樵厭棄帖括，獨耽吟咏，年未三十而亡。確齋席豐履厚，而多愁苦之音，中更多故，遂有憂生之嗟，嘔血而卒。三人之詩皆散佚大半，止就所遺略見一斑而已。余因古查拳拳之意，各摘一二於此。竹亭《訪友》云：「蠡溪幽絶處，來訪故人家。岸曲橋雙跨，門閒柳半遮。疏風嘶暮鳥，涼雨落秋花。一坐吟懷瀹，松窗細品茶。」《遊仙詩》云：「無家才得斷塵緣，撒手身輕卸一肩。何事劉安抛不得，帶將雞犬上青天。」《鸎湖棹歌》云：「郎牽絲網疾於飛，儂撥輕橈競打圍。網得銀魚上市賣，望仙亭畔望郎歸。」「小孃浜裏野花新，畫眉橋頭柳葉顰。曉起臨波照梳洗，邨粧也帶一分春。」句如《迎秋》云：「西郊應有招涼館，東道從無觸熱人。」《慰秋》云：「蕭閒境遇青山在，遲暮心情黄菊知。」《次韵》云：「已去年華全是夢，纔知人事便多愁。」《夜坐》云：「樹影疏侵倪瓚筆，蟲聲寒入孟郊詩。」《吴淞春泛》云：「積雨頻添春水漲，殘雲欲挾暮山飛。」《春暮》云：「好花偏易落，小雨最難晴。」皆性靈語也。月樵亦從竹亭遊，故詩境相似。其佳句猶多。《秋暮郊行》云：「貧來爲客早，老去買山遲。」《春日閒居》

云：「事親愁説老，愛客諱言貧。」《夜坐》云：「樹高先受月，山近晚多烟。」《贈梧亭師》云：「雨潤臨池筆，燈明入定僧。」《書懷》云：「鬻田收古研，倚枕讀殘書。」《贈史品泉》云：「身閒作畫參三昧，性澹吟詩愛四靈。」《即事》云：「閒以酒杯消歲月，貧將詩句贈親朋。」《落花》云：「春風一笑輸人面，勝地重遊惜馬蹏。」「鳥向故園空繞樹，人從今日孏登樓。」「力弱竟隨流水去，情多猶入畫簾來。」《玫瑰》云：「半放已遭嬌婢摘，一生曾受美人憐。」確齋詩本不多，《雪香齋漫成》云：「好花易感多情客，美酒難歡失意人。」《秋懷》云：「燕因春去難爲客，雲到秋來不近天。」《和沈雲巢春日漫興》云：「雨餘芳草重重積，水漲溪橋漸漸低。」皆可誦。

俗傳宋高宗泥馬渡河之事，以爲崔府君之神所佑。嘉定間樓攻媿作《中興顯應觀記》云：「靖康中，高宗再使金，磁去金營不百里，既去，謁崔真君祠下，神馬擁輿，肹蠁炳然。州人知神之意，勸帝還轅。」此俗語所本也。神本號真君，又號府君。攻媿據《仁宗實録》言府君貞觀中爲相州滏陽令，再遷蒲州刺史，史失其名，其時封詔有曰「按求世系，雖史佚其傳；尸祝王官，而民賴其德」以證。或以爲北魏之伯淵、後漢之子玉者，皆非也。其考證甚核。元遺山《崔府君廟記》云：「唐崔子玉府君祠，在所有之。或謂之亞嶽，或謂之顯應王者，皆莫知所從來。府君定平人，太宗時爲長子縣令。縣有虎害，一孝子爲所食，乃以牒攝虎。虎至，使服罪。一縣以爲神而廟事之。世所傳蓋如此。」則俗語流爲丹青矣。且以後漢之崔子玉爲唐人，猶謬。然其論淫祀之非，而傷時之無所畏忌，可與陸魯望《野廟記》並傳。府君廟本始於北，而獨盛於南。今杭人猶尸祝之。

《中興頌》「復復指期」，人多不解。《懶真子》云此兩字出《漢書・匡衡傳》「所更或不可行而復復之」。又：「何武與翟方進共奏罷刺史，更置州牧。後皆復復故。」注云：「依其舊也。」此解甚精確。余於《老復丁庵圖》卷首用「復復」字，本此也。

宋大中祥符五年，聖祖降。丁謂編次事跡，名《降聖記》。又王欽若奉詔編次，賜名《先天記》。其書皆不傳。《宋史》亦不定聖祖何人。嘗閲《魏書・釋老志》有所謂「洪正真尊姓趙，名道隱，以殷時得道，牧土之神也」。意疑即其所本。後見（邵）〔晁〕公武《郡齋讀書志》於《先天記》云：「聖祖趙諱，即軒轅黄帝也。欽若編次傳記黄帝事迹上之，御製序冠首。」亦可謂誣罔古聖，與於妖妄之甚者矣。

湯雨生都督在雁門外數年，冰饕雪虐中時出奇句。後來浙江，官湖州，跌宕湖山，婉而多風。嘗寄其近詩一册，今録數首於此。《雨中泛舟》云：「今日是何日，苕溪風雨舟。千秋復佳話，六客此高樓。天地餘詩壘，江湖老醉侯。一竿如可借，長伴白蘋鷗。」《九日吴興郭西僧閣懷幹村金華》云：「落日龍溪寺，憑高興若何？雁隨秋葉少，山向酒人多。水氣侵孤閣，樵謳散遠坡。赤松還入夢，佳節與誰過？」皆和雅之音也。其《恒麓馬上》云：「花裏青帘活，經過數舉杯。路從郜口盡，山到馬頭開。澗水隨人去，鐘聲帶雨來。高吟過恒嶽，峰頂落春雷。」《陽高道中寄懷特松阿將軍》云：「屈指幽并將，惟君老更雄。三關新白髮，百戰舊黄驄。視我如昆弟，揮毫疾雨風。君善書。懸知邀客騎，日在樺門東。」他如《一枝亭歌》、《歸雲庵觀孫太初及有明諸賢墨跡》及《東雙寨北抵長城》、《自守口歷鎮宏鎮邊鎮川三堡》諸作，又皆有横槊馬上之風。辭長不録。

宋九僧詩，歐公惟記惠崇一人，今世亦不傳。《直齋書録解題》皆著其名，又有隨齋批注，并詳其地，今録以備遺忘。九僧者劍南希晝、金華保暹、南越文兆、天台行肇、沃州簡長、青城惟鳳、淮南惠崇、江東宇昭、峨嵋懷古。又唐大曆十才子者，盧綸、吉中孚、錢起、韓翃、司空曙、苗發、崔峒、耿湋、夏侯審、李端。《直齋書録解題》：「《劉子》五卷。劉晝、孔昭傳。袁孝政爲序云：『晝傷己不遇，天下陵遲，播遷江表，故作此書。時人莫知，謂爲劉勰，或曰劉孝標作。』孝政之言云爾，終不知晝爲何代人。」直齋之言如此。考劉晝，北齊人，與魏收同時。嘗作《六合賦》，收曰：「賦名六合，其愚已甚。及見其賦，又愚於名。」《北齊書》有傳。不知直齋何以云不知何代人。又《唐志》十卷。則其爲南北朝人可知，又何以云其書近出，傳記無稱也。

道光庚寅夏，余遊任城。嚴公子子高邀登太白樓，置酒南池，有詩記事。其地未必爲當時之舊存，其名以表勝跡可矣。太白樓有像設，旁以賀監配食。太白遊此不知年代，要之賀公未曾爲任城令。太白所作《賀令序》，斷非賀公，且疑此文亦贋作也。惟杜公南池，乃與許主簿同遊，而不得分一席之俎豆，似爲闕典。余詩有云：「惜哉許主簿，配食乃見遺。豈必慚賀老，恨無一卷詩。」蓋謂此也。唐人《李謩吹笛記》云：「李白方坐旗亭，高聲命酒，當壚賀蘭氏年九十餘，邀李置飲於樓上。」其年爲天寶改元，李謩從東封歸至任城，外孫始生，乞名於太白，此任城酒樓確切故事。不妨塑賀蘭氏於樓下，亦子美詩中之黄四孃也。

冒辟疆姬人金圓玉玥貼辨梅花便面，余見之於蘭皋行署。上有故友何蘭士題絶句三首，其末有云：「飄茵墜溷本難同，慧業還能奪化工。歎息人生無汝壽，百年依舊笑春風。」

同里許氏，門傳道素。怡雲孝廉名金階，有孝子之目，亡友鐵門嘗授讀於其家。余曾一過其書樓，至今四十餘年矣。鐵門之弟子名簡，蚤卒。生一女，未滿月，其室丁夫人矢志欲徇，以夫臨終「須女長成」爲言，遂勉强存活。女潁慧，教以詩書女誡。及長，能爲韵語，兼妙琴德。適里中吴氏。數年而丁夫人没。兩家亦日落，許夫人年亦四十矣。前年爲今東河帥嚴公延課其女。今夏余亦爲任城之遊，得見其兩世閨中之作。一則茹荼臨膽，霜辛露酸；一則白髪青帬，筆畊烟槈，皆所謂感不絶於心者。又有許君質生者名宗蔚，一字叔豹，於許夫人爲大父行，夫人嘗問業焉。質生沈静寡酬對，與世落莫而潛心問學。與鄭瘦山、袁仲容交好，互相鏃厲，鐵門、湘湄亦亟稱之。乃以客遊死舟中，其手稿散佚，瘦山爲搜得三四册，多複出者，亦出以見眎。爰爲鈔録數首，及雋語佳句數聯如左，附於古者六十采詩之例，非敢謂能傳其人也。丁夫人名月鄰，字素娟。許夫人名珠，字孟淵。

素娟夫人《頌琴樓詩》止一册，爲孟淵夫人手録。《春夜用女珠韵》云：「繁星猶帶晚霞明，小坐無端過二更。花影到窗疑墨寫，春痕着月比秋清。樹頭點點棲雅繞，雲外寥寥去雁横。蠟燭罷燒蓮漏轉，露華如水溌簾旌。」《攜婿女上先塋》云：「颯颯寒風吹紙錢，松楸漸長墓門烟。黔婁地下終同穴，蕭史樓頭恰比肩。下拜雙雙憐此日，孤生一一話從前。衰門香火憑誰繼，麥飯須來百六天。」讀之凄然。

孟淵夫人有《蕙宧吟稿》。詩中於家門之榮落，骨肉之聚散，轉徙流離，纏緜往復，三致意焉。《五月廿四夜作》云：「去年此日事堪思，繞膝牽衣惜别時。凄絶今宵鐙影畔，更無人再問歸期。」《秋日感懷》云：「淅淅金風入翠幃，夜寒如水强支持。憐他一點銀釭影，猶似當年夜課時。」《束裝口號》云：「光掩清輝匣鏡收，十年顦顇怕梳頭。還祈此後團圞影，只照歡容莫照愁。」「貧病襟懷默自憐，慨慨顦顇瘦吟肩。敝裘還自慈親製，約略披來二十年。」《題母夫人先塋詩後》云：「棠梨花落雨如絲，荒冢誰澆酒半巵。寂寞夜臺千載恨，凄涼客館一身羇。愁腸已逐殘篇斷，痛淚還和宿墨滋。最是不堪傾聽處，慈烏啼上隔牆枝。」《歲暮雜吟呈瘦山》云：「歲晚心情病後身，見花聞樂總傷神。烘窗薄日難消凍，映竹疏梅已報春。草草一年供涕淚，迢迢千里共風塵。雲中鴻鵠空倉雀，偶爾追隨豈是真。」句如《初晴和質生韵》云：「琴調水閣弦猶潤，竹引疏籬筍尚稀。」《曉起》云：「四垂簾影日初上，一徑春痕露未乾。」《春日感懷》云：「不信有情皆是累，但能無病即爲仙。」其他名隽甚多。又陳麋叔有《南鄰感舊圖》，爲鐵門作也，同人皆有題句。孟淵一絶云：「臨水高樓絳帳開，而今師弟各泉臺。垂肩白髮懸河口，親見先生拄杖來。」蓋夫人亦曾識鐵門者。三復之餘，不翅山陽之笛矣。

質生詩有《聽江館》、《童初仙館》二稿，然皆零落不全。《吴筱南席上作》云：「銀鐙摇漾綺窗紅，梅蕊香浮小檻東。雪後花光歡凍雀，尊前人影聚春鴻。談天早識囊無底，挾瑟深慚技不工。吴質今宵愁也破，觥船先見百分空。」《歸舟簡周生》云：「水面低篷六扇輕，曉風緩緩過臨平。萬枝緑葉催春去，一路青山送我行。故國烟波仍浪迹，他鄉風景轉牽情。酒痕墨瀋歡場在，回首錢江暮靄生。」《水西感舊爲袁仲容》云：「到此茫茫百感生，歡場零落少人行。小園樹長新枝葉，壞壁詩題舊姓名。合眼尚疑君入座，回頭已失我同盟。才高每被天公忌，此恨年來總未平。」數詩皆吐氣清幽，言情緜邈，知不作率爾人也。其餘體物寄興之作，如《病中書懷》云：「小院雨深花易老，故鄉人遠夢兼無。」《贈陳夢琴》云：「呼童删竹别開徑，勸客登樓同看山。」《紅葉》云：「山家屏障仙人服，春女容華秋士悲。」《闌干》云：「勾留花徑雙雙屐，掩冉香閨幅幅裙。」「天上星文常映帶，世間花月要周防。」《落葉》云：「榮枯未必林交讓，顑頷何堪樹獨摇。」《白燕》云：「舊時門巷楊花滿，是處樓臺夜月空。」《松影》云：「夕陽偏會幽閒意，着箇山僧拄杖行。」皆能脱去畛徑，超然自遠，非作詩必此詩者。其中有《見寄》一首，雖語重未敢荷，特深感其意，亦録於此：「分水移家二十年，軟紅早已謝時賢。江山間氣歸胸次，花月閒愁付酒邊。此事即今誰伯仲，世人相望總神仙。我來欲乞飛霞佩，乘興空回剡曲船。」

近世行事有習俗皆然，不知其所從來者。如葬時請顯者題主，今富貴之家盡然，不知此何禮也。又子孫爲祖父行述後，必借人填諱。而古人有自述其先如《皇祖實録》之比，不聞有此也。明都穆《聽雨記談》云：「得宋人墓石一方，乃子志父，其諱處字皆略草。後書某人書，諱字亦如之。乃知諱爲其人親書。」則正與今日相反也。

孟淵夫人所教女公子嚴逌，字子孅，小農河帥愛女也。在袁浦時嘗見之，瑶環瑜珥，蘭穆珠光。今又五年矣。從孟淵學琴，有《琴餘小草》，落筆已無凡韵。《重陽》云：「盆中晚桂尚餘香，籬下霜枝乍坼黄。令節今年須記取，不風不雨過重陽。」《春日即事》云：「鶯嚦燕語日遲遲，澹沱和風颺柳絲。閒倚闌干檢春事，杏花紅到隔牆枝。」《春夜》云：「參差梅影滿階横，樺燭殘時月正明。閒抱玉琴彈一曲，清商併入雁歸聲。」

子高繼室王華雲女士玉芬，吾友竹嶼都轉女也。于歸之後，上自尊章，下及全家之人，無不合口讚嘆，以爲女有士行。閒爲韵語，自然流出，皆天倫至性之言。《别兩姊》云：「紛紛車馬送江干，一唱《陽關》淚暗彈。此去西泠重回首，春來花柳好誰看。」「一帆風趁夕陽斜，極目江天别路賒。偏是今宵好明月，照人姊妹各天涯。」《和蘭畹姊楊花》云：「飛到楊花每惜春，斜陽無數點芳塵。而今更觸天涯感，憶煞風前詠絮人。」《聞鐘》云：「金經一卷夜焚膏，風送鐘聲落九皋。心目已空誰我相，舉頭天際月輪高。」竹嶼居江寧，有江聲帆影閣，女士即取以名其稿。

齊梅麓太守彦槐以詩名海内久矣。神仙小謫，偶見宰官，今年始相識於袁浦。時方刻《梅麓詩鈔》，自改官以至乞假，不計卷數，蓋留備他日集中之一種耳。嘗鼎一臠，足知俊味。《三月十八日過汶上題壁》云：「十日東風撲面沙，客程昏曉趁飛鴉。可憐汶水年年緑，照得征人兩鬢華。」《遊華藏寺》云：「癡兒公事何時了，向鞍馬，四更淒切有琵琶。平原雨過全抽麥，旅館春殘未見花。半世蹉跎且喜群峰落眼前。蕭寺萬株花似雪，太湖三月水如天。行舟鏡裏如圖畫，買酒雲邊亦俸錢。似此一官差不惡，底須蓬閬作神仙。」《春渚烟帆圖》云：「錢唐潮水富春還，江上千峰叠翠鬟。越女如花倚窗立，畫中人看畫中山。」「釣臺千尺俯寒流，烟雨空濛竹樹稠。兩岸青山一枝櫓，畫眉聲裏過嚴州。」其他如《三峰寺》云：「石磴人行松翠裏，茆亭僧話水聲中。」《水晶庵》云：「樓頭山吐月，門外水如天。」《輓汪香林侍御》云：「身後有名猶長物，生前何事更求人。」《梅花和青丘韵》云：「相對可堪臨别處，已殘權當未開時。」諸聯皆有哀梨并翦之妙。

㜸餘叢話卷六

吴江郭麐祥伯

盛澤鄭諒伯新刻其鄉先輩卜孟碩《緑曉齋詩集》四卷見寄。卜没於萬曆時，年僅三十二。負才佚盪，鄉里目爲狂生。自署其門曰：「鄉人皆惡，國士無雙。」《吴江志》、《松陵文獻》、《明詩綜》皆著録。大概振奇好異，不屑與俗同。使老其才，或能與文長、次楩相上下耳。五古《湖邨偶成》云：「無鴻不于逵，吾獨潛水鄉。隻身窮如鶉，貪此蘋蓼香。晚期餌松桂，早已無稻粱。浴同野鳧侶，書付青禽將。右倚洞庭霞，左招滄浪光。麻姑悠然來，瓦缶當瑶觴。」七古《宿鶯湖》云：「鶯湖日墮波餘紫，青翰舟留白沙觜。半夜潮生枕簟間，遥林月到篷窗裏。呼出漁郎張志和，瓦盆白酒發高歌。平明共爾升玄圃，回首吴山春一螺。」五律句如《黄浦晚渡》云：「沙昏秋雁落，潮滿夜漁歸。」《喜友至》云：「五湖新水發，一棹故人來。」《圓明寺》云：「鸛鶴沐松露，房廊穿竹風。」皆自然高勝。人傳其「鶯坐一身柳，蜂歸兩股花」，已未免落孅。至「起予孤鶴影，齊物萬蛙聲」、「山醪丹客臉，窗火亮書聲」，則近惡矣。殘編蠹翰，名字翳如。諒伯能爲搜訪重梓，此意非好事者所能知也。諒伯又刻其從伯父喬阪《醜石居遺詩》一册，詩雖不多，而雅潔可喜。與吴竹虚相友善，格調亦相似。《能仁寺同竹虚》云：「水郭千邨抱，禪關一徑通。香殘蓮座冷，鳥散講臺空。歲儉稀遊女，春陰滯社翁。我來參妙諦，花雨幾番風。」《竹西草堂觴鞠留别陳亦園》云：「相攜出深樹，仰首見晨星。一水花前白，雙峰鳥外青。合離證宿夢，去住任浮萍。無那西風急，蒲帆下遠汀。」集首有攜杖小照，少染朱鴻題一詩云：「阿翁年七十，猶復健山行。藥草尋應徧，圖經輯又成。別無江總宅，豈有伯休名？愛此桄榔杖，從來不入城。」卜名舜年。喬阪名緗。

錢唐陸麗京先生高才伉爽，目無餘子。嘗過竹垞，問座客姓氏。竹垞曰：「此吾鄉沈山子也。」先生曰：「非『梅花高館落，春草斷垣生』之沈山子乎？」遂相定交。記乾隆甲辰余爲龍雨樵先生招入縣署，比鄰徐江庵濤送余於紫藤花下，作詩「芳菲能幾日，風雨送行人」之句。雨樵先生見之歎賞，以爲纏綿悱惻，真得風人之旨，屢屬余寄聲，江庵謝病不往也。江庵詩善於言情，所存不多，皆其手稿，朱鐵門、袁湘湄皆有題詞，没後藏余所。後吴君雲璈欲爲付梓，向余取去。未幾而雲璈下世，零星草本，不可考知矣。雲璈亦有詩一册。余以爲未見其止，故詩話中僅録其《和天寥》一首，今日亦遂成《廣陵散》矣，傷哉！

竹垞晚歲論詩，往往譏切時人之爲宋詩者，作人詩序多及之。尤以誠齋爲俚俗，再三言之。然誠齋自有其能成家者。放翁「詩吾不如誠齋」，此評天下同，豈特爲齎言以貢諛哉？誠齋自言先學江西，而後一意唐人。兩公知人自知，如此其合也。然楊失之流易，失則近乎俚俗。陸失之平熟，失則近乎麤率。要皆學之者之過，不必集矢於楊、陸也。康熙中葉以後，新城之教稍衰，學者厭其恬熟，乃取蘇、黄、楊、陸之詩而規摹之，亦風會自然，非一人所能變也。且竹垞老年諸作，意主生新，槎枒兀奡，亦時有之。吾師姫傳先生嘗言竹垞詩云「江西宗派數流别，吾先無取黄涪翁」，而其詩乃往往學山谷，此何爲者耶？是亦不免於訾議也已。

青浦唐子恪名士恂，康熙間人。出健庵門下，與一時名流交唱迭和。然賦命屯剥，卒以貧病終於諸生。王述庵司寇《蒲褐山房詩話》稱其所存《嵩少集》百餘紙，佳者或不盡此。今年正月唐君味菘坔見過靈芬館，出此集見眎。前有葉蒼巖、王西亭兩序。葉作於武昌官舍深致愛莫能助之意。王作則因其令嗣所請，其云「視李供奉差堪雁行」語雖太過，然其取法實在此。五古《古意》云：「仙人挂一瓢，乃在兩厓間。丹竈一千載，紅雲今滿山。韓童嘰瓊華，嬴女垂風鬟。雙棲三株樹，丹熟不知還。」五律一體，尤其所長。《晚過琴高山》云：「陰森亂木晚，班馬憇松間。秋水含殘日，寒聲落萬山。過橋沙浩浩，釣石錦斑斑。白月横空起，蒼茫控鯉還。」《宿黄浦口》云：「榜人諠水宿，蘆渚莽蕭蕭。雁語交鄉夢，雞聲辨浦橋。海風寒作雨，江豕怒吹潮。乘興從吾好，冥鴻未可招。」《九日病目》云：「病眼迷天地，俄驚物候移。但聞風雨急，知是菊花時。酒伴三年廢，霜華兩鬢知。登高誰借力，空羡里中兒。」《生日》云：「花發江南樹，東風爲報春。天卑憐細卉，地闊老斯人。日月雙過鳥，江湖獨往身。攀條問碩果，浩蕩爾猶存。」他如「迸淚逢花笑，卑身歎鳥飛」、「梵雲縈塔影，饑鳥落經聲」、「嶺雲遲海日，岸柳濕墟烟」，皆可入唐人《主客圖》，非四靈語也。七言《同蕭貞陳其年潘次畊看梅》云：「瘦影自宜高閣近，寒香能遲故人來。」《得樹園》云：「寒欺孤樹龍蛇蟄，風落虚檐燕雀深。」《哭葉蒼巖》云：「讀書夙負千秋志，抗節今爲萬古人。正是文明多撰述，痛教才子作忠臣。」《贈周雪汀》云：「嗜酒常貪比舍熟，恒飢不遺老妻聞。」《重陽絶句》云：「衰年肯負重陽節，誰遣清樽近菊叢。惟有寒聲隨雁到，滿天黄葉五湖風。」其才如此而名氏翳如，後生輩莫有知之者，可爲歎息者也。

唐君既以族祖《嵩少山房集》見質，復以所作《墨華齋詩》乞爲點定。因爲閲一過，大致主於暢所欲言，不作呫囁兒女語。就中五古、五律最佳，七律滔滔自運，當其合作，殊得宋元諸賢風味。余既爲引其端，别録數聯於此。五言如「殘僧詩是梵，野客杖爲朋」、「林風吹果落，山鳥帶雛歸」、「夕陽春雨渡，楊柳畫眉橋」、「客尋沽酒店，門泊買桑船」、「客程遲候雁，暝色上歸鴉」、「落葉迎風旋，寒燈逼雨沈」、「殘星明野堠，孤棹撥流澌」、「襟題段柯古，花笑杜樊川」，七言如「好友心情宜話雨，惜春風味且銜杯」、「花事已交秋判斷，風情偶遣病消除」、「客來酒盞謀諸婦，雨過漁舟喚到門」、「雲連樹色依山脚，船載波光到寺門」、「此地昔傳春禊好，有人量取月明多」等句，琅然清圓，比之嵩少山房，不但嗣響而已也。唐君字小廉，舊居清浦之西沈，與蘆墟顧氏爲甥舅。顧氏富而好禮，其子弟皆出先君子之門。余時從先君子過其家，計爾時與唐君皆幼也。後君遷居珠街角，得挹春融之風流，故能自振於流俗如此。

姪枏，丹叔第三子。酷好吟詠，荒於舉業，余時時戒之，然性之所近，不能勉强，亦任之而已。今年余養痾家居，渠以歷年之詩呈余删改。雖學力未深，尚不致染骫骳之習。五言《曉過光福》云：「秋水茫無際，扁舟入杳冥。烟從湖面白，山向樹頭青。飛鳥投林遠，朔風吹客醒。酒帘飄颺處，招我泊吴舲。」《遊靈巖山》云：「直向蒼崖頂，何須竹杖扶。老藤緣樹上，黄葉滿山鋪。莎徑没丹井，鐘聲落太湖。天風吹不斷，林鳥遠相呼。」《咏鄰舟》云：「共繫隄邊柳，桅檣列似林。江湖同作客，鄉語每關心。蘆荻漁人火，琵琶商婦音。秋宵眠不穩，篷背有霜侵。」句如「病多知藥性，農老識天時」、「泥新忙燕子，牆缺露桃花」、「寒鴉争老樹，古刹戀斜陽」、「天寒收市早，村遠報更遲」、「攤書嫌晝短，芟草覺庭寬」、「客遊知己少，夜夢到家多」，皆可喜。七言不及五言，如「樹無鳥宿巢空落，徑有人行草不生」、「客至渾如潮有信，年荒先恐鶴無粱」、「去住難憑遠行客，陰晴無定熟梅天」、「將滅燈光時隱見，乍醒鄉夢已模糊」、「蟬聲咽似悲秋客，月色昏如中酒人」等句，稍覺警策。七絶《晚步》云：「斜陽半樹鳥歸巢，古寺紅牆薜色交。萬緑陰濃圍不住，聳然一塔出林梢。」《栽花》云：「欲乞天公隔歲春，經營隙地起侵晨。滿園桃李皆新客，要讓梅花作主人。」《秋聲》云：「哀鴻嘹唳向南征，唧唧幽螿階下鳴。修竹迎風蕉着雨，一齊併起作秋聲。」《雨後》云：「柳岸溪橋任意行，炊烟乍起雨初晴。正嫌村樹模糊甚，忽送斜陽一段明。」《農家》云：「修竹垂楊種兩旁，門前烏桕屋邊桑。槿籬曲折遮前後，空着一方碌碡場。」古風長短句如《張烈女張童子歌》亦能暢達。從此宜益致力於學，庶青箱之業不致遽墮耳。

今年正月中，余小極，畏寒未起。有少年高生求見，令丹叔出視，自言其尊人與丈相知，同在金陵客邸，某久欲謁見，以踪跡不定。今聞已歸里，必得一識先友。余延之卧内，細詢家世，知爲高公子竹雲之子。竹雲名世焕，閩之□□人。其尊甫爲觀察，得罪籍没。竹雲早歲極流離瑣尾之苦。乾隆辛亥歲，余讀書鍾山書院，君與盧雅雨先生幼子竹圃名謨者，同客鹽道王公署中，時過講舍，論詩談藝，甚相得也。别後杳不相聞。及聞生言，知其就一官於蜀，没於官下。孤嫠煢煢，故鄉無所於歸。先是，有薄少留在嘉興，乃定居焉。今已廿餘年，生已入籍應童子試矣。又言孤露之日，年方六齡，賴母氏教育，始得成立。惟有勉自策勵，以期不墜家聲，故於先人手筆，無不珍藏，因見遺稿中贈答倡和姓名，知舊分不薄。今日之請見，不徒以望見顔色爲幸，猶望長者憐其孤苦，不吝訓誨，亦先人所望於長者者也。余聞之惻然，回憶舊事，真如昔夢。深喜高君之有子，能重手澤而敬父執，高君爲不亡矣。越日寄高君手稿二小本，詩僅一二十首。一爲隨園先生閲過，有評語其上，云：「清詞麗句觸手紛來，少年在憂患之中，天性有風騷之好，真德門佳公子也。」又點出《壽陽道中》、《青玉峽》兩首。《壽陽道中》云：「陟險攀藤上，岧嶤勢百尋。路危遲馬步，峰峻怯人心。殘夢扶鞍續，愁懷對月深。山川佳趣好，眺望且高吟。」《青玉峽》云：「山色霧中開，盤盤石徑回。人隨飛鳥度，僧帶斷雲來。嶄岸江淹賦，羇留庾信哀。憑高一長嘯，驅馬過崔巍。」一本上有《辛亥六月廿三日盧竹圃邀過鍾山書院訪郭頻伽用孟襄陽散髮乘夜涼之句分賦得涼字五歌》一首，太長不録。是集余得「乘」字七古一首，見存初集中。又有《送郭頻伽歸吴江》二首，今録於此：「五湖雲水遠連天，秋雨秋風浪拍船。何事相逢即相别，大江東去思凄然。」「楓落吴江雁影遲，布帆無恙好風吹。垂虹亭下秋千里，合是鱸魚正美時。」事隔四十年，重一展誦，覺當日羇旅漂零，故人河梁珍重之意，如在目前，爲可感也。生名均儒，字可亭。恂恂温雅，殊有鳳毛。年甫弱冠，如能自立，他日所成就未可量也。

海昌查氏門材之盛，近世少比，真所謂人人有集者。其流移他所，以詩文名者，魏塘猶多，查雲在太史祥，其一也。太史有詩稿九卷，文孫云亭明經見贈，因讀一過，意主生新，詞無蹈襲，殆爲初白諸翁轉手者。《詠楊花》云：「未出城闉先柳色，不成邨落自人家。剛值好花難覓徑，忽逢流水想通船。」《城南看花》云：「笑我癡騃空裏捉，問他漂泊幾時歸。」《秋思》云：「衰從閒處見，瘦立衆中長。」「强爭拳敗酒，鬬算局殘棊。」《恩縣道中》云：「疾飛雙鵲鬬，危立一驢癡。」《守風燕子磯》云：「倚檻凭闌常不斷，可知多是守風人。」集中自述云「丙子丁丑間，同浦叔寓宣武門西。每早起，講唐宋人詩一二首，隨拈題命詠。抵暮歸，已沉酣。據案趨繳，大率抹者過半，許可無二三也。嗣歸里門，率以臘月杪，買舟登敬業堂，拜問起居。彙一年所作詩，呈請教益。叔搖筆點竄，未半日即竟。大叔父初白老人顧而笑曰：『彼少年，過阻抑，無路行矣。』執朱筆就抹處稍假借，宛然明道、伊川氣象」云云。此數語令人想見前輩風流。

夏婿慈仲爲浮山攝令，寄詩三首，中有《張童子歌》，其事可傳。序云：「童名致中，年甫十六，得千金於路。白其母，俟訪者而歸之，謝勿受。今年五月三十日事也。余既上其事於臺司，復爲之歌以勸焉。」「訴牒日已多，爭奪靡不有。錐刀末已競秋毫，太息何時風俗厚。犢車僨其轅，過我大衛村。囊橐忽不見，見者不識爲金銀。是時方五月，草深坡路滑，童子行田脚不韈。舉步偶觸之，纍纍何勃窣，念此胡來坐兀兀。道旁來糞車，呼而載之歸諸家。其家有賢母，謂兒此物非義取。童謝其母但守之，出門偏告邨人知，有來訪者吾何私。犢車入城，失金大驚。捕者過市，衆譁不止。貲財百萬且有餘，失者之憂得者喜。回車大衛村，村人引至童子門，見母語之故願與均分。母不顧，呼兒攜還戒勿酬，事後之酬即爲賂。拾遺非所求，乾没乃足羞。有非所有禍必至，失者之喜得者憂。烏呼得失本如此，郇曁猶能識廉耻。祛篋穿窬大有人，息争去僞從兹始。爰表童子居，命曰廉讓里。賢哉是母有是子，我聞其風飭簠簋。」丹叔見之，亦作一首，并録於此：「山西浮山縣，有童年十六。赤脚行田間，前車有脱輻。千金遺在路，無人見者獨。柴車載之歸，童母容若蹙。曰彼失金者，定作窮途哭。童子聞母言，出户往而復。偏告鄰里知，云金在我屋。其人聞款門，感激拜匍匐。中分爲母壽，得半不翅足。母言非分財，不論絲與粟。持去勿相溷，吾自具饘粥。我聞多牛翁，米粟争斗斛。又聞市井人，錐刀争骨肉。或有好名者，作事偶驚俗。簞食與豆羹，倉卒難掩覆。此童母子心，純天無人欲。堯舜皆可爲，斯言即此卜。縣令上其事，兼入新著録。我歌聊附和，更待採風告。」

余前求迮徵君三江先生之詩不得，深以爲憾。詩話中僅就先君子所嘗談及「鴟夷怒勒半江風」、「落日荒荒和尚原」之句，登之於上。今柳君古查云嘗從其戚高氏鈔得數十首，亟爲借觀。古詩滔滔汩汩，條達暢適，近體一宗唐人，殆未脱《品彙》之習，於明七子空同爲近。今因其子姓澌滅，遺墨在亡，鈔録近體數首於此，亦鄉里後學及「凱風」、「寒泉」之微意也。《送李玉洲遊京師》：「絮亂絲繁酒一杯，送君獨上古燕臺。好音鳥自遷喬囀，絶艷花先近日開。已有茂先容笑客，可無賀監識仙才？春風水陸三千里，夢裏還同覓句來。」《雜感》二首：「一竿落日萬重雲，長短燕歌酒半醺。玉局殘棊拋歷亂，金莖多露剩氤氳。河東有粟懷都尉，漠北無碑想冠軍。何事五湖歸不得，水田荒處好耕耘。」「回首東南財賦疆，雲帆相接納神倉。人間有歲猶餔菜，海上無田却種桑。嘗恐水鄉逢碩鼠，更堪赤地望商羊。何人肯作杞人慮，獨讓媧皇補昊蒼。」《臺灣》：「三十年來波不揚，長安日遠照扶桑。人如魚鼈遊靈沼，地接蓬瀛通石梁。徐市兒童多賣藥，管寧流寓少還鄉。東南外户須牢閉，莫慎邊防慎海防。」《贈方扶南》：「有客來吴市，無寥滯薊城。古臺同郭隗，寒水見荆卿。青眼幾人重，黄金一諾輕。從來多感激，三尺贈平生。」《送何丈小山扶義門師櫬南歸》：「相向秋風一哭迴，生離死别兩難裁。三間不隔生前屋，萬卷渾同劫後灰。毛羽誰憐雛鳳淺，風霜獨甚脊令哀。負恩門下飄蓬子，何日寒原奠一杯。」《秦中送范容安歸杭州》：「把酒西風對落暉，客中送客兩心違。蕭蕭關塞短蓬鬢，落落乾坤大布衣。逆旅賓王新感事，扁舟少伯早忘機。憑君東過三江口，爲我傳聲拂釣磯。」《歸興》：「落拓風塵大布衣，山南山北夢依依。八千里外一身老，五十年來萬事非。豈有幽人懷馬革，漫勞行路話魚磯。丈夫事業無窮達，多恐亡羊兩見譏。」《東陵》：「蕭瑟荒陵路，秋風禾黍黄。中山名獨正，北地恨偏長。十倍才難盡，三分國易亡。采樵空有禁，誰與作重陽？蜀人九日展墓。」《别錦城》：「錦城東去歎勞勞，霜氣侵晨壓敝袍。鐵索橋南蠻瘴闊，劍門山北棧雲高。丈夫事業須投筆，天下英雄漫捉刀。輸與江東閒畢卓，生來有手但持螯。」《清明奉謝上公戲簡原韵》：「佳辰歲歲客邊過，每藉詩魔戰病魔。紅杏雨餘春色減，青衫老去淚痕多。北邙亂冢空澆酒，西塞斜風好荷蓑。壯志蕭條愁得句，沿流敢擬泝星河。」《奉和竹窗雨後見贈》：「過雨閒階物色新，清幽不到九衢塵。庭梧已具離披意，梁燕真同寄寓身。有榻尚能容倦客，無田何處食閒民。陶公自是山中相，正擬餐霞學養真。」《曉行同厲太鴻作》：「此生從此任遭逢，醉裏年華夢後鐘。人意過於殘月冷，世情輸却曉霜濃。再來肯挾公孫策，一往當爲皋氏舂。料得寒江正清絶，丹楓烏桕影重重。」又有「牛」字韵十二首，今不皆鈔。内《除夕》云：「客裹夢華抛燭跋，醉餘鄉思上刀頭。」《歸思》云：「湖海有懷空眼界，烟花無賴上眉頭。」皆骯髒自喜。先生與慶公復爲賓主，不啻杜老之依嚴公。以佐幕功成，議敘内閣中書。不就，歸隱蘆墟之郙居名「池上」者，築池上草堂，種田一頃，養魚千里，長爲鄉人以没世矣。乃其二子皆骫骳不振，至其孫以目盲不能課童子，就食於鄉人，亦無嗣續。天之厄才人，未有若此之甚者矣。

以花名入詩，如阮亭之枳殼花、竹垞之澤瀉花，皆以不經人用爲新鮮。沈思美《浙東紀遊詩·山行》云：「野曠天低噪暮鴉，迷離雲樹夕陽斜。飄來幾陣濛濛雨，開徧山頭轆軸花。」自注云：「色黄，數朵攢開，遠望若黄牡丹。」此亦未有人道者。思美名錫爵，號愚溪，古查之婦翁也。

余最愛芮國器《鶯花亭》詩，云：「人言多技亦多窮，隨意文章要底工。淮海秦郎天下士，一生懷抱百憂中。」後屬爽泉書條幅，誤記「懷抱」爲「頷頷」，寫時亦不知也。後乃憶其誤，因思此二字相去天淵，既云「頷頷」又何云「百憂」，且「懷抱」二字所包甚廣，所寓甚深，古人不可及如此。今人動以古人爲比，或且自謂過之，非愚則妄也。

苕溪沈去矜謙夙負才名，遭逢明季鼎革，遂淹沈鄉里，以遺民終老。有手書詩一卷，自跋云「庚寅四月二十三日四鼓過寒山，曉月映塔，流尸觸船。余披衣起視，悲愴欲絶。天明因録去年五言律四十四首，聊以當哭」云云。後人題者甚夥。林少穆一詩最工：「志節西臺記，聲名八詠樓。滄桑一詞客，烽火此扁舟。密字真珠在，殘牋片玉收。河汾諸老集，輝映共千秋。」古雲亦有一律，以其詩不概見，并録於此：「烽火江關急，漂零尚客舟。遺民應曜少，衰鬢杜陵愁。才以危時見，詩能後代留。臨平山下路，何處弔荒丘？」

《文選》「彈事」中用「主臣」二字，李善兩存其説，以爲即「主」爲句與「主臣」爲句，義皆可通也。《容齋四筆》以爲「主臣」，摯服之意。李注舍《漢》、《史》所書《陳平傳》而引王隱《晉書》庾純自劾，以「主」爲句，「臣」當下讀，殊爲非是。然考《魏書·于忠傳》，御史中尉元匡奏「臣忠即主，謹案臣忠」云云，則「臣」字不連，「即主」爲一句明矣。爾時御史奏彈體製如此，李注未必非也。

柳古槎從兄確齋上舍之詩，余既已采輯之矣。其德配錢翠峰夫人峙玉，爲魏塘錢叔才明府女，撫棠少宰女姪。性耽詞翰，著有《吟秋閣小草》。所存不多，皆斐然可誦。余最愛其《自題寒鐙讀史圖》二律，云：「細把爐香爇，閒將蠹簡開。黄昏無一事，青史閲千回。到眼興亡感，驚心歲月催。滄桑俄頃過，掩卷重低徊。」「婢嬾從偷睡，兒嬉怕受經。絲添雙鬢白，影對一燈青。涼月籠疏箔，寒風逼短檽。那堪林樹葉，謖謖下空庭。」格律渾成，不似巾幗人語。又《月夜寄外》云：「相思兩地同看月，難向嫦娥訴别情。」情致纏綿。《苦雨》云：「我比老農殊計拙，惜禾心少惜花多。」意亦新穎。

夫人子松琴名清源，蚤歲遊庠，亦嗜吟咏，有《小蓬萊室詩》，中多佳句。五言如《新秋》云：「客心驚落葉，秋意入蟲聲。」《雨望》云：「泉聲飛作雨，山氣濕蒸雲。」《後園納涼》云：「夜涼風動竹，人静獺登橋。」俱極自然。七言如《秋興》云：「詩情更比孤芳澹，秋夢時隨落葉飛。」《春望》云：「輕風著柳梳新碧，小雨沾桃放嫩紅。」《病瘧》云：「病似江潮來有信，身同風柳起還眠。」《秋夜》云：「疎蛩絮夜月如語，落葉打窗秋有聲。」筆意清峭。其他斷句如《送春》云：「東風最是無情物，吹老鶯花便欲歸。」

《秋柳》云：「管盡半年離别苦，自然愁損好丰姿。」《送燕》云：「纔到秋風便歸去，不嫌人説太炎涼。」尤得宋元人風致，加以造詣，所就正未易量。

（姚蓉、吕樹明點校）